Dietrich Eberhard Oldenburg
Keine Schonzeit für Wölfe

Dietrich Eberhard Oldenburg

Keine Schonzeit für Wölfe

Historischer Roman

Haag + Herchen

Die Umschlagabbildung zeigt eine Bronzeplastik von Cato.

Bibliografische Information Der Deutschen Bibliothek
Die Deutsche Bibliothek verzeichnet diese Publikation in der Deutschen Nationalbibliografie; detaillierte bibliografische Angaben sind im Internet über http://dnb.ddb.de abrufbar.

ISBN 3-89846-268-4

Fichardstraße 30, 60322 Frankfurt am Main

Produktion: Herchen + Herchen & Co. Medien KG,
Frankfurt am Main
Satz: Hannelore Kniebes, Babensham
Herstellung: ip, Erlangen
Printed in Germany

Verlagsnummer 3268

parentibus prolibusque

Inhalt

Einführung

Dieser historische Roman spielt im antiken Rom in der Endphase der Römischen Republik. Der Staat und seine Institutionen sind in einer Krise. Hemmungsloser Eigennutz und die Machtgier der führenden Adelsfamilien haben die Republik und die Staatsgesinnung seiner Bürger trotz äußerer Prosperität untergraben.

Seit Jahrzehnten kämpfen die Parteien der Optimaten und der Popularen mit äußerster Brutalität um die Macht. Intrigen, Machtmißbrauch, Korruption, ja Tötung der Anhänger der Gegenpartei beherrschen das politische Leben der Stadt.

Wir schreiben das Jahr 63 v. Chr. Die Optimaten unter dem Konsul Cicero haben gerade den Aufstand des radikalen Popularen Catilina niedergeschlagen. Dadurch im alleinigen Besitze der Macht im Staat versuchen sie, die gemäßigten Reste der Popularen unter ihrem Führer Cäsar endgültig zu vernichten.

In fast aussichtsloser Lage nimmt Cäsar den Kampf gegen seine Feinde auf, sucht und findet neue Anhänger und Freunde. In zähem Ringen schafft er es durch seine Verbindung mit Crassus und Pompeius, die Macht der Optimaten zu brechen, und wird nicht nur Konsul und der Eroberer Galliens, sondern auch einer der neuen Machthaber in der Stadt, bis sein Bündnis mit Pompeius an dessen Eifersucht zerbricht. Der unbeugsame Wille seines erbittertsten Gegners Cato, des Führers der Optimaten, der die alte Ordnung der Republik mit allen Mitteln verteidigen will, zwingt Cäsar zu einer schwerwiegenden Entscheidung.

Eben noch ganz oben, steht er vor der Frage, ob er sich in einen neuen Bürgerkrieg stürzen muß, um seine Macht zu erhalten. Er wählt den Krieg und verliert seinen letzten persönlichen Freund. Aber die Würfel sind gefallen!

Der Roman schildert die Ereignisse, wie die Quellen sie überliefert haben. Alle im Buch vorkommenden Personen mit Ausnahme des Dienstpersonals haben wirklich gelebt, die angegebenen Ämter tatsächlich bekleidet und die ihnen zugeordneten Handlungen und Taten, von gewissen Ausschmückungen abgesehen, tatsächlich begangen. Nur bei einigen Nebenpersonen sind allerdings mangels genauer historischer Überlieferung in den antiken Quellen manche Handlungen hypothetisch. Sitten und Gebräuche, religiöse Vorstellungen und vorgestellte gesetzliche Vorschriften entsprechen der im ersten Jahrhundert vor unserer Zeitrechnung geltenden Praxis.

Frei erfunden sind nur Ereignisse, über die die antike Geschichtsschreibung keine Aussagen macht. Sie könnten aber immerhin so gewesen sein, weil sie in den Ablauf des Geschehens und zum Charakterbild der handelnden Person passen. Allerdings werden beim Leser immer wieder anekdotenhafte Schilderungen Zweifel hervorrufen, ob nicht hier fantasievoll des Guten zuviel getan worden ist. Aber gerade die unwahrscheinlichsten Anekdoten und Vorkommnisse, besonders alle religiösen Zeichen, Orakel und Warnungen, sind historisch, jedenfalls in der dargestellten Art und Weise von antiken Schriftstellern so geschildert worden. Das Gleiche gilt für viele romanhaft anmutende Szenen wie etwa die Schilderung der Senatssitzung, in der Cato Cäsar zur Verlesung des privaten Briefes der Servilia zwingt, die der von Vettius angezeigten angeblichen Verschwörung gegen Pompeius' Leben, sowie die Entweihung des Bona Dea-Festes durch P. Clodius.

Alle Datierungen erfolgten nach dem damals gültigen römischen Mondjahr. Da es eine christliche Zeitrechnung noch nicht gab und naturgemäß auch nicht geben konnte, sind alle Datierungen nach Livius erfolgt. Für die Monate Juli und August wurden die alten, damals gültigen Bezeichnungen Quintilis und Sextilis verwendet.

Zum näheren Verständnis für den Leser sind am Ende des Buches eine Zeittafel, ein Personenverzeichnis und eine Erklärung der vorkommenden Fachbegriffe abgedruckt.

1. Kapitel
Rom im Winter des Jahres 691 auf 692 der Stadt

1

Es war ein kalter Dezembertag in diesem ereignisreichen Jahre 691 seit Gründung der Stadt Rom durch die Brüder Romulus und Remus. Von den Albaner Bergen wehte ein scharfer und eiskalter Wind. Es hatte in der Nacht gefroren, und auf den Dächern der Häuser in der Subura, dem Stadtteil der Kneipen und der kleinen Leute, lag Rauhreif. Im Garten des Julischen Hauses hatte sich in der Zisterne eine dünne Eisschicht gebildet, und die bereiften Äste der Bäume glitzerten matt im fahlen Sonnenlicht.

Der unerwartete Kälteeinbruch der letzten Tage hatte das sonst so rührige Treiben in den engen und verwinkelten Gassen der dicht besiedelten Subura gelähmt und die Festesfreude während der Saturnalien gedämpft, denn die sonst üblichen Umzüge und Maskenspiele waren weitgehend der Witterung zum Opfer gefallen. Die Menschen hatten sich fröstelnd in ihre ungeheizten und meist auch unheizbaren dunklen und feuchten Wohnungen zurückgezogen und warteten, in Decken gehüllt und dicht aneinander gedrängt sich gegenseitig wärmend, auf Wetterbesserung. Die sonst immer vollen Kneipen und Imbißstuben waren fast leer, nur in den zahlreichen Lupanaren herrschte wie immer Hochbetrieb. Den sonst so beißenden Gestank nach Schweiß, gebackenen Fischen, ranzigem Öl und Fäkalien hatte der kalte Wind fast weggeblasen.

Im offenen Atrium des Julischen Hauses an der Hauptstraße der Subura, der Argiletumstraße, war der Springbrunnen abgestellt, weil der Frost bis in das feine System der Röhren gedrungen war, durch die der Brunnen aus einer an der Rückseite des zweigeschossigen rechten Hausflügels bis zur Dachtraufe aufgemauerten Zisterne von dem dort gespeicherten Regenwasser versorgt wurde. An den bronzenen Atlanten, die die Marmorschale des Springbrunnens gebeugten Rückens trugen, hatten sich kleine Eiszapfen gebildet, die wie weißgraue Bärte aus den Gesichtern der Träger herabhingen.

Das Julische Haus stand nun schon seit über zweihundert Jahren an der Hauptstraße dieses Stadtteils, der früher bessere Zeiten gesehen hatte. Die Argiletumstraße war nicht nur die Verbindung des Forums, des zentralen Platzes der Stadt unterhalb des Kapitols, mit der nach Tibur führenden Straße und zum Esquilinischen Tor, sondern früher auch der bevorzugte Wohnort der alten Patrizierfamilien gewesen. Nach und nach aber waren die meisten altadligen Familien in neuere und bequemere Paläste auf dem Palatin und dem Aventin verzogen. Ihre frei gewordenen Familiensitze waren verkauft und abgerissen worden und dann durch billige Mietwohnungen für die Armen der Stadt ersetzt worden, die sich, zumeist ohne einer ständigen Beschäftigung nachzugehen, außer von dunklen und undurchsichtigen Geschäften von öffentlichen Getreidespenden und dem Verkauf ihrer Stimmen bei Wahlen ernährten.

So war das patrizische Geschlecht der Julier eines der letzten vornehmen Häuser, die in der Subura verblieben waren, auch wenn der gegenwärtige Chef des Hauses, der vor einem halben Jahr neugewählte Pontifex Maximus der Römischen Republik, Caius Julius Cäsar, ausgezogen war und nun mit seiner Frau Pompeia und seiner Tochter Julia in der Amtswohnung der Oberpriester in der Via Sacra, der Heiligen Straße, wohnte. Außer den Juliern lebten nur noch zwei senatorische Familien in der Argiletumstraße: Rechts in Richtung des Forums, nur von einer weiß gekalkten Ziegelmauer vom Julischen Grundstück getrennt, die patrizischen Sergier, deren Oberhaupt, Lucius Sergius Catilina, gerade einen Aufstand gegen das Senatsregime begonnen hatte und mit seinen Truppen irgendwo in Etrurien stand. Nachbar zur Linken war die plebejische Senatorenfamilie der Aurunculeier, deren Sohn Lucius ein enger Freund und Vertrauter der Julischen Familie war.

Der alte Julische Besitz wurde seit Cäsars Umzug allein von seiner Mutter Aurelia und ihren Sklaven und Sklavinnen bewohnt. Diese war nun schon seit dreiundzwanzig Jahren Witwe und hatte sich im Laufe der Jahre so sehr an das nur zwanzig Zimmer umfassende Haus gewöhnt, daß sie es immer wieder abgelehnt hatte, die auch ihrer Meinung nach zu kleine und für eine patrizische Familie unstandesgemäße Behausung aufzugeben und in eine größere und komfortablere Villa auf dem Palatin oder auf das Landgut der Julischen Familie in Bovillae am Fuße der Albaner Berge umzuziehen.

Aurelia entstammte einem sehr reichen, wenn auch plebejischen Geschlecht, das erst seit zweihundert Jahren zur Nobilität der Römischen Republik gehörte, nun aber zu den führenden und politisch einflußreichsten Familien Roms zählte und das dem Staat bisher schon elf Konsuln gestellt hatte. Wieder und wieder hatten ihre Verwandten, besonders ihr Vater und ihre Brüder, sie nach dem Tode ihres Mannes gedrängt, die heruntergekommene Subura zu verlassen, aber sie hing an diesem kleinen Haus und dem schönen Garten, in dem sie mit ihrem Manne, dem gewesenen

Prätor C. Julius Caesar, über zwanzig Jahre glücklich zusammengelebt und in dem sie ihren Sohn und ihre beiden Töchter geboren hatte.

Aurelia war nun schon 63 Jahre alt und seit drei Monaten Urgroßmutter, seit ihre Enkelin Atia ihrem Manne, dem Senator C. Octavius, einen gesunden Sohn geschenkt hatte. Sie war eine kleine, zierliche Frau mit rundem und frischem, fast faltenlosem Gesicht, aus dem ihre großen braunen Augen hervorstachen. Schon immer waren es ihre Augen, die ihrem Gesicht eine besondere Note gegeben hatten. Auch wenn sie selbst diese wegen ihrer Größe und ihres feuchten Glanzes für etwas kuhäugig hielt, verfehlten sie nicht ihre Wirkung auf andere Menschen.

Nach altrömischer Sitte trug sie ihr immer noch volles, ursprünglich schwarzes, nun aber rein weißes Haar in der Mitte gescheitelt und im Genick zu einem Knoten gebunden. »Ich muß so aussehen, wie mein Mann mich in Erinnerung hat, damit er mich erkennt, wenn wir uns dereinst in der Unterwelt wiedersehen«, hatte sie alle Versuche ihrer Freundinnen Cloelia und Belliena abgewiesen, ihre Haartracht der sich wandelnden Mode anzupassen. Tatsächlich war dieser Einwand aber eher eine Ausrede für ihre Bequemlichkeit und ihrer Furcht davor, irgend etwas in ihrer Umgebung zu verändern. Es war dieselbe Scheu vor Veränderungen, die sie davon abhielt, ihre gewohnte Umgebung zu verlassen und aus der Subura in eine ihrer Stellung als Schwester dreier gewesener Konsuln und Mutter des amtierenden Pontifex Maximus angemessene Gegend umzuziehen.

So lebte sie in dem alten Haus, ohne sich einsam zu fühlen oder etwas zu vermissen. Nach und nach hatte sie alle Kontakte zu ihrer Umwelt, außer zu ihrer engsten Familie, abgebrochen oder einschlafen lassen. Nur mit ihren Freundinnen Cloelia und Belliena, die sie seit ihrer gemeinsamen Schulzeit kannte und denen sie mit großer Herzlichkeit begegnete, traf sie sich regelmäßig, denn ihre enge Freundschaft war durch alle Jahre trotz der unterschiedlichen Lebensverhältnisse und Herkunft der Freundinnen und ihrer verschiedenen Charakterzüge und Temperamente durch nichts zu erschüttern gewesen. Obwohl ihre Ehepartner oder Söhne in verschiedenen politischen Lagern standen und sich in den vorangegangenen Bürgerkriegen auf Leben und Tod bekämpften, hatten die Freundinnen um so fester zusammengehalten und sich gegenseitig Mut und Trost zugesprochen.

Statt eines regen gesellschaftlichen Verkehrs widmete sich Aurelia ganz der Literatur. Sie war schon immer eine gebildete und belesene Frau gewesen, die sich mit der griechischen Philosophie ebenso wie mit der lateinischen Poesie beschäftigt hatte und in der reichhaltigen Bibliothek im rechten Flügel des Julischen Anwesens einen steten Born der Freude sah, wie sie es ihrem Sohn gegenüber ausdrückte. In den bis zur Decke reichenden Regalen dieser Bibliothek fand sich fast alles, was in griechischer oder lateinischer Sprache aus den Gebieten der Philosophie, Dichtung und Geschichte erschienen war. Es fehlten weder die Werke Homers, Pindars, Hesiods und natürlich der Sappho im griechischen Original und in lateinischer Übersetzung noch die wichtigsten Dramatiker. Von Aischylos über Euripides und Sophokles bis zu den von ihr weniger geschätzten Komödien des Aristophanes und den römischen Entsprechungen Ennius und Terentius reichte der über sechstausend Schriftrollen umfassende Bestand. Von den Historikern, die schon ihr verstorbener Mann gesammelt hatte, liebte sie besonders Polybios.

»Von Polybios können wir viel über die unterschiedlichen Charaktereigenschaften und Lebensauffassungen der Griechen und Römer lernen. Er hat lange in Rom gelebt und kennt unsere Schwächen und Stärken genau. Er ist ein unverbesserlicher Rationalist, der nicht an die Macht und die Einwirkung der Götter auf das Menschliche glaubt. Alles, was geschieht, sei purer Zufall!« Aurelias Gesicht war ganz rot vor Zorn geworden, als sie ihrem Sohn Caius Polybios' Ansichten vortrug.

»Was das Wirken der Götter betrifft, mag er so Unrecht nicht haben, liebe Mutter. Aber alles nur Zufall? Das ist sicher so nicht richtig. Alles Planung und Berechnung, das ist die Lösung! Wir Römer planen einen Feldzug, bevor wir ihn beginnen. Wir sorgen für eine ausreichende Zahl von Soldaten, rüsten sie vernünftig aus, sorgen für den erforderlichen Nachschub, insoweit sind wir die Rationalisten. Die Griechen leben in den Tag hinein, der Zufall wird es schon richten. Was meinst du, warum wir sie besiegt haben und immer wieder besiegen werden? Nicht weil wir den Göttern die notwendigen Opfer dargebracht haben, sondern weil wir den besseren strategischen Plan und die besser ausgebildeten Soldaten hatten!«

Aurelia war erschüttert über die Ansichten ihres Sohnes gewesen. Sie war eine fromme Frau, die täglich die vorgeschriebenen Gebete zu Vesta und den Hausgöttern sprach und nie die notwendigen Opfer für die Laren und Penaten am Hausaltar vergaß. »Ich bin entsetzt über dich, mein Sohn! Du bist Oberpriester der Römischen Republik und zweifelst am Walten der Götter! Solange wir Römer an die Macht der Götter geglaubt und ihnen Respekt und Vertrauen entgegengebracht haben, haben wir gesiegt! Und du sagst, sie helfen uns nicht! Dabei müßtest du doch die vielen Beispiele kennen, wo sie uns gestraft haben, wenn wir ihrem durch unsere Priester erforschten Willen nicht gefolgt sind. Nimm zum Beispiel – «

» – Halt, Mutter, verschone mich mit Beispielen, ich kenne sie alle! Wenn man eine Niederlage untersucht, wird man die Gründe bei Versäumnissen der Menschen finden und nicht bei der fehlenden Unterstützung durch die Götter! Leichtsinn, Übermut, Unfähigkeit und zuweilen auch Feigheit sind die wahren Gründe einer Niederlage oder für das Mißlingen eines Planes! Aber ich gebe zu, daß der Glaube an die Hilfe durch die Götter den Siegeswillen und den Kampfesmut der Soldaten gerade in brenzligen Lagen stärken kann. Insoweit wirst du niemals öffentlichen Zweifel an der Allmacht der Unsterblichen von mir hören, denn alles, was den Mut und die Einsatzfreude der Soldaten hebt, muß unterstützt werden. Wir werden also weiter beten und opfern, sei unbesorgt, Mutter!« Mit diesen Worten hatte Cäsar sich von seiner Mutter verabschiedet und sie verwirrt und ratlos über seine unglaubliche Blasphemie bei ihren Schriftrollen in der Bibliothek stehen lassen.

Der Junge wird seiner Strafe nicht entgehen, wenn er sich nicht ändert. Die Götter lassen nicht mit sich spielen. Mein Sohn glaubt, weil er von der Venus abstammt, er habe ihren Zorn nicht zu fürchten, dachte sie. Wie inkonsequent er doch ist! Er ist Nachkomme der Venus und glaubt nicht an ihre Allmacht! Dabei gäbe es ihn und das ganze Julische Geschlecht nicht, wenn die göttliche Venus ihren mit dem sterblichen Anchises gezeugten Sohn Äneas nicht aus dem brennenden Troja gerettet und nach Italien geleitet hätte. Unsere Bibliothek ist voll von Büchern, die den Untergang Trojas und das Schicksal des Äneas beschreiben! Aurelia war besorgt und beunruhigt. Er sagt, Venus liebe ihre irdischen Nachkommen, aber kennt er nicht das alte Sprichwort: ‚Wen die Götter verderben wollen, verblenden sie zuvor?‘ Und verblendet ist der Junge, wenn er so respektlos über unsere Götter spricht!

Aurelia seufzte und griff zu einer Schriftrolle mit lateinischen elegischen Gedichten. Seit einigen Jahren hatte sie sich einem jungen römischen Dichter zugewandt und ihn nach Kräften gefördert. Caius Valerius Catullus war ein junger Mann, gebürtig in Verona im diesseitigen Gallien. Er hatte einige Aufsehen erregende Gedichte veröffentlicht, wie sie, was die Tiefe der Gefühle betraf, bisher in lateinischer Sprache noch nicht erschienen waren. Der junge Lyriker war Anfang zwanzig und hatte sich unsterblich in eine unbekannte Dame verliebt, die, offensichtlich der Aristokratie angehörend, ein ziemlich lockeres Liebesleben führend, ihn in Raserei und Verzweiflung über ihre Untreue gestürzt hatte. Begeistert hatte Aurelia ihren Freundinnen die Lieder an Lesbia – so nannte der Dichter Catullus die Geliebte in seinen Liedern – vorgelesen.

»Hört, meine Lieben«, sagte sie zu Belliena und Cloelia, »hört, wie er seiner Liebe zu Lesbia Ausdruck gibt. Hört genau hin, nur, damit ihr einen Eindruck von der Tiefe seines Fühlens bekommt. Ist es nicht herrlich?« Aurelias Stimme war ihre Begeisterung anzuhören, als sie mit getragenem Ton ein paar kurze Zeilen vortrug:

»Leben, o meine Lesbia, wollen wir, ewig uns lieben,
niemals daher darf uns kümmern der alten Männer
allzu strenges nörgelndes Jammern. Bedenke doch bitte:
Sonnen können versinken, aber sie kehren zurück.
Lebenslichte, Geliebte, wenn sie erst mal erloschen,
bringen uns nur eine Nacht ewig währenden Schlafes.«

Aurelia hatte ihre Augen bei der letzten Zeile des Gedichtes geschlossen. Nach einer kurzen Besinnungspause öffnete sie diese wieder und blickte ihre Freundinnen erwartungsvoll an.

»Ich glaube, meine Lieben, ihr seid für die höheren Formen der Dichtkunst und das Erkennen der Zartheit und Gefühlstiefe dieses Gedichtes nicht empfänglich genug, um euch weitere Verse zuzumuten«, sagte sie enttäuscht und sichtlich pikiert, als sie keine Reaktionen bei Belliena und Cloelia bemerken konnte. »Entschuldigt also meine vergeblichen Versuche, euch mit den Werken meines Schützlings bekannt zu machen. Ich sagte Schützling, denn ich habe mir die Förderung dieses ungewöhnlichen Talents zur Aufgabe gemacht und unterstütze ihn daher auch finanziell. Von irgend etwas muß der junge Mann ja schließlich leben!«

Die gutmütige Belliena hatte als erste erkannt, wie ernst es Aurelia mit den Gedichten Catulls meinte. Begütigend legte sie ihren Arm um die Schulter ihrer Freundin, lächelte sie freundlich an und sagte mit um Verständnis bittender Stimme: »Entschuldige bitte, liebe Aurelia. Wir wollten dich nicht kränken. Aber verstehe, ich habe im Augenblick keinen Nerv für Poesie. Wie du weißt, hat der Senat meinen Sohn Catilina geächtet. Er ist zwar gerade noch aus Rom entkommen, aber seine Freunde sind auf Befehl des Konsuls Cicero hingerichtet worden. Irgendwo in den Bergen in Etrurien kämpft er jetzt um sein Leben, falls er seinen Feinden noch nicht unterlegen sein sollte. Ich bin seit Wochen ohne Nachricht von ihm und mache mir große Sorgen – «

In diesem Augenblick betrat Aurelias Sklavin Vendita mit verheulten Gesicht den Raum. »Herrin, verzeih mein Eindringen. Ich weiß, daß du dir jede Störung verbeten hast, wenn du deine Verse vorträgst. Aber ich habe es einfach nicht mehr ausgehalten, noch länger mit der schlimmen Nachricht zu warten. Ich muß dich einfach stören, denn gleich nach dem Eintreffen deines Besuches kam ein Bote von deinem Bruder. Dein Vater, der ehrwürdige Senator Marcus Aurelius Cotta, ist heute, am Tag der Larentalien, ganz friedlich gestorben. Dein Bruder läßt dir ausrichten, daß er nicht gelitten hat. Die Götter waren ihm gnädig und haben ihn während seines Mittagsschläfchens heimgeholt!«

Aurelias Gestalt straffte sich. Ihre Gesichtszüge ließen keine Bewegung erkennen. Mit einem fast mechanischen Handgriff löste sie ihren Haarknoten und ließ zum Zeichen ihrer Trauer ihr Haar frei über Schultern und Rücken wallen. Dann erhob sie sich von ihrer Liege und wandte sich ihrer Sklavin zu: »Vendita, verhänge zum Zeichen unserer Trauer alle Spiegel und die Bildnisse unserer Götter. Ich selbst werde die Totenmasken unserer Ahnen verhüllen. Beauftrage den Sklaven Troilus, die Haustür von außen mit den Zweigen einer männlichen Zypresse zu schmücken. Dann wissen auch die Nachbarn und die Vorübergehenden, daß dies ein Trauerhaus ist. Und schicke mir Perdita, damit ich ihr meine Anordnungen für das Trauermahl zu Ehren meines verewigten Vaters mitteilen kann.«

2

Aurelia stand in der Küche vor dem verhängten Schrein, in dem sich der Hausaltar mit den Statuetten der Vesta und der Laren und Penaten befand. Seit die Todesnachricht sie erreicht hatte, waren drei Tage verstrichen. Sie war gerade von der Leichenfeier für ihren Vater zurückgekehrt.

Sie war sofort in die Küche geeilt, um den Schrein mit den Hausgöttern von seiner Verhüllung zu befreien und Vesta durch ein Opfer zu versöhnen und um sie zu bitten, auch fürderhin ihre schützende Hand über das Julische Haus zu halten. Mit einem Ruck entfernte sie das Tuch aus schwarzem Samt, das den Schrein verhüllte, und öffnete dessen beide Flügeltüren. Mit einem geübten Griff zog sie zum Zeichen ihrer Demut vor der Göttin den Saum ihres Kleides über ihren Hinterkopf und schlug die Augen nieder.

»Empfange, Verehrungswürdige, den Dir gebührenden Opferwein und nimm ihn gnädig von Deiner Dich verehrenden Dienerin an. Beschütze auch zukünftig unser Haus, seine Bewohner und alles, was in diesem Hause uns gehört. Verehrungswürdige, ich bitte Dich. Vesta, Du Gute, schütze auch meine Kinder, besonders meinen Sohn, auch wenn er Dir nicht immer den Dir zustehenden Respekt entgegenbringt. Vesta, darum bitte ich Dich!«

Aurelia stellte eine kleine silberne Schale vor das Standbild der Göttin und goß mit langsamen und gemessenen Bewegungen dreimal einen Schluck Wein in das Gefäß.

Dann wandte sie sich den Statuetten der Laren und Penaten zu: »O Ihr Laren, Ihr vergöttlichten Geister unserer Ahnen, seht huldvoll auf Eure irdischen Nachfahren! Was wären wir ohne den Schutz durch Euch! Heute haben wir Marcus Aurelius Cotta, einem würdigen, Euch und allen Göttern respektvoll dienenden Greis, die Leichenfeier bereitet und ihn der Unterwelt und den Manen, den verewigten Geistern der verstorbenen Vorfahren, geweiht. Nehmt ihn auf in Eure Mitte! Marcus Aurelius Cotta, mein Vater, hat es verdient. Ich bitte Euch, Ihr ehrwürdigen Laren. Empfanget als Zeichen meines Dankes dieses Weihrauchopfer!« Aurelia hob den Dekkel einer goldenen Büchse und entnahm ihr einige Körner, legte sie in eine ebenfalls goldene Opferschale und entzündete sie dann mit einem Kienspan.

Danach stellte sie einen irdenen Teller mit Salzkuchen vor das bronzene Standbild eines Penaten. »Ehrwürdiger Penat, Hüter unserer Vorratskammer! Durch gute und schlechte Zeiten hast Du dafür gesorgt, daß unsere Vorratskammer immer reichlich gefüllt war und niemand im Hause Hunger oder Durst leiden mußte. Wende, Ehrwürdiger, auch fürderhin Not und Mangel von diesem Haus, ich bitte Dich! Nimm diese Salzkuchen, die ich selbst nach den überlieferten Vorschriften der Vestalinnen mit dem geheiligten Wasser aus der Quelle der Nymphe Egeria vor dem Capenischen Tor und mit von den Vestalischen Jungfrauen gesammelten Ähren und dem von ihnen gemahlenen Mehl eigenhändig bereitet habe! Nimm diese Kuchen gnädiglich an, ich bitte Dich!«

Aurelia senkte den Kopf, denn es war unschicklich, den Göttlichen bei der Annahme der Opfergaben zuzusehen. Dann schloß sie mit abgewandtem Gesicht und niedergeschlagenen Augen das Lararium genannte Heiligtum. Einen Augenblick verweilte sie noch vor dem geschlossenen Schrein, dann wandte sie sich aus der Küche und begab sich an einer Ala vorbei in das Triklinium, dem großen repräsentativen Speisesaal im linken Flügel des Hauses, um die von ihren Sklaven getroffenen Vorbereitungen für das bevorstehende Leichenmahl zu Ehren ihres Vater zu überprüfen.

Das Triklinium war das prächtigste Zimmer des Julischen Hauses. Es war zwar nicht so groß wie das Tablinum, dem zum Atrium und zum Garten hin wandlosen offenen Raum gegenüber dem Eingangsbereich, in dem die Familie meistens ihre Gäste wegen der größeren Fläche empfing und bewirtete. Aber wegen der Kälte in Winterzeiten konnten hier nur im Sommer Empfänge und Gastmäler stattfinden.

Der Speisesaal lag wie die Küche und die sich an diese anschließende Ala im Erdgeschoß des linken Seitenflügels, dem, wie allen anderen Räumen auch, ein das Obergeschoß tragender, von Säulen gestützter überdachter Umgang vorgebaut war. Es hatte drei breite Fenster zum Atrium hin, die trotz des Schatten werfenden Vorbaues genügend Licht in den Saal ließen, um die farbigen Wandfresken und die schönen Mosaike im Fußboden des Raumes in allen Einzelheiten bewundern zu können.

Als Aurelia, immer noch in ihrer schwarzen Trauerkleidung und mit aufgelösten Haaren, den Speisesaal betrat, schlug ihr eine Welle warmer Luft entgegen, die der Hypokaustenheizung entströmte und den ganzen Raum wohlig auf fast sommerliche Temperaturen erwärmt hatte. Perdita hat trotz ihres hohen Alters alles im Griff, stellte sie zufrieden fest.

Perdita war ihre älteste Sklavin. Ihr Vater hatte sie ihr zu ihrem fünften Geburtstag geschenkt, und seither hatte sie ihr treu und unermüdlich gedient. Sie war ursprünglich ihr Kindermädchen gewesen, dann war sie ihre Kammerzofe geworden und schließlich ihre vertraute Ratgeberin in allen Lebenslagen. Sie war jetzt fast achtzig und hatte die Funktion einer Haushofmeisterin übernommen. Eigentlich stand Sklaven eine derartige Bezeichnung und Tätigkeit gar nicht zu, aber Perdita hatte es immer abgelehnt, ihrer Freilassung zuzustimmen.

»Was soll mir die Freilassung schon bringen, Herrin? Was ändert sich an meiner Arbeit? Ich muß mir neue Kleider zulegen und eine andere Frisur! Lange Haare und Kleider passen nicht zu meiner Arbeit. Ich bleibe bei meinem Sklavenkittel und dem kurzen Haarschnitt der Sklaven!« Damit war für Perdita die Sache ausgestanden. Aurelia hatte sich gefügt und sie zur obersten Kammerfrau gemacht.

So hatte Perdita nach und nach und ohne daß es Aurelia so recht bemerkt hatte, als oberste Kammerfrau die Führung des Haushaltes übernommen. Sie führte ein eisernes Regiment über die anderen Sklaven. Mit zunehmendem Alter hatte sie sich ganz der körperlichen Arbeit entledigt und sie auf das übrige Hauspersonal verteilt. Sie beschränkte sich auf deren Überwachung und achtete mit Argusaugen darauf, daß ihre und die Anordnungen der Herrin schnell und umfassend ausgeführt wurden. So lief der Haushalt reibungslos.

Fabelhaft, wie hier alles so sachgerecht erledigt wird, dachte Aurelia. Das Triklinium ist geheizt, ohne daß ich überhaupt eine diesbezügliche Anweisung gegeben hatte! Meine Perdita sieht tatsächlich alles, ich bin hier schon fast überflüssig. Bald wird man nicht mehr wissen, wer hier die Herrin ist. Die Sklaven wissen, wem sie zu gehorchen haben! Aurelia lächelte und war erheitert. Erst neulich habe ich Troilus eine Anordnung erteilt, erinnerte sie sich sichtlich amüsiert, als aus der Küche die keifende Stimme Perditas erscholl:

‚Troilus, du fauler Schlingel, was ist mit dem Holz? Hast du es immer noch nicht gehackt? Ich werde dir Beine machen!‘ Troilus war zusammengezuckt, zum Hauklotz im Garten gerannt und hatte wie wild zu hacken angefangen. Meine gerade erteilten Befehle hatte er vergessen, so sehr war ihm der Schreck in die Glieder gefahren! Jedenfalls haben die Sklaven vor Perdita mehr Respekt als vor mir. Angst vor meiner guten und freundlichen Perdita, unglaublich. Troilus, dieser große und kräftige Mann, zittert vor meiner alten und schon ziemlich gebrechlichen Perdita!

Aurelia sah sich nur kurz im Triklinium um. Für das private Trauermahl zu Ehren ihres verstorbenen Vaters waren nur ihre eigenen Nachkommen und deren Ehepartner geladen, um sich würdig im engsten Familienkreise von M. Aurelius Cotta zu verabschieden. Die Sklaven hatten unter Perditas strengen und wachsamen Augen gute Arbeit geleistet. Um mehrere breite Tische hatten sie bequeme Klinen gruppiert und diese mit weichen Kissen gepolstert. An der Stirnseite des Raumes hatten sie auf einem marmornen Postament die bronzene Büste des Verstorbenen aufgestellt und diese mit einem Lorbeerkranz geschmückt. Auf den Tischen standen wohlgeordnet Teller und Becher, bereit, jederzeit benutzt zu werden. Die Bediensteten hatten weder Messer und Löffel noch gefüllte Salznäpfe noch kleine Schälchen mit Garum zum Würzen der Speisen vergessen.

Auf jedem der Tische stand eine Vase mit einer weißen Lilie als äußeres Zeichen dafür, daß in diesem Haus Trauer herrschte. Die Lilien werden meinem Sohn nicht gefallen, denn sie sind die Blumen der Hera, der Feindin der Aphrodite, unserer Venus, von der Cäsar und das ganze Julische Geschlecht seinen Anfang nahm, überlegte Aurelia. Aber wir trauern um keinen Julier, sondern um einen Aurelier, also bleiben die Lilien. Noch einmal warf sie einen prüfenden Blick auf die Tische, dann wandte sie sich zum Gehen. Ich muß mich umziehen, in einer Stunde werden die Gäste kommen, dachte sie und verließ das Triklinium.

3

Ganz in Gedanken war Aurelia über den bedachten Umgang zum Atrium an der Küche und dem Tablinum vorbei zu der ins Obergeschoß führenden Treppe gegangen, denn im Obergeschoß lagen ihre privaten Räume seit ihrer Heirat mit dem Erbsohn des Julischen Hauses. Ihr Schlafgemach und ihr Ankleidezimmer befanden sich genau über dem Triklinium. Wie alle Räume des oberen Stockwerkes waren beide Zimmer unheizbar, da die Hypokausten, die vom Herd in der Küche befeuert wurden, nur das Untergeschoß des rechten Hausflügels erreichten.

Während sie die bis nach der öffentlichen Leichenfeier vorgeschriebene einfarbig schwarze Trauerkleidung auszog und in ihre dunkle, aber mit bunten Stickereien geschmückte Witwenkleidung schlüpfte, die sie seit dem Tode ihres Mannes nie abgelegt hatte, obwohl dies eigentlich nur für die offizielle Trauerzeit von einem Jahr üblich war, dachte sie an ihren verstorbenen Vater. Er war ein uralter Mann von über neunzig Jahren gewesen. Bis zu seinem plötzlichen Tode war er weder ernstlich krank noch war er hinfällig oder gar in seiner geistigen Leistungsfähigkeit eingeschränkt gewesen. So war denn sein Tod trotz seines hohen Alters für seine Angehörigen und den Senat, dem er seit sechzig Jahren angehörte, völlig überraschend gekommen. Irgendwie haben die Götter Sinn für Symbolik, dachte sie. Meinen Vater ausgerechnet an den Larentalien, einem Fest für die Toten, abzuberufen, ist schon etwas Besonderes. Und das noch dazu, während sein Lieblingsenkel Cäsar in seiner Eigenschaft als Pontifex Maximus der Römischen Republik mit dem Kollegium der Pontifices und dem Flamen des Quirinus am Grabe der Acca Larentia die Totenfeier zelebrierte und die vorgeschriebenen Opfer vollzog.

Acca Larentia genoß göttliche Verehrung, denn sie war gewissermaßen die Mutter Roms. Sie hatte nämlich die Gründer der Stadt, die Zwillinge Romulus und Remus, großgezogen, nachdem diese von ihrer leiblichen Mutter ausgesetzten Söhne des Mars zunächst von der Wölfin angenommen und gesäugt und dann von ihr und ihrem Manne aufgezogen worden waren. So war Rom nicht nur die Stadt der Wölfe, sondern auch die der Hirtenfrau Acca Larentia geworden.

Es war eine Aufsehen erregende Leichenfeier gewesen. Ihr Vater war nicht nur der älteste Senator der Stadt, sondern auch eines der geachtetsten Mitglieder der Optimaten, wie die jetzt regierende Partei sich selbst nannte. Marcus Cotta hatte die Großen der Zeit alle gekannt und überlebt. Da er ein gemäßigter Vertreter seiner Partei war, hatten auch die Anhänger der anderen Partei, die sich Popularen nannte, Vertrauen zu ihm gehabt. Sulla und die Optimaten schätzten seinen Rat ebenso wie Marius und Cinna, die Führer der Popularen. Sein Ansehen war so groß, daß er selbst während der blutigen Bürgerkriege, in dem sich die führenden Adelsfamilien gegenseitig fast ausgerottet hatten, beinahe eine neutrale Instanz war, bei der die Anhänger beider Parteien nicht nur Rat und Hilfe suchten, sondern auch Schutz vor Verfolgungen, wenn die Gegenpartei an die Macht gelangte und im Siegesrausch ihre Feinde blutig verfolgte und niedermetzelte.

So war ihr Vater einer der einflußreichsten Politiker seiner Zeit gewesen, obwohl er zu seinem Kummer das höchste Staatsamt, nämlich das Konsulat, nie erreicht hatte. Aber er erlebte die Freude, daß seine drei Söhne zu Konsuln gewählt wurden, wie er Vertreter der gemäßigten Richtung der Optimaten. Bis zuletzt hatte er auch die Karriere seines Enkels Caius Cäsar gefördert, obwohl dieser einer der Führer der Popularen war. Mit Stolz hatte ihn dessen vor wenigen Monaten erfolgte Wahl zum Oberpriester der Römischen Republik erfüllt, obwohl sein junger Enkel eigentlich für ein so wichtiges Amt noch nicht in Frage kam. Besonders erfreut hatte ihn dabei, daß sein jugendlicher Enkel seinen überraschenden Wahlsieg gegen den so einflußreichen Führer der Optimaten, Quintus Lutatius Catulus, erkämpft hatte. Dieser war nämlich als der von allen führenden Senatoren favorisierte Gegenkandidat angetreten und gleichwohl jämmerlich von Cäsar geschlagen worden.

So hatten denn alle, die in Rom Rang und Namen hatten, Cotta die letzte Ehre erwiesen und ihn auf seinem letzten Gang begleitet. Dem feierlichen Leichenzug schritten Musikanten voran, vor allem Trompeter und Flötisten, gefolgt von einem Pulk gemieteter Klageweiber. Mit aufgelösten Haaren und zerrissenen Kleidern sangen diese schrille, fast heulende Klageliedern zu Ehren des Toten. Dann folgte eine Gruppe Schauspieler, die die Totenmasken der Vorfahren Cottas trugen. Jeder von ihnen stellte einen berühmten Ahnen der Aurelischen Familie dar und war in das Amtsgewand des höchsten Amtes gehüllt, das der verstorbene Vorfahr zu seinen Lebzeiten erreicht hatte.

Nach dieser Gruppe fuhr der aufgebahrte Verewigte auf einem von vier schwarzen Pferden gezogenen und mit schwarzen Tüchern verhängten offenen Wagen an den die Straßen säumenden Gaffern vorbei. M. Aurelius Cotta, gewesener Prätor der Römischen Republik, lag auf seiner letzten Fahrt auf einer einfachen mit Zypressenzweigen umbundenen Bahre, die von acht Freigelassenen des Aurelischen Hauses getragen wurde. Hinter dem Wagen schritten die Angehörigen des Aurelischen Geschlechts, nicht nur die Cottae, sondern auch die Zweige mit den Beinamen Scaurus und Orestes, denn M. Aurelius Cotta war das Oberhaupt der gesamten Sippe gewesen.

Den Schluß des Zuges bildeten die Würdenträger des Staates, befreundete Senatoren und die zahlreichen Klienten des Aurelischen Hauses. Sie waren alle gekommen: Der amtierende Konsul Marcus Tullius Cicero schritt den Amtsträgern voran, gefolgt von den Führern der Optimaten Lutatius Catulus, Servilius Vatia, Hortensius und dem jungen Marcus Porcius Cato. Von den Popularen fehlten viele, denn sie waren, weil in die kurz vorher von Cicero niedergeschlagene Verschwörung des Catilina verwickelt, bei den Aufständischen in Etrurien oder auf der Flucht. Außer Cäsar, der als Enkel des Toten bei den Familienangehörigen mitging, waren nur Titus Labienus und Lucius Aurunculeius Cotta dabei.

Der Zug führte über das Forum, wo er anhielt, denn hier wurde vom Rostrum herab die Leichenrede gehalten. Aurelias Bruder, ein gewesener Konsul, würdigte als nunmehriges Familienoberhaupt seinen Vater und das ganze Aurelische Geschlecht in einer endlos langen Ansprache. Er vergaß weder den von den Aureliern seit der Zeit der Könige betreuten Kult für den Gott Sol und die Pflege der beiden Tempel für diesen Hausgott noch den durch einen Vorfahren bewirkten Bau der Via Aurelia, die noch heute die Ewige Stadt mit Pisa verbindet und die das westliche Etrurien erschloß. Lang war die Reihe der Schlachten, in denen Aurelier in führender Rolle, sei es als Feldherren oder als Legionskommandeure, den Sieg für die römischen Waffen erstritten hatten. Aurelius erwähnte sie nicht nur alle, sondern unterstrich deren Bedeutung für das Wachsen des Römischen Reiches, indem er auch die Zahl der eroberten und dem Imperium eingegliederten Städte und Provinzen aufzählte.

Danach bewegte sich der Zug weiter am Tullianum, dem Staatsgefängnis, vorbei und bog endlich in die Via Flaminia ein. Hier überschritt er die Stadtgrenze, wo ihn eine bewaffnete Abordnung der dritten Legion erwartete, die der Verblichene einst vor vielen Jahrzehnten nach seiner Prätur geführt hatte. Die Soldaten, die in Waffen die Stadt nicht betreten durften und deshalb vor dem Tor gewartet hatten, gliederten sich in den Zug ein. Dann gelangten sie auf das vor den Toren liegende Marsfeld, wo die Trauerfeier zunächst mit einem Umgang um den Scheiterhaufen und dann mit der feierlichen Verbrennung des Leichnams endete, weil Bestattungen innerhalb des Mauerringes verboten waren.

Dabei hatte Aurelias Bruder als neues Familienoberhaupt die ihm vom ältesten Klienten der Familie gereichte Fackel zu ergreifen und mit abgewandten Gesicht, wie es das Ritual erforderte, den Scheiterhaufen an allen vier Ecken anzuzünden und die traditionellen Worte zu sprechen: »Möge dir, Vater, der Eingang in die Unterwelt leicht fallen.«

Aurelia seufzte, als sie an die Totenfeier zurückdachte. Wegen der Kälte und des eisigen Windes hatte sich der Trauerzug schnell aufgelöst. In großer Eile waren die Teilnehmer in die Stadt zurückgeeilt. Nur die Mitglieder der Familie mußten ausharren, bis der Scheiterhaufen heruntergebrannt und das Feuer erloschen war. Sie spürte noch immer den intensiven Geruch des Weihrauchs, mit dem der Leichnam bestreut war. Zuletzt hatten sie die verglimmende Glut mit Wein abgelöscht und dann die sterblichen Überreste in eine Urne gesammelt. In einigen Tagen würde diese dann im Familiengrab der Aurelier bei Cures im Lande der Sabiner, aus dem das Geschlecht stammte, beigesetzt werden.

4

Nach und nach trafen die erwarteten Gäste, ausschließlich Nachkommen Aurelias und deren Ehepartnern, im Julischen Hause ein. Troilus empfing sie in der Eingangshalle und geleitete sie dann in eine Kinder- und Webstube benannte Räumlichkeit, die vom Eingangsbereich aus gesehen vor dem Triklinium am rechten Atriumumgang lag. Früher war dieser Raum das Zimmer, in dem die drei Kinder Aurelias bei schlechtem oder zu kaltem Wetter vom Hauslehrer Gnipho unterrichtet worden waren oder in der unterrichtsfreien Zeit gespielt hatten. Später hatte Aurelia dort ihren Webstuhl aufgestellt und ihn als Werkraum für sich und ihre Sklavinnen genutzt. Als ihre Augen schwächer geworden waren, hatte sie das Zimmer als Empfangssalon für wartende Gäste eingerichtet. Hier versammelte sich nun ihre Familie, um sich vor dem feierlichen Leichenschmaus ein wenig aufzuwärmen, denn dieser Raum war außer dem Triklinium der einzige des Hauses, der durch die Hypokaustenheizung von der am Ende des rechten Flügels liegenden Küche aus beheizt werden konnte.

Als erster erschien C. Julius Cäsar, ihr einziger Sohn, mit seiner jungen Frau Pompeia und seiner hübschen Tochter Julia. Die zweiundzwanzig Jahre alte Julia entstammte der ersten Ehe Cäsars mit der früh verstorbenen Cornelia, deren Tod er bis heute noch nicht hatte verwinden können. Obwohl seine zweite Frau eine lebhafte und auch lebenslustige junge Schönheit war, langweilte sie den Oberpriester, denn politische Gespräche oder die Erörterung literarischer oder philosophischer Fragen waren mit ihr nicht möglich, und der von ihr geliebte Klatsch über die pikanten Histörchen der römischen vornehmen Gesellschaft langweilte wiederum Cäsar.

Aurelia empfing ihre Schwiegertochter mit großer Herzlichkeit, vor allem, weil sie sich die Schuld an der mißglückten Verbindung gab. Deshalb plagte sie ein schlechtes Gewissen, vor allem ihrem Sohn gegenüber.

Aber auch ihrer Schwiegertochter gegenüber fühlte sie ein immer stärker werdendes Unbehagen. Cäsar hatte nämlich nach längerer Witwerschaft widerstrebend und nur auf ihren Vorschlag hin Pompeia geheiratet und sie, Aurelias Drängen nachgebend, im Grunde nur deshalb zur Frau genommen, weil das Julische Haus endlich einen männlichen Erben benötigte. Zusätzlich hatte er sich durch dies Heirat bessere politische Verbindungen zu den Optimaten der gemäßigten Richtung erhofft, denn Pompeia war als Enkelin Sullas eine Haupterbin dieses offiziellen Führers der herrschenden Partei gewesen. Beide Hoffnungen hatten getrogen: Weder hatte Pompeia ihm einen Erben geschenkt, noch hatte er neue Freunde und Anhänger unter seinen Gegnern aus der Optimatenpartei gewinnen können. So wurde die Ehe ein Fehlschlag, und Cäsar suchte nicht bei seiner Frau, sondern bei der anderweitig verheirateten Servilia Verständnis, Trost und Befriedigung seiner sexuellen Bedürfnisse.

Danach trafen Aurelias Töchter mit ihren Ehemännern ein. Beide Töchter führten der römischen Sitte gemäß den Namen Julia, denn individuelle Vornamen wurden, anders als bei männlichen Nachkommen, Mädchen nicht erteilt. Zur Unterscheidung voneinander wurden die Töchter einer römischen Familie einfach durchnumeriert, auf Julia eins folgte Julia zwei und so weiter. Zuerst erschien Julia zwei mit ihrem Mann Marcus Atius Balbus, einem römischen Ritter, dem erst kürzlich der Aufstieg in den Senat geglückt war. Beide wurden von ihrer älteren Tochter Atia, deren Ehemann C. Octavius und einem schreienden Bündel, dem gerade zwei Monate alten C. Octavius junior, begleitet. Aurelia umarmte ihre Enkelin und nickte deren Manne, einem der Ädilen des laufenden Jahres, freundlich, aber einen deutlichen Abstand andeutend zu.

»Wo habt ihr denn eure Tochter Octavia gelassen? Sie wird doch nicht krank sein?« Aurelia war besorgt. Ihre älteste Urenkelin litt häufig an heftigen Erkältungen, die regelmäßig mit einem bösartigen Husten verbunden waren. Sie geriet jedesmal in Panik, wenn sie Octavias bellende Hustenanfälle zu hören bekam. Ihr eigener Ehemann hatte nämlich auch an häufigen Entzündungen der Atemwege gelitten und war schließlich einem Lungenleiden qualvoll erlegen. Erleichtert atmete sie auf, als Atia ihr versicherte, daß es sich nur um eine Mittelohrentzündung handelte und der eilig herbeigerufene Hausarzt der Familie, Archilaos, der kleinen Octavia strenge Bettruhe verordnet habe.

Atia war ihre Lieblingsenkelin, nicht nur weil sie die älteste in der Reihe ihrer Enkelinnen war, sondern auch, weil sie im Julischen Haus geboren worden war. Es waren damals schlimme Zeiten gewesen, denn es herrschte

Bürgerkrieg in Rom. Die Stadt wurde seinerzeit von den Optimaten regiert, die die Anhänger der Popularen aus ihren Mauern vertrieben hatten, soweit sie sie nicht in einem vorangegangenen aufstandsartigen Tumult erschlagen hatten. Zu den vertriebenen Popularen, die sich Rache schnaubend anschickten, die Stadt von außen in einem blutigen Bürgerkrieg wieder zu erobern, gehörten nicht nur ihr eigener Ehemann, Cäsars Vater, sondern auch ihre beiden Schwiegersöhne M. Atius Balbus und Lucius Pinarius Scarpus, alle drei überzeugte Anhänger der Volkspartei. Julia zwei hatte sich hochschwanger in ihr Haus geflüchtet und die kleine Atia mit Hilfe Perditas und des griechischen Hausarztes Archilaos geboren.

Liebevoll beugte sich Aurelia über ihren wütend krähenden Urenkel. Sein Gesicht war krebsrot angelaufen, und seine Mundwinkel hatten sich vor deutlich sichtbarem Unwillen nach unten verzogen. »Was hat der Kleine nur, liebe Atia? Er ist doch wohl nicht krank? Sieh nur, wie niedlich er seine winzigen Fäuste ballt!«

»Krank, liebe Großmutter? Der ist nicht krank! Der ärgert sich nur, daß er sein Fläschchen noch nicht bekommen hat. Er hat Hunger und will seine Milch! Wo ist Perdita? Rufe sie, damit sie ihn füttern kann. Du wirst sehen, wie ruhig er ist, wenn er seinen Willen durchgesetzt hat!«

»Wie dein Onkel Cäsar, der bekommt auch immer, was er will! Auch er hat so seine Methoden, seine Wünsche durchzusetzen. Allerdings läßt er niemals seinen Zorn erkennen. Erst versucht er es mit Schmeichelei, dann mit seinem alles überwältigenden Charme, dann bringt er sachliche Argumente vor, und wenn alles nichts hilft, macht er dir klar, daß seine Wünsche eigentlich nicht seine, sondern deine sind. Aber du kennst ja deinen Onkel Cäsar, liebe Atia!«

Cäsar, angetan in seiner Amtstracht als Pontifex Maximus, einer schneeweißen Toga und einem darüber getragenem ebenfalls weißen wallenden Mantel, lächelte amüsiert. »Du übertreibst, Mutter. Ich glaube nicht, daß ich im Alter von zwei Monaten mein Verlangen nach Nahrung mit überzeugenden Argumenten vorgetragen habe, statt wie der kleine Caius Octavius kräftig und unüberhörbar zu schreien! Ah, da kommt ja unsere Perdita, sie weiß, was ihm gut tut, nicht wahr, Perdita?«

»Ja, Herr, das weiß ich. Seit ich dich und deine Schwestern versorgt habe, wird sich ja wohl nichts geändert haben! Und geschrien hast du auch, und auch genauso zornig! Aber ich habe dich ruhig gestellt, indem ich dich gefüttert, trockengelegt und dann in der Wiege geschaukelt habe. Es wäre doch gelacht, wenn ich den kleinen Caius nicht zufrieden und satt in den Schlaf bringen könnte!« Perdita lachte, nahm behutsam den in seine Windeln gewickelten Säugling aus den Armen seiner Mutter und zog, leise eine einfache und beruhigende Melodie trällernd, mit ihm davon. »Die Windeln sind auch voll, von oben bis unten«, hörte Atia sie im Davongehen brummeln.

Inzwischen war auch Julia eins mit ihrem zweiten Ehemann Quintus Pedius und ihren beiden Söhnen angekommen. Pedius war ein reicher Ritter, der sich nicht für Politik interessierte und daher auch nicht dem Senat angehörte. Seine ganze Energie verwandte er auf die Verwaltung seiner Güter und auf seine Fischzucht. In seinen Teichen züchtete er nicht nur schmackhafte Meerbarben, sondern auch Steinbutte und Stachelflundern in eigens dafür gebauten und mit Kanälen für die Zufuhr von Frischwasser versehenen Salzwasserbassins. Fische und die Art, sie zu züchten, waren die einzigen Themen, die ihn interessierten.

»Es muß auch Leute geben, die sich nicht um Politik und Totschlag scheren, sondern sich um das leibliche Wohl ihrer Mitmenschen kümmern. Alle wollen Muränen, Austern oder frische Seezungen essen. Es muß also auch Leute geben, die ihre Energie nicht mit dem Abschlachten angeblicher oder tatsächlicher Feinde vergeuden. Ich sage euch, Fischzucht ist eine Kunst, die viel Einfühlung in die Bedürfnisse der Fische erfordert, damit sie groß, fett und schmackhaft werden. Und viel Geld kann man damit auch verdienen, jedenfalls wenn man die Sache mit Ernst und Geschick betreibt.«

»Ja, Vater«, warf sein Sohn spöttisch ein. »Man riecht förmlich den Gewinn!« Der junge Pedius rümpfte die Nase, als er wie zur Bekräftigung seiner Worte an der Toga seines Vaters schnupperte. Sein einige Jahre älterer Stiefbruder Lucius Pinarius, der wie der junge Pedius keinen Sinn für Geschäfte hatte und in die Politik wollte, wandte sich an seinen Onkel Cäsar, den er hemmungslos verehrte.

»Lieber Onkel, ich weiß, daß ich mit meinen 25 Jahren noch kein Amt übernehmen darf. Aber Offizier kann ich werden. Kannst du mir und Pedius nicht für Pompeius einen Empfehlungsbrief schreiben? Du kennst ihn doch gut. Wir haben uns nämlich bei ihm beworben. Er wird doch sicher einsatzfreudige junge Männer wie uns brauchen können.«

»Ich werde euch meinem Freund Pompeius empfehlen, liebe Neffen. Ob es Sinn macht, bezweifele ich allerdings. Pompeius hat den Krieg gegen Mithridates und die Seeräuber doch siegreich beendet. Er will nun zurück nach Rom und den Feldherrnmantel an den Nagel hängen. Es wird für abenteuerlustige junge Leute, wie ihr es seid, bei ihm nur noch wenig zu tun geben.«

Pedius und Pinarius sahen sehr enttäuscht aus. »Gibt es denn nicht noch andere Möglichkeiten für uns? Wir versauern ja hier in Rom! Du warst mit sechzehn doch schon Flamen des Jupiter und Senator!«

»Damals waren andere Zeiten, es herrschte Bürgerkrieg und das Volk brauchte einen Priester des Besten und Größten! Ich war einer der wenigen, die die strengen formalen Voraussetzungen für dieses Priesteramt erfüllten, und ich gehörte außerdem der richtigen Partei an! Das war damals in Rom genauso wichtig wie heute, wenn man Karriere machen will. Ich hatte Glück, denn mein Schwiegervater Cinna war der amtierende Konsul! Leider bin ich weder Konsul noch Feldherr, so daß ich euch schon auf Grund meiner fehlenden Machtstellung im Staat oder in der Armee nur sehr bedingt protegieren kann. Zudem bin ich Popular, und, bei allen Göttern, das ist bei den im Augenblick regierenden Optimaten alles andere als ein Vorzug.

Wenn ihr euch allerdings statt für den Militärdienst um ein Priesteramt bewerben wollt, kann ich euch sicher behilflich sein. Ich habe als Pontifex Maximus erheblichen Einfluß auf die Besetzung frei werdender Priesterstellen. Da das Priesteramt in Rom in höchstem Ansehen bei den Bürgern steht, ist es ein gutes Sprungbrett für die spätere Übernahme politischer Ämter. Ich werde euch ansprechen, sowie eine Vakanz eintritt, damit ihr euch bewerben könnt. Jetzt aber wollen wir das Festmahl zu Ehren eures Urgroßvaters einnehmen, eure Großmutter wird schon ganz unruhig. Kommt, wir gehen in das Triklinium!«

5

Cäsar schritt dem Pulk seiner Verwandten voran. Im Eingang des Speisesaales standen Aurelia und zwei ihrer Sklavinnen. Jede von ihnen trug eine große silberne Platte, auf der als Appetitanreger verschiedene Meeresfrüchte lagen, die sie den Eintretenden anboten. Cäsar griff sich mit spitzen Fingern ein Holzstäbchen, das in einem köstlich nach Ingwer duftenden Klößchen steckte. Das Klößchen schwamm in einer Sauce aus Wein und angedicktem Johannisbeersaft. Während Cäsar das Bällchen langsam zerbiß, merkte er beim Kauen, daß die mit einem dünnen Salzteig umhüllte Kloßfüllung aus einem mit Kapern, saurer Sahne und gehackten Langusten vermengten Brei bestand. »Wunderbar, liebe Mutter, einfach wunderbar!« Cäsar schnalzte mit der Zunge. »Wie sich Ingwer, Sauce und das Langustenfleisch so herrlich miteinander verbinden! Keine Geschmacksrichtung überlagert die andere. Wo hast du nur dieses herrliche Rezept her?«

Aurelia lächelte geschmeichelt. Daß ihr Sohn etwas Eßbares lobte, war äußerst selten, denn er war kein Freund raffinierter Speisen und üppiger Gelage. »Ich habe mir von Lukullus den Koch für heute ausgeliehen. Ich weiß, daß du Lukullus nicht besonders liebst, weil er Optimat und obendrein ein Feind des Pompeius ist. Aber er hat nun einmal den besten Koch in Rom. Außerdem hat er meinen Vater sehr geschätzt und mir deshalb gerne seinen Küchenchef ausgeborgt. Dich mag er übrigens auch, denke nur an das kostbare Geschenk, daß er dir zu deiner Hochzeit mit Pompeia gemacht hat!«

Cäsar grunzte irgend etwas, was man als Zustimmung zu Aurelias Bemerkungen auslegen konnte. Tatsächlich hatte ihm Lukullus zwei junge Kirschbäume, die jetzt hier im Garten des Julischen Hauses standen, als Hochzeitsgeschenk übersandt. Es war damals wie heute eine einmalige Kostbarkeit, denn der Transport des aus dem asiatischen Pontus stammenden Baumes war schwierig und erstmalig Lukullus gelungen. Er hatte vor Jahren einige Kirschbäume von seinen Kriegszügen in Asien mitgebracht und zwei von ihnen Cäsar geschenkt. So war Cäsar der einzige in Rom, außer natürlich Lukullus selbst, der über eigene Süßkirschen aus seinem Garten verfügen konnte.

»Du mußt auch unbedingt diese Venusmuscheln in einem mit Weißwein verfeinerten Gemüsesud probieren. Ich habe sie extra als Tribut an deine göttliche Abstammung von der Venus aus dem Kochbuch des Lukullus für dich ausgesucht.« Aurelia hielt ihrem Sohn das Tablett direkt unter die Nase. Mechanisch griff er zu, denn alles, was mit dem Ursprung seines Geschlechts zusammenhing, erregte sein Interesse. Wie sein verstorbener Vater glaubte er fest an die Herkunft seines Geschlechtes aus Troja und die Abstammung von der göttlichen Ahnfrau und ihrem irdischen Sohn Äneas. An sich mochte Cäsar Muscheln nicht, aber er fand, daß diese gar nicht so schlecht mundeten.

»Köstlich, Mutter! Ich danke dir für diese gelungene besondere Aufmerksamkeit. Venusmuscheln! Schon der Name ist etwas Besonderes! Nenne sie künftig Cäsars Venusmuscheln. Wir können die Römer gar nicht oft genug an unsere Abkunft von den Unsterblichen erinnern. Es verleiht uns den Quiriten gegenüber einen Nimbus, der uns wegen der im einfachen Volk noch vorhandenen Ehrfurcht vor den Göttern turmhoch über die gewöhnlichen Römer stellt. Im politischen Kampf ist dies ein nicht zu überbietender Vorteil für meine Laufbahn. Du hast das bei meiner Wahl zum Oberpriester der Republik sehen können. Man hat mich, einen verhältnismäßig einflußlosen Popularen, den Spitzen der regierenden Oligarchie der Optimaten vorgezogen. Nicht weil ich der Bessere bin, sondern nur weil, ich im Gegensatz zu den der herrschenden Partei angehörenden ehemaligen Konsuln Servilius Vatia und Lutatius Catulus von den Göttern abstamme, bin ich statt dieser verdienten Männer gewählt worden!«

Cäsar probierte auch noch die aus der Zucht seines Schwagers frisch angelieferten Meereicheln, die Aurelia in einer süßen Senfsauce angerichtet hatte. Dann nahm er neben dem mit Zypressenzweigen geschmückten leeren Liegesofa seines Großvaters Platz. Auch die anderen Familienmitglieder hatten sich auf ihren Klinen niedergelassen. Aurelia klatschte kurz in die Hände. Sofort erschien Perdita und verkündete mit lauter Stimme: »Der Koch beehrt sich, Herrin, zu Beginn des Festmahles zum Gedenken an den verehrungswürdigen verstorbenen gewesenen Prätor und Senator Marcus Aurelius Cotta deinen erhabenen Gästen mit Honig aus Melitta bestrichene gebratene Drosseln auf einem Lauchbett und mit Thymian gewürzt zu servieren. Dazu wird zur Erfrischung ein Becher Mulsum gereicht. Mögen die Gäste Gefallen daran finden!«

Auf ein Zeichen Perditas brachten Vendita und Troilus erst Aurelia, dann Cäsar und danach den übrigen Gästen in der Reihenfolge ihres Ranges auf kleinen Silbertellern je drei vom Duft des Thymians umwogte Drosseln, die auf dem dampfenden Lauch wie Inseln lagen, die braun gebratene Brust nach oben gewendet. Zwei weitere Sklaven schenkten derweil aus bauschigen Tonkrügen den Gästen Mulsum ein. Aurelia nahm erstaunt, aber zugleich erfreut und gerührt zur Kenntnis, daß ihr Sohn ihr die ihm gebührende Hausherrenrolle abgetreten hatte, denn eigentlich war er als Chef des Julischen Geschlechtes auch Herr dieses Hauses und hätte deshalb als erster bedient werden müssen.

Nachdem der erste Gang beendet war und die Sklaven das Geschirr abgeräumt hatten, erhob sich Cäsar. »Liebe Mutter, es fällt mir als Enkel deines geliebten und verehrten Vaters zu, auch außerhalb der offiziellen Feiern anläßlich des Hinscheidens unseres lieben gemeinsamen Ahnherrn einige tröstende und deinen Vater würdigende Worte zu sagen.

Marcus Aurelius Cotta ist über neunzig Jahre alt geworden. Ist dies allein nicht schon ein Beweis dafür, daß ihm die Götter wohlwollten? Und dafür, daß er so offensichtlich in der Huld der Unsterblichen stand, müssen wir, die ihn gekannt haben, dankbar sein. Du, Mutter, hattest einen liebenden und schützenden Vater, der dir nicht nur die beste Erziehung angedeihen ließ, sondern um dich und die Deinen stets rührend besorgt war und unbedingt für seine Lieben eingestanden ist, wenn die Not oder die politischen Ereignisse es erforderten.

So hat er mich, deinen Sohn, vor den Verfolgungen der Optimaten beschützt und in seinem Haus versteckt, als diese die Kinder der Popularen zu Geiseln nehmen wollten. Er hat mich, den geächteten und vogelfreien Anhänger der Volkspartei, gegenüber dem Wüterich Sulla verteidigt, als dieser mich nach meiner Verhaftung töten lassen wollte. Ihm ist es zu verdanken, daß ich mit dem Leben davon gekommen bin, denn er hat mit Catilina und Crassus meine Begnadigung erwirkt.

Er war die Zierde unseres Standes, einer der wenigen, die noch an das glaubten, was sie sagten. Die angeborene Würde, mit der er auftrat und handelte, und die Ehrfurcht vor der überlieferten Sitte unserer Vorfahren verboten ihm Winkelzüge und die Verfolgung eigensüchtiger Ziele. Wahrscheinlich waren es sein lauterer Charakter und der durch nichts zu erschütternde Bürgersinn, daß es ihm trotz seiner Fähigkeiten verwehrt blieb, das höchste Amt in unserem Staat zu erreichen, das Konsulat. Aber er hat lieber auf das Konsulat verzichtet, als es, wie so viele andere es taten, durch Gewalt oder Bestechung zu erringen.

Dennoch war er ein glücklicher Mann, denn er konnte dank seines hohen Alters noch erleben, daß alle drei Söhne diese von ihm verfehlte höchste Würde unseres Staates, das Konsulat, erreichten. Sein Leben hat er dem Staat, seinem und seiner Familie Hausgott Sol und seinem Aurelischen Geschlecht gewidmet. Wenn die Götter ihn nunmehr abberufen haben, sollten wir daher eher dankbar als traurig sein. Sein Tod reißt eine schmerzliche Lücke, aber die Erinnerung an ihn wird uns begleiten, solange wir atmen!

Als Pontifex Maximus weiß ich, daß niemand, wie man sagt, vor seinem Tode als glücklich zu bezeichnen ist. Die Seele des Verstorbenen hat nun Ruhe und kann sich ausruhen in einer Nacht ewigen Schlafes, wie es dein Lieblingsdichter Catullus in einem seiner Gedichte so schön sagt, liebe Mutter. Dies wünschen wir auch dem verstorbenen Marcus Cotta, dem unvergleichlichen Vater und dem vorbildlichen Bürger! So wollen wir seiner gedenken in Liebe und Zuneigung, wie er es verdient hat, bis wir selbst eines Tages Plutos unterirdisches Reich sehen werden.«

Cäsar winkte Perdita, die sofort mit einer ledernen Schatulle zu ihm kam und sie ihm überreichte. Er öffnete sie und entnahm ihr die Bürgerkrone, einen Kranz, der an Bürger verliehen wird, die unter eigener Lebensgefahr einen Mitbürger gerettet haben. Er trat auf die Büste seines Großvater zu und wand sie ihm um den Kopf.

»Diese Krone wurde mir vor langer Zeit bei der Belagerung der Stadt Mytilene, der Stadt der Dichterin Sappho, verliehen, weil ich den Centurionen Furonius im Kampf aus höchster Lebensgefahr gerettet hatte. Heute übergebe ich sie dir, lieber Großvater, denn du hast in gleicher Weise mein Leben gerettet, als Sulla mich hinrichten lassen wollte!«

Die Familie hatte während Cäsars kurzer Rede mit andächtig gesenkten Häuptern still auf ihren Plätzen gesessen. Als Aurelias Sohn seinen Großvater mit der Bürgerkrone, deren Eichenlaub längst verwelkt war und deren Blätter schlaff und verkrumpelt herunterhingen, schmückte, liefen den älteren weiblichen Mitgliedern der Familie und Perdita verstohlene Tränen über die Wangen, und selbst der Senator M. Atius Balbus, Cäsars Schwager, schluckte ganz unsenatorisch.

»Das war nicht nur eine ergreifende Rede, mein lieber Schwager«, sagte er zu Cäsar, um seine Verlegenheit über seine Gefühlsaufwallung zu überspielen. »Das war auch eine wunderbare Geste. Nur du und ich von den Anwesenden wissen, was es heißt, auf Sullas Proskiptionsliste gestanden zu haben. Jedermann konnte einen Proskribierten töten und wurde dafür noch von Staats wegen mit zwei Talenten Silber belohnt. Dich hat dein Großvater gerettet, ich habe mich nach Spanien zu Sertorius' Armee durchschlagen können und bin erst nach Sullas Tod mit den Überlebenden des popularen Aufstandes begnadigt worden.«

Inzwischen hatten die Sklaven gekochte Meeräschen, die mit gedünsteten Mangoldblättern umwickelt und mit frischem Basilikum bestreut waren, in einer Sauce aus Sellerie, Salz, weißem Pfeffer und etwas streng riechender Ziegenmilch angerichtet. Dazu ließ Aurelia einen frischen herben Weißwein aus den Hügeln am Bolsena-See servieren, den ihr Vater ihr vor einigen Monaten zu ihrem Geburtstag geschenkt hatte.

Dann folgte das Hauptgericht, wieder nach einem Rezept des Lukullus zubereitet. Es waren junge, mit Milchbrot gemästete Hühner, einer besonders seltenen und teuren fleischigen Rasse aus Melos. Sie hatten eine würzige Füllung aus in Honig und zerstoßenen Senfkörnern eingelegten Feigen, vermischt mit den geschmorten Hoden von zu Kapaunen kastrierten Hähnen. Dazu kredenzte Perdita eigenhändig einen roten, nach griechischer Art geharzten Wein von den Abhängen des Vesuv. Den Gästen lief das Wasser im Munde zusammen. Dann sprachen sie sowohl den Speisen als auch dem Wein reichlich zu. Immer wieder mußte Perdita Wein nachschenken und neue Hühner hereinbringen lassen.

Je nach Geschmack tunkten die Speisenden einzelne Fleischstücke in die beigestellten Näpfe mit Garum, um das Fleisch zu würzen. Garum war die aus verwesenden Fischen und zahlreichen Gewürzen und Kräutern, wie Dill, Minze, Fenchel, Thymian, Koriander und anderen Ingredienzen zubereitete scharfe Fischbrühe, die in keinem Haushalt fehlen durfte. Trotz des üblen und penetranten Geruchs wurde Garum für fast alle Fleischgerichte, aber auch für Eierspeisen und Gemüse oder einfach zum Einstippen von Brot oder anderen Backwaren verwendet.

»Großmutter verstößt mal wieder gegen das Gesetz des Konsuls Fannius, der zur Begrenzung des übermäßigen Luxus' bei Gelagen das Servieren von Masthühnern verboten hat. Und das in Anwesenheit des Oberpriesters der Römischen Republik«, flüsterte Lucius Pinarius seinem Halbbruder Pedius zu. »Na wenn schon«, antwortete Pedius. »Das Gesetz ist doch schon hundert Jahre alt. Die Zeiten haben sich geändert. Kein Mensch hält sich mehr an das verstaubte Gesetz des Fannius.«

Zum Nachtisch gab es frische Trauben, die Aurelia aus Afrika hatte einkaufen lassen, denn die eigenen aus ihrem Garten waren wegen des unerwarteten Frostes ungenießbar geworden. Dazu reichten die Sklaven je nach Wunsch entweder süßes Mandelgebäck, kandierte Nüsse, getrocknete Feigen oder sauer eingelegte Kürbisse mit Salzgebäck.

Bald darauf verstummte die bis dahin so lebhafte Unterhaltung. Die ersten Gäste begannen, unruhig zu werden und suchten nach einem Vorwand, sich zu verabschieden. Es war Quintus Pedius, der endlich das Zeichen zum Aufbruch gab, denn er müsse noch unbedingt nach seinen Muränen sehen und die Bassins überprüfen. Auch die anderen Familienmitglieder rüsteten sich zum Abschied. So blieb nach zahlreichen Dankesworten und Wünschen zum Wohlergehen schließlich nur Cäsar bei seiner Mutter zurück, denn er wollte mit ihr unter vier Augen über die politische Lage und seine düsteren Zukunftsaussichten sprechen. Seine Frau Pompeia, die ungeduldig zum Aufbruch gedrängt hatte, hatte er mit der ihm als Oberpriester zustehenden amtlichen Begleitung vorab nach Hause geschickt.

6

»Du wolltest mich noch sprechen, mein lieber Sohn? »Aurelias Stimme klang besorgt. »Es ist doch nicht deine Art, bei mir deine Bekümmernisse abzuladen. Ist etwas mit Pompeia oder Julia?«

»Nein, Mutter, es geht um mich und meine Zukunft. Ich bin nach den Ereignissen der letzten Wochen ernsthaft in Sorge, ja ich fürchte um mein Leben. Wie du weißt, hat Catilina von Etrurien aus einen Aufstand gegen das Senatsregime unternommen. Du kennst ihn ja, ihn und sein unbändiges Temperament. Er hatte schon lange vor, mit Gewalt an die Macht zu kommen, nachdem die herrschende Oligarchie es immer wieder geschafft hatte, ihn mit juristischen Winkelzügen mehrmals von der Teilnahme an den Wahlen für das Konsulat auszuschließen, indem sie ihn mit allerlei Anklagen behelligten. Diese hatten dazu geführt, daß er während der anhängigen und von Cato bewußt in die Länge gezogenen Verfahren sich um keine Staatsämter bewerben durfte. Nachdem ich ihn als neugewählter Richter von den haltlosen Anklagen von meinem Gerichtshof habe freisprechen lassen und die Optimaten ihn deshalb nicht mehr von der Kandidatur bei den Konsulatswahlen ausschließen konnten, haben sie die Abstimmungen manipuliert, so daß Catilina zweimal bei den Wahlen durchfiel.

Daraufhin plante er mit dem radikalen Flügel der Popularen und allen Unzufriedenen im Lande einen gewaltsamen Staatsstreich. Wie du sicher weißt, haben Crassus und ich ihn immer wieder vor gewaltsamem Vorgehen gewarnt. Aber du kennst ihn ja, wenn er etwas will, kann ihn kein noch so gut gemeinter Ratschlag von seinen Plänen abbringen. Sein Haß auf den Konsul Cicero und die Optimaten war so groß, daß er nicht nur die Macht durch Gewalt erlangen wollte, sondern in seiner verbalen Maßlosigkeit obendrein noch öffentlich allen Gegnern androhte, sie auch physisch zu vernichten.«

»Nun, mein lieber Sohn, wir kennen doch beide unseren Nachbarssohn gut genug, um zu wissen, daß er es bei verbalen Drohungen nicht belassen hätte. Er hatte sich zudem mit Lentulus Sura, Cethegus und anderen unzufriedenen Aristokraten verbunden, die sich nur ihrer Schulden entledigen zu können glaubten, wenn sie ihre Gläubiger umbrachten. Diese Leute haben seiner Sache geschadet und seine an sich durchaus gerechtfertigten, zumindest vertretbaren politischen Forderungen bei der Masse der normalen Bürger diskreditiert!«

»Du hast völlig recht, liebe Mutter. Catilinas Reformwünsche entsprachen auch meinen politischen Forderungen. Aber ich habe es immer abgelehnt, diese mit Gewalt durchzusetzen. Darum haben Crassus und ich ihm mehrfach geraten, den legalen Weg zur Macht über die Wahl zum Konsul zu beschreiten. Aber seine Ungeduld und das Drängen seiner Anhänger hat ihn den Weg der Gewalt gehen lassen. Und wie immer, wenn die Emotion über den Verstand und das nüchterne Kalkül siegt, hat er zusätzlich unverzeihbare Fehler begangen. Er hatte sich zudem mit zweifelhaften Liederjanen, Schuldenmachern und Karrieristen umgeben, denen er blindlings vertraute, ohne dabei zu bemerken, daß Cicero Zuträger in seinen Verschwörerkreis eingeschleust hatte, die diesen über alle geplanten Schritte Catilinas und seiner Mitverschworenen unterrichteten. Cicero wußte über alles Bescheid, und als Lucius Catilina dies endlich begriff, verlor er die Nerven. Statt in der Stadt zu bleiben, floh er zu seinen in Etrurien von Manlius aufgestellten Soldaten und begann den Aufstand.

In der Stadt hatte nun Cicero leichtes Spiel. Die kopflosen Verschwörer waren über die zu treffenden Maßnahmen miteinander zerstritten und sich überdies darüber uneinig, wer in Abwesenheit Catilinas den Aufstand anführen sollte. So war es für Cicero keine Mühe, die in Rom verbliebenen Verschwörer zu verhaften, verurteilen und hinzurichten zu lassen. Nachdem noch bekannt wurde, daß die Catilinarier die Stadt anzünden und alle Optimaten ermorden sollten, wenn sich Catilina mit seiner Armee nähern würde, hatte Cicero alle Bürger auf seiner Seite. Man jubelte ihm zu und beschenkte ihn mit dem Titel ,Vater des Vaterlandes'. Catilina wurde offiziell durch den Senat zum Staatsfeind erklärt und eine Armee nach Etrurien in Marsch gesetzt, um seine schwachen Kräfte zu vernichten. Es wird vielleicht nur noch wenige Tage dauern, bis wir von seinem unvermeidlichen Ende erfahren.«

Aurelia hatte nach Cäsars Schilderungen sofort begriffen, welch eine günstige Gelegenheit sich für die Optimaten bot, neben Catilina auch gleich allen anderen Oppositionellen den Garaus zu machen, zumindest sie aus der Stadt und ins Exil zu jagen.

»Und nun fürchtest du, daß der siegestrunkene neue Vater des Vaterlandes die Gelegenheit nutzen wird, den letzten Führer der Popularen, nämlich dich, des Hochverrats und der Teilnahme, zumindest der Mitwisserschaft an den Verbrechen der Verschwörer anzuklagen und dich auf diese Weise zu vernichten und für immer loszuwerden.«

»Genau das ist meine Befürchtung. Ich war ein Freund Catilinas, habe ihn von meinem Gericht freisprechen lassen, habe ihn jahrelang unterstützt. Er war mehrmals der offizielle Kandidat der Popularen bei den Wahlen zum Konsulat, und ich bin einer der Führer eben dieser Partei. Welch eine günstige Gelegenheit, mich endgültig auszuschalten! Und wenn Cicero nicht daran denkt, Cato und seine Scharfmacher werden daran denken. Ich habe daher die Absicht, mich aus Rom abzusetzen, genau wie Crassus, der andere Führer der Popularen, es in der weisen Erkenntnis seiner Gefährdung auch schon getan hat. Ich bitte dich um deine Hilfe, liebe Mutter. Vielleicht kann ich mich auf eines der Güter deiner Familie in Afrika oder Spanien zurückziehen und dort für eine Weile untertauchen.«

Aurelia war entsetzt. Sie war ganz weiß im Gesicht geworden. Als sie sich wieder gefangen hatte, begann sie zögernd und nach den passenden Worten suchend: »Also, lieber Junge, natürlich kannst du auf eines unserer

Güter, um dich zu verstecken. Aber, – nun, – also, ich würde dir dringend raten, die Stadt nicht zu verlassen. Eine Flucht, selbst wenn du sie als Studien- oder Erholungsreise tarnen würdest, würde dir sofort als Eingeständnis deiner Schuld ausgelegt werden. Du weißt, wie Cicero Sachverhalte drehen und wenden kann, daß eine überzeugende Anklage oder, wenn es paßt, auch das Gegenteil davon, eine umwerfende Verteidigung, dabei herauskommt. Wenn du fliehst, wird er dir mit Freuden einen Strick daraus knüpfen und vor dem Volk dann als der dastehen, der mit dir den letzten Catilinarier zur Strecke gebracht und damit den Staat endgültig gerettet hat. Wenn du fliehst, bist du verloren. Wenn du bleibst, hast du eine Chance, nicht nur zu überleben, sondern auch deine politische Laufbahn fortzusetzen.«

»Es ist ja nicht nur Cicero, den ich fürchte. Es ist vor allem Cato und sein Anhang, der mir Sorgen macht! Cicero denkt in erster Linie an sich. Er handelt nach dem Motto: ‚Ist es meiner Karriere nützlich oder behindert und erschwert eine Handlung meine Stellung, wenn ich dies tue oder jenes lasse?' Der sich um den Staat sorgende, ja verzehrende Bürger Cicero, das ist nichts als eine Attitüde, um die Bürger zu beeindrucken. Wenn ihm ein Vorteil winkt, ohne daß sein Ansehen als uneigennütziger Wächter über Recht und Gesetz in Mitleidenschaft gezogen wird, könnte man sogar ihn gewinnen, etwas für mich zu tun.«

»‚Cäsar ist ein lauterer Mann'«, äffte Caius Ciceros Stimme nach, »‚zudem der Pontifex Maximus der Römischen Republik! Ein solcher Mann hat mit den Machenschaften eines Catilina nichts zu schaffen. Außerdem würden die Quiriten es nicht verstehen, wenn wir ihren Oberpriester anklagen. So etwas würde den Glauben an die Götter und damit unsere Religion erschüttern! Was aber wäre unser aller Republik ohne den festen und unbedingten Glauben an die Weisheit unserer allmächtigen Götter? Hüten wir uns also, die Himmlischen zu beleidigen, indem wir ihren obersten Priester anklagen oder gar verurteilen!'«

Cäsar hatte den gestelzten und salbadernden Tonfall Ciceros so treffend nachgeahmt, daß seine Mutter lachen mußte. »Siehst du, mein Sohn, wir kommen der Realität wieder etwas näher. Ich werde mit meinem Bruder sprechen. Er wird den eitlen Konsul sicher von der richtigen Seite angehen. Wie ich gehört habe, strebt er zur Erhöhung seines Prestiges eines der höheren Priesterämter an. Es ist zwar absolut unüblich, daß ein ‚homo novus' Priester, etwa Augur, wird, und es ist meines Wissens auch noch nie vorgekommen. Natürlich ist es eine Zumutung für die Götter, mit einem Menschen zu verkehren, der keine konsularischen Ahnen hat. Aber würde seine Wahl zum Augur nicht gerade wegen ihrer Einmaligkeit ein angemessener Preis für Cicero sein, sich für dich einzusetzen? Wenn er Augur werden will, braucht er dich, denn ohne wohlwollende Mitwirkung des Pontifex Maximus kann er auf keinen Fall Priester werden. Das wird ihm mein Bruder schon klarmachen. Und Pontifex Maximus bist nun einmal du.«

»Das wäre hilfreich, und ich glaube auch, daß Cicero mit der Aussicht auf ein in der Zukunft frei werdendes Augurat zu gewinnen sein wird. Ich fürchte auch nicht in erster Linie ihn, sondern den ihn antreibenden Cato, zumal Ciceros Konsulat in wenigen Tagen abläuft und er als Statthalter in die Provinz gehen wird. Cato aber ist Volkstribun geworden, er bleibt also in der Stadt. Und er ist nicht mit irgendeinem Vorteil zu ködern, er denkt nicht einmal an sich, sondern nur an das Wohl des Staates oder an das, was er darunter versteht. Und eben dieses Staatswohles wegen will er mich anklagen und vernichten. Nur deshalb muß ich aus Rom verschwinden, denn die Partei der Popularen ist durch ihre Verbindung mit dem unseligen Catilina beim Volk so diskreditiert, daß es sich zur Zeit für uns nicht mobilisieren läßt und daher nicht zu meinem Schutz eingesetzt werden kann.«

»Trotzdem mußt du in der Stadt bleiben. Ich weiß, daß es gefährlich ist. Aber ich bin erstaunt, daß du dich vor einem kleinen Volkstribun fürchtest. Du, der sogar dem Wüterich Sulla getrotzt hast, als es wirklich um dein Leben ging!«

»Mutter, das waren andere Zeiten. Sulla war nur gefährlich, wenn es um seine Macht ging. Ich habe seine Macht nicht wirklich bedroht, sondern ihn mit meinem Widerspruch nur gereizt, da konnte er großzügig sein. Bei Cato ist das anders. Er ist ein Überzeugungstäter, der um des Staates und seiner Prinzipien willen alles aus dem Weg räumen will, was dem Staat gefährlich ist oder auch nur werden kann. Darum muß ich, solange ich so schwach wie jetzt bin, Rom verlassen, wenn ich überleben will.«

»Nein und abermals nein! Wenn du dich und deine Sache retten willst, mußt du in Rom bleiben! Gewinne Cicero und die gemäßigten Optimaten für dich und verstecke dich meinetwegen hinter Pompeius. Nach der Beseitigung Catilinas werden die Quiriten sich beruhigen und weiteres Blutvergießen scheuen. Cato wird isoliert sein, glaube mir. Jedenfalls, solange du durch eine Flucht aus Rom nicht selbst deine Schuld eingestehst!

Und vor Anklagen wirst du doch zunächst sicher sein. Die Quiriten haben dich, den Göttern sei Dank, noch vor der Catilinarischen Verschwörung zum Prätor für das nächste Jahr gewählt. In wenigen Tagen beginnt dein Amtsjahr. Dann bist du nach der Verfassung vor Verfolgung erst einmal geschützt, denn während seiner Amtszeit darf ein römischer Beamter nicht angeklagt werden. Catos Haß und sein übertriebener republikanischer Eifer werden ihm also nichts nützen, wenn du an den Kalenden des Januar deine Prätur antrittst.

Und vor allem denke daran, du bist ein Julier und stammst von der Venus ab. Glaubst du, sie wird erfreut sein, wenn ihr Nachkomme vor einem Cato die Flucht ergreift? Besinne dich auf deine Abkunft und erinnere dich an den Wahlspruch deines Vaters:

‚Immer der erste zu sein, und ausgezeichnet vor andern,
daß ich der Väter Geschlecht nicht schände.‘

Diese Verse stammen aus der Ilias und stehen dort, wie du weißt, im 6. Gesang. Seit Äneas, der Venus sterblicher Sohn, nach Latium kam, war dies das Motto, nach dem sich alle Handlungen der Julier zu richten hatten. Auch du, mein Sohn, hast immer danach gehandelt. Darum solltest du auch jetzt nicht von dieser Maxime eurer Familie abweichen. Bleibe also in Rom! Versammle die wenigen treu gebliebenen Überlebenden der Popularen so bald als möglich um dich. Sie brauchen deinen Zuspruch!«

Cäsar hatte mit gesenktem Kopf seiner Mutter zugehört. Er fühlte sich tief beschämt über seine kleinmütige Haltung und aufgerüttelt durch den mahnenden Appell an seine Ehre als Patrizier und Abkomme der Göttin.

»Verzeih mir, Mutter«, sagte er leise und seine Stimme klang ziemlich kleinlaut und um Verständnis werbend, »daß ich den Wahlspruch unserer Familie vergessen konnte. Es wird nicht wieder vorkommen. Morgen rufe ich unsere letzten Anhänger zusammen. Wir werden darüber beraten, wie wir während meiner Prätur einen neuen Anfang machen können. Vor dem Morgen ist die Nacht immer am dunkelsten. Am Ende aber werden ich und meine Popularen mit mir siegen. Vater darf dann wieder stolz auf seinen Sohn sein!«

7

Schon einen Tag nach der Leichenfeier für M. Aurelius Cotta empfing Cäsar in seinem Amtssitz in der Via sacra seine beiden engsten Freunde, die Senatoren Titus Labienus und Lucius Aurunculeius Cotta, und den jungen Publius Vatinius, einen überzeugten Popularen, der für das bevorstehende Jahr zum Quästor gewählt worden war. Auch Labienus und Cotta waren in der Wolle gefärbte Anhänger der Volkspartei und treue Weggefährten Cäsars in den politischen Auseinandersetzungen nicht nur der letzten Jahre, sondern auch schon im Bürgerkrieg zwischen den Optimaten unter Sulla und der Volkspartei unter Marius, Cinna und Cäsars Vater gewesen. Wie Cäsar hatten sie auf der Todesliste Sullas gestanden und wie er hatten sie die blutigen Verfolgungen nach dem Sieg der Optimaten nur mit Mühe und Glück überlebt.

»Ich freue mich, euch zu sehen, meine Lieben! Wir sind ein kleines Häuflein geworden, seit Cicero die Verschwörung Catilinas aufgedeckt und unterdrückt hat. Unsere Anhänger sind in alle Winde zerstreut, geflohen, übergelaufen oder haben sich in das Privatleben zurückgezogen. Selbst Crassus hat es für richtig gehalten, sich nach der Hinrichtung der Catilinarier auf seine Güter zu begeben. Er hat mir geschrieben und mir geraten, dasselbe zu tun und bessere Zeiten abzuwarten. Ich aber habe mich entschlossen, in Rom zu bleiben. In einigen Tagen beginnt mein Amtsjahr als Prätor. Ich werde mein Amt antreten und den Kampf von vorne beginnen!«

»Wie willst du das anstellen, mein Lieber? Der Senat wird völlig von Cicero beherrscht, von den über 600 Senatoren stehen höchstens zwei Dutzend offen auf unserer Seite, noch einmal ebenso viele bekennen sich heimlich hinter vorgehaltener Hand zu den Popularen.« Labienus sprach mit einem fast verzagten Tonfall. »Und was das Schlimmste ist, kein ehemaliger Konsul ist mehr auf unserer Seite! Wir brauchen aber den Glanz und das Gewicht eines Konsulars und den Einfluß, den ein alter und verdienter Senator auf seine Kollegen und das Volk hat.«

»Ja«, fiel Auruncuieius Cotta ein, »und das Volk hört auch nicht mehr auf uns. Die ganze Subura, sonst eine populare Hochburg, ist von uns abgefallen, seit bekannt wurde, daß die Catilinarier die Stadt anzünden wollten, wenn Catilina sie mit seiner Armee belagert. Wer jubelt schon, wenn man droht, ihm das Haus anzustecken? Kein Wunder, daß die Quiriten uns da verlassen haben, denn Catilina war jahrelang einer unserer wichtigsten und bekanntesten Führer. So sind denn auch die neuen Volkstribunen, von Cato geführt, gegen uns. Wo, lieber Cäsar, siehst du da unsere Chance, wieder auf die Beine zu kommen, ohne Geld, ohne Freunde und ohne das Volk, dessen Sache wir doch vertreten?«

Bevor Cäsar, der ruhig und gelassen zugehört hatte, antworten konnte, rief der junge Vatinius: »Ich verstehe euren Kummer über unsere Lage, aber nicht eure Verzweiflung. Wir haben doch schon oft in einer wesentlich unangenehmeren Lage gesteckt! Unsere Chance ist nach wie vor Catilina und seine Armee. Er hat unter seinen Feldzeichen entschlossene und geübte Soldaten. Die gegen ihn eingesetzte Senatsarmee besteht zumeist aus frisch geworbenen Rekruten. Ihr Führer ist Caius Antonius, wahrlich kein Held und zudem heimlicher Anhänger der Popularen! Wir sind also noch nicht verloren, liebe Freunde. Wir müssen uns natürlich von den Methoden der Catilinarier distanzieren, vor allem mit Nachdruck bestreiten, daß es je unsere, der Partei, Absicht gewesen sei, die Stadt anzuzünden! Verurteilen wir also öffentlich Lentulus Sura und Cethegus und die von ihnen geplanten Exzesse! Das schadet ihnen nicht mehr, denn sie sind tot. Übernehmen wir aber einige ihrer politischen Forderungen. Zum Beispiel einen allgemeinen Schuldenerlaß, zumindest eine Aussetzung und Senkung der drückenden Zinszahlungen, das wird die kleinen Bürger begeistern und uns wieder geneigt machen.«

»Letzeres«, begann Cäsar, »ist eine alte und sehr populäre Forderung unserer Partei. Wir sollten sie daher tatsächlich wieder aufgreifen. Aber ich warne dringend davor, auf Catilina zu setzen. Meiner Meinung nach ist er ein toter Mann. Die Senatsarmee wird ihn besiegen, denn Catilina ist in den Bergen von aller Zufuhr abgeschnitten. Dazu fehlt es ihm, seit der reiche Crassus nicht mehr zahlt, an Geld, seine Leute zu besolden. Und ohne Verpflegung und klingende Münze kämpft auf die Dauer kein Soldat mehr!

Auch auf Caius Antonius sollte man nicht setzen. Er war zuerst Optimat, ging dann zu Cinna über, wechselte als einer der ersten nach Sullas Rückkehr wieder zu den Optimaten und verließ diese schließlich wieder, um für die Popularen für das Konsulat zu kandidieren. Und auf diesen charakterlosen Opportunisten sollen wir bauen? Diesem Halunken vertrauen?

Nein, wir brauchen andere Helfer. Hört also meinen Plan. Ihr wißt, daß Cnaeus Pompeius den langen Krieg gegen den ärgsten Feind Roms, den König von Pontus, Mithridates, erfolgreich beendet hat. Er wird also in Kürze mit seiner riesigen Armee nach Rom zurückkehren. Er will, daß der Senat seine Wünsche nicht nur hinsichtlich der Versorgung seiner Veteranen mit Land erfüllt, sondern auch, daß seine in Asien getroffenen Friedensregelungen ratifiziert werden. Zusätzlich erwartet er, daß der Senat ihm zum Dank für seine Siege wieder einmal einen Triumphzug bewilligt. Er hat deshalb schon vorab Quintus Caecilius Metellus Nepos als seinen Boten an den Senat geschickt, um seine Forderungen anzumelden. Bisher hat Nepos allerdings keinen Erfolg gehabt, denn der Senat hat ihm die kalte Schulter gezeigt und ihn nicht einmal empfangen.

Ihr erinnert euch sicher, wie sehr sich die Optimaten schon seinerzeit gegen die Übertragung des Oberbefehls an Pompeius und die zusätzlichen weitreichenden Vollmachten gewehrt hatten, weil sie befürchteten, daß er seine Armee und das außerordentliche Kommando zur Machtübernahme und damit zur Kaltstellung des Senates mißbrauchen würde. Ihr erinnert euch sicher auch, daß ich es war, der schließlich seine Wünsche im Senat und in der Volksversammlung durchgesetzt hatte. Auch Pompeius hat das nicht vergessen und daher also allen Grund, mir dankbar und dem Senat gram zu sein.

Dank Cato, Catulus und der anderen ist der Senat natürlich auch heute gegen Pompeius' Wünsche, weil er immer noch glaubt, dieser könne seine Macht und seinen Ruhm als großer Kriegsheld und Sieger über alle unsere Feinde dazu einsetzen, gegen die etablierte Ordnung der Senatsoligarchie vorzugehen.

Um einen Hebel zu haben, seine an sich berechtigten Forderungen durchzusetzen, hat er deshalb Nepos veranlaßt, sich zum Volkstribunen wählen zu lassen und den Senat und seine führenden Repräsentanten gehörig unter Druck zu setzen. So hat denn Nepos als erstes nach seinem Amtsantritt als frisch gewählter Volkstribun gefordert, den amtierenden Konsul Cicero zur Rechenschaft zu ziehen, weil dieser die Catilinarier hat hinrichten lassen, ohne ihnen das verfassungsmäßige Recht einzuräumen, gegen das Todesurteil an das Volk zu appellieren. Der Antrag ist zwar von der Volksversammlung abgelehnt worden, weil Cicero und Cato dem Volk große Getreidespenden aus der Staatskasse in Aussicht gestellt hatten, wenn sie den Antrag zurückweisen würden, aber Cicero und die Optimaten haben einen gewaltigen Schreck bekommen. Cicero weiß nun, daß er Pompeius gegenüber vorsichtig sein muß, denn Nepos vertritt dessen Interessen mit großem Nachdruck und kann seine Anklage gegen den Konsul jederzeit wiederholen. Er wird nicht locker lassen, bis er die Forderungen seines Feldherrn durchgesetzt hat. Wir werden es also leicht haben, Cicero zu bändigen, wenn auch wir als Parteigänger des Pompeius auftreten, und unseren unbesiegbaren Imperator wird es freuen, daß er in Rom noch mehr Freunde und Verbündete hat, auf die er sich verlassen kann.«

»Das scheint mir logisch, verehrter Cäsar«, sagte Vatinius. »Es wird mir ein Vergnügen sein, wenn Cicero seinem Wahlspruch ‚Niemals zurückweichen' untreu wird, sobald er merkt, woher der Wind weht.«

»Er wird es merken, lieber Vatinius«, antwortete Cäsar. »Ich habe mit Metellus Nepos vereinbart, daß dieser unmittelbar nach den Kalenden des Januar beantragen wird, wegen der Größe der Gefahr Pompeius nach Italien zurückzurufen und ihn mit der Niederwerfung Catilinas zu beauftragen. Er wird es als Volkstribun in der Volksversammlung beantragen, denn dort kann der Senat nicht mitreden, und wir werden ihn dabei lautstark unterstützen. Es wird einen Tumult geben, und Nepos' Kollege als Volkstribun, nämlich Cato, wird, weil er das als Wahrer der Rechte des Senats muß, gegen diesen Gesetzentwurf interzedieren und ihn so zu Fall bringen. Dann weiß jeder, daß der Senat gegen Pompeius ist. Dieser aber wird in uns seine einzigen Gehilfen sehen und daher alles tun, um uns zu schützen. Cicero, der alte Fuchs, wird dann wissen, daß er uns nicht gefahrlos angreifen kann.«

»Was ist, wenn Cato *nicht* interzediert?« Labienus blickte irritiert. »Dann wird doch Pompeius mit seinen Legionen nach Italien kommen und nicht nur die Ordnung wiederherstellen, sondern auch die Macht übernehmen!«

»Das ist eine eher hypothetische Erwägung, lieber Labienus.« Cäsar lehnte sich entspannt zurück und schaute seinem Freund fest ins Gesicht. »Du scheinst Cato nicht zu kennen. Wenn er sich etwas in den Kopf gesetzt hat, kann ihn keine Macht der Welt davon abhalten, seinen als richtig erkannten Weg zu Ende zu gehen. Und er glaubt, daß von Pompeius eine Gefahr für die Freiheit unserer Bürger und für den Bestand unserer Rechtsordnung und Verfassung ausgeht. Deshalb wird er niemals zustimmen, Pompeius mit der Niederwerfung Catilinas zu beauftragen und mit seinem Heer in Waffen nach Italien zurückzukehren. Nein, mein Lieber, auf Cato ist Verlaß! Der läuft in unsere Falle!«

»Aber von Catilina glaubt er doch auch, daß er den Staat umstürzen will«, fiel Cotta ein. »Und bei Catilina trifft Catos Beurteilung hinsichtlich der hochverräterischen Absichten und Pläne doch eher zu als bei Pompeius. Letzterer will doch, anders als Catilina, nicht die Verfassung umstürzen und die Macht ergreifen, sondern nur geehrt werden und die Versorgung seiner Soldaten sicherstellen.«

Cäsar lachte. »Du hast mit deinen Einschätzungen völlig recht, mein lieber Cotta. Aber Cato sieht die Gefahren für den Staat anders. Aus seiner Sicht übrigens zu Recht. Catilina ist ein gefährlicher Mann, ein böser Wolf, aber schon so gut wie tot! Es genügt zu seiner endgültigen Erledigung, das Heer des Senates unter Caius Antonius einzusetzen. Daher geht von ihm keine wirkliche Gefahr mehr aus, so daß es des Pompeius zu seiner Bekämpfung nicht mehr bedarf. Wenn Nepos dennoch den Oberbefehl für diesen fordert, so Catos Gedanke, will er ihm nur eine legale Gelegenheit verschaffen, mit seinen Truppen in Italien zu landen, denn seit Sullas Gesetz darf ein Feldherr mit seinen Legionen Italien nicht mehr betreten, es sei denn, er erhielte eine ausdrückliche gesetzliche Ermächtigung dazu. Daß letzteres nicht geschieht, wird Cato mit seiner Interzession mit Sicherheit besorgen.

Erinnert ihr euch an seine Reaktion, als Nepos den ersten vorsichtigen Versuch startete, Pompeius und seine Armee gegen Catilina zu rufen? Während Cicero, der vorsichtige Taktiker, sich zurückhielt, obwohl er als amtierender Konsul hätte reagieren müssen, hielt Cato eine scharfe Rede gegen Pompeius. Ich höre noch seinen Ausruf: ‚Solange ich lebe, werde ich niemals den Einmarsch des Pompeius dulden! Er muß erst seine Soldaten entlassen, dann können wir ihm erlauben, nach Rom zurückzukehren!'«

»Ist das nicht alles hohles Geschwätz? Wie will er denn verhindern, daß Pompeius einfach landet und auf Rom marschiert, wie es seinerzeit Sulla gemacht hat?« Vatinius' Stimme klang amüsiert. »Pompeius hat doch in seinen zwanzig Legionen zwanzig unwiderlegbare Argumente, denen der Senat nur die paar Leute des Antonius entgegenschicken kann! Obendrein kommandiert er noch die gesamte römische Flotte. Auch Cato muß doch wissen, daß der Senat sich mit Pompeius arrangieren muß, wenn er dessen Machtübernahme vermeiden will!«

»Cato hat Prinzipien, die er nicht aus Furcht vor irgendeinem Mächtigen aufgibt. Er ist eben kein Cicero und keiner, der sein Mäntelchen nach dem Winde hängt. Er ist ein unverbesserlicher Moralist, aber gerade deshalb für uns berechenbar. Er wird gegen Pompeius anrennen, solange er in ihm eine Gefahr für den Staat sieht. Und gerade dies ist unsere Chance, nicht nur zu überleben, sondern langsam auch wieder politisch Boden unter die Füße zu bekommen.« Cäsar machte eine kleine Pause und sah in die Runde. Als er, statt Einwände oder kritische Fragen zu hören, nur in erwartungsvolle Augen blickte, fuhr er fort:

»Pompeius ist nicht der Mann, der einfach seine Soldaten in Marsch setzt, um seine Forderungen mit Gewalt durchzudrücken. Er hält sich an die Verfassung, aber er verzeiht denen nicht, die ihm bei seinen Wünschen Beine stellen. Hier müssen wir ansetzen. Wir müssen Nepos unterstützen, denn Pompeius wird sich daran erinnern, daß die Popularen wieder, und zwar als einzige, auf seiner Seite waren. Wir können dies ganz unbefangen tun, denn Nepos und wir werden in der Volksversammlung mit unseren Anträgen wegen Catos Veto gegen unsere Gesetzentwürfe scheitern. So gewinnen wir zweierlei: Sicherheit in Rom, denn die gemäßigten Optimaten werden sich hüten, Pompeius noch weiter zu reizen, indem sie seine Anhänger in der Stadt verfolgen, und zweitens Bewegungsfreiheit, denn Pompeius wird nicht nach Italien kommen, weil er nicht ohne Erlaubnis und nur auf gesetzlicher Grundlage einmarschieren wird.«

Vatinius schüttelte den Kopf. »Wie soll uns denn Pompeius schützen, wenn die Optimaten uns vernichten wollen, wenn zumindest Cato und sein

Anhang das wollen? Erkläre mir, worin unsere Bewegungsfreiheit liegt, wenn das Schicksal Catilina in den Bergen Etruriens ereilt hat? Nach dessen Tod wird er sich doch gegen uns wenden!«

»Mein Lieber, das liegt doch auf der Hand! Wenn Catilina tot ist, sind wir für den Senat ungefährlich. Wir hatten immer bestritten, daß wir seine Komplizen sind. Man hat uns das zwar nicht geglaubt und befürchtet, daß wir an einen Aufstand denken würden, wenn Catilinas Armee auf Rom vorrückt. Diese Gefahr besteht nun nicht mehr, denn Catilina kann und wird nicht mehr vorrücken, denn er ist am Ende.

An seiner Stelle bedeutet Pompeius nun eine Gefahr, falls er, durch weitere unfreundliche Akte des Senats gereizt, in Italien mit seinen Truppen landet. Ein solcher unfreundlicher Akt aber wäre die Verfolgung seiner römischen Freunde. Außer Cato, den nichts von der Umsetzung seiner Absichten abhalten würde, sehen Cicero und die große Mehrheit der Senatoren das genauso wie ich. Ich habe schon Winke von dritter Seite bekommen, daß man nichts gegen uns unternehmen wird, wenn wir uns ruhig verhalten. Man fürchtet Pompeius, und wir werden diese Furcht nähren. Wir werden also als dessen Sachwalter auftreten. Je stärker wir auf Pompeius setzen, um so weniger werden wir gefährdet sein. Machen wir den Optimaten klar, daß wir des Feldherrn Forderungen unterstützen. Zusätzliche kleine Nadelstiche gegen einzelne Optimaten werden für Aufsehen beim Volk sorgen, ohne daß wir den Herrschenden gleich als Bedrohung der Ordnung erscheinen.

So werde ich zum Beispiel gleich nach meinem Amtsantritt als Prätor den Antrag stellen, Catulus, den offiziellen Führer der Optimaten, den Auftrag zu entziehen, die Wiederherstellung des vor Jahren durch Brand beschädigten Tempels unseres obersten Gottes Jupiter zu leiten. Er hatte Jahre Zeit, die öffentlichen Gelder, die ihm der Senat hierfür bewilligt hat, für die Restaurierung des Gebäudes zu verwenden. Er hat dies nicht getan! Das rechtfertigt in den Augen der Bürger den Antrag, ihm diese so ehrenvolle Aufgabe wegen seiner Saumseligkeit und seiner darin zutage tretenden Respektlosigkeit unserem Höchsten und Besten gegenüber zu entziehen. Ich werde weiter beantragen, die Bauleitung Pompeius zu übertragen. Das wird den ruhmsüchtigen Pompeius erfreuen, aber auch einen endgültigen Keil zwischen ihn und die Optimaten treiben und uns bei ihm in gute Erinnerung bringen.«

»Aber das entspricht doch nicht den Erwartungen, die die Optimaten an unser Wohlverhalten stellen«, warf Labienus ein.

»Das ist vollkommen richtig, mein Lieber. Aber ich habe kein Wohlverhalten versprochen und werde auch keines an den Tag legen. Kalkulierte Provokationen gegen die Optimaten oder gegen einzelne ihrer Mitglieder gehören zu meiner Strategie. Es wird unsere Gegner ärgern und sie daran erinnern, daß wir noch eine Größe sind, die man nicht völlig ignorieren kann. Und vergeßt nicht, es wird das einfache Volk freuen, dessen Zuneigung zu uns, ihren natürlichen Verbündeten, wieder festigen und Pompeius das Gefühl geben, daß seine Anliegen bei uns in den besten Händen sind. Glaubt mir, Freunde, es geht wieder aufwärts mit den Popularen!«

8

Wenige Tage nach diesem Gespräch traten die neuen Konsuln, Decimus Junius Silanus und Lucius Licinius Murena, und die acht neugewählten Prätoren, darunter Cäsar, in einer würdigen Zeremonie ihr Amt an. Dieser Akt fand wegen seiner besonderen Bedeutung immer auf dem Kapitol statt. In einer feierlichen Prozession wurden die neuen Konsuln von ihren Anhängern und persönlichen Freunden gleich nach Sonnenaufgang aus ihren Privathäusern abgeholt und auf das Kapitol geleitet. Die Konsuln waren bereits in ihrer Amtstracht aus dem Haus getreten, wo sie nicht nur von zahlreichen Senatoren, sondern auch von je zwölf Liktoren erwartet wurden.

Ein Zug formierte sich: Voran schritten die Liktoren in ihren weiten weißen Togen. Sie trugen auf ihren Schultern die Fasces genannten Rutenbündel, in deren Mitte ein Richtbeil mit der Schneide nach außen gekehrt steckte. Diese Fasces waren Symbol für die Amtsgewalt der neuen Konsuln. Sie würden ihnen von nun an für die Dauer ihres Amtes auf allen Wegen und bei allen Amtshandlungen zum Zeichen ihrer fast uneingeschränkten Machtbefugnisse vorangetragen werden. Hinter den Liktoren ging, gemessenen Schrittes Würde und Autorität ausstrahlend, der neue Konsul. Dann folgten unter strenger Beachtung der Rangordnung die Senatoren und andere Freunde.

So bewegte sich auch der Zug des Konsuls Silanus langsam durch die Straßen der Stadt in Richtung auf das Kapitol. Silanus war der Ehemann der Servilia, der Halbschwester des Marcus Porcius Cato, des erbitterten Gegners Cäsars. Das Pikante an der Angelegenheit war, daß Servilia schon seit Jahren Cäsars intime Freundin und Geliebte war. In Rom wußten alle davon, denn der Klatsch hatte sich schon immer mit Cäsar und seinen Affären mit den Damen der römischen Nobilität beschäftigt. Und der Damen waren viele, die zeitweilig des Oberpriesters Gunst errungen hatten. So waren, wenn der hauptstädtische Klatsch recht hatte, nacheinander Mucia, die Frau des Pompeius, und Tertulla, die Frau des Crassus, seine Favoritinnen gewesen.

Mit Servilia war das Verhältnis allerdings anders, denn sie war weit mehr als eine flüchtige Geliebte. Beide verband eine tiefe innere Beziehung, eine Art Seelenverwandschaft, die weit über ihre körperlichen Bedürfnisse hinausging. Sie war ihm Ratgeberin und Trost, hier tankte er in oft endlosen Gesprächen Kraft. Servilia war eine der in der römischen Aristokratie immer häufiger werdenden Frauen, denen es nicht genug war, die traditionelle Rolle als Hort der Familie und Hüterin des Hauses zu spielen. Sie interessierte sie nicht nur für Kunst und Literatur, sondern auch für Politik und fand in Cäsar einen Gesprächspartner, mit dem sie ernsthaft über den Staat und alle öffentlichen Belange reden konnte.

Ihr Mann und ihr Halbbruder Cato hatten sie immer zurechtgewiesen, wenn sie Themen der Politik ansprechen wollte. Ihr Mann Silanus brachte ihr in solchen Momenten schonend, wie er meinte, bei, daß Frauen für den Staat und seine Angelegenheiten nicht geschaffen seien, Großes aber bei der Aufzucht der Kinder, der Führung des Haushaltes und der Aufsicht und Überwachung der Haussklaven leisten könnten. Ihr Bruder Cato hatte sich deutlicher und rigoroser ausgedrückt: ‚Frauen hätten in der Politik nichts zu suchen und sollten sich gefälligst darum kümmern, den Männern ein angenehmes Heim zu bereiten.‘

So hatte sie sich nach anderen Männern umgesehen, zunächst nur, um einen ihren Bedürfnissen entsprechenden Gesprächspartner zu finden, und war dabei auf Cäsar getroffen. Sie spürte, daß er ihre Wünsche ernst nahm, und so war es gekommen, wie es kommen mußte: Aus gemeinsamen Interessen war in kurzer Zeit Liebe geworden. Servilia bemühte sich nicht, ihre Gefühle für Cäsar zu verbergen, und so wußte bald die ganze römische feine Gesellschaft von den Beziehungen der beiden zueinander. Nur ihr Ehemann und ihr Bruder bemerkten nichts, weil ihre Vorstellungskraft einfach nicht ausreichte, um von einer Dame der höchsten Gesellschaftsschicht und aus uraltem patrizischem Adel anzunehmen, daß sie unerlaubte Beziehungen zu einem anderen Manne unterhalten könne.

Inzwischen hatte sich allerdings die Leidenschaft bei Cäsar abgekühlt. Er ist nicht mehr der feurige Liebhaber der Anfangszeit, dachte Servilia resigniert. Aber ist es so verwunderlich, wo doch auch bei mir das Alter seinen Tribut fordert? Aber es tröstet mich, daß mein einst so leidenschaftlicher Freund mich um so intensiver an seinen Plänen und Hoffnungen teilhaben läßt. Ich liebe Cäsar und Cäsar liebt Cäsar auch. Diese Gemeinsamkeit wird uns bleiben, wenn das Feuer endgültig erloschen ist und auch die Asche nicht mehr glimmt!

Von diesen Gedanken seiner Frau wußte der neue Konsul nichts, und so schritt nun Silanus frohen Mutes und ahnungslos mit seinen Liktoren und Freunden die Via sacra hinunter in Richtung des Forums. Hier traf sein Zug auf den seines Mitkonsuls Murena, der sich seinem Zug anschloß. Am Fuße des Kapitols hielt die nun vereinigte Kolonne beider Konsuln einen Augenblick an, um den Beifall der zahlreich versammelten Bürger entgegenzunehmen und die dort mit zwei weißen Stieren wartenden Priester in den Zug einzugliedern. Sie stiegen mit den mit bunten Wollbändern geschmückten Stieren den steilen Clivus Capitolinus am Tempel des Saturn vorbei zum Kapitol hinauf.

Oben angekommen, geboten die Konsuln Ruhe, denn die Götter würden die dargebrachten Opfer nur dann gnädig annehmen und den neuen Konsuln eine erfolgreiche Amtszeit bescheren, wenn das Opfer nicht durch profane Geräusche gestört werden würde. Die Konsuln richteten nun die vorgeschriebenen Gebete an den Beschützer der Stadt, Jupiter, den Besten und Größten. Peinlich achteten sie darauf, daß der Wortlaut der Gebete genau dem festgelegten Text entsprach, denn schon die kleinste Abweichung, der geringste Versprecher, würde die heilige Handlung ungültig machen. Nicht auszudenken, welche Folgen ein Fehler bei der Opferhandlung haben würde. Den Göttern, Jupiter zumal, würde es nicht gefallen, wenn eine ungültige Handlung wiederholt werden müßte. Sie würden sich wahrscheinlich zwar nicht ganz von ihrer Stadt abwenden, obwohl man da in dieser Hinsicht allerdings nie sicher sein konnte. Aber schon ein bißchen weniger Wohlwollen der Unsterblichen konnte verheerende Folgen für das Gedeihen der Feldfrüchte, der Ernte oder für den Erfolg des nächsten Feldzuges haben.

Nachdem die Konsuln sich über einem silbernen Becken die Hände gewaschen und dann geweihtes Mehl auf die Hörner der Opfertiere gestreut hatten, trat ein Opferdiener an die Stiere heran und sagte mit leiser und um Verständnis bittender Stimme: »Ich bin es, der zuschlagen muß.« Mit einem mächtigen Schlag mit dem Opferhammer betäubte er die Tiere. Nun trat ein Kultschlächter an die gestürzten Stiere, wendete ihre Köpfe zuerst zum Himmel, dann zur Erde und durchtrennte dann mit einem schnellen Schnitt die Halsschlagader. Während ein Kultdiener das herausschießende Blut in einer großen Schale auffing, öffneten die Priester den Bauch und untersuchten die Eingeweide der geopferten Tiere auf etwaige Fehlbildungen an den inneren Organen.

»Die Eingeweide beider Stiere sind makellos, ein sicheres Zeichen dafür, daß Jupiter das Opfer der neuen Konsuln angenommen hat. Die Götter werden unsere Amtszeit mit ihrem Wohlwollen begleiten«, rief Silanus, der als Erstgewählter das Wort führen durfte. Er nahm die von den Priestern der Bauchhöhle entnommenen Organe und legte die blutigen und dampfenden Stücke in eine Opferschale. Er hob die Schale in einer feierlichen Bewegung in die Höhe und brachte sie unter dem nun ausbrechenden Jubel des zuschauenden Volkes zu dem vor dem Jupitertempel stehenden Brandaltar, wo die Kultdiener die Schalen mit dem Blut der geopferten Stiere bereits abgestellt hatten. Während der Geruch des Blutes sich mit dem der verbrennenden Innereien vermischte, blies ein Flötenspieler ein die Himmlischen preisendes Kultlied mit einer einfachen Melodie, um den versammelten Senatoren und Amtsträgern der Republik das Einvernehmen der neuen Konsuln mit den Göttern zu verdeutlichen.

Danach versprachen beide Konsuln vor dem versammelten Volk, ihre Ämter gerecht und nach der hergebrachten Sitte der Altvordern und im Einklang mit den Göttern zu führen. Dann lud Silanus die Senatoren zur ersten Senatssitzung des neuen Jahres in das Kapitol. Hier fanden normalerweise keine Senatssitzungen statt, weil die Heiligkeit der Stätte mit Rücksicht auf die Unsterblichen es verbot, streitig über profane Dinge zu verhandeln.

In der nun folgenden kurzen Sitzung wurden wegen des geweihten Ortes daher nur sakrale Themen behandelt. Vor allem wurden die Termine für die beweglichen religiösen Feste des beginnenden Jahres bekanntgegeben. Dann löste sich die Versammlung auf, nachdem der für diesen Monat die Geschäfte leitende Konsul Silanus die nächste Senatssitzung in das traditionelle Sitzungsgebäude des Senats, der Curia Hostilia auf dem Forum, einberufen hatte. Die Senatoren erhoben sich von ihren Sitzen, um nun die neuen Konsuln, wie es beim Antritt ihres Amtes üblich war, unter Segenswünschen für eine erfolgreiche Amtsführung zu ihren Häusern zu geleiten.

Cäsar hatte sich, obwohl er als neuer Prätor selbst Amtsträger war, dennoch in den Silanus begleitenden Zug eingereiht und sich neben Cicero, den Konsul des Vorjahres, gedrängt. Der neue Prätor spürte das ihm von Cicero, dem Vater des Vaterlandes, entgegengebrachte Mißtrauen, denn dieser wollte sich mit einer abweisenden Gebärde von ihm abwenden. Cäsar ließ sich durch die offensichtliche Abneigung Ciceros weder beeindrucken noch gar einschüchtern.

»Du scheinst verstimmt, mein lieber Cicero«, begann er. »Niemand versteht das mehr als ich. Es war ja gestern wirklich ein starkes Stück, daß der

Volkstribun Metellus Nepos dir deine Rechtfertigungsrede über deine Amtszeit als Konsul vor der Volksversammlung verbot. So etwas habe ich noch nie erlebt, mein Lieber. Aber was willst du machen, ein Volkstribun darf nun einmal einem Konsul in der Volksversammlung das Wort verbieten!«

Cicero schniefte unwillig durch die Nase. »Du brauchst dir keine Mühe zu geben, Cäsar. Meinst du, ich weiß nicht, daß du hinter Nepos' Angriffen auf mich stehst? Wer war es denn, der als erster gegen die Hinrichtung der Catilinarier gewettert hat? Das warst doch du in der Senatssitzung, noch ehe der Senat über meinen Antrag auf die Todesstrafe überhaupt entschieden hatte! Du wolltest deinen Freund und Verbündeten Catilina vor den Konsequenzen seiner verbrecherischen Taten gegen unser Gemeinwesen bewahren. Den Göttern sei Dank, daß du gescheitert bist! Aber nun versuchst du mich nachträglich mit ungerechtfertigten Anklagen zu verfolgen, indem du Metellus Nepos auf mich hetzt! Ich warne dich, Cäsar. Dein übles Spiel wird dir nicht gelingen! Der Senat steht hinter mir und wird mich vor deinen Anwürfen schützen!«

»Lieber Cicero«, antwortete Cäsar mit sanfter Stimme, »ich fürchte, der Schreck über die Angriffe des Metellus Nepos ist dir so in die Glieder gefahren, daß du die Zusammenhänge nicht mehr richtig erkennst! Es ist richtig, daß ich ein Freund Catilinas war und bin, denn er ist mein Nachbarssohn und treuer Gefährte meiner Jugend. Schließlich verdanke ich ihm und Crassus mein Leben, denn diese beiden waren es, die neben meinen Verwandten meine Begnadigung durchgesetzt hatten, als Sulla mich töten lassen wollte.

Daß er mein Freund ist, heißt aber nicht, daß er auch mein Verbündeter ist. Nimm bitte zur Kenntnis, ich war weder an der Verschwörung beteiligt, noch hatte ich Kenntnis von ihr. Erinnere dich bitte daran, daß ich es war, der als erster dir brieflich von einem ganz vagen Verdacht, daß man dich ermorden wolle, Mitteilung gemacht hat. Es war nur ein zufällig mitgehörtes Geschwätz zweier mir unbekannter Sklaven, das mich zu meiner Meldung bei dir als damals amtierendem Konsul veranlaßt hat. Du kannst also unmöglich annehmen, daß ich mit der Verschwörung sympathisierte oder daß ich Catilinas Methoden billige.«

Cäsar hatte mit Nachdruck und nicht ohne Wärme gesprochen. Er sah dabei Cicero voll ins Gesicht und sah, daß sich dessen feindselige und abweisende Miene aufhellte.

»Wenn du mich jetzt an diese unselige Senatssitzung erinnerst, solltest du auch nicht vergessen, daß damals außer Cato keiner so scharf wie ich die Verbrechen der Catilinarier gegeißelt hat. Ich war, was die Schuld der Verschwörer betrifft, ganz deiner Meinung, mein lieber Cicero. Ich habe nur für das Strafmaß andere Schlüsse aus dem Sachverhalt als du gezogen und dich vor allem davor gewarnt, die Verurteilten hinrichten zu lassen, ohne ihnen die gesetzlich verbriefte Möglichkeit zu geben, an das Volk zu appellieren und das Urteil durch die Volksversammlung überprüfen zu lassen. Du kannst mir daher diese meine Verfassungstreue nun aber wirklich nicht vorwerfen und schon gar nicht die Tatsache, daß ich dich vor einem Fehler bewahren wollte. Wenn hier also das Recht gebrochen wurde, dann durch dich, mein Lieber. Ich habe dich ausdrücklich im Senat auf den Rechtsbruch hingewiesen. Du siehst jetzt, wie berechtigt meine Warnung gewesen ist.«

Cäsar lächelte freundlich. Seine ruhige Stimme und die sachliche Art, wie er seine Argumente vortrug, machten auf Cicero großen Eindruck. Vielleicht habe ich Cäsars Handeln zu einseitig gesehen, dachte er. Aber immerhin, jetzt aber steckt doch er hinter den Angriffen des Metellus Nepos! Sein Gesicht verfinsterte sich wieder. Cäsar bemerkte die erneute Änderung der Stimmung seines Gesprächspartners. Instinktiv erriet er den Grund hierfür.

»Natürlich habe ich auch nichts mit der Anklage des Volkstribunen Metellus Nepos zu tun. Nepos ist ein Freund des Pompeius, dort müßt ihr den Urheber der Anklage gegen dich suchen. Und er ist nicht nur ein enger Freund des großen Feldherrn, sondern auch sein Abgesandter an den Senat. Wie du weißt, hat er dort die meiner Meinung nach sehr gemäßigten Forderungen des Pompeius vorgetragen. In eurer Blindheit und Arroganz habt ihr die berechtigten Wünsche des Pompeius in Bausch und Bogen zurückgewiesen. Was wunderst du dich also über die Reaktion des Siegers über Mithridates? Er sieht in dir als dem damals amtierenden Konsul den Verursacher dieser ungerechten Zurückweisung. E r und nicht i c h hat daher die Angriffe gegen dich inszeniert! Und der Angriff war nur möglich, weil du dir gegen meinen Rat eine Blöße gegeben hast, indem du das Gesetz gebrochen hast. Fürchte also nicht mich, sondern Pompeius, der im Gegensatz zu mir die Macht hat, seinen Wünschen mit Soldaten Nachdruck zu verleihen, und daher seine Forderungen mit Gewalt durchzusetzen kann, wenn ihr ihn weiter provoziert.«

Cäsar legte wieder eine kleine Pause ein, um Cicero Gelegenheit zu geben, Einwände vorzubringen oder über das Gesagte nachzudenken.

»Auch wenn ich mit Nepos' Angriffen auf dich nichts zu tun habe«, fuhr er nach einer Weile fort, »mußt du wissen, auch ich bin ein Freund des

Pompeius und unterstütze daher sein Begehren an den Senat. Du solltest daher lieber mit mir zusammenarbeiten und mich mit deinen unbegründeten Verdächtigungen nicht weiter verprellen. Denn nur ich könnte, dank meines Einflusses auf ihn, erreichen, daß Pompeius dich zufrieden läßt. Da seine Forderungen maßvoll und in Anbetracht seiner Verdienste auch berechtigt sind und vom Volk unterstützt werden, solltest du ihm entgegenkommen, statt ihn zu bekämpfen und mit Schmutz zu bewerfen. Höre also auf meinen Rat und mäßige dich, auch mir gegenüber.

Ich bin, wie du weißt, nämlich nicht nur ein einflußreicher Freund des Pompeius, sondern auch der Führer der Popularen. Wir von der Volkspartei werden auf keinen Fall unseren Freund im Stich lassen und daher seine Anträge im Senat und in der Volksversammlung in allen Punkten unterstützen. Das weiß der große Feldherr natürlich, und er ist uns dankbar für unsere tatkräftige Unterstützung. Wenn du und die Optimaten mich und die Popularen also weiter so bedrängen wie bisher, wird das von Pompeius als zusätzlicher Affront gegen ihn aufgefaßt werden. Die Folgen eines solchen Verhaltens kannst du dir sicher ausmalen.«

Cicero, der eigentlich gegen seinen Willen die harte Linie Catos vertrat, fühlte sich unbehaglich. Als Jurist wußte er, daß die unverzügliche Hinrichtung der Catilinarier verfassungswidrig gewesen war. Zwar hatten in der aufgeheizten Stimmung, die damals unter dem Eindruck der drohenden Gefahr für die verfassungsmäßige Ordnung durch den bewaffneten Aufstand geherrscht hatte, außer Cäsar fast alle Würdenträger und auch seine eigenen juristischen Berater den Rechtsbruch durch die Obrigkeit als Notwehr gegen die übermächtig erscheinenden Staatsfeinde für notwendig oder wenigstens vertretbar gehalten. Nun aber, nachdem die Gefahr für den Staat nach dem Zusammenbruch der Verschwörung und wegen des bevorstehenden gewaltsamen Endes des zum Staatsfeind erklärten Catilina vorüber war, war auch die Hysterie verschwunden, die die damaligen Beschlüsse des Senats und des Konsuls Cicero begünstigt und getragen hatte. Die allgemeine Erregung war abgeklungen, und viele, die damals sein schnelles und rücksichtsloses Durchgreifen begrüßt und bejubelt hatten, besannen sich jetzt wieder auf das Recht und distanzierten sich nun von ihm.

Von überall erhebt sich jetzt Kritik an mir, dachte Cicero verbittert. Und jetzt benutzt auch noch der mächtige Pompeius mein damaliges absolut notwendiges Vorgehen, um seine politischen Forderungen durch Druck auf mich erfüllt zu bekommen.

»Was willst du, Cäsar, mit deinen Drohungen mit der Macht des

Pompeius erreichen? Du weißt doch auch, daß eine Anklage gegen mich scheitern wird, schon weil neben Metellus Nepos auch Cato Volkstribun ist und gegen die Machenschaften seines Kollegen, den Göttern sei Dank, sein Veto einlegen wird!«

»Natürlich wird er das, mein lieber Cicero. Aber glaubst du, daß damit die Sache erledigt ist? Glaubst du, Nepos und vor allem der hinter ihm stehende Pompeius werden es hinnehmen, wenn der Senat seine Wünsche weiter so kompromißlos ablehnt? Verstehe doch, Cnaeus Pompeius will seinen dritten Triumphzug, die Versorgung seiner Soldaten und die Ratifizierung seiner in Asien getroffenen Neugliederungen. Was ist daran so verwerflich? Er hat für Rom neue Provinzen erobert und eingerichtet, wie zum Beispiel Syrien, er hat ein paar Vasallenkönige ein- oder abgesetzt und einen Teil der ungeheuren Beute an treue Verbündete und an seine Soldaten verteilt. Warum wollt ihr das nicht genehmigen? Warum verärgert ihr einen um den Staat so verdienten Mann? Du mußt doch wissen, daß Pompeius die Macht hätte, alle seine Forderungen mit seinen Legionen gewaltsam durchzusetzen. Oder wollt ihr durch euren Starrsinn einen zweiten Sulla heranzüchten und damit einen neuen fürchterlichen Bürgerkrieg herbeiführen?«

»Aber gerade das wollen wir doch verhindern! Deshalb fordern wir doch, daß er vor einer Debatte im Senat über seine Wünsche sein Heer entläßt, weil wir nicht unter dem Druck militärischer Macht verhandeln wollen. Ich, lieber Cäsar, sehe natürlich das Problem und wäre zu gewissen Zugeständnissen an den Feldherrn bereit. Aber du kennst Cato, der weicht kein Jota vom verfassungsmäßigen Vorgehen ab und besteht auf der vorgeschriebenen Entlassung der Soldaten, bevor über Ehrungen, Belohnungen und Ratifizierungen von Verträgen gesprochen werden kann!«

»Entscheidet über die wichtigsten Fragen unseres Staates neuerdings ein gewesener Quästor und amtierender Volkstribun?« Cäsar blickte Cicero erstaunt an. »Wo sind denn die Führer der Optimaten geblieben? Wo sind denn all die ehemaligen Konsuln der Republik, der ehrwürdige Catulus, der nicht minder ehrwürdige Servilius Vatia, wo Hortensius, Curio und Calpurnius Piso? Wo sind die amtierenden Konsuln Silanus und Murena, denen doch von Verfassungs wegen die Leitung des Staates obliegt? Und vor allem, wo bist du, den man den Vater des Vaterlandes nennt?«

Cicero fühlte sich bis auf die Knochen blamiert. Es stimmte, daß die Partei der Optimaten nur noch formell von ihrem alten Führer Catulus geleitet wurde. Tatsächlich wurde sie jedoch nicht mehr von ihm geführt, sondern mehr oder weniger von dem rangniedrigen jungen Cato, obwohl das allen Prinzipien der hergebrachten Sitten, auf die sich die Optimaten so gerne beriefen, widersprach.

»Unsere alten Herren sind müde geworden, lieber Cäsar«, sagte er mit einer Stimme, aus der deutliche Resignation herausklang. »Du weißt sicher, daß Catulus nur noch nominell unser Oberhaupt ist. Unser Motor ist nun einmal Cato. Sein moralischer Rigorismus gefällt uns auch nicht immer. Aber er setzt sich in der Regel mit seiner Kompromißlosigkeit durch! Was willst du ihm denn entgegensetzen, wenn er sich auf eindeutige Gesetze oder das Herkommen beruft? Er ist gegen das übliche Finassieren und gegen einen von uns sonst gerne gesuchten Interessenausgleich, wenn es um althergebrachte Grundsätze der Moral oder um die von den meisten unserer Führer, wie übrigens auch bei den eurigen, lieber Cäsar, längst vergessenen ethischen Normen geht!«

Cäsar mußte lachen. »Lieber Cicero, verzeih, daß ich dich daran erinnere: Politik und reine Ethik passen nur selten zusammen. Deshalb haben die Götter den Kompromiß erfunden und pragmatische Regelungen gebilligt. Es kommt auf das Ziel, nicht auf den Weg an! Gut, mein Lieber, dir brauche ich diese Philosophie nicht zu erklären. Deshalb verstehe ich nicht, daß du dich anscheinend diesem unverbesserlichen Moralisten unterordnest, der lieber den Staat ruiniert und in Ehren untergeht, als nur eine Handbreit vom Pfade der Tugend abzuweichen. So etwas kannst du doch nicht billigen!«

»Ich wehre mich ja auch dagegen, lieber Cäsar! Aber ich bin die Zielscheibe eurer Angriffe und kann deshalb auf Catos Unterstützung nicht verzichten. Die anderen Konsulare sind mir gegenüber lau und zurückhaltend, denn ich bin und bleibe in ihren Augen nichts als ein ‚homo novus', einer mit gewissen Verdiensten, aber eben ein ‚homo novus'. Darum werden sie mich auch nie als ihren offiziellen Führer akzeptieren. Nützlich ist er, denken sie, aber er soll sich nicht einbilden, daß er wirklich einer der Unsrigen ist. So ist das nun einmal bei uns Optimaten, ohne Ahnen keine Macht!«

»Du bist doch ein kluger Mann und läßt dir das gefallen? Du siehst doch auch, in welcher Gefahr der Staat schwebt. Pompeius ist ein gesetzestreuer Mann, jedenfalls jetzt noch. Das kann sich aber schnell ändern, wenn ihr ihn weiter reizt! Also kommt ihm entgegen. Ich als sein Freund werde meinen Einfluß bei ihm geltend machen, daß er seine Soldaten entläßt. Aber ihr müßt ihm zuerst etwas anbieten, etwa indem ihr ihm seinen ersehnten Triumphzug bewilligt.«

Cäsar spürte, wie Cicero sich seinen Gedanken öffnete. Er sitzt in der

Klemme und weiß das. Ich muß ihm daher einen gangbaren Weg zeigen, wie er, ohne das Gesicht zu verlieren, uns und Pompeius entgegenkommen kann, dachte er. Aber Vorsicht, Cäsar, noch ist er nicht so verzweifelt, daß er zu allem bereit wäre. Er sah Cicero fest in die Augen und ergriff behutsam dessen Unterarm.

»Ich mache dir jetzt, mein Lieber, ein Angebot, das uns vielleicht beiden aus unseren Kalamitäten hilft. Höre mir also gut zu und überlege dir meinen Vorschlag. Wir Popularen werden die Forderungen des Pompeius zwar weiter unterstützen, wir werden aber alle Angriffe auf dich einstellen. Du brauchst dann die Unterstützung durch Cato und seine Moralisten nicht mehr so nötig wie bisher. Du erhältst durch mich also mehr Bewegungsfreiheit und kannst daher auch Cato ein wenig bremsen. Ich habe allerdings leider keinen Einfluß auf Metellus Nepos, seine Angriffe auf dich werden also weitergehen, bis Pompeius ihn zurückpfeift, wofür ich mich verwenden werde. Dennoch wird dir meine stille Hilfe etwas Luft verschaffen und dein Gewicht in den eigenen Reihen wieder wirksam werden lassen. Natürlich bleibt unsere kleine Abmachung unter uns.

Im Gegenzug sorgst du dafür, daß ihr die Kampagne gegen mich und die Popularen beendet und uns nicht mehr als verkappte Catilinarier denunziert. Ich werde also mich weiter für die Belange des Pompeius ins Zeug legen, damit ich meinen Einfluß bei ihm nicht verliere und für die Gemäßigten unter euch bei ihm werben kann. So werde ich auf der nächsten Volksversammlung beantragen, daß Catulus, er ist nun einmal euer formales Oberhaupt, die Restaurierung des Jupitertempels entzogen und der Wiederaufbau dem Pompeius übertragen wird. Das wird Pompeius freuen und euch, außer Catulus natürlich, nicht schaden. Pompeius liebt, wie du sicher weißt, nun einmal spektakuläre Ehrungen. Es wird ihn, wenn der Antrag durchgeht, für Kompromisse an anderer Stelle geneigt machen.«

Cicero tat ein wenig überrascht, aber Cäsars Vorschläge paßten gut in sein Konzept. Sie hätten von mir sein können, dachte er. Die Popularen werden es zu schätzen wissen, daß wir sie in Ruhe lassen. Auf jeden Fall werden sie nicht mehr bei jedem Angriff um ihre physische Existenz fürchten müssen. Das macht sie auch unabhängiger von Pompeius. Sie brauchen nun nicht mehr bei jeder Kleinigkeit den eitlen Feldherrn um Hilfe anzuflehen. Das verringert deshalb die Gefahr, das dieser unter dem Vorwand, den Popularen helfen zu müssen, mit seinen Legionen nach Italien übersetzt. Auf der anderen Seite bin ich nicht mehr so auf Cato angewiesen. Vielleicht gelingt es mir sogar, ihn mit der Zeit ein wenig zurückzudrängen und ihm seine Grenzen aufzuzeigen. Freundlich wandte er sich nach diesen Gedanken wieder seinem Gesprächspartner zu.

»Gut, Cäsar. Ich werde mir die Sache überlegen. Aber unterschätze Cato nicht! Er wird sich gegen Pompeius mit aller Kraft stemmen und den Kampf gegen dich nicht aufgeben. Ihr beide seid für ihn gefährliche Wölfe, die es unschädlich zu machen gilt. Aber wenn du deine Popularen ruhig halten kannst, wird mir das recht sein und helfen, meinen Einfluß auf die Granden meiner Partei wieder zu festigen. Uns gefallen Catos Aktionen auch nicht immer. Viele von uns haben ihn mit Freuden von der Kette gelassen und sind nun entsetzt, daß unser Jagdhund Gefallen an seinem Tun gefunden hat und nicht mehr an die Kette zurück will. Solange Catilina und sein Heer in Etrurien noch nicht vernichtet sind, wird man ihn gewähren lassen müssen. Aber dann muß er zurück in den Käfig, sonst treibt er uns in einen neuen Bürgerkrieg!«

»Du siehst, lieber Cicero, wir sind uns einig, daß die Vernunft am Ende siegen muß. Wir Popularen stellen schon jetzt alle Angriffe auf dich ein. Du wirst das Deine dazu tun, daß Cato nicht die Oberhand bei den Optimaten erringt. Spätestens nach Catilinas absehbarer Niederlage pfeift ihr ihn zurück.

Gegen Metellus Nepos könnt ihr vorgehen, aber haltet euch bei Pompeius zurück. Auch gegen meinen Vorstoß gegen Catulus könnt ihr euch wehren, er dient sowieso nur dem Zweck, Pompeius' Aufmerksamkeit auf mich als seinen Freund und Berater zu lenken. Wirb für Pompeius' Wünsche bei euch, so vermeidet ihr, daß er aus Verärgerung über eure Verweigerung seine Truppen in Marsch setzt. Du kennst ihn und weißt daher, daß er unberechenbar ist, wenn er sich in seiner Würde verletzt sieht.«

Cäsar wandte sich zum Gehen. Als ob ihm plötzlich noch etwas eingefallen wäre, drehte er sich noch einmal um und sagte ganz beiläufig:

»Ach, und noch etwas, lieber Cicero. Ich habe gerüchteweise gehört, daß du dich für die Stelle eines Augurs interessierst. Ich will dir nichts versprechen, mein Lieber, aber wenn eine Vakanz eintreten sollte, sprich mich an. Du weißt, als Pontifex Maximus bin ich nicht ganz ohne Einfluß, wenn es um die Neubesetzung einer frei gewordenen Priesterstelle geht.«

Cicero lächelte über den etwas plumpen Bestechungsversuch. Ein so überraschendes Angebot habe ich nicht erwartet, dachte er. Aber es zeigt mir, daß Cäsar tatsächlich etwas an einer, wenn auch begrenzten, Zusammenarbeit mit mir liegt. Cäsar will jedenfalls einlenken und aus seiner politischen Isolierung heraus. Warum soll ich ihm da nicht helfen? Wenn es unter der Decke bleibt, ist es auch für mich von Vorteil, vor allem, wenn diese Angriffe wegen der ungesetzlichen Hinrichtung der Catilinarier aufhören. Freundlich wandte er sein Gesicht Cäsar zu und sagte:

»Ich bin mit einer gewissen Zusammenarbeit im von dir skizzierten Umfang einverstanden. Es ist eine Abrede zwischen uns beiden. Das heißt, ich werde meinen Teil nur erfüllen, wenn niemand etwas von unserem Gespräch erfährt. Wir Optimaten – außer Cato natürlich – werden dich nicht mehr als Volksfeind und Mitverschwörer oder Mitwisser Catilinas bezeichnen und angreifen. Ihr Popularen – außer Nepos – werdet mich nicht mehr mit einer Anklage wegen der Hinrichtung der Catilinarier bedrohen oder mich deswegen angreifen. Ich werde sehen, zu welchen Zugeständnissen ich den Senat Pompeius gegenüber veranlassen kann, damit dieser seine Truppen entläßt, wie es seine verfassungsmäßige Pflicht ist. Ich denke, wir beide haben keine Veranlassung, ihn mit zwanzig Legionen in Italien als neuen Machthaber über Rom zu begrüßen. Gehen wir also ans Werk und seien wir schweigsam!«

Cicero hob grüßend und ein wenig huldvoll die Hand. Dann wandte er sich ab und reihte sich wieder in den Zug der Silanus begleitenden Senatoren ein.

Cäsar schaute ihm eine Weile nach. Ich kann zufrieden sein, dachte er. Cicero hat angebissen. Morgen werden Nepos und ich in der Volksversammlung gegen Catulus vorgehen. Es wird mir ein Vergnügen sein, die alte Mumie aufzuschrecken. Schließlich hat er mir Cato auf den Hals gehetzt. Und das nur aus reiner Rachsucht, weil ich ihm den schon sicher geglaubten Posten des Pontifex Maximus weggeschnappt habe. Ich sehe noch heute die Wut und die Enttäuschung in seinem Gesicht, als der Wahlleiter das Wahlergebnis bekanntgab. Ich hatte ihn nicht nur aus dem Felde geschlagen, ihn, den Führer der Optimaten und Sprecher des Senats, sondern ich hatte in allen Stimmkörpern die Mehrheit! Welche Blamage für den eitlen Catulus!

Cäsars Lippen kräuselten sich spöttisch, wenn er an den Ärger dachte, den er Catulus morgen bereiten würde. Dann straffte er sich. Schluß jetzt mit den gehässigen Gedanken gegen Catulus, rief er sich zur Ordnung. Morgen wird ein schwerer Tag. Aber der Anfang ist gemacht. Die Verzagtheit und der Kleinmut der letzten Wochen haben ein Ende. Aurelia wird mit mir zufrieden sein.

9

Anfang Januar, zwei Tage nach den Kalenden und der Amtseinführung der neuen Konsuln, versammelte sich kurz nach Sonnenaufgang der Senat zu seiner ersten Arbeitssitzung in der Curia Hostilia auf dem Forum. Es waren ungewöhnlich viele Senatoren gekommen, denn es hatte sich herumgesprochen, daß die Volkstribunen Metellus Nepos und Calpurnius Bestia Cicero wegen der ungesetzlichen Hinrichtung der Catilinarier anklagen wollten. Nachdem zuerst einige weniger wichtige Punkte der Tagesordnung abgehandelt worden waren, rief der die Sitzung leitende Konsul Decimus Junius Silanus die Sache ‚Anklage gegen den gewesenen Konsul Marcus Tullius Cicero wegen ungesetzlicher Hinrichtung römischer Bürger' auf und erteilte dem Volkstribunen Quintus Caecilius Metellus Nepos das Wort.

Während dieser sich feierlich von der Tribunenbank erhob, wurde es still im Sitzungssaal. Alle Augen waren auf Nepos gerichtet, nur von irgendwo hörte man das leise Rascheln einer Papyrusrolle.

»Ehrwürdige Väter und Beigeordnete«, begann Nepos seine Rede, »ich muß heute eines unserer prominentesten Mitglieder eines der verabscheuungswürdigsten Verbrechen anklagen, die ein Amtsträger unseres Staates gegen einen Bürger begehen kann. Ich bezichtige Marcus Tullius Cicero, seine ihm vom römischen Volk übertragene Amtsgewalt in eklatanter Weise mißbraucht zu haben, indem er fünf Bürger, darunter zwei Mitglieder des Senates, hat hinrichten lassen, ohne ihnen das vom Gesetz eingeräumte Recht auf Berufung an das Volk zu gewähren. Ich nenne diese ungesetzliche Tötung daher nicht mehr Hinrichtung, sondern Mord! Cicero ist daher des Mordes anzuklagen!

Er wird sich, verehrte Kollegen, zweifellos darauf berufen, daß der Senat vor der Anklage gegen die Catilinarier den Staatsnotstand ausgerufen hat und er als amtierender Konsul daher berechtigt war, jede ihm notwendig erscheinende Maßnahme zu ergreifen, um Schaden von unserem Gemeinwesen abzuwenden. Ich betone ausdrücklich: jede n o t w e n d i g e Maßnahme! Eine solche notwendige Maßnahme war die sofortige Tötung der Angeklagten aber nicht! Alle fünf waren hinter Schloß und Riegel in sicherer Haft, Catilina hatte die Stadt fluchtartig verlassen, seine Anhänger waren aus der Stadt geflohen und irrten irgendwo in den Wäldern und Bergen Schutz suchend umher. Von keinem der Beteiligten ging also eine unmittelbare Gefahr für den Staat und die Sicherheit der Bürger aus. Es war deshalb keineswegs n o t w e n d i g, die Verurteilten ihrer Rechte auf Berufung zu berauben, und schon gar nicht, dem Volk das Recht, Todesurteile auf seine Berechtigung und Angemessenheit zu überprüfen, abzuschneiden!

Überhaupt hat Cicero die sogenannte Catilinarische Verschwörung nämlich selbst erfunden, wahrscheinlich aus Ruhmsucht oder um sich als verachteter ‚homo novus' bei den Optimaten einzuschmeicheln. Wenn nicht, hat er sie zumindest in unsäglicher Weise aufgebauscht und damit den edlen Catilina erst zu seiner Verzweiflungstat getrieben. Seit Jahren verfolgt er ihn nun schon mit seinem Haß und verhindert mit allerlei hinterhältigen Winkelzügen seine Kandidatur und Wahl zum Konsul! Er sorgte jahrelang dafür, daß Catilina mit falschen und verleumderischen Anklagen überzogen wurde, von denen er dank der Gerechtigkeit des Richters Cäsar am Ende freigesprochen werden mußte.

So hast du, Cicero, durch deine ungerechtfertigte Verfolgung Catilinas diesen tüchtigen und ehrenhaften Bürger überhaupt erst dazu getrieben, zur Gewalt zu greifen, weil er durch deine Umtriebe am Recht verzweifelte! Sicher können wir seine Verirrung nicht billigen, aber verständlich erscheinen muß sie uns schon.

Du bist also der eigentliche Schuldige an der heutigen Situation, ein neuer Sulla, der wie dieser blutrünstige Tyrann seine politischen Feinde physisch vernichten will! Dein verbrecherisches Wirken muß gestoppt werden! Darum, ehrwürdige Väter und Beigeordnete, stimmt für die Erhebung der Anklage gegen Marcus Tullius Cicero, damit der Staat keinen weiteren Schaden nimmt, und das Gemeinwesen von diesem gefährlichen und skrupellosen Ehrgeizling geschützt wird!«

Nepos schnaufte erregt, als er sich mit vor Eifer gerötetem Gesicht setzte. Die Senatoren hatten ihm, wie es üblich war, ruhig zugehört. Nur ab und zu hatte jemand leise ‚Na, na' oder ‚Hört, hört' gebrummelt, jetzt aber löste sich die Spannung. Es begann eine immer mehr anschwellende Diskussion von Nachbar zu Nachbar und von einer Bankreihe zur anderen. Einige Senatoren unterstrichen ihre Ausführungen mit wilden Gesten. Viele Gesichter waren bewegt, teils malte sich Empörung über das Gehörte auf ihre Züge, teils fühlten sie sich von den herausfordernden Bemerkungen Nepos' amüsiert, teils abgestoßen.

»Ihr habt, ehrenwerte Väter und Beigeordnete, die Anklage des Volkstribunen Metellus Nepos gehört! Bevor ich dem Beschuldigten Cicero das Wort zur Darlegung seiner Sicht der Dinge erteile, frage ich euch, ob noch jemand aus eurer Mitte das Wort wünscht. Ich halte es allerdings für besser, erst Cicero zu hören, bevor wir in die Debatte eintreten, was zu tun die Väter und Beigeordneten für nötig halten.«

Normalerweise hätte ein derartiger Hinweis des amtierenden Konsuls den Senatsmitgliedern genügt, aus Respekt vor seiner Würde seinem Vorschlag zu folgen. Daher ertönte ein leicht unwilliges Geraune, als Cato sich zum Zeichen, daß er das Wort wünsche, erhob. Auch der Konsul verzog ein wenig mißbilligend den Mund, als er mit lauter Stimme verkündete:

»Es muß etwas außergewöhnlich Wichtiges sein, wenn der Volkstribun Marcus Porcius Cato noch vor dem Beschuldigten Cicero und entgegen meinem Vorschlag um Gehör bittet. Du hast das Wort, Cato. Aber fasse dich kurz und verschwende nicht die Zeit deiner Kollegen.«

Cato räusperte sich und blickte eine Weile in die Runde, so, als suche er mit jedem der Senatoren einen intensiven Blickkontakt. »Ehrwürdige Väter und Beigeordnete, verzeiht mir bitte, daß ich den üblichen Ablauf des Geschehens zu stören scheine. Mir stockte fast das Herz, als ich die unverschämte, gemeine und für alle Gutgesinnten bestürzende Anklage dieses niederträchtigen Menschen Nepos hörte. Es verstieße gegen die Würde unseres verehrten und verdienten ehemaligen Konsuls Cicero, wenn wir uns so erniedrigen würden, uns auf die falschen und unwahren Beschuldigungen dieses windigen Interessenvertreters des schuldigen Verräters Catilina einzulassen. Täten wir dies, würden die Gemeinheit und das Laster über die Tugend siegen. Damit dies nicht geschieht und damit der Senat sich nicht mit der sachlichen Auseinandersetzung mit dem von Nepos aufgewühlten Dreck befleckt, lege ich als gewählter Tribun des römischen Volkes gegen die weitere Behandlung dieser fadenscheinigen Anklage durch den Senat mein Veto ein.«

Cato setze sich unter dem aufbrausenden Beifall der Mehrheit. Wütend sprang Nepos auf. »Wir sehen uns wieder in der Volksversammlung«, brüllte er. »Euer unglaubliches Verhalten, das sich in dem gezollten Beifall für diesen Cato gezeigt hat, wird nicht ohne Folgen bleiben.« Dann entschwand er schnellen Schrittes durch die von den Saaldienern weit geöffnete Tür des Senatsgebäudes und eilte auf das Forum, um an der gerade von seinem Kollegen Calpurnius Bestia eröffneten Versammlung der Quiriten teilzunehmen.

In der Curia Hostilia hatte sich der Konsul Silanus von seinem Elfenbeinstuhl erhoben: »Die Sache ist damit erledigt. Die Sitzung ist geschlossen. Die Götter mögen euch auf eurem Heimweg geleiten!«

10

Nach und nach traten die Senatoren durch die gedeckte Vorhalle der Curia und das von sechs jonischen Säulen geschmückte Portal ins Freie. Obwohl der strenge Frost der letzten zwei Wochen einer wärmeren Witterung gewichen war, war es dennoch kalt und ungemütlich. Ein unangenehmer Nieselregen fiel vom grauen Himmel und aus den dicken Regenwolken, die über der Stadt und dem Land hingen.

Fröstelnd hüllten sich die aus dem warmen Sitzungssaal strömenden Senatoren in ihre purpurgestreiften Togen. Die kalte Feuchte kroch ihnen die entblößten Beine hoch, denn die meisten hatten die Säume ihrer Toga über den Kopf gezogen, um sich vor der von oben tropfenden Nässe zu schützen. Das Pflaster des Forums glänzte, und an unebenen Stellen hatten sich Pfützen gebildet.

Die edlen Väter hörten zwar am brummelnden Stimmengewirr, daß sich vor dem nahen Rostrum eine Volksmenge versammelt hatte, und sie sahen auch, daß der Volkstribun Metellus Nepos die Rednerbühne betrat, aber ihr Interesse an der Versammlung war gering. Mögen sich die Quiriten nasse Füße holen, dachten die meisten und strebten schnellen Schrittes und über die Pfützen hinweg springend ihren warmen und trockenen Behausungen oder den mit ihren Sklaven am schräg gegenüber liegenden Tullianum wartenden Sänften zu.

Vor der Rednerbühne hatte sich inzwischen eine wegen des schlechten Wetters nicht sehr große Menschenmenge versammelt., um an der von den Volkstribunen Nepos und Calpurnius Bestia einberufenen Volksversammlung teilzunehmen. Von den Senatoren hatten sich nur wenige, darunter der amtierende Prätor Caius Julius Cäsar, eingefunden.

Es war eine Contio, zu der die Volkstribunen eingeladen hatten. Bei einer derartigen Versammlung durften keine Gesetze verabschiedet werden, und auch sonstige Beschlüsse mit Bindungswirkung für die Gemeinde waren nicht gestattet. Vielmehr diente eine Contio der Unterrichtung der Quiriten über von den Magistraten beabsichtigte Gesetzesvorlagen und der Information der Bürger über die politische Lage. Da die Bürger auf einer Contio das verbriefte Recht hatten, Fragen zu stellen und über das Vorgetragene zu diskutieren, konnten sich die herrschenden Kreise ein Bild davon machen, wie das einfache Volk über die Regierung und ihre Absichten dachte.

Deshalb wurde eine Contio oft von jungen und aufstrebenden Politikern und Demagogen benutzt, sich bei den Quiriten durch volksfreundliche Anträge oder aufrührerische Reden einen Namen zu machen und auf diese Weise bekannt zu werden.

Auch diente eine Contio oft dazu, eine allgemeine Volksversammlung vorzubereiten, auf der dann die Gesetze der Römischen Republik vom eigentlichem Souverän, nämlich dem römischen Volk, zu beschließen waren. Anders als bei einer Contio durfte bei der allgemeinen Volksversammlung aber der Inhalt eines Gesetze weder diskutiert noch abgeändert werden, da die Bürger nur mit Ja oder Nein stimmen konnten.

Um das vorgeschriebene Verfahren zu vereinfachen, hatte es sich mit der Zeit eingebürgert, unmittelbar nach einer Contio eine allgemeine Volksversammlung einberufen, damit die Quiriten noch unter dem Eindruck der vorangegangenen Diskussion über das von den Magistraten oder Volkstribunen beantragte Gesetz endgültig beschließen konnten.

So war es auch heute, am zweiten Tag nach den Kalenden des Januars des Jahres 692 nach Gründung der Stadt, von den die Versammlung leitenden Volkstribunen Nepos und Bestia vorgesehen. Mit leichtem Schritt hatte Nepos die Rednertribüne erklommen. Noch erregt von der im Senat vorangegangenen Auseinandersetzung mit seinem Kollegen Cato begann er, nachdem er mit erhobener Hand Ruhe eingefordert hatte, mit lauter Stimme in anklagendem Ton zu sprechen.

»Quiriten«, begann er, »mein lieber Kollege Lucius Calpurnius Bestia und ich haben euch heute hierher gebeten, um euch über die ungeheuren Vorgänge der letzten Wochen und das skandalöse Verhalten des Marcus Porcius Cato in der heutigen Senatssitzung zu unterrichten! Wie ihr alle wißt, schwebt unser Staat in einer schweren Krise, seit der Konsul des Vorjahres, Marcus Tullius Cicero, durch sein hartes und ungesetzliches Verhalten einen bis dahin untadeligen Bürger erst in die Verzweiflung und dann in den Aufstand gegen unseren Staat getrieben hat.

Ich will hier das Verhalten Catilinas nicht verteidigen, wohl aber muß ich das unverzeihlich lasche Vorgehen der Senatsoligarchie geißeln. Erst treiben sie Catilina in die Rebellion, lassen ihn aber aus Rom entkommen, und dann tun sie nichts, die gestörte Ordnung wiederherzustellen! Anstatt nun endlich zuzupacken und den Aufstand im Keime zu ersticken, sehen sie tatenlos zu, wie Catilina seine Truppen sammelt, um sie gegen Rom zu führen! Die Stadt ist in Gefahr, aber der Senat schickt den schlappen Antonius mit ein paar Rekruten aus, die den kriegserfahrenen Catilina mit seinen gut gerüsteten Veteranen fangen sollen! Lächerlich, einfach lächerlich, findet ihr nicht auch?

Um die Umtriebe der Aufständischen zu beenden, bedarf es einer ruhigen, aber entschlossenen Hand und nicht solcher lahmen Bemühungen, wie sie von unseren Senatoren angestellt werden. Ich meine hier die inkompetente Art, mit der der vom Senat beauftragte Caius Antonius den Krieg gegen die Aufständischen führt, und die Unfähigkeit des Senates,

Antonius Beine zu machen, damit er die Ruhe endlich wiederherstellt.

Wir, das Volk, brauchen diese Ruhe! Wir brauchen sie, aber Antonius mit seiner nachlässigen und zögerlichen, ja fast schon feigen Art, den Krieg zu führen, ist der falsche Mann, sie uns zu verschaffen. Wirkliche Ruhe kann uns und dem Staat nur ein zupackender und erfahrener Feldherr bringen. Ein solcher Feldherr ist allein unser Pompeius! Zu ihm haben wir Vertrauen, nur er kann Ruhe und Ordnung wiederherstellen! Er muß daher sofort nach Italien zurückgerufen und mit der Niederschlagung des Aufstandes der Catilinarier beauftragt werden!«

»Ja, du hast recht! Nur Pompeius kann uns helfen! Weg mit diesem feigen Antonius!« Die Quiriten riefen ihre Parolen wild durcheinander.

Nepos nahm das Gehörte sofort auf. »Seht ihr, Quiriten, ihr seid meiner Meinung! Alle Vernünftigen sind meiner Meinung! Alle Vernünftigen und Gutwilligen sehen ein, daß wir Pompeius brauchen!

Was aber tut der Senat? Was tun die Konsuln? Sie alle tun nichts! Aber sie sind gegen unseren Pompeius! Sie sind gegen ihn, weil sie ihn und seine Tüchtigkeit hassen! Sie neiden ihm seine Erfolge, deshalb verlangen sie, daß er sein Heer entläßt, statt mit ihm und seinen Soldaten den Aufstand der Catilinarier zu bekämpfen.

Aber es kommt noch schlimmer, sie wollen auch seine Verdienste um den Staat nicht anerkennen oder gar belohnen! Stellt euch vor, Quiriten, sie verweigern ihm, dem Sieger über den schrecklichen Mithridates, den verdienten Triumphzug! Noch schlimmer, sie wollen nicht nur nicht, daß er nach Italien kommt, um die Ordnung zu garantieren, die durch die verräterische Saumseligkeit der Oligarchen aus den Fugen geraten ist, sie lehnen es auch ab, daß sich Pompeius in Abwesenheit um das Konsulat bewerben kann! Wie soll er sich denn um das Amt bewerben, wenn er zur vorgeschriebenen persönlichen Abgabe seiner Bewerbung beim Wahlleiter nicht erscheinen kann, weil er Italien nicht betreten darf, bevor er seine Soldaten entlassen hat?

Welch eine Infamie gegen den größten und erfolgreichsten Feldherrn, den Rom je hatte! Wer hat denn Mithridates, den gefährlichsten Feind unseres Staates und blutrünstigen Schlächter unserer Bürger in Asien, für immer besiegt? Waren das der großmäulige Cicero oder der senile Catulus? Und wer hat die Seeräuber samt ihren Schiffen und Schlupfwinkeln an Land vernichtet und verbrannt? War das der eifernde Cato? Oder der Konsul Silanus? Oder diese Mumie Catulus? Nein, Quiriten, ihr wißt es besser, das war unser Pompeius! Wir alle schulden daher Pompeius und seinen tapferen Soldaten Dank und Anerkennung.

Wer sind denn diese Soldaten? Quiriten, es sind eure Söhne! Für sie fordert Pompeius Landzuweisungen und eine angemessene Versorgung als Dank und Entschädigung für ihren Einsatz für das Vaterland! Was aber tut der sogenannte Vater des Vaterlandes Cicero, was tun die Senatoren? Sie lehnen alle diese bescheidenen Wünsche des großen Pompeius und obendrein auch noch seinen verdienten Triumphzug ab! Es wird an euch sein, eine passende Antwort für diese Undankbarkeit zu finden.«

Metellus Nepos hielt erschöpft inne. Befriedigt nahm er den aufbrausenden Beifall der aufgeputschten Bürger entgegen. Er hörte die empörten Zwischenrufe der Quiriten und genoß seinen rhetorischen Erfolg.

»Vater des Vaterlandes? Dem Cicero sein Vaterland ist sein Geldbeutel! Aufhängen! Nieder mit die Optimaten und das ganze Senatorenpack! Unser Metellus Nepos soll leben! Der hat mit unsere Söhne bei dem Pompeius gekämpft! Der ist ehrlich, ihm und dem Pompeius werden wir folgen.«

»Quiriten«, begann Nepos, nachdem sich die aufgebrachten Bürger wieder beruhigt hatten, »ich werde in der dieser Contio folgenden allgemeinen Volksversammlung die nötigen Anträge stellen, damit dem großen Pompeius und seinen Soldaten, euren Söhnen, Gerechtigkeit widerfährt. Ich werde euch bitten, Pompeius mit der Kriegführung gegen Catilina zu beauftragen, ihm den Triumphzug und die Landzuweisungen an seine Soldaten zuzubilligen. Helft mir, daß die Gerechtigkeit über den kläglichen Eigennutz dieser eitlen Senatsclique siegt!

Bevor ich die Versammlung schließe und dann neu eröffne, damit wir über meine Anträge abstimmen können, erteile ich dem Prätor Caius Julius Cäsar das Wort. Er will euch noch eine zusätzlichen Antrag vorlegen, über den wir dann auch in der folgenden Volksversammlung abstimmen können.«

Cäsar eilte zur Rednerbühne und begann mit einer kurzen Würdigung der Verdienste des Pompeius und gratulierte Nepos für seine Absicht, Pompeius nach Italien zurückzurufen, ihn mit der Bekämpfung der Aufständischen zu beauftragen und ihm die Bewerbung um das Konsulat in Abwesenheit zu gestatten, falls die Senatoren oder der Volkstribun Cato weiter gegen Pompeius intrigieren würden.

»Wir müssen, Quiriten, damit rechnen, daß der Senat weiterhin alle Anträge zugunsten unseres Pompeius ablehnen und durch ein Veto Catos, dieses volksfeindlichen Tribunen, verhindern wird.

Ich aber habe, wie Nepos euch angekündigt hat, noch ein besonderes Anliegen. Wie ihr wißt, bin ich nicht nur Prätor, sondern auch Pontifex

Maximus unserer Republik. Deshalb schmerzt es mich besonders, daß unser oberster Gott Jupiter, der Größte und Beste, noch immer mit einer Ruine als Tempel vorlieb nehmen muß. Es grenzt schon fast an ein Wunder, daß Jupiter seinem Zorn über diesen ungeheuren Frevel nicht deutlicher Ausdruck gibt. Bisher hat er uns nur mit einer völlig unfähigen und verdienten Bürgern gegenüber undankbaren Regierung gestraft!

Wer aber weiß, wie lange noch des Höchsten Langmut mit uns dauern wird? Ihr wißt, in dem schrecklichen Bürgerkrieg, den der Tyrann Sulla gegen das Volk, also euch, angezettelt hatte, ist auch der Tempel des Jupiter auf dem Kapitol durch einen verheerenden Brand in Mitleidenschaft gezogen worden. Noch heute könnt ihr, wenn ihr den Hügel hinaufschaut, die vom Rauch geschwärzten Säulen und den zerstörten Dachstuhl sehen. Der Brand liegt nun schon fast fünfzehn Jahre zurück, obwohl der Senat schon längst die für den Wiederaufbau benötigten Mittel bewilligt hat.

Aber der Senat hat einen Fehler gemacht! Er hat nämlich dem unfähigen Catulus die Bauleitung zugeschustert, statt sie einem Fachmann zu übertragen. Aber so sind die Optimaten! Sie denken, wie immer, nur an sich. Der Tempel unseres Höchsten ist ihnen gleichgültig, Hauptsache, man hat einem Freund einen Gefallen tun können!

Nun will ich nicht behaupten, daß Catulus die bewilligten Gelder für die Restaurierung einfach unterschlagen hat. Fest steht aber, daß der Tempel immer noch nicht wiederhergestellt ist. Wahrscheinlich liegt es einfach daran, daß man den falschen Mann mit seiner Wiederherstellung beauftragt hat. Nepos hat ja in seiner Rede eben schon auf die Senilität dieses Catulus hingewiesen.

Es wird Zeit, daß der Tempel schnellstens fertig wird, damit Jupiter die vorgeschriebenen Opfer und Gebete endlich wieder in seinem eigenen Hause entgegennehmen kann. Wenn also Catulus seiner Aufgabe nicht gewachsen ist, laßt uns ihn davon befreien. Gebt das Werk in andere Hände, Jupiter wird es euch danken!«

Kaum hatte Cäsar seine Ausführungen beendet, riefen einige Quiriten laut: »Cäsar hat recht, niemals darf dieser Catulus den Wiederaufbau des Tempels vollenden. Es würde Jupiter beleidigen, wenn dieser unfähige Mann zum Dank für seine Nachlässigkeit auch noch durch eine Weiheinschrift im Giebel des Tempels geehrt werden würde! Nein, unser Cäsar soll den Tempel des Höchsten und Besten vollenden! Ja, Cäsar soll es machen, der ist Priester, das wird Jupiter gefallen.«

Cäsar lächelte erfreut und geschmeichelt. Dann aber besann er sich und machte eine abwehrende Handbewegung.

»Ich danke euch, Quiriten, für euer Vertrauen. Es tut einem Verfolgten wohl, wenn die Bürger sich seiner erinnern. Aber nicht ich bin es, dem diese hohe Ehre zukommt! Es gibt nur einen, der würdig genug ist, unserem Jupiter die angestammte Wohnung wieder einzurichten. Ihr ahnt, wen ich meine, wen ich als einzigen für verdienstvoll und fähig für diese heilige Aufgabe halte. Es ist Pompeius, für den ich gern zurückstehe. Nehmt ihn, ihr könnt keinen Besseren finden. Jupiter wird mit ihm sein!«

»Dann werde ich beantragen, daß Catulus von seinem Amt mit Schimpf und Schande entbunden wird«, übernahm Nepos wieder das Wort. »Bevor ich die Contio schließe, frage ich euch alle, ob noch jemand das Wort wünscht?« Nepos wollte schon das die Contio schließende zeremonielle Schlußwort sprechen, als sich aus der hintersten Reihe eine wütende, sich fast überschlagende Stimme meldete.

»Ich verlange das Wort«, rief die Stimme. Alle wandten sich um, um zu sehen, wer denn jetzt noch etwas sagen wollte. Ein alter weißhaariger Mann drängte sich mit rudernden Armbewegungen nach vorn. Die Quiriten erkannten den Mann sofort und machten mehr aus Neugierde als aus Scheu vor seinem Alter und seinen weißen Haaren Platz. Es bildete sich eine kleine Gasse, durch die der Mann auf das Rostrum zustürmte, auf dem Cäsar, Nepos und Bestia standen. Erst jetzt erkannten sie den gewesenen Konsul und Führer der Optimaten Quintus Lutatius Catulus, der keuchend vom schnellen Lauf an der Treppe zum Rostrum angekommen war.

»Sprich, Catulus«, rief Nepos. »Du hast das Wort.«

»Laßt mich zuerst auf das Rostrum, damit alle Quiriten mich sehen und hören konnen. Ich will denen, die mir, dem ältesten Konsular unserer Republik, diese ungeheure Schmach antun wollen, ins Gesicht sehen! Mein Vater hat die Republik vor den Teutonen gerettet, ich habe den Aufstand des Lepidus im Keime erstickt und damit ebenfalls die Republik gerettet! Laßt mich auf die Rednertribüne, damit ich mich vor allem Volk verteidigen kann!«

Als Catulus die Treppe hinaufsteigen wollte, um zum Volk zu sprechen, rief Cäsar seine Liktoren. »Liktoren, haltet diesen Mann zurück! Wenn er in der Contio etwas sagen will, was sein gutes Recht ist, mag er wie jeder andere Quirit von unten seine Worte an die auf dem Podium versammelten Amtsträger richten.

Du, Catulus, müßtest als ehemaliger Konsul doch wissen, daß das Rostrum nur von Amtsträgern betreten werde darf. Du aber hast zur Zeit kein Staatsamt inne und mußt daher dein Anliegen von unten vorbringen, wie es nun einmal den gesetzlichen Vorschriften entspricht.«

Catulus war vor Wut ganz weiß im Gesicht geworden. Er sah über sich das herablassend freundliche Gesicht Cäsars. Der macht wirklich ernst und läßt mich durch seine Liktoren abführen, wenn ich versuche, das Rostrum zu ersteigen, dachte er. Laut sagte er, während er versuchte, die Fassung und seine Würde zu wahren:

»Bürger, ihr seht, wie hier mit einem alten, verdienten Mitbürger verfahren wird. Gut, ich weiche der Gewalt. Aber hört meine Worte. Dieses Schauspiel wird ein Nachspiel haben. Ich werde nicht eher ruhen, bis diese mir angetane Schmach getilgt ist. Ich stamme aus einer Familie, in der jedes Unrecht blutig vergolten wird! Die Älteren unter euch erinnere ich an das Schicksal des Marcus Marius Gratidianus. Ihn ereilte meine Rache vor zwanzig Jahren, als ich ihn eigenhändig für die meinem Vater angetanen Verbrechen den Göttern zur Sühne seiner Verbrechen geopfert habe. Du, Cäsar, bist gewarnt. Hüte dich!«

Während Catulus langsam zurück durch die Reihen der Quiriten über das Forum schritt, verfolgten ihn die höhnischen Zurufe der Quiriten. »Der wollte aufs Rostrum, als ob er etwas Besseres wie wir wäre. Unser Cäsar hat's dem alten Zausel ganz schön gegeben! Hast du dem seinen verbiesterten Blick gesehen, Aulus? Schadet ihm gar nichts, dem Hochmütigen!«

Während die Bürger noch diskutierten, rief Nepos in die Menge: »Wünscht noch jemand das Wort? Ich sehe, das ist nicht der Fall. Dann schließe ich die Contio und rufe zur allgemeinen Volksversammlung! Die Götter mögen unser Vorhaben begleiten!«

Nepos wartete eine Weile, bis sich die Bürger wieder beruhigt hatten und sich ihm wieder zuwandten.

»Quiriten«, begann er, »wir wollen uns beeilen, denn bei diesem Wetter will ich eure Geduld nicht über Gebühr in Anspruch nehmen. Ihr habt vorhin in der Contio gehört, um was es geht und welche Beschlüsse wir fassen müssen, damit die Angelegenheiten unseres Staates durch Pompeius wieder auf die rechte Bahn gelenkt werden und ihr wieder ruhig schlafen könnt. Wie es das Gesetz vorsieht, lese ich euch noch einmal die von mir und unserem Cäsar beantragten Beschlußvorlagen vor, damit ihr genau wißt, um was es hier geht und wofür ihr eure Stimmen abgeben sollt.«

Der Volkstribun machte eine kleine Pause, um seine Papiere zu ordnen, auf die er sich die Gesetzesentwürfe notiert hatte. Als er wieder aufblickte, bemerkte er, wie sich in den hinteren Reihen der geduldig wartenden Menge Unruhe breitmachte. Jetzt hörte man auch schon zornige Rufe und ein sich näherndes lärmendes Getrampel, das rasch anschwoll. Von der erhöhten Rednerbühne aus sahen Cäsar und Nepos, wie sich ein Pulk wild gestikulierender Menschen von der auf das Forum einmündenden Via sacra auf die Volksversammlung zu bewegte. Schon konnten beide laut protestierende Stimmen vernehmen und sehen, daß die vorderen Reihen der heranstürmenden Menge schwere Knüppel und sogar Schwerter und Messer schwangen.

»Das sind Catos Leute«, rief Cäsar Nepos zu. »In wenigen Augenblikken werden wir eine handfeste Schlägerei haben. Lies deinen Text und lasse abstimmen, bevor Cato das Podium erreicht und sein Veto einlegen kann!«

»Wehrt euch, Bürger, gegen die Gewalt! Das sind die Optimaten, die die Abstimmung über unsere neuen Gesetze verhindern wollen!« Schnell begann er, seine Texte zu verlesen. Aber Cato war schon heran. Mit seinem bewaffneten Haufen war er einfach durch die Quiriten marschiert. Seine Leute hatten alle, die sich ihnen entgegenzustellen wagten, niedergeknüppelt oder einfach beiseite geschubst.

»Quiriten«, rief er mit lauter Stimme, »kraft meines Amtes als Volkstribun lege ich hiermit mein Veto gegen die ungesetzlichen Beschlußvorlagen meines Kollegen Nepos und auch gegen die des Prätors Cäsar ein. Geht nach Hause, die Versammlung ist geschlossen!«

Ein Schrei wild ausbrechender Wut scholl über den Platz. »Schlagt die Hunde tot! Auf, Bürger, macht die Verräter nieder! Blut muß fließen, so retten wir die Republik«, schrien alle durcheinander. Die versammelten Quiriten hatten sich von ihrem ersten Schrecken über den überraschenden Angriff Catos und seiner Schlägertruppe erholt und drangen nun mit geballten Fäusten auf ihn und seine Leute ein. Im Nu entwickelte sich eine wilde Keilerei. Knochen krachten, Schmerzensschreie ertönten, bald humpelten die ersten Verletzten aus beiden Parteien vom Kampfplatz.

Oben auf dem Rostrum las Metellus Nepos, das Veto seines Kollegen Cato nicht beachtend, ruhig und konzentriert sein Manuskript den sich unten prügelnden Bürgern vor. Cäsar sah interessiert und amüsiert auf die unter ihm ausufernde Schlägerei. Er bemerkte, wie die Quiriten langsam die Oberhand gewannen und Cato von einigen Bürgern mit heftigen Püffen von der Rednerbühne abgedrängt wurde.

Für ihn war die Sache erledigt. Die Gesetze waren, wie er es vorausgesehen hatte, am Veto Catos gescheitert. Der Senat und die amtierenden Konsuln würden sie niemals in Kraft setzen, weil einer der zehn Volkstribunen von seinem Vetorecht Gebrauch gemacht hatte. Dennoch betrachtete er die Angelegenheit als Erfolg. Nepos würde unverzüglich an Pompeius schreiben und über seine eigene Unterstützung der Anliegen der Feldherrn berichten. Pompeius würde von jetzt ab ihn wieder zu seinen Freunden zählen und ihn nicht im Stich lassen, wenn Cato oder wer immer gegen ihn vorgehen und sein Leben bedrohen würde.

Aber noch viel wichtiger schien ihm die Tatsache, daß die Quiriten sich wieder der Partei der Popularen zuwandten. Das Volk, das sich aus Angst vor den erwarteten Exzessen der Catilinarier von ihm abgewandt hatte und zu den Optimaten übergelaufen war, kehrte offensichtlich zu seiner alten Partei und zu ihm zurück. Ich habe in kurzer Zeit mehr erreicht, als ich zu hoffen gewagt habe. Die Götter sind wieder mit mir, dachte er zufrieden.

Unter ihm neigte sich der Kampf endgültig zu Ungunsten Catos. Einige seiner Leute lagen erschlagen auf dem Pflaster, und das Wasser in den Pfützen begann sich rötlich zu verfärben. Cato selbst blutete aus einer Kopfwunde, und das aus der Wunde tropfende Blut beschmierte seine zerrissene Toga.

Plötzlich brach aus zwei Seitenstraßen je ein neuer Pulk Menschen hervor. Sie stürzten sich, ohne zu zögern, sofort in das wilde Getümmel der ineinander verkeilten und aufeinander losschlagenden Menschen. Rechts, aus der Argiletumstraße, stieß eine Gruppe unter Führung eines weiteren Volkstribunen, des Marcus Minucius Thermus, vor, während eine zweite von links aus dem Vicus Tuscus unter dem Kommando von Titus Annius Milo, Catos Mann für das Grobe, herbeieilte. Sofort wendete sich das Blatt.

Von zwei Seiten angegriffen, zerstoben die Popularen in alle Richtungen. Cato erlangte seine Bewegungsfreiheit wieder und stürmte mit Minucius Thermus auf die Rednertribüne. Mit blutigen Händen entriß er Nepos die Papiere, um ihn am weiteren Vorlesen der Gesetzestexte zu hindern. Als dieser fortfuhr, seine Vorschläge nunmehr auswendig vorzutragen, hielt ihm Thermus den Mund zu, um ihn vom weiteren Sprechen abzuhalten. Dann schubste er Nepos, Bestia und Cäsar nacheinander von der Bühne. In dem Gewühle der auf dem Forum miteinander Kämpfenden eingekeilt, wurden sie in den Clivus Argentarius abgedrängt und entkamen mit einer Gruppe arg zerzauster Popularen über diese Straße den sich auf dem Forum austobenden siegestrunkenen Optimaten.

11

In Cäsars Amtswohnung an der Via sacra bereitete sich seine Tochter Julia in ihrem Zimmer auf den Besuch ihres Lehrers Marcus Antonius Gnipho vor, der sie seit ihrer frühen Kindheit in allen Fächern, die für eine junge römische Aristokratin in Betracht kamen, unterrichtete. Neben der griechischen und lateinischen Sprache, Grammatik und Literatur waren dies vor allem Philosophie und Geschichte. Auf Wunsch ihres Vaters, der selbst in seiner Jugend Gniphos Schüler gewesen war, war ihr Lehrplan erweitert worden. Sie erhielt nun zusätzlich Unterricht in römischem Staats- und Zivilrecht und in der Rhetorik. Diese Fächer, die eigentlich den männlichen Nachkommen römischer Nobilitätsfamilien vorbehalten waren, hatte ihr Vater ihr nicht nur dringend anempfohlen, sondern sie hatte sie sich selbst gewünscht.

Sie war, wie dieser, ein nüchtern und überlegt denkender Mensch, der den Dingen auf den Grund gehen wollte. Sie fand Freude am kontroversen Gespräch und nahm deshalb begierig alle rhetorischen Kunstgriffe und kleinen Tricks in Anspruch, die Gnipho ihr beigebracht hatte, wenn sie sich an einer Diskussion beteiligte. Nicht bei allen Gesprächspartnern – fast immer waren dies Männer – wurde ihre scharfe Zunge beifällig aufgenommen. ‚Cäsars Tochter soll sich nicht in Männerangelegenheiten einmischen', war noch eine der milderen Formen, in denen viele, darunter auch die meisten Frauen, ihre Kritik an ihr zusammenfaßten. Ihr Vater aber war stolz auf seine gebildete und schlagfertige Tochter, und das war das einzige, worauf es ihr wirklich ankam.

»Ich grüße dich, meine liebe Julia!« Gnipho war, ohne daß sie es bemerkt hatte, in ihr Zimmer getreten. Julia drehte sich um, um ihren Lehrer zu begrüßen. Sie liebte Gnipho sehr, denn er war neben ihrem Vater der einzige Mensch, mit dem sie nach dem Tode ihrer leiblichen Mutter vertrauten Umgang pflog. Ihre Mutter Cornelia war nun schon viele Jahre tot, und zu Cäsars zweiter Gemahlin Pompeia, ihrer Meinung nach eine flatterhafte und oberflächliche Frau, hatte und wollte sie keine engeren Beziehungen. Sie hatte die zweite Ehe ihres Vaters akzeptiert, weil sie wußte, daß das Julische Haus einen männlichen Erben benötigte, und weil Pompeia nicht nur als Enkelin Sullas, sondern auch als Verwandte des großen Pompeius ihrem Vater neue politisch wichtige Beziehungen einbringen sollte. Sie behandelte ihre Stiefmutter daher ihrem Vater zuliebe freundlich, ja fast ehrerbietig, entzog sich aber jeder vertraulichen und vertrauten Intimität und menschlichen Nähe.

Ganz anders war ihr Verhältnis zu ihrem Lehrer Gnipho. Sie liebte ihn wie einen Vater oder besser wie einen Großvater, denn Gnipho hatte sie seit ihrem fünften Geburtstag täglich unterrichtet.

Er war nicht mit der von Lehrern erwarteten Strenge mit ihr umgegangen, sondern hatte sie behutsam an den Wissensstoff herangeführt, zum eigenen Nachdenken angeregt und mit viel Lob bedacht, wenn sie kniffli-ge Fragen stellte oder im Zwiegespräch zu eigenen Lösungsvorschlägen für ein von ihm aufgeworfenes Problem gelangt war. So hatte er ihr Interesse an selbständiger Arbeit geweckt, denn er war ein Pädagoge, der das sonst übliche sture Auswendiglernen des Unterrichtsstoffes ablehnte.

Gnipho war nun schon ein alter Mann von siebzig Jahren. Er hatte in seinem langen Pädagogenleben schon viele bedeutende Persönlichkeiten unterrichtet. Zu seinen Schülern gehörten zahlreiche Angehörige der mächtigen und einflußreichen römischen Adelsfamilien. So hatten sowohl Julias Großvater Cinna wie ihr Vater und kurze Zeit auch Pompeius zu seinen Schülern gehört. Jetzt war sie seine einzige Schülerin, denn er hatte sich vom Lehrbetrieb zurückgezogen, um ein Kompendium der stoischen Philosophie zu schreiben. Nur auf Drängen seines ehemaligen Lieblingsschülers Cäsar hatte er sich bereit erklärt, für Julia eine Ausnahme zu machen.

Gnipho war der Sohn eines griechischen Freigelassenen. Sein Vater Antilochos war bei der Eroberung und Zerstörung von Korinth vor fast 85 Jahren von den siegreichen Römern gefangen genommen und in die Sklaverei verkauft worden. Er hatte Glück gehabt, denn sein Herr wurde der Senator und gewesene Volkstribun Marcus Antonius, der den Knaben in sein Haus nahm und ihn als Spielgefährten seiner Kinder beschäftigte. Antilochos errang das vollste Vertrauen seines Herrn, weil er dessen Lieblingshund bei einem Brand der Gartenlaube auf dem Landgut des Antonius aus den Flammen gerettet hatte. Dieser verfügte daher in seinem Testament die Freilassung seines Sklaven, und dieser nahm der römischen Sitte gemäß den Familiennamen seines ehemaligen Herrn an und nannte sich von nun an Marcus Antonius Antilochos.

Auch Gniphos Mutter stammte von Sklaven ab, denn ihr Vater Alberix war als gallischer Kriegsgefangener nach Rom gekommen und später ebenfalls von seinem Herrn freigelassen worden. Von dieser Seite her hatte Gnipho die hohe, nun schon etwas dickliche Gestalt und die wachsamen, immer etwas spöttisch blickenden graublauen Augen. Seine ursprünglich vollen Haare waren fast ganz ausgefallen, nur ein kleiner weißer Kranz umrahmte eine blank polierte gewölbte Glatze. Bauch und die vollen geröteten Wangen hätten vermuten lassen, daß es sich bei ihm um einen lebenslustigen Genießer handeln würde. Aber die wachen Augen, seine stets gemessenen Bewegungen, seine gepflegte und in der Wortwahl differenzierte Sprache wiesen ihn als einen Mann der Wissenschaft aus. Er konnte während einer Unterhaltung mühelos und mitten im Satz von der lateinischen in die griechische Sprache wechseln oder ein Stück eines griechischen Dramatikers beim Lesen des Textes ins Lateinische übertragen, ohne aus dem vorgegebenen Versmaß zu kommen.

Sein eigentliches Fachgebiet war aber die römische Verfassung und die Sakralordnung der Römischen Republik. »Wir wollten, liebe Julia, uns heute mit einem Vergleich der römischen mit der griechischen Auffassung über das Wesen der Götter befassen. Ich möchte allerdings dieses Thema für heute zurückstellen und mich mit dir, wenn du damit einverstanden bist, über die jüngste politische Entwicklung unter Berücksichtigung der damit verbundenen staatsrechtlichen Fragen unterhalten.

Wie du weißt, hat es nach den Krawallen auf dem Forum, bei denen der Volkstribun Cato die Volksversammlung mit Gewalt auseinandergetrieben hatte, nachdem sein Kollege Metellus Nepos und dein Vater sich über das von Cato gegen die Gesetzentwürfe zugunsten Pompeius' eingelegte Veto hinweggesetzt hatten, weitere Unruhen in der Stadt gegeben. Der Senat hat daraufhin auf Betreiben Catos nicht nur den Staatsnotstand ausgerufen und die Konsuln mit der Wiederherstellung der Ordnung beauftragt, sondern auch dem Volkstribunen Metellus Nepos und deinem Vater als amtierendem Prätor – übrigens gegen den Rat Ciceros – die Ausübung ihrer Amtsgeschäfte verboten.

Metellus Nepos hat daraufhin kalte Füße bekommen und ist unter lautem Protestgeschrei und vielfältigen Drohungen aus Rom in die Arme seines Auftraggebers und Schutzherrn Pompeius geflohen. Dein Vater hat den Senatsbeschluß einfach ignoriert. Nach wie vor waltet er seines Amtes als Prätor und spricht im Gericht Recht, wie es einem Prätor der Römischen Republik zukommt.

Allerdings hat es gestern einen erneuten Zwischenfall gegeben. Cato hatte durch T. Annius Milo, den Chef seiner Schlägerbanden, versucht, Cäsar mit Gewalt an der Ausübung seines Amtes zu hindern. Das zusammengelaufene Volk hat diesen Gewaltakt zwar verhindert, aber heute ist dein Vater im Gericht erneut von Milo angegriffen worden. In Anbetracht der Übermacht hat Cäsar unter Protest die Verhandlung abgebrochen und sich zurückgezogen. Soweit der Sachstand, meine Liebe. Würdest du mir bitte nun deine rechtliche Einschätzung dieser Vorgänge erläutern?«

Julia überlegte eine Weile. Dann begann sie, ein wenig zögernd und nach Worten suchend: »Also, ich will mit der Volksversammlung am dritten Tag nach den Kalenden beginnen. Sie war von einem amtierenden Tribunen, nämlich Metellus Nepos, einberufen worden. Sie war damit rechtmäßig.«

»Richtig, meine Julia.«

»Auch die Anträge des Nepos und der Antrag meines Vaters waren rechtmäßig, denn auf Volksversammlungen dürfen alle Volkstribunen und alle Magistrate mit Imperium Anträge stellen. Da ein Prätor von Amts wegen mit dem Imperium ausgestattet ist, kann also an seinem Antragsrecht kein Zweifel bestehen.«

»Auch richtig«, bestätigte Gnipho.

»Die Volksversammlung in ihrer Eigenschaft als Komitien der Tribus war auch zuständig für die Entscheidung über Gesetze, denn ihr steht seit der Lex Hortensia aus dem Jahre 467 der Stadt, also seit über zweihundert Jahren, endgültig die Gesetzgebungskompetenz zu.«

»Wieder richtig, liebe Julia. Die Art, wie du deine Untersuchung aufbaust, gefällt mir. Fahre bitte fort.«

»Gegen jede Gesetzesinitiave hat ein Volkstribun das Recht zu intervenieren. Also war auch Cato berechtigt, gegen die vorgelegten Gesetze sein Veto einzulegen und sie dadurch zu Fall zu bringen.«

»Im Prinzip ist auch das korrekt. Die Frage ist hier allerdings, ob ein Tribun gegen den anderen sein Veto einlegen kann. Müssen die zehn Tribunen nicht einstimmig ihr Veto gegen Gesetze einlegen, um sie wirksam zu verhindern?«

Julia dachte nach. »Du hast recht, lieber Gnipho. Tatsächlich ist es wohl so, daß zur Wirksamkeit des Vetos alle zehn Volkstribunen zustimmen müssen. Aber wenn man bedenkt, daß das Vetorecht dem Schutz des Volkes vor Übergriffen durch Beamte oder Gesetze dienen soll, wäre Einstimmigkeit doch eine das Vetorecht entwertende Forderung. Irgendein Volkstribun wird sich doch immer kaufen oder von mir aus auch überzeugen lassen und dadurch das scharfe Schwert des Vetos stumpf machen. Was soll das für ein Schutzinstrument für das Volk sein, wenn die Gegenseite es durch Kauf einer Stimme aushebeln kann? Wie können in einem solchen Fall Übergriffe des Staates auf die verbrieften Rechte des Volkes verhindert werden? Nimm diesen Fall. Wenn Einstimmigkeit für ein Veto erforderlich wäre, wären die Gesetze meines Vaters und die des Nepos rechtmäßig zustande gekommen, wenn es zu einer Abstimmung des Volkes gekommen wäre. Indem Cato und seine Leute die Abstimmung durch sein – wegen fehlender Zustimmung der anderen Volkstribunen illegales Veto – verhinderten, wäre er also ein Aufrührer, nicht besser als Catilina.

Umgekehrt hätte Nepos seine Anträge gar nicht stellen dürfen, denn dazu hätte es der Zustimmung der anderen Volkstribunen bedurft. Da es aber an der Einwilligung mindestens zweier Tribunen, nämlich der Catos und der des Minucius Thermus, gefehlt hatte, sind die Anträge des Nepos rechtswidrig und damit nichtig gewesen. So ist bei dieser Konstellation wieder Nepos und nicht Cato der Rechtsbrecher! Gegen die Einbringung und Durchsetzung nichtiger Anträge konnte Cato deshalb vorgehen.

Das größte Paradoxon aber ist der Antrag meines Vaters. Bei den Anträgen der Prätoren gibt es kein Einstimmigkeitsprinzip. Das hat zur Folge, daß sein Antrag rechtmäßig gestellt wurde, so daß das dagegen eingelegte Veto des Cato wegen fehlender Zustimmung der übrigen Tribunen nach meinen vorangegangenen Ausführungen unwirksam ist. So gesehen ist daher der von Cato und seinen Banden begonnene Tumult zumindest in diesem Fall ungesetzlicher Aufruhr. Cato einmal also als Verteidiger des Rechts bei seinem Vorgehen gegen die Anträge des Nepos und einmal als Verletzer desselben bei der Gesetzesinitiative meines Vaters! Und das alles durch ein und dieselbe Handlung! Ein unmögliches, geradezu absurdes Ergebnis, findest du nicht auch, lieber Gnipho?«

Gnipho strahlte. »Du hast das Dilemma gut herausgearbeitet. Fabelhaft, liebe Julia, einfach fabelhaft!« Gnipho schnalzte vor Vergnügen mit der Zunge. »Aber du spürst sicher selbst, daß dein Ergebnis niemanden befriedigen wird! Höre deshalb meine Lösung:

Da es gar nicht so selten ist, daß es unklar ist, ob eine Entscheidung oder ein Gesetzentwurf rechtmäßig oder rechtswidrig ist, sieht unsere Rechtsordnung vor, daß die Konsuln diese Frage zu prüfen haben, bevor sie die Gesetze durch öffentlichen Anschlag auf dem Forum verkünden und damit in Kraft setzen. Es ist also Aufgabe der amtierenden Konsuln, bei sich widersprechenden Normen oder unklaren oder widersprüchlichen Beschlüssen oder bei religiösen Bedenken eine Entscheidung zu fällen, ob sie diese als rechtmäßig anerkennen oder nicht. Sie können also das Inkrafttreten einer Norm unterbinden, indem sie sich weigern, sie zu verkünden.

Diese Entscheidung der Konsuln unterliegt dann zwar auch dem Vetorecht der Volkstribunen. Deren Veto ist dann aber nur von Belang, wenn es, wie du vorgetragen hast, einstimmig erfolgt. Dann wäre der Fall im Sinne der Volkstribunen geregelt, sonst im Sinne der Konsuln. Dies wäre somit eine, wenn auch nicht jeden zufriedenstellende Lösung.

In der Praxis hat sich aber, wie du als meine aufmerksame Schülerin sicher weißt, eine andere Verfahrensweise entwickelt und weitgehend durchgesetzt. Wir Römer sind ein praktisch denkendes Volk. Deshalb verdrängen pragmatische Lösungen oft die gesetzlich normierten Regelungen, wenn der alte Gesetzestext der Rechtsauffassung der Bürger oder der gesellschaftlichen Weiterentwicklung unseres Volkes nicht mehr entspricht.

So hat sich mit der Zeit eingebürgert, das Veto eines einzelnen Volkstribunen hinzunehmen, wenn andere Tribunen dem nicht ausdrücklich widersprechen. Ein solches Veto wird daher zunächst als schwebend unwirksam betrachtet. Es entsteht also ein Schwebezustand. Während einer gewissen Zeit weiß man in einem solchen Fall noch nicht genau, ob das Veto wirksam ist oder nicht. Dieser Schwebezustand kann durch den formellen Protest eines oder mehrerer anderer Tribunen beseitigt werden, denn dadurch wird jedermann offenbar, daß das Veto nicht einstimmig eingelegt wurde. In diesem Falle ist das von einem Volkstribunen eingelegte Veto also nichtig.

Schweigen aber die anderen Tribunen, wird unterstellt, daß sie mit dem Veto einverstanden sind. Das von einem Tribunen eingelegte Veto wird dann nachträglich wirksam, der Schwebezustand ist damit beendet. Aus einem unwirksamen Veto wird auf diese Weise ein wirksam eingelegtes, und das Gesetz, gegen das sich das Veto gerichtet hat, ist gescheitert.«

Gnipho lehnte sich zurück und beobachtete seine Schülerin aufmerksam.

»Ich verstehe das, lieber Gnipho, aber noch kann doch in unserem Fall von Nepos oder Bestia Widerspruch eingelegt werden! Beide sind doch offensichtlich mit Catos Veto nicht einverstanden, sonst hätten sie dasselbe doch nicht ignoriert, indem sie die Texte weiter vorlasen. Nur Catos Gewaltanwendung hat sie doch daran gehindert, die Gesetze zur Abstimmung zu stellen.«

»Gut, daß du dies erwähnst, liebe Julia. Hier liegt tatsächlich ein kritischer Punkt vor, den wir noch erörtern müssen. Es geht um die rechtliche Bewertung von Nepos' Handeln, vor allem um die Tatsache, daß er sich um das Veto Catos nicht gekümmert hat, sondern einfach fortfuhr, seinen Gesetzesvorschlag weiter vorzutragen. Er hat zwar dessen Einspruch ignoriert, indem er fortfuhr, den Quiriten seine Texte weiter zu verlesen, aber er hat damit keinen f ö r m l i c h e n Widerspruch gegen Catos Veto eingelegt. Natürlich kann man aus seinem Verhalten schließen, daß er mit dem Veto seines Kollegen nicht einverstanden war. Aber das sogenannte konkludente Verhalten des Nepos reicht hier nicht aus, wenn die Rechtsprechung und die bisher geübte tatsächliche Verfahrensweise einen f ö r m l i c h e n Widerspruch, jedenfalls in diesen Fällen, für notwendig erachtet.

Da eindeutig feststeht, daß bisher weder Nepos noch einer der anderen Volkstribunen einen förmlichen Widerspruch erhoben haben, ist Catos Veto erst einmal zu beachten. Natürlich ist es noch für eine gewisse Zeit, vielleicht für zwei oder drei Wochen, schwebend unwirksam, weil innerhalb dieser Frist noch Widerspruch gegen seine Wirksamkeit eingelegt werden kann.«

»Schwebend unwirksam, was für ein fantastischer Begriff!« Julia sah ihren Lehrer bewundernd an. »Eine Maßnahme ist also hinzunehmen, obwohl sie eigentlich rechtswidrig ist! Es obliegt also der Gegenseite, die Rechtswidrigkeit ausdrücklich zu rügen, sonst wird aus Unrecht nach einiger Zeit Recht. So ist es doch, lieber Gnipho, nicht wahr?«

»Das siehst du völlig richtig, liebe Julia. Bedenke aber, ein solches Verfahren beendet einen Streitfall endgültig und dient somit dem Rechtsfrieden und der Rechtssicherheit. Hier hast du übrigens ein Beispiel dafür, daß man zivilrechtliche Grundsätze auch auf das Staatsrecht übertragen kann. Du kennst sicher den bekannten Rechtssatz aus dem Zivilrecht: ‚Wer schweigt, stimmt zu.' Das bedeutet nichts anderes, als daß man einer behaupteten Rechtsposition widersprechen muß, wenn man sie für falsch hält. Andernfalls erkennt man durch sein Schweigen die Berechtigung der gegnerischen Behauptung an, etwa daß man ihm noch hundert Sesterzen schulde, und muß zahlen.«

Gnipho machte eine kleine Pause, um Julia Gelegenheit zu geben, das eben Behandelte zu verarbeiten. Da sie keine Fragen stellte, fuhr er, das Thema wechselnd, mit dem Unterricht fort.

»Nun aber zu den weiteren Ereignissen. Du erinnerst dich, der Senat hat den Ausnahmezustand verhängt und deinem Vater und dem Tribunen Nepos die weitere Ausübung ihrer Ämter verboten. Wie ist deine rechtliche Beurteilung dieser Vorgänge?«

»Nun, die Verhängung des Ausnahmezustandes ist ein dem Senat bei tatsächlichen oder vermeintlichen Krisen zustehendes Recht. Meiner Meinung nach unterliegt die Einschätzung des Senats, der Staat befinde sich in einer Krise, keiner Überprüfung durch Dritte«, sagte Julia, » Sie ist daher nicht zu beanstanden.«

Julia unterbrach ihre Ausführungen und blickte Gnipho Beifall heischend an. Als dieser nur zustimmend nickte, fuhr sie, ein bißchen enttäuscht, fort:

»Was das Vorgehen gegen Nepos und meinen Vater betrifft, beginne ich mit der Maßnahme gegen Nepos. Ich weiß, daß niemand einen Beamten absetzen oder während seiner Amtszeit für seine Taten belangen kann. Das bedeutet zunächst einmal, daß es nicht darauf ankommt, ob Nepos' Handlungen, derentwegen man ihm die weitere Ausübung seines Amtes als Volkstribun untersagt hat, rechtmäßig oder rechtswidrig waren.

Weiterhin ist zu untersuchen, welchen Einfluß die Tatsache hat, daß er nicht a b g e s e t z t wurde, sondern ihm nur die Ausübung seiner Amtsgeschäfte verboten worden ist, denn ausdrücklich verboten ist nur seine Absetzung. Allerdings halte ich diesen Unterschied rechtlich nicht für bedeutsam, denn auch wenn Nepos nicht abgesetzt worden ist, sondern ihm nur die Ausübung seiner Amtsgeschäfte verboten wurde, ist die getroffene Maßregelung meiner Meinung nach rechtswidrig.

Volkstribunen genießen nämlich einen besonderen Schutz, denn seit der vor fast 450 Jahren erlassenen Lex Icilia sind sie unverletzlich. Ich lege den Begriff der Unverletzlichkeit nicht nur so aus, daß es lediglich verboten ist, die Wahrer der Volksrechte körperlich anzugreifen. Denn der Sinn dieses Gesetzes war und ist doch, den Volkstribunen genügend Freiraum zu gewähren, um ihnen ihre eigentliche Aufgabe, nämlich die Verteidigung der Bürgerrechte gegen Übergriffe der Obrigkeit, ungehindert möglich zu machen. Daraus folgere ich, daß alle Handlungen, die die Erfüllung ihrer gesetzlichen Pflichten erschweren, verboten sein müssen. Da es Nepos durch das vom Senat ausgesprochene Verbot, seine Amtsgeschäfte auszuüben, unmöglich geworden ist, seinen Pflichten nachzukommen, ist er in seinen von der Lex Icilia garantierten Rechten verletzt worden. Seine Amtsenthebung halte ich daher für rechtswidrig.

Was meinen Vater betrifft, halte ich das Vorgehen gegen ihn in gleicher Weise für einen Verstoß gegen das geltende Recht. Er ist als Prätor zwar nicht unverletzlich und genießt daher einen geringeren Schutz als ein Volkstribun, aber auch er kann als vom Volk gewählter Amtsträger nicht einfach vom Senat abgesetzt werden. Zwar ist auch er nicht abgesetzt worden, sondern auch ihm ist nur die Ausübung seiner Amtsgeschäfte untersagt worden.

Es ließe sich meiner Meinung nach darüber streiten, ob vom Senat einem Amtsträger, etwa bei einer Interessenkollision, bestimmte Amtstätigkeiten zeitweilig entzogen werden können. Sinnvoll und auch vertretbar wäre dies zum Beispiel, wenn ihm die Entscheidung eines Rechtsstreites verboten würde, in dem ein naher Freund oder Verwandter Partei wäre. Hier aber geht es doch darum, einen vom Volk gewählten, aber dem Senat mißliebigen Kritiker mundtot zu machen. Daher bin ich der Meinung, daß der völlige, auch nur zeitweilige Entzug der Amtsbefugnisse einen Rechtsverstoß darstellt. Eine solche Maßnahme ist nichts weiter als eine Umgehung des Absetzungsverbotes und daher wie eine verbotene Absetzung anzusehen und zu behandeln. Mein Vater hat daher recht getan, wenn er dieses Verbot ignorierte und seine Amtsgeschäfte weiterführte.«

»Ich muß deiner rechtlichen Würdigung und Beurteilung der angesprochenen Vorgänge in allen Punkten beipflichten. Du hast die rechtlichen

Gesichtspunkte klar herausgearbeitet. Das war eine wirklich gute Arbeit. Es ist schade, daß Frauen in Rom den Anwaltsberuf nicht ausüben dürfen. Du wärest eine hervorragende Anwältin geworden.«

Julia wurde rot vor Freude. »Dein Lob, lieber Gnipho, macht mich glücklich. Leider wissen wir beide, daß recht haben und recht bekommen in Rom nicht dasselbe sind. Wir sollten in einer unserer Philosophiestunden einmal das Verhältnis von Macht und Recht ansprechen.«

»Das, meine liebe Julia, werden wir. Aber ich höre deinen Vater kommen. Ich denke, wir werden den Unterricht für heute beenden.«

12

Cäsar war den ganzen Vormittag über seinen Geschäften als Prätor nachgegangen. Um die Mittagszeit hatte Cato mit seiner Schlägertruppe unter Titus Annius Milo versucht, ihn von seinem Richterstuhl zu vertreiben. Cäsar hatte immer mit Anschlägen gerechnet und deshalb eine ausgesuchte Gruppe seiner Anhänger unter Vatinius im Hintergrund bereit gehalten, um sich vor mißliebigen Überraschungen zu schützen. So war es auch diesmal wieder gelungen, Cato und seine Leute abzudrängen und ruhig weiter seines Amtes als Vorsitzender eines Gerichts zu walten.

Der Lärm, den der Tumult und die Schlägerei zwischen Vatinius' und Milos Leuten hervorgerufen hatte, ließ viele neugierige Bürger zum Forum strömen, wo Cäsar seine öffentliche Gerichtssitzung abhielt. Das in der Regel beschäftigungslose Proletariat, das die nahe Subura bewohnte, fand solche kostenlosen Schauspiele interessant und unterhaltsam und amüsierte sich köstlich, wenn sich die Schlägerbanden der politischen Parteien gegenseitig die Köpfe blutig schlugen. Die Quiriten sparten nicht mit aufmunternden Rufen und klatschten laut Beifall, wenn einige Kämpfer sich besonders hervortaten.

»Los, Leute, schlagt zu, wir wollen die Knochen krachen hören! Immer feste druff, Leute, nicht so lahmarschig, tut etwas für euer Geld!« Mit anfeuerndem Johlen begleiteten sie die Aktionen der Kämpfenden. »Das ist fast interessanter wie die Gladiatorenkämpfe im Zirkus, was, Proculus? Da kämpfen immer nur zwei miteinander, und das nach langweiligen Regeln! Da ist viel Schau dabei! Aber hier? Hier geht es zur Sache! Immer feste druff! Sieh wie dem kleinen Schwarzen dort die Suppe runterläuft! Toll, einfach toll!«

»Gut, daß dem Cäsar seine Leute siegen«, antwortete Proculus, »sieh,

Furca, die von Cato ziehen schon ab. Das sind aber erbärmliche Feiglinge! Die sollen dem Cato das Geld wiedergeben, das er für sie gelöhnt hat!« Proculus schnaubte enttäuscht durch die Nase. »Alles Pfeifen, mit die da würde selbst meine Olle mit dem Kochlöffel fertig werden!« Er wollte sich mit seinem Freunde Furca gerade in seine Stammkneipe in einer der dunklen Gassen der Subura zurückziehen, als Cäsar sich von seinem Richterstuhl erhob.

»Quiriten, ihr habt gesehen, wie Cato mit Gewalt versucht hat, mir meine Tätigkeit als Richter unmöglich zu machen. Ihr habt auch gesehen, daß diese infame Absicht durch das mutige Eingreifen des Senators Vatinius noch einmal verhindert werden konnte. Ich habe für heute meine richterliche Tätigkeit beendet. Ich weiß aber nicht, ob es mir morgen und an späteren Tagen möglich sein wird, euch zu eurem Recht zu verhelfen, wenn ihr von einem der übermütigen Optimaten verklagt werdet! Cato wird nämlich keine Ruhe geben und immer wieder versuchen, mich gegen jedes Gesetz von meinem Amtsstuhl zu vertreiben. Seid also wachsam, sonst wird es für euch schwierig, eure Rechte zu verteidigen und vor Gericht Gehör zu bekommen!«

Cäsar winkte seinen Liktoren und schritt, hoheitsvoll nach allen Seiten grüßend, an den verdutzten Bürgern vorbei seiner Behausung zu.

Dort angekommen, wollte er sich gerade zur Ruhe begeben, als ihm Crastinus, sein treuer Haushofmeister, den Besuch der Senatoren Titus Labienus und Lucius Aurunculeius Cotta meldete. »Willkommen, liebe Freunde! Crastinus, sorge für einige Erfrischungen für meine Gäste! Was bringt ihr Neues aus dem Senat?«

»Wir kommen nicht aus dem Senat, lieber Cäsar«, begann Cotta seinen Bericht. »Ich saß mit Labienus bei einem Glase Wein in meinem Haus in der Argiletumstraße, als völlig unerwartet Cicero bei mir erschien und um ein Gespräch bat. Es war ein beinahe konspirativer Besuch, denn Cicero war ohne Begleitung und nicht in seiner Senatorentoga erschienen und bat auch sofort um absolute Diskretion. Du kennst seine Umständlichkeit, und so dauerte es eine Weile, bis er nach vielen überflüssigen höflichen Bemerkungen über seine Besorgnis, der Staat könne Schaden nehmen, zur Sache kam.«

»Aber was er dann brachte, ist wirklich ein Knüller!« Labienus hatte sich in das Gespräch eingeschaltet. »Cicero teilte uns mit, daß im Senat Unwillen über Catos rigoroses Vorgehen gegen dich und Metellus Nepos herrsche. Man sei der Meinung, daß er den Bogen überspannt habe und Pompeius damit geradezu zum Eingreifen zwinge, wenn dieser nicht seine

Reputation verlieren wolle. Pompeius müsse einfach etwas unternehmen, um seine Gefolgsleute, also dich und Nepos, zu schützen. Cicero und die anderen gemäßigten Senatoren suchen nach einem passenden Anlaß, die gegen dich und Nepos beschlossenen Sanktionen wieder aufzuheben und euch in eure Ämter wieder einzusetzen.«

»Nun«, sagte Cäsar, »bei Nepos wird das nicht mehr möglich sein! Er ist heute morgen unter Protest gegen die Rechtsbrüche der Senatsmehrheit aus Rom zu Pompeius geflohen. Er hat sein Leben für durch Cato bedroht erklärt. Hilfe, Schutz und Rettung könne er nur bei Pompeius und seiner Armee finden! Cato und seine Freunde sollten sich warm anziehen, denn Pompeius würde sich die Beleidigungen und Tätlichkeiten gegen ihn, den sakrosankten Volkstribunen, sicher nicht länger bieten lassen.

Wie dem auch sei, ich bleibe in Rom, bin aber zum Einlenken bereit. Allerdings kann der Senat nicht erwarten, daß ich vor ihm auf den Knien rutsche oder zugebe, im Unrecht zu sein. Cicero und der Senat müssen auf mich zukommen und mich bitten, meine Amtsgeschäfte auch in ihrem Auftrag wieder zu übernehmen. Außerdem müssen sie meine bisherigen Amtshandlungen für rechtmäßig erklären.«

»Ich glaube, du mußt den ersten Schritt tun, damit Cicero einen Antrag auf Aufhebung der Sanktionen gegen dich und Nepos mit Aussicht auf Erfolg im Senat stellen kann, sonst setzen sich die Kompromißlosen unter Cato am Ende doch noch durch. Cato plant nämlich gegen dich einen Prozeß wegen Hochverrats. Cicero will das unter allen Umständen verhindern, aber du mußt ihm eine Handhabe geben, Catos Absichten zu durchkreuzen.«

»Gut«, sagte Cäsar, »dann werde ich den ersten kleinen Schritt machen und Cicero so mein Einlenken signalisieren. Heute abend wird vor meinem Haus eine von Vatinius organisierte Demonstration der Plebs stattfinden. Sie werden mich auffordern, weiter zu amtieren und dem Senat die Zähne zu zeigen. Sie werden mir versprechen, mich gegen alle Übergriffe Catos, notfalls mit Gewalt, zu schützen. Ich werde die Demonstration nutzen, Cicero eine Handhabe zu geben, mich im Senat zu verteidigen und Catos Anträge zurückzuweisen.«

In diesem Augenblick trat Crastinus in das Zimmer. Ganz aufgeregt gestikulierte er mit den Armen. Man sah ihm seine Erregung deutlich an, als er hervorstieß: »Herr, draußen versammelt sich eine riesige Menge. Viele sind bewaffnet. Komm zum Hinterausgang, dort ist die Straße noch frei, und du kannst entkommen!«

»Lieber Crastinus, beruhige dich! Die Leute wollen mich schützen und nicht töten. Öffne die Tür, ich will zu ihnen sprechen. Der Senator Vatinius ist doch bei ihnen.«

Von draußen ertönten rhythmisch vorgetragene Rufe: »C ä s a r, C ä s a r, C ä s a r!« Dann erfolgte eine kleine Pause, so, als wollten die Leute Atem holen. »Wir wollen Cäsar sehen, wir wollen Cäsar sehen!« Das anschwellende Gebrüll der Versammelten drang durch das ganze Haus.

Cäsar trat mit Cotta und Labienus durch die geöffnete Tür und sah, daß die ganze Via sacra bis zum Forum voller Menschen war. Vatinius hat gut gearbeitet, dachte er und hob die Hände zum Gruß. Sofort verstummte das laute Schreien. Cäsar trat einen Schritt vor und rief mit lauter Stimme:

»Ich grüße euch, Quiriten. Ich weiß eure Hilfe sehr zu schätzen. Ah, ich sehe meinen Freund Vatinius unter euch! Ich grüße dich, Vatinius! Sicher willst du mir die Wünsche der Quiriten vortragen. Ihr seid doch damit einverstanden, daß Vatinius für euch spricht?« Cäsar wartete die Zustimmung der Quiriten gar nicht erst ab und gab dem Quästor ein Zeichen, mit seiner Rede zu beginnen.

»Wir haben uns hier ganz spontan vor deinem Haus versammelt, um dich gegen die bösen Anschläge Catos und des Senates zu verteidigen. Wir wissen, daß dein Leben bedroht ist, aber wir werden nicht zulassen, daß deine Feinde dir ein Haar krümmen!«

»Nein, das lassen wir nicht zu! Wir nicht«, rief die aufgebrachte Menge. »Wir werden dich schützen und verteidigen, notfalls mit unseren Waffen!«

»Du siehst, Cäsar«, übernahm Vatinius wieder das Wort, »wir lassen nicht zu, daß dir etwas geschieht. Du brauchst nicht wie der arme Nepos zu Pompeius zu fliehen, um dein Leben zu retten. Wir ziehen jetzt mit dir zum Senat und zwingen ihn, dich wieder in dein Amt einzusetzen. Wir brauchen dich, damit uns kein Unrecht geschieht!«

»Ja, wir brauchen dich«, brüllten die Quiriten im Chor. »Führe uns zum Senat, wir helfen dir!«

Cäsar hob seine Hand. Sofort verstummte die Menge, und eine fast andächtige Stille lag plötzlich über der Via sacra. »Ich bin ganz gerührt über so viel Zuspruch und danke euch für eure Treue, Quiriten. Ich werde nicht wie Nepos zu Pompeius fliehen, sondern bei euch bleiben! Aber ich werde jetzt auch nicht mit euch zum Senat ziehen. Das wäre Aufruhr, und Aufruhr ist kein geeignetes Mittel, noch so berechtigte Forderungen durchzusetzen. Rechtsbrüche überlasse ich Cato, das unterscheidet mich von ihm. Und auch ihr werdet dem Senat nicht mit Gewalt drohen, sondern friedlich nach Hause gehen. Hier meine beiden Freunde, Cotta und Labienus, werden den Senat aufsuchen und ihm eure Bitten, mich um des Rechtes willen wieder in mein Amt als euer Prätor einzusetzen, vortragen. Dies ist der beste Weg, Unrecht zu bekämpfen, glaubt mir! Geht also heim, und nehmt meinen Dank mit zu euren Lieben. Ich werde eure Treue nicht vergessen!«

Verwirrt und im Stillen murrend löste sich der Zug auf und trottete den heimischen Penaten zu. Cäsar wandte sich an seine Freunde. »Geht, nein, eilt in den Senat und berichtet ihm von diesem Treffen. Sagt Cicero, daß er nun mit meiner Rechtstreue ein Argument hat, den Senat zu überzeugen, daß ich, entgegen Catos Behauptungen, keinen gewaltsamen Umsturz anstrebe. Fügt noch hinzu, daß ich eher zu Pompeius ins Exil gehen würde, als Gewalt gegen die Väter zu üben. Geht, meine Freunde, ich erwarte hier die Entscheidung des Senats.«

Schon nach einer Stunde erschien Vatinius wieder bei Cäsar. »Freue dich, mein Cäsar, wir haben auf der ganzen Linie gesiegt. Cicero war großartig. Du hättest seine vor Lob über deinen Bürgersinn triefende Rede hören sollen. Seine Warnungen, Pompeius nicht noch mehr zu reizen, indem man seinen letzten Freund in Rom aus dem Lande treibt oder gar tötet!

Kurz, Ciceros Ansprache bewirkte, daß du und Nepos nicht nur in alle Rechte wieder eingesetzt wurden, sondern daß dir der Senat noch obendrein seinen feierlichen Dank für deine besonnene und verfassungstreue Haltung aussprechen wird. Morgen früh werden die amtierenden Konsuln dich in feierlichem Zug hier abholen und dich in den Senat begleiten. Der Beschluß fiel fast einstimmig. Alle Konsularen außer Catulus, beide Konsuln und alle amtierenden Prätoren haben für dich gestimmt! Cato platzte fast vor Wut. Er hatte einen großen Abgang wie im dramatischem Theater, als er an der Tür sich umdrehte und in den Senat rief: ‚Noch läßt sich der junge Wolf von euch streicheln, in einigen Jahren aber hat er das nicht mehr nötig. Dann wird er uns alle fressen!'«

In den für Cäsar so erfreulichen Bericht platzte die Nachricht von Catilinas Untergang. Die Truppen des Senats hatten seine kleine Armee in Etrurien gestellt und bis auf den letzten Mann vernichtet. Catilina war mit der Waffe in der Hand noch lebend unter einem Haufen gefallener römischer Legionäre gefunden worden. Ein Soldat hatte dem Sterbenden das Haupt abgeschlagen, um sich den auf dessen Kopf ausgesetzten Preis zu verdienen.

»Ach, mein Freund«, seufzte Cäsar und fühlte sich mit einem Male alt und ausgelaugt. »Warum hast du nicht auf mich gehört? Du könntest noch leben und mir bei meiner schweren Aufgabe, den römischen Staat zu reformieren, helfen! Ich werde dich vermissen, mehr, als ich es jemals zugeben darf.«

2. Kapitel
Rom und Umgebung im Jahre 692 der Stadt

1

Servilia, die Frau des amtierenden Konsuls D. Junius Silanus, saß in ihrem Ankleidezimmer und langweilte sich. Sie fühlte sich von ihrem Manne, aber auch von ihrem Geliebten – das war kein anderer als der Pontifex Maximus der Römischen Republik und derzeitige Prätor C. Julius Cäsar – mehr als vernachlässigt. Sie ließ daher ihre schlechte Laune an ihrer Sklavin Perpetua aus, die heute bei ihr den Dienst als Kammerzofe zu verrichten hatte und die ihr beim Ankleiden behilflich sein sollte.

»Paß doch auf, du dumme Gans! Du hast mich schon wieder mit der Nadel meiner Brosche gestochen!« Ärgerlich stampfte sie mit dem Fuß auf. »Wenn das noch einmal passiert, melde ich dich dem Haushofmeister zur Bestrafung! Du bist gewarnt, Perpetua, paß also gefälligst besser auf, wenn du mir meinen Schmuck an das neue Kleid heftest!«

Perpetua zuckte zusammen. Aus Erfahrung wußte sie, daß Servilia keine leeren Drohungen ausstieß. Eine Meldung zur Bestrafung beim Haushofmeister war eine unangenehme und oft auch sehr schmerzhafte Sache. Je nach Vergehen konnte dieser sie zur Strafe für einige Zeit als Stallmagd einteilen, sie mit dem Rohrstock züchtigen oder bei schweren Vergehen nach Weisung der Hausherrin auf dem Sklavenmarkt zum Verkauf anbieten. Unter den Sklaven liefen wahre Schauergeschichten um, welche Strafen manche Herren für ihre Sklaven bereithielten. Geizige Herren oder Herrinnen kürzten die ohnehin schmalen Essensrationen, und manche sollen sogar aufsässige Sklaven an ihre Muränen verfüttert haben. Den Göttern sei Dank, Servilia und ihr Mann waren gute Herren, die auch für ihre kranken und arbeitsunfähigen Sklaven sorgten, statt sich ihrer, wie es bei anderen Herren vorgekommen sein soll, durch Aussetzung oder gar Tötung zu entledigen.

Perpetua senkte demütig den Blick. Automatisch nahm ihre Stimme einen weinerlichen und um Mitleid heischenden Klang an: »Verzeih mir, Herrin! Ich weiß gar nicht, wie mir das passieren konnte. Ich werde mir noch mehr Mühe geben, damit eine solche Nachlässigkeit nie wieder vorkommt!«

Glücklicherweise war Servilia mit ihren Gedanken schon wieder ganz woanders. Gestern hatte ihr Halbbruder Cato sie besucht. Sie konnte ihn zwar nicht leiden, aber er hing an ihr mit großer Zuneigung, schon weil er als der einzige lebende erwachsene männliche Verwandte sich für sie verantwortlich fühlte. Servilia nahm seine Fürsorge gerne hin, denn ihr erzählte er viel von seinen Plänen und Absichten. Sie war klug genug, seine Vorträge still und ohne ihn zu unterbrechen oder Einwände zu erheben, zu ertragen, denn sie erfuhr auf diese Weise vieles, was sie ihrem Geliebten brühwarm erzählen konnte.

Cäsar war ihr für diese Informationen dankbar, denn er erfuhr nicht nur Neues aus dem gegnerischen Lager, sondern konnte mit Servilia darüber sprechen und sich mit ihr beraten, was er tun müsse, um Catos Absichten zu durchkreuzen. So war sie gleichzeitig Catos und Cäsars Vertraute, ohne daß ihr Halbbruder etwas davon wußte oder auch nur ahnte, daß sein Feind Cäsar viele seiner Pläne kannte.

Gestern nun hatte ihr Bruder ihr mitgeteilt, daß er eine Anklage gegen Cäsar vorbereite. Er habe nämlich unwiderlegbare Beweise dafür, daß dieser Mitwisser der Verschwörung Catilinas gewesen sei. Er habe zwei verläßliche Zeugen, die dies aus eigener Kenntnis bestätigen könnten, und außerdem einen Brief Cäsars an Catilina, aus der sich seine Mitwisserschaft und damit seine Mitverantwortlichkeit an den Verbrechen der Verschwörer klar ergebe.

Servilia war beunruhigt, denn sie hatte Cäsar bisher nicht warnen können. Dieser hatte sie nämlich längere Zeit nicht besuchen können, weil er in seine politische Arbeit seit dem Tode Catilinas und seinem kürzlichen, vor allem Cicero zu verdankenden Sieg über Cato zu sehr in seine Arbeit eingespannt war. Andererseits mußte sie das Aufsehen vermeiden, das entstehen würde, wenn sie ihrerseits Cäsar aufsuchen würde, denn ihr Besuch in seiner Wohnung würde schon wegen der exponierten Lage des Hauses an der Via sacra nicht zu verheimlichen sein.

»Herrin«, meldete der Haushofmeister, »soeben ist der Prätor Cäsar eingetroffen. Er will dir seine Aufwartung machen und bittet, von dir empfangen zu werden.«

Servilia atmete auf. Endlich, dachte sie, endlich ist er gekommen. Sie setzte sich auf ihre Kline und sagte mit gelangweilter und desinteressierter Stimme: »Es ist gut, Pallas. Bitte den Prätor in das Empfangszimmer und biete ihm Erfrischungen an. Sage ihm, es wird noch eine Weile dauern, bis ich mit dem Ankleiden fertig bin. Dann werde ich ihn gern empfangen.«

Zehn Minuten später betrat sie das Empfangszimmer. Sie trug nach der für vornehme Damen in Sitte gekommenen Mode einen langen, gegürteten griechischen weißen und mit Blumen- und Tierornamenten bestickten

Chiton ohne Ärmel, der ihre schlanke Figur betonte. Den Halsausschnitt schloß eine goldene Brosche, zwei ineinander verschlungene Schlangen, deren Augen und züngelnde Zungen aus geschliffenen Rubinen bestanden. An den Handgelenken trug sie je eine zu einem Armreif gebogene goldene Schlange mit gleichartigen Augen und Zungen wie bei den Schlangen an der Brosche.

Servilia war eine Frau in mittleren Jahren, über vierzig, Mutter eines Sohnes erster Ehe und dreier Töchter aus ihrer zweiten Ehe mit D. Junius Silanus, einem der beiden gegenwärtigen Konsuln der Republik. Obwohl sich in ihrem Gesicht trotz intensivster Pflege langsam die beginnende Alterung der sonst noch frischen Haut durch die nicht mehr ganz zu verbergende Faltenbildung bemerkbar machte, sah sie jünger aus, als es ihrem Alter entsprach. Auch die Art, wie sie sich bewegte und wie sie sprach, ließ nicht vermuten, daß sie die kritische Schwelle zur Matrone, wie man ältere verheiratete Frauen ab vierzig in Rom respektvoll nannte, schon überschritten hatte.

»Ich grüße dich, mein Lieber«, begann sie im Plauderton. »Du hast deine alte Freundin lange nicht besucht. Ich habe dich vermißt! Sicher, mein lieber Cäsar, meine Reize lassen langsam nach, aber vergiß nicht, auch du wirst älter! Man sieht es an deiner beginnenden Glatze, auch wenn dein Leibsklave dir jeden Morgen die letzten Haare so zu kämmen versucht, daß man den Haarausfall nicht sofort bemerkt.«

»Ach, meine Liebe, wir werden beide älter«, bemühte sich Cäsar um einen lockeren Ton, ihre etwas bissigen Bemerkungen ignorierend, und verzog sein Gesicht zu einem spöttischen Lächeln. »Du weißt doch, die Götter geben den Menschen manchmal Schönheit, manchmal Verstand und in seltenen Fällen sogar beides! Sei froh, daß sie dir beides gegeben haben, liebe Servilia. Und beides ist noch vorhanden. Schöne Frauen sind angenehm, aber auf die Dauer werden sie langweilig, und zwar lange, bevor die äußerlichen Reize verblassen. Was bei einer Frau zählt und sie für einen Mann wie mich auf Dauer begehrenswert macht, sind scharfer Verstand, Witz und die Kunst, ein inhaltsreiches und ergiebiges Gespräch mit kontroversen Standpunkten zu führen, also Fähigkeiten, wie du sie in überreichem Maße besitzt.«

»Ach, mein Lieber«, lachte Servilia, angenehm von seinen Komplimenten berührt. Seinen spöttischen Tonfall aufnehmend, fuhr sie fort: »Wir wollen nicht übertreiben. Du vergißt im übrigen den praktischen Nutzen, den meine Informationen für dich haben. Und diesmal habe ich wirklich eine Neuigkeit für dich, die nicht nur interessant, sondern sogar lebenswichtig für dich sein könnte. Mein übereifriger Bruder Cato will wieder einmal die Republik vor ihren inneren Feinden retten. Er hat mir erzählt, daß er nun endlich unwiderlegbare Beweise dafür hat, daß du in die Machenschaften Catilinas eingeweiht gewesen bist. Er behauptet, nicht nur Zeugen dafür aufbieten zu können, sondern auch einen eigenhändigen Brief von dir an Catilina zu besitzen, aus dem deine Mitwisserschaft an der Verschwörung gegen den Staat einwandfrei hervorgeht.«

Cäsar lehnte sich in seine Kline zurück und lachte. »Glaubst du, ich wäre so unvorsichtig, schriftliche Beweise zu hinterlassen, aus denen sich meine Teilnahme oder auch nur die Kenntnis von Catilinas Machenschaften ergibt? Der Brief ist eine Fälschung, denn ich habe niemals mit Catilina auf brieflichem Wege verkehrt! Catilina ist, wie jeder weiß, mein Nachbar in der Argiletumstraße gewesen. Ich hätte, wäre ich sein Mitverschworener, jeden Tag von Neugierigen ungesehen über die Gartenmauer mit ihm sprechen können. Es hätte keiner Schreiben bedurft, um sich mit ihm wider die Republik zu verschwören. Den Brief möchte ich sehen, ich werde ihn im Senat, denn dort wird dein Bruder ja wohl seine Beschuldigungen gegen mich erheben, als gemeine Fälschung entlarven.«

»Du hast mit deiner Vermutung recht, mein Lieber. In einer der nächsten Sitzungen des Senates will er dich beschuldigen. Er will dich überraschen, tu also überrascht, wenn er dich angreift. Es macht sich für deine Verteidigung auch besser, wenn die übrigen Senatoren glauben, daß deine Gegenwehr gegen diese neuerlichen Vorwürfe spontan erfolgt und nicht von langer Hand vorbereitet worden ist. Du mußt aber bis dahin ganz unbefangen deinen Amtspflichten als Senator und Prätor und deinen religiösen Pflichten als Pontifex Maximus nachkommen. So komme bitte auch zu meinem Empfang, den ich übermorgen zu Ehren meines ersten, leider so hitzköpfig gewesenen Mannes geben werde.

Wie du weißt, wurde dieser, Marcus Junius Brutus, vor zwanzig Jahren von Pompeius eigenhändig getötet, nachdem er sich diesem mit seinen Truppen gegen die Zusicherung seines Lebens ergeben hatte. Du wirst dich erinnern, das war damals, als Pompeius im Auftrage des Senates den Aufstand des Lepidus niederschlug. Leider hatte sich mein damaliger Mann dieser dümmlichen Erhebung angeschlossen, weil er glaubte, daß Lepidus die Herrschaft der Optimaten zugunsten der Popularen würde stürzen können. Nun, er hat seine Fehler gebüßt, vor allen den, dem hinterhältigen Pompeius getraut zu haben.

Mein rechtschaffener und tugendhafter Bruder ist daher auch wegen dieser feigen Tat des Pompeius einer seiner schärfsten Gegner. Mir zuliebe, denn er fühlt sich als mein Bruder verpflichtet, mich für den Tod meines damaligen Ehemannes zu rächen! Er ist nun einmal ein den altrömischen Vorstellungen von Sitte und Familienehre verhafteter Moralist. Das Absurde an der Sache ist, daß mein Bruder meinen Mann, ohne zu zögern, als Feind der Republik zum Tode hätte verurteilen und hinrichten lassen, wenn er ihn gefangen hätte! Das wäre nämlich in seinen Augen ein rechtsstaatliches Verfahren und somit rechtmäßig und kein feiger und hinterlistiger Mord wie bei Pompeius gewesen.

Komm also zu meinem Fest! Es werden alle Feinde des Pompeius, die damaligen und die heutigen, dabei sein. Es ist gut, wenn sie dich unbefangen bei mir sehen. Übrigens wird auch der Dichter Catull hier sein und einige seiner Gedichte vortragen. Also komm bitte.«

»Ich werde kommen. Lade bitte außer mir auch meine Mutter ein. Du würdest ihr eine große Freude machen, denn sie hält Catull für den größten Dichter lateinischer Sprache. Und wenn es geht, auch Cicero. Er geht in letzter Zeit sehr auf Distanz zu deinem Bruder. Deshalb wäre es gut, wenn ich plaudernd und scherzend mit ihm gesehen werde.

Aber um auf deine Warnung zurückzukommen: Weißt du, wer die angeblichen Zeugen sind, die Cato gegen mich aufbieten will?«

»Leider nein. Mein Bruder sprach von Mitverschworenen Catilinas, die genau über alle seine Pläne und Komplizen Bescheid wüßten. Wer da in Frage kommt, hat er mir allerdings nicht verraten.«

Cäsar legte seine Stirn in nachdenkliche Falten. »Hm«, brummte er, »Mitverschworene? Wer käme da in Frage? Sie sind doch fast alle tot! Hingerichtet oder mit Catilina in Etrurien gefallen! Und gleich mehrere? Mir fällt also auf Anhieb nur der Verräter Quintus Curius ein, der sich seinerzeit Cicero zur Verfügung gestellt hat, als die Verschwörung aufflog. Aber sonst? Nun, wir werden sehen! Auf jeden Fall danke ich dir für deine Warnung, liebe Servilia. Glaube mir, dein Bruder kann nichts wirklich Belastendes gegen mich in der Hand haben, denn ich hatte keine Kenntnis von den Plänen der Verschwörer!«

»Ich werde die Augen und Ohren offenhalten, mein Lieber. Wenn ich noch etwas erfahre, werde ich es dich wissen lassen. Vielleicht fällt mir auch sonst noch etwas ein, was dir von Nutzen sein wird. Sei vorsichtig mein Lieber, Cato sagt, für Wölfe wie dich und Pompeius gäbe es keine Schonzeit! Jetzt aber gehe.«

Cäsar lachte trocken. »Ich danke dir für deine Warnung, liebste Servilia. Cato aber wird sich merken müssen, daß Wölfe nicht nur gejagt werden, sondern auch jagen!«

Servilia klatschte in die Hände. Sofort öffnete sich dir Tür, und Servilias Haushofmeister betrat den Raum. »Du hast gerufen, Herrin?«

»Der verehrungswürdige Pontifex Maximus wünscht zu gehen. Geleite ihn bitte zu seinen wartenden Liktoren.« Eben noch im gebietenden Befehlston, wandelte sich Servilias Stimme und nahm eine freundliche, etwas gelangweilte und unverbindlich höfliche Tonlage an. »Ich habe mich, mein lieber Cäsar, sehr über deinen Besuch gefreut. Es ist immer eine Bereicherung für mich, mit dir über Literatur und Kunst zu sprechen. Deshalb freut es mich auch, daß deine verehrte Mutter Aurelia und du zu meinem literarischen Empfang für unseren Poeten Catullus kommen werden. Catulls Werke sind so einfühlsam und dennoch so witzig! Ich denke, es wird für euch ein wahrer Hochgenuß sein, wenn ihr ihn persönlich seine Verse vortragen hört. Gehab dich wohl und empfiehl mich deiner lieben Frau Pompeia.«

2

Am dritten Tage nach den Iden des Februars fand die nächste ordentliche Sitzung des Senates in der Curia Hostilia statt. Es waren viele Senatoren gekommen, denn es hatte sich herumgesprochen, daß Cato etwas gegen Cäsar im Schilde führte. Es herrschte daher eine knisternde Spannung, als der Senatspräsident die Sitzung eröffnete.

Zunächst rief er einige völlig belanglose Routinepunkte auf, die schnell in Erwartung einer ernstzunehmenden Auseinandersetzung zwischen Cato und seinem Feind Cäsar erledigt worden waren. Niemand wußte genau, was Cato vorbringen würde, denn der Volkstribun hatte alle Versuche seiner Freunde, etwas Konkretes über seine genauen Absichten gegen Cäsar zu erfahren, im Keime erstickt. »Wartet ab, liebe Freunde, bis ich in der Senatssitzung das Wort erhalte. Bis dahin sage ich nur soviel, daß es einen Cäsar als politische Gefahr für unser Gemeinwesen nach der Sitzung nicht mehr geben wird.«

So liefen die wildesten Gerüchte durch die Salons der vornehmen römischen Gesellschaft. Spekulationen, Cäsar würde mit Pompeius im Rükken einen neuen Bürgerkrieg entfachen, wurden ebenso hinter vorgehaltener Hand geflüstert wie Überlegungen diskutiert, er wolle mit dem untergetauchten Crassus, zumindest mit dessen Geld, mit Hilfe gemieteter Gladiatorenbanden in der Stadt einen Aufstand inszenieren und mit Gewalt die Macht ergreifen. So erwarteten die Senatoren teils mit Bangen, teils mit Sensationslust darauf, daß Cato endlich das Wort erteilt werde.

»Väter und Beigeordnete«, begann dieser mit fester Stimme, »wie ihr wißt, hat unsere Armee inzwischen die Truppen Catilinas in einer großen und blutigen Schlacht in Etrurien vernichtet. Alle staatstreuen und gutgesinnten Bürger freuen sich über diesen Sieg über das Böse und danken den Göttern für die Hilfe bei der Unterdrückung des verräterischen Aufstandes.

Die Gefahr für den Staat ist aber noch nicht vorüber! Catilina ist zwar tot, und das ist gut so, aber noch gibt es viele heimliche Komplizen und Mitwisser der Verschwörung, die sich bisher der verdienten Strafe entziehen konnten. Einer dieser Mitverschworenen ist Caius Julius Cäsar!«

Cato wies in einer dramatischen Geste mit dem ausgestreckten Arm auf den Platz neben der ersten Bankreihe, wo Cäsar auf einem ihm als amtierendem Prätor zustehenden Elfenbeinstuhl ruhig und gelassen saß.

»Ich habe Zeugen, die bekunden können, daß dieser Nichtswürdige von Anfang an von den verwerflichen Plänen der Verschwörer nicht nur gewußt, sondern diese auch aktiv in ihrem Kampf gegen den Staat unterstützt hat. Auch hierfür habe ich einen Beweis, daß Cäsar Teilnehmer der Verschwörung war!

Hört und staunt, ehrwürdige Väter und Beigeordnete, und urteilt selbst. Ich habe einen geheimen Brief Cäsars an Catilina, aus der sich seine Verstrickung in das Komplott eindeutig ergibt. Dieses wird der Zeuge Lucius Vettius bezeugen, selbst ursprünglich ein Mitwisser Catilinas, der mir aus Reue über seine eigene Beteiligung am Verbrechen Catilinas Cäsars Mitwisserschaft gestanden und mir den erwähnten Brief zugesandt hat.«

In diesem Augenblick betrat der Quästor Vatinius den Sitzungssaal. Er ging sofort zu Cäsar und schob ihm mit gespielt verschwörerischer Miene einen Brief unter die Toga. Dabei beugte er sich über ihn und flüsterte ihm etwas ins Ohr. Während Cäsar verstohlen nickte und eine kurze, für sonst niemanden hörbare Antwort gab und das Schriftstück unter seinen Papieren zu verstecken suchte, rief Cato mit lauter Stimme:

»Was hat Vatinius dir heimlich zugesteckt? Ich will es und wir alle wollen es wissen! Übergib mir diesen Brief!«

Cäsar rutschte unruhig auf seinem Stuhl hin und her. Als ob er verlegen wäre, begann er zögernd und stotternd, wie nach Worten suchend. »Dieser Brief, also dieser Brief geht dich nichts an. Er, also dieser Brief, ist absolut privat und nicht für jedermanns Augen bestimmt. Zumindest hat er nichts mit deinen unsinnigen und falschen Anschuldigungen gegen mich zu tun!«

»So, das meinst du? Ich bin da anderer Ansicht!« Man hörte Catos

Triumph aus seiner aufgeregten Stimme. Der Jagdhund hatte seine Fährte aufgenommen. Jetzt würde er seine Beute nicht mehr loslassen. »Wenn es ein so harmloses Schreiben ist, wie du sagst, kannst du es mir doch ruhig herausgeben! Aber deine Weigerung beweist doch, daß es sich um etwas Verbotenes handeln muß. Also her mit dem Schreiben! Gleich, ehrwürdige Väter und Beigeordnete, wird sich der Wolf in seiner eigenen Schlinge fangen!« Catos Stimme überschlug sich vor Eifer und Jagdfieber. »Jetzt haben wir dich, Cäsar. Du entkommst mir nicht mehr. Du selbst sollst deine Schuld mit diesem Brief beweisen!«

Im Senat war es still geworden. Die Senatoren starrten Cäsar an, als er sich umständlich und würdevoll von seinem Stuhl erhob. Langsam zog er seine Toga zurecht, so daß sie in den von der Mode vorgeschriebenen Faltenwurf an seinem Körper herabfiel. In der rechten Hand hielt er den ihm von Vatinius zugesteckten Brief.

»Ich protestiere dagegen, daß ich hier gezwungen werde, eine private Mitteilung vor aller Öffentlichkeit preiszugeben! Wie tief ist dieser Senat gesunken, daß er das Private nicht mehr respektiert, nur weil ein verwirrter und von seinem Haß irregeleiteter Volkstribun es verlangt! Gut, ich gebe euch den Brief. Ich verlange aber, daß er hier vor euch allen vorgelesen wird, damit ihr euren Irrtum, meine Unschuld und die Verworfenheit dieses Fanatikers erkennt!«

Cato nahm den Brief mit spitzen Fingern, als ob er sich an ihm nicht beschmutzen wollte, aus Cäsars Händen entgegen Er löste das die Schriftrolle zusammenhaltende Band und blickte erwartungsvoll in den nun offen liegenden Text.

Cäsar hatte sich wieder auf seinem Stuhl niedergelassen. Er sah, wie Cato errötete. »Nun lies schon vor«, rief er, »lies vor! Die edlen Väter und Beigeordneten sind gespannt, deine unwiderlegbaren Beweise gegen mich zu hören!«

»Ja, lies vor«, riefen auch andere Senatoren. »Wir wollen endlich wissen, ob Cäsar sich gegen den Staat vergangen hat, wie du behauptest!«

»Es ist tatsächlich ein privater Brief. Ich habe mich geirrt!« Cato ging auf Cäsar zu, um ihm das Papier zurückzugeben. Barsch wies Cäsar ihn zurück.

»Du hast die Herausgabe eines privaten Briefes von mir erzwungen! Nun erkennst du, daß ich recht hatte mit meiner Behauptung! Und du glaubst, mit der Rückgabe an mich wäre alles erledigt und die Intimität des Privaten wiederhergestellt. Nein, mein Lieber, damit kommst du nicht durch! Jetzt, wo du meine Privatsphäre verletzt hast, können und müssen auch alle anderen wissen, daß deine Beschuldigungen nichts als lauter Lügen sind. Lies also vor!«

Cato wollte noch etwas sagen, aber als er die neugierigen Senatoren ‚vorlesen, vorlesen' rufen hörte, drehte er sich um und ging zu seiner Tribunenbank zurück. Nachdem er das Papier geglättet hatte, begann er mit lauter Stimme:

»Ich grüße meinen vielgeliebten Pontifex und wünsche ihm Wohlergehen! Ich bin noch ganz erfüllt von unserem Zusammensein an den Iden des Februar. Ich habe die gefühlvolle Stimmung des Abends sehr genossen, mein Lieber!«

Cäsar sah gelassenen Blickes in die Runde. Er hörte das aufkommende glucksende Lachen seiner Kollegen. Die Senatoren amüsierten sich königlich.

»Ich habe Dich beobachtet und gemerkt, daß auch Du ganz gefangen von der reizvollen Darbietung warst, die ich Dir habe bieten können.

‚Gib mir tausend Küsse, dann weitere hundert,
dann noch einmal tausend, dann nochmals hundert.'«

Lautes Lachen donnerte nun durch den Saal. Die Senatoren schlugen sich vor Vergnügen auf die Schenkel, während sich Cato mit einer verlegenen Geste den Schweiß von der Stirn zu wischen suchte.

»Los, lies weiter, lieber Cato«, rief Labienus. »Deine Beweise gegen Cäsar sind überwältigend! ‚Gib mir tausend Küsse', ein umwerfender Beweis für Cäsars Verschwörung gegen den Staat! Los, wir wollen weitere Beweise, lies also weiter!« Die Senatoren brüllten Beifall. »Ja, Cato, wir wollen alles über Cäsars Küsse hören.«

Cato las : »Das, lieber Cäsar, war das Schönste und Ergreifendste, was ich je gehört habe!«

»Ergreifend ist das richtige Wort«, rief Aurunculeius Cotta. »Weiter, Cato, wir wollen wissen, wer die Dame ist, die unseren Cäsar so verwöhnt!«

»Bitte schreibe mir bald. Noch besser wäre es natürlich, Du kämest selbst, dann könnten wir alles noch einmal persönlich besprechen.
Schreibe also bald, deine ungeduldige Freundin

SERVILIA.«

»Servilia, ist das nicht deine Schwester, mein Cato? Und die Gattin unseres untadeligen Konsuls Silanus? Ei, ei, mein lieber Cäsar!« Der gewesene Konsul Lucius Licinius Lucullus drohte kichernd dem Pontifex Maximus neckisch mit dem Finger. Dann sprach er, sich seinem Schwager Cato zuwendend, mit spöttischer Miene und vor Häme triefender Stimme: »Mein Lieber, du siehst, blinder Eifer schadet nur! Deine Schwester wird nicht entzückt sein, daß du sie vor dem ganzen Senat bloßgestellt hast. Und ihr Mann, der hier anwesende Konsul Decimus Silanus, sieht auch nicht sehr fröhlich aus! Aber einen Beweis gegen Cäsar hast du immerhin erbracht! Unser allerheiligster Pontifex Maximus kümmert sich statt um Verschwörungen lieber um die vernachlässigten Ehefrauen und Schwestern von Konsuln und Volkstribunen!«

In die heitere und schadenfrohe Ausgelassenheit, in die der Brief Servilias und das verstörte und um Fassung ringende Gesicht Catos den Senat gebracht hatte, platzte Cäsar mit seiner Bitte ums Wort.

»Verehrte Väter und Beigeordnete, ihr seht, zu welchen Ergebnissen dieser fanatische Verfolgungswahn unseres wackeren Volkstribunen führt. Nicht ich, sondern er ist der Blamierte. Fast kann man schon wieder Mitleid mit ihm haben, so jämmerlich und schwitzend vor Scham über seine eigene Gemeinheit steht er da!

Dennoch solltet ihr nicht alles für bare Münze nehmen, was ihr soeben gehört habt! Auch wenn der von Cato verlesene Text ganz offensichtlich bei euch den Eindruck erweckt hat, ich unterhielte unerlaubte Beziehungen zu Servilia, der Gattin unseres bewährten Konsuls. Ihr werdet gleich sehen, daß man den Brief auch anders lesen kann. Ihr werdet dann erkennen, daß angeblich eindeutige Fakten auf einmal sich als fadenscheinig erweisen. Seid also vorsichtig, wenn euch angeblich hieb- und stichfeste Beweise, insbesondere von einem verbohrten Fanatiker, wie Cato einer ist, auf den Tisch gelegt werden.

Hier also der wahre Sachverhalt, was den Brief der Servilia betrifft: An den Iden des Februar veranstaltete Servilia in ihrem Haus vor vielen Gästen, darunter Cicero, den beiden Konsuln und auch mir, einen literarischen Abend, bei der auch der Dichter Catullus aus seinen Werken vorlas. Aus einem der Gedichte stammt das kleine Distichon ‚Gib mir tausend Küsse‘, auf das der Brief an mich Bezug nimmt. Du, lieber Cicero, wirst dich sicher erinnern, wie begeistert Servilia und übrigens auch meine Mutter Aurelia von diesen Versen waren.

In einer kleinen Pause sprach mich Servilia auf dieses Gedicht an. Wir mußten unsere interessante Unterhaltung leider abbrechen, da Catullus wieder zu deklamieren begann. Dieser Brief Servilias ist also nichts weiter als die Bitte um Fortsetzung unserer leider unterbrochenen Diskussion über Catulls einmalige Verse. Also nichts, was ihr zu vermuten glaubtet, nichts was den Verdacht einer unerlaubten Beziehung zwischen mir und deiner untadeligen Gattin erhärtet, mein Silanus!

Was aber lehrt uns das Ganze? Nichts ist so, wie es scheint! Cato hat keine Beweise, weder gegen mich noch gegen irgend jemanden, außer vielleicht für eure schmutzige Fantasie!«

Während Cato mit rotem Kopf und gesenktem Blick zähneknirschend seine Niederlage herunterschluckte und sich über das wiehernde Gelächter seiner Kollegen ärgerte, erhob sich der amtierende Konsul Silanus von seinem Elfenbeinstuhl.

»Verehrte Väter und Beigeordnete, ich denke, wir sollten nun dieses peinliche Satyrspiel mit der privaten Korrespondenz unseres verehrten Pontifex Maximus beenden und uns wieder unseren eigentlichen Aufgaben zuwenden. Wir sollten aber diese Entgleisung unseres übereifrigen Volkstribunen Cato zum Anlaß nehmen, künftig nicht mehr in offensichtlich privaten Angelegenheiten unserer Mitglieder zu schnüffeln. Damit muß endgültig Schluß sein.

Da niemand widersprochen hat, komme ich daher zu der wichtigen Frage, welche Zugeständnisse wir dem siegreichen Pompeius machen können oder müssen, damit er – «

»Halt, so geht es nicht!« Cato war von seinem Sitz aufgesprungen und gestikulierte heftig mit den Händen. »Ich gebe zu, daß die Sache mit Servilias Brief ein übereilter Schritt meinerseits war, für den ich mich bei dir als Konsul der Republik und Gatten meiner Schwester, lieber Silanus, entschuldigen muß.

Damit ist die Sache Cäsars aber noch nicht beendet! Wenn ihr, verehrte Väter und Beigeordnete, es gestattet, rufe ich den Zeugen Lucius Vettius auf, der bestätigen wird, daß Cäsar ein Mitverschworener dieses Catilina war. Er wird auch den Brief Cäsars an Lucius Sergius Catilina mitbringen, der meine Behauptungen eindeutig als wahr erweisen wird.

Bevor Vettius von euch gehört wird, hört erst einmal unseren Kollegen, den hier anwesenden Senator Quintus Curius, der ebenfalls bestätigen kann, daß Cäsar ein Verbündeter der Catilinarier war!«

Die heitere und gelöste Stimmung, in der sich die Versammlung bis eben befunden hatte, war wie weggeblasen. Alle Blicke richteten sich erst auf Cäsar und dann auf Quintus Curius, der sich sichtlich unwohl in seiner Haut fühlte.

»Sprich, Curius«, rief Cato mit fester und entschlossener Stimme. »Erzähle dem Senat, was dir Catilina über Cäsars Beteiligung an der Verschwörung berichtet hat!«

»Ja, also das war so: Am Tage, bevor Catilina die Stadt verließ, fand eine Versammlung der Verschwörer statt, an der außer mir und Catilina auch Cethegus und Lentulus teilnahmen. Catilina wies uns an, den Aufstand in dem Augenblick zu beginnen, wenn er mit seinen Legionen sich der Stadt näherte.«

»Was hat denn nun Cäsar damit zu tun? War er bei der Besprechung dabei?« Ciceros Frage irritierte Curius. »Nein, verehrter Cicero, er war nicht dabei. Aber Catilina sagte noch, er hätte in der Stadt viele Verbündete, zum Beispiel Cäsar!«

»Du hast mir damals, als du mir den beabsichtigten Aufstand verrietest, nichts von Cäsar gesagt. Warum nicht? Sage uns das bitte, und schildere uns den genauen Wortlaut der Bemerkung Catilinas!«

»Ja, also das war so: Lentulus sagte, die Sache sei doch sehr riskant. Niemand würde Verständnis dafür haben, wenn wir, wie geplant, Feuer in der Stadt legen würden, wenn du – er meinte damit Catilina – vor den Toren mit der Armee erscheinst. Catilina antwortete, das sei nicht so schlimm, man sei stark genug, um ohne Unterstützung von innen zu siegen, und nach dem Sieg würden die alten Freunde, wie zum Beispiel Cäsar, wieder zur Verfügung stehen.«

»Benutzte er das Wort Verbündete oder Freunde? Und warum hast du mir damals nichts darüber berichtet?«

»Meiner Erinnerung nach, lieber Cicero, sagte Catilina ‚Alte Freunde', nicht Verbündete. Als ich dir die Verschwörung anzeigte, schien mir die Äußerung Catilinas nicht so bedeutungsvoll.«

Cäsar erhob sich. »Mein lieber Kollege Curius, hat dir für deine Aussage irgend jemand etwas versprochen? Wie du eben selbst zugegeben hast, warst du an der Verschwörung, zumindest ursprünglich, beteiligt. Du müßtest also selbst angeklagt werden! Und plötzlich berichtest du, Catilina habe mich seinen Verbündeten genannt. Dank der Fragen des vortrefflichen Cicero hast du diese Beschuldigung nun zurückgenommen, indem du nun vorträgst, Catilina habe mich als seinen Freund bezeichnet!

Verehrte Väter und Beigeordnete, das ist doch etwas ganz anderes! Natürlich war Catilina mein Freund, er ist schließlich mein Nachbarssohn und hat mir mein Leben gerettet, als Sulla mich töten lassen wollte! Solch einen Menschen darf man als Freund bezeichnen. Aber ist man deswegen in seine Machenschaften gegen den Staat verwickelt?

Also, Curius, mein Freund und ehemaliger angeblicher Mitverschworener, als den ich dich ja wohl bezeichnen muß, wenn Freund Mitwisser der Verschwörung bedeutet, sage uns endlich: Was hat man dir für diese Aussage geboten und wer war es? Oder müssen wir dich noch nachträglich als Mitverschworener an den Verbrechen des Catilina anklagen?«

Curius fühlte sich unbehaglich. Unruhig trat er von einem Fuß auf den anderen. Seine Augen versuchten, mit Cato und mit Cicero Blickkontakt aufzunehmen. Während Cato ihm freundlich zunickte, schaute Cicero angestrengt in seine Papiere. Curius mißverstand Catos Nicken. Während Cato andeuten wollte, er solle fest bleiben und Cäsar weiter beschuldigen, verstand Curius Catos Geste als Aufforderung, Cäsars Frage wahrheitsgemäß zu beantworten.

»Für die Aufdeckung der Verschwörung seinerzeit hat mir Cicero Straffreiheit versprochen, für meine jetzige Aussage gegen Cäsar hat mir Cato die für solche Fälle übliche Belohnung von zehntausend Sesterzen zugesagt. Aber ich betone, daß sich das Gespräch so abgespielt hat, wie ich es euch vorgetragen habe.«

»Ich denke, du kannst dich setzen. Ich habe nie bestritten und werde es auch nie bestreiten, daß Catilina mein Freund von Kindesbeinen an war. Er hatte nun einmal viele treue und verläßliche Freunde, etwa Sulla oder auch unseren ehrwürdigen Catulus, dem er bei dessen Rache an der Familie des Marius geholfen hat. Aber wer würde Catulus, wer Cicero, mit dem er im Bürgerkrieg gemeinsam in derselben Legion gedient hatte, als seine Mitverschworenen oder Verbündeten bezeichnen?

Cato hat sich einen Zeugen gekauft, was beweist das? Das beweist doch nur, mit welchen Mitteln dieser Mann, den ihr als äußerst ehrenwert bezeichnet, arbeitet! Bevor wir noch so einen ehrenwerten Zeugen von diesem ehrenwerten Ankläger anhören, beantrage ich, Curius als gekauftem Zeugen die versprochenen Belohnung zu versagen. Wo kämen wir hin, wenn wir falsche Zeugen belohnen würden, wenn wir die Falschaussage gewissermaßen zu einem Beruf machen würden?«Cäsar setzte sich wieder.

»Bevor wir über deinen Antrag abstimmen, werden wir uns noch den Zeugen Vettius anhören Laßt Vettius hereinführen, damit wir ihn vernehmen können!« Gegen die Autorität des Konsuls Silanus erhob niemand Widerspruch.

Cato stellte Vettius direkt neben die Tribunenbank. »Dies, verehrte Väter und Beigeordnete, ist der römische Ritter Lucius Vettius. Auch er war ein Mitverschworener Catilinas, der jedoch rechtzeitig, von seinem Gewissen geplagt, an der Aufdeckung der Verschwörung mitgewirkt hat. Hierfür hat ihm der damalige Konsul Cicero kraft seiner Amtsgewalt Straffreiheit zugesichert.

Schildere uns nun, lieber Vettius, was du über die Beteiligung Cäsars an den Verbrechen Catilinas weißt!«

»Nach einem Gespräch mit Catilina habe ich in seinem Haus, als er für einen Augenblick den Raum verließ und mich allein ließ, einen auf dem Boden unter einem Tisch liegenden Brief aufgehoben und eingesteckt. Später hatte ich diesen Brief in der Hektik der nachfolgenden Ereignisse vergessen.

Vor zwei Wochen habe ich ihn zufällig wiedergefunden. Als ich ihn las, habe ich sofort seine Brisanz erkannt und ihn unverzüglich, wie es meine Pflicht ist, Cato gezeigt. Hier ist er«, rief Vettius und zog ein Stück beschriebenes Papier aus einer mitgebrachten kleinen Tasche. »Soll ich ihn vorlesen? Es ist ein Schreiben Cäsars an Catilina.«

»Halt«, unterbrach ihn Cäsar. »Bevor du ein angebliches Schreiben von mir an Catilina vorliest, möchte ich diese Fälschung sehen, damit ich sie als solche entlarven kann. Es gibt nämlich keine Briefe von mir an Catilina!«

»Gib ihm den Brief, mein lieber Vettius!« Catos Lächeln hatte etwas Tückisches. »Gib ihm also den Brief! Er soll ihn uns allen selbst vorlesen. Aus seinem eigenen Mund sollt ihr seinen Verrat an unserer Republik erfahren!«

Mit angeekeltem Gesichtsausdruck nahm Cäsar das Schreiben entgegen und entrollte das Blatt. Nachdem er den Text kurz überflogen hatte, lächelte er und wandte sich dann an die versammelten Väter. Sie gucken gierig und lauernd wie Raubtiere, die auf ihr Beutetier starren und hoffen, daß es einen Fehler macht, dachte er. Mit lauter, geschäftsmäßiger Stimme begann er mit der Lesung:

»Caius Julius Cäsar, Pontifex Maximus der Römischen Republik, grüßt seinen lieben Freund und Verbündeten, den gewesenen Prätor Lucius Sergius Catilina.

Ich danke Dir für Deine Mitteilungen den gegen den Senat und die Optimaten geplanten Aufstand betreffend. Ich begrüße es, daß Du endlich die Initiative ergreifst, damit wir das herrschende System beseitigen und eine gerechtere Regierung für die Quiriten bilden können. Ich bin mit allen Deinen Plänen einverstanden und werde Dich nach Kräften in Deinen Bemühungen unterstützen. Die Götter mögen mit Dir sein.

Geschrieben an den Kalenden des Monats Sextilis. Cäsar.«

Cäsar hatte mit ruhiger Stimme gelesen und sich weder durch empörte Zwischenrufe seiner Gegner noch durch das unruhige Scharren mit den Füßen aus den Reihen seiner Anhänger beeinflussen lassen. Als er nach dem Ende der Lesung aufblickte, sah er das triumphierende Gesicht Catos. Als dieser sich von seinem Sitz erheben und das Wort ergreifen wollte, fuhr Cäsar langsam und deutlich artikulierend fort:

»Ehrwürdige Väter und Beigeordnete! Ihr habt den Text gehört und seid sicher wie ich erschüttert und empört! Empörung und Erschütterung sind zu schwache Ausdrücke, um diese bodenlose und erbärmliche Fälschung zu charakterisieren. Ich habe keinen Zweifel, daß ihr, wie ich auch, diese Fälschung sofort und zweifelsfrei als solche erkannt habt.

Sollte aber jemand unter euch sein, der wie der angeblich so ehrenwerte Cato diesen Brief für echt hält, hört nun meine Beweise: Der Brief wurde angeblich von mir an den Kalenden des Sextilis geschrieben. Dies ergibt sich aus dem Datum am Schluß des Briefes. Beachtet aber zum anderen auch die Grußformel ‚Caius Julius Cäsar, Pontifex Maximus, und so weiter' am Anfang besagten Schreibens.

Nun weiß aber jeder, daß ich erst am Tage der Venus, also dem fünften Tage vor den Kalenden des Oktobers zum Pontifex Maximus gewählt worden bin. Vielleicht gibt es noch einen zweiten Pontifex Maximus meines Namens in Rom, der dann diesen Brief zwei Monate vor meiner Wahl geschrieben haben müßte.

Oder haben die Götter ein Wunder vollbracht?« Cäsars Stimme troff vor Hohn. »Welch ein Wunder! Müßten mir doch die Unsterblichen die Hand geführt haben, denn nur sie konnten wissen, daß ich erst fast zwei Monate später zum Pontifex Maximus gewählt werden würde!

Ihr seht, mit welch primitiver Einfalt dieser Brief gefälscht wurde, um mich zu vernichten! Ach, mein lieber Cato, was blickst du betroffen drein! Alle deine Anschläge sind zusammengebrochen. Die Götter sind immer mit ihrem Priester, das hättest du wissen müssen. Sie haben dich mit Blindheit geschlagen, indem sie dich einem so dummen und ungeschickten Fälscher wie diesen Vettius auslieferten!

Liktoren, verhaftet diesen Elenden! Vettius ist der Urkundenfälschung überführt! Führt ihn in das Tullianum ab! Als zuständiger Prätor werde ich dafür sorgen, daß du deiner verdienten Strafe nicht entgehst.«

Während Cäsars Liktoren Vettius packten und abführten, erhob sich Cicero: »Wir müssen den Göttern danken, daß sie diesen Fälscher entlarvt haben! Cato, dir soll es eine Lehre sein, nicht immer blindlings jedem Denunzianten zu vertrauen. Vor allem glaube nicht solchen, die eine Belohnung erwarten oder die persönlicher Vorteile wegen andere Mitbürger anschwärzen. Du bist noch jung und unerfahren, lieber Cato, auch deshalb habe ich Hoffnung, daß du, an dessen Lauterkeit ich glaube, nicht noch einmal in eine so peinliche Lage kommst, peinlich für dich, aber auch für deine Freunde.

Danke also den Göttern, daß sie uns die Wahrheit aufgedeckt haben, und danke vor allem Cäsar, daß er in seiner Großmut dir deine wirklich unglaubliche Fahrlässigkeit und erstaunliche Leichtgläubigkeit nicht nachtragen wird. So ist es doch, mein lieber Freund Cäsar? Du glaubst doch auch, daß Cato nur Opfer dieses unsäglichen und geldgierigen Zeugen Vettius ist, und verzeihst deshalb diesen Fehler unserem Cato?«

Cäsar nickte, ein wenig unwillig, seine Zustimmung. Alter Fuchs, dachte er nicht ohne ein gewisses Maß an Hochachtung. Dieser Cicero weiß, wie man Mäuse fängt! Glänzend, wie er mich lahmgelegt, Cato zurückgestutzt und gewarnt, aber auch vor einer späteren Anklage durch mich gerettet hat! Und gleichzeitig hat er in einem Satz die geheimen Ansprüche Catos auf Führung der Optimaten vor allen Leuten, und das noch im Gewande des Wohlwollenden, zurückgewiesen.

»Die Sonne ist hinter den Horizont gesunken«, verkündete der Senatspräsident. »Nach dem Willen der Götter dürfen deshalb heute keine weiteren Verhandlungen mehr erfolgen. Ich schließe daher die heutige Sitzung des Senats. Die Götter mögen euch auf eurem Heimweg begleiten!«

3

Es war ein wunderschöner Frühlingstag. Nach dem kalten und regnerischen Winter hatte ein warmer Südwind Ende Februar die endgültige Wende gebracht. Wie immer, wenn sich das Frühjahr verspätet, holte die Natur das versäumte oder verzögerte Wachstum der Pflanzenwelt mit atemberaubender Geschwindigkeit nach. Auch in der Heimstätte der Julier in der Argiletumstraße hatte sich der Wandel der Jahreszeiten fast über Nacht vollzogen. Noch vor einigen Tagen hatte es nur ein paar schüchterne grüne Spitzen auf den Blumenbeeten gegeben, die schon seit Tagen nicht mehr gewachsen waren und nur kaum sichtbar die dunkelbraune feuchte Erde durchbrochen hatten.

Jetzt, wenige Tage später, blühten die Krokusse und die Hyazinthen in voller Pracht und bildeten große weiße, gelbe und lila Tupfen zwischen üppigen spitzen grünen Blättern. Die dicken und prallen Knospen der beiden jungen Kirschbäume, die Lukullus Cäsar vor einigen Jahren zu seiner Hochzeit mit Pompeia geschenkt hatte, standen kurz vor dem Aufbrechen. In der schon warmen Mittagssonne schwirrten die ersten Hummeln und Bienen summend und noch ein bißchen schwerfällig, angelockt vom schweren süßlichen Duft der Hyazinthen, um die weit geöffneten Blüten. An der von der Mittagssonne beschienenen Gartenmauer huschten bereits einige bräunliche Eidechsen auf der Suche nach einer besonders warmen Stelle zwischen den Ritzen der gekalkten Steine hin und her.

Von irgendwoher erscholl der schmelzende Gesang eines Rotkehlchens. Unter den noch kahlen Apfel- und Pflaumenbäumen hatten die Sklaven vor einer Woche Salat, Rettich und allerlei Gemüse eingesät. Letzte Nacht waren nach einem warmen Regen Salat, Rettich, Zwiebeln und Petersilie aufgegangen. Jedenfalls konnte man auf den Beeten einen zarten grünen Hauch entdecken, der ahnen ließ, daß man in wenigen Wochen mit frischem Gemüse würde rechnen können.

Es waren die Nonen des März. Dieser Tag war dem Gott Vediovis geweiht. Vediovis war seit unvordenklichen Zeiten der Hausgott des Julischen Geschlechts. Die Verehrung dieses Gottes war ursprünglich eine Privatangelegenheit der Julier gewesen und stammte noch aus Zeiten, als es die Stadt Rom noch nicht einmal gab. In der Familiensage des Julischen Hauses verkörperte er den von den Göttern zu sich in den Himmel entrückten Stammvater des Geschlechtes, den aus Troja entkommenen Sohn der Göttin Venus, Äneas. Er wurde daher von den in der alten, später von den Römern eroberten und zerstörten Hauptstadt des Latinerbundes, Alba Longa, verehrt. Noch später wurde er von den Juliern nach ihrer Übersiedlung nach Rom in diese neue Vormacht der Latiner mitgenommen, wo er unter die staatlich anerkannten und von Amts wegen zu verehrenden Götter aufgenommen wurde.

Bis heute war er aber auch der Hausgott der Julier geblieben, die deshalb auch das Patronat über den Kult seit ihrer Übersiedlung nach Rom vor sechshundert Jahren bewahrt hatten. Deshalb war Cäsar am Vorabend der Nonen des März nach Bovillae gereist, dem Stammgut des Julischen Geschlechtes nahe bei den Ruinen Alba Longas, um dort in aller Frühe vor Sonnenaufgang am fortbestehenden Heiligtum des Gottes einen jungen Ziegenbock zu opfern und den Gott um weiteren Schutz für das Julische Geschlecht zu bitten.

Aurelia hatte im Tablinum ein einfaches Mahl vorbereiten lassen. Sie wußte, daß ihr Sohn wie jedes Jahr auch in diesem zu ihr kommen würde, um am Altar des Vediovis im Ahnenzimmer des Hauses seine Gebete zu verrichten, denn selbstverständlich gab es auch in diesem Hause eine kleine Kultstätte für den Julischen Hausgott. Vorher würde er aber nach seiner Rückkehr aus Bovillae auf das Kapitol eilen, um auch im dortigen staatlichen Vediovistempel entweder einen Ziegenbock oder einen Eber zu opfern, denn nur diese beiden Tierarten pflegte Vediovis zu akzeptieren. Für männliche Gottheiten mußten nämlich auch die Opfertiere männlich sein. Heute würde ihr Sohn seine religiösen Pflichten besonders streng zu beachten haben, denn der Tempel seines Hausgottes auf dem Kapitol war auf den Tag genau vor hundertdreißig Jahren geweiht worden. Gleichzeitig würde er dort die hölzerne Kultstatue des Gottes mit frischen Frühlingblumen bekränzen.

Es war schon später Nachmittag, als Cäsar mit seiner Tochter Julia in seinem Elternhaus erschien. Er begab sich unverzüglich in den Ahnenraum, nachdem er den Sklaven absolute Arbeitsruhe befohlen hatte. Danach öffnete er die Flügeltüren des Ahnenzimmers. Er ließ sie weit offen, damit der Gott vom Altar aus in das Atrium und durch das gegenüberliegende Tablinum über den dahinter liegenden Garten in der Ferne die Spitze des Albanerberges, des Ortes seiner Herkunft, sehen konnte. Cäsar trat auf den Altar zu und legte gesenkten Hauptes auf ihn einige Opferkuchen. Dann goß er aus einer goldenen Schale einige Tropfen Wein auf den Altar. Bei der heiligen Handlung hatte er den Saum seiner Toga über seinen Kopf gezogen, wie es sich als Zeichen der dem Gott geschuldeten Demut ziemte. Es war totenstill auf dem ganzen Anwesen, denn die Sklaven und alle anderen Bewohner hatten jede Tätigkeit eingestellt, um dem Gott unangenehme Geräusche und den peinlichen Anblick schwitzender und mit profanen Arbeiten beschäftigter Menschen zu ersparen.

Cäsar hatte die an den Wänden stehenden Schränke geöffnet, in denen die Wachsmasken verstorbener Ahnen aufbewahrt wurden, um auch ihnen die Teilnahme an der heiligen Handlung zu ermöglichen.

»Vediovis, Du gütiger Gott, sieh huldvoll auf Deine Dich verehrenden irdischen Diener! Du hast unser Geschlecht durch über tausend Jahren zu Ruhm und Ansehen geführt. Immer waren wir Deine treuesten Verehrer, nie hat es an dem Dir zukommenden Respekt gemangelt! Wir bitten Dich, nimm unsere bescheidenen Opfer an! Bewahre uns auch fürderhin Deine Gunst und wache gnädig über Deine Julier, damit diese Dich auch in den nächsten tausend Jahren verehren können, wie es Deiner Göttlichen Erhabenheit gebührt! Wir bitten Dich!«

Stumm und mit gesenktem Haupt, die Hände mit nach außen gewendeten Handflächen erhoben, verharrte Cäsar noch eine Weile. Dann hob er den Blick, schloß die Ahnenschränke und verließ rückwärts schreitend den Raum. Kaum hatte er dessen Türen von außen geschlossen, hörte man schon wieder das keifende Geschrei Perditas, die die Sklaven zu mehr Eile bei der Arbeit anfeuerte, um die durch die feierliche Zeremonie verlorene Arbeitszeit wieder einzuholen.

4

Cäsar hatte seine religiösen Pflichten seinem Hausgott gegenüber mit Ernst und Würde erfüllt. Im allgemeinen war er den religiösen Riten der römischen Religion gegenüber skeptisch, denn er glaubte weder an Vorzeichen noch an die Allmacht der Himmlischen, aber bei seinem Hausgott Vediovis war das anders. Selbstverständlich war er sich der Inkonsequenz seiner engen Verbindung mit dieser Gottheit und seinem Glauben an ihre schützende Hand über seinem Geschlecht im Klaren. Es muß einfach eine durch viele Generationen überlieferte und jedem Familienmitglied von Kindheit an eingeimpfte Überzeugung sein, daß er und alle Julier fest an die besondere Beziehung ihrer Familie zu Vediovis glaubten und nichts wirklich Wichtiges in Angriff nahmen, ohne den Gott um Hilfe zu bitten und ihm durch Opfer den schuldigen Respekt zu erweisen.

Natürlich opferte man auch anderen Göttern, weil es die Sitte oder der Staat bei bestimmten Anlässen verlangten, aber niemand in der aristokratischen Welt sah darin mehr als eine alte Gewohnheit, der man sich aus Rücksicht auf die Bürger und deren religiöse Gefühle zu unterziehen hatte.

Deshalb beachtete auch Cäsar von Staats wegen alle religiösen Vorschriften und Gebote, denn er wußte, daß man dies als Pontifex Maximus einfach tun mußte, um das gläubige Volk nicht zu erschrecken oder zu verunsichern. Aber niemals verließ er sich darauf, wenn die Auguren günstige Vorzeichen meldeten oder die Zustimmung der Götter für seine Absichten aus der Korrektheit der Gebetstexte oder der Untadeligkeit der inneren Organe eines Opfertieres herleiteten.

Die Unsterblichen sind mit den stärkeren Legionen, sie fragen nicht nach Recht und angemessener Frömmigkeit ihnen gegenüber, war seine Meinung. Natürlich siegt am Ende immer die gerechte Sache, schon weil die Sieger die Geschichte schreiben! Nur bei Vediovis ist das anders. Hier gilt das persönliche Band, das uns mit *ihm* seit über tausend Jahren verbindet. *Ihn* interessiert nicht Rom, *ihn* interessiert nur seine *ihm* zugehörende Familie, nämlich die Julier, und darum können wir *ihm* in allen unseren persönlichen Dingen vertrauen.

Aurelia störte des Oberpriesters Gedankengang und brachte ihn dadurch in die Wirklichkeit zurück. »Komm, mein lieber Sohn, ich habe für dich und Julia im Tablinum einen Imbiß anrichten lassen. Komm, setz dich zu uns, du wirst eine Erfrischung nach den Anstrengungen des Tages nötig haben.«

Cäsar spürte mit einem Male, wie hungrig er war. Er hatte den ganzen Tag noch nichts zu sich genommen. Es war inzwischen später Nachmittag geworden, und er fühlte sich nach den Strapazen, die die Opferhandlungen erst in Bovillae, dann auf dem Kapitol und zuletzt an seinem Hausaltar und auch der scharfe Ritt von dem fünfzehn römische Meilen entfernten Gut bei Bovillae über die Via Appia mit sich gebracht hatten, ausgelaugt und erschöpft.

Nun lag er ausgestreckt und entspannt auf einer bequemen Kline im Tablinum. Die Sklaven hatten auf Weisung Perditas drei Klinen zu einem gleichschenkeligen Dreieck aufgestellt und in den freien Raum in der Mitte einen niedrigen Tisch plaziert, auf den sie Schüsseln und Teller mit kaltem Schweinebraten, lukanischen Würsten, Brot, Ziegenkäse, schwarzen Oliven und sauer eingelegten Gurken gelegt hatten. Jungen Wein, dazu frisches Wasser und Essig zum Mischen, hatten Vendita und Perdita in tönernen Krügen ebenso dazugestellt wie silberne Becher, Näpfe mit Garum und Salz zum Würzen des Fleisches.

»Du hattest, mein Sohn, in den letzten Wochen anstrengende Tage.« Aurelia blickte mit Liebe und Bewunderung auf ihren Sohn. »Es ist noch nicht lange her, da wolltest du fast an deinem Schicksal verzweifeln! Und nun? Du bist der Sieger uber Cato und deine anderen Feinde! Dank deiner Tatkraft sind die Popularen wieder auf dem Vormarsch, und Cato hat sich nach seiner Blamage zurück in sein Mauseloch verkrochen. Ganz Rom lacht über ihn, den hast du ein für alle Male erledigt!«

»Du übertreibst ein bißchen, liebe Mutter! Sicher, die unmittelbare Bedrohung meines Lebens ist erst einmal abgewendet. Cato ist mit seinem ersten Angriff auf mich gescheitert, und Curius wird die Belohnung für seinen Verrat nicht bekommen. Gestern hat dies der Senat so beschlossen.

Aber gesiegt? Gesiegt habe ich noch lange nicht. Cato wird nicht aufgeben und sich künftig nur besser vorbereiten. Er war zu siegessicher, weil er glaubte, mich als Mittäter Catilinas entlarven zu können. Das nächstemal wird er es geschickter anstellen.«

»Glaubst du denn, lieber Vater, daß er es wieder versuchen wird? Er ist doch nicht nur von dir blamiert, sondern auch nach seiner Niederlage von Cicero und den Optimaten fallen gelassen worden. Seinen Einfluß auf die Politik der Optimaten hat er doch eingebüßt!«

»Keineswegs, liebe Tochter! Cato ist allenfalls ein wenig gebremst worden. Der gibt so schnell nicht auf, denn er ist ein Überzeugungstäter. Ihm und seinen Freunden geht es nicht um persönliche Vorteile oder persönlichen Einfluß wie Cicero und den meisten Optimaten und leider auch vielen Popularen. Ihm geht es um die Sache, um seine Vorstellung, wie der Staat gerecht zu regieren ist. Er läßt sich deshalb nicht durch Rückschläge beirren! Warte es ab, meine Tochter, bald wird er wieder da sein und seinen Kampf gegen mich und, den Göttern sei Dank, auch gegen Pompeius in alter Härte fortsetzen.«

Cäsar machte eine kleine Pause, um Luft zu schöpfen. Dann wandte er sich wieder seiner Mutter zu.

»Auch von einer Wiederbelebung der Popularen, liebe Mutter, kann keine Rede sein. Praktisch ist unsere Partei dank Cicero und der Optimaten so gut wie vernichtet worden! Bedenke, Catilina ist tot, Crassus ist geflohen, unsere Anhänger sind in alle Winde zerstreut. Ich stehe allein und bin so gerade mit dem Leben davongekommen, das ist die Lage!«

»Aber«, unterbrach ihn Aurelia, »da sind doch noch deine alten Freunde Labienus und Aurunculeius Cotta! Da sind dein Schwager Atius Balbus und der Mann deiner Nichte Atia, Caius Octavius! Sie sind doch treue Popularen und helfen dir, wo sie können.«

»Das ist natürlich richtig, liebe Mutter. Sie sind gute und liebe Freunde, aber sie können Crassus und sein Geld und Catilina und seine Tatkraft nicht ersetzen. Labienus und Cotta sind in erster Linie Soldaten, aber keine politischen Köpfe. Balbus und Octavius sind Anfänger, treue Gefährten, aber politisch ohne jedes Gewicht!

Catilina, das war ein Mann, der in Konzeptionen denken konnte, der ein Ziel und Visionen hatte! Er sah außer mir und Crassus als einziger, daß dieser Staat völlig umgekrempelt werden muß, wenn er seine inneren Widersprüche langfristig überleben will. Er hatte das richtige Konzept und den Willen und die Fähigkeit, es durchzusetzen!

Unsere jetzt regierenden Politiker sehen in ihrem Dünkel und ihrer Kurzsichtigkeit nicht, daß man ein Weltreich nicht von einem noch so tüchtigen Dorfbürgermeister regieren lassen kann und wo die Probleme liegen. Sie glauben, mit den alten Methoden, mit denen ihre Vorfahren vor dreihundert Jahren die Stadt regiert haben, auch heute noch auszukommen.

Und genau das ist unser Problem! Unsere Gesetze und politischen Institutionen stammen noch aus einer Zeit, als Rom eine mittlere Landstadt in Latium war. Seit Jahrhunderten hat sich fast nichts geändert, und unsere Optimaten wollen auch nichts ändern, selbst dann nicht, wenn sie die Notwendigkeit von Veränderungen einsehen würden! Sie fürchten um ihren Einfluß im Staat, wenn sie sich auf Reformen einlassen und dann wahrscheinlich neue und unverbrauchte Kräfte an der Macht teilhaben würden.

Was ist die Folge dieser Reformunwilligkeit? Niemand außer einer Handvoll Aristokraten aus immer denselben Familien soll das zum Weltreich gewordene Rom nach den alten, von den Vorvätern überlieferten Regeln regieren. Alle leben in Rom, sehen nur die Stadt und die Interessen der hier lebenden wahlberechtigten Bürger, mit deren Stimmen sie gewählt worden sind und auch künftig gewählt werden wollen. Man kümmert sich bestenfalls um die Belange der Stadt, vielleicht noch um die des nahen Umlandes, aber niemand sorgt sich um das Imperium, außer um den pünktlichen Eingang der Steuern!

Asien, Spanien oder Griechenland interessieren die Aristokraten nicht, denn dort wohnen keine Wähler, nur Steuerzahler, die man im Interesse der Stadt aussaugen kann.

Die römische Plebs kümmert die Belange des Reiches und seiner Bewohner ebenfalls nicht, denn sie ist nur an Getreidespenden und kostenlosen Belustigungen interessiert. Brot und Spiele, das ist ihre Losung! Was in Milet, Massilia, Syrakus oder Athen geschieht, ist ihnen gleichgültig, solange die dortige Bevölkerung fleißig Steuern an die Zentrale abführt, von denen ihre Getreidespenden bezahlt werden.

Die Provinzialen scheren sich nicht um Rom, denn sie werden von den Stadtrömern ausgebeutet und sind meistens obendrein noch nicht einmal römische Bürger, sondern Untertanen! Welches Interesse sollten sie am Imperium haben, das sie unterdrückt, das ihre Tempelschätze konfisziert hat und ihnen die Rechtsgleichheit mit den römischen Bürgern verweigert?

Und die Legionen? Selbst auf unsere zugegeben immer noch sehr schlagkräftige Armee kann sich die Republik nicht mehr verlassen. Die Soldaten kämpfen jetzt für den Feldherrn, der ihnen am meisten verspricht, nicht aber für den Staat und das Gemeinwesen!

Catilina und ich wollten das behutsam und nach und nach ändern, den Staat durch Beteiligung anderer Personenkreise an der Regierung auf eine breitere Basis stellen, aber Catilina und sein Konzept sind tot und mit ihm fast alle Reformkräfte. Das Schlimmste ist, daß seine richtigen Ideen durch seinen Gewaltakt bei den Bürgern zur Zeit so in Verruf sind, daß an eine Fortsetzung seiner und meiner Politik, jedenfalls an einen großen Wurf, auf längere Zeit nicht zu denken sein wird. Ich werde also ganz kleine Schritte machen müssen, um mich dem großen, im Augenblick unerreichbaren Ziel wenigstens ein Stückchen zu nähern.«

Aurelia und Julia spürten Cäsars Verzweiflung und suchten nach aufmunternden und beruhigenden Worten. Aber bevor sie etwas sagen konnten, fuhr Cäsar fort, ihnen die Analyse der gegenwärtigen politischen Situation und seine persönliche Lage in seiner nüchternen Art zu erläutern.

»Catilina, meine Lieben, ist in erster Linie nicht an seinen politischen Ideen gescheitert, sondern an seinem ungebärdigen Temperament und an seiner Ungeduld! Er griff gegen meinen Rat zur Gewalt und diskreditierte damit unsere Planungen und Zielvorstellungen für die Anpassung unserer Verfassung an die veränderten Rahmenbedingungen und die sich wandelnden gesellschaftlichen Verhältnisse. Sein Gewaltakt hat die alten, schon erschlafften Optimaten aus ihrer Lethargie geweckt und ihren Widerstand mobilisiert. Statt sie und das Volk durch langsame Schritte von der Notwendigkeit von Reformen zu überzeugen und sie in unsere Bemühungen einzubinden, haben Catilinas gewaltsamer Ausbruch und seine Drohungen sie verschreckt. Sie haben Gewalt gegen Gewalt gesetzt und, was das Schlimmste für uns ist, sie haben gesiegt!

Wer jetzt den Staat reformieren will, wird sofort als Catilinarier denunziert, und jeder noch so gut gemeinte und notwendige Reformvorschlag ist damit erledigt. Nein, Mutter, die Popularen sind untergegangen, und es wird dauern, bis sie sich von dieser vernichtenden Niederlage erholen werden, auch wenn es überall noch Anhänger wie Labienus und die anderen von dir Genannten gibt.«

»Gibt es denn gar keine Hoffnung, lieber Vater? Es muß doch junge Leute geben, die man für Reformen und die Popularen begeistern kann!«

»Sicher, mein Kind, die gibt es. Aber es wird lange dauern, bis sich aus jungen Talenten eine ernst zu nehmende Mannschaft bilden kann. Nimm zum Beispiel den jungen Vatinius! Er ist Quästor, dank meiner Fürsprache gewählt. Aus ihm wird etwas werden, wenn ich ihn weiter fördere, denn er ist begabt. Ihm und seinem mutigen Einsatz verdanke ich meinen jetzigen Sieg über Cato. Er hat die Plebs für mich organisiert und auf die Straße gebracht. Seine Leute bekämpften Catos Schlägertruppen unter Milo. Er ist wendig und geschickt und kann hervorragend reden.

Aber, und es ist für Rom eine Schande, daß dies eine Rolle spielt, er ist ein Mann aus dem Ritterstand ohne senatorische Ahnen. Du weißt, was es heißt, ein ‚homo novus' in Rom zu sein. Er wird aufsteigen, vielleicht bis zum Prätor, und wenn seine Söhne und Enkel auch tüchtige Leute sind, wird vielleicht sein Urenkel Konsul. Dabei braucht Rom solche Leute wie ihn. Ich werde mir daher unter den jungen begabten und ehrgeizigen Rittern Leute wie Vatinius suchen und mit ihnen die Partei von unten neu aufbauen. Es wird Jahre dauern, und ich werde auch junge Aristokraten finden müssen, denn gewählt werden bei uns Leute mit alten Namen immer noch eher als noch so tüchtige Aufsteiger!«

»Nun, mein Sohn, du scheinst Glück zu haben! Im Augenblick ist Cato kaltgestellt. Die Optimaten sind ohne Führer, seit Catulus sich ins Privatleben zurückgezogen hat. Und Pompeius ist mit seiner Armee noch in Asien und kann dir nicht in die Quere kommen«

»Du hast recht, das ist die Situation! Ein unbegreifliches Phänomen! Noch nie ist eine eben errungene Machtstellung, wie sie die Optimaten durch ihren Sieg über Catilina errungen haben, so schnell und ohne jeden äußeren Druck oder Widerstand von innen in sich selbst zusammengefallen! Kein Feind weit und breit, nur in der Ferne das Gespenst Pompeius! Und dennoch führerlos und ohne den Willen zu führen!«

Cäsar war fassungslos. »Wie konnte das geschehen? Man faßt sich an den Kopf! Die Popularen bestehen fast nur noch aus ihrem letzten Führer, nämlich mir, die Optimaten haben auf der ganzen Linie über uns gesiegt und den größten Teil unserer Anhänger auch physisch vernichtet!

Und dennoch haben sie die Macht innerhalb weniger Monate fast völlig verspielt, weil ihre Führer, außer Cicero, sich lieber ihren privaten Neigungen widmen als von ihrer Macht Gebrauch zu machen! Unglaublich, einfach unglaublich! Catulus züchtet Rosen, Lukullus Muränen, Servilius Vatia schreibt seine Memoiren! Und ihre letzten beiden bedeutenden Leute lassen sie nicht ans Ruder! Cicero nicht, weil er ein ‚homo novus‘ ist, und Cato nicht, weil er in der senatorischen Rangordnung als Volkstribun zu weit unten steht!

Was für eine lächerliche, ja komödienhafte Situation! Ich habe keine Partei, aber die Herrschenden herrschen nicht, weil sie keinen Führer haben! Nachdem sie mit Energie die Macht errungen haben, machen sie keinen Gebrauch von ihr und drücken sich vor der Verantwortung! Gehen einfach nach Hause und züchten Rosen!«

Cäsar schüttelte verständnislos den Kopf. »Diese Lage birgt eine kleine Chance für mich, wieder ins Spiel zu kommen, und ich werde sie nach Kräften nutzen. Ich werde Cicero gegen den bald wieder vorwärts drängenden Cato unterstützen, werde die Angst aller vor Pompeius schüren und letzteren bei seinen Bemühungen um seinen Triumph unterstützen. So gewinne ich Handlungsfreiheit für den allmählichen Wiederaufbau unserer Partei!«

»Und wenn Pompeius mit seiner Armee, wie seinerzeit Sulla, in Italien landet und nach der Herrschaft greift?«

»Das, liebe Julia, wird nicht geschehen. Pompeius will die Herrschaft nicht. Er will geehrt und geliebt werden. Er hat etwas von einem orientalischen Fürsten an sich! Äußerer Glanz, Pomp und gottähnliche Verehrung, Bestätigung seiner Einmaligkeit, so etwas reizt ihn! Sieh, wie er sich kleidet, meine Liebe. Er behängt sich mit Gold und orientalischem Flitter. Unser witziger Cicero nennt ihn Sampsigeramos nach einem kleinen syrischen Fürsten, dem unser Pompeius in der Prachtentfaltung nacheifert, weil ihm dieser kleine Potentat wegen seines prunkvollen Auftretens so mächtig imponiert hat. Nein, Pompeius ist keine Gefahr, solange man ihm seine Spielzeuge nicht wegnimmt. Und daß dies nicht geschieht, dafür werde ich eintreten.

Pompeius wird mir dankbar sein, wenn ich ihn unterstütze, und sich nicht gegen mich wenden. Du hast sicher davon gehört, wie glücklich er war, als ich den Antrag stellte, ihm die Restaurierung des Jupitertempels zu übertragen. An solche Gesten wird er sich dankbar erinnern, genauso wie an die schroffe Ablehnung meines Vorstoßes für ihn durch Cato. Beantragte oder durchgesetzte Ehrungen sind der Kitt, der ihn mit mir und den Popularen verbinden wird. Der Bär will Beachtung, Streicheleinheiten und Honigkuchen, nicht die Übertragung der Macht. Er ist im Grunde der gleiche Typus wie die Optimaten: Er kann wie sie mit der Macht nichts anfangen. Die Optimaten fürchten sich vor ihm, aber gleichzeitig hassen sie ihn auch. Daß sie ihn weiter fürchten, dafür will ich sorgen! Ich habe nämlich in aller Stille meinen Freund Labienus nach Asien geschickt. Er wird Pompeius die richtige Interpretation meiner und des Senats Handlungen vermitteln und mich über seine Pläne und Stimmungen regelmäßig unterrichten.«

»Ja, mein Sohn, ich glaube, so ist es richtig. Nur zwei Gefahren gibt es für dich: Erstens Cato, weil er es ehrlich meint, und zweitens jemand, der die Macht will, um sie zu haben und auszuüben, wie es Sulla getan hat. Es gibt aber auch Leute, die wollen erst einmal alles haben. Ihr Ziel ist nicht der Besitz an sich, sondern der Weg, das Ziel zu erreichen! Wenn sie es dann endlich haben, erlischt ihr Interesse an dem Gegenstand ihrer Begierde. Auch ein solcher Mann ist gefährlich, hüte dich auch vor solchen Menschen und sei darauf gefaßt, daß auch Pompeius ein solcher Mann sein kann!«

»Habe Dank, Mutter, für deine Warnung! Aber die Situation riecht nach einem neuen Anfang für mich und die Popularen. Der Aufstieg wird schwierig sein, ich weiß. Aber wie sagen wir Römer? Vor Anbruch der Dämmerung ist die Nacht am dunkelsten!«

Cäsar hatte sein Gleichgewicht wieder gefunden. Mit einem spöttischen Unterton fuhr er fort: »Du würdest die Lage sicher bei deinem Hang zu griechischer Poesie anders schildern, liebe Mutter. ‚Die rosenfingrige Eos, Tochter des Titanen Hyperion, steigt mit ihrem Rossegespann aus dem Okeanos empor!‘ So heißt es doch bei Hesiod, nicht wahr, liebe Mutter?«

»Du sagst es, mein Sohn. Du findest alles über Eos, die Göttin der Morgenröte, in der berühmten Theogonie des Hesiod ab dem Verse 378, mein Lieber. Aber auch in Homers Odyssee wird die rosenfingrige Eos erwähnt. Warte, ich werde dir die Stelle gleich heraussuchen!«

Cäsar lächelte belustigt. »Laß es gut sein, Mutter. Ich denke, wir haben beide unsere klassische Bildung ausreichend unter Beweis gestellt. Unsere Julia ist schon schwer beeindruckt, nicht wahr, meine Tochter?« Ohne Julias Antwort abzuwarten, erhob er sich von seiner Kline. »Ich meine, es ist Zeit aufzubrechen. Julia, verabschiede dich von deiner Großmutter, ehe sie dir die halbe Odyssee vorliest!«

5

Ende März saß Cloelia, die geschiedene dritte Frau des verstorbenen Diktators Sulla, in einem Pavillon ihres weitläufigen Gartens, der ihre Villa ‚Felix‘ auf dem vornehmen Palatin umgab. Sie hatte wegen der schon ziemlich warmen Witterung und der noch um die Zeit des frühen Nachmittags stechenden Sonne den Imbiß für ihre Gäste in diesem schützenden Gartenhaus anrichten lassen. Sie erwartete ihre beiden fast gleichaltrigen Jugendfreundinnen Aurelia und Belliena zu einer der seit Jahrzehnten stattfindenden regelmäßigen Plauderrunden.

Cloelia war immer schon eine hagere Person gewesen, vorne nix und hinten nix, wie es ihre burschikose Freundin Belliena ziemlich drastisch ausdrückte. Ihre knochige Figur wurde durch ihre hohe Gestalt und das sehr lange und schmale Gesicht mit den tief von der Nasenwurzel nach unten gezogenen Falten und den Mundwinkeln, die bis zur Unterseite des Unterkiefers reichten, noch unterstrichen. Graue Haare, graue Augen, eine graue, an fein gemasertes graues Leder erinnernde Haut und eine spitze Nase vermittelten den Eindruck, es mit einem alten Marabu zu tun zu haben. Aber der Eindruck, nicht nur alt, sondern auch träge zu sein, täuschte. Sie dachte schnell und logisch, und wenn sie sprach, waren ihre Bemerkungen klar und verständlich. Temperamentvoll unterstrich sie ihre Ausführungen mit weit ausholenden Gesten ihrer Arme. Besonders, wenn sie auf ihr Lieblingsthema zu sprechen kam, die ruhmreiche Geschichte ihres alten patrizischen Geschlechtes, war ihr Redefluß kaum zu bremsen.

Sie hatte sich heute besonders auf den Besuch ihrer Freundinnen vorbereitet. Wegen der dunklen Farbe hatte sie Witwenkleidung angelegt, obwohl sie um ihren geschiedenen Mann nie getrauert hatte. Sulla hatte sie vor über 25 Jahren einfach sitzen gelassen und ihr den Scheidebrief geschickt. Dieser hatte sich zu diesem Schritt teils aus politischen Gründen, teils deshalb entschlossen, weil er sich Hals über Kopf in die junge Metella verliebt hatte. Seitdem haßte Cloelia ihn und die Erinnerung an den nun schon vor fünfzehn Jahren Verstorbenen mit nie nachlassender Wut. Sie hatte deshalb auch nie Witwengewänder angezogen, weder damals noch an den jährlichen Todestagen, ja sie hatte nicht einmal solche Gewänder besessen.

Jetzt aber hatte sie sich eigens durch ihre Kammerzofe dunkle Kleidung besorgen lassen, um dadurch ihr Mitgefühl für ihre Freundin Belliena auszudrücken. Belliena war nämlich die Mutter des Lucius Catilina, der erst vor zwei Monaten als Opfer seines eigenen fehlgeschlagenen Aufstandes gegen das Senatsregime erschlagen worden war.

Arme Belliena, dachte sie, was hat sie mit ihren Kindern doch für Unglück gehabt! Ihre Söhne hatten sich gehaßt und einander nach dem Leben getrachtet, und Lucius Catilina hatte, wie Romulus seinen Bruder Remus, seinen jüngeren Bruder Marcus nach dem Bürgerkrieg eigenhändig erschlagen. Jetzt hatte sie nur noch ihre Tochter Sergia. Diese war, den Göttern sei dank, glücklich mit einem Ritter namens Lucius Cocceius Nerva verheiratet und Mutter zweier Söhne, nachdem auch schon Sergias erster Ehemann und Vorgänger des Nerva als Proskribierter von Catilina umgebracht worden war.

Trotz seiner wilden und wölfischen Natur war Catilina Bellienas Lieblingskind gewesen, und so trauerte sie tief und auch öffentlich um ihn, obwohl der Senat jede öffentliche Trauer um den zum Staatsfeind Erklärten strengstens und bei schwerer Strafe verboten hatte. So wollte auch Cloelia durch den Kauf der Witwenkleidung ihrer Freundschaft und Solidarität mit Belliena Ausdruck geben, ohne das formelle Verbot, öffentliche Trauer zu bekunden, zu verletzen.

Pünktlich zur vereinbarten Zeit trafen Aurelia und Belliena in der Villa Felix ein. Aurelia hatte ihre Nachbarin abgeholt. Sie waren zu Fuß durch die Argiletumstraße und über das Forum gegangen, vorbei an der Regia und dem Tempel der Vesta. Dann waren sie die Treppen zum Clivus Victoriae hinaufgestiegen und hatten dann nach einigen weiteren Schritten Cloelias prächtige Villa mit ihrem von Säulen geschmückten Portal erreicht. Belliena hatte trotz des Verbotes schwarze Trauerkleider und entgegen den üblichen Gepflogenheiten, die von trauernden Frauen ein unbedecktes Haupt verlangen, einen schwarzen Kopfputz mit Schleier angelegt. Aber sie trug im Einklang mit der römischen Sitte ihre Haare offen, so daß es in langen weißen Strähnen unter dem Schleier hervor über den Rücken herabhing. Zusätzlich hatte sie ihr Kleid mit feuchtem Lehm beschmiert, das offizielle Zeichen dafür, daß der Tod eines nahen Angehörigen äußeren Putz und Prunk als bloße Nichtigkeit überflüssig macht und vom Gedenken an den zu seinen Ahnen geeilten Verstorbenen ablenkt.

Cloelia erwartete ihre Gäste im Vestibül. Mit ausgebreiteten Armen empfing sie Belliena und zog sie an sich.

»Ach Belliena«, sagte sie mit sanfter Stimme, aus der, für sie völlig ungewohnt, Teilnahme und Mitleid schwangen. »Die Götter können so grausam sein! Komm, Liebe, wir wollen in den Garten gehen. Ich habe in unserem Gartenhäuschen für uns einen kleinen Imbiß anrichten lassen.«

Sie hakte sich bei ihrer Freundin ein und zog sie, von Aurelia gefolgt, durch das Vestibül zu einer in den Garten führenden von Säulen getragenen Galerie ins Freie. Vorbei an duftenden Jasminbüschen, die Cloelias Gärtner aus Ägypten und Syrien eingeführt hatten, erreichten sie den von Rosen umstandenen Gartenpavillon.

Belliena hatte den schwarzen Kopfputz samt dem Schleier abgelegt. Ihr sonst so volles rosiges Gesicht war ungeschminkt und wirkte grau und eingefallen. Unsere sonst so lebensfrohe Belliena sieht aus wie eine Mumie, dachte Aurelia. Wo sind ihre lebhaften Augen, wo ist ihre lockere Zunge? Belliena war doch immer so leicht und heiter. Wie oft haben wir uns über sie amüsiert, wenn sie so meisterhaft die Naive spielte und uns und unserem aristokratischen Stolz und Dünkel den Spiegel vorhielt! Wie sie da so sitzt, in sich zusammengesunken in ihrer Trauer, ein kleiner, dikker Kloß mit verhärmten Gesicht in wegen der Trauer unsauberen Kleidern!

Aurelia suchte nach ein paar tröstenden Worten, aber ihr Hals war wie zugeschnürt. Warum kann man einem lieben Menschen so schwer Trost spenden? Warum findet man, obwohl man sonst so eloquent ist, nicht die richtigen Worte, um einer trauernden Freundin seine Anteilnahme zu bekunden, fragte sie sich.

Ehe sie etwas sagen konnte, begann Belliena zu reden. »Sie haben mir noch nicht einmal gestattet, seinen Leichnam zu bergen und eine würdige Totenfeier abzuhalten. Er mag sich gegen die Ordnung vergangen haben, aber ist er deswegen kein Mensch? Hat er deswegen keinen Anspruch darauf, in der Familiengrabstätte beigesetzt zu werden, wie es alle seine Vorfahren erfahren haben? Alle wissen, daß nur ein ordentlich bestatteter Mensch von Charon über den Acheron gefahren wird. Soll meinem Lucius nun der Eintritt in die Unterwelt versagt werden? Das darf ich nicht zulassen!

Wir Römer beurteilen den Wert eines Menschen doch immer nach den Leistungen seiner Ahnen, und mein Lucius hatte wahrlich genügend respektable Vorfahren, die dem Staat gedient hatten und mit vielen anderen Rom groß gemacht haben. Und das soll alles nichts mehr gelten? Aurelia, dein Sohn ist doch Prätor und Pontifex Maximus und war zudem ein enger Freund meines Catilina. Es muß ihm doch möglich sein, etwas zu tun, damit mein armer toter Sohn zu seinen Ahnen eilen kann.«

»Er wird etwas tun, meine liebe Belliena. Dein Sohn wird eine Trauerfeier bekommen und im Familiengrab seine letzte Ruhe finden. Ich werde gleich heute mit meinem Cäsar sprechen. Das Verbot des Senates wird aufgehoben werden, ich verspreche es.«

Belliena sah Aurelia dankbar an und fühlte sich getröstet. Catilina würde neben der Urne seines Bruders seinen Platz finden. Im Tode müssen die im Leben so zerstrittenen Brüder vereint sein.

»Ich muß euch etwas erzählen, ihr Lieben«, fuhr sie fort, das Thema wechselnd. »Ihr erinnert euch doch sicher noch an die Seherin Thrasylla. Sie hat uns vor Jahren wahrgesagt. Du, Aurelia, wirst nicht vergessen haben, daß sie dir prophezeit hat, daß du dereinst Mutter und Großmutter von Göttern werden wirst. Wir alle haben über die Unwahrscheinlichkeit dieser Prophezeiung damals herzlich gelacht. Mir aber hatte sie vorhergesagt, daß meine Kinder, sie sagte die jungen Hunde, vom Wolf gefressen werden würden. Auch hierüber haben wir gelacht, denn keiner von uns hat Thrasyllas Warnung ernst genommen. Das Ergebnis ist bekannt: Der Wolf hat die Hunde geschluckt. Catilina war der Wolf, die Hunde waren mein zweiter Sohn Marcus und mein damaliger Schwiegersohn Caecilius, die beide von Catilina umgebracht wurden.

Ihr könnt sicher verstehen, daß mir nach dem Tode meines letzten Sohnes die alte Geschichte wieder eingefallen ist. Ich habe meine Söhne verloren, aber meine Tochter Sergia lebt noch und hat zwei hoffnungsvolle Jungen. Ich habe große Angst, sie auch noch zu verlieren. Deshalb bin ich zu Thrasylla gegangen, damit sie mir Sergias und ihrer Kinder Schicksal weissagt. Thrasylla wollte mich nicht empfangen; sie habe ihr Gewerbe aufgegeben und sich zurückgezogen, ließ sie mir sagen.

Aber so schnell bin ich nicht abzuweisen. Ich flehte und bettelte, schilderte mein und meiner Söhne Schicksal, bis ich sie endlich erweichen konnte. Sie empfing mich mürrisch und unfreundlich, aber sie hörte mich an. ‚Ich habe mein Gewerbe aufgegeben, weil meine Prophezeiungen zuviel Unheil angerichtet haben. Die Menschen leben glücklicher, wenn sie nicht wissen, was sie erwartet. Bei dir will ich eine Ausnahme machen, weil ich erkenne, daß dir und deinen noch lebenden Nachkommen nichts Böses widerfahren wird. Du und deine Enkel werden es nicht mehr erleben, aber einer deiner Nachkommen wird Herr des Römischen Reiches und nach seinem Tode zu den Göttern erhoben werden'.«

»Das kennen wir doch schon«, unterbrach Cloelia sie lachend. »Nach Aurelia wirst also auch du Ahnfrau eines Gottes, beim großen Jupiter, ein bißchen viel, diese wundersame Göttervermehrung!«

»Nun, liebe Cloelia, glaube nicht, daß ich Thrasyllas Spruch für bare Münze nehme. Wer ist schon mein Schwiegersohn? Marcus Cocceius Nerva ist ein einfacher, wenn auch erfolgreicher Geschäftsmann. Er hat weder senatorische Ahnen, noch ist er selbst Senator. Wie soll da einer seiner Nachkommen zu den Göttern erhoben werden? Selbst euch Patriziern ist das, so viel ich weiß, noch nie gelungen. Und dabei habt ihr doch von alters her die besten Beziehungen zu den Himmlischen. Dein Sohn Cäsar, liebste Aurelia, und dein Geschlecht, beste Cloelia, sind doch Patrizier. Ihr es habt mir oft genug unter meine plebejische Nase gerieben.«

Alle drei mußten lachen, wenn sie an ihre kleinen Neckereien in der Vergangenheit dachten. »Dein lieber Mann und damit auch deine Söhne waren doch auch Patrizier«, fiel Aurelia ein. »Deshalb haben deine Enkel von Sergia und Nerva doch auch patrizisches Blut in den Adern. Warum sollen sie nicht auch zu den Göttern in Beziehung treten? Meine Familie, die Aurelier, sind zwar ein altes Geschlecht mit vielen Konsuln unter den Ahnen, aber trotzdem sind wir keine Patrizier sondern Plebejer! Und dennoch haben auch wir Aurelier unsere privaten Beziehungen zu einem Gott, nämlich zu Sol, wie ihr wißt!

Übrigens Götter! Unser großer Dichter Catullus, den ich schon seit längerer Zeit fördere, hat es neuerdings auch mit den Göttern. Er hat mir wegen der finanziellen Unterstützung, die ich ihm gewähre, ein Dankgedicht geschrieben. Wollt ihr es hören?«

»Natürlich, liebste Aurelia«, rief Belliena ganz begeistert, obwohl ihr die ihrer Meinung nach zu schwülstige Lyrik dieses Dichters nicht behagte. »So etwas ist doch selten, daß ein Dichter einer Frau, hinter der er nicht her ist, glühenden Gedichte schreibt!«

»Na ja«, sagte Cloelia, »laß mal hören. Du weißt, ich schätze Catullus, auch wenn er manchmal von anderen Dichtern abschreibt. Denke an das Gedicht über das Haar der Berenike. Hier hat er doch glatt bei Kallimachos von Kyrene abgeschrieben! Aber lies, meine liebe Aurelia. Ich bin begierig zu hören, wie er dich, und das zu recht, preist.«

Aurelia war verstimmt. Sie konnte weder offene noch versteckte Kritik an ihrem Idol vertragen. Das Haar der Berenike war tatsächlich weitgehend eine Übersetzung aus dem Griechischen, aber Catullus hatte das nicht verschwiegen. Außerdem waren seine Verse durchaus eine eigene schöpferische Leistung, die das griechische Original übertrumpfte, zumindest ihm gleichwertig war.

Langsam zog sie eine Papyrusrolle aus dem Ärmel und begann, das Versmaß deutlich überbetonend, zu lesen:

‚Hell erleuchten die Sterne die Nacht,
künden von Ruhm und von Ehre,
aber bedenke: Kurz nur strahlet ihr Glanz,
trügerisch sind sie und kalt.

Wehe dem Menschen, der auf sie baut!
Liebe Aurelia, es wärmt dich die Sonne,
nicht der Venus himmlische Kälte.
Halte dich also an Sol, den schützenden

Gott deiner Väter, meide der
Venus verderbliche Kraft.
Diese holt sich die Menschen, zumeist
vor ihrer Zeit in ihr himmlisches Reich!

Dich, meine Muse, Quell meiner Kunst,
warne ich: Venus hadert mit Sol.
Schütz' deine Kinder vor seinem Neid,
sonst verglüht in der Sonne dein Sohn.‘

Aurelia hatte die Lesung des Gedichts beendet. Sie schloß die Augen und verharrte einen Moment still und in sich gekehrt. Dann öffnete sie diese wieder und blickte erwartungsvoll auf ihre beiden Freundinnen.

»Habt ihr denn gar nichts zu sagen? Habe ich so schlecht vorgetragen, oder hat euch das Gedicht nicht gefallen?« Aus ihrer Stimme war deutlich ihre Enttäuschung herauszuhören. »Nichts, gar nichts ?« bohrte sie nach.

Endlich raffte sich Belliena zu einer Stellungnahme auf. »Liebe Aurelia, entschuldige bitte, daß ich erst die Worte des Dichters auf mich einwirken lassen mußte. Du weißt, ich habe immer Schwierigkeiten, die überzogene Sprache unserer Poeten zu verstehen. Deshalb mag es sein, daß ich die Worte Catulls falsch auslege. Mir kommen sie vor wie die Orakelsprüche der Thrasylla. Wie bei der Seherin liegt eine verborgene, nein, eigentlich schon eine offene Drohung in den Versen.«

»Ja, das scheint mir auch«, fiel Cloelia lebhaft ein. »Dein Sohn stammt doch von der Venus ab, du aber und dein Geschlecht stehen unter dem Patronat des Sol. Venus und ihr Stern regieren die Nacht, Sol, die Sonne, erhellt den Tag. Beide Götter stehen somit gegeneinander, ja sie vertreiben einander im täglich sich erneuernden Wechselspiel. Venus ist eifersüchtig, sie mißbilligt, daß dein Sohn sich ins warme und helle Sonnenlicht drängt. Und das tut er doch! Er will der Erste in Rom sein, zumindest zu den Ersten in der Stadt gehören.

Venus aber verkörpert das kalte Licht der Nacht, den Glanz der Einsamen und der Einsamkeit. Sie wird es nicht dulden, daß Sol ihr ihren Liebling stiehlt, und sie wird ihn daher vorzeitig zu sich nehmen, um ihn dem Einfluß des Sol zu entziehen.«

»Siehst du, das war auch mein Eindruck, liebe Aurelia. Cloelia kann das besser ausdrücken als ich. Aber auch ich erkenne die Warnung, auch wenn Catull daraus – für dich – den umgekehrten Schluß zieht, nämlich dich ganz der Sonne zuzuwenden. Warne deinen Sohn, er ist in Gefahr! Nicht nur vor der Eifersucht der Venus, sondern auch vor dem Neid des Sol, wenn ich die letzten Zeilen des Gedichtes richtig verstehe.«

»Also stehen mein Sohn und ich gewissermaßen zwischen Skylla und Charybdis!« Aurelia hatte eine Weile nachgedacht, bevor sie wieder das Wort ergriffen hatte, um auf die Gedankengänge ihrer Freundinnen einzugehen. »Wie auch Cäsar oder ich uns verhalten, in jedem Fall würden wir eine der beiden Gottheiten beleidigen. Nein, meine Lieben, so kann es nicht sein. Bedenkt, Catullus ist Dichter, nicht Wahrsager oder das Delphische Orakel! Ja, wenn Thrasylla diese Worte gesprochen hätte, wäre ich unruhig, denn ihre Warnungen sind ernst zu nehmen.

Aber Catullus? Er wollte mir eine Freude machen, indem er auf die hohe Abkunft meiner Kinder und die Beziehungen meiner Familie zu Sol anspielte. Zudem macht es sich für einen Dichter immer gut, wenn er mit seinen Versen beweisen kann, wie gebildet er ist und wie er sich in unserer Götterwelt auskennt! Nein, meine Lieben, Gefahren drohen mir und meinen Kindern nicht von den Göttern, sondern von den Menschen, und dagegen kann man sich schützen oder doch wenigstens wehren.

Und außerdem«, lachte sie, »habt ihr die Prophezeiung der Thrasylla vergessen, daß ich Mutter eines Gottes werden würde? Das bedeutet doch, daß mein Sohn Cäsar dereinst ein Gott sein wird! Und glaubt ihr, die Götter, sei es Sol, sei es die Göttin Venus, würden dulden, daß ihrem künftigen Kollegen Cäsar ein Unglück geschähe?«

»Deine umwerfende Logik hat mich überzeugt«, rief Belliena. »Aber nun sollten wir doch dieses Thema beenden. Ich habe Hunger, ein gutes Zeichen! Cloelia, laß deine Sklaven auftischen! Oder willst du, daß deine Gäste vom Fleisch fallen?«

Cloelia fiel ein Stein vom Herzen. Belliena schien ihren Kummer und die Trauer um ihren Sohn für einen Augenblick vergessen zu haben. Ein Glück, daß sich endlich der Körper mit seinen physischen Bedürfnissen meldete. Sie klatschte in die Hände, um den wartenden Sklaven das Zeichen zu geben, mit dem Auftragen der Speisen zu beginnen.

»So ist es recht, liebe Belliena. Der Mensch muß essen! Das hat auch meine berühmte Ahnin Cloelia immer zu König Porsenna gesagt. Ihr wißt sicher, daß ihr die Römer ein Reiterstandbild gestiftet haben, das seit über vierhundert Jahren auf der Via sacra steht. Nachher werde ich euch die Geschichte erzählen, für welche überragenden Verdienste die Quiriten sie mit dieser Statue belohnt haben«

Aurelia und Belliena lachten laut auf. Sie kannten diese Geschichte schon seit fünfzig Jahren, denn Cloelia versäumte nie, sie ihnen bei jeder Zusammenkunft in epischer Breite immer wieder vorzutragen.

Cloelia war froh, daß sich die Unterhaltung während des Essens den alten, immer wieder durchgekauten Themen zuwandte. Jugenderinnerungen wurden wieder und wieder aufgewärmt, und fast jeder Satz begann mit den Worten: ‚Weißt du noch?‘ oder so ähnlich. Es ist doch merkwürdig, dachte sie, drei mitten im Leben stehende Frauen verwandeln sich wieder in kichernde junge Mädchen! Je älter man wird, je näher rückt die Vergangenheit, jedenfalls wenn wir drei alten Witwen zusammen sind.

Noch als sich ihre beiden Freundinnen bei Einbruch der Dämmerung verabschiedeten, schwebte die Erinnerung an die gemeinsame Vergangenheit wie ein Zauber über ihnen. Dann aber steckte Belliena beim Abschied ihren schwarzen Kopfputz mit dem Schleier mit einer großen Nadel wieder fest in ihre Haare und betrat mit Aurelia die Straße. Die Wirklichkeit hatte sie wieder eingeholt.

6

Marcus Antonius stand aufgeregt im Zeremonienraum der Regia, Amtssitz des Pontifex Maximus an der Via sacra, gegenüber dem Tempel der Vesta. Antonius war ein junger Mann von gerade zwanzig Jahren, der aus einer Familie stammte, die sich rühmte, von Herkules abzustammen. Wenn man den jetzt unruhig auf und ab gehenden jungen Mann betrachtete, gewann diese Abstammung von dem Sohn des Zeus und größten Helden der griechischen Sage etwas an Wahrscheinlichkeit, denn Antonius war nicht nur groß und von athletischer Figur, sondern sah mit seiner geraden, fast wurzellosen Nase, dem energisch hervorspringenden Kinn und dem leicht gekräuselten, wenn auch nach römischer Sitte kurzgeschnittenen Haaren, mit den prallen und wohlgeformten Arm- und Beinmuskeln wie ein junger Herkules aus.

Antonius war nach griechischer Mode gekleidet. Über einem kurzen, gegürteten, mit einer Borte bestickten weißen Chiton trug er einen einfachen wollenen Kriegsmantel, eine sogenannte Chlamys, einen rechteckigen, ärmellosen roten Stoffumhang, der an der Schulter mit einer Fibel zusammengehalten wurde.

Der junge Marcus Antonius wartete nun schon eine geraume Zeit in der Regia, ohne zu wissen, weshalb ihn der Pontifex Maximus hierher hatte bestellen lassen. Vermutlich will er mir wegen meines wilden Lebenswandels Vorwürfe machen, dachte er. Aber Jugend muß sich austoben! Sicher, manchmal habe ich es wohl zu arg getrieben in meinem jugendlichen Leichtsinn. Neulich habe ich zum Beispiel nach einem exzessiven Trinkgelage mit Publius Claudius Pulcher und dem jungen Curio erst das Standbild Sullas mit Ziegenmist bestreut und dann die Tür der Villa Ciceros mit Schweineblut beschmiert. Aber woher weiß Cäsar, daß wir drei Trunkenbolde es waren?

Während dieser Gedanken betrat Cäsar den Raum. Ohne Antonius zu begrüßen oder ihn überhaupt zu beachten, ging er an ihm vorbei und setzte sich auf den Elfenbeinstuhl, der an der Stirnwand des Zeremoniensaales der Regia unter einem Standbild des Stadtgründers Romulus aufgestellt war.

Cäsar musterte zufrieden den jungen Mann, der gespannt darauf wartete, endlich angesprochen zu werden. Endlich, nach einer weiteren und, wie es Antonius schien, endlosen Wartezeit, öffnete Cäsar den Mund und sagte eher beiläufig und desinteressiert:

»So, du bist also Marcus Antonius, der Schwager meines Freundes Publius Vatinius! Er hat dich mir empfohlen. Du sollst trotz deines Lotterlebens für brenzlige und etwas kitzlige Aufgaben brauchbar sein. Aber du bist auch der Neffe dieses Caius Antonius, der ständig, je nachdem, woher der Wind weht, seine politischen Überzeugungen ändert. Das ist keine Empfehlung, mein Lieber!

Aber es gibt zwei Umstände, die für dich sprechen. Da ist einmal dein Streich gegen Sullas Statue und dann der gegen Ciceros Haus. Ich hoffe, es waren nicht nur vom Wein beflügelte Exzesse, sondern auch Ausdruck deiner Gegnerschaft zu Sulla und Cicero. Sprich!«

»Ich will dir nichts vormachen, ehrwürdiger Pontifex Maximus. Es war in erster Linie eine vom überreichlichen Weingenuß inspirierte Tollheit, die uns zu der Tat veranlaßte. Aber es gibt in Rom viele Standbilder, das des Sullas haben wir mit Bedacht ausgewählt. Er hatte meinen leiblichen Vater, obwohl dieser sein Anhänger war, verächtlich behandelt. Meine Mutter hat mir oft davon erzählt.

Ciceros Haus wurde auf meinen Vorschlag ausgewählt. Ich hasse diesen aufgeblasenen Schönschwätzer! Du weißt sicher, daß meine Mutter nach dem frühen Tode meines leiblichen Vaters wieder geheiratet hat. Ihr zweiter Mann war Lentulus Sura, ein Stiefvater, wie meine Brüder und ich ihn besser nicht hätten finden können. Und diesen liebevollen Stiefvater hat Cicero als Mitverschworenen Catilinas hinrichten lassen. Ich habe zum zweitenmal einen Vater verloren!«

Antonius hatte sich in Wut geredet und fuchtelte wild mit seinen Fäusten in der Luft herum. »Eines Tages werde ich mich an Cicero rächen. Dann wird Blut mit Blut vergolten!«

»Nun, mein Lieber, beruhige dich! Sicher wird die Gelegenheit zur Rache eines Tages kommen. Im Augenblick wünsche ich aber keine Gewalt. Wenn du sonst gegen Cicero etwas unternehmen willst, bist du bei mir an der richtigen Adresse. Aber nicht Cicero ist der eigentliche Urheber der Hinrichtung deines Stiefvaters. Das ist vielmehr Cato gewesen, der hat im Hintergrund die Fäden gezogen und Cicero erst zum Handeln ermutigt! Natürlich ist auch Cicero schuldig, schließlich hat er als Konsul die Hinrichtung der Verschwörer im Senat beantragt, aber durchgesetzt hat sie Cato!«

Cäsar lehnte sich zurück und beobachtete den jungen Mann und sein Mienenspiel. Er sah dessen gespannte Aufmerksamkeit. Er erwartet von mir einen ungewöhnlichen, möglichst ausgefallenen und schwierigen Auftrag, um mir seine Tatkraft, seinen Mut und seine entschlossene und zupackende Art zu beweisen, mit der er mir seine Kühnheit vorführen kann, dachte er zufrieden.

»Ich habe etwas für dich«, nahm er das Gespräch wieder auf. »Es soll ein besonderer, aber gewaltloser Schlag gegen die Optimaten und deinen geliebten Cicero sein. Er muß Aufsehen bei den Quiriten erregen und die Optimaten lächerlich machen, ohne daß wir uns eine Blöße geben. Wir müssen sie ins Unrecht setzen und als Verteidiger der göttlichen Ordnung und des Rechtes erscheinen. Bei der Schwäche meiner Partei darf ich nicht einmal den Anschein, zur Gewalt greifen zu wollen, erwecken.

Verstehst du, die Optimaten dürfen auf keinen Fall Anlaß haben, mich und die Popularen als Störer der Ordnung und des Rechtes zu denunzieren! Um gegen Cicero und vor allem Cato etwas durchzusetzen, muß man politische Wege einschlagen und ihr festgefügtes Regime von innen heraus erschüttern. Das wird nur möglich sein, wenn es mir gelingt, als Hüter des Rechts aufzutreten, als Mann, der verletztes Recht wiederherstellen will, notfalls gegen den Übermut der Optimaten! Man muß sie ins Unrecht setzen, ihnen kleine Nadelstiche verpassen und sie vor dem Volk blamieren!

Vergiß nicht, es ist bei uns, wenigstens in der Theorie, das Volk, das die Gesetze macht. Man muß das Volk in der Volksversammlung gewinnen und hinter sich bringen, wenn man etwas gegen den Senat und die herrschenden Optimaten ausrichten will. Das Volk aber will unterhalten sein!

Geben wir ihm also Unterhaltung. Machen wir das Senatsregime zum Gespött der Leute. Du, Antonius, hast nicht nur eine Rechnung mit Cicero offen, du bist auch kühn und unternehmungslustig. Willst du mir helfen? Es wird nicht leicht sein!«

»Was es auch sei, ich will!«

»Dann höre meinen Plan. Wie du weißt, hat der Senat auf Anraten Ciceros und Catos die catilinarischen Verschwörer nicht nur hinrichten lassen, sondern auch ihre Bestattung und eine Leichenfeier verboten. Das trifft auch für den in Etrurien erschlagenen Catilina zu. Irgendwo liegen noch immer seine Gebeine auf dem Schlachtfeld, den Hunden und Krähen zum Fraß vorgeworfen!

Es wäre nun eine Schlappe für Cicero und Cato, wenn es gelänge, noch nachträglich eine ordentliche Bestattung ihrer Opfer durchzusetzen. Ich möchte dich daher bitten, nach Etrurien auf das Schlachtfeld zu reisen, um die sterblichen Überreste Catilinas zu bergen. Da man der Leiche den Kopf abgeschlagen hat, müßten Catilinas Knochen leicht zu finden sein, zumal ich dir meine Neffen Lucius Pinarius und Quintus Pedius mitgeben werde, die in der Schlacht in der Senatsarmee mitgekämpft haben und daher den ungefähren Platz kennen, an dem Catilina gefallen ist.«

»Ich werde seine Überreste finden, da kannst du dich ganz auf mich verlassen. Aber sage mir, warum hast du mich dafür ausgewählt, einen stadtbekannten Liederjan und Müßiggänger?«

»Das will ich dir sagen, mein lieber Antonius. Du bist durch deine Mutter Julia ein entfernter Verwandter von mir. In heiklen Dingen verlasse ich mich gerne auf Verwandte und deren Loyalität, denn ich meine, daß Blut stärker bindet als Freundschaft oder gleiche Interessen. Zum anderen brauche ich einen jungen Mann mit Fantasie und Wagemut, dem es Spaß macht, der Obrigkeit, besonders wenn sie Cicero heißt, ein Schnippchen zu schlagen.

Ich brauche aber auch junge Leute, denen ich eine langfristige Perspektive für einen Aufstieg bieten kann. Das sind nicht die Söhne der Etablierten, sondern einmal Söhne aus gutem Haus, die wegen Ächtung der Väter oder Vermögensverfall aus der Bahn geworfen worden sind, und zum anderen begabte junge Leute aus dem Ritterstand, denen ich den Aufstieg in die senatorische Laufbahn bieten kann. Du, mein Lieber, gehörst als Stiefsohn des Lentulus Sura zur ersten, dein Schwager Publius Vatinius zur zweiten Kategorie.«

Marcus Antonius strahlte. Er fühlte sich endlich einmal ernst genommen. »Ich danke dir für dein Vertrauen, Cäsar! Natürlich nehme ich diesen Auftrag, und zwar mit Freuden, an! Du kannst dich auf mich verlassen. Ich hoffe, du wirst mit mir zufrieden sein, wenn ich zurückkehre. Und selbstverständlich stehe ich auch für andere Aufgaben jederzeit zur Verfügung. Ein kurzer Ruf wird genügen, und ich werde zur Stelle sein!«

»Du wirst also gleich morgen abreisen. Nimm die Via Flaminia. An der Milvischen Brücke wird mein Haushofmeister Crastinus dich erwarten. Er ist absolut zuverlässig. Dann biegt in die Via Cassia Richtung Florentia ein. Später werden dann Pinarius und Pedius zu euch stoßen. Also gutes Gelingen, mein Lieber. Ich setze große Hoffnungen, auch für die fernere Zukunft, in dich.«

Antonius wandte sich zum Gehen. Bevor er die Tür erreicht hatte, rief Cäsar ihm noch nach: »Und Antonius, ich erwarte, daß du absolutes Stillschweigen über deine Mission wahrst. Niemand, auch deine Zechkumpane Claudius und Curio nicht, darf etwas über dein Vorhaben und deine Verbindung zu mir erfahren. In Rom haben die Wände Ohren, und wir wollen doch unseren lieben Cicero überraschen!«

Nachdem Antonius gegangen war, rief Cäsar Pinarius zu sich, der im Nebenraum gewartet hatte.

»Du hast gehört, was ich mit Antonius besprochen habe. Du reist noch heute abend mit Quintus Pedius nach Bovillae ab.«

»Aber, lieber Onkel, Bovillae liegt doch im Süden an der Via Appia! Wie kommen wir von dort nach Etrurien im Norden?«

»Ganz einfach, lieber Neffe. Gleich früh morgens brecht ihr in Bovillae auf und reitet dann im Halbkreis, an Rom östlich vorbei, nach Norden zur Milvischen Brücke und überquert dort den Tiber. Crastinus habe ich schon heute früh mit einem Gepäckwagen vorausgeschickt. Er und Antonius werden wegen des Wagens langsamer sein als ihr, so daß ihr sie mühelos, vermutlich noch vor dem Lacus Volsiniensis, einholen werdet. Ich möchte nämlich vermeiden, daß irgend jemand in Rom einen Zusammenhang zwischen eurer Reise mit der des Antonius vermutet und daraus voreilige Schlüsse zieht.

Wenn ihr die Gebeine Catilinas gefunden habt, meldet es mir bitte sofort durch Crastinus. Ich werde dann Caius Antonius aufsuchen, der nicht nur der Onkel, sondern auch der künftige Schwiegervater unseres Marcus Antonius ist. Außerdem verwahrt er den abgeschlagenen Kopf Catilinas, den ihm ein Legionär gebracht hat, um sich die auf Catilinas Haupt ausgesetzte Belohnung zu verdienen. Da wir den Kopf für die Leichenfeier benötigen, muß ihn Caius herausrücken.

Ich werden diesen Caius Antonius veranlassen, den Himmel zu beobachten. Wenn er ein Zeichen sieht – und das wird bald sein –, wird einer meiner Auguren dieses Zeichen deuten. Wir werden erkennen, daß die Götter uns zürnen, denn wir haben gegen das göttliche Recht verstoßen, indem wir den Göttern, vor allem Pluto als Herrn der Unterwelt, einige Tote vorenthalten. Wie du sicher weißt, mein lieber Pinarius, dürfen nur bestattete Tote den Acheron überqueren und so in Plutos Reich, den Orkus, eingehen. Kein Wunder, wenn die Götter zürnen, wenn wir ihnen doch so illustre Tote wie Catilina, Lentulus und Cethegus vorenthalten.«

Pinarius sah das spöttische und verschmitzte Gesicht seines Onkels. Er ist schon ein ausgewachsener Fuchs, dachte er bei sich. Laut aber sagte er mit einer Stimme, aus der sowohl Bewunderung als auch Skepsis klangen: »Und du glaubst wirklich, daß das funktioniert? Daß Cicero und Cato dir das abnehmen? Und Caius Antonius? Wird er sich auf dieses Spiel einlassen?«

»Er wird, mein Lieber! Er will endlich in seine Provinz Makedonien abreisen und sein Amt als Statthalter genießen. Er hält sich schon viel zu lange wegen Catilinas Affäre in Rom auf, weil noch immer nicht die vom strengen und unerbittlichen Cato geschürten Gerüchte verstummt sind, er sei Mitwisser und heimlicher Komplize Catilinas gewesen.«

»Ja, aber wäre dies nicht ein zusätzlicher Grund, dir jede Hilfe zu verweigern? Schließlich stehst du doch auch in diesem Verdacht. Da wird er doch jede Verbindung mit dir zu vermeiden suchen!«

»Natürlich würde er das gerne. Deshalb werde ich ihn auch in aller Heimlichkeit aufsuchen. Aber er wird mir helfen, glaube mir. Erstens wird er seinen künftigen Schwiegersohn Marcus Antonius nicht im Regen stehen lassen können, wenn dieser mit den Gebeinen Catilinas in Rom erscheint. Er kann es doch nicht zulassen, daß sein Neffe und Schwiegersohn wegen Hochverrats angeklagt wird, denn der hat mit der Erfüllung meines Auftrages gegen das Gesetz zur Ächtung der Catilinarier verstoßen. Und darauf steht zumindest eine langjährige Verbannung.

Nun ist Caius Antonius weder ein Held, noch kann man sich darauf verlassen, daß er sich wirklich für seinen Schwiegersohn auf eine riskante Sache einläßt. Deshalb habe ich zweitens noch ein kleines Druckmittel gegen ihn in der Hand, das ihm keine andere Wahl läßt, als in meinem Sinne tätig zu werden. Ich kann nämlich beweisen, daß er zumindest mit Catilina sympathisiert hat und wenigstens vage Vorstellungen von den Absichten der Verschwörer hatte. Es ist nicht viel, aber Cato würde sich mit Wonne darauf stürzen!

Da unser Caius Antonius ein Hasenfuß ist und endlich seine Ruhe haben will, wird er den Himmel beobachten und ein böses Vorzeichen entdecken. Das ist für ihn nämlich völlig risikolos, denn vor Antritt einer Statthalterschaft werden immer die Auspizien eingeholt. Die Wertung der Zeichen übernimmt ja auch nicht er, sondern ein Augur, so daß ihm niemand einen Vorwurf daraus machen kann, daß er den Himmel beobachtet hat«

»Und der Augur? Er kann doch nicht einfach erklären, daß Catilina beerdigt werden muß!«

»Nein, das natürlich nicht. Aber er erkennt aus den Zeichen, daß die Götter mit uns zürnen und dem Staat deshalb Unheil droht. Vergiß nicht, ich bin als Pontifex Maximus sein Vorgesetzter! Ich werde dann, notfalls durch weitere Auspizien, die ich als amtierender Prätor jederzeit anordnen kann, feststellen, daß wir uns durch die Verweigerung der Bestattung Catilinas und seiner Leute an den Rechten der Götter vergangen haben und daß wir die Huld der Götter nur durch Nachholen der Leichenfeiern und der Opferung zahlreicher weißer Stiere zurückgewinnen können.«

»Und Cato wird das hinnehmen?« Pinarius blickte seinen Onkel zweifelnd an.

»Gerade er wird es hinnehmen! Er hält strikt auf die Einhaltung unserer überkommenen Regeln. Er ist gewissermaßen Gefangener seiner eigenen Gesetzestreue. Es mag sein, daß er nicht an die Auspizien und die Wirksamkeit von Opfern glaubt. Aber er wird das nie zugeben können. Sein Einfluß bei den Senatoren und Quiriten beruht auf seiner Glaubwürdigkeit und Gesetzestreue. Er wird uns daher sogar unterstützen müssen, wenn wir das verletzte göttliche Recht wiederherzustellen behaupten!

Warten wir es also ab, mein Lieber. Erst einmal reise mit Pedius auf das Schlachtfeld bei Pistoia. Und finde mir ja Catilinas Gebeine, sonst werden alle unsere Bemühungen vergeblich sein!«

7

Wütend schlug Marcus Porcius Cato mit der Faust auf den Tisch. »Bist du denn von allen Göttern verlassen gewesen, mein lieber Cicero? Wie kannst du denn dich soweit erniedrigen, in meiner Abwesenheit im Senat eine zwölftägige Dankesfeier für Pompeius zu beantragen und auch durchzusetzen? Du mußt doch wissen, daß dein Sampsigeramos die Republik bedroht, weil er sich weigert, sein Heer zu entlassen, wie es der Senat nach Beendigung seines Feldzuges mit Recht von ihm fordert!«

»Beruhige dich, mein lieber Cato! Wie du richtig sagst, ist der Feldzug gegen Mithridates siegreich beendet worden. Mithridates ist tot, sein Heer ist in alle Winde zerstreut, und sein Reich Pontus ist als neue Provinz dem Imperium Romanum eingegliedert worden. Außerdem hat Pompeius die Seeräuber besiegt und ganz nebenbei noch Syrien und Palästina erobert und dem Reich so eine weitere Provinz gewonnen. Was willst du mehr?

Da ist es doch nur recht und billig, ihm ein Dankfest zuzugestehen. Irgendeine Ehrung muß ihm doch zuteil werden, nachdem der Senat auf deine Veranlassung hin ihm den ihm mit Sicherheit zustehenden Triumphzug verweigert hat! Oder willst du ihn weiter reizen, bis er, der sich friedlich in Ephesos von unseren asiatischen Untertanen als Befreier feiern läßt, mit seinem Heer in Italien landet und sich mit Gewalt holt, worauf er auf Grund seiner Verdienste Anspruch hat?

Er wird schon schäumen, weil du seinen Antrag, die Wahlen für die Konsuln des nächsten Jahres zu verschieben, bis er nach Rom zurückgekehrt ist, mit deinem Veto blockiert hast. Er wollte doch nur seinen Kandidaten Pupius Piso unterstützen! Jetzt hat er gebeten, so lange mit den Wahlen zu warten, bis Piso in Rom ist, oder ihn von seiner Anwesenheitspflicht bei der Bewerbung und bei den Komitien am Wahltag zu befreien.«

»Auch dagegen werde ich mein Veto einlegen, verehrter Cicero. Ich will nicht, daß ein Strohmann des Pompeius im nächsten Jahre Konsul wird!«

»Wenn du das machst, ist unsere Freundschaft und Zusammenarbeit beendet. Ich werde mich dann nach anderen Verbündeten, vielleicht sogar nach Cäsar umsehen müssen, um den Staat durch diese gefährliche Phase zu lenken!

Bedenke, Pupius Piso ist ein alter Mann. Er war einmal mein Lehrer und steht mir schon deshalb nahe. Zudem stammt er aus dem einflußreichen Geschlecht der Calpurnier. Wir können es uns in dieser prekären Lage nicht leisten, die Calpurnier durch einen solchen Affront in die Arme unserer politischen Gegner zu treiben.

Und Pupius ist nun einmal trotz seines anders lautenden Namens ein Calpurnier! Pupius heißt er nur, weil er als überzähliger Sohn der Calpurnischen Familie von den sonst aussterbenden Pupiern adoptiert wurde. Du weißt, wie einflußreich die Calpurnier sind, schließlich gehört ja auch dein Schwiegersohn Bibulus zu dieser Familie.

Weiter ist zu bedenken, daß Pupius in erster Linie Soldat ist, also von Politik nichts versteht! Er wird sich also in vielen Fragen Rat holen müssen. Und wo wird er deiner Meinung nach sich Rat holen? Natürlich bei mir, seinem alten und vertrauten Schüler!

Und was nützt es, wenn du seine Wahl aus formalen Gründen verhinderst? Pompeius wird wütend sein und einen in Rom lebenden Politiker suchen und finden, der seine Interessen energisch zu vertreten bereit ist, und diesen von den Quiriten wählen lassen. Dann haben wir statt des harmlosen Pupius einen schwierigeren Gegner, einen noch vergnatzeren Pompeius im Hintergrund, eine sich von uns abwendende Familie Calpurnius Piso und die Gewißheit, daß sich der jetzt abservierte Pupius im nächsten Jahr zum Konsul wählen läßt, dann aber sich nicht mehr von mir oder unserer Partei leiten lassen wird. Oder glaubst du, daß er es bis dahin vergessen haben wird, daß du ihm seine Wahl aus formalen Gründen vermasselt hast? Also kein Veto! Ich hoffe, du hast mich verstanden!«

Cato war nicht beeindruckt. »Du kannst mir mit deiner Drohung, mir deine Freundschaft zu entziehen, nicht sonderlich imponieren. Drohungen haben mich noch nie eingeschüchtert! Auch ist es für mich kein Kriterium, daß Pupius dein Lehrer war. Wo kommen wir denn hin, wenn Stellen nach familiären oder sonstigen Bindungen vergeben werden! Was zählt, sind Leistung und politische Zuverlässigkeit! Ich denke an das Wohl unseres Staates, nicht an etwa geschuldete Gefälligkeiten!

Aber ich werde auf ein Veto verzichten. Nicht, weil du mir sonst die Freundschaft kündigen wirst. Ich bin nicht dein Freund, bin es nie gewesen und werde es nie sein! Wir hatten eine Zeit lang gleichartige Interessen, mein Lieber! Während ich immer an den Staat denke, richten sich deine Gedanken auf deine Position in ihm. Das ist ein himmelweiter Unterschied. Manchmal sind daher unsere Ziele gleichartig, dann arbeiten wir zusammen, aber ich werde mich gegen dich wenden wie gegen Cäsar oder Pompeius, wenn euer Ehrgeiz, eure Selbstsucht oder euer Eigennutz sich gegen die Interessen unserer Republik stellen.

Wie gesagt, ich werde kein Veto gegen die Bewerbung Pupius' einlegen, wenn er in Abwesenheit kandidieren will. In dieser Hinsicht haben mich deine sachlichen Einwände überzeugt. Also, lieber der Kommißkopf Pupius Piso als ein anderer, mit Sicherheit geschickterer Politiker!«

Cato erhob sich, zum Zeichen, daß er die Besprechung als beendet betrachtete. Er sah, daß Cicero mehr als verstimmt war. So eine deutliche Sprache ist der eitle Retter des Vaterlandes wohl nicht gewohnt! Es wurde Zeit, daß ich ihn von seinem hohen Roß einmal heruntergeholt habe.

Aber auch Cicero war froh, diesen unerträglichen Moralisten los zu werden. Was bildet sich dieser altbackene Prinzipienreiter ein? Seine Impertinenz ist wirklich nicht mehr zu überbieten! Er glaubt, man könne den Staat allein mit Charakterfestigkeit regieren! Er muß lernen, daß es unterschiedliche Interessen gibt und daß unsere Verfassung im Grunde auf Interessenausgleich aufgebaut ist und man nicht immer mit dem Kopf durch die Wand kann. Süßsauer lächelnd hob er, ohne sich zu erheben, seine rechte Hand und wedelte mit ihr ein wenig hin und her, so die Entlassung seines Gastes andeutend.

In diesem Augenblick, noch bevor Cato den Raum verlassen konnte, meldete Ciceros Sklave Tiro die Ankunft des Prätors Marcus Calpurnius Bibulus, der seit kurzem auch Catos Schwiegersohn war. Aufgeregt stürmte dieser in das Besprechungszimmer und begann sofort, hektisch und mit hochrotem Kopf auf Cicero einzureden, ohne auf eine Begrüßung oder Aufforderung, sich zu setzen, zu warten.

»Unglaubliches ist geschehen! Caius Antonius hatte vorige Woche, wie es seine Pflicht vor Antritt seiner Statthalterschaft in Makedonien ist, die Auspizien eingeholt. Sie enthielten böse Vorzeichen, wie es auch das Gutachten eines zu Rate gezogenen Augurs bestätigte. Die Götter würden Rom zürnen, weil der Staat sie durch eine gegen göttliches Recht verstoßende Anordnung gekränkt habe.

Unser Pontifex Maximus hat lange darüber nachgedacht, worin der Verstoß gelegen habe und wie man die Götter wieder besänftigen könne.«

»Was ist daran ungeheuerlich? Das ist doch seine Aufgabe.« Cato sah seinen Schwiegersohn erstaunt an. »Sprich, mein Schwiegersohn, hat er die Ursache für den Zorn der Götter gefunden?«

»Er hat, und das ist ja der Skandal! Cäsar hatte seinerseits als Prätor, wozu er jederzeit berechtigt ist, selbst die Auspizien eingeholt, um den Willen der Götter zu erkunden. Er hat ihnen die Frage vorgelegt, und das ist eine Provokation gegen den Senat, ob sie mit den Römern zürnen, weil ihnen die Manen der verstorbenen Catilinarier wegen des Verbotes, sie ordentlich zu bestatten, vorenthalten würden. Der hinzugezogene Augur Servius Sulpicius Galba und der Quästor Publius Vatinius bestätigten, daß die heiligen kapitolinischen Gänse zum Zeichen, daß dies die Ursachen der göttlichen Verstimmung seien, mehrmals laut geschnattert und mit den Flügeln geschlagen hätten.

Der Pontifex Maximus hat daraufhin angeordnet, daß die Leichen der Hingerichteten und die Gebeine Catilinas unverzüglich zu bergen und nach einer – allerdings privaten – Leichenfeier ordnungsgemäß zu bestatten seien. Zusätzlich sei an jedem Idus ein Jahr lang Jupiter, dem Besten und Größten, ergänzend zu dem ihm ohnehin zu opfernden weißen Schafbock ein weißer Stier als besonderes Sühnezeichen für den an den Unterirdischen begangenen Frevel darzubringen. Auch für den beleidigten Pluto und die Manen der am Acheron zurückgewiesenen Catilinarier hat er Sühneopfer angeordnet«

Cicero war erregt aufgesprungen. »Das ist wirklich ungeheuerlich! Cäsar unterläuft die Autorität des Senats, der bei der Verurteilung der Verbrecher eine Bestattung und eine Leichenfeier ausdrücklich verboten hat! Er rehabilitiert damit die Verschwörer in den Augen des Volkes und macht aus mir, Cato und dir, mein Bibulus, und allen, die für die Verurteilung der Catilinarier gestimmt haben, Rechtsbrecher und Religionsfrevler! Wirklich einfach unglaublich!«

»Ich kann deine Empörung gut verstehen, mein lieber Cicero. Du fürchtest auch um deinen schönen Titel ‚Vater des Vaterlandes'. Ich selbst sehe das allerdings etwas anders. Während du auch noch deine toten Feinde verfolgst, bin ich der Meinung, daß es nichts Schöneres gibt als einen toten Feind. Aber nach dem Tod endet für mich der Haß, und die Pietät gewinnt wieder Vorrang.

Deshalb ist Cäsar leider auch im Recht! Als Pontifex Maximus muß er den Ursachen des Zornes der Götter nachgehen. Es ist geradezu seine Pflicht, Störungen in den Beziehungen zu den Göttern aufzuspüren und zu beseitigen. Caius Antonius hat den Unwillen der Götter mit Hilfe eines Augurs festgestellt. Da offen blieb, worin der Grund des Zornes der Götter liegt, mußte Cäsar sie befragen. Das hat er getan, nicht ohne den ehrenwerten Augur Galba und einen amtierenden Quästor hinzuzuziehen. Ich kann in diesen Handlungen keinen Verstoß gegen die Vorschriften erkennen.

Wir können also Cäsar nicht belangen, so sehr es uns allen danach gelüstet. Genau genommen müßten der Senat oder die Konsuln ihm den offiziellen Dank der Stadt aussprechen, weil er uns alle vor dem Fortdauern des Zornes der Götter bewahrt hat.

Wir können ihm aber auch die getroffenen sonstigen Maßnahmen nicht ankreiden. Er hat einen gegen göttliches Recht verstoßenden Beschluß des Senates für nichtig erklärt und damit uns der Peinlichkeit enthoben, ihn selbst wieder aufzuheben. Auch dafür müssen wir ihm eigentlich dankbar sein. Und die Buße, unsere Fehler zu sühnen? Sie war mehr als gerecht! Du siehst, Cäsar ist dir über, mein Lieber. Du wirst nun aber auch sicher begreifen, warum ich in ihm eine ernstliche Gefahr für unser Gemeinwesen sehe.«

»Ja, und die angeordneten Opfer füllen zusätzlich Cäsars Kassen, denn die Opferstiere werden seit je aus der Julischen Zucht in Bovillae angeschafft«, bemerkte Cicero sarkastisch. »Wir müssen wohl noch dankbar sein, daß er das Sonderopfer nur für ein Jahr angeordnet hat!«

»Du merkst anscheinend endlich auch, mein lieber Cicero, wie gefährlich Cäsar ist. Hoffentlich ist es dir eine Lehre, wenn ich ihn künftig wieder im Senat angreifen werde! Sicher siehst du ein, welch ein Fehler es war, mich im Senat hängenzulassen, als ich ihn wegen seiner Beteiligung an der Verschwörung des Catilina angriff. Ein zweitesmal dürft ihr mich nicht wieder so desavouieren!«

»Vielleicht finden sie ja die Gebeine der Verschwörer nicht, lieber Cicero«, bemerkte Bibulus. »Du hast die Hingerichteten doch irgendwo verscharren lassen. Dann fällt Cäsars Triumph letztlich doch noch aus!«

»Nein, so geht es nicht«, warf Cato ein. »Wir müssen von uns aus den Willen der Götter erfüllen. Was meint ihr, wie wir aussehen, wenn der Senat oder die Volksversammlung unter Berufung auf den Willen der Höchsten beschließen, die Gebeine herauszugeben! Diese Blöße sollten wir uns nicht geben. Also grabt die Toten aus und übergebt die sterblichen Überreste ihren Angehörigen. Und beeilt euch, bevor euch Cäsar durch das Volk dazu zwingt!«

»Das ist auch meine Meinung«, sagte Cicero und seine Stimme klang resigniert und fast ein bißchen wehleidig. »Bringen wir es hinter uns!«

Wenige Tage später brachten Antonius und seine Begleitung die sterblichen Überreste Catilinas nach Rom zurück und übergaben sie ohne Aufsehen seiner Mutter Belliena.

8

Marcus Antonius Gnipho schaute seiner einzigen Schülerin mit Wohlwollen ins Gesicht. Er hatte wegen des warmen Wetters den Unterricht mit Julia in den Innenhof der Regia verlegt, wo sie sich im Schatten der dort wachsenden uralten Lorbeerbäume auf einer Bank niedergelassen hatten.

»Du hattest, liebe Julia, mich vor einiger Zeit gebeten, mich mit dir über unsere alte römische Religion zu unterhalten. Kein Ort ist für dieses Thema geeigneter als dieser, meine Liebe. Dies ist ein heiliger Ort, denn diese beiden Lorbeerbäume sind dem Mars geweiht. Jedes Jahr pflückt an den Kalenden des März der Opferkönig mit den Flamines des Jupiter, des Mars und des Quirinus frische Lorbeerzweige von den Bäumen und schmückt damit die Regia und die Häuser der drei Flamen, damit Mars und die anderen Götter auch fürderhin unsere Stadt beschützen mögen.«

»Wieso ist aber der Opferkönig dabei? Er ist doch keinem unserer Götter zugeordnet.«

»Das ist richtig, liebe Julia. Der Opferkönig ist aber protokollarisch der ranghöchste Priester Roms. Früher, als wir noch Könige hatten, waren diese nicht nur das politische Oberhaupt unserer Gemeinde, sondern auch das sakrale, das heißt, sie waren als Könige und oberste Priester gleichzeitig das weltliche und das geistliche Oberhaupt der Stadt. Als die Römer vor rund 450 Jahren das Königtum abschafften, übertrugen sie die weltliche Gewalt zwei jährlich neu zu wählenden Konsuln, die geistliche einem eigens für diesen Zweck neu geschaffenen Priesteramt, dem sogenannten Opferkönig.«

»Aber der Pontifex Maximus ist doch unser aller Oberpriester, lieber Gnipho!«

»Ja und nein! Ursprünglich war das Kollegium der Pontifices ein Beratungsgremium, das dem König in religiösen Angelegenheiten beizustehen hatte; der Pontifex Maximus war der Vorsitzende dieses Gremiums. Nach Einführung der Republik blieben die Pontifices Berater der weltlichen Gewalt, wandelten sich aber allmählich zu einer Art Religionsbehörde um, die in allen religiösen Fragen die Aufsicht über das Sakralrecht und die Priester zu führen hat. So unterstehen dem Kollegium der Pontifices nicht nur alle Priester einschließlich des Opferkönigs – ohne dessen protokollarischen Rang als oberster Priester zu berühren –, sie haben auch der weltlichen Gewalt gegenüber gutachtlich zu religiösen Fragen Stellung zu nehmen, an deren Ergebnis sich diese, das heißt die Konsuln und der Senat, in der Regel halten, obwohl sie rechtlich dazu nicht verpflichtet sind.

So ist der Pontifex Maximus Dienstvorgesetzter des Opferkönigs, obwohl bei Empfängen dieser immer den Vorrang und Vortritt vor ihm hat! Übrigens eine typisch römische Entwicklung: Man ändert nicht gerne hergebrachte Überlieferungen und Rangverhältnisse, paßt sie aber im Tatsächlichen den veränderten Gegebenheiten an. So ist eben römischer Pragmatismus, wie wir ihm in vielen Bereichen des öffentlichen und privaten Lebens immer wieder begegnen werden!«

»Wie hat sich denn nun die römische Religion entwickelt? Ich habe bisher in keinem Buch etwas über die Inhalte oder Lehren unserer Glaubensvorstellungen gefunden! Alle Bücher, die ich gelesen habe, berichten ausführlich über Formvorschriften und Riten, keines über Glaubensinhalte!«

»Das hast du richtig beobachtet! Es gibt keine Inhalte, keine Lehren, keine Verkündigungen, keine Heilserwartungen, kurz: Keine Theologie und folglich auch keine Theologen! Es gibt deshalb auch keine inhaltlichen Glaubensvorschriften, keine Heilsversprechen und keine Doktrinen oder sittlichen Normen. Alle Regeln, wie sich ein Römer zu verhalten hat, etwa nicht zu morden, zu stehlen oder zu betrügen, gehören ebenso zum zivilen Recht wie die Regelung der Beziehungen der Menschen zueinander. Die Römer sind ein Volk des Rechtes, daher haben sie schon seit frühester Zeit alles in Gesetze gegossen und Rechtsgarantien für die Bürger geschaffen, die jede Willkür gegen Schwächere ausschließen sollen.

Natürliche gibt es auch ein sakrales Recht, das sogar bei Kollision mit dem Zivilrecht Vorrang hat. Aber das sakrale Recht ist fast ausschließlich formales Recht, das heißt, es regelt den formalen Umgang mit den Göttern, etwa wie, wann und wo religiöse Feste abzuhalten sind, welche Opfer oder Gebete welchen Göttern zu welcher Zeit, aus welchem Anlaß und in welcher Form darzubringen sind.«

»Ja, aber zu welchem Zweck veranstalten dann die Römer diesen Aufwand, wenn sie von den Göttern keine inhaltlichen Lehren erwarten können?«

»Du mußt wissen, daß die römische Religion eigentlich eine primitive Bauernreligion ist. Sie ist auch viel älter als unsere Stadt. Das bedeutet, daß es schon Götter und ihre Verehrung gab, als unser Volk noch verstreut auf dem Lande wohnte und keine staatliche Organisation hatte. Alle Macht lag bei den Familienclans und ihren Oberhäuptern.

Die Götter waren daher Familiengötter, und jede Familie hatte ihren eigenen Gott und ihre eigenen Riten. Ihre Verehrung war Aufgabe des Familienoberhauptes, damit die Götter den Schutz der Sippe und ihrer wichtigsten Belange gewährleisteten. Wichtig für die Familie einschließlich der Klienten, Sklaven und Seitenverwandten etwa war, daß die Ernte reichlich und das Vieh gesund war.

Man sah, daß Blitze das Haus oder ein Kornfeld in Brand setzen konnten, daß Krankheiten die Viehherden dezimierten, daß Hagel, Dürre oder zu viel Regen die Felder verwüsteten oder daß wilde Tiere oder Feinde den Bestand der Familien oder ihrer Habe bedrohten. Dafür mußten dunkle, unbekannte und unverständliche Mächte verantwortlich sein, denen man mit den vorhandenen Mitteln nicht begegnen konnte, vor denen man sich aber schützen mußte. Diese unbekannten Mächte, die man Götter nannte, deren Macht den verantwortlichen Familienoberhäuptern bei Naturkatastrophen immer wieder vor Augen geführt wurde, mußten besänftigt werden, damit sie den Menschen gewogen blieben und sie diese nicht im Zorn über mangelnde Verehrung bestraften. Man opferte ihnen daher einen Anteil der geernteten Feldfrüchte oder Vieh, nicht nur, um Schaden von der Familie abzuwenden, sondern auch, um ihre Gunst zu erringen und so bessere und höhere Ernten zu erzielen.

Mit der Zeit erkannte man, daß es gut sei, schon im voraus zu wissen, was die Götter von einem erwarteten. Dies war die Geburtsstunde eines der wesentlichen Elemente unserer Religion: Der Erkundung des Willens der Götter und der Einholung ihrer Zustimmung zu beabsichtigten Handlungen, etwa der Aussaat oder des Beginns der Ernte.

Das Familienoberhaupt verhandelte also im Auftrag und Namen der Familie mit den Göttern, holte ihre Zustimmung zu beabsichtigten Maßnahmen ein und sorgte durch Gebete und Opfer, daß die Götter zufriedengestellt wurden.«

»Ich verstehe, lieber Gnipho. Aber wenn nun zwei Familien miteinander im Streite lagen, dann baten doch beide Familienoberhäupter ihren jeweiligen Familiengott um Schutz, aber doch nur eine Sippe konnte gewinnen! Mußte das nicht die unterlegene Partei von der Machtlosigkeit ihres Gottes überzeugen? Das gleiche müßte gelten, wenn trotz der vorgeschriebenen Opfer der Blitz einschlug, die Herden an der Viehseuche starben oder die Ernte verhagelte oder verdorrte!«

»Nun, falls dies eintrat, suchte man natürlich nach den Gründen! Der eigene Gott war vielleicht mit den falschen Gebeten, zur Unzeit oder mit zu geringen Opfern verprellt worden. Möglicherweise hatte das Familienoberhaupt auch die Zeichen, die ihm sein Gott hatte zukommen lassen, falsch gedeutet oder er oder Angehörige seiner Sippe hatten durch irgendeinen Frevel den Gott verärgert, so daß er der Familie seinen Schutz entzogen hatte. So entstand nach und nach ein festes, bis heute ungeheuer starres Regelwerk, um eventuelle Fehler im Umgang mit den Göttern zu vermeiden. Es kam daher und kommt immer noch darauf an, buchstabengetreu die festgelegten Gebetstexte aufzusagen, die vorgeschriebenen Opfer mit den richtigen Opfertieren darzubringen und vor allem die von den Göttern übermittelten Zeichen und Hinweise richtig zu deuten.

Nach Gründung der Stadt brauchte man auch Götter, für die nicht nur eine einzelne Familie opferte und betete, sondern auch solche, die für den Schutz der gesamten Gemeinde zuständig waren. So übernahm der Staat einzelne Familienkulte in staatliche Regie. Ferner wurden Götter unterworfener älterer Nachbarstädte bei Bedarf übernommen. Du kennst aus deiner Familie zwei Beispiele.«

»Ja, lieber Gnipho«, unterbrach ihn Julia. »Da ist einmal unser Vediovis. Er war der Gott der Stadt Alba Longa, also ein latinischer Gott und unser Hausgott. Die Römer haben Alba Longa, die von Julus, dem Sohn des Äneas, gegründete Stadt, zerstört und die Bevölkerung und den Gott Vediovis nach Rom gebracht. Die Oberschicht Alba Longas, zum Beispiel wir Julier, aber auch die Cloelier und die Servilier, wurden römische Patrizier. Vediovis ist heute ein Staatsgott Roms und der Familiengott unserer Sippe.

Das trifft auch für das zweite Beispiel zu, nämlich für Sol, den Hausgott der Aurelischen Familie, aus der meine Großmutter stammt. Auch Sol wird inzwischen staatlich verehrt, sein Tempel steht am Circus Maximus.«

»Das sind zwei gute Beispiele. Ein drittes aus deinem Verwandtenkreis kommt noch hinzu. So ist das Geschlecht der Pinarier, dem dein Vetter Lucius Pinarius Scarpus angehört, der Überlieferung nach sogar von Herkules persönlich eingesetzt worden, den Herkuleskult im Tempel am Ochsenmarkt zu betreuen. Dieser alte Kult ist erst vor 250 Jahren in staatliche Regie übernommen worden, wird aber immer noch von den Pinariern bedient.

Du siehst, liebe Julia, nach wie vor gibt es private und staatliche Kulte nebeneinander, aber ursprünglich waren alle Kulte Familiensache. Daß nach und nach der Staat die Oberhand gewann, liegt daran, daß viele alte Familien ausstarben und daß sich aus den Kriegen Roms die Notwendigkeit ergab, von Amts wegen den Willen der Götter zu erforschen, zum Beispiel, ob diese einen gegen äußere Feinde anstehenden Feldzug billigten oder nicht.«

»Du hast, lieber Gnipho, davon gesprochen, daß es wichtig ist, den Willen der Götter rechtzeitig zu erfahren, damit man sich danach richten kann. Woher aber weiß ich, was die Himmlischen von mir erwarten und ob sie mit meinen Absichten übereinstimmen?«

»Eine gute Frage, die du da stellst! Wie du schon sehr richtig bemerkt hast, erkennt man den Willen der Götter nicht so ohne weiteres. Die Himmlischen offenbaren ihre Wünsche durch Zeichen, etwa Blitze oder den Vogelflug. Das Erkennen und Deuten solcher Zeichen ist eine schwierige Sache, und so haben wir, wahrscheinlich von den Etruskern übernommen, die von den Auguren durchzuführenden Vogelbeobachtungen eingeführt. Die Auguren, fünfzehn an der Zahl, bilden ein Kollegium. Es sind keine Priester im engeren Sinne, sondern Gutachter, die von den Magistraten zur Deutung beobachteter Zeichen zu Rate gezogen werden. Sie sind gewissermaßen Fachberater für den Konsul oder einen anderen Beamten mit Imperium, die die althergebrachte Weise, wie die Götter ihren Willen offenbaren, genau kennen.

Und es kommt auf viele Zeichen an. Es ist wichtig, ob ein Blitz von rechts oder von links kommt, ob, wann und wie oft ein Hahn kräht, ob es sich um ein erbetenes oder um ein spontanes Zeichen handelt, das ein Gott den Menschen sendet. Du siehst, es bedarf großer Erfahrung, den wahren Willen der Götter zu ermitteln. Dennoch kommen immer wieder Fehlinterpretationen des Götterwillens mit manchmal verheerenden Folgen für den Staat oder für eine einzelne Familie vor.«

Julia war beeindruckt. »So viele Götter haben wir, die alle zufriedengestellt werden müssen! Ach, Gnipho, es muß nicht leicht sein, bei uns Priester zu sein.«

»Nun, die Römer haben deshalb auch viele Priester! Außer den Pontifices und den Auguren gibt es nämlich auch noch echte Priester. Dies sind die sogenannten Flamines. Die meisten Götter haben einen eigenen Flamen, der den Kult des Gottes betreut und die ihm zustehenden Opfer und Gebete vornimmt.«

Gnipho machte eine kleine Pause, um Julia Gelegenheit zu geben, ergänzende Fragen zu stellen. Als Julia schwieg, fuhr er in seinem Vortrag fort:

»Du wirst nun vielleicht fragen, wie sich denn die römische von der griechischen Götterwelt unterscheidet. Diese Frage wäre berechtigt, denn es gibt erhebliche Unterschiede. Kannst du mir ein Beispiel nennen?«

»Nun ja«, antwortete Julia zögernd,« ich glaube, wir Römer haben bei unseren Göttern keine Hierarchie.«

»Das ist richtig!« Gnipho war für dieses Stichwort dankbar und nahm seinen Vortrag wieder auf: »In Griechenland gibt es in der Tat eine Hierarchie unter den Unsterblichen. Zeus ist als oberster Gott gewissermaßen Dienstvorgesetzter aller anderen Götter. Er kann seinen Kollegen Weisungen geben und Verbote auferlegen, kurz, er kann befehlen, dies zu tun und jenes zu lassen. So etwas gibt es in Rom nicht! Jupiter ist zwar für uns der oberste Gott, aber er kann seinen Kollegen keine Weisungen erteilen. Jeder Gott hat bei uns seine Zuständigkeiten, für die er allein verantwortlich ist und in die ihm Jupiter nicht hereinreden darf.

Aber es gibt bei uns nicht nur keine Hierarchie, sondern auch, anders als bei den Griechen, keine familiären Strukturen bei den Himmlischen. Unsere Götter sind weder verheiratet, noch haben sie Kinder. Sie sind weder neidisch aufeinander, noch bekämpfen sie sich mit sehr menschlich anmutenden Intrigen, wie dies bei den griechischen der Fall ist. Sie treiben weder Ehebruch noch sonst irgendwelche Unzucht. Sie haben nicht einmal einen festen Wohnsitz nach Art des Olymps.

Das alles liegt daran, daß sie eigentlich körperlos sind. Die alten Römer sahen ihre Götter überall. Sie konnten in einem Busch oder Baum leben oder schwebten durch die Luft, durch die Häuser der Sterblichen oder wohnten in einer Quelle. Sie waren überall, aber unsichtbar. Da sie keinen Körper hatten, wurden sie auch nicht bildlich dargestellt und die Römer bedurften auch keines Gebäudes, keines Tempels, um sie zu verehren.«

»Aber wir haben doch Tempel und Standbilder unserer Götter zuhauf«, wandte Julia ein. »Selbst in unserem Haus gibt es eine Statue des Vediovis!«

»Das ist schon richtig, meine Liebe. Aber das ist nicht altrömisch. Die Stadt Rom war in der Anfangszeit ein Gemeinwesen, das von Flüchtlingen gegründet worden ist. Sie nahm jeden auf, der zu ihr kam. Dann wurde sie eine Zeitlang durch die Etrusker beherrscht. Später eroberte sie die umliegenden Gebiete Italiens, darunter auch die Griechenstädte in Kampanien. Mit den neuen Menschen übernahm das römische Volk oft auch fremde Götter und fremde Kulte und damit auch fremde Sitten und Gebräuche. So haben wir von den Griechen die bei ihnen übliche bildliche Darstellung der Unsterblichen und von den Etruskern die Verehrung der Götter in Tempeln übernommen. Es kam sogar zur Gleichsetzung römischer mit griechischen Gottheiten, etwa Jupiters mit Zeus oder Junos mit Hera, und damit auch zur Andichtung verwandtschaftlicher Beziehungen der Götter zueinander, aber urrömisch ist das nicht.

Du siehst, liebe Julia, die Römer sind ein merkwürdiges Volk. Auf der einen Seite bewahren sie uralte Bräuche, selbst, wenn keiner sie mehr versteht, wie etwa den Kult der Wolfsabwehrer, obwohl es in Rom und der Umgebung gar keine Wölfe mehr gibt, auf der anderen Seite übernehmen wir uns wesensfremde Kulte, weil, und da sind wir wieder praktisch, es nichts schaden kann, auch die Huld ausländischer Götter zu gewinnen. Manchmal sind die Römer fast modern, denn sie schaffen sich auch neue Götter, wenn sie dafür eine Notwendigkeit sehen. Vor allem erheben sie dann sogar abstrakte Begriffe zu Gottheiten, etwa die Concordia, was nichts weiter bedeutet, als daß ein so hehrer Begriff wie etwa eine Tugend gewissermaßen vergöttlicht wird. Römer lieben Tugenden, und so erheben sie sie in den Rang von Gottheiten.«

»Ja, ich weiß, lieber Gnipho, wir haben mehrere Tempel für Fortuna, ferner solche für Fides, Spes und für Pietas! Wir haben also neben der Eintracht auch das Glück, die Hoffnung, die Treue und selbst die Frömmigkeit zu Göttinnen gemacht, die wir in eigenen Tempeln verehren! Wir sind schon ein merkwürdiges Volk.«

»Aber über römischen Pragmatismus können wir ein andermal sprechen, denn heute ist die Zeit für ein so wichtiges und umfangreiches Thema schon zu fortgeschritten. Aber es war, wie immer mit dir, ein anregendes Gespräch!«

9

T. Labienus, gewesener Volkstribun, grüßt seinen C. Julius Cäsar, Pontifex Maximus der Römischen Republik und gegenwärtigen Prätor.

Ich bin nun, am dritten Tag vor den Kalenden des Juni, schon fast zwei Monate in Asien bei unserem Pompeius, so daß es Zeit wird, Dir einen ausführlichen Bericht über meine Reise, die hiesige Lage und natürlich über den Hauptgegenstand meines Berichtes, unseren so großen und selbstverliebten Feldherrn, zu übersenden.

Ich bin Ende April in Mytilene auf der schönen Insel Lesbos eingetroffen, wo Cnaeus Pompeius sein damaliges Hauptquartier aufgeschlagen hatte, um von dort aus auf Grund der ihm vor fünf Jahren vom Senat auf Dein und des Gabinius Betreiben erteilten Vollmachten die Verhältnisse im Orient neu zu ordnen. Mytilene ist noch immer von den schweren Verwüstungen gezeichnet, die ihm die römische Belagerung, Eroberung und anschließende Zerstörung durch die Armee des Minucius Thermus vor knapp zwanzig Jahren zugefügt hat. Ich schäme mich noch heute dafür, daß Du, Cotta und ich damals bei diesem barbarischen Akt mitgewirkt haben. Auch wenn nach dem Kriegsrecht die Bestrafung und Zerstörung der Stadt der Dichterin Sappho wegen ihres Verrats an uns und ihres Übertritts zu unserem ärgsten Feind Mithridates sicherlich gerechtfertigt waren, flößt das Ausmaß der heute noch überall sichtbaren Schäden Grauen ein. Überall Brandschutt und Ruinen, überall geborstene Säulen und eingestürzte Mauern!

Warum Pompeius ausgerechnet diese Stadt erwählt hat, um seine Weisungen zu treffen, habe ich anfangs nicht begriffen, bis mir Gabinius einen einleuchtenden Grund dafür nannte. Pompeius empfängt in der geschundenen Stadt seine asiatischen Vasallenfürsten und führt ihnen auf diese Weise drastisch vor Augen, wie es denen ergeht, die sich gegen Rom erhoben haben!

Er selbst hat sich ganz an die orientalischen Sitten und Gebräuche angepaßt. Er trägt orientalische Kleidung, und nun sieht er aus, als wäre er nicht ein römischer Feldherr, sondern ein persischer Satrap. Er duldet nicht nur kultische, fast gottähnliche Verehrung durch unsere neuen und alten Untertanen, nein, er scheint sie von diesen geradezu zu erwarten. Jedenfalls benimmt er sich wie die östlichen Könige, die sich bekanntlich häufig schon zu Lebzeiten als Götter verehren lassen. Er empfängt die Gesandten und Abgeordneten unterworfener oder tributpflichtiger Städte und Landschaften nicht von unserem einfachen Elfenbeinstuhl aus, sondern von einem vor Gold strotzenden Thronsessel mit Baldachin und duldet dabei Kniefall und Handkuß! Widerlich, findest Du nicht auch?

Mich hat er natürlich freundlich und nach römischer Sitte empfangen. Er sieht in mir und den Popularen seine engen Verbündeten, die ihm bei der Durchsetzung seiner Forderungen in Rom treu zur Seite stehen. Dich lobt er in den höchsten Tönen, nicht nur wegen eurer alten Zusammenarbeit, sondern besonders auch wegen Deines mutigen Eintretens für ihn vor dem Volk und vor dem Senat. Er ist über die Verhältnisse in Rom bestens informiert, nicht nur durch Metellus Nepos, der seit seiner Flucht aus Rom wieder zu seinen engsten Vertrauten gehört, sondern auch durch zahlreiche geheime Informanten aus Kreisen des Senats, die sich bei ihm wahrscheinlich rückversichern wollen, für den Fall, daß er einmal die Macht in der Stadt ergreifen wird.

Als seine ausgemachten Feinde betrachtet er Cicero und vor allem Cato. Er weiß selbstverständlich, daß er es vor allem diesen beiden zu verdanken hat, daß alle seine Anträge vom Senat verworfen worden sind. Besonders erbittert hat ihn die kleinliche Art – so drückt er es aus –, wie man seine Bitte behandelt hat, die Wahlen bis zu seiner Ankunft in Italien zu verschieben. Für ihn sind das keine politisch motivierten Entscheidungen, sondern gehässige Rankünen, um seine persönliche Würde zu verletzen und ihn vor seinen Unterfeldherren und Anhängern herabzusetzen und lächerlich zu machen.

Weißt Du übrigens, daß Cicero ihm einen abwiegelnden und um seine Gunst buhlenden Brief geschrieben hat? Pompeius ist vor Wut fast geplatzt und hat mir Ciceros Schreiben und seinen an diesen in beleidigenden Worten formulierten Antwortbrief mit dem Ausdruck des Abscheus zu lesen gegeben.

Cicero hatte in seinem etwas zu ehrerbietigen und lobhudeligen Brief zunächst die tatsächliche Lage in Rom nach der Niederschlagung der Catilinarier geschildert und dabei betont, daß die Ablehnung Deines und Metellus' Antrag, Pompeius nach Italien zurückzurufen und ihn mit der Niederschlagung des Aufstandes zu beauftragen, nicht auf Feindschaft gegen den großen Feldherrn beruhe, sondern auf der Tatsache, daß es zu lange dauern würde, bis Pompeius Italien erreichen werde. Gegen Catilina sei Eile geboten gewesen, deshalb habe man auf die sicher sonst sehr willkommene Hilfe durch ihn verzichten müssen.

Sodann lobt Cicero seinen eigenen Anteil an dem Beschluß, eine zwölftägige Dankesfeier für des Pompeius Siege abzuhalten. Er vergißt nicht zu erwähnen, daß er diesen Beschluß nur gegen den entschlossenen Widerstand Catos habe durchsetzen können und daß der Antrag, ihm, Cnaeus Pompeius Magnus, den verdienten Triumphzug zu bewilligen, wegen der heftigen Gegenwehr ebendieses Cato leider gescheitert sei.

Danach versprach ihm Cicero, dafür zu sorgen, daß der Kandidat Pupius Piso sich in Abwesenheit um das Konsulat für das nächste Jahr bewerben dürfe. Im übrigen bot er unserem Pompeius für die Zukunft seine Unterstützung und Hilfe an, natürlich mit der Einschränkung, soweit Cato ihn nicht mit einem Veto daran hindere.

Pompeius war außer sich über diese seiner Meinung nach niederträchtige Heuchelei. Er wußte durch seine Gewährsleute und vor allem durch Metellus Nepos, wie sehr Cicero im Hintergrund gegen ihn gewirkt hatte und wie groß sein Anteil an der Zurückweisung seiner, des Pompeius, Anliegen gewesen war. Er erging sich in wilden Beschimpfungen über die Falschheit Ciceros. Die von ihm dabei gebrauchten Worte sind nicht druckreif, aber ‚widerlicher Schleimscheißer und Speichellecker und ekelhafter Intrigant' sind nur die milderen seiner Ausfälle gegen unseren Vater des Vaterlandes. In seinem Antwortbrief hat Pompeius Cicero seine angestaute Wut auf ihn spüren lassen und dessen Angebot zur Zusammenarbeit brüsk zurückgewiesen.

Erstaunlicherweise richtet sich sein Zorn nicht in gleichem Maße gegen Cato, obwohl er dessen Anteil am Scheitern seiner Anträge kennt. Von ihm spricht er mit Hochachtung. ‚Der macht keine Winkelzüge! Der denkt nicht an sich, sondern an unseren Staat! Der Mann hat Charakter, nur schade, daß er nicht versteht, daß ich den Staat nicht bedrohe, sondern ihn gerettet habe. Cato zum Freund zu haben, das wäre eine gute Sache. Cato und Cäsar!‘

Du siehst, lieber Cäsar, Pompeius sucht nach Freunden! Cato hält er für einen, den er gewinnen muß! Das wäre für uns eine schädliche Entwicklung, denn Cato ist gegen die Popularen und ihre Bestrebungen. Du mußt also sehen, daß Cato und Pompeius nicht zusammenfinden, denn das wäre der endgültige Untergang aller popularen Hoffnungen!

Vor vier Tagen haben wir Mytilene verlassen und sind nach Ephesos übergesiedelt. Hierher hatte Pompeius seine Armee und seine Flotte bestellt. Er will ihnen ihren Anteil an der Beute auszahlen, hat er als Grund für die Konzentration seiner gesamten Streitkräfte angegeben. Eine hübsche und unverfängliche Begründung, aber ich bin ein alter Soldat, und daher weiß ich, daß die Vereinigung von Armee und Flotte bedeutet, daß er jederzeit seine Truppen auf die Schiffe verladen und dann mit seiner geballten Macht nach Italien oder sonstwohin segeln kann.

Es ist also Gefahr im Verzuge! Selbst wenn er nicht nach Italien übersetzen will, ist seine Streitmacht ein nicht zu übersehendes Drohpotential zur Durchsetzung seiner Forderungen. Bereite Dich also auf seine Landung in Brundisium in absehbarer Zeit vor! Die Soldaten werden ihm willig folgen, denn er hat ihnen horrende Summen in bar aus seiner riesigen Kriegsbeute in Aussicht gestellt.

Höre und staune! Jeder Legat und seine Quästoren sollen 16000 Talente – in Worten sechzehntausend –, jeder einfache Legionär sechstausend Sesterzen erhalten, Centurionen das Dreifache! Außerdem hat er jedem Veteranen eine Landzuweisung in Italien versprochen, falls der Senat seinen diesbezüglichen Anträgen zustimmt. Du siehst, so einfältig, wie er sich manchmal zu geben scheint, ist er nicht. Er weiß jedenfalls, wie er die Soldaten auf sich einschwören und wie er sie notfalls auch gegen den Senat mobilisieren kann, wenn dieser sich gegen die Landzuweisungen weiter so sperrt wie bisher.

Inzwischen bahnt sich allerdings ein Konflikt zwischen ihm und den Metellern an. Wie Du weißt, hat diese so einflußreiche Familie ihn immer unterstützt, vor allem seit er mit Mucia, der Halbschwester seines Legaten Metellus Nepos, verheiratet ist. Nun geht das Gerücht, daß Pompeius sich von seiner Frau wegen ihrer Ehebrüche scheiden lassen will. Das würde ihre Brüder und die ganze Sippe der Meteller auf die Palme bringen, wie man hier im Orient sagt, und sie dem Feldherrn entfremden.

Ich glaube allerdings, daß eine Scheidung von Mucia nur den äußeren Anlaß für einen Bruch zwischen dieser mächtigen Familie und Pompeius bieten würde, denn in letzter Zeit scheint es schon zu einer gewissen Entfremdung gekommen zu sein. Den adelsstolzen Metellern, auf die selbst Sulla Rücksicht nehmen mußte, ist Pompeius wohl zu übermächtig geworden. Ihre zahlreichen Mitglieder befürchten den Rückgang ihres eigenen Einflusses auf ihn und im Staat. Es gefällt ihnen gar nicht, daß sich Pompeius mehr und mehr seinen ehrerbietigen Unterfeldherren zuwendet, die vorwiegend aus unbedeutenden Familien stammen und deshalb von ihm abhängiger sind als die edlen Meteller.

Und tatsächlich stehen diese Leute bei ihm in hoher Gunst. Man munkelt sogar, daß er Afranius und Gabinius das Konsulat versprochen haben soll. Im Augenblick gebärden sich die Meteller zwar noch als treue Anhänger des Feldherrn, aber nach seiner möglichen Scheidung von Mucia werden sie es sich anders überlegen. Jedenfalls ist dies hier die allgemeine Meinung.

In den nächsten Wochen will unser Feldherr noch Rhodos und Athen besuchen. In Athen will er den von Sulla ausgeplünderten Tempeln vierzig Talente als Entschädigung stiften. Er hat ferner die Absicht, in Rhodos und Athen mit den dort lehrenden Philosophen zu diskutieren und jedem Professor ein Talent zu schenken! Du kannst Dir vorstellen, mit welcher Begeisterung er empfangen werden wird!

Er ist wirklich geschickt und keineswegs der Tölpel, den Cicero in seiner Spottlust aus ihm macht. Beiden großen philosophischen Richtungen erweist er seine Reverenz, den Stoikern in Rhodos und den Epikureern in Athen! Er gewinnt so auch die Herzen der Intellektuellen, ein nicht zu unterschätzender Vorteil, wenn es um die Eroberung der Macht geht!

Ich fürchte also, daß wir uns auf einen von der Armee, dem Osten des Reiches mit seinen unerschöpflichen finanziellen Ressourcen und den Intelligenzlern gestützten Herrscher Pompeius einstellen müssen, denn wie soll man seine in diese Richtung weisenden Vorbereitungen anders deuten?

Es tut mir leid, lieber Cäsar, daß ich Dir meine pessimistische Wertung der Ereignisse und meine Befürchtungen nicht vorenthalten kann. Wie die Dinge sich hier entwickeln, müssen wir etwa im Herbst mit einer Landung Pompeius‘ in Italien rechnen. Ich habe mein ganzes bisheriges Leben gegen die Alleinherrschaft eines Mannes gekämpft. Rom ist eine Republik, und solange ich lebe, werde ich mich für den Erhalt dieser Staatsform mit meinem Leben einsetzen. Unter einer wie auch immer gearteten Monarchie kann, will und werde ich meine Tage nicht verbringen. Im Augenblick drohen uns, und da meine ich Dich, unsere Freunde und mich, keine Gefahren für unsere physische Existenz, denn Pompeius betrachtet uns als seine Anhänger und Verbündeten. Wenn er aber bemerken sollte, daß wir eigene Interessen verfolgen und diese sich nicht mehr mit den seinen dekken, wird er uns ohne Gnade fallen lassen und notfalls auch vernichten.

Jedenfalls sollten wir uns auf die unvermeidliche Gefahr gut vorbereiten. Vielleicht sehe ich die Dinge zu schwarz, vielleicht findest Du noch einen Ausweg! Die Götter mögen mit Dir sein.

Geschrieben in Ephesos am dritten Tag vor den Kalenden des Juni unter dem Konsulat des Decimus Junius Silanus und des Lucius Licinius Murena.

T. LABIENUS

10

Servilia war überrascht, als Cäsar sie Mitte September plötzlich und unangemeldet in ihrer Villa bei Tibur besuchte. Wie immer hatte sie sich während der heißen Sommertage auf ihr Landgut zurückgezogen, während ihr Mann, der amtierende Konsul D. Junius Silanus, in Rom geblieben war, da seine vielfältigen Amtsgeschäfte eine längere Abwesenheit von der Hauptstadt nicht zuließen.

Es war eine große und geräumige Anlage, direkt am Steilufer des Anio gelegen, der um diese Zeit wenig Wasser führte. Dennoch stieg morgens und abends von dessen gewundenem Lauf eine angenehme Kühle den kleinen Steilhang hinauf, der Servilias Anwesen vom Flußufer trennte. Das Quellgebiet des Anio liegt nämlich ziemlich hoch im Apennin in der Nähe des Fuciner Sees, so daß sein Wasser auch in der trockenen Jahreszeit kalt und schnellfließend ist und für eine immer kühle und vor allem kühlende Brise sorgt.

Der terrassenförmige Garten reichte unmittelbar bis zum Abhang über dem Fluß, der jetzt, 25 Schritte weiter unten, ruhig plätschernd dahinfloß. Die Kante des Abhangs, zugleich Begrenzung des Gartens, wurde durch eine kleine Mauer gestützt, deren Brüstung vier Fuß über das Niveau des Geländes hinausragte. Im mittleren Teil der über ein halbes Stadium langen Mauer standen im Abstand von zwölf Fuß auf ihr zwei einfache Säulen, die mit zwei weiteren, zwölf Fuß hinter ihnen im Garten errichteten Säulen und einer zwischen diesen befindlichen brusthohen hölzernen Schranke ein Quadrat bildeten. Die vier Säulen trugen ein spitzes Dach, dessen hölzerne Schindeln ebenso weiß angestrichen waren wie die Brüstung, die Säulen und die hölzernen Barrieren.

Von diesem vor der Sonne geschützten Platz hatte man einen wunderbaren Ausblick über das Tal des Anio und auf die Stadt Tibur. Von rechts schlängelte sich der Fluß in weiten Schleifen aus dem Gebirge, das im Osten und Süden den Blick mit hohen bewaldeten Bergen versperrte, während nach Westen und Norden hin sich das Flußtal öffnete und das Auge bei klarer Sicht bis Fidenae und Rom über das weite fruchtbare, mit den Villen der Reichen und Mächtigen gesprenkelte Land blicken konnte. Eine bukolische Idylle, dachte Servilia, wenn sie von ihrem Lieblingsplatz unter dem Säulendach die Aussicht genoß.

Auch jetzt ruhte ihr Blick auf dem weiten Land. Es war ein klarer und heller Tag gewesen. Sie hatte heute im flimmernden Licht sogar den abgerundeten Kegel des Sorakte jenseits des Tibers sehen können, ein seltener Anblick, der höchstens alle paar Jahre einmal möglich ist. Wunderbar, dachte sie, welch ein Ausblick – und dazu das unüberhörbare Brausen der in der näheren Umgebung der Stadt aus dem steilen Gebirge in das enge Tal in Kaskaden herabrauschenden Wasserfälle.

Kurz darauf wurde sie durch das Knirschen des Gartenkieses unsanft aus ihren der Natur zugewendeten Gedanken aufgeschreckt. Sie sah auf und erkannte Cäsar, der langsam von der Villa die Terrasse herunter auf sie zukam. Servilia erhob sich und ging ihrem Freund mit offenen Armen ein Stück entgegen, um ihn zu begrüßen.

»Das ist aber eine nette und erfreuliche Überraschung, die du mir bereitest, mein Lieber! Komm schnell, du hast einen der seltenen Augenblikke erwischt, wo man von meinem Tempelchen den Sorakte sehen kann.«

Sie faßte ihn bei der Hand und zog ihn, ein wenig hastig, hinter sich her. »Sieh dort«, rief sie und wies mit ausgestrecktem Finger in die Richtung, wo eben noch der Berg am Horizont zu sehen gewesen war. Vom Tiber war in der kurzen Zeit, die die Begrüßung ihres Gastes in Anspruch genommen hatte, Dunst aufgestiegen und hatte den Gipfel des Berges verhüllt.

»Wenn das kein gutes Omen ist«, lachte Cäsar und streichelte liebevoll den Arm Servilias. »Der Sorakte ist doch dem Apollon geweiht, nicht wahr? Und wer ist Priester des Apoll? Dein überall mit Recht so beliebter Halbbruder Cato! Ach, wenn Apoll doch ein Einsehen hätte und deinen starrköpfigen Bruder unseren Blicken ebenso entziehen könnte wie den ihm geweihten heiligen Berg. Was bliebe uns für Ärger erspart!«

»Hat er in seiner starrsinnigen Rechtschaffenheit schon wieder irgendeinen Flurschaden angerichtet?«

»Flurschaden? Das ist eine verniedlichende Umschreibung! Du weißt sicher, daß dein Bruder durchgesetzt hat, daß dem Quintus Caecilius Metellus ein Triumphzug vom Senat bewilligt worden ist, während der von Pompeius erbetene abgelehnt wurde. Es ist schon schlimm genug, daß dem Unterfeldherrn des guten Sampsigeramos eine solche Ehrung zuteil wird, noch dazu für die Eroberung Kretas, denn dieser an sich unbedeutende Sieg wurde unter dem Oberkommando des Pompeius erfochten. Nach unseren Regeln hätte also diesem diese Ehrung zuerkannt werden müssen. Es ist schon ein Affront sondergleichen, daß man diesen kleinen Sieg höher bewertet als alle Siege unseres Pompeius in zahlreichen Schlachten in Asien gegen Mithridates und gegen die Seeräuber. Es ist eine bewußte Provokation deines Bruders Pompeius gegenüber, den Erwerb der Insel Kreta höher zu bewerten als den der so großen und volkreichen neuen Provinzen wie Pontus und Syrien!

Das hat den ehrenwerten Pompeius schwer gekränkt, aber das Schlimmste war, daß der Senat dem Metellus zusätzlich noch den Ehrentitel ‚Creticus' verliehen hat! Natürlich hat der Feldherr es dem ‚Creticus' übelgenommen, daß er diese unverdienten Ehrungen angenommen hat. Er sieht darin einen Akt der Illoyalität ihm gegenüber, und das ist es ja wohl auch! Kurz und gut, er hat den Creticus aus seinem Heer entlassen und nach Hause geschickt, ohne Soldaten versteht sich! Nun kann Creticus seinen Zug nur ohne Soldaten machen. Die Römer werden nicht sehr amüsiert sein, wenn er alleine auf seinem Triumphwagen durch die Straßen zieht! Aber immerhin, die mächtigen Meteller haben die schimpfliche Entlassung ihres Geschlechtsgenossen nicht hingenommen und die Partei des Pompeius verlassen.«

»Ach, mein verbiesterter Bruder, warum provoziert er Pompeius ständig? Ich habe ihm gesagt, er brauche den Tod meines ersten Mannes nicht zu rächen. Du weißt sicher, daß Cn. Pompeius vor fünfzehn Jahren meinen ersten Mann, Marcus Junius Brutus, entgegen seinem Versprechen, ihn am Leben zu lassen, getötet hat. Aber Cato haßt Pompeius ja nicht nur deshalb. Er hält ihn für eine Gefahr für die öffentliche Ordnung – wie dich übrigens auch – und deshalb bekämpft er ihn und dich mit unnachsichtiger Kompromißlosigkeit.«

»Ja, ich weiß. Aber in seiner Dummheit und Verblendung wird er genau das erreichen, was er verhindern will, nämlich daß sich Pompeius wehrt und mit seinen Truppen in Italien landet, die Macht übernimmt und deinen Bruder und alle anderen Feinde, zu denen er jetzt auch noch die Meteller zählt, vernichten wird. Er hat einen Zug zur Grausamkeit, wenn man ihn reizt, das sollte dein Bruder nicht vergessen! Es gibt viele Beispiele dafür; dein erster Mann ist nicht das einzige!

Inzwischen hat Cato Pompeius weiter herausgefordert. Dieser hat um Genehmigung seiner in Asien und dem Orient getroffenen Maßnahmen gebeten. Dein Bruder hat das durch sein Veto verhindert und verlangt nun, daß der Feldherr jede einzelne Regelung, die er in den fünf Jahren seines Kommandos getroffen hat, ausführlich begründet und einzeln vom Senat genehmigen läßt. Es sind Hunderte von Anordnungen, die getroffen worden sind, bedeutende wie die Einrichtung neuer Provinzen und ganz nebensächliche, wie etwa die Gewährung des Marktrechtes an irgendeine kleine Gemeinde in Bithynien oder die Absetzung irgendeines Dorfschulzen in Palästina. Das ist reine Schikane, und die kann und wird sich Pompeius nicht bieten lassen, meine Liebe. Dein Bruder treibt uns in den Bürgerkrieg, es muß ihm endlich einer das Handwerk legen.«

Servilia hakte sich bei Cäsar ein. »Mein Lieber«, sagte sie, »du weißt doch, mein Einfluß auf ihn ist gering. Wenn er sich etwas in den Kopf gesetzt hat, ist er wie ein Elefant: Immer geradeaus, aus dem Rüssel trompetend, alles niedertrampelnd. Niemand kann ihn aufhalten!

Aber kommen wir zu etwas weniger Unerfreulichem, kommen wir zum Klatsch! Ich habe gehört, daß Cnaeus Pompeius sich von seiner Frau Mucia getrennt hat und daß du der Scheidungsgrund sein sollst, stimmt das?«

»Es stimmt, was die Scheidung betrifft! Mucia und er sind sich schon lange entfremdet. Er hat sie seinerzeit auf Weisung Sullas geheiratet. Die Ehe ging ganz gut, solange Pompeius in Rom war. Aber nun führt er schon seit fünf Jahren Krieg in Asien, da hat sich eben Mucia mit anderen getröstet. Da sie die Schwester des Metellus Nepos ist, konnte sich unser Sampsigeramos nicht von ihr scheiden lassen, ohne die Freundschaft und Unterstützung durch die Meteller aufs Spiel zu setzen. Jetzt, nach dem Bruch mit dieser Familie wegen des Metellus Creticus, hielt ihn nichts mehr. Übrigens enthält der Scheidebrief, den er Mucia geschickt hat, nur den Vorwurf des Ehebruchs. Namen von möglichen Ehebrechern werden nicht genannt!« Cäsar lachte sarkastisch. »Ich nehme an, du bist beruhigt!«

Über den Kiesweg kam eilig ein Sklave Servilias gelaufen: »Herrin, bitte entschuldige die Störung«, rief er schnaufend. »Draußen ist der Haushofmeister des ehrwürdigen Herr Senators. Er bittet dich, Herr, sofort nach Rom zurückzukehren. Der Quästor Vatinius läßt dir mitteilen, daß eine wichtige Nachricht eingetroffen ist. Pompeius ist mit acht Legionen in Brundisium gelandet!«

3. Kapitel
Rom und Spanien im Winter des Jahres 692 und im Jahre 693 der Stadt

1

Rom war in heller Aufregung. Die Nachricht, daß der große Pompeius in Brundisium gelandet sei, hatte sich wie ein Lauffeuer herumgesprochen. Bei den einen hatte sie verschüttete Hoffnungen geweckt oder wiederbelebt, andere waren starr vor Furcht oder rüsteten sich zur Flucht aus der aufgewühlten Stadt.

»Unser Pompeius wird diesen übermütigen Optimaten schon bei ihre Hammelbeine kriegen, Furca. Dem Cäsar seine Leute werden dafür sorgen, daß dieser Cicero seinen Teil abbekommt und Cato und Minucius auch!« Burrus schlug mit der Faust auf den schmierigen Tisch seiner Stammkneipe in der Subura, daß die Becher auf der unebenen, nur oberflächlich geglätteten Tischplatte wackelten. »Ich war dabei, wie die Schläger Catos den Nepos und unseren Cäsar von der Rednerbühne prügelten, damals wie der Nepos den Antrag für Pompeius stellte. Das wird dem Pompeius seinen Freund nicht gefallen haben und dem Cäsar auch nicht. Die werden es jetzt dem Cato und seiner Bande heimzahlen und ihnen einzeln ihre Gräten brechen, daß es nur so knackt!«

»Ja, Burrus, und ich werde dabei sein! Mir tun meine Knochen immer noch weh von dem Schlag, wo mir einer von dem Cato seinen Leuten mit dem Knüppel verpaßt hat. Aber jetzt wollen wir noch einen heben und auf das Wohl von Cäsar, Pompeius und Vatinius trinken. Letzterer will uns einen ausgeben, wenn wir wieder bei ihm mitmachen, wenn es gegen diesen Cato geht und seine Bande. Ich hab' da noch eine Rechnung offen! Wirt, noch eine Lage für meine Freunde, ihr seid doch auch dabei, wenn es los geht, nicht wahr?«

»Darauf kannst du einen lassen! Gegen die Optimatenbrüder sind wir dabei! Und der Vatinius soll uns führen! Diesmal werden w i r gewinnen, und wenn der Pompeius erst mit seine Armee in Rom ist, werden sicher ein paar Köpfe rollen! Da fällt auch für uns etwas ab, wenn nach dem Aufräumen die Beute verteilt wird.«

»Also ein Prost, ihr Lieben, prost Burrus! Mir kribbeln schon die Finger. Und dem Cicero, dem Wortverdreher, machen wir auch Feuer unter dem Hintern, daß ihm seine Kacke zu dampfen anfängt!« Furca hob seinen frisch gefüllten Becher. »Prost, meine Freunde, und auf fette Beute!«

2

Im Senat war die Stimmung auf dem Tiefpunkt. Die Senatoren überschütteten sich mit gegenseitigen Vorwürfen und Schuldzuweisungen.

»Seht ihr, was ihr von eurem Starrsinn habt? Ihr habt den an sich doch so gutwilligen Pompeius so lange gereizt, bis er die Geduld verloren hat! Nun werdet ihr, und wahrscheinlich wir alle, die Folgen zu tragen haben!« Quintus Hortensius, früher ein strenger Optimat, hatte vergessen, daß er alle von Cato initiierten Beschlüsse mitgetragen hatte. »Ich habe euch doch immer gesagt, man muß Pompeius ein Stück entgegenkommen! Schließlich hat er in unserem Auftrag Mithridates und die Seeräuber besiegt und Rom von diesen beiden Ärgernissen befreit. Dafür, habe ich immer gesagt, hat er ein Anrecht auf unsere Dankbarkeit und auf angemessene Belohnungen!«

»Dein Gedächtnis scheint in letzter Zeit sehr gelitten zu haben, mein lieber Hortensius! Du hast anscheinend völlig vergessen, daß du für Catos radikale Anträge gestimmt hast«, rief Publius Vatinius höhnisch. »Du hast gegen einen Triumphzug für den großen Feldherrn gestimmt, du warst für die Suspendierung seiner Anhänger Metellus Nepos und Cäsar, du warst gegen Pompeius' Antrag, die Wahlen bis zu seiner Rückkehr nach Rom zu verschieben, und du hast für Cato gestimmt, als dieser gegen Cäsars Antrag auftrat, Pompeius die Restaurierung des Jupitertempels zu übertragen! Du hast diese Tatsachen anscheinend völlig verdrängt. Aber wenn du dies alles vergessen haben magst, eins ist gewiß, Pompeius hat dir diese Kränkungen bestimmt nicht vergessen! Pompeius wird sehr genau wissen, wer zu ihm gehalten hat und wer seine Freunde sind. Und du, verehrter Kollege Hortensius, du und so mancher andere hier gehören gewiß nicht dazu!«

Cäsar hatte still auf seinem Elfenbeinstuhl gesessen und verächtlich lächelnd mit leicht heruntergezogenen Mundwinkeln auf die aufgeregte Senatorenschar geblickt. Er nickte Vatinius anerkennend zu und sah sich dann nach Cato um, der mit gesenktem Kopf auf der Tribunenbank saß und die Fäuste ballte. Der platzt gleich vor Wut, dachte Cäsar, sein Unwille ist ihm deutlich aus dem Gesicht abzulesen. Es wird Zeit, daß ich mich zu Wort melde. Ich muß die Gelegenheit nutzen, diese aufgescheuchte Hühnerschar zu beruhigen und die nötigen Anträge zu stellen, die einerseits Pompeius' Forderungen Rechnung tragen, ihn dann aber andererseits veranlassen, seine Soldaten zu verabschieden. Es wird ein schweres Stück Arbeit sein, meine Eigenständigkeit zu bewahren und nicht nur als im Grunde überflüssiges Anhängsel unseres Sampsigeramos zu gelten.

Cäsar wollte sich gerade erheben, als Cato aufsprang. »Was seid ihr doch für jämmerliche Feiglinge! Wo ist euer Stolz geblieben, euer Stolz, römische Senatoren zu sein? Schämt ihr euch nicht, in der Stunde der Gefahr vor Angst schlotternd nur an euch und eure Sicherheit zu denken?

Pompeius ist ein Rechtsbrecher, denn er hat ohne Erlaubnis der Konsuln und des Senates mit seinen Truppen italischen Boden betreten! Ihr wißt doch, daß es nach der Lex Cornelia de Provinciis Ordinandis allen Magistraten und Provinzgouverneuren verboten ist, in Italien militärische Funktionen ohne Befehl oder ausdrückliche Zustimmung des Senates auszuüben, Soldaten zu halten oder zu befehligen!

Was aber ist unsere Pflicht einem Rechtsbrecher gegenüber? Statt zu wehklagen und zu jammern, müssen wir solchen Leuten mit Entschiedenheit entgegentreten. Pompeius ist daher aufzufordern, seine Truppen unverzüglich zu entlassen. Solange er das nicht getan hat, kann er nicht mit Bewilligung irgendeiner seiner Forderungen rechnen, und mögen sie noch so begründet sein. Ihm ist mitzuteilen, daß er Gefahr läuft, zum Staatsfeind erklärt zu werden, wenn er sich weigert, den Beschlüssen des Senates nachzukommen!

Und noch etwas! Solltet ihr auf die Idee kommen, Pompeius' Rechtsbruch durch Gesetz zu sanktionieren oder ihm Ausnahmeregelungen von der Lex Cornelia zuzubilligen, werde ich hiergegen mein Veto einlegen! Noch bin ich Volkstribun! Ich werde gegen jedes Gesetz stimmen, das Rechtsbrüche nachträglich billigt, von wem diese Verstöße auch ausgehen mögen! Ich weiß, liebe Kollegen, wie unbeliebt ich mich bei den meisten von euch mit dieser Ankündigung mache. Aber Unbeliebtheit ist nun einmal manchmal der Preis für einen klaren Kurs und unerschütterliche Standfestigkeit!«

Cato setzte sich. Die Spannung war aus seinem Gesicht gewichen. Cäsar sah, daß er mit sich zufrieden war. Im Saal der Curia Hostilia herrschte Schweigen. Nur wenige Senatoren winkten oder nickten Cato zum Zeichen ihres Einverständnisses zu, die meisten saßen mit gesenkten Köpfen auf ihren Bänken, als Cäsar sich langsam erhob.

»Es ist, ehrwürdige Väter und Beigeordnete, gewiß süß und ehrenvoll, für das Vaterland zu sterben. Jedenfalls, wenn man dem altbekannten Sprichwort glauben kann. Aber ist es auch sinnvoll?

Catos Vorschlag, wenn wir ihn für die einzig mögliche Lösung unseres Dilemmas halten, bringt uns leider in eine Situation, die uns nur dieses süße Sterben als Lösung anbietet. Nun gut, sterben wir also als standhafte und aufrechte Römer! Aber was erreichen wir damit? Was geschieht nach diesem unserem, versteht sich, ehrenvollen Tod? Die von Cato befürchtete Gefahr einer Diktatur des Pompeius wird doch nicht geringer, sondern gewisser, wenn wir mit dem Schwert in der Hand in einem aussichtslosen Kampf gegen dessen Legionen untergehen! Gut, wird Cato sagen, aber wir sind ehrenvoll nach alter Römerart gestorben. Was also kümmert uns dann, wird er ferner wahrscheinlich sagen, was nach unserem Tode geschieht? Cato wäre tot und wir alle, bis auf ein paar Feiglinge und Pompeius natürlich, wären ebenfalls tot. Wir hätten der Nachwelt ein Beispiel gegeben und den künftigen Literaten Stoff für ein Heldenepos!

Wir sind dann also tot, aber der Staat wird in den Händen von Feiglingen, Opportunisten und natürlich von Pompeius sein! Aber werden wir uns nicht unter dem Vorwand, süß und ehrenvoll für den Staat und unsere Bürger gestorben zu sein, aus unserer Verantwortung für unser Gemeinwesen geschlichen haben? Haben wir die, für die wir vorgeben, Verantwortung zu tragen, nicht im Stich gelassen? Ist es also richtig, süß und ehrenvoll zu sterben und unsere Bürger in Verzweiflung den bösen Mächten und dem Schicksal zu überantworten?

Ich sage nein, ehrwürdige Väter und Beigeordnete! Unsere Pflicht ist es, unseren Bürgern einen Ausweg aus dieser Situation zu eröffnen. Dies gilt um so mehr, als wir, daß heißt alle, die diesem blindwütigen Cato gefolgt sind, nicht ohne Schuld an dieser verfahrenen Lage sind. Wäre Cato, wäret *ihr* etwas einsichtiger und Cnaeus Pompeius gegenüber etwas entgegenkommender gewesen, zumal seine Forderungen maßvoll und berechtigt sind, was nicht einmal Cato mehr bestreitet, könnten wir sogar sagen, daß es süß und ehrenvoll ist, für das Vaterland zu leben!

Für das Vaterland zu leben, ist das nicht gerade unsere eigentliche Aufgabe? Wofür haben uns die Quiriten denn gewählt? Für uns und unsere Familien Vorteile zu erringen? Manchmal hat man den Eindruck, daß einzelne unter uns dies für die Aufgabe eines Senators unserer Stadt halten. Aber gewählt haben uns die Quiriten, damit wir der Gemeinschaft dienen, damit wir Gerechtigkeit gegenüber jedermann und damit auch gegenüber Pompeius walten lassen und damit jedem das Seine zuteil wird, wie unser Cicero immer so schön in seinen Festtagsreden sagt.

Leben wir also für unser Vaterland! Geben wir Pompeius Gerechtigkeit! Pompeius ist kein Wüterich wie Sulla. Von ihm geht keine Gefahr für den Staat aus, es sei denn, wir selbst zwingen ihn in die Rolle des Rechtsbrechers, wie wir es, dank des Prinzipienreiters Cato, getan haben. Kommt unserem großen Feldherrn entgegen, erfüllt seine Wünsche, und er wird sein Heer entlassen. Nichts ist ihm nämlich mehr zuwider, als sich gegen die Bürger oder den Senat zu stellen. Und wenn Cato mit dem Veto droht, laßt euch nicht schrecken. Am vierten Tag vor den Iden des Dezembers haben wir neue Tribunen, denn seine Amtszeit endet am Vortage. Schickt bis dahin einen verläßlichen Mann zu Pompeius, einen, dem er vertraut, und ihr werdet sehen, Pompeius wird mit sich reden lassen! Am besten wird es sein, wenn ich einen meiner Freunde privat zu ihm sende, damit die Verhandlungen keinen offiziellen Charakter haben und die Bedenken derjenigen berücksichtigt werden, die offizielle Verhandlungen mit einem Rechtsbrecher ablehnen.«

Nachdem Cäsar sich gesetzt hatte, sprangen einzelne Senatoren von ihren Sitzen auf, um Cäsar für diese Rede zu danken. Es waren nicht nur seine wenigen verbliebenen Anhänger wie Vatinius oder Fufius Calenus, sondern auch Cicero und die beiden Konsuln, die sich um ihn drängten, um ihm zu gratulieren. Fast einmütig beschlossen sie, entsprechend Cäsars Vorschlag zu verfahren.

3

Schon am nächsten Tag versammelte Cäsar seine engsten Anhänger in seinem Amtssitz an der Via sacra. Außer seinem Freund Lucius Aurunculeius Cotta waren der Ehemann seiner Nichte Atia, Caius Octavius, sein Schwager M. Atius Balbus, Atias Vater, sowie Publius Vatinius und Quintus Fufius Calenus erschienen.

»Das war gestern eine Meisterleistung, wie du Cato im Senat ausgebremst hast. Der hätte in seiner fundamentalistischen Starrheit uns glatt in einen Krieg mit Pompeius getrieben, wenn du die große Mehrheit der Senatoren nicht von der Notwendigkeit eines friedlichen Ausgleichs mit dem Feldherrn überzeugt hättest, lieber Schwager.«

Cäsar genoß den bewundernden Tonfall, mit dem Marcus Atius Balbus ihn angesprochen hatte, und das beifällige Nicken der übrigen Versammelten. »Das, meine Freunde, war eine verhältnismäßig einfache Aufgabe! Die Senatoren waren doch – da hat Cato ganz recht – ganz kopflos vor Angst, es ginge ihnen nun an den Kragen. Ich brauchte ihnen nur einen Ausweg zu zeigen, wie man ohne Gesichtsverlust und ohne für das Vaterland zu sterben, ehrenvoll für dasselbe leben könne.

Das Problem liegt jetzt woanders! Ich habe ihnen den Weg gezeigt, wie man, ohne seine Würde aufs Spiel zu setzen, mit Pompeius ins reine kommt. Das Ergebnis ist aber bei beiden Alternativen das gleiche: Ob wir gegen Pompeius ins Feld ziehen, wie es der gesinnungsfeste Cato will, oder mehr oder weniger verbrämt vor ihm zu Kreuze kriechen, ändert nichts am Endergebnis. Pompeius wird die Herrschaft über Rom erringen, denn entweder besetzt er Rom mit militärischer Gewalt und Cato und seine Gesinnungsfreunde erleiden mit ihrer altrömischen Standfestigkeit den ersehnten Heldentod, oder unserem Sampsigeramos fällt die Stadt kampflos zu, weil sich niemand gegen seine Truppen und ihre Übermacht zu kämpfen getraut und lieber kapituliert hat.

Es kann aber nicht im Sinne der Popularen sein, daß Pompeius die Macht ergreift. Sicher, er gebärdet sich zur Zeit, als wäre er der Führer der Popularen, weil er uns noch braucht, seine Wünsche gegenüber der Oligarchie durchzusetzen. Hat er aber erst einmal die Macht und braucht er uns dann nicht mehr, wird er den Ausgleich mit den Optimaten suchen und uns fallen lassen. Pompeius ist ein Aufsteiger, seine Familie gehört noch nicht lange zur Nobilität, und daher strebt er nichts eifriger an, als endlich zu den Etablierten zu gehören.«

»Wir sitzen also zwischen Baum und Borke«, bemerkte Fufius Calenus trocken. »Wie man die Sache dreht und wendet, am Ende wird Pompeius Roms Alleinherrscher!«

»Es muß doch noch einen Weg geben, gerade dies zu verhindern«, rief Vatinius. »Sag uns, Cäsar, wie wir aus dieser Klemme herausfinden!«

Cäsar hatte seinen Kopf gesenkt. Man sah, daß er nicht nur nachdachte, sondern offensichtlich auch um Formulierungen rang, um sich seinen Freunden verständlich zu machen und sie von seinen Absichten zu überzeugen. »Es gibt meiner Meinung nach nur einen Weg, diesem Dilemma zu entkommen und unsere Handlungsfreiheit zu erhalten. Es wird schwierig sein, eine Gratwanderung, bei der wir leicht abstürzen können. Deshalb hört euch meine Überlegungen an!«

Er sah die Erwartung in den Augen seiner Anhänger. Zögernd und entgegen seiner Gewohnheit langsam begann er zu sprechen. »Es gibt noch einen anderen Weg als den Krieg gegen Pompeius oder die kampflose Unterwerfung. Wir müssen Pompeius davon überzeugen, daß es in seinem Interesse ist, seine Truppen zu entlassen und den verfassungsmäßigen Weg zu beschreiten.

Nun ist Pompeius nicht so dumm, einfach seine Soldaten nach Hause zu schicken, und sich so seines Druckmittels gegenüber dem Senat selbst zu berauben. Andererseits ist er nicht der wilde Mann, der sofort auf Gewalt setzt, wenn er irgendwo Widerstand gegen seine Pläne spürt. Er will ja mit dem Senat und den Optimaten in Frieden leben. Vor allem aber will er gefeiert und gelobt werden. Nichts haßt er mehr denn als böser und grausamer Gewaltherrscher in die Geschichte einzugehen.

Hier müssen wir ansetzen. Ich werde ihm schreiben und ihn bitten, seine Truppen nicht zu entlassen, sondern sie nur zu beurlauben. Sie stehen für ihn dann, so muß man es ihm darstellen, auf Abruf bereit, um seinen berechtigten Forderungen Nachdruck zu verleihen, wenn der Senat sich weiter widerspenstig zeigt.

Ich denke, es gibt eine Chance, daß Pompeius diesen Strohhalm ergreifen wird. Er vermeidet unmittelbare Gewalt, die er, hat er sie erst einmal angewendet, nicht mehr ungeschehen machen kann. Dennoch bleibt ihm die Möglichkeit erhalten, im äußersten Falle seine Soldaten wieder einzuberufen, um den Druck auf den Senat zu verstärken. Wenn er seine Truppen beurlaubt statt entläßt, kann er dies mit seinem angestrebten Triumphzug begründen, an dem die Soldaten teilnehmen müssen. Er baut damit aber auch den weniger rigorosen Senatoren eine Brücke, über die sie gehen können. Ohne ihrerseits das Gesicht zu verlieren, vor allem, wenn ich ihnen im Senat klarmache, daß der Unterschied zwischen entlassen und beurlauben eine mehr oder weniger semantische Wortklauberei ist.«

»Und du glaubst wirklich«, rief Octavius, »daß Pompeius auf dein Spiel eingeht? Er müßte doch vor Dummheit blind sein, wenn er seine Macht nicht nützen würde. Er braucht doch nicht einmal zu marschieren, die Drohung mit einem Bürgerkrieg genügt doch vollkommen, um seine Wünsche durchzusetzen!«

»Du vergißt, daß Pompeius die Macht wahrscheinlich gar nicht anstrebt. Er will der erste Bürger sein, von allen geliebt und hofiert, mehr nicht. Aber du hast recht, auch ich weiß nicht, ob meine Einschätzung der Lage richtig ist. Deshalb darf es nicht bei meinem Brief allein bleiben. Ich habe deshalb vor, dich, lieber Octavius, mit dem Brief zu ihm zu schicken. Du bist ein guter und überzeugender Unterhändler, und als meinen Verwandten wird er dich in Ehren empfangen.

Erkläre ihm die Situation ungeschminkt, mache ihm klar, daß die von Cato betriebene Obstruktion bald vorbei sein wird, weil dessen Mandat als Volkstribun ausläuft. Wir werden dafür sorgen, daß für das nächste Jahr nur Popularen zu Volkstribunen gewählt werden, so daß niemand unsere Gesetzesvorlagen durch ein Veto blockieren kann.

Sprich dich vorher mit unserem Freund Labienus ab, der sich im Feldlager bei ihm befindet. Nimm ihn mit zu Pompeius. Er soll darauf hinweisen, daß Pupius Piso im nächsten Jahr Konsul und du Prätor sein werden, er also zwei Magistrate auf seiner Seite hat, die ihn unterstützen werden. Ich werde Labienus in diesem Sinne schreiben.«

»Pupius Piso? Der spielt doch nur die Rolle eines römischen Konsuls. Der ist doch kein gewiefter Politiker, sondern ein verknöcherter alter Kommißkopf! Mit dem werden Cicero und seine Freunde Schlitten fahren, und er wird es noch nicht einmal merken. Das mußt du doch wissen, Cäsar!«

»Natürlich weiß ich das, mein lieber Fufius. Aber Pompeius weiß dies offensichtlich nicht, sonst hätte er ihn nicht zu seinem Kandidaten für das Konsulat gemacht. Und uns schadet ein schwacher Anhänger des Pompeius in diesem Amt nicht. Im Gegenteil, der Feldherr wird auf uns angewiesen sein, wenn er etwas erreichen will.«

»Aber«, wandte Vatinius ein, »wie kannst du denn garantieren, daß für das nächste Jahr nur Popularen zu Volkstribunen gewählt werden? Das ist doch die Voraussetzung dafür, daß Catos Spiel mit dem Veto nicht durch einen anderen fortgeführt wird.«

»Da hast du recht, lieber Vatinius. Garantieren kann ich dafür nicht! Aber ich habe an Crassus geschrieben und ihn gebeten, schleunigst nach Rom zurückzukehren. Die Gefahr, von Cato als Mitwisser Catilinas belangt zu werden, ist doch auch für ihn vorbei. Wir brauchen ihn jetzt wieder hier, vor allem sein Geld. Aber auch als einer der ältesten Konsulare ist er wichtig. Die Römer folgen lieber dem Rat eines erfahrenen und mit allen Wassern gewaschenen Politikers als uns jüngeren, die wir die Ämterlaufbahn noch nicht durchschritten haben!

Mit Crassus' unerschöpflichem Vermögen werden wir die Quiriten freundlich stimmen, und sie werden unsere Kandidaten und nicht die der Optimaten wählen. Und einer unserer Kandidaten wirst du sein, mein lieber Fufius!«

Fufius wurde vor lauter Freude ganz rot im Gesicht. »Ich danke dir für dein Vertrauen, lieber Cäsar! Ich werde es nicht enttäuschen! Aber ich möchte dir auch etwas vorschlagen, das sich meiner Meinung nach gut als Ergänzung deines großartigen Planes eignet. Darf ich?«

»Schieß los, mein Lieber! Alles, was uns unseren Zielen näherbringt, muß angeschnitten werden; also fang an, wir hören.«

»Du hast Pompeius als einen Mann beschrieben, dem äußere Anerkennung wichtiger ist als alles andere. Wenn das so ist, sollten wir dieser Sucht ein wenig Rechnung tragen. Wie wäre es, wenn du ihn auffordern würdest, in deinem Haus in Bovillae die Entscheidungen des Senats über seine Forderungen abzuwarten? Er bleibt dann außerhalb des Pomeriums, das er als Anwärter auf einen Triumphzug nicht überschreiten darf, als geehrter Gast im Hause eines Patriziers, der nicht nur sein wichtigster Anhänger, sondern auch Pontifex Maximus und Nachkomme der Venus ist. Das schmeichelt dem Sieger über Mithridates, steigert sein Ansehen bei den Quiriten und – «

» – und hält ihn unter unserer Kontrolle.« Vatinius lachte. »Und ich werde die Quiriten mobilisieren. Wir werden eine Wallfahrt nach Bovillae unternehmen, ihn feierlich bekränzen und ihm den Dank der Plebs aussprechen, daß er in so hochherziger Weise den Staat vor einem Bürgerkrieg bewahrt hat. Der Jubel des Volkes wird ihm guttun und ihn um so fester an uns und die Sache der Popularen binden!«

»Ich danke euch, Fufius und Vatinius, für eure Vorschläge! So werden wir es machen. Und, Vatinius, auch wenn Pompeius nicht zu mir nach Bovillae kommen will, denn eigentlich dürfte er meine Einladung nicht annehmen und sich in meine Obhut und Aufsicht begeben, bereite mit deinen Leuten Jubelchöre für Pompeius vor. Nimm dir den jungen Marcus Antonius als Assistenten! Er ist sehr geschickt im Organisieren und brennt vor Tatendurst.

So wollen wir hoffen, daß alles wie besprochen gelingt. Wir haben eine gute Chance hierfür. Ein Problem aber bleibt, und das ist unsere zahlenmäßige Schwäche. Wir haben zu wenig Anhänger im Senat, das Volk ist wetterwendisch und käuflich, so daß wir uns nur bedingt auf es verlassen können. Und das einzige, was in Rom wirklich zählt, fehlt uns gänzlich, nämlich Soldaten! Wenn wir wirklich ein Machtfaktor in Rom sein und vor allem bleiben wollen, brauchen wir Soldaten.

Meine Amtszeit als Prätor läuft zum Jahresende ab. Ich werde dann eine Provinz bekommen. Cotta, sorge im Senat dafür, daß mir eine Provinz zugeteilt wird, die mit einem militärischen Kommando verbunden ist. Frei werden mit Kommandogewalt nur zwei, das jenseitige Spanien und die Gallia Narbonensis. Beide Provinzen sind mit zwei Legionen ausgestattet und haben unruhige Barbaren an den Grenzen. Sieh zu, daß mir eine der beiden Provinzen zugeteilt wird, damit ich militärische Erfahrungen als Feldherr machen und mir so ein moralisches Anrecht auf das Konsulat für das Jahr nach meiner Statthalterschaft erwerben kann. Erst wenn die Popularen wieder einen Konsul stellen, ist unsere Partei endgültig wieder ein Faktor in Rom, mit dem man rechnen muß! Erst wenn wir das Konsulat erobert haben, können wir mit unseren Reformen für den Staat beginnen, und erst dann werden uns neue Anhänger in Scharen zuströmen! Dann werden wir auch künftig Konsuln stellen können, die unser Werk fortsetzen werden!«

Cäsars Begeisterung und seine Vision von künftiger Macht hatte sich auf seine Anhänger übertragen. Sie sprangen von ihren Liegen auf, klatschten laut Beifall. Cäsar nahm den Applaus wie immer gelassen entgegen. »Ich danke euch, meine Freunde. Macht euch an die Arbeit und bewahrt über unsere Zusammenkunft Stillschweigen. Es darf nichts nach außen dringen, damit niemand vorzeitig von unseren Absichten etwas erfährt. Geht jetzt, jeder von euch kennt seine Aufgabe.«

Als sich Cäsars Freunde verabschiedet hatten und sich zum Gehen wandten, hielt Cäsar Octavius zurück. »Einen Augenblick warte noch, lieber Octavius. Hier ist der Brief an Pompeius. Ich schreibe noch schnell ein paar Zeilen an Labienus. Instruiere ihn genau über seine Aufgabe. Es ist wichtig, denn er hat das Vertrauen unseres Sampsigeramos. Von dessen Entscheidung hängt es ab, ob unsere Pläne eine Chance haben. Sieh also zu, daß Pompeius seine Truppen beurlaubt. Sichere ihm unter vier Augen unsere Unterstützung für alles zu, was er verlangt, und erwähne auch, welche Ehre es für mich bedeuten würde, wenn er mein bescheidenes Landgut Bovillae zu seinem vorübergehenden Wohnsitz bestimmen würde. Sollte er tatsächlich seine Soldaten beurlauben, soll er sie nach Rom schicken, damit sie bei den Wahlen für das Volkstribunat für unsere und damit seine Kandidaten stimmen können.«

4

Bei den führenden Optimaten herrschte helle Aufregung, seit sich die Nachricht von Pompeius' überraschender Landung in Rom verbreitet hatte. Führende Mitglieder der Partei bereiteten ihre heimliche Abreise aus der Stadt vor, andere schickten durch geheime Boten Ergebenheitsadressen an den Feldherrn nach Brundisium und versicherten ihm, ihn künftig unterstützen zu wollen. Catos Anhängerschaft schmolz über Nacht wie frischer Schnee in der ersten Frühlingssonne. Nur noch wenige Gefolgsleute konnte er um sich versammeln, aber auch diese waren deprimiert und mutlos.

»Von Kampf auf Leben und Tod für die Freiheit der Republik zu reden, ist eine Sache«, sagte mit spöttisch nach unten gezogenen Lippen Cicero zu ihm. »Aber für seine Ideale wirklich sein Leben einzusetzen und tatsächlich dafür zu sterben, ist eine andere. Cäsar hat schon recht, wenn er sagt, es sei süß und ehrenvoll, für das Vaterland zu leben. Jedenfalls haben viele deiner radikalen Anhänger anscheinend gut zugehört, als er vor zwei Wochen kurz vor den Kalenden des Oktobers im Senat seine diesbezügliche These vortrug. Sie haben bei dem Begriff ‚Leben' zwar weniger an das Vaterland gedacht, sondern mehr an die Rettung ihres eigenen kostbaren Daseins, aber ich wage zu bezweifeln, ob unser Sampsigeramos trotz des plötzlichen Gesinnungswandels vieler deiner Freunde deren frühere Feindseligkeit ihm gegenüber vergessen haben wird.«

Cato erhob sich wieder von seinem Platz. Seine abweisende Körperhaltung drückte seine Gemütsverfassung überdeutlich aus. Auch seine Stimme und seine Gesten zeigten die Verachtung für Ciceros seiner Meinung nach schlappe und defätistische Haltung.

»Nun, mein Lieber, es hat sich eben die Spreu vom Weizen getrennt. Das Gute ist, daß ich nun weiß, auf wen ich mich verlassen kann, wenn der Kampf gegen den Rechtsbrecher und seine alten und neuen Freunde losgeht. Daß du nicht auf meiner Seite stehen wirst, habe ich immer gewußt. Du hast eine glatte Zunge, kannst überzeugend reden, ja berauschst dich selbst an deiner Redegabe und bist auch zum Handeln bereit, wenn es ungefährlich ist. Das Eingehen eines lebensgefährlichen Risikos um einer Überzeugung willen, Standfestigkeit, wenn es wirklich brenzlig wird, das alles aber ist nicht deine Sache!

Ich weiß, daß viele insgeheim über mich lachen, mich ein altes Fossil nennen, weil ich unverrückbare Grundsätze habe, die ich nicht deshalb aufgebe, weil es um Kopf und Kragen geht. Was ist denn ein Leben in Knechtschaft wert? Was bringt es, sich einem Tyrannen zu unterwerfen, ihm zuzujubeln und dankbar die Brocken zu essen, die er einem, wenn man sein Kunststück zu seiner Zufriedenheit vorgeführt hat, huldvoll zuwirft?

Nein, mein Lieber, meine Vorstellungen von Würde und Freiheit sind anders. Ich werde für sie kämpfen und vielleicht scheitern, aber mich niemals dem Willen eines Pompeius oder eines Cäsar beugen, und koste es auch meine physische Existenz! Das, mein Lieber, unterscheidet uns voneinander. Du bist und bleibst Opportunist, und nur in Feiertagsreden stilisierst du dich zum unbeugsamen Verfechter ewiger Werte und der altrömischen Tugenden.«

Cicero blieb von diesem leidenschaftlichen Appell seines Gegenübers und dessen ausgesprochenen beleidigenden Vorwürfen unbeeindruckt. Auch die anderen Anwesenden, zumeist Freunde Ciceros aus der Partei der Optimaten, sahen eher gelangweilt aus, denn sie kannten Catos immer wieder aufs neue vorgetragenen Argumente zur Genüge und waren ihrer überdrüssig, um sich davon noch beeinflussen zu lassen.

»Mein lieber Cato«, begann er nach einer kleinen Pause, »ich habe deine Argumente schon oft gehört. Sie werden nicht überzeugender, wenn man sie ständig wiederholt. Wir alle wollen doch dasselbe, nämlich verhindern, daß Pompeius oder ein anderer die Alleinherrschaft über Rom erlangt. Wir unterscheiden uns nur durch den Weg, auf dem wir dies erreichen wollen.

Du meinst, nur Unnachgiebigkeit könne helfen, unseren großen Feldherrn in seine Schranken zu weisen. Daß das ein Irrtum ist, hat sich unmißverständlich gezeigt, als die von dir, und ich füge hinzu, auch von uns abgelehnten Wünsche des Pompeius unerfüllt blieben. Erst unsere intransigente Starrheit hat ihn deshalb zu seiner gegen unser Recht verstoßenden Landung in Italien veranlaßt.

Höchstwahrscheinlich wäre diese Situation zu vermeiden gewesen, wenn wir ein bißchen Entgegenkommen und mehr Flexibilität ihm gegenüber gezeigt hätten. Und was ist jetzt? Wir sind durch unsere harte Haltung in eine Zwickmühle geraten. Acht Legionen stehen kriegsbereit im Land, und wir haben ihnen, außer deinen Grundsätzen natürlich, nichts entgegenzusetzen. Legionen bekämpft man nämlich mit Legionen und wie viele davon haben wir?« Cicero hielt inne und sah sich im Kreise seiner Freunde um. Bibulus nickte ihm zu, und auch Curio und die anderen signalisierten ihm ihr Einverständnis.

»Wir haben keine einzige Legion! Wir haben auch keine Flotte, alles hat Pompeius!« Cicero sah Cato fest ins Gesicht. »Nun sage mir, mein lieber Cato, was, bei allen Grundsätzen, sollen wir anderes tun, als zu versuchen, auf dem Verhandlungswege zu erreichen, daß Pompeius seine Truppen entläßt? Um das zu erreichen, werden wir Zugeständnisse machen müssen. Mit dem Kopf durch die Wand, wie du es willst, nützt doch wohl noch weniger als meine schönen Festtagsreden! Diese tun wenigstens niemandem weh, während der Kopf, mit voller Wucht gegen die Wand gerammt, nur blutige Beulen und blaue Flecke bringt! Sagt mir also eure Meinung, was wir tun sollen.«

Nachdem alle Anwesenden außer Cato für Verhandlungen gestimmt hatten, nahm dieser wieder das Wort.

»Dies ist für mich eine Frage des Prinzips, nicht der Opportunität! Mit Rechtsbrechern, die den Staat bedrohen, kann man nicht verhandeln. Allenfalls kann man sie auffordern, zum Recht zurückzukehren. Wer sich gegen einen Rechtsbruch wehrt, kann gewinnen, wer ihn hinnimmt, hat von vorneherein verloren!

Ich weiß, daß die Situation verfahren ist, aber wenn wir Pompeius nachgeben, werden andere, vor allem Cäsar, seinem Beispiel bei nächster Gelegenheit folgen. Denn Cäsar ist auf dem besten Wege, in Pompeius' Fußstapfen zu treten. Gestern hat man ihm die Statthalterschaft unserer Provinz Hispania Ulterior mit zwei Legionen zugewiesen. Ein Fehler, den wir noch bereuen werden. Cäsar hat jetzt nicht nur Soldaten, sondern auch die Möglichkeit, jungen Leuten Offiziersstellen zu verschaffen und so seine in letzter Zeit ohnehin wieder wachsende Anhängerschaft zu vergrößern.

Außerdem ist Crassus zurück, ein weiteres Zeichen dafür, daß die Popularen Aufwind spüren. Das Schlimmste an der Sache ist, daß Crassus' fast unbegrenzte Geldmittel nun wieder Cäsar zur Verfügung stehen werden. Wir haben dies letzte Woche bei den Wahlen zum Volkstribunat für das nächste Jahr gerade erleben können. Alle zehn Gewählten sind Popularen! Keiner unserer Kandidaten ist durchgekommen! Cäsar kann daher im nächsten Jahr alle unsere Vorschläge und Anträge, die ihm nicht passen, durch ein Veto der Volkstribunen blockieren. Wir stehen also politisch mit leeren Händen da, können nichts bewirken und, was noch schlimmer ist, auch nichts verhindern. Wenn Cäsar sich jetzt noch mit Pompeius einigt, ist die Republik am Ende.«

»Gerade deshalb müssen w i r uns mit diesem Pompeius verständigen, mein lieber Cato.« Es war Bibulus, der es aussprach. »Ich bin immer deiner Meinung gewesen, was Härte und konsequente Haltung gegenüber den tatsächlichen oder möglichen Feinden der republikanischen Freiheit betrifft. Jetzt aber sehe ich die Lage wie Cicero. W i r müssen uns mit Pompeius einigen, damit wir Cäsar bekämpfen können, bevor e r im Bunde mit diesem ist und zu einer Gefahr für den Staat wird. Ich kenne Cäsar als Kollegen. Wir waren zusammen Ädile und sind jetzt gemeinsam Prätoren. Wenn einer unseren Staat und die gegenwärtige Ordnung bedroht, dann ist es Cäsar.

Erinnert euch, wie er uns schon als ganz junger Mann provoziert und ausgetrickst hat! Erinnert euch auch daran, was Sulla von ihm gesagt hat, nämlich daß er eine viel größere Gefahr für den Staat sein würde, als Marius es je gewesen wäre. Noch ist er nicht stark genug, uns ernsthaft zu gefährden, aber er wird sich bald um das Konsulat bewerben und sicher auch gewählt werden. Dann hat er für ein Jahr die Macht, und er wird sie gebrauchen!

Deshalb müssen wir verhindern, daß er und Pompeius sich arrangieren. Darum dürfen wir den guten Cnaeus Pompeius nicht in Cäsars Arme treiben, indem wir ihm seine im Grunde doch berechtigten Wünsche abschlagen. Gebt daher unserem Feldherrn, was er begehrt, seinen Triumph und die Versorgung seiner Soldaten, ehe er sich seine Wünsche von Cäsar bewilligen läßt!«

In diesem Moment wurde die Tür aufgerissen, und Ciceros Bruder Quintus stürzte in das Zimmer: »Freut euch, wir haben gesiegt! Eben kam die Nachricht! Pompeius hat seine Soldaten beurlaubt. Er kommt mit nur kleiner Begleitung nach Rom. Alle Gefahr ist beseitigt, und kein Soldat steht mehr in Waffen gegen uns.«

»Was? Er hat einfach aufgegeben? Das kann doch nicht möglich sein! Er hat doch alle Trümpfe in der Hand! Er hätte uns doch drücken können, bis wir vor Schmerz quietschen! Wer wird denn eine so unglaubliche Torheit begehen? Irrst du dich nicht, Quintus Cicero? Bist du wirklich sicher, daß du nicht einem der vielen Gerüchte aufgesessen bist, die jetzt überall in Rom umlaufen?« Bibulus war aufgesprungen und rüttelte erregt an Quintus' Schultern. »Sag, wo hast du diese Nachricht her?«

»Ein Bote brachte mir einen Brief von Metellus Nepos. Er kommt direkt aus dem Lager von Brundisium. An der Wahrheit des Geschilderten kann daher kein Zweifel bestehen. Nepos war dabei, als Pompeius den Befehl gab.«

Marcus Tullius Cicero, gewesener Konsul und Vater des Vaterlandes, erhob sich langsam und würdevoll von seiner Kline und atmete auf hörbar durch.

»Ihr habt es alle gehört. Pompeius ist zur Einsicht gekommen. Dafür schulden wir nicht nur den Göttern Dank. Auch ihm gebührt unsere allerhöchste Anerkennung! Ich schlage daher vor, daß der Senat ihm unverzüglich eine Delegation entgegenschickt, um ihm den Dank des Vaterlandes auszusprechen. Ich erwarte, daß alle Konsulare sich dem feierlichen Zug anschließen werden! Er hat diese Ehrung mehr als verdient! Und danach sollten wir verfahren, wie Bibulus es gerade vorgeschlagen hat. Jetzt, wo er seine Soldaten entlassen hat, haben wir doch nichts mehr von ihm zu befürchten.«

»Entschuldigt«, unterbrach ihn Cato, »daß ich euch etwas Essig in den Wein schütten muß. Pompeius hat seine Soldaten nicht entlassen, sondern nur beurlaubt. Das bedeutet, daß er sie als unser Feldherr jederzeit wieder zu den Waffen rufen kann. Denn anders als bei einer Entlassung werden sie keine Zivilisten, sondern bleiben Soldaten und müssen weiter seinen Befehlen gehorchen. Aber ich gebe zu, es ist ein Fortschritt. Ihr seht, am Ende zahlt sich Standhaftigkeit aus. Jetzt können wir mit ihm verhandeln, aber der Preis, den wir zahlen müssen, wird niedrig sein. Seinen Triumphzug mag er haben, auf alles andere aber wird er verzichten müssen! Wir können uns nun ganz der Bekämpfung Cäsars zuwenden.«

»Nun, wir werden sehen, lieber Cato. Ich habe euch immer gesagt, daß mit Pompeius zu reden ist. Eilen wir, ihm auf der Via Appia entgegenzuziehen und ihn zu ehren. Er ist nun mit uns im Boot, also genehmigen wir seine Wünsche!«

5

Aurelia hatte ihre Schwiegertochter Pompeia zu sich gebeten, um mit ihr über den Ablauf des Festes für die Bona Dea zu beraten, das dieses Jahr im Hause Cäsars stattfinden sollte.

»Wie du weißt, liebe Pompeia, überträgt der Senat die Ausrichtung des Festes für diese geheimnisvolle Furchtbarkeitsgöttin immer der Frau eines amtierenden Magistrats mit Imperium, also der eines Konsuls oder Prätors. Dieses Jahr ist die Wahl auf die Gattin des Prätors Caius Julius Cäsar, also auf dich, gefallen. Da du im Gegensatz zu mir noch nie an einer solchen Feier teilgenommen hast, biete ich dir an, dir bei der Ausrichtung des Festes und der heiligen Handlung zu helfen.«

»Ach, Aurelia, mir fällt ein Stein vom Herzen! Ich habe nicht die blasseste Ahnung, wie ein solches Fest vonstatten geht. Alle, die ich befragt habe, haben sich unter Berufung darauf, daß es sich um ein Geheimfest eingeweihter Frauen handelt, geweigert, mir nähere Auskunft über den Inhalt und Ablauf der Veranstaltung zu erteilen. Was soll diese Geheimnistuerei?«

»Es ist in der Tat eine von Geheimnissen umwitterte Zeremonie, die von den Vestalischen Jungfrauen immer während der Nacht auf den dritten Tag vor den Nonen des Dezember veranstaltet wird. An der heiligen Handlung dürfen nur Frauen teilnehmen. Allen Männern ist der Zutritt strengstens untersagt. Kein Mann, nicht einmal der Hausherr, darf im Hause anwesend sein, selbst männliche Tiere sind verbannt, und die Bildnisse männlicher Götter müssen verhüllt werden.«

»Rom hat doch Hunderttausende von weiblichen Einwohnern! Welche davon muß oder darf ich denn einladen?«

»Da gibt es natürlich genaue Vorschriften, meine liebe Pompeia«, lachte Aurelia. »In Rom ist doch alles bis ins kleinste geregelt, was mit den Göttern zusammenhängt. Ursprünglich waren die Vestalinnen die Töchter des Königs, seit Abschaffung der Monarchie sind die sechs heiligen Jungfrauen alles Töchter der edelsten Familien aus der Nobilität. Folglich dürfen damals wie heute nur Angehörige unserer sogenannten besseren Kreise eingeladen werden. Zugelassen sind nur verheiratete oder verwitwete Frauen – schließlich ist es ein Fruchtbarkeitsritus –, deren Ehemänner ein Amt mit Imperium bekleiden oder früher bekleidet haben. Es kommen also nur die Gattinnen amtierender oder ehemaliger Konsuln oder Prätoren in Frage, also etwa fünfzig bis sechzig Frauen, die du einladen mußt.

Alle Teilnehmerinnen müssen sich verkleiden, und niemand darf sie unter ihrer Vermummung erkennen. Dein Haus ist mit Weinlaub zu schmükken, alle Myrten, weil sie der Venus heilig sind, müssen entfernt werden, um die Bona Dea nicht zu erzürnen, denn Venus ist die Göttin der Liebe und läßt deshalb auch Gedanken an sexuelle Unzucht zu. Als für die Fruchtbarkeit der Frauen zuständige Göttin darf Bona Dea daher den Gedanken an Lust und Spaß an der Liebe gar nicht erst aufkommen lassen. Entferne also die Myrten, die Cäsar überall hat anbringen lassen, um seiner Ahnherrin Venus Tribut zu zollen.«

»Wer ist denn diese ‚Gute Göttin' wirklich? Gute Göttin ist doch kein Name! Und welche Riten werden vollzogen? Von wem werden sie zelebriert?«

»Der Name der Göttin ist geheim, deshalb kennen ihn nur die Vestalinnen. Wir, die sonst eingeweihten Teilnehmerinnen, nennen sie daher nur ‚Gute Göttin'. Angeblich soll sie die Tochter des Gottes Faunus sein und Fauna heißen. Wahrscheinlich stimmt diese Deutung aber nicht. Faunus ist nämlich ein vorrömischer italischer Hirtengott, der erst vor 130 Jahren von unserer Religion rezipiert wurde, während der Kult der Bona Dea sehr viel älter ist. Außerdem haben unsere Götter keine Töchter! Passend zu dieser Sage wäre allerdings die Überlieferung, daß Faunus im Rausch seine Tochter Fauna mit Myrtenzweigen ausgepeitscht haben soll. Dies wäre eine zusätzliche Erklärung dafür, daß unsere ‚Gute Göttin' Myrten nicht ausstehen kann.

Was die Riten betrifft, gilt Folgendes: Die Vestalinnen opfern der Göttin unter genau festgelegten kultischen Gesängen eine trächtige Sau. Vorher haben sie das von ihnen aus dem Tempel der Bona Dea am Abhang des Aventins mitgebrachte und unter einem Tuch verborgene Kultbild der Göttin von seinen Hüllen befreit und mit Weinlaub bekränzt. Unter Gesang und Tanz wird dann der Göttin Wein geopfert, wobei wir den Wein Milch nennen und das Opfergefäß Honigtopf. Frage mich nicht, warum dies so ist, ich weiß es nicht. Vielleicht soll geheim bleiben, daß wir der Göttin ein berauschendes Getränk opfern und es auch selbst bei der Feier trinken. Es könnte doch sonst der Verdacht entstehen, wir feierten ein Bachanal und kein ernsthaftes religiöses Fest zu Ehren unserer Gottheit!«

Wenige Tage nach diesem Gespräch fand im Wohnhaus des Prätors und Pontifex Maximus Cäsar an der Via sacra das Fest der Bona Dea statt. Kurz nach Einbruch der Dunkelheit waren die sechs Vestalinnen in Zweierreihen aus ihrem Kloster gegenüber der Wohnung Cäsars herausgetreten und hatten sich die Via sacra hinunter begeben. Dann waren sie nach rechts in den Vicus Piscinae Publicae eingebogen und am Circus Maximus vorbei zum Tempel der Bona Dea am Aventin geschritten. Ein Ankündiger war ihnen vorangelaufen, um die Bürger zu warnen und zu ehrerbietigem Verhalten den heiligen Jungfrauen gegenüber zu ermahnen. Die Vestalinnen hielten sich nur kurz im Tempel auf, gerade so lange sie für das Verhüllen und Verpacken der Marmorbüste der ‚Guten Göttin' benötigten. Dann schritten sie den Weg, den sie gekommen waren, zurück und betraten das Haus des Caius Julius Cäsar.

Nach und nach trafen die vermummten Gattinnen der Nobilität ein. Kopf und Körper waren mit bunten Stoffbahnen vollständig verhüllt. Nur am Tuch, das das Gesicht der Teilnehmerinnen verdeckte waren kleine Schlitze für die Augen ausgeschnitten. Niemand erkannte die Gäste, nur Aurelia hatte mit Pompeia ein geheimes Zeichen verabredet, damit sie sich gegenseitig erkennen konnten.

Die Vestalinnen, als einzige unverhüllt und ohne Masken, hatten im Atrium des Hauses einen kleinen Altar errichtet, auf den sie die noch mit einem roten Tuch bedeckte Büste der Göttin stellten. Dann wurde im ganzen Gebäude das Licht gelöscht. Nur auf dem Altar brannten sechs Kerzen und eine große Öllampe, sechs Kerzen für die sechs Vestalinnen und eine Lampe für die Göttin. Das fahle Licht erhellte nur den Raum direkt um den Altar, hinter dem die heiligen Jungfrauen standen. Es war bitterkalt im Atrium, aber die Versammelten spürten die Dezemberkälte nicht.

Pompeia, die Hausfrau, führte unter dem Schweigen der Anwesenden eine trächtige Sau an einer Leine vor den Altar. Die Sau grunzte zufrieden, denn sie war froh, daß man sie aus dem engen und dunklen Verschlag herausgeholt hatte, in dem sie die letzten Stunden hatte verbringen müssen. Die Obervestalin trat hinter dem Altar hervor und enthüllte das Bildnis der Göttin. Dann bekränzten zwei der Jungfrauen die Stirn der Bona Dea mit Weinlaub.

In die Stille erhob sich die Stimme der Obervestalin. »Unbekannte

Göttin, wir, die Frauen Roms, Deiner Dich verehrenden Stadt, wir grüßen Dich. Wir danken Dir für Deine Huld und dafür, daß Du uns im ablaufenden Jahr Schutz und Schirm warst. Du hast den Gebärenden beigestanden, die Unfruchtbaren fruchtbar gemacht, so sie Dich in der richtigen Form darum angefleht hatten. Heute bringen wir Dir, unbekannte Göttin, wieder unsere Opfer dar, damit Du uns auch im nächsten Jahr Dein Wohlwollen, Deinen Segen und Deinen Schutz nicht vorenthalten mögest!«

Dann hob sie das steinerne, scharf geschliffene Opfermesser hoch über ihren Kopf. »Verehrungswürdige Sau, verzeih mir, der Dienerin der ‚Guten Göttin', daß ich es bin, die dir und deinen ungeborenen Kindern das Leben nehmen muß!« Dann durchtrennte sie mit einem schnellen Schnitt die Halsschlagader des eben noch behaglich grunzenden Tieres. Ein lautes, erschrecktes Quieken hallte durch das Atrium, dann brach die Sau zusammen. Ein paarmal zuckte ihr Körper noch, ein paarmal ruderte sie noch mit den Beinen, dann streckte sie sich und war tot. Eine der Vestalinnen fing das ausströmende Blut in einer Schüssel auf und stellte sie mit dem dampfenden Inhalt auf den Altar.

In diesem Augenblick wurde die Stille durch einen entsetzten Schrei unterbrochen. »Ein Mann, hier ist ein Mann! Ein Mann hat die heilige Handlung entweiht!«

»Was, ein Mann? Wo? Wo ist der Kerl? Er hat den Kult geschändet! Die heilige Handlung ist ungültig! Packt ihn! Er darf nicht entkommen!« Kreischend und mit sich überschlagenden Stimmen riefen die Frauen durcheinander. Mehrere Frauen hatten eine Gestalt ergriffen, die, vermummt wie sie, an der heiligen Handlung teilgenommen hatte. Sie zerrten den sich heftig Sträubenden unter Schlägen und Püffen näher an das Licht und rissen ihm das den Kopf bedeckende Tuch herunter. Es war ein Mann, der sie nun, feixend über seinen vermeintlich gelungenen Streich, frech und herausfordernd ansah. Dann riß er sich los und boxte sich in Richtung des Ausganges den Weg frei, verfolgt von den wütenden und auf ihn einschlagenden Frauen, bis es ihm gelang, seine Verfolgerinnen abzuschütteln und durch die Tür zu entkommen.

Die Obervestalin hatte die Büste ihrer Göttin wieder verhüllt. Mit strenger und abweisender Miene sagte sie zu den teils völlig aufgelösten, teils über den ungeheuren Frevel aufgebrachten Frauen:

»Dieser nie dagewesene Frevel wird Folgen haben! Wehe über uns! Ich werde dem Pontifex Maximus gegenüber Anzeige über das Vorgefallene machen! Diese Schandtat darf nicht ungesühnt bleiben! Ich werde beten, daß die Göttin uns verzeiht. Die Opferhandlung war jedenfalls ungültig.

Das bedeutet, daß die Frauen Roms im nächsten Jahr ohne den Schutz der ‚Guten Göttin' auskommen müssen. Wir verlassen jetzt die Stätte der Schande und der Schändung und begeben uns in den Tempel am Aventin, um dort die Göttin um Verzeihung zu bitten. Eure Aufgabe wird es sein, den Namen des Frevlers zu ermitteln, damit er seiner gerechten Strafe zugeführt werden kann.« Hoheitsvoll winkte sie ihren Gefährtinnen und verließ mit ihnen die Stätte der Schändung.

Aurelia hatte dem Täter nur einen Augenblick ins Gesicht sehen können. Sie war sicher, ihn trotz des geringen Lichtes erkannt zu haben.

»Er kam dort aus diesem Raum«, rief eine der Frauen und wies mit dem Zeigefinger auf das Ankleidezimmer Pompeias. »Was hat er da wohl gewollt?«

Das frage ich mich auch, dachte Aurelia. Ich werde meine Schwiegertochter nicht nur danach befragen, sondern auch Cäsar Meldung machen. Laut sagte sie in die wild durcheinander redende Schar der immer noch vermummten Frauen: »Ich glaube, der Täter war Publius Claudius Pulcher, ein patrizischer Nichtsnutz und Müßiggänger, der mit vielen anderen jungen Leuten ein wüstes Leben führt und zu jeder Schandtat bereit ist, wenn sie ihm nur genügend Nervenkitzel bietet. Er ist der Schandfleck seiner Familie, spielt den Volksfreund, weshalb er sich den plebejisch klingenden Namen Clodius zugelegt hat, treibt sich aber hauptsächlich mit anderen verlotterten jungen Adligen in Kneipen und Lupanaren herum und zettelt Raufereien an, bei denen es schon Tote gegeben hat. Jetzt aber hat er den Bogen überspannt! Diesmal wird er sich seiner gerechten Strafe nicht entziehen können!«

6

Die Störung des Festes der Bona Dea im Hause Cäsars durch Clodius war das Stadtgespräch in Rom. Der Senat hatte eine amtliche Untersuchung angeordnet, denn er war der Meinung, daß ein derartig gravierender Religionsfrevel nicht ungesühnt bleiben dürfe, wenn man sich nicht einem bleibenden, zumindest lang anhaltenden Zorn der Götter aussetzen wollte. Zusätzlich sahen Cato und sein Anhang eine günstige Gelegenheit, die das einfache Volk erregende Schändung des Festes für ihre politischen Zwekke zu nutzen. Sie hatten daher beantragt, den Vorfall amtlich zu untersuchen und gegebenenfalls Anklage gegen den Täter wegen Religionsfrevels zu erheben. Besonders Cato sah in einer Verurteilung des jungen Aristokraten eine günstige Gelegenheit, gleichzeitig gegen das Bandenunwesen in der Stadt vorzugehen, denn der für das nächste Jahr zum Quästor gewählte Clodius war einer der brutalsten Führer der die Bürger belästigenden und für jedermann käuflichen bewaffneten Vereinigungen.

Die Aussagen Aurelias hatten als Täter eindeutig Publius Claudius Pulcher, den selbsternannten Clodius, ergeben. Leider konnte man weitere Zeuginnen nicht befragen, da alle Teilnehmerinnen vermummt waren und ihre Identität daher geheim blieb. Pompeia hatte zwar als Einladende als einzige gewußt, wen sie eingeladen hatte, nicht aber, wer dann auch tatsächlich erschienen war. Aber sie hatte sich strikt geweigert, die Namen der Eingeladenen preiszugeben, denn dies verstieße gegen das Gebot der Geheimhaltung. Sie dürfe die durch den Vorfall ohnehin beleidigte Göttin nicht noch zusätzlich kränken, indem sie offenbare, wer an dieser geheimen religiösen Veranstaltung möglicherweise teilgenommen hatte.

Da sich niemand der eingeladenen Damen aus Respekt vor der Göttin von selbst meldete, blieb Aurelia die einzige Zeugin. Clodius bestritt indes vehement seine Täterschaft und behauptete, zu ebenderselben Zeit, in der er den Frevel im Hause Cäsars begannen haben sollte, mit seinem Freund Cicero ein Gespräch geführt zu haben. Da niemand an zwei Orten gleichzeitig gewesen sein könne, müsse Aurelia sich irren. Vermutlich habe sie in der gespenstischen Dunkelheit, in der solche Veranstaltungen dem Hörensagen nach stattfänden, einen ihm ähnlich sehenden Mann für ihn gehalten. Nachts seien nun einmal, wie man wisse, alle Katzen grau, da könne man schon einmal jemanden mit einem anderen verwechseln. Es gebe viele bekannte Beispiele, wo dies überliefert sei. So habe etwa Alkmene in der Nacht Zeus nicht erkannt, sondern ihn für ihren Gatten Amphitrion gehalten. Im übrigen habe der lüsterne Zeus einen Grund gehabt, nächtens und unerkannt Alkmene zu besuchen, wie man an Herkules, dem Produkt dieses Besuches, sehen könne. Welchen Grund aber solle er, ein verheirateter Mann, haben, sich unter vermummte Frauen zu mischen?

Natürlich ging das Gerücht um, Clodius habe sich in unziemlicher Weise Cäsars Frau Pompeia nähern wollen. Cicero, der sich weigerte, Clodius' Alibi zu bestätigen, nutzte die Gelegenheit, den Verdacht, Clodius habe unerlaubte Beziehungen zu Pompeia, in Umlauf zu bringen. ‚Was', ließ er überall verlauten, ‚hat denn Clodius in Pompeias Ankleidezimmer zu suchen?'

Aurelia war empört über die Frivolität des Clodius, mit der er ihre Aussage in Zweifel zog. »Du mußt etwas gegen diesen Kerl unternehmen, lieber Sohn. Er zeiht mich zwar nicht der Lüge, wohl aber der Blindheit oder aber leichtfertiger Verdächtigungen. Zudem rückt er deine Frau ins Zwielicht, und Cicero, dieser widerliche Intrigant, streut seine Verdächtigungen unter die Leute, um dir und Pompeia zu schaden. Du mußt deshalb gegen Clodius vorgehen! Er darf damit nicht durchkommen! Und Cicero auch nicht!«

»Liebe Mutter, beruhige dich. Ich habe überall verbreitet, daß ich von der Unschuld Pompeias überzeugt bin.«

»Du glaubst wirklich, daß an den Gerüchten nichts Wahres ist? Du vernachlässigst deine Frau, und jedermann weiß das! Das Gerücht ruiniert deinen Ruf, den Ruf des Pontifex Maximus! Die spottlustigen Römer werden bald Verse auf den Hahnrei Cäsar verfassen Du mußt dich von ihr trennen!«

»Das sagst ausgerechnet du mir, liebe Mutter? Du warst es doch, die mir diese Heirat mit Pompeia eingeredet hat. ‚Sullas Enkelin ist eine reiche Erbin, sie bringt dir neue Beziehungen, weil sie auch mit Pompeius verwandt ist, und sie wird dir den ersehnten Erben gebären!' Nichts ist geschehen! Ich habe keinen männlichen Erben, keine neuen Beziehungen! Erinnerst du dich? Gut, wirst du sagen, ich habe sie genommen. Aber du weißt auch, daß ich mich stets mit ihr gelangweilt habe! Aber jetzt m u ß ich darauf bestehen, daß ich sie für unschuldig halte, und ich m u ß auch sicherstellen, daß Clodius weiterhin jede unerlaubte Beziehung zu ihr vehement bestreitet!«

Aurelia blickte ihren Sohn entsetzt an: »Du willst dich also nicht scheiden lassen? Du willst auch noch diesen Clodius schützen? Willst du das wirklich?«

»Leider muß ich ihn schützen. Ich kann nicht in Kauf nehmen, daß man in der Stadt über mich lacht. Lächerliche Leute, das weißt du so gut wie ich, liebe Mutter, werden von den Quiriten nicht ernst genommen. Und einen Hahnrei, der selbst zugibt, einer zu sein, nimmt hier niemand ernst! Und wenn man mich nicht ernst nimmt, wird man mich auch nicht zum Konsul wählen, wenn ich aus Spanien zurückkomme!

Also muß ich mich nach außen überzeugt von der Unschuld Pompeias und damit auch von der des Clodius zeigen. Aber ich werde ihr den Scheidebrief schicken. Du findest das inkonsequent? Inkonsequent, wenn ich gleichzeitig erkläre, von ihrer Unschuld überzeugt zu sein? Das ist es aber nicht, wenn du meine Begründung hörst! Ich bin Oberpriester der Römischen Republik. An meine Person sind daher andere Maßstäbe anzulegen als an den gewöhnlichen römischen Senator oder Ehemann. Das muß auch für meine Frau gelten! An Cäsars Frau darf nicht einmal ein Verdacht, etwas Unrechtes getan zu haben, haften! Nicht erwiesene oder immerhin mögliche Schuld ist Grund für meine Trennung von Pompeia. Es ist vielmehr die Tatsache, daß sie durch verleumderische Dritte in diesen vagen und böswilligen Verdacht geraten ist.

Ich mache ihr keinen Vorwurf, im Gegenteil, ich erkläre ausdrücklich, von ihrer Unschuld überzeugt zu sein! Für den Bürger Cäsar käme bei dieser Sachlage eine Scheidung nicht in Betracht, der Oberpriester Cäsar aber muß andere Maßstäbe anlegen. Allein schon daß ein schmutziger Gedanke sie befleckt, ist in diesem Falle Grund genug, sich von ihr zu trennen. Glaube mir, das Volk wird beeindruckt sein! Kein Mensch wird es wagen, über Cäsar zu lachen, niemand wird Spottverse über ihn in Umlauf bringen. Ich werde jeden verfolgen, der Pompeias Tugend in Zweifel zieht, und das alles werde ich öffentlich verkünden!«

»Du weißt, lieber Sohn, daß du einen hohen Preis dafür zahlen mußt! Du mußt nämlich, um glaubwürdig zu sein, diesen unwürdigen Clodius verteidigen und ihn nicht nur von dem Vorwurf des Ehebruchs mit Pompeia, woran er ja vielleicht tatsächlich unschuldig ist, bewahren, sondern auch vor dem des Religionsfrevels. Denn er darf einfach nicht in unserem Hause gewesen sein! Nur dann fällt der Verdacht, daß er es auf Pompeia abgesehen habe, in sich zusammen.«

»Ich weiß, Mutter. Aber ich werde ihn nicht nur verteidigen lassen und hoffentlich frei bekommen und sein Leben rettern, denn auf nachgewiesenen Religionsfrevel steht bekanntlich die Todesstrafe. Ich werde ihn dann zu meinem Werkzeug machen! Clodius steht auf der Abschußliste Catos. Nicht wegen der Sache mit der Bona Dea, sondern weil Cato ihn wegen seines Lebenswandels, wegen seiner Schlägerbande und wegen des schlechten Beispiels, das er der Jugend gibt, für ein auszumerzendes Übel hält. Bisher hat er mit Rücksicht auf Cicero, der Clodius und seine Bande während der Catilinarischen Unruhen als Leibwache beschäftigt hat, stillgehalten. Cicero hat Clodius inzwischen fallen gelassen und bedient sich nun der Bande von Milo. Deshalb hat er sich auch geweigert, Clodius in der Bona Dea-Affäre ein Alibi zu erteilen. Clodius verzeiht Cicero den Verrat, wie er dessen Verhalten bezeichnet, nicht und hat ihm fürchterliche Rache geschworen!

Das ist meine Chance! Ich werde aus dem Hintergrund die Fäden ziehen und dafür sorgen, daß Clodius wegen des Vorwurfs, sich gegen die römische Religion vergangen zu haben, freigesprochen wird. Ich werde die Angelegenheit Fufius Calenus übergeben. Er wird bei seiner Geschicklichkeit einen Weg finden, Clodius loszueisen. Danach werde ich den Freigesprochenen in meine Dienste nehmen, damit er während meiner Abwesenheit in Spanien Cicero und Cato in Schach hält. Er wird unter der Aufsicht von Fufius Calenus und Vatinius stehen, damit er keine Eigenmächtigkeiten begehen und Schaden anrichten kann.«

»Mein Sohn, du findest, wie immer, für alles eine Lösung. Aber sei mit Clodius vorsichtig! Dem jungen Mann ist nicht zu trauen. Der will seine eigenen Suppen kochen! Er wird sich nicht mit der Rolle abfinden, dein Wadenbeißer und Mann für das Grobe zu sein. Gut, solange du ihn auf Cicero ansetzt, wird er dir folgen, denn an dessen Sturz hat er ein eigenes Interesse! Aber glaube nicht, daß Clodius ein Gefolgsmann oder gar Freund wird, wie es Aurunculeius Cotta, Labienus, Fufius und Vatinius sind.«

»Das weiß ich, Mutter. Ich werde deshalb ein wachsames Auge auf ihn haben. Aber als Wadenbeißer, wie du es ausdrückst, ist er genau der richtige Mann! Cicero wird keine Zeit haben, mir oder den Popularen in die Parade zu fahren. Und bedenke, zumindest zu Anfang wird Clodius mir dankbar sein, daß ich ihn gerettet habe. Später werden wir weitersehen!«

7

Der Senat debattierte nun schon seit Wochen darüber, vor welchem Gericht eine Anklage gegen Clodius wegen Religionsvergehen, wenn man sie denn erheben wolle, zu verhandeln sei. Immer wieder hatten sich die führenden Senatskreise mit den unterschiedlichen Einwänden der popularen Vertreter, zu denen jetzt auch wieder der nach Rom zurückgekehrte Crassus gehörte, herumzuschlagen.

»Ich bemerke«, wand Vatinius ein, »daß immer noch nicht hinreichend dargelegt worden ist, was man Clodius eigentlich vorwerfen will! Er war doch seinen eigenen Bekundungen nach überhaupt nicht im Hause Cäsars anwesend, als das Fest der Bona Dea veranstaltet wurde. Ausgerechnet Cicero macht sich für eine Anklage stark! Das ist doch gegen unsere Rechtsordnung. Er kommt doch als Zeuge in Betracht und kann daher nicht gleichzeitig hier wie ein Ankläger auftreten! Nicht nur, daß er sich irren, ja sogar lügen kann, er ist auch sonst am Ausgang des Verfahrens interessiert! Ist es nicht so, daß Clodius früher mit Cicero befreundet war? Und ist es nicht so, daß diese Freundschaft in eine bittere, ja erbitterte Feindschaft umgeschlagen ist? Cicero ist daher nicht mehr unbefangen und daher auch als Zeuge nicht mehr objektiv und dadurch unglaubwürdig!

Wir haben also keinen Beweis, nicht einmal einen Anhaltspunkt für die

Schuld des Clodius, außer einem mit ihm verfeindeten und damit unbrauchbaren Zeugen und einer Zeugin, die sich nicht mehr sicher ist, ob sie wirklich Clodius in jener dunklen Nacht erkannt hat! Was also reden wir über die Zuständigkeit von Gerichten! Wir sollten über die Ablehnung einer nicht fundierten und zweifelhaften Anklage reden, nicht über Zuständigkeiten!«

Nachdem Vatinius sich wieder auf seiner Bank niedergelassen hatte, erhob sich der vor Zorn bebende Cato. »Mir ist selten eine größere Unverschämtheit zugemutet worden, als es in dieser Rede des Senators Vatinius zum Ausdruck kommt. Hier versucht ein kleiner ehemaliger Quästor den großen Cicero, den Vater des Vaterlandes, der Lüge zu zeihen! Ich will diese Geschmacklosigkeit und Impertinenz nicht weiter kommentieren, denn dies wäre der Ehre zuviel für dich, Vatinius!

Worauf es mir ankommt, ist vielmehr Folgendes: Unser Staat wird von allen Seiten von unverantwortlichen Elementen, die nur ihren eigenen Vorteil suchen, wie Pompeius, Crassus und natürlich Cäsar, bedrängt und in seiner Freiheit bedroht! Gerade haben wir in Catilina einen der frechsten und skrupellosesten dieser Verbrecher abwehren und für immer ausschalten können.

Glaubt nun aber nicht, ehrwürdige Väter und Beigeordnete, daß damit die Gefahren für die Freiheit und das Blühen unserer Republik schon beseitigt sind. Wir müssen nicht nur wachsam sein, sondern alle drohenden Gefahren frühzeitig erkennen und bereits bekämpfen, bevor sie überhaupt aufgetreten sind. Daher ist jeder Verdächtige anzuklagen und zu verurteilen, wenn seine Schuld nicht zweifelsfrei widerlegt werden kann. Nur rechtzeitige Prävention verhindert, daß sich Staatsfeinde breitmachen und sich Verschwörungen bilden können und böse Absichten entstehen und uns alle bedrohen.

Seht euch doch um! Überall lauern Gefahren für den Staat! Ein Komplott entwickelt sich aus kleinsten Anfängen. Deshalb müssen wir wachsam sein und jedem Verdacht, jeder Auffälligkeit und jeder aufrührerischen Rede nachgehen. Wenn auch nur die Möglichkeit besteht, daß aus Absichten Taten werden, müssen wir einschreiten, ja die Absicht selbst muß untersucht und gegebenenfalls geahndet werden! Nur wenn wir frühzeitig handeln, vermeiden wir Schäden! Schon wenn es nur ein wenig nach Rauch riecht, müssen wir den Brandherd suchen und den Brand austreten, bevor sich das Feuer seinen Weg bahnt und uns alle verbrennt!

Unter diesem Aspekt ist daher auch gegen Clodius Anklage zu erheben. Er ist ein potentieller Unruhestifter, gegen den präventiv vorgegangen werden muß, wenn unser Gemeinwesen keinen Dauerschaden nehmen soll!«

Fufius Calenus erhob sich. »Ehrwürdige Väter und Beigeordnete! Dies war die gefährlichste Rede, die ich je in diesem Hause vernommen habe. Seit wann sind Absichten, seit wann Gedanken strafbar? Seit wann wird ein Bürger gemaßregelt, weil gegen ihn ein ganz vager Verdacht besteht, mag er auch noch so absurd sein? Seit wann muß ein Verdächtiger den Schuldvorwurf widerlegen? Umgekehrt hat es zu geschehen! Dem Verdächtigen ist seine Schuld nachzuweisen, und das zweifelsfrei. Nicht zu Unrecht haben wir den Rechtssatz entwickelt: Im Zweifel für den Angeklagten!

Was ist präventive Verbrechensbekämpfung anderes, als den Verdacht, das Gerücht, die Denunziation zum strafwürdigen Delikt zu erheben! Nein, Cato, so geht es nicht. Du willst einen Überwachungsstaat, um die Freiheit zu schützen? Du unterdrückst die Freiheit, wenn du schon verdächtige Gedanken ahnden willst.

Und was ist Verdacht, was ist deiner Meinung nach verdächtig? Alles, was nicht deiner Auffassung ist? Alles, was von der Norm abweicht? Von welcher Norm? Wie ist es zum Beispiel mit den üblichen Bekleidungsvorschriften bei uns? Weicht jemand von der Norm ab und ist deshalb verdächtig, wenn er sich weigert, Unterbekleidung zu tragen? Er riecht dann vielleicht ein wenig streng, aber ist er schon verdächtig, den Staat umzustürzen?«

Durch den Senat rollte eine Welle wiehernden Lachens. Die angespannte Atmosphäre löste sich auf in Heiterkeit, Spottlust und Schadenfreude. Jedermann wußte, daß Cato keine Unterkleidung trug, um so altrömische Sitte zu demonstrieren.

»Wann liegt ein strafwürdiger Verdacht also vor?« Calenus hatte den Faden wieder aufgenommen, nachdem die ausgelassene Heiterkeit abgeebbt war. »Liegt er vor, wenn ein, zwei oder drei Elemente oder Tatsachen bei einem Bürger gegeben sind, die zum Beispiel auch bei früheren überführten Tätern gegeben waren?

Nehmen wir uns einmal Catilina, einen überführten Staatsverbrecher, vor und untersuchen wir, welche seiner Eigenschaften oder sonstigen Merkmale ihm zuzuordnen sind. Zunächst stellen wir fest, daß sein Name mit einem C anfängt. Sind also alle Bürger, deren Name mit einem C beginnt, verdächtig? Bist du, Cato, also verdächtig oder du, Cicero? Ist Cäsar verdächtig? Liegt in der Übereinstimmung mit dem Anfangsbuchstaben nicht schon ein offenkundiges Indiz für einen schweren Verdacht, zumal auch der Name des verurteilten und hingerichteten Mitverschwörers Cethegus mit dem Buchstaben C beginnt?

Solltet ihr, verehrte Väter und Beigeordnete, und vielleicht sogar du, Cato, aber der Meinung sein, daß e i n e Übereinstimmung noch nicht ausreicht, Anklage zu erheben, so laßt uns nach einem weiteren Indiz suchen.

Catilina war ein tapferer Mann. Sind also alle tapferen Männer des Hochverrats verdächtig, vor allem, wenn ihr Name mit einem C anfängt? Cato ist ein tapferer Mann, ist er deswegen aber verdächtig, zumal sein Name mit einem C geschrieben wird? Ein Glück, daß Cicero nicht im Ruche steht, ein tapferer Mann zu sein, sonst wäre er am Ende auch verdächtig.«

Wieder lachten die Senatoren. Unglaublich, was sich dieser Fufius herausnimmt, dachten sie, aber erheiternd ist es, das muß ihm der Neid lassen.

»Catilina konnte gut reden. Auch Cato spricht nicht schlecht, und Cicero ist geradezu ein Meister in der Redekunst! Nun fürchte ich aber doch, daß wir gegen Cato Anklage erheben müssen! Drei Übereinstimmungen mit einem überführten Verschwörer, das kann doch kein Zufall sein!

Ihr seht, ehrwürdige Väter und Beigeordnete, wohin derartig abstruse Vergleiche und Gedanken, wie Cato und ich sie vorgetragen haben, führen. Riechen wir also nicht hinter jedem Misthaufen Verrat und Betrug!

Wir stehen hier vor der Frage: Ist es richtig, die Rechte der Bürger und damit die Freiheit einzuschränken, um die Freiheit zu retten? Ich sage nein! Es ist der falsche Weg, im Namen der Freiheit und der Sicherheit die Freiheit der Bürger einzuengen oder gar abzuschaffen! So etwas ist allenfalls gerechtfertigt, wenn eine k o n k r e t e Gefahr vorliegt, ein Aufstand etwa oder eine Bedrohung von außen, nicht aber bei einer a b s t r a k t e n ! Hüten wir uns, jeden denkbaren Fall, jede noch so unwahrscheinliche Möglichkeit, kurz jeden leisesten Verdacht zum Anlaß zu nehmen, den Notstand auszurufen und im Namen der Staatssicherheit die Bürgerrechte zu beschränken. Sicherheit für die Bürger ist wichtig, aber wenn wir nach Catos Meinung verfahren, züchten wir im Namen der Sicherheit nur neue Unsicherheit, beseitigen im Namen der Freiheit die Freiheit!

Bleiben wir also bei unserem bewährten Rechtsgrundsatz, wonach niemand verurteilt werden kann, es sei denn, ihm wird eine strafbare Handlung nachgewiesen!«

Nachdenklich gingen die Senatoren nach Hause. Zwar beschlossen sie bald darauf eine Anklage gegen Clodius wegen Religionsvergehen zu erheben, aber sie blieben bei den bisherigen Beweisregeln.

Cato wollte allerdings mit einem Antrag durchsetzen, daß der Prätor für diesen Prozeß ein besonderes Gericht ernennt, wobei er bei der Auswahl der Richter frei sein müsse. Nachdem Fufius Calenus als Volkstribun hiergegen sein Veto angedroht hatte, blieben die Senatoren bei den alten

Verfahren, wonach die Richter aus den drei Kurien der Senatoren, der Ritter und der Ärartribunen drittelparitätisch ausgewählt werden mußten.

»Siehst du, liebe Julia«, sagte Gnipho zu seiner Schülerin, »wie gut es war, daß dein Vater diese Zusammensetzung der Geschworenengerichte wieder hat einführen lassen, als vor fast zwanzig Jahren Pompeius und Crassus Konsuln waren. Wären nur die Senatoren Geschworene gewesen, wie dies unter Sulla der Fall war, wäre Clodius gestern mit Sicherheit nicht freigesprochen worden!«

»Nun, ja, aber Clodius war doch schuldig. Wahrscheinlich waren die Richter bestochen worden, sonst hätte das Urteil anders ausfallen müssen.«

»Letzeres ist schon möglich. Aber der Grundsatz ‚im Zweifel für den Angeklagten' hat sich durchgesetzt. Und das ist im Sinne der Rechtssicherheit gut so. Lieber einen Schuldigen freisprechen als einen Unschuldigen verurteilen! So ist unser Rechtssystem!«

8

»Ich freue mich, lieber alter Freund, daß du endlich wieder in Rom bist!« Cäsar sprach es mit großer Herzlichkeit aus, als er seinen ältesten Freund und Mitstreiter Marcus Licinius Crassus in seine Arme schloß. »Komm, erzähle, wie es dir ergangen ist. Ich habe mir Sorgen um dich gemacht!«

»Ach, Cäsar, auch ich bin froh, wieder in Rom zu sein! Eine Zeitlang ist es ja auf dem Lande ganz erholsam, aber ein Landgut nach dem anderen zu besuchen und im Grunde immer auf der Hut vor unbekannten Häschern zu sein, wird auf die Dauer langweilig. Und immer so tun, als sei dies eine lange geplante Inspektionsreise und keine übereilte Flucht!

Du weißt, ich hatte lange Jahre die Aktivitäten Catilinas finanziert, allerdings ohne in sein Komplott eingeweiht zu sein. Ich hatte zwar wegen der zunehmenden Radikalität seiner und seiner Anhänger Forderungen seit etwa einem Jahr, bevor seine Verschwörung aufflog, meine Zuwendungen an ihn eingestellt, denn wer finanziert schon seine eigene Enteignung! Du kennst ja seine in letzter Zeit verfolgten radikalen Ziele wie den Erlaß aller Schulden und die Enteignung der Reichen. Ich bin der reichste Mann in Rom, sollte ich also an meiner eigenen Enteignung mitwirken? Ich bin der größte Bankier in der Stadt und dem ganzen Land, sollte ich auf die Rückzahlung der ausgeliehenen Kapitalien verzichten?

Aber meine Schuldner saßen nicht nur im Lager der Popularen, sondern auch bei den Optimaten. Ein Geldverleiher kann sich seine Kunden nun einmal nicht aussuchen, wenn er im Geschäft bleiben will!

Und so ließ sich die Verschwörung des Catilina von den Optimaten gut dazu gebrauchen, mich in die Ecke der Verschwörer, zumindest in die der Mitwisser, zu schieben. Das hätte einen angenehmen Nebeneffekt für die Optimaten mit sich gebracht: Indem diese arglistigen Heuchler vortäuschen, mich als Staatsfeind zu verfolgen und zu vernichten, wollten sie sich zugleich ihrer Rückzahlungsverpflichtungen mir gegenüber entledigen. Man hätte meine Papiere beschlagnahmt, natürlich um Beweismaterial für meine Mitwisserschaft an der Verschwörung sicherzustellen, und hätte bei dieser Gelegenheit auch die Schuldscheine gefunden und – versehentlich – wären diese dabei verloren gegangen.«

»So hast du also deine Schuldscheine gerettet! Du bist also nach wie vor der reichste Mann und kannst nun wieder in die Politik eingreifen. Ich gehe dabei davon aus, daß du deine Gesinnung nicht geändert hast und nach wie vor die Popularen unterstützen wirst.«

»Selbstverständlich werde ich das tun, mein lieber Cäsar. Und nicht nur, weil ich dein alter Freund bin, sondern weil ich nach wie vor mit dir der Meinung bin, daß eine umfassende Reform des Staates und seiner Einrichtungen vonnöten ist. Und natürlich brauchen wir andere Leute, die ihn führen. Aber zunächst bitte ich dich um deine Einschätzung der politischen Lage. Ich war zu lange aus dem politischen Geschäft, um auf dem laufenden zu sein. Und wenn du Geld brauchst, laß es mich wissen!«

»Ich danke dir für deine Bereitschaft, wieder aktiv bei den Popularen mitzuwirken und uns deine finanziellen Ressourcen wieder zur Verfügung zu stellen. Wie du weißt, hat der unbedachte Aufstand Catilinas auch die daran unbeteiligten Popularen fast vernichtet und ihnen bei den über den gewaltsamen Umsturzversuch verschreckten Bürgern den Boden entzogen. Unsere Anhänger sind entweder tot, übergelaufen oder in alle Winde zerstreut. Ich selbst bin mit Mühe der Verurteilung und Hinrichtung entgangen. Die Optimaten hatten auf der ganzen Linie gesiegt. Dies ist zwar nicht ihren offiziellen Führern zu verdanken gewesen, die, lahm, zögerlich und in sich zerstritten wie immer, die Drecksarbeit, wie sie meinten, ihren Scharfmachern Cicero und Cato überlassen hatten. Das Ergebnis ist dir bekannt.

Cicero hat unter Catos ständigen Druck stehend den Aufstand schnell und erbarmungslos niedergeschlagen. Nach dem Sieg aber wollte er sich nicht nur mit der Rolle des ‚Vaters des Vaterlandes' zufrieden geben, eines Titels, den man ihm verliehen hat, sondern er wollte auch offiziell die Führung der Optimaten von Catulus übernehmen.

Nun, du kennst unsere adelsstolzen Herren! Sie ließen Cicero ziemlich deutlich wissen, daß er als ‚homo novus' niemals mit der Führungsrolle bedacht werden würde. So begann die Partei der Sieger an ihrer inneren Zerrissenheit, an der Unfähigkeit ihrer Oberhäupter und an den unterschiedlichen Eigeninteressen ihrer Mitglieder zu zerfallen. Nachdem der Druck, der auf ihnen während der Verschwörung gelastet hatte, verschwunden war, kochte nun wieder jeder sein eigenes Süppchen. Der Vorrat an Gemeinsamkeiten war aufgezehrt.

Dies war die Stunde des Cato. Er nutzte die Schwäche der alten Herren einschließlich Ciceros, um de facto die Führung der Optimaten zu übernehmen. Er ist fähig und gefährlich. Er hat Charakter, glaubt an das, was er sagt und wofür er kämpft. Und er ist unerbittlich, wenn es um die Sicherung der hergebrachten republikanischen Traditionen geht. Er ist ein Feind, mit dem wir rechnen müssen und der sich weder bestechen läßt noch zu Kompromissen bereit ist, wenn er von der Richtigkeit seiner Sache überzeugt ist.

Diese Starrheit ist aber zugleich seine Schwäche. Man kann ihn innerhalb seiner Partei isolieren, denn vielen alten Optimaten wird seine Rigorosität unheimlich und lästig. Er ist nicht der Wachhund, den man bei Bedarf von der Kette läßt und der sich nach getaner Arbeit wieder in seinen Zwinger sperren läßt. Viele der hohen Herren hatten das geglaubt und sind nun nicht nur um eine Erfahrung reicher, sondern auch bitter enttäuscht.

Cicero hat diese Entwicklung als erster erkannt. Er traut sich zwar nicht, offen gegen Cato vorzugehen, und du siehst allein schon hieran, wie stark Cato geworden ist: Cicero kritisiert ihn nur intern oder bei Dritten hinter vorgehaltener Hand. Er aber hat erkannt, daß Cato gebremst werden muß, wenn der Sieg der Optimaten nicht wieder verspielt werden soll.«

»Das ist sehr interessant, mein Lieber«, fiel Crassus ihm ins Wort. »Hier sehe ich einen Ansatzpunkt, Cicero in unser Lager zu ziehen, zumindest ihn und die maßvollen Optimaten von Cato, unserem eigentlichen Gegner, wenn ich dich richtig verstanden habe, zu trennen. Und ich habe da schon einen Hebel, mit dem wir ihn fassen können. Wie ich von einem meiner Makler gehört habe, interessiert sich unser neuer ‚Vater des Vaterlandes' für ein mir gehörendes Haus auf dem Palatin. Mein Mitarbeiter wird es ihm zu einem Freundschaftspreis anbieten und natürlich verschweigen, daß es mir gehört. Wenn er es kauft, haben wir ein Druckmittel gegen ihn, denn niemand wird ihm bei diesem Preis abnehmen, daß er nicht gewußt hat, wem das Haus früher gehört hat. Den Ruch der Bestechlichkeit wird Cicero scheuen, und das wird ihn für manches Entgegenkommen geneigt machen, wenn wir ihn an den Vorbesitzer Crassus erinnern.«

»Eine gute Idee, mein Lieber! Aber Cicero ist schon halb in unserem Boot. Natürlich wird er weder offiziell noch heimlich zu uns überlaufen, aber gegen Cato werden wir ihn mobilisieren können. Er fürchtet nämlich, daß dieser seine eigene Position bedroht, und da ist unser Cicero kitzlig! Außerdem ängstigt ihn zu Recht, daß die Unversöhnlichkeit und Strenge Catos auch gegenüber den Wünschen Pompeius' nicht zu einer Eindämmung der Macht unseres großen Feldherrn führt, sondern diesen so provoziert, daß er mit seinen Soldaten auf Rom marschiert und seine Forderungen mit Gewalt durchsetzt.«

»Aber, gestatte den Einwand, Pompeius hat doch seine Truppen entlassen und sich selbst zum zahnlosen Tiger gemacht!«

»Das hat er nicht! Er hat seine Soldaten beurlaubt und damit Cato das Argument aus der Hand geschlagen, er plane die Anwendung von Gewalt. Der friedliche Pompeius sitzt zur Zeit in meiner Villa in Bovillae und wartet auf die Bewilligung seiner Forderungen. Darüber hat der Senat, dank Cato immer noch nicht entschieden. Aber langsam wird Pompeius ungeduldig und seine Laune befindet sich auf einem Tiefpunkt. Das Volk jubelt ihm zwar, dank der geschickten Regie meines neuen Mitarbeiters Vatinius, zu und bereitet ihm Ovationen, wo er sich sehen läßt. Pompeius aber will endlich seinen Triumphzug, die Versorgung seiner Veteranen und die Genehmigung seiner in Asien getroffenen Anordnungen.

Du siehst, wie explosiv die Lage geworden ist. Auf der einen Seite der von Cato beeinflußte Senat, der glaubt, daß die Senatsoligarchie das alleinige Recht hat, die Geschicke Roms zu bestimmen, auf der anderen Seite die Armee, die immer gebieterischer ihre Forderungen stellt. Zwar will Pompeius den Ausgleich mit dem Senat, aber die Soldaten würden sofort zur Gewalt greifen, wenn Pompeius ihnen einen Wink gäbe. Dann hätten wir wieder Bürgerkrieg, eine Vorstellung, die mir, aber auch Pompeius und Cicero Grauen einflößt.«

»Mir auch, mein lieber Cäsar, mir auch! Aber was können wir tun, um das zu verhindern? Wie stark sind wir überhaupt? Sind wir eine nennenswerte Größe, mit der die anderen rechnen müssen?«

»Das, lieber Crassus, sind wir leider noch nicht. Wir haben uns zwar erholt, haben alle Angriffe Catos auf uns abwehren können. So haben wir nicht nur neue Anhänger geworben, sondern sind auch bei der Plebs wieder im Kommen. Das verdanken wir neben anderen vor allem zwei sehr rührigen jungen Senatoren: Einem der diesjährigen Volkstribunen, nämlich Quintus Fufius Calenus, und einem Quästor des vorigen Jahres, Publius

Vatinius. Aber beide haben auf Grund ihrer niedrigen Plazierung in der Rangordnung nicht den Einfluß im Senat, der nötig wäre, um Cato zu isolieren und den Senat zur Vernunft zu bringen. Niemand bei den Optimaten liebt Cato, aber sie folgen ihm aus Gewohnheit, weil Catulus ihn stützt. Auch Pompeius ist uns wenig hilfreich. Er schmollt mit allen, und viele sind aus persönlichen Gründen gegen ihn, so Lukullus wegen der Schmach, in Asien durch Pompeius abgelöst worden zu sein, so die Meteller wegen seiner Scheidung von Mucia und wegen der schimpflichen Entlassung des Creticus.

Um unserer Repräsentanz im Senat mehr Gewicht zu geben, bitte ich daher dich, die Führung in der Fraktion der Popularen zu übernehmen. Du wirst als alter Konsular ein anderes Gewicht haben als unsere eifrigen jungen Herren. Du kennst alle einflußreichen Leute, bist Gläubiger vieler von ihnen und kennst aus alten Zeiten ihre Stärken und Schwächen. Übe Mäßigung, sieh aber zu, daß unsere Anliegen gehört werden. Und sei nett zu Pompeius. Ich weiß, du kannst ihn nicht leiden, aber Pompeius muß eine Alternative zu den Optimaten im Senat haben. Er muß uns vertrauen. Auf keinen Fall darf er losschlagen, denn tut er dies, wird das Ergebnis seine Diktatur sein. Ob er sie ursprünglich wollte oder nicht, spielt dann keine Rolle mehr! Setze dich also für Pompeius ein, mache ihm Hoffnungen, daß du seine Wünsche nach und nach durchsetzen wirst, wenn er Geduld übt. Oberstes Ziel muß also sein, die zwischen Pompeius und dem Senat bestehenden Spannungen zu vertiefen, ohne daß sich unser Feldherr zur Gewaltanwendung hinreißen läßt.

Zur Unterstützung bei den Volksversammlungen vor Störungen durch Catos Banden unter Milo habe ich Publius Claudius Pulcher, der sich dem Pöbel zuliebe jetzt Clodius nennt, angeheuert. Seine Bande ist stark genug, um Milo Paroli zu bieten.«

»Was, du hast Clodius in deine Dienste genommen? Diesen verkommenen Aristokraten, der vor nichts zurückschreckt? Das ist doch ein zweiter Catilina!«

»Vergleiche Clodius nicht mit Catilina! Catilina hatte Ideale und ein Ziel! Er hat Fehler gemacht, aber er war ein aufrichtiger und tapferer Mann! Er konnte seine Emotionen nicht steuern, aber seine Bestrebungen waren wie die unsrigen auf Reformen des Staates gerichtet, und er war ein treuer und hingebungsvoller Freund, mein Crassus!

Clodius dagegen ist Abschaum, ein verzogenes Bengelchen, frivol und ohne Bedenken, wenn es um seinen Vorteil geht. Ein prinzipienloser Mensch, der in den Tag hineinlebt. Er denkt nur an sich, sein Vergnügen und den Nervenkitzel, den seine Banditenstreiche ihm verursachen, unverfroren, skrupellos und kühn. Aber gerade deshalb ist er nützlich.

Er wird uns Milo, sein kongeniales Gegenstück auf der anderen Seite, vom Leibe halten, ein bezahlter Schläger, von dem wir uns in besseren Zeiten wieder lösen können. Jetzt aber brauchen wir ihn, denn wir müssen unsere Anträge in der Volksversammlung durchbringen. Dank deiner finanziellen Unterstützung im Wahlkampf gehören dieses Jahr alle zehn Volkstribunen zu unserer Partei. Cato und der Senat haben also niemanden, der gegen unsere Gesetzesvorlagen ein Veto einlegen kann. Catos einzige Möglichkeit und Waffe, uns in die Quere zu kommen, wäre die Sprengung und das Auseinandertreiben des Volkes bei der Volksversammlung durch die Bande des Milo, um so Beschlüsse zu unseren Gunsten zu verhindern. Damit das nicht geschieht, werden uns Clodius und seine bewaffnete Bande nützlich sein.«

»Ich erkenne nun meine Rolle und werde sie natürlich übernehmen, mein Lieber. Aber was ist deine Aufgabe? Oder willst du diesmal im Hintergrund bleiben?«

»Natürlich nicht, lieber Crassus. Aber ich werde Statthalter im jenseitigen Spanien. Ich muß dorthin, um militärische Erfahrungen zu erwerben, vor allem aber, um Soldaten in die Hand zu bekommen. Unsere Schwäche liegt ja vor allem darin, daß wir keine Machtmittel haben, um uns notfalls gegen unsere Feinde zu verteidigen. Wenn Pompeius nicht mehr der einzige ist, der in der Republik über Legionen verfügt, verschiebt sich das Kräfteverhältnis weiter zu unseren Gunsten. Wenn ich wiederkomme, haben wir eine hoffentlich dank deiner Bemühungen verbesserte Stellung im Senat. Wir haben dank Vatinius und Calenus das Volk wieder auf unserer Seite, wir überlassen die Straße nicht mehr allein dem Milo, und wir haben dank meiner Statthalterschaft neue Klienten in der Provinz Hispania und verfügen vor allem über erfahrene Soldaten. Ich werde in Spanien als erstes meine beiden Legionen um eine weitere verstärken. Irgend ein Aufstand irgend eines unterworfenen Volksstammes wird mir als Handhabe dazu dienen.«

»Alles schön und gut, lieber Cäsar. Aber du weißt, ich bin Geschäftsmann. Und als solcher habe ich erhebliche Bauchschmerzen, wenn ich die vielen Wenns in deiner Rechnung sehe. Risiko gehört zum Geschäft, aber was ist das Ziel, für das sich das Ganze lohnt?«

»Sieh unsere jetzige Lage und welche Möglichkeiten sie bietet. Du wirst einsehen, daß unsere Chancen, die römische Politik mitzubestimmen, verhältnismäßig bescheiden sind. Wir können also nur dann dazugewinnen und zwar ganz besonders viel, wenn wir auch militärisch eine Größe werden. Das kann danebengehen, vor allem, wenn Pompeius vorzeitig, weil er die Geduld verloren hat, zu den Waffen greift. Aber selbst in diesem Falle stehen wir mit zwei oder drei Legionen nicht schlechter da, als wenn wir gar keine Soldaten hätten.

Unser Ziel? Du fragst nach unserem Ziel? Unser Ziel hat sich nicht geändert! Wir wollen die Macht, um den Staat zu verändern! Und dazu brauchen wir nicht nur Soldaten und das Volk, dazu brauchen wir auch das Konsulat. Zum Konsul aber wird man in Rom vor allem dann gewählt, wenn man den Nachweis auch militärischer Tüchtigkeit erbracht hat.

Ich werde mich also, geschmückt mit frischen militärischen Lorbeeren aus Spanien kommend, für das Jahr 695 unserer Stadt um das Konsulat bewerben. Ich hoffe dann, dank meiner Verdienste und dank deines Geldes und der politischen Vorarbeit unserer Freunde gewählt zu werden. Nach meiner Wahl können wir dann mit dem Umbau des Staates beginnen!«

Crassus war beeindruckt. »Deine mir aufgezeigten Perspektiven sind wirklich bestechend. Ich werde derweil im Senat für dich werben und die reichen Ritter, die Catilina mit seinen maßlosen Forderungen ins feindliche Lager getrieben hat, wieder für unsere Partei zurückgewinnen. Alles wird hier laufen, das kann ich versprechen. Aber bei dir, gibt es denn gar keinen Haken, den wir übersehen haben?«

»Einen Haken gibt es noch! Es ist zum Lachen, aber meine Gläubiger wollen mich nicht nach Spanien ziehen lassen, bevor ich meine Schulden gezahlt habe!«

»Wie hoch sind denn deine Verpflichtungen? Schließlich bin ich dein Freund, und eine kleine Spritze von mir wird keine Schwierigkeiten machen.«

Cäsar lachte sarkastisch. »Mein Lieber, ich befürchte, die kleine Spritze wird diesmal etwas größer ausfallen müssen, um deinem Freund die Wege zum Ruhm zu bahnen. Es hat sich da so einiges angesammelt. Insgesamt besitze ich nichts mehr, wenn ich die überschlägig dreitausend Talente Schulden getilgt habe. Die fälligen Schulden machen derzeit etwa 830 Talente aus. Kannst du so viel flüssig machen?«

Crassus kratzte sich hinter den Ohren. »Alle Achtung«, sagte er. »Bei dir fällt tatsächlich alles etwas größer aus! Schulden, Pläne und Risiken! Gut, gib mir eine genaue Liste der fälligen Beträge. Ich werde zahlen oder bürgen! Schließlich will ich nicht in die Geschichte eingehen als der, der Cäsars Aufstieg zum Konsulat verhindert hat. Dieser Ruhm soll, wenn du in den Komitien auf die Nase fällst, den Quiriten gebühren.«

9

Belliena empfing ihre Freundinnen Aurelia und Cloelia in dem zum Empfangszimmer umgerüsteten früheren Arbeitszimmer ihres Sohnes. Sie hatte aus diesem Raum alles entfernen lassen, was an Catilina erinnerte.

»Es ist mir einfach zu schmerzlich, meine Lieben, immer wieder durch herumliegende persönliche Gebrauchsgegenstände, Bücher oder sein Schreibpult an meinen Sohn und sein schauriges Ende erinnert zu werden! Schrecklich, daß wir alten Frauen immer nur neue Schicksalsschläge hinnehmen müssen. Erst mein Sohn, und nun ihr mit dem Skandal um Clodius und Pompeia! Und es war seinerzeit eine so schöne Hochzeit! Cäsar und Pompeia, was waren sie für ein schönes Paar!«

»Ja«, sagte Cloelia, »wir waren alle drei so ausgelassen und fröhlich. Dein verstorbener Vater, liebe Aurelia, hatte alles so wunderbar arrangiert. Die seltenen und kostbaren Speisen, das herrliche Hochzeitsgedicht, das Catullus für meine Enkelin Pompeia und deinen Sohn verfaßt hatte! Ihr erinnert euch sicher auch noch, wie schön die Aufführungen der Antigone waren. ‚Nicht mitzuhassen, mitzulieben bin ich da!' Ich habe diesen Satz der Antigone noch heute im Ohr. Sophokles ist schon ein großer Dichter! Und wie paßte dieser Satz zur damaligen Situation. Zwei verfeindete Familien, die der Julier und die Sullas, versöhnten sich durch die Liebe!«

»Ja, wie romantisch, nicht wahr?« Belliena war ganz verzückt. »Mir ist damals dieser Bezug gar nicht aufgegangen! Aber du hast recht, liebe Cloelia! Versöhnung zweier verfeindeter Familien durch die Liebe. Ich höre noch das Schlußwort der Venus im Hochzeitsgedicht dieses Catullus: ‚Gewähr ihnen Liebe, so, wie du sie empfangen!' Was ist aus den beiden geworden? Wie konnte es passieren, daß es zu dieser schrecklichen Scheidung kam?«

»Ja, wie konnte es passieren?« Aurelia blickte nachdenklich auf ihre Freundinnen. »Ich glaube, es war allein meine Schuld. Ihr wißt, daß ich diese Heirat gewünscht und meinem Sohn vorgeschlagen habe. Er war von Anfang an skeptisch, sah aber ein, daß er wieder heiraten mußte. Nicht nur, weil er dies seiner ersten Frau Cornelia auf dem Sterbebett versprochen hatte, sondern vor allem, weil er einen Erben für das Julische Haus brauchte und immer noch braucht! ‚Das Schöne ist oft nur der Anfang des Schrecklichen', hat mein Sohn damals gesagt. Nun, er hat sie geheiratet, aber sie paßten einfach nicht zusammen. Pompeia ist ein liebes Mädchen, aber sie interessiert sich weder für aktuelle Politik noch für Cäsars langfristige Pläne, den Staat zu verändern und zu regieren! Und einen Erben hat sie ihm auch nicht geboren.

So konnte diese Ehe einfach nicht gutgehen. Die Geschichte mit Clodius war ihm daher ein sehr willkommener Anlaß, sich von ihr zu trennen. Er hat sie meiner Meinung nach sehr honorig behandelt, in dem er öffentlich erklärt hat, er halte sie für unschuldig. Er hat sie damit vor dem Verdacht, mit Clodius Ehebruch getrieben zu haben, vor aller Welt in Schutz genommen! Dabei habe ich selbst gesehen, wie Clodius aus ihrem Boudoir kam!«

»Ja, liebste Aurelia, dein Sohn ist wirklich ein Ehrenmann! Ich werde ihm immer dankbar sein«, sagte Belliena und nahm sie in den Arm. »Wie er die Bestattung meines armen Sohnes Catilina durchgesetzt hat, werde ich ihm nie vergessen! Nun ruht die Asche meines Erstgeborenen in unserer Familiengruft. Sogar sein Haupt hat Cäsar diesem Caius Antonius abgekauft! Stellt euch vor, dieser widerliche Antonius hatte den Schädel meines Sohnes in seinem Hause als Trophäe aufbewahrt! Die Knochen meines Sohnes als Trophäe wie das Fell eines erlegten Bären oder Wolfes! Die Götter mögen diesen Frevel strafen!«

Die temperamentvolle Belliena war außer sich. Sie brauchte eine Zeit, bis sie sich wieder beruhigt hatte. »Ich werde es Cäsar nicht entgelten können, was er für mich und meinen Sohn getan hat. Ich weiß, Catilina war sein Freund, aber mein Sohn hatte viele Freunde. Keiner von ihnen wollte mir helfen, meine Pflicht als liebende Mutter zu erfüllen. Ich bin froh und dankbar, denn nun können die Manen seiner Vorfahren ihn im Orkus würdig empfangen!«

Das Gespräch wurde durch Bellienas Sklavin unterbrochen, die ihrer Herrin meldete, daß ein Imbiß im Speisezimmer angerichtet sei. »Kommt, meine Lieben, wir wollen uns stärken. Und dann, liebe Aurelia, erzähle uns, wie es deinem Sohn in Spanien geht.«

Im Triklinium hatten Bellienas Sklaven auf einer Anrichte mehrere Platten mit kleinen süßen Naschereien aufgebaut, während auf einem flachen Tisch, um den drei bequeme Klinen gruppiert waren, Becher und eine Karaffe mit leichtem griechischen Weißwein standen, der wegen der Haltbarkeit mit Meerwasser versetzt war und nun mit Quellwasser verdünnt wurde, um den Geschmack des Salzes abzumildern.

»Bevor Aurelia über ihren Sohn berichtet, will ich euch schnell das Allerneuste aus der feinen Gesellschaft vortragen«, rief Cloelia. »Es ist brandneu und wird euch sicher interessieren. Also, unser Pompeius, der immer noch in Cäsars Villa in Bovillae sitzt, hat wohl erkannt, daß seine Hauptgegner nicht Cicero und die Greise unter den Konsularen sind, sondern der eifernde und geifernde Cato. Es hat lange gedauert, bis er das begriffen hat, denn er konnte sich nicht vorstellen, daß ein so rangniedriger

Senator wie Cato solchen Einfluß auf die Geschehnisse nehmen kann.

Zuerst hat er nur gelacht und begeistert die von Vatinius und Fufius Calenus organisierten Aufmärsche und Ovationen der Plebs genossen. Irgendwann hatte er genug vom Jubel und hat sich Cicero genähert, um ihn auf seine Seite zu ziehen.

Als das nichts nützte, ist er zu dem Schluß gekommen, daß das Übel allein von Cato ausgehe und daher nur von ihm allein behoben werden könne. Pompeius hat also in der Meinung, daß nichts so fest hält wie familiäre Bande, bei Cato für sich um die Hand von dessen Tochter Porcia angehalten. Und weil doppelt genäht besser hält, hat er für seinen ältesten Sohn gleich noch um die Nichte Catos angehalten. Was sagt ihr nun?«

Aurelia war alarmiert. »Das muß ich sofort meinem Sohn schreiben! Das ändert die politische Lage von Grund auf! Pompeius im Lager Catos, das ist eine Katastrophe!«

»Du kannst dich wieder beruhigen, liebste Aurelia! Höre meine Geschichte erst einmal zu Ende. Der gesinnungstreue Cato hat postwendend die Bewerbungen mit rüden Worten zurückgewiesen. Er liefere seine Tochter nicht einem Verräter und Rechtsbrecher aus! Unglaublich, nicht wahr? Und das hat er auch noch öffentlich im Senat gesagt! Pompeius fühlt sich nicht nur brüskiert, sondern aufs tiefste beleidigt und erniedrigt. Er soll vor Wut schnaubend dem Cato Rache geschworen haben. Dein Cäsar kann also zufrieden sein. Nichts hat sich geändert, außer daß sich Pompeius wieder Cicero zuwendet. Man nennt ihn neuerdings ja ohnehin schon spöttisch Cnaeus Cicero oder Marcus Pompero!«

»Nun, meine Liebe, ich werde meinem Sohn dennoch nach Spanien schreiben! Aber nun zu ihm. Ihr fragt, wie es ihm geht.

Nachdem Crassus für seine Schulden weitgehend gebürgt hatte, ist er mit zwei ehemals pompeischen Legionen, die noch in Makedonien standen, in seine Provinz abgereist und inzwischen in Gades gelandet, wo er unverzüglich den Tempel der Venus Marina aufsuchte und der Stammutter seines Geschlechtes eine weiße Kuh opferte. Cäsar kennt Gades schon seit seiner Quästur. Deshalb wurde er nicht nur freundlich empfangen, sondern auch sehr reichhaltig von der großen Stadt und von den vermögenden Handelsherren beschenkt, nachdem er die alten Privilegien dieser seit den Punischen Kriegen mit uns verbündeten Stadt bestätigt hatte. Außerdem hat er den Einwohnern das römische Bürgerrecht in Aussicht gestellt für den Fall, daß er einmal darüber würde bestimmen können.

Nach kurzem Aufenthalt ist er dann mit seinen beiden Legionen ins Landesinnere gezogen, um Streitigkeiten einzelner Völkerschaften und Stämme und von Veteranenkolonien zu schlichten.

Ihr wißt sicher, daß er Labienus und Cotta als Legaten mit nach Spanien genommen hat; beide führen nun wieder eine Legion. Auch den jungen Marcus Antonius, der die Gebeine deines Catilina im Auftrage Cäsars geborgen und nach Rom gebracht hat, und Servilias Sohn Marcus Junius Brutus sowie meine Enkel Lucius Pinarius und Quintus Pedius hat er zu Offizieren ernannt und mitgenommen. Meinem Sohn wird der Aufenthalt in der Provinz guttun. Nicht nur, daß er dort militärische Meriten sammeln wird, er ist auch eine Zeitlang den lähmenden politischen Querelen und dem ewigen und zermürbenden Kleinkrieg gegen Cato und den Senat enthoben. Im Krieg sind die Fronten klar und eindeutig, aber hier muß man finassieren, täuschen und achtgeben, nicht getäuscht zu werden. Der Feind von heute ist in Rom vielleicht schon der Freund von morgen. Pompeius, Cicero und die meisten Senatoren sind unsichere Kandidaten, auf die man weder vertrauen noch bauen kann, sagt mein Sohn. Der einzig Verläßliche unter den Oligarchen sei Cato, denn der ist und bleibt Feind und damit die einzige berechenbare Größe.

Aber, meine Lieben, ich will euch mit den politischen Ränkespielen unserer Politiker einschließlich meines Sohnes nicht langweilen. Nächsten Monat veranstalte ich wieder einmal einen literarischen Abend. Natürlich wird auch wieder Catullus anwesend sein und neue Verse vortragen. Um ihn reißt sich jetzt die sogenannte gute Gesellschaft. Ihr seid herzlich eingeladen!

Er soll übrigens in Clodia, eine Schwester dieses unmöglichen Clodius, wahnsinnig verliebt sein. Sie ist mindestens zehn Jahre älter als er und mit dem Metellus Celer verheiratet, dem Bruder des Nepos! Sie soll die in seinen Versen verherrlichte Lesbia sein!«

»Metellus Celer, das war doch der Kerl, der meinem Sohn Catilina und seinem Heer den Rückzug nach Gallien verlegt hatte, indem er mit seiner Armee die Pässe des Apennin versperrte und ihm so ein Entkommen unmöglich machte. Ohne diesen Metellus Celer würde mein armer Sohn wahrscheinlich noch leben! Und seine Frau betrügt ihn mit Catullus? Fabelhaft, Catullus soll leben!« Belliena war begeistert. »Ich werde kommen, liebste Aurelia, aber lade bitte Metellus Celer und seine Frau auch ein. Mache auf diese Weise das Dreiecksverhältnis öffentlich und blamiere den Metellus.«

»Liebe Belliena«, warf Cloelia ein, »es ist doch nur ein Gerücht, daß Clodia diese Lesbia ist. Und ob Catull bei ihr zum Zuge gekommen ist, ist auch nicht erwiesen. Zumindest hält sie sich ihn nicht als einzigen Liebhaber! Oder wie erklärst du dir die weinerlichen Klagen dieses Catull über die zahlreichen anderen Liebhaber der Lesbia?

‚Leben soll sie und glücklich sein mit ihrer Liebhaber dreihundertköpfiger Schar.
Alle hält sie gleichzeitig umfangen, keinen von ihnen liebt sie wahrhaftig,
allen aber zerrüttet sie ständig den schwingenden unteren Teil des Leibes.

Daher soll sie nicht mehr, wie es früher gewesen, auf meine Liebe zählen.
Hingesunken ist diese, gänzlich durch ihre Schuld, wie eine Blume,
gefällt durch den Pflug, der den Rand der Wiese vorüberziehend umbricht.‘

Diese Lesbia muß, jedenfalls in der eifersüchtigen Vorstellung deines Catull, liebe Aurelia, eine Männer verschlingende Megäre sein. Wenn es Clodia ist, lade sie zu deinem literarischen Abend ein! Die römische Gesellschaft braucht neuen Stoff für ihren bösartigen Klatsch! Aber Klatsch hin, Tratsch her, ich werde mit Vergnügen an der Veranstaltung teilnehmen«, sagte Cloelia, sich von ihrer Kline erhebend. »Jetzt aber wird es Zeit, den Heimweg anzutreten. In einer halben Stunde wird es dunkel, und bei Dunkelheit ist die Subura nicht der richtige Ort für ältere Damen. Hab Dank für deine Gastfreundschaft, liebe Belliena, wir sehen uns bei Aurelia im nächsten Monat!«

Kurz darauf verabschiedete sich auch Aurelia. Belliena begleitete sie bis zur Tür. »Liebe Aurelia, ich muß es dir noch einmal sagen, wie dankbar ich deinem Sohn bin, daß er die Gebeine meines Catilina hat bergen lassen und seine ordnungsgemäße Bestattung ermöglicht hat. Schreibe ihm dies und füge hinzu, daß er auf mich immer zählen kann. Sollte er irgendwann einmal ein Alibi brauchen, sage ihm, ich werde bei allen Göttern schwören, daß er in der fraglichen Zeit bei mir bei einem Becher Wein gesessen hat! Schreibe ihm also, auf mich und meine Hilfe könne er immer rechnen!«

10

Cäsar hatte sein Lager in Hispalis aufgeschlagen, obwohl diese Stadt eigentlich zu klein war, um zwei kriegsstarke Legionen zu versorgen. Aber der Ort lag strategisch günstig am wasserreichen Baetis, und sauberes Wasser war hier im heißen Sommer Südspaniens für die Versorgung der Soldaten und Pferde lebensnotwendig.

Nach seiner Landung in Gades hatte er die dortigen Streitigkeiten im Stadtrat geschlichtet und die uralten Handelsprivilegien dieser zweitgrößten Stadt des Römischen Reiches bestätigt und erweitert. Außerdem hatte er rückständige Steuern eingezogen und die Verwaltung dieser formal selbständigen, aber mit Rom verbündeten Stadt neu organisiert. Gleichzeitig hatte er den zumindest in den Führungsschichten schon voll romanisierten Bewohnern dieser ursprünglich phönizischen Gemeinde das volle römische Bürgerrecht in Aussicht gestellt. Er hatte die zahlreichen Ehrengaben der dankbaren und durch den Handel mit dem aus Britannien eingeführten Zinn reich gewordenen Stadt, insgesamt über vierzig Talente, nach Rom an Crassus zur Tilgung seiner Schulden geschickt, und weitere Teilzahlungen für die nächste Zeit angekündigt.

Drei Wochen später war er mit seinen Legionen zu einem Marsch in das Landesinnere seiner Provinz aufgebrochen. Es war ein fruchtbares Land, durch das seine Soldaten zogen. Zu beiden Seiten des Baetis war das flache Schwemmland dicht bebaut. Die meisten Bewohner waren bereits römische Bürger, häufig Nachkommen der seit über hundert Jahren hier angesiedelten Veteranen. Sie hatten sich in der Regel friedlich mit den eingeborenen Keltiberern vermischt und auf diese Weise die Romanisierung der Bevölkerung vorangetrieben. In vier Tagesmärschen waren Cäsars Legionen auf der gut ausgebauten Straße etwa 85 Meilen nordwärts den Fluß entlang nach Hispalis gezogen.

Die Sommerhitze und das von den Soldaten zu tragende schwere Gepäck hatten den Marsch trotz des ebenen Landes und der kühlen Brise, die vom Fluß her etwas Erleichterung brachte, beschwerlich gemacht. Aber Cäsar hatte seine Leute zur Eile angetrieben, um sie für die bevorstehenden Strapazen zu ertüchtigen, denn er plante, den Norden seiner Provinz zu erkunden und die römische Autorität in diesen abgelegenen Bergregionen beiderseits des Tagus und am Durius wieder zu festigen.

Seit dem Bürgerkrieg, der in Spanien zusammen mit dem Aufstand der Bergstämme erst vor zehn Jahren durch Pompeius mühsam und mit äußerster Härte und Grausamkeit niedergeschlagen worden war, hatten sich die freiheitsliebenden Einheimischen nur widerwillig wieder unter das römische Joch gebeugt, vor allem auch deshalb, weil die Oberhoheit Roms tatsächlich nur auf dem Papier stand, und die römischen Statthalter vorsichtshalber auf Steuereintreibung und Einmischung in die inneren Angelegenheiten der vielen kleinen, aber kriegstüchtigen Stämme verzichtet hatten.

Mit dem Nachlassen des von außen auf sie ausgeübten Druckes war allerdings auch die gegen Rom gerichtete Einigkeit der Bergvölker verschwunden, und so bekämpften sie sich wieder gegenseitig und stritten um die besten Weideplätze für ihr Vieh, die besten Wasserstellen und Tränken oder einfach nur um des Spaßes am Kriege oder der Beute willen. Hier sah Cäsar eine Möglichkeit, durch Eingreifen in diese Streitereien den römischen Einfluß und die römische Oberhoheit wieder zu festigen.

»Wir werden euch gegen die Lusitanier helfen, meine Freunde.« Cäsar hatte sich im Prätorium der Stadt auf seinem Elfenbeinstuhl in Positur gesetzt und blickte mit hoheitsvoller, gleichwohl wohlwollender Miene auf die vor ihm stehenden Gesandten der Oritaner und Carpetaner. Er trug über der Tunika einen blank geputzten Brustpanzer, rote Soldatenstiefel und um die Schulter einen roten Feldherrnmantel. Auf einem Beistelltisch lagen sein Wehrgehänge mit dem Schwert und ein Kriegshelm mit großem rotem Federkamm. Neben ihm standen zwei Adlerträger, die die Feldzeichen der beiden Legionen trugen.

»Bevor ich allerdings in den Krieg gegen eure Feinde ziehe, erwarte ich, daß ihr die seit Jahren ausstehenden Steuern bezahlt! Als Zeichen meines guten Willens verzichte ich im Namen Roms auf alle Steuern, die länger als fünf Jahre rückständig sind. Außerdem erwarte ich von deinem Fürsten«, sagte er an den Gesandten der Carpetaner gewandt, »daß er die vertriebenen römischen Kaufleute wieder in seine Hauptstadt Toletum aufnimmt und für ihre durch ihre Austreibung verursachten Verluste entschädigt. Ich weiß, dein Fürst war an der Vertreibung der römischen Bürger unschuldig, denn es war ein wütender Pöbelhaufen, der sich an den Römern und ihrer Habe vergangen hat. Aber damit solche spontanen Aktionen gegen römische Bürger sich nicht wiederholen, bitte ich deinen Fürsten, eine römische Besatzung von zwei Kohorten in Toletum aufzunehmen. Ich werde befehlen, daß meine Legionäre auch ihn schützen werden, wenn sein Volk einmal wieder unbotmäßig wird!«

Die Gesandten waren beeindruckt. Dieser Cäsar scheint es ernst zu meinen, dachten sie. Er will Geld und obendrein eine Besatzung in unsere Hauptstadt legen. Das werden unsere Fürsten nicht dulden! Das werden sie niemals bewilligen!

Cäsar schien ihre Gedanken zu erraten. »Ich sehe, ihr glaubt, ich verlange zu viel. Nun, wenn das eure Meinung ist, geht. Sagt aber euren Fürsten, daß sich die Lusitanier bei mir angesagt haben! Ich weiß natürlich nicht, welche Angebote sie mir machen werden. Ich werde euch das alsbald wissen lassen. Aber dann werde ich euch nicht mehr bitten, sondern befehlen! Und ich werde a l l e rückständigen Steuern einziehen. Wenn ihr glaubt, mir und den Lusitaniern erfolgreich Widerstand leisten zu können, gut. Aber wenn ihr verliert, kostet es mehr, als ich jetzt erbitte. Rom geht, wie ihr sicher wißt, mit Rebellen nicht eben zimperlich um. Je nachdem, wie hoch mein Zorn auf euch sein wird, wird die Strafe ausfallen. Und mein Zorn wird steigen, je heftiger euer Widerstand sein wird. Vielleicht gebe ich den Lusitaniern euer Land, vielleicht behalte ich es für meine Soldaten. Vielleicht lasse ich euch eure persönliche Freiheit, vielleicht verkaufe ich die Arbeitsfähigen unter euch in die Sklaverei! Aber eins müßt ihr zum Abschied wissen: Ich werde nicht mit mir spaßen lassen. Berichtet also euren Fürsten! In von heute an vier Wochen will ich eine Antwort auf mein großzügiges Angebot!« Cäsar hob die Hand zum Gruß und zum Zeichen dafür, daß die Audienz beendet war.

Labienus und Cotta, die zusammen mit Pinarius, Pedius und Antonius im Hintergrund gewartet hatten, traten zu Cäsar, als die Gesandtschaft den Saal verlassen hatte.

»Glaubst du wirklich, daß sich die Oretaner und Carpetaner auf deine Bedingungen einlassen werden?«

»Aber sicher, mein lieber Labienus. Sie haben keine andere Wahl. Die Lusitanier sind das volkreichste und stärkste einheimische Volk. Es hat sich weder Pompeius noch irgendeinem unserer Statthalter unterworfen. Sie sind erheblich stärker als die Oretaner und Carpetaner zusammen. Diese brauchen uns daher, wenn sie überleben wollen, denn die Lusitanier werden nicht zögern, sie anzugreifen und ihnen ihr Land zu nehmen, das sie für ihren Bevölkerungsüberschuß benötigen.

Ich werde daher, wenn die Fürsten beider Stämme meinen Vorschlägen zugestimmt haben, den Lusitaniern verbieten, die beiden Nachbarvölker anzugreifen. Sie werden sich mit Sicherheit weigern und mir damit einen Kriegsgrund liefern. Dann werden wir sie mit den Oretanern und Carpetanern zusammen angreifen und niederringen. Allein und ohne fremde Hilfe würden wir es schwer haben, so aber werden wir mit ziemlicher Gewißheit siegen und die Selbständigkeit der Lusitanier und aller anderen Stämme ein für allemal beenden.«

»Wieso auch der anderen Stämme?« Pinarius' Frage überraschte Cäsar nicht.

»Das liegt doch auf der Hand, lieber Neffe. Wenn die Lusitanier ausgeschaltet sind, gibt es kein Volk mehr, daß stark genug wäre, sich uns zu widersetzen. Wir werden sie aber pfleglich behandeln, ihnen Frieden und Sicherheit bringen, weil wir alle Kriege und Fehden untereinander verbieten werden, wir werden Straßen und Brücken bauen und den Handel fördern. So werden sie erkennen, daß der Frieden mit uns nicht Sklaverei und Ausbeutung bedeutet, sondern Wohlstand und Rechtssicherheit!«

»Ja«, ergänzte Cotta,»und wir müssen verhindern, daß die Stämme sich wieder gegen uns vereinigen, wie das im Bürgerkrieg war. Deshalb sollten wir, wenn wir gesiegt haben, das Land der Lusitanier einziehen und an unsere Verbündeten und an unsere Veteranen verteilen. So sind wir doch auch seit Jahrhunderten in Italien verfahren: Römische Militärsiedlungen stützen unsere Herrschaft, entwickeln und bebauen das Land und schützen die Einheimischen vor räuberischen Überfällen aus den noch nicht befriedeten Gebirgsregionen.«

»Und was ist, wenn die Lusitanier sich deiner Aufforderung fügen und die Oretaner und Carpetaner in Frieden lassen?«

»Nun, Antonius, sollten sie dies tun, was ich aber nicht glaube, werde ich Steuern von ihnen verlangen oder die Stellung von Hilfstruppen, vielleicht auch die Abtretung eines Stückes Land an den sowieso umstrittenen Grenzen, um eine neue römische Gemeinde zu bilden. Wir haben da oben, knapp südlich des Tagus, im Land der Lusitanier in Norba schon eine alte Veteranensiedlung. Die müssen wir vor Übergriffen schützen, also verlangen wir in der Nähe Land, um eine zweite Siedlung, vielleicht auch eine dritte zu gründen. Glaube mir, spätestens mit dieser Forderung haben wir Krieg. Und damit wir gut vorbereitet sind, stellen wir noch eine weitere Legion auf. Zum Glück gibt es in unseren Veteranensiedlungen genügend abenteuerlustige junge Leute. Allein in der Stadt Italica, jenseits des Baetis, keine fünf Meilen von hier entfernt, leben über zehntausend römische Bürger. Da und in den anderen Siedlungen werden sich sicher genügend Freiwillige finden. Und nehmt auch assimilierte Einheimische. Versprecht ihnen das römische Bürgerrecht nach Ende der Dienstzeit.«

Cäsar hatte sich zurückgelehnt, als ihm ein Bote aus Rom ein Bündel Briefe überbrachte. Er überflog die Post und stellte fest, daß auch ein langer Brief seiner Tochter Julia dabei war. Er gab die anderen Briefe seinem Sekretär Aulus Hirtius zur Bearbeitung, nahm den Brief seiner Tochter mit in sein Kubikulum und begann, nachdem er sich von seinem Brustpanzer und den Stiefeln durch seinen Haushofmeister Crastinus hatte befreien lassen, auf einem Lektulum hingestreckt zu lesen.

11

Julia grüßt ihren Vater C. Julius Cäsar, Statthalter der Römischen Republik in der Provinz Hispania Ulterior, und hofft, daß er sich wohl befindet.

Seit drei Wochen wohne ich wegen der in der Stadt nicht zu ertragenden Hitze auf unserem Landgut in Bovillae. Die Erwähnung dieses Umstandes wäre normalerweise nichts Besonderes, lieber Vater, da wir in den Monaten Quintilis und Sextilis immer hierher ziehen, um dem durch die heißen Tage unerträglich werdenden Gestank der Großstadt und der staubigen und zu trockenen Luft zu entfliehen. Diesmal hatte der Umzug aus Rom aber eine ausgefallene Facette, denn wie Du weißt, wohnt Pompeius auf Deine Einladung hin in unseren alten Gemäuern. Unser sonst so stilles Refugium ist von Lärm und Aufregung erfüllt, nicht nur, weil unser großer Feldherr eine unübersehbare Heerschar von Bediensteten, Adjutanten und Freunden mitgebracht hat, mit denen unser wahrlich nicht kleines Haus bis zur letzten Dachkammer mit bunt gekleideten Menschen aus dem Orient vollgestopft ist, sondern auch, weil er täglich Boten aus der Hauptstadt, Bittsteller und Delegationen seiner Legionen und Klienten empfängt.

In unserem schönen Garten hat er mehrere große Zelte aufstellen lassen, teils um Gäste unterzubringen, teils benutzt er sie als Empfangs- oder Arbeitsräume. Der Garten sieht entsprechend ramponiert und zertrampelt aus!

Pompeius fühlt sich offensichtlich in Bovillae wie zu Hause. Er kommandiert unsere Dienstboten und Sklaven, als wären sie seine eigenen. Als ich hier unangemeldet ankam, wollte mich der wachhabende Offizier nicht auf unser Grundstück lassen. Ich habe ihn angeblasen, daß ihm Hören und Sehen verging! Du weißt, wie ich fauchen kann, wenn ich wütend bin!

Zufällig kam gerade Pompeius vorbei. Obwohl er mich nicht kannte, fragte er höflich nach meinem Begehr. Da meine Stimmung wegen der Behandlung durch diesen jungen Schnösel von Offizier nicht die für eine junge Dame erforderliche Ausgeglichenheit und Dezenz hatte (so würde Gnipho meine Laune charakterisieren), wies ich Pompeius ziemlich unwirsch darauf hin, daß dies hier mein Zuhause sei und er als unser Gast gefälligst dafür sorgen möge, mich angemessen in unserem Haus und in meinen Zimmern unterzubringen. Im übrigen erwarte ich eine angemessene Zurechtweisung dieses Offiziers. Auch Soldaten im Dienst hätten sich Damen gegenüber nicht im Ton zu vergreifen.

Pompeius holte tief Luft, und ich hatte das Gefühl, daß er plötzlich um einen Kopf größer geworden war. Er wandte sich dem armen Wachhabenden zu, brüllte ihn an und überschüttete ihn mit Vorwürfen in einer beleidigenden Ausdrucksweise, deren Inhalt ich Dir vorenthalten möchte. Mir tat der Offizier fast schon ein wenig leid, wie er in strammer Haltung von seinem Oberbefehlshaber vor meinen Augen abgebürstet wurde. In dem Maße, wie Pompeius größer geworden war, schrumpfte der Wachhabende auf Zwergenmaß.

Mit einemmal war alles vorbei. Es war, als ob nach einem heftigen Gewittersturm plötzlich wieder die Sonne schiene. Aus dem donnernden Jupiter wurde wieder ein Mensch in Normalgröße. Er ließ den verdatterten Wachhabenden einfach stehen und wandte sich mir zu. »Liebe Julia, ich muß mich wirklich bei dir entschuldigen. Leider hat der lange Krieg gegen Mithridates und die Seeräuber die guten Sitten und das Benehmen meiner Offiziere beeinträchtigt. Deshalb hoffe ich, daß du diesen unglaublichen Fehler verzeihen wirst. Ich jedenfalls freue mich über deine Anwesenheit. Ich werde meine Leute anweisen, daß sie dir jeden Wunsch erfüllen sollen.«

Er redete noch eine ganze Weile in der liebenswürdigsten Weise mit mir, denn der Vorfall war ihm offensichtlich peinlich. Als ich dann wieder zu Wort kam und ihm mitteilte, daß ich die nächsten zwei Monate in Bovillae zu verbringen beabsichtige, strahlte er förmlich vor Freude. Er versicherte mir in den charmantesten Worten, daß dies eine große Genugtuung für ihn sei. So könne er einen winzigen Teil der riesenhaften Schuld seinem Freunde Cäsar gegenüber wenigstens an dessen Tochter wieder abtragen, und seine übergroße Dankbarkeit für Deine großzügige Einladung nach Bovillae bekunden. Er werde sofort Befehl erteilen, meine Zimmer herrichten zu lassen. Bis dahin bitte er, sich persönlich um mich kümmern zu dürfen.

Das tut er nun schon seit drei Wochen. Meine Zimmer waren im Nu geräumt, gesäubert und hergerichtet. Abends veranstaltete er für mich einen kleinen Empfang, auf dem er mir zur Entschädigung für das erlittene Ungemach eine Perlenkette schenkte. Seitdem überschüttet er mich mit Aufmerksamkeiten, ohne mir in irgendeiner Weise zu nahe zu treten.

Er ist mit seinen demnächst 45 Jahren immer noch ein stattlicher Mann. Er ist größer als ein durchschnittlicher Römer, von athletischem Körperbau. Man sieht ihm den Soldaten an, gespannte Muskeln, kräftige Schultern, stramme, an lange Märsche gewöhnte Waden. Er hat ein ebenmäßiges Gesicht mit einem energischen Kinn und noch volle schwarze Haare. Hätte er noch einen Bart, würde er einem Herkules gleichen. Auch im Gemüt ist er wie Herkules: Anderen vertrauend, sich seiner Kraft bewußt, zu Wutausbrüchen neigend, wenn er gereizt wird oder sich getäuscht fühlt. Er glaubt an das Gute im Menschen und will trotz vieler Enttäuschungen für jeden das Beste.

Pompeius ist gastfrei und herzlich, ein aufmerksamer und angenehmer Unterhalter, aber er erwartet von anderen, daß sie so sind wie er selbst. Auf der anderen Seite giert er nach Lob und Anerkennung. Er ist freigebig zu Freunden und den Menschen, die er für seine Freunde hält. Da er anderen bis zum Beweis des Gegenteils gegenüber arglos ist, wird er von seiner Umgebung ausgenutzt und für eigennützige Zwecke mißbraucht. Sie schmeicheln seiner Eitelkeit und loben alles, was er tut oder läßt. Hier liegt die eigentliche Gefahr. Er läßt sich nämlich für fremde Interessen einspannen, ohne es zu merken!

Übrigens ist er im Augenblick ganz auf der Seite der Popularen. Er sieht, daß Deine Leute sich große Mühe geben, seine Wünsche beim Senat durchzusetzen, auch wenn der Erfolg bescheiden ist. Die Popularen haben zwar alle Volkstribunen auf ihrer Seite und können damit durch ihr Vetorecht manches verhindern, was sich gegen sie oder Pompeius richtet, aber im Senat sind sie nach wie vor eine Minderheit.

So hat Cicero zwar mit Hilfe der Popularen endlich den Triumphzug für Pompeius durchgesetzt, aber Cato ist es gelungen, Essig in den Wein zu gießen! Er hat nämlich durch einen Zusatzantrag erwirkt, daß der Zug nur ohne Soldaten durch die Stadt ziehen darf. Geschickt hat er auf das jüngste Beispiel des Metellus Creticus verwiesen, der mangels Truppen ebenfalls seinen Zug ohne Soldaten durchführen mußte. Du erinnerst Dich sicher, daß Pompeius diesen Metellus mit einem großen Paukenschlag aus der Armee entlassen und ihn ohne seine Legionen nach Italien zurückgeschickt hatte, als der Senat, um Pompeius zu ärgern, Metellus den Namen Creticus verliehen hatte.

Nun soll also unser großer Feldherr seinen Zug im September an seinem 45. Geburtstag durchführen. Ich bin gespannt und mit mir ganz Rom, wie er aus dem Zug etwas macht, ohne daß seine Soldaten mitziehen dürfen. Es wird ihm sicher etwas Überraschendes einfallen, um den Senat und dessen Schäbigkeit zu blamieren, denn Pompeius ist wütend und sinnt auf Rache.

Großen Eindruck haben die Demonstrationen Deiner Anhänger auf ihn gemacht. Vatinius hat die Plebs mobilisiert und mehr als fünfzehntausend Quiriten zu einem Huldigungsmarsch nach Bovillae geführt. Pompeius standen vor Rührung die Tränen in den Augen, als das von Vatinius und Fufius Calenus gut instruierte Volk in lauten Sprechchören immer wieder ‚Wir wollen Pompeius!' und ‚Nieder mit den Verrätern im Senat!' skandierte. Leider haben deine Leute unsere fetten Weiden in ihrer lärmenden Begeisterung für die gute Sache des Volkes gestürmt und Deine weißen Stiere dermaßen verschreckt, daß sie durchgegangen sind und in ihrer Panik die Zäune und Gatter mit ihren Hörnern und Hufen zerstört haben. Einige konnten Deine Hirten erst meilenweit entfernt wieder einfangen.

Aber Pompeius glaubt jetzt fest, daß das Volk geschlossen auf seiner

Seite steht. Er bekämpft den Senat mit wilden Worten, denn er fühlt sich zutiefst verletzt, daß sie seine guten Absichten verkennen, ihm Machtgier unterstellen und fast alle seine anderen Anträge abgelehnt haben, vor allem den, seine Regelungen im Orient pauschal anzuerkennen. Sie verlangen für jede einzelne Entscheidung eine ausführliche Begründung von ihm, was er natürlich als Verletzung seiner Autorität empört zurückgewiesen hat. Wie zum Hohn haben sie eine seiner Maßregeln aus dem riesigen Paket vorab gebilligt, eine völlig nebensächliche Absetzung und Verurteilung eines bestechlichen Dorfrichters in Bithynien!

Letzte Woche waren in Rom Konsulatswahlen für das nächste Jahr. Unser etwas einfältiger Feldherr hat wieder einen seiner Soldaten kandidieren lassen, Lucius Afranius. Auch nach der Dummheit mit Pupius Piso und den schlechten Erfahrungen, die er mit diesem unerfahrenen Kommißkopf gemacht hatte, war er nicht zu belehren, statt eines in politischen Dingen ahnungslosen Militärs einen gewieften Politiker zu nehmen. Afranius wurde natürlich gewählt, aber den Bewerber der Optimaten haben die Quiriten auch gewählt, und so wird sich die Tragödie dieses Jahres im nächsten wiederholen. Gewählt wurde nämlich Q. Caecilius Metellus Celer, jetzt ein verbiesterter Gegner unseres Pompeius, der Bruder des Nepos, der mit Sicherheit den törichten Afranius einwickeln wird. Pompeius wird also auch im nächsten Jahr auf einen tatkräftig ihn unterstützenden Konsul verzichten müssen!

Du siehst, lieber Vater, nicht alles steht hier zum Besten. Es wird Zeit, daß Du bald nach Rom zurückkehrst und die Zügel wieder fest in Deine Hände nimmst. Erst wenn Du im übernächsten Jahr Konsul wirst, wird sich hier etwas ändern. Von Pompeius brauchst Du nichts zu befürchten. Er ist in seine Wünsche verstrickt und hofft aber immer noch, daß er den Senat mit Ciceros Hilfe von der Notwendigkeit seiner Anträge überzeugen kann.

So, wie ich die Dinge beurteile, wird er allerdings an der Intransigenz Catos und an der Feindschaft der Meteller und des Lukullus scheitern. Es war nun einmal ein Fehler, sich eines der einflußreichsten Adelsgeschlechter zum Feind zu machen!

Hinzu kommt, daß auch Lukullus nicht vergessen hat, daß Pompeius ihn aus dem Kommando in Asien verdrängt hat. Er verwendet sein Geld deshalb darauf, seinen Gegner überall lächerlich zu machen und ihn als tolpatschigen Dummkopf darzustellen, der er keineswegs ist. So hat er sich eine Claque gekauft, die Pompeius im Theater ausbuht, wenn er in der Kleidung eines Triumphators erscheint. Du erinnerst dich sicher, daß

Labienus auf Deine Veranlassung hin ihm dieses Privileg durch das Volk hat verleihen lassen.

Unser Feldherr kam von dem Gelächter des Volkes ganz verstört nach Bovillae zurück. Diese öffentliche Demütigung hat ihn derartig schockiert, daß er tagelang das Haus nicht verlassen hat. Er tat mir unendlich leid, aber er sah in seiner goldbestickten Toga, dem goldenen Kranz in seinem Haar und vor allem mit seinem rot geschminkten Gesicht wirklich zum Lachen aus, wie eine billige Kopie unserer Jupiterstatue auf dem Kapitol! Du wirst also eingreifen müssen, um hier die Verhältnisse wieder zu ordnen. Pompeius und Deine Popularen werden es allein nicht schaffen!

Als Anlage lege ich Dir das erbetene Buch des Poseidonios über die Sitten und Gebräuche der Gallier bei.

Geschrieben an den Iden des Quintilis unter dem Konsulat des M. Pupius Piso und des M. Valerius Messalla
Julia.

Cäsar räkelte sich zufrieden in seiner Liege. Sieh an, dachte er, Julia scheint Gefallen an unserem Sampsigeramos zu finden. Es ist gut, das zu wissen. Pompeius ist zur Zeit unverheiratet, vielleicht ergibt sich hieraus eine zusätzliche Option für mich. Im übrigen sind mir seine Schwierigkeiten recht. Er ist beschäftigt, ohne deswegen voranzukommen. Und auf Cato ist Verlaß, daß sich dieser Zustand nicht ändert! Die Folge wird sein, daß er auf meine Hilfe angewiesen sein wird. Ja, die Dinge entwickeln sich gut! Ich werde ihm, Julia und Crassus unverzüglich schreiben und ihm meine Hilfe anbieten, Julia meinen Dank für ihren vorzüglichen Bericht übermitteln und Crassus meine weiteren Absichten erläutern, damit er beginnen kann, meine Bewerbung für das Konsulat vorzubereiten.

»Crastinus, bestelle Aulus Hirtius, daß ich ihn zum Diktat benötige!«

12

Sechs Wochen später rückte Cäsar mit zwei Legionen aus Hispalis aus. Drei Tage vorher waren die Gesandten der Carpetaner und Oretaner mit der Botschaft eingetroffen, daß die Fürsten beider Stämme die römischen Bedingungen nicht nur angenommen hatten, sondern ihm auch noch zum Beweis ihres guten Willens und ihrer unverbrüchlichen Treue zu ihrem römischem Schutzherren und geschätzten Verbündeten dreitausend Reiter stellen würden, die er nach Belieben verwenden möge. Dies war Cäsar eine willkommene Verstärkung seiner eigenen Streitkräfte, denn nun war der Mangel an Kavallerie nicht nur behoben, er hatte vielmehr nun auch die Gewißheit, daß ihn seine neuen Verbündeten nicht nur mit Worten und leeren Versprechungen unterstützen würden. Da die Gesandten die Reiter gleich mitgebracht hatten, unterstellte er je Tausend Pinarius, Pedius und Antonius.

Wenige Tage zuvor hatte ihn die Nachricht erreicht, daß die Lusitanier nicht nur seine Bedingungen abgelehnt, sondern sofort losgeschlagen hatten. Sie waren in das von lusitanischem Gebiet umschlossene Territorium der römischen Gemeinde Norba eingefallen und belagerten nun diese zwischen dem Anas und dem Tagus gelegene Stadt.

»Es ist Eile geboten«, sagte er zu seinen um ihn versammelten Offizieren, »wir müssen unsere Stadt Norba schleunigst entsetzen, damit der Aufstand der Lusitanier nicht auf andere Völkerschaften übergreift. Wir brauchen daher einen schnellen und durchschlagenden Erfolg!

Wie ihr wißt, hat dieses Volk den Römern immer wieder den heftigsten Widerstand geleistet und im vorigen Jahrhundert so manches römische Heer zurückgeschlagen. Es sind tapfere Krieger, aber sie sind in zahllose kleine Stämme aufgesplittert und unter sich oft uneinig. Diesen Umstand müssen wir nutzen.

Da sie keine alle Stämme umfassende staatliche Organisation haben, müssen wir versuchen, einzelne Häuptlinge aus den weiter nördlich am Durius siedelnden Stämmen für uns zu gewinnen, damit diese sich nicht dem von den südlich des Tagus lebenden Stammesgenossen getragenen Aufstand anschließen. Ich habe daher Boten zu den nördlich des Tagus und am Durius lebenden Lusitaniern geschickt und ihnen ein Bündnis angeboten. Als Belohnung für ihre Neutralität habe ich ihnen Land der weiter nördlich lebenden Gallaecier angeboten, das wir später gemeinsam erobern werden. Noch steht zwar die Antwort der Fürsten dieser Stämme aus, aber ich bin mir sicher, daß mein ausgeworfener Köder so verlockend ist, daß sie ihre südlichen Stammesbrüder nicht gegen mich unterstützen werden.«

Cäsar unterbrach seine Ausführungen für einen Augenblick, um seinen Offizieren Gelegenheit zu geben, Fragen zu stellen.

»Wir werden auf dem Vormarsch nach Norden durch sehr bergiges und bewaldetes Land ziehen«, bemerkte Labienus nüchtern. »Das bedeutet, daß wir in dem unbekannten Land immer mit Überfällen der Lusitanier rechnen müssen. Sie sind Spezialisten für schnelle und wirkungsvolle Angriffe aus dem Hinterhalt. Da es nur bis zum Anas eine einigermaßen ausgebaute Straße gibt, müssen wir auf unbefestigten Wegen oder einfach quer durch die Wälder vorrücken. Sie werden hinter jedem Felsen und hinter jedem Busch sitzen, wenn wir durch die Wildnis marschieren. Welch eine Gelegenheit, während des Marsches unsere weit auseinandergezogenen und mit Gepäck beladenen Kohorten anzugreifen und ihnen schwere Verluste zuzufügen!«

»Du hast recht, mein lieber Labienus, diese Gefahr besteht! Deshalb bin ich ja so froh, daß uns unsere Verbündeten dreitausend Reiter überlassen haben. Sie werden das Gelände nach vorne erkunden und nach hinten und an den Flanken sichern. Die Sicherungen reiten in kleinen Trupps, die untereinander Fühlung halten, rechts und links der Marschkolonne. Sollten sie vom Feind angegriffen werden, melden sie dies mir, so daß mir Zeit bleibt, die marschierenden Soldaten in Schlachtordnung aufzustellen.

Die Reiterei greift inzwischen die Lusitanier an, vertreibt sie und verfolgt die Fliehenden. Sollten ihre Krieger dennoch bis zur Marschkolonne durchbrechen, stoßen sie dort nicht auf überraschte marschierende Soldaten, sondern auf eine festgefügte römische Schlachtordnung, gegen die sie nichts ausrichten können. Und für nachts errichten wir uns ein befestigtes Marschlager, das nächtliche Überfälle ohne große Verluste abwehren kann.«

Nachdem er Cotta den Befehl über die dritte, aus frisch ausgehobenen Rekruten gebildete Legion übertragen hatte, erteilte er ihm den Auftrag, die Ausbildung dieser Leute zu beschleunigen und dann zwei Wochen später der Hauptmacht langsam und in Marschordnung auf der ausgebauten Straße bis zum Anas zu folgen. Dort sollte dann er mit seinen Rekruten auf das Nordufer des Flusses übersetzen und ein befestigtes Lager mit Wall, Graben und Palisadenzaun errichten. Er befahl ferner, nach Fertigstellung des Lagers eine feste Brücke über den Fluß zu bauen, damit einerseits der Nachschub für die kämpfenden Legionen sichergestellt werden könne, andererseits Cäsar im Falle einer Niederlage einen sicheren Weg in eine Auffangstellung für einen etwa notwendig werdenden Rückzug haben würde.

13

Der Marschzug der Legionen quälte sich mühsam durch das unbebaute Land nördlich des Anas auf die römische Siedlung Norba zu, die von den Lusitaniern belagert wurde. Es gab hier keine Straßen mehr, so daß das Gepäck nicht mit Wagen transportiert werden konnte, sondern von den Soldaten und einigen Maultieren getragen werden mußte. So war jeder Soldat nicht nur durch seine Ausrüstung und die Waffen belastet, sondern er mußte zusätzlich Schanzzeug, Lebensmittel und Zeltplanen für die abends zu errichtenden Zelte mit sich schleppen. Das ansteigende, steinige und von ausgetrockneten Bachläufen durchzogene Gelände war eine weitere Erschwernis, die den Legionären zu schaffen machte. Sie keuchten unter der Last ihres Gepäckes, aber ihre Offiziere trieben sie erbarmungslos an. Nur um die Mittagszeit gönnte Cäsar den Legionären eine kurze Rast, um sich etwas zu erholen und einen tiefen Schluck aus der Feldflasche zu nehmen. Mehr Wasser war nicht erlaubt, denn es gab wegen des vorangegangenen trockenen und heißen Sommers fast keine offenen Wasserstellen in dieser einsamen Gegend, so daß die Soldaten auch noch ihre Wasserrationen mit sich schleppen mußten.

Die Hügel waren teils bewaldet, teils führte der Weg durch offenes Busch- oder Grasland, gelegentlich von einzeln stehenden windschiefen und knorrigen Steineichen beschattet. Zum Glück war es jetzt im September hier oben schon angenehm kühl, und der Wind, der durch die weit auseinander stehenden Eichen strich, brachte den Soldaten ein wenig Erleichterung.

Cäsar ließ seine Kohorten dicht aufschließen, damit sich seine Truppen im Falle eines Angriffs der überall und nirgends lauernden Feinde schnell auf möglichst kleinem Gelände sammeln und zur Abwehr in Schlachtordnung aufstellen konnten. Er fürchtete nämlich nichts mehr, als daß in dem unübersichtlichen Gelände eine seiner Einheiten den Anschluß an die Hauptmacht verlieren und dann von der Übermacht der angreifenden Lusitanier vernichtet werden könnte.

Immer wieder schickte er seine einheimischen Reiter auf Patrouille, um das Gelände zu erkunden und um nach feindlichen Heerhaufen Ausschau zu halten. Jeden Abend ließ er zwei Stunden vor Einbruch der Dunkelheit anhalten und durch die erschöpften Soldaten ein mit Wall und Graben befestigtes Lager errichten. Er packte selbst mit an, um seinen Soldaten ein Beispiel zu geben. Aus dem gleichen Grunde verzichtete er auf dem Vormarsch auf sein Pferd und marschierte zu Fuß an der Spitze seiner Legionen.

Sie waren nun schon seit drei Tagen jenseits des Anas und näherten sich langsam der belagerten Stadt Norba. Cäsars Reiter waren gerade von einem Erkundungsritt zurückgekommen.

»Der Feind liegt direkt vor uns hinter einem Hügel und erwartet uns«, meldete Antonius, der die Patrouille persönlich angeführt hatte. »Sie sind etwa so stark wie wir, haben aber weniger Reiterei. Sie haben sich schon in Schlachtordnung aufgestellt und erwarten uns. Wenn wir jetzt weitermarschieren, stoßen wir in etwa einer Stunde auf sie!«

»Hinter einem Hügel, sagst du? Und der Hügel selbst ist nicht besetzt?« Labienus sah Antonius fragend an. »Wenn das der Fall ist, müssen wir den Hügel schnellstens besetzen. Dann können wir von oben über sie herfallen und sie aufreiben!«

»Der Hügel ist nicht besetzt. Jedenfalls war er es noch nicht, als ich mit meinen Reitern dort war. Wir waren selbst oben und haben sie von dort aus gesehen. Sie standen wohlgeordnet unten in einer Senke. Wenn man wie wir von Süden anmarschiert, sieht man sie erst im letzten Augenblick, wenn man aus dem Wald heraustritt. Ich denke, daß die Lusitanier planen, einen arglos anrückenden Feind völlig zu überraschen und ihm keine Zeit zu lassen, sich in Schlachtordnung aufzustellen. Sie würden in die Marschkolonne einbrechen und sie in Verwirrung bringen und eine gute Chance haben, uns zu schlagen, ehe wir uns richtig wehren können.«

»Hat euch der Feind auf dem Hügel bemerkt, lieber Antonius?«

»Das glaube ich nicht! Der Hang ist mit Büschen bestanden und fällt ziemlich steil ab. In geordneter Formation wird man von dort nicht in die Talsenke vorstoßen können. Man würde wegen des schwierigen Geländes unten mit aufgelösten Linien ankommen. Unten in der schmalen Senke steht der Feind gut gestaffelt; es wird schwierig sein, durch seine Reihen zu brechen. Allerdings erwartet er den Angriff nicht von oben und hat daher keine Flankensicherungen aufgestellt. Vielleicht können wir aber einen Umweg machen und den Feind umgehen.«

»Gut, Antonius, habe Dank für deinen Bericht. Wir werden also wie folgt verfahren: Du wirst mit Pedius und Pinarius und euren dreitausend Reitern den Hügel besetzen und dich so lange verborgen halten, bis du unseren Angriff im Tal siehst. Erst wenn wir mit den Lusitaniern handgemein sind, greifst du von oben an und fällst ihnen in die Flanke. Macht beim Angriff möglichst viel Geschrei, das verunsichert den Feind und lenkt ihn von meinen Legionen ab. Nehmt Speere mit und werft sie von oben in ihre Reihen, das wird sie zusätzlich verwirren. Wichtig ist nur, daß sie von euch oben auf dem Hügel bis zuletzt nichts ahnen.

Unsere Fußtruppen werden hintereinander kampfbereit marschieren. Das heißt, das Gepäck wird hier abgelegt. Wenn wir aus dem Wald treten, geht die erste Reihe im Laufschritt mit gezogenen Schwertern vor. Die zweite und dritte Reihe folgen sofort. Ihre Soldaten werden jeder zwei Wurfspieße tragen und sie geschlossen auf Kommando der Centurionen werfen, kurz bevor die erste Reihe die feindliche Linie erreicht. Dann ziehen auch sie ihre Schwerter und gehen zum Nahkampf über. Wenn sich die Schlachtreihe der Lusitanier auflöst, findet eine Verfolgung nur durch die Reiter statt. Die Legionen setzen ihren Marsch auf Norba unverzüglich fort. Wir müssen die Schlappe der Lusitanier nutzen und Norba entsetzen!«

Die Schlacht verlief, wie Cäsar es erwartet hatte. Seine beiden Legionen brachen aus dem Wald hervor und stürzten sich auf die Lusitanier. Obwohl nun diese die Überraschten waren, kämpften sie mit großer Tapferkeit Mann gegen Mann. Es schien sich eine für beide Parteien mörderische Metzelei zu entwickeln. In diesem Augenblick fielen die Reiter Antonius' mit wildem Gebrüll von oben über die Lusitanier her. Plötzlich und völlig unerwartet in der Flanke gefaßt, stoben sie auseinander und ergriffen die Flucht. Zwar versuchte ihre Kavallerie, den Rückzug oder besser die heillose Flucht ihres Fußvolkes zu decken, aber die Übermacht und der Schwung der angreifenden siegestrunkenen römischen Reiterei fegte sie trotz ihres heldenmütigen Einsatzes einfach vom Schlachtfeld.

Die römischen Waffen hatten auf der ganzen Linie gesiegt. Cäsar aber trieb seine erschöpften Soldaten zum sofortigen Weitermarsch auf Norba an. Noch bevor er die Stadt am Abend erreichte, hatte der lusitanische Befehlshaber die Belagerung aufgehoben. Unter dem Jubel der römischen Bürger zog Cäsar in Norba ein und gönnte seinen Truppen eine Erholungspause von drei Tagen. Dann zog er mit ihnen weiter nach Norden, dem Tagus entgegen, um das Land der Lusitanier endgültig zu befrieden und der römischen Herrschaft zu unterwerfen.

14

»Du hast ja heute einen besonders schönen Halsschmuck angelegt, liebe Julia«, sagte Gnipho mit einem bewundernden Blick auf das aus gedrehten Goldsträngen gefertigte, eng auf der Haut ihres Halses aufliegende ringartige Schmuckstück, das am Halsansatz unterhalb der Kehle in zwei mit Amethystaugen bestückten länglichen Schlangenköpfen endete. Die tropfenförmigen Schlangenhäupter wiesen in fast rechtem Winkel vom Halsring nach unten, so daß sie sich mit gespaltenen Zungen, jeder am Ende seines Stranges, in die Teilung ihres Busens schmiegten und zwischen den Köpfen eine etwa einen Finger breite Hautfläche frei ließen, damit man den Halsschmuck durch Zurückbiegen der beiden Enden abnehmen oder anlegen konnte.

»Es ist eine Torques«, antwortete Julia. »Mein Vater hat sie mir aus Spanien geschickt. Es ist ein besonders schönes Stück aus seiner Kriegsbeute. Die dortigen gallischen Stämme schmücken ihre Krieger und auch ihre kriegerischen Frauen mit diesen Halsringen. Sie gelten als Ausweis besonderer Tapferkeit!«

»Kämpfen denn bei den Lusitaniern auch die Frauen mit?« Gnipho war verwundert. »Meines Wissens ist das doch nur bei den Germanen der Fall! Wir haben doch die Berichte deines Großonkels Marius über die Schacht gegen die germanischen Kimbern gelesen, die er bei Vercellae geschlagen und vernichtet hat. Dort haben die Germanenfrauen die Wagenburg verteidigt. Aber die Gallierinnen? Darüber gibt es keine Berichte!«

»Das ist doch einleuchtend, daß niemand in Rom darüber geschrieben oder etwas überliefert hat, lieber Gnipho! Es war schon schlimm genug, daß uns dieses Volk an der Allia nicht nur jämmerlich geschlagen, sondern auch noch anschließend unsere Stadt erobert hat. Wenn das auch schon über zweihundert Jahre zurückliegt, vergessen haben wir diese fürchterliche Niederlage bis heute nicht! Stell dir vor, man hätte noch zusätzlich berichten müssen, daß im gallischen Heer Frauen mitgefochten hätten. Diese Blamage hätten die Römer unmöglich ihren Nachkommen überliefern können, also hat man vermutlich diesen Umstand vorsichtshalber für sich behalten.

Mein Vater hat aber in seinem Brief an mich, in dem er die Kämpfe mit den lusitanischen Galliern schilderte, ausdrücklich erwähnt, daß gegen ihn beim Sturm auf einen ihrer Ringwälle Frauen in der Schlachtreihe der Verteidiger mitgekämpft hätten!

Diesmal haben aber wir Römer gesiegt, und mein Vater hat bei der Eroberung der feindlichen Burg ungeheure Schätze erbeutet und sehr viele Gefangene gemacht, die ihm ein hohes Lösegeld eingebracht haben. Die Beute und das Lösegeld waren so hoch, daß mein Vater seine gesamten Schulden in Rom und bei Crassus begleichen konnte. Außerdem hat er noch Gelder an den Staatsschatz abführen und mir, meiner Großmutter und einigen Freunden wertvolle Geschenke machen können.«

»Ja, meine Liebe, so war es immer, wenn ein Feldherr erfolgreich war. Auf der einen Seite Ruhm und Ehre, auf der anderen oft unermeßliche Beute! Dein Vater hat mit seinen Siegen in Spanien nun endgültig den Grundstein für seinen weiteren Aufstieg gelegt. Die Römer haben noch immer einen siegreichen Feldherrn zum Konsul gewählt. Das werden sie im nächsten Jahr mit ziemlicher Sicherheit auch im Falle deines Vaters tun, zumal er nicht nur ein guter Soldat ist, sondern auch der geschickteste Politiker, den ich kennen gelernt habe.«

»Deine Einschätzung, lieber Gnipho, wird meinen Vater freuen. Aber ich hätte da noch eine Frage an dich. Mein Vater hat seine riesigen Schulden von der Beute bezahlt. Darf er das eigentlich? Darf ein Feldherr denn die Beute für sich behalten? Und die vielen Ehrengeschenke, die ihm dankbare römische Städte wie Norba oder Hispalis überreichlich dediziert haben? Nicht, daß ihm in Rom irgendein politischer Feind deswegen einen Repetundenprozeß an den Hals hängt!«

»Natürlich dürfen nach unserem Recht ein Feldherr und auch seine Soldaten Kriegsbeute machen. Nach unseren Gesetzen fallen die eroberten feindlichen Grundstücke einschließlich der darauf stehenden Gebäude an den Staat.

Vom beweglichen feindlichen Vermögen gehören dem Feldherrn der Staatsschatz beziehungsweise der Hort eines Königs, Fürsten oder Häuptlings, das erbeutete Kriegsgerät und eventuelle Schiffe des Feindes. Es ist allerdings Sitte, wie es auch dein Vater gemacht hat, einen Teil dieser Beute an das Ärarium abzuliefern; wieviel, unterliegt dem Ermessen des Feldherrn.

Das übrige bewegliche Feindvermögen gebührt den Soldaten, deren Recht es ist, eine eroberte Stadt drei Tage lang zu plündern. Die Soldaten müssen allerdings ihre Beutestücke insgesamt bei ihren Offizieren abliefern, die die Beute verkaufen und den Erlös an alle Soldaten gleichmäßig verteilen. Auf diese Weise soll sichergestellt werden, daß auch die Soldaten, die an der Plünderung nicht teilnehmen können, etwa weil sie verwundet waren oder Wache hatten, an der Beute beteiligt werden.

Was nun einen Repetundenprozeß betrifft, kann deinem Vater kein Prozeß gemacht werden, wenn dankbare Städte oder auch Personen freiwillig Ehrengeschenke bewilligen. Etwas anderes wäre es, wenn er solche Geschenke verlangt hätte oder Amtshandlungen an die Gewährung von Geschenken geknüpft hätte oder wenn er zwangsweise Umlagen bei den Untertanen oder Bürgern erhoben hätte. Letzteres darf er zwar, aber er darf diese Gelder nicht für sich, sondern nur für Staatsausgaben verwenden, und außerdem muß er dann über Einnahmen und Ausgaben Rechnung legen.«

Von draußen erscholl mit einem Male Musik, erst leise, dann immer mehr anschwellend. Julia und Gnipho traten vor die Tür der Regia. Der Lärm wurde immer lauter, denn vom Marsfeld näherte sich der dem Pompeius bewilligte Triumphzug.

»Gleich haben sie das Forum erreicht und werden dann in den Vicus Tuscus einbiegen. Sie marschieren dann am Circus Maximus vorbei, ziehen danach durch den Vicus Publicius und den Vicus Piscinae Publicae am Palatin vorbei zur Via sacra, liebe Julia.«

»Dann werden wir sie ja bald sehen. Denn sie biegen doch direkt in Richtung des Forums ein und ziehen an der Regia vorbei. Ich bin gespannt, wie Pompeius den Zug ohne Soldaten organisiert hat. Es war doch reine Schikane, daß der Senat auf Betreiben Catos die Teilnahme der Soldaten verboten hat, weil Pompeius' Maßnahmen im Orient immer noch nicht vom Senat genehmigt worden sind und er deshalb immer noch nicht hinsichtlich seiner Kriegführung entlastet und daher seine Soldaten noch nicht wegen möglicher Verstöße gegen das Kriegsrecht entsühnt werden konnten!«

»Ja, meine Liebe, da kannst du sehen, wie in Rom religiöse Vorschriften für politische Zwecke mißbraucht werden. Wir haben jetzt September, und das religiöse Fest, das Armilustrium, das Reinigungsritual für die Waffen und das Heer, findet immer nur Ende Oktober statt. Also dürfen die ungereinigten Soldaten an diesem Triumphzug nicht teilnehmen, denn der Zug ist dem Jupiter geweiht. Und da unser Bester und Größter es als Sakrileg betrachten würde, wenn nicht entsühnte Soldaten mit nicht entsühnten Waffen zu Seinen Ehren durch die Stadt marschieren, muß Pompeius eben ohne Soldaten durch die Stadt ziehen. Denn wer will schon riskieren, daß Jupiter sich im Zorn von Seiner Stadt abwendet? Also muß Pompeius ohne militärisches Gepränge triumphieren oder auf den ersehnten Zug verzichten!«

»Aber ist denn der Zug nicht zu seinen Ehren? Was hat Jupiter damit zu tun?«

»Liebe Julia, in Rom hat alles mit den Göttern zu tun! Der wahre Sieger in einem Krieg ist deshalb nie der Feldherr, sondern immer Jupiter, der sich des Feldherrn nur gewissermaßen als eines Werkzeugs bedient. Deshalb wird der Triumphator auf dem Triumphwagen auch als Jupiter kostümiert. Sein Gesicht wird mit Mennige rot gefärbt, wie es eigentlich nur unserem Höchsten zusteht. Er wird mit einem goldbestickten Purpurgewand bekleidet, wie es sonst nur einem Gott zukommt.

Auf dem Kopf trägt er einen Lorbeerkranz, in der Hand einen Elfenbeinstab mit Adlerköpfen, alles göttliche Attribute. So verkörpert er den siegreichen Jupiter. Da er aber nicht Jupiter ist, muß ein auf dem Wagen hinter ihm stehender Sklave ihm immer wieder ins Ohr flüstern: ‚Bedenke, daß du ein Mensch bist!' Nach Ende des Triumphzuges hat sich der Feldherr allein in den Jupitertempel auf dem Kapitol zu begeben und dort demütig mit gesenktem Haupt den Lorbeerkranz Jupiter, dem wahren Sieger, zu Füßen zu legen.«

Langsam näherte sich nun der Zug. Vorweg marschierten die Magistrate, erst die Konsuln, dann die Prätoren. Ihnen folgten die niederen Beamten, Ädile und Quästoren. Zahlreiche Trompeter marschierten hinter den Oberbeamten und bliesen ohrenbetäubende Kriegslieder. Es folgten unzählige Wagen, auf denen sich die Kriegsbeute stapelte. Vor jedem Wagen schritten ein paar Gefangene in der jeweiligen Tracht ihres Volkes. Sie trugen riesige Schilder, auf denen die Namen der eroberten Länder und Städte und die der besiegten und unterworfenen Völker standen. Es folgten weitere Gefährte, die mit Gold- und Silberbarren beladen waren und die an das Ärarium abgeliefert werden sollten, um dem Volk vor Augen zu führen, welchen Ertrag Pompeius' Feldzug für den Staatsschatz gebracht hatte.

Nach der Kriegsbeute führten die Priester die zum Opfer bestimmten weißen Stiere, die festlich bekränzt und mit vergoldeten Hörnern ruhig und wiederkäuend über das Pflaster trotteten. Hinter den Opfertieren schritten prominente Gefangene in Ketten, wobei gefangene Könige und ihre Söhne in goldenen Fesseln an der gaffenden und begeistert applaudierenden Menge vorbeigeführt wurden. Endlich kam der Höhepunkt des Zuges, der von vier Pferden gezogene Triumphwagen mit dem leutselig den jubelnden Quiriten zuwinkenden Cnaeus Pompeius Magnus.

Hinter Pompeius hätten eigentlich seine siegreichen Legionen marschieren müssen. Statt dessen fuhren einfache Leiterwagen an den Zuschauern vorbei. Auf jedem dieser Wagen stand ein gemieteter Schauspieler, der ein großes Schild in der einen Hand und einen nachgemachten Legionsadler in der anderen Hand trug. Auf den Schildern stand mit großen Buchstaben: ‚Wir danken dem Senat, daß er Jupiter die Ehre gegeben hat. Er und nicht der Senat hat das Vaterland gerettet!‘ Unterschrieben war die Inschrift mit der Nummer und dem Namen der Legion, die an dieser Stelle eigentlich im Zuge hätte marschieren müssen.

Die Kommentare des Volkes waren eindeutige und sehr drastische Beschimpfungen gegen die Repräsentanten der Oligarchie, die man für den Ausschluß der siegreichen Soldaten verantwortlich machte.

Sie drangen bis zu Gnipho und Julia, als der Zug durch die Via sacra und weiter zum Forum und zum Kapitol zog. Ungeniert schimpften die Quiriten auf Cato und die Senatoren. »Unsere Söhne durften ihren Arsch für diese Sauhunde hinhalten, aber feiern dürfen sie nicht! Habt ihr keine faulen Äpfel mitgebracht? Dem Cato seine Toga wäre nicht mehr so schön weiß! Pompeius soll leben, er hat wenigstens unsere Söhne eine Abfindung gezahlt! Der Senat hat nichts gegeben! Geizige Sauhunde und Lumpen sind sie alle!«

15

Der Triumphzug des Pompeius hatte zwar dessen Popularität und sein Ansehen bei den einfachen Quiriten, auch dank der eifrigen Unterstützung durch Vatinius und Fufius Calenus, weiter gesteigert, aber im Senat war er keinen Schritt vorangekommen. Nach wie vor wurde dieses Gremium von den Optimaten beherrscht, die Cato davon hatte überzeugen können, daß man von Pompeius keine Gewalt zu befürchten habe. Solange man ihm nämlich Hoffnungen mache, daß er nur bei weiterem Wohlverhalten mit Zugeständnissen seitens des Senates rechnen könne, werde er stillhalten. Andererseits müsse seine Amtszeit als Oberbefehlshaber sämtlicher, im Orient und auf dem Balkan stehenden Truppen und über die Flotte erst abgelaufen sein, bevor man ihm entgegenkommen könne, damit der Senat nicht unter dem Druck der von seinen Legionen drohenden Gewalt entscheiden müsse.

Pompeius hatte sich auf Anraten Ciceros zähneknirschend in diese weitere Verzögerung gefügt, weil die erneute Verschiebung zeitlich durch das zum Jahresende bevorstehende Auslaufen seiner Kommandogewalt begrenzt war. Im nächsten Jahr würde sein zum Konsul gewählter Freund Lucius Afranius den Antrag erneuern und durchbringen.

Zusätzlich zur Unterstützung durch Cicero war er sich der unbedingten Hilfe der Popularen sicher, zumal auch der Volkstribun L. Flavius ihm seine rückhaltlose Unterstützung des Ackergesetzes für die Versorgung seiner Veteranen versprochen hatte.

Aber schon bald nach dem Amtsantritt der neuen Konsuln und dem Ende seines Mandats als Oberbefehlshaber merkte er, daß sich die Senatoren keineswegs Cicero anschlossen, der nun Pompeius offen im Senat unterstützte. Auch der Konsul Afranius kam gegen den Widerstand seines Kollegen Q. Caecilius Metellus Celer nicht an, der wegen der Scheidung des Pompeius von seiner Halbschwester Mucia diesen mit unversöhnlichem Haß verfolgte.

»Ich verstehe ja zur Not noch, liebe Julia, daß man mir nicht traut, obwohl ich diesem Cato und seinem Anhang keinerlei Anlaß dafür geboten habe. Aber was haben diese Leute gegen meine tapferen Soldaten? Die haben über fünf Jahre lang für Rom ihre Knochen hingehalten, keine noch so schweren Strapazen gescheut und jede Gefahr auf sich genommen, um Mithridates und die Seeräuber zu besiegen. Sie haben sich doch wahrlich den Dank des Vaterlandes verdient!«

»Sie wollen dich treffen, lieber Pompeius, dich und meinen Vater. Cato ist der Mann im Hintergrund, der die Fäden zieht, nicht Metellus! Er hält dich und noch mehr meinen Vater für eine Gefahr für diese Republik, und niemand wird ihn von dieser Meinung abbringen!«

»Dabei habe ich doch versucht, mich mit Cato zu arrangieren! Ich habe ihn sogar um die Hand seiner Tochter gebeten. Das hätte ihm doch zeigen müssen, daß ich weder sein Feind bin noch die Republik beherrschen will! Ich will nur eins, nämlich gemäß meinen Verdiensten um diesen Staat geachtet und geehrt werden!«

Julia sah Pompeius die Entrüstung und Enttäuschung an. Armer Sampsigeramos, dachte sie. Er begreift nicht, daß Cato ein Prinzipienreiter ist und in jedem Mann, der über Soldaten verfügt, eine potentielle Gefahr für die Freiheit der Bürger sieht.

»Daß du um Catos Tochter angehalten hast, war ein Fehler und, verzeih das harte Wort, obendrein noch eine Dummheit! Wie konntest du dich nur in diese peinliche Situation begeben? Du hast dir damit vor allem Volk eine Blöße gegeben und Cato einen unverdienten Triumph! ‚Seht, Leute‘, wird er sagen, ‚um des Staates Willen verzichte ich auf den persönlichen Vorteil, mit Roms größtem Feldherrn verwandt zu sein! Für die Bürger und das Gemeinwesen bringe ich jedes Opfer!‘ Er steht jetzt vor jedermann als der kompromißlose Verteidiger der Freiheit da, du als jemand, der vergeblich die Gunst eines ehrenhaften und standfesten Mannes durch diese Ehe erkaufen wollte und der jämmerlich gescheitert ist!«

Pompeius blickte betroffen drein. Er fühlte sich in seiner Selbstliebe verletzt, merkte aber sehr wohl, daß Julia genau den richtigen Punkt getroffen hatte. Sie hatte ihm gegenüber schonungslos ausgesprochen, was er sich selbst einzugestehen nicht gewagt hatte. Ich habe mich blamiert, und ich habe mit Cicero auf das falsche Pferd gesetzt, dachte er. Der große Cicero, der Vater des Vaterlandes, hält wundervolle Reden, hat immer einleuchtende Begründungen parat, weiß alles, kennt alle Schliche, aber er kann dennoch nichts bewirken. Schöne Reden und heiße Luft aber helfen mir nicht!

»Was, liebe Julia, soll ich nur tun? Wie kann ich Cato und den Senat von meinen guten Absichten überzeugen?«

Julia lächelte. Er lernt es nicht mehr, dachte sie. Er begreift einfach nicht, daß man mit Cato nicht verhandeln kann! Mein Vater hat recht, wenn er Pompeius für einen guten Feldherrn, einen militärischen Riesen, aber gleichzeitig für einen politischen Zwerg hält. Wie hilflos er mich ansieht. Julia war fast ein wenig gerührt, als sie diesen großen und bärenstarken Mann ansah. Sie gab sich einen Ruck.

»Du brauchst andere Unterstützung als durch diesen schlappen Goldredner Cicero! Du weißt doch, daß man in eingeweihten Kreisen diesen Kerl nur Chysologos, also Goldredner nennt! Ihm fließen ja auch goldene Worte aus dem Mund, immer ein passendes Zitat aus der Philosophie oder der Literatur! Du brauchst aber keine goldenen Worte, wenn du gegen Cato ankommen willst! Du brauchst jemanden, der durchsetzungsfähig ist!

Du solltest dich deshalb an meinen Vater halten. Er kehrt demnächst aus Spanien zurück, ruhmbekränzt, denn er hat, wie er mir geschrieben hat, in einer kombinierten See- und Landaktion das noch unabhängige Gallaecien bezwungen, die dortige Seefestung Brigantium erobert und das Land unter römische Botmäßigkeit gebracht. Die Soldaten haben ihn daraufhin zum Imperator ausgerufen. Jetzt, da Spanien befriedet ist, hat er die desolate Verwaltung seiner Provinz neu geordnet und für eine auch den Einheimischen zukommende gerechte Justiz eingerichtet. Römische Bürger und die eingeborenen Völker sind gleicherweise zufrieden und haben ihn deshalb mit Geschenken und Ehrungen überhäuft.

Wenn er in einigen Monaten wieder in Italien eintrifft, wird er sich um das Konsulat für das nächste Jahr bewerben. Sein alter Freund Crassus wird ihn unterstützen, nicht nur aus Freundschaft, sondern weil auch er mit Cato und den Optimaten noch eine Rechnung offen hat. Du erinnerst dich sicher, daß Cato verhindert hat, daß der Antrag des Crassus, den Steuerpächtern ein Drittel der Gebühren zu erlassen, vom Senat angenommen wurde. Crassus ist deshalb verärgert, denn viele Steuerpächter sind seine Klienten.

Wenn du dich also mit meinem Vater verbündest, schreibt er, wird es eine Kleinigkeit sein, deine, die des Crassus und seine politischen Forderungen durchzusetzen, wenn mein Vater zum Konsul gewählt wird.«

Donnerwetter und bei allen Göttern, die geht ran, dachte Pompeius. Aber ehe er sich zu diesem Angebot äußern konnte, meldete Crastinus, der als Überbringer geheimer Briefe von Cäsar vorab nach Rom geschickt worden war, den Besuch des ehrwürdigen Senators und gewesenen Konsuls Marcus Tullius Cicero.

»Tritt ein, mein lieber Cicero«, rief Pompeius. Er war erfreut, sich nun nicht gleich zu Julias Vorschlägen äußern zu müssen. Er schritt mit ausgebreiteten Armen auf seinen Gast zu. »Niemand ist mir willkommener als du, mein alter Freund. Sicher bringst du gute Nachrichten aus Rom in die stille Einsamkeit Bovillaes. Du kennst sicher Julia, die Tochter unseres lieben Cäsar, der mir so großzügig seine Villa zur Verfügung gestellt hat. Ich werde übrigens bald, nachdem mein Palast in Rom renoviert worden ist, nach Rom zurückkehren. Man soll Gastfreundschaft, und sei sie noch so herzlich gewährt, niemals überbeanspruchen. Du wirst diesen Satz sicher mit einem Zitat belegen können!«

Cicero nickte Julia freundlich zu und nahm dann umständlich und würdevoll auf einer bequemen Kline Platz. Er nahm aus einem Silberbecher, den ihm einer der Sklaven gereicht hatte, einen Schluck Wein zu sich, räusperte sich und begann zu reden.

»Ich freue mich, daß du, mein lieber Pompeius, dich entschlossen hast, deinen Wohnsitz wieder in der Stadt zu nehmen. Wir werden uns dann öfter sehen und unsere Aktionen im Senat besser abstimmen können. Gestern hat der Senat getagt, und ich kann dir die höchst erfreuliche Mitteilung machen, daß wir nun über eine Mehrheit verfügen und die Versorgung deiner Veteranen somit einer Lösung zugeführt werden kann.«

Pompeius war aufgesprungen und auf Cicero zugeeilt, um ihn zu umarmen. »Dann hat der Senat also endlich das Ansiedlungsprogramm gebilligt? Ich hatte schon alle Hoffnung verloren, daß der Senat jemals meinen Wünschen entsprechen würde! Die Ansiedlung ist also durch, welch eine Freude! Ich muß dir wirklich danken, lieber Cicero!«

»Gemach, lieber Pompeius, das habe ich nicht gesagt! Ich habe gesagt, wir haben nunmehr, und ich füge hinzu, dank meines unermüdlichen und intensiven Einsatzes für die gute Sache, eine Mehrheit im Senat für das Agrargesetz. Leider hat Cato uns wieder einen Strich durch die Rechnung gemacht. Mit seinem Widerstand habe ich ja gerechnet, nicht aber mit seiner Obstruktion! Weißt du, was dieser Mensch getan hat, um das Gesetz zu Fall zu bringen? Unglaublich, einfach unglaublich! Er hat eine Dauerrede gehalten. Seitenweise hat er alte Gesetze zitiert, aus alten Akten vorgelesen, aufgezählt, wie die Griechen, die Gallier und die Ägypter ihre Landwirtschaft betreiben, welche Früchte man auf diesem oder jenem Boden zweckmäßigerweise anbaut und so fort. Als die Sonne untergegangen war, unterbrach ihn der Vorsitzende mit der Bemerkung, daß die Sitzung geschlossen sei. Du weißt sicher, daß die Sitzungen des Senates immer bei Sonnenuntergang enden. So hat dieser Cato die Verabschiedung deines Agrargesetzes verhindert!«

»Und nun, was tun wir nun?« Pompeius Stimme brüllte seine Wut und Enttäuschung in den Raum. Sein Gesicht war rot angelaufen. Bebend vor Zorn packte er Cicero an der Toga und zog ihn von der Kline zu sich heran. »Und was tun wir nun? Was nützt uns deine angebliche Mehrheit im Senat? Warum gibt es Gesetze, die eine derartige Obstruktion erlauben? Was können wir gegen diesen Cato unternehmen, ohne daß ich meine Legionen in Marsch setze? Ein Wort von mir würde genügen, und bald gäbe es keinen Cato mehr! Aber so seid ihr alle! Ihr denkt an euch und nicht an die Soldaten, die ihre Pflicht erfüllt haben! Wann erfüllt ihr eure Pflicht?« Pompeius stampfte wütend mit dem Fuß auf.

»Beruhige dich doch, lieber Freund, beruhige dich! Ich kann ja deine Verärgerung verstehen, bin ich doch selbst über Catos Verhalten entsetzt! Aber ich habe schon einen Ausweg gefunden. Nach Rücksprache mit Vatinius wird der Volkstribun Flavius in den nächsten Tagen eine Volksversammlung einberufen und dein Agrargesetz dort einbringen. Da dort die Bürger kein Rederecht haben, kann Cato eine Beschlußfassung diesmal nicht verhindern. Dein Gesetz wird durchkommen, und deine Veteranen werden ihre wohlverdiente Versorgung erhalten.« Cicero hatte mit ruhiger und überzeugender Stimme gesprochen.

Pompeius' Gesichtszüge entspannten sich, seine eben noch drohende Haltung wich wieder einer anerzogenen Gelassenheit, wie man es von einem römischen Senator und gewesenen Konsul unbedingt erwarten mußte. Er begleitete seinen Gast zur Tür und verabschiedete ihn dort mit herzlichen und wohlgesetzten Dankesworten.

Julia hatte während des Besuches Ciceros still auf ihrer Kline gelegen und hatte amüsiert das Gespräch zwischen den beiden Konsularen verfolgt. Manchmal ist er wie ein großes Kind, dachte sie. Er kann sich wie ein Kind ärgern und freuen, zornig mit dem Fuß aufstampfen wie ein Kind, dem man einen Herzenswunsch abgeschlagen hat. Und er läßt sich durch eine vage Aussicht, daß sich bald alles zum Besseren wendet, sofort wieder trösten!

16

Bald nach diesem Gespräch war Pompeius in sein Haus auf dem Aventin gezogen. In diesem vornehmen Viertel der Stadt wohnten viele der Mächtigen und Reichen, vor allem die, die erst im letzten Jahrhundert zu Ansehen und Wohlstand gekommen waren, während die patrizischen Familien überwiegend auf dem noch vornehmeren Palatin residierten.

Obwohl der Aventin innerhalb des Mauerringes lag, gehörte dieser siebte Hügel Roms eigentlich nicht zur Stadt, denn er befand sich außerhalb des Pomeriums. Dieser Anachronismus war historisch begründet, denn dieser Hügel war von Romulus, dem Gründer der Stadt, ursprünglich für sakrale Zwecke und zum Begräbnisplatz bestimmt worden. Hier lagen die Gräber des Königs Titus Tatius und des Remus, des von seinem Bruder erschlagenen Zwillingsbruders des Romulus, sowie bedeutende Tempel wie der der Diana und der der Bona Dea.

Da aber Grabstätten und Begräbnisse nur außerhalb des Pomeriums zulässig sind, hatte Romulus bei Festlegung der sakralen Grenzen der Stadt den Aventin von der Einbeziehung in das vom Pomerium erfaßte Stadtgebiet ausgeschlossen.

Inzwischen hatte man schon seit Jahrhunderten seine Toten auf dem Marsfeld vor den Mauern verbrannt und die Asche der Verstorbenen dort beigesetzt und den Hügel zur Besiedlung freigegeben. Sofort hatten vor allem einflußreiche und mächtig gewordene plebejische Familien den Grund und Boden des Aventin aufgekauft und dort ihre prächtigen Stadtresidenzen errichtet, wo sie ihre Feste feierten und mit den altadligen Patriziern zu konkurrieren hofften. Dennoch oder gerade deswegen hatte das Viertel nie ganz den Geruch von Protz und Renommiersucht abstreifen können, denn den neuen Palästen haftete etwas von zu frischem Glanz an; kurz, ihnen fehlte der Charme alter Patina, den die oft kleineren, aber gediegeneren Häuser der Patrizier auf dem Palatin ausströmten.

»Römer ändern nur sehr ungern ihre einmal festgelegten Bestimmungen, liebe Julia«, hatte Gnipho den Umstand erklärt, daß der Aventin auch heute noch rechtlich gar nicht zur Stadt gehörte. »Aber da sie andererseits auch praktische Leute sind, haben sie die dem Staat gehörenden Grundstücke für teures Geld an zu Reichtum gekommene plebejische Familien verkauft und den Hinweis hinzugefügt, daß man hier vor dem Zugriff der Volkstribunen sicher sei, da deren Amtsgewalt an den Grenzen des Pomeriums endet. So ist der Aventin ein exklusiver Wohnbezirk für unsere Nobiles aus plebejischen Familien geworden. Pompeius hat dort ebenso seine palastartige Villa wie die Familie deiner Großmutter, die Aurelier.«

Cnaeus Pompeius Magnus, gewesener Konsul der Römischen Republik und Sieger über Mithridates und die Seeräuber, gab ein rauschendes Fest. Er feierte den Einzug in seine renovierte Villa auf dem Aventin. Er hatte alle, die in Rom Rang und Namen hatten und die er zu seinen Freunden zählte, zu dem Fest eingeladen, und sie kamen alle, denn sie waren neugierig und wollten sehen, wie sich der große Feldherr in seinem viel zu großen Palast mit seinen fast zweihundert Räumen eingerichtet hatte.

»Alles ein bißchen zu prächtig«, sagte der alte Q. Lutatius Catulus, der immer noch der offizielle Führer der Optimaten war, zu Crassus und rümpfte die Nase. »Ein bißchen neureich, findest du nicht auch?«

»Nun, ja, mein lieber Catulus, Stil war noch nie die Sache unseres Sampsigeramos. Etwas überladen, das viele Gold und die zahlreichen griechischen Statuen, die er in den Tempeln der eroberten Städte zusammengeraubt hat! Aber keinen Geschmack! Sieh nur diese riesige Gipsfigur von Zeus! Wenn schiere Größe Kunst wäre, diese Statue wäre der Inbegriff der Bildhauerei!«

»Ja«, lachte der hinzutretende Publius Cornelius Lentulus, »nur Bildhauerei ist der falsche Ausdruck für diese Gipsfigur, lieber Crassus. Ein richtiger Bildhauer meißelt seine Bildnisse aus Marmor, nicht aus dem billigen Gips. Seht«, rief er und wies auf eine unbeachtet in einer Nische fast versteckt stehende kleine Statue eines Eros mit Bogen, »das ist Kunst! Wenn mich nicht alles täuscht, ist dies eine Arbeit des Lysippos! Und dieses einmalige Kunstwerk verbirgt er in einer staubigen Ecke seines Festsaales. Unter all dem goldenen Protz diese entzückende Statue des Lysippos! Ein Meisterwerk unter diesem Gipsgiganten. Ich wette, unser Gastgeber weiß gar nicht, welchen Schatz er besitzt!«

Pompeius stand derweil mitten in der Empfangshalle und begrüßte seine zahlreichen Gäste.

Als amtierende Konsuln waren der süßsauer lächelnde Metellus Celer mit seiner Frau Clodia und Pompeius' ehemaliger Unterfeldherr Lucius Afranius feierlich in Amtstracht eingezogen. Sodann kam der gegenwärtige Prätor C. Octavius, Cäsars angeheirateter Neffe, mit seiner Frau Atia. Man sah die Konsulare Cicero, Pupius Piso, C. Antonius, und Servilius Vatia. Es fehlten weder D. Junius Silanus mit seiner Frau Servilia noch P. Clodius Pulcher. Auch die Popularen waren zahlreich erschienen. Man vermißte weder Quintus Fufius Calenus noch Publius Vatinius. Auch alleinstehende Damen wie Aurelia oder Cloelia kamen gerne. Erstere hatte sogar noch ihre beide Töchtern und deren Ehegatten sowie ihre Enkelin Julia mitgenommen, die neugierig durch die Säle strich und den zur Schau gestellten Reichtum einer gründlichen Inspektion unterzog.

Die Gäste verliefen sich in den weitläufigen Räumen, obwohl über zweihundert eingeladen waren. Sie wurden von den zahlreichen Sklaven auf das angenehmste verwöhnt. In einigen Zimmern hatte Pompeius Liegeecken einrichten lassen, damit seine Gäste sich bei einem Schoppen Wein ausruhen oder sich mit Freunden unterhalten konnten. Überall waren Stände aufgebaut, an denen Bedienstete erlesene Speisen und Getränke servierten, während in den größeren Sälen und Hallen Musikanten, Feuerschlucker, Zauberkünstler und Akrobaten die Gäste unterhielten.

Pompeius war bester Laune. Gestern hatte der Volkstribun Lucius

Flavius in der Volksversammlung das Gesetz zur Versorgung der Veteranen durchgebracht. Demnächst würde er auch seine anderen Gesetze der Volksversammlung zur Beschlußfassung vorlegen. Dann würden seine Wünsche alle erfüllt sein und der widerliche Hickhack mit Cato und dem Senat hätte ein Ende. Nun brauche ich weder Cicero zu schmeicheln noch um Cäsars Popularen zu buhlen, dachte er. Es entwickelt sich alles zum Guten, denn von jetzt bin es nicht mehr ich, der Hilfe und Unterstützung benötigt, sondern ich bin es, der anderen Hilfe gewähren kann. Die Zeiten haben sich geändert, von jetzt an brauche ich mir Demütigungen durch den Senat oder die herablassende Besserwisserei Ciceros nicht mehr gefallen zu lassen. Niemand wird mich von nun an wie einen lästigen Bittsteller herumschubsen können!

Mit diesem ihn erwärmenden Gedanken wollte er sich dem Wein und seinen Gästen zuwenden, als der Konsul Metellus Celer an ihn herantrat. »Ich möchte mich von dir verabschieden, mein Lieber, und dir für dieses wundervolle Fest danken. Leider muß ich schon gehen, denn meine Amtsgeschäfte dulden keinen Aufschub. Noch vor Sonnenaufgang muß ich die Auspizien einholen und die Götter befragen, ob sie mit dem von der Volksversammlung beschlossenen Agrargesetz einverstanden sind. Du weißt, wir können es uns nicht leisten, die Himmlischen zu verstimmen!«

Mit diesen Worten wandte sich Metellus Celer ab, winkte seinen Liktoren und verließ, gemächlich davonschreitend, das Haus. Er ließ einen verstörten und erschütterten Pompeius zurück, der genau wußte, was diese Ankündigung des amtierenden Konsuls zu bedeuten hatte.

17

Julia grüßt ihren Vater, den Pontifex Maximus und Statthalter der Römischen Republik in der Provinz Hispania Ulterior, und wünscht ihm Wohlergehen!

Hier in Rom geht in letzter Zeit alles drunter und drüber. Pompeius ist aus seinen Träumen erwacht, durch Zugeständnisse und mit Hilfe seines neuen Freundes Cicero endlich seine Wünsche nach Versorgung seiner Veteranen und nach Genehmigung seiner im Orient getroffenen Anordnungen zu erlangen.

Zunächst schien sich tatsächlich dank der Unterstützung durch Deine Popularen eine einvernehmliche Lösung seines Konfliktes mit der Senatsmehrheit anzubahnen. Der Volkstribun Lucius Flavius hatte ein den Vorstellungen Pompeius' entsprechendes Agrargesetz in der Volksversammlung eingebracht, das ohne Abstriche von dieser angenommen wurde. Der gute Sampsigeramos schwamm in einem Meer von Seligkeit.

Er gab in seinem Palast für die Spitzen der römischen Gesellschaft einen aufwendigen Empfang, fast schon ein Bachanal, denn der Wein – natürlich nur vom Allerfeinsten – floß in Strömen. Auch sonst hatte er keine Mühen gescheut, seine Gäste gut und teuer zu bewirten und mit allerlei Künstlern angenehm zu unterhalten. Kurz, das Fest schien sich zu einem großen gesellschaftlichen Erfolg für ihn zu entwickeln.

Aber wie das nun einmal häufig so ist, wenn alles sich zum Besten wendet, der Neid der Götter, wie Cicero in seiner pathetischen Art sagte, ließ einen guten Ausgang der Angelegenheit nicht zu!

Die Götter also bedienten sich des Konsuls Q. Caecilius Metellus Celer, um in den süßen Wein der Freude eine gehörige Portion Essig zu schütten. Metellus nämlich hatte noch einige Rechnungen mit Pompeius offen, seit sich dieser von seiner Halbschwester Mucia hatte scheiden lassen und der unbesiegbare Feldherr obendrein noch Celers Verwandten Metellus Creticus mit Schimpf und Schande und ohne seine Soldaten aus dem Heer entlassen und nach Hause geschickt hatte.

Kurz vor Mitternacht, als das Fest seinem Höhepunkt zustrebte, verabschiedete sich Metellus Celer mit der Bemerkung, er müsse noch vor Eintritt der Dämmerung die Auspizien einholen und die Götter nach ihrer Meinung zu dem von der Volksversammlung jüngst beschlossenen Agrargesetz befragen.

Pompeius wurde von dieser Ankündigung vollkommen überrascht. Er war entgegen seiner sonstigen Art sprachlos, erkannte aber, daß Metellus ihm die Petersilie verhageln würde, wie er es wenig später mir gegenüber so plastisch ausdrückte.

Es kam, wie es kommen mußte: Metellus befragte die Götter und mußte leider, leider feststellen, daß diese das Gesetz mißbilligten. Daß dies so sei, bestätigte der von ihm befragte Augur, der die Himmelszeichen beobachtet und aus ihnen die Mißbilligung der Höchsten herausgelesen hatte.

Metellus Celer ist ein gottesfürchtiger Mann. Wie Du Dich sicher erinnerst, hat er seinerzeit die von Dir betriebene Verurteilung des Rabirius verhindert, weil er – den Himmlischen und seiner Wachsamkeit sei Dank – als einziger in Rom das Wetterleuchten über dem Janikulum entdeckte und somit als einziger bemerkte, daß die Götter die Verurteilung des Rabirius nicht wollten. So wurde der Prozeß eingestellt, und der schuldige Rabirius entkam seiner verdienten Strafe.

Auch jetzt wurde er tätig, um dem eindeutigen Willen der Unsterblichen zu entsprechen. Er erklärte im Senat, er werde das beschlossene Gesetz weder verkünden noch ausführen, denn er fürchte den Zorn der Götter mehr als den sicherlich berechtigten und daher verständlichen Unwillen der enttäuschten Veteranen.

Es war eine widerliche Heuchelei, aber der tatsächliche oder vermeintliche Zorn der Götter ist immer noch ein starkes Motiv und gern benutzter Vorwand, unbequeme Entscheidungen einfach beiseite zu schieben. Normalerweise nehmen die Quiriten den Willen der Höchsten widerspruchslos hin, diesmal aber hatten der Konsul und die Optimaten sich verrechnet.

Der Volkstribun Flavius mobilisierte nicht nur über Clodius das städtische Proletariat, sondern auch die zuhauf nach Rom gekommenen Veteranen, die sich durch den Konsul um alle ihre Hoffnungen gebracht sahen. Unter Anführung durch Flavius zog die erregte und aufgeputschte Menge vor die Curia Hostilia und forderte in lauten Sprechchören vom Konsul Metellus die Umsetzung des von der Volksversammlung beschlossenen Gesetzes.

Als dieser sich unter Berufung auf die göttlichen Strafen, die in diesem Fall unweigerlich über die Stadt kommen würden, weigerte, dieser Forderung nachzukommen, verhaftete der Tribun kurzerhand den Konsul und ließ ihn unter dem beifälligen Gejohle der über den Mut und die Tatkraft ihres Anführers entzückten Menge abführen und in das Gefängnis werfen.

Metellus berief daraufhin die nächste Senatssitzung in das Tullianum genannte Staatsgefängnis ein. Der Senat, der gegen die Verhaftung des Konsuls heftig protestiert hatte, zog in einer geschlossenen Prozession zum Tullianum, um dort unter dem Vorsitz des Metellus als amtierenden Konsul den Staatshaushalt und andere Senatsangelegenheiten in einer förmli chen Sitzung zu beraten.

Um eine solche Demonstration, wie sie eine Sitzung des Senates im Gefängnis darstellte, zu verhindern, stellte Flavius einfach vor die Eingangstür des Gefängnisses seinen Stuhl und setzte sich. Da niemand bei Todesstrafe einen Volkstribunen körperlich angreifen darf, traute sich keiner der empörten Senatoren, ihn anzufassen und samt Stuhl wegzutragen, um so den Eingang zum Betreten des Tullianums freizumachen.

So standen nun über dreihundert würdige ältere Herren in ihren Amtsgewändern vor dem Gefängnis, während die amüsierte Volksmenge Hohn und Spott über sie auslud. Auch Pompeius und Cicero befanden sich unter den Senatoren, aber sie hatten sich mit den Spitzen der Popularen unter Crassus und Fufius Calenus abseits zu den Quiriten gestellt und forderten den Abzug der Senatoren und die Anerkennung des vom Volk beschlossenen Agrargesetzes.

Auch der verhaftete Konsul hatte das Geschrei der aufgebrachten Volksmenge gehört und die Vorgänge vor der Eingangstür durch das Fenster seiner Zelle beobachtet. Er erkannte die Unschlüssigkeit der Senatoren, gewaltsam in das Gebäude einzudringen und den unverletzlichen Flavius einfach wegzuräumen.

»Als Konsul gebiete ich euch«, rief er laut, »die Unverletzlichkeit eines Volkstribunen zu respektieren. Aber die Senatssitzung muß stattfinden. Deshalb befehle ich euch, die Mauern des Gefängnisses niederzureißen und durch diese Bresche das Haus zu betreten. Beeilt euch! Bevor die Sonne untergeht, muß unsere Sitzung beendet sein.«

Als sich die Senatoren daran machten, die Mauern des Gefängnisses einzureißen, und so ihre Entschlossenheit bekundeten, nicht nachzugeben, bekam Pompeius kalte Füße. »Liebe Kollegen«, rief er, »wir wollen die Auseinandersetzung nicht auf die Spitze treiben. Bedenkt den schlechten Eindruck, den diese Kindereien auf unsere Quiriten machen! Ich schlage daher vor, wir treffen uns morgen zur gewohnten Zeit in der Curia Hostilia, um alles zu besprechen. Als Zeichen des guten Willens rege ich an, Metellus für heute aus der Haft nach Hause zu entlassen. Morgen werden wir dann in einer weniger aufgeheizten Atmosphäre über alles reden und eine einvernehmliche Lösung finden.«

Murrend ließen sich Flavius und die Popularen auf diesen Vorschlag ein. Was sollten sie auch machen? Wenn ihr Führer, für den sie den ganzen Trubel inszeniert hatten, von der Fahne ging, wie und für wen sollten sie diese dann noch hochhalten? Deprimiert zogen die Popularen mit Flavius ab, während die Optimaten Metellus im Triumph aus dem Gefängnis holten. In feierlichem Zug geleiteten sie ihn dann zu seiner Wohnung und stellten ihm eine bewaffnete Wache aus der Bande Milos zum Schutze seiner Person vor Übergriffen vor die Tür.

Am nächsten Tag hatte sich die Stimmung in der Stadt gewandelt. Die Quiriten brachten dem Konsul Metellus auf seinem Weg zum Forum wahre Ovationen dar, während sie Cicero und vor allem Pompeius auspfiffen, wo die beiden sich auch sehen ließen. Pompeius wurde dadurch derartig verunsichert, daß er freiwillig auf das Agrargesetz für seine ehemaligen Soldaten verzichtete.

Dies ist nun die neue Lage: Cicero hat sich, verärgert über dessen Feigheit und Nachgiebigkeit, von Pompeius getrennt. Auch die Popularen haben das Vertrauen in ihn gänzlich verloren und Cato verkündet überall, alle könnten nun endlich sehen, daß nur durch Härte und Standfestigkeit Leuten wie unserem Sampsigeramos und anderen Möchtegernpotentaten Einhalt geboten werden kann. Da natürlich auch die Veteranen von Pompeius enttäuscht sind, hat er zur Zeit niemanden, der sich ernsthaft für seine Wünsche einsetzt.

Ich glaube daher, daß dies Deine Stunde sein wird. Komme also bald nach Rom zurück. Dein Erscheinen wird den Ausschlag geben, nach welcher Seite sich die Waage senkt!

Geschrieben am dritten Tag nach den Iden des April unter dem Konsulat des L. Afranius und des Q. Caecilius Metellus Celer.
Julia

4. Kapitel
Rom in den Jahren 694 und 695 der Stadt

1

Cäsar hatte, alarmiert durch den Brief seiner Tochter, seinen Freund L. Aurunculeius Cotta nach Rom vorausgeschickt. Cotta sollte den Konsuln Cäsars Rechenschaftsbericht über seine in der Provinz Hispania Ulterior getroffenen Maßnahmen zustellen und außerdem fünfzig Talente Silber im Ärarium als dem Staat zustehenden Anteil an seiner Beute aus seinen siegreichen Feldzügen gegen sie Lusitanier und Gallaecier abliefern. Cottas Hauptaufgabe aber war, dem Senat seinen offiziellen Antrag auf Gewährung eines Triumphzuges für den Sieg über die siegreich niedergeworfenen spanischen Völker zu übergeben.

Noch während Cäsar in Spanien weilte, hatte er über seinen Freund Crassus seine Bewerbung für das Konsulat des nächsten Jahres dem Wahlleiter ankündigen lassen und diesem mitgeteilt, daß er sich rechtzeitig, wie vom Gesetz vorgesehen, bei ihm persönlich als Kandidat vorstellen werde.

Schon die Ankündigung, daß er sich um das Konsulat bewerben wolle, sorgte in Rom für Aufregung. Während die Popularen Hoffnung schöpften und mit Feuereifer in den Wahlkampf gingen und lange vor Cäsars Ankunft in Italien ihre Anhänger mobilisierten, wußten die Optimaten nicht, welche ihrer führenden Mitglieder sie ihm als aussichtsreichen Gegenkandidaten entgegenstellen sollten. Ihre alten Herren, die unter Führung des Catulus lange Zeit die Partei und den Senat beherrscht hatten, waren alle abgetreten. Der alte Hase Q. Lutatius Catulus war vor wenigen Wochen plötzlich gestorben, Lukullus hatte sich auf seine Güter zurückgezogen und schrieb an einer Geschichte des Bundesgenossenkrieges in griechischer Sprache, und Cicero war nach seiner Anbändelei mit Pompeius bei der Partei als Opportunist in Verruf geraten und wurde nun von den jüngeren Optimaten aus dem Kreis um Cato nicht mehr als einer ihrer Führer anerkannt, so sehr er sich auch darum bemühte.

Auf der anderen Seite kamen wegen der strengen Laufbahnvorschriften nur wenige Optimaten für eine Kandidatur in Frage. Die sehr einflußreiche Familie der Meteller hatte ihre angesehensten Mitglieder Metellus Creticus und Metellus Celer bereits zum Konsulat gebracht. Da seit den Gesetzen des Sulla gewesene Konsuln zehn Jahre warten mußten, bevor sie sich erneut um dieses höchste Amt im Staate bewerben konnten, fielen sie ebenso aus wie der junge Metellus Nepos, der das für eine Kandidatur erforderliche Mindestalter von 43 Jahren noch nicht erreicht hatte.

»Wir haben nur einen präsentablen Bewerber«, sagte bei einer Versammlung der Optimaten der amtierende Konsul Q. Caecilius Metellus Celer mit resignierender Stimme zu den Anwesenden, »und das bist du, mein lieber Bibulus. Nimm es mir nicht übel, aber selbst du bist keine Idealbesetzung! Wir werden Mühe haben, dich gegen Lucceius, den zweiten Bewerber der Popularen, durchzubringen. Cäsar wird sowieso nicht zu verhindern sein, denn selbst wenn du, Bibulus, als erster gewählt werden würdest, was ich in Anbetracht von Cäsars Popularität für unwahrscheinlich halte, würde er als dein Gegenkandidat als zweiter gewählt werden und damit mit dir das Konsulat des nächsten Jahres bekleiden.«

»Wieso sollte Cäsar nicht zu verhindern sein? Gibt es keinen wunden Punkt in seiner Amtsführung in Spanien? Gibt es keine Beschwerden über erpreßte Geschenke oder unterschlagene oder zu hohe Steuern? Es muß doch etwas zu finden sein, wofür wir ihn anklagen können«, rief L. Domitius Ahenobarbus, ein junger Senator, der mit Catos Schwester Porcia verheiratet war. »Solange er angeklagt ist, darf er doch für kein Amt kandidieren!«

»Das ist richtig, lieber Schwager«, entgegnete Cato. »Nichts wäre mir lieber, als das Spiel zu wiederholen, das wir seinerzeit mit Catilina getrieben haben. Aber Catilina etwas anzuhängen war leicht, beinahe ein Kinderspiel! Bei Cäsar ist das anders, erinnere dich an meine vergeblichen Versuche, seine Verstrickung in Catilinas Verschwörung zu beweisen. Und jetzt? Die Provinzialen in Spanien jubeln ihm nicht nur zu, weil er die Verwaltung von korrupten Elementen gesäubert, die Steuerlast gesenkt hat und weil durch den von ihm erstrittenen Frieden die Geschäfte wieder laufen und das Land aufblüht. Wir haben nicht eine einzige Beschwerde, mit der wir eine Anklage begründen könnten, im Gegenteil nur begeisterte Anerkennung und Lob! Aber selbst wenn wir etwas fänden, was zu einer Anklage reichen würde, Cäsar würde ohne Zweifel freigesprochen werden, denn die Richterbänke haben die Quiriten bei den letzten Wahlen mit Popularen besetzt. Nein, meine Freunde, wir müssen uns etwas anderes einfallen lassen, um Cäsar zu verhindern!«

»Zunächst einmal sollten wir sicherstellen, daß unser Bibulus gewählt wird!« Der Konsul Metellus hatte mit einer gebieterischen Handbewegung sich zu Wort gemeldet und erneut zu sprechen begonnen. »Das heißt, wir müssen erst einmal versuchen, den schwächeren zweiten Bewerber der Popularen, nämlich Lucceius, auszuschalten. Konzentrieren wir also unseren Wahlkampf auf diesen Kandidaten. Er hat keine nennenswerten eigenen Klienten, keine ausreichenden Geldmittel und keinen familiären Hintergrund, denn er ist mit keiner unserer großen Familien verwandt. Ihn zu schlagen, wird zumindest möglich sein. Haben wir aber Bibulus erst einmal durchgebracht, werden auch Cäsars Bäume nicht in den Himmel wachsen. Bibulus wird zwar wenig als Konsul bewirken können, wenn er den tatkräftigen Cäsar als Kollegen hat, aber bremsen und verzögern kann er Cäsars Maßnahmen allemal! Natürlich wäre es gut, wenn es gelänge, Cäsars Wahl zu verhindern. Vielleicht sagst du uns, lieber Cato, was du dir dazu einfallen lassen wirst.«

»Das werde ich nicht, liebe Freunde. Aber ich habe da so eine Idee, wie es klappen könnte. Versteht aber bitte, daß ich darüber noch Stillschweigen bewahren möchte. Die Wände haben manchmal Ohren, und Cäsar darf nicht ahnen, was ich vorhabe. Geduldet euch also und mobilisiert inzwischen unsere Klienten. Wenn wir Glück haben, vermeiden wir mit einem geschickten Winkelzug seine Wahl, jedenfalls für dieses Jahr. Und mit Lucceius, der dann natürlich als dein Kollege gewählt wird, lieber Bibulus, können wir leben!«

»Was Cato wohl wieder vorhat?« Metellus blickte im Herausgehen Bibulus und Domitius Ahenobarbus fragend an. »Wißt ihr etwas? Du als sein Schwager, lieber Domitius, müßtest doch Bescheid wissen!«

»Da kennst du Cato schlecht! Der mißtraut jedem, wahrscheinlich sogar sich selbst. Er hat mir nichts gesagt, und er wird mich auch nicht ins Vertrauen ziehen.«

« Na gut, warten wir also ab, mit welchem Trick er Cäsar aus dem Spiel kegeln will. Jedenfalls hat die Jagd auf den Wolf begonnen!«

2

Ende Mai war Cäsar in Ostia gelandet und hatte sich sofort nach Bovillae begeben, denn er durfte die Stadt nicht betreten, bevor der Senat über die Bewilligung seines beantragten Triumphzuges entschieden hatte. Er wußte aber auch, daß die Zeit für ihn knapp wurde, denn bald lief die Frist ab, in der er seine Bewerbung um das Konsulat abgeben mußte. Dazu mußte er in die Stadt, denn eine Kandidatur um dieses Amt war nur möglich, wenn er sie persönlich beim Wahlleiter anmeldete.

Er hatte zwar vorsorglich auch den Antrag gestellt, ihn von dieser Pflicht zu entbinden, aber der Senat hatte sich bisher noch nicht einmal entschließen können, seinen Antrag überhaupt auf die Tagesordnung zu setzen, denn er wollte, wie der Konsul Metellus Celer es mit ironischem Lächeln Crassus gegenüber zum Ausdruck gebracht hatte, nichts übereilen und einen Antrag nach dem anderen behandeln.

»Immer schön der Reihe nach«, hatte er bemerkt. »Zuerst werden wir über den Triumph verhandeln, denn sollten wir diesen Antrag ablehnen, weil die gesetzlichen Voraussetzungen für die Gewährung dieser hohen Ehrung nicht vorliegen, bedarf es keiner Ausnahmeregelung, denn Cäsar kann nun ja ohne weiteres die Stadt betreten, um sich beim Wahlleiter zu melden und seine Professio persönlich abzugeben. Also werde ich den zweiten Antrag solange nicht auf die Tagesordnung setzen, bis über den ersten Antrag Cäsars entschieden ist.«

Als Crassus seinem Freund diesen Ausspruch des Konsuls überbrachte, war dieser auf das äußerste beunruhigt. »Sie haben mich in der Falle, mein lieber Crassus«, sagte Cäsar. »Ich sitze hier in Bovillae und kann mich nicht bewegen, jedenfalls nicht in Richtung Rom. Sobald ich die Grenzen des Pomeriums überschreite, werden sie meinen Antrag auf Gewährung eines Triumphzuges ohne nähere Prüfung der sonstigen Voraussetzungen wegen meines Formverstoßes ablehnen. Bleibe ich hier, werden sie akribisch und bis in das feinste Detail untersuchen, ob ich alle gesetzlichen Bedingungen erfülle. Sie werden nachprüfen, ob ich einen gerechten Verteidigungskrieg gegen auswärtige Feinde geführt habe, sie werden die toten Feinde zählen lassen, um festzustellen, ob es wirklich mindestens fünftausend waren, und sie werden untersuchen, ob ich durch meinen Sieg diese Feinde zum Frieden gezwungen habe.«

»Aber das liegt doch auf der Hand! Ich weiß nicht, was der Senat einwenden will, um zu einer Verneinung dieser Bedingungen zu kommen!«

»O, mein Lieber, da findet sich immer etwas. Zumindest werden sie das Verfahren in die Länge ziehen, bis der Termin verstrichen ist, an dem ich mich spätestens beim Wahlleiter mit meiner Bewerbung um das Konsulat melden muß!«

»Dein Antrag ist doch entscheidungsreif! Die Zahl der gefallenen Feinde, sonst häufig ein Knackpunkt, ist doch durch Labienus und Cotta, zwei ehrenwerte und langjährige Senatsmitglieder, und durch deinen Tätigkeitsbericht bestätigt worden. Was sollten sie sonst noch einwenden können?«

»Nun, da wäre zum Beispiel die Frage, ob es sich bei den Lusitaniern um auswärtige Feinde gehandelt hat. Cato wird mit Sicherheit diese Frage verneinen. Er wird vortragen, daß die Bewohner Lusitaniens bereits seit fast einem Jahrhundert römische Untertanen seien und es sich daher gar nicht um einen Krieg, schon gar nicht um einen auswärtigen handele, sondern um einen Aufstand undankbarer und verbrecherischer Provinzialen, den niederzuschlagen mir zur höchsten Ehre gereiche. Auch hätte ich mir mit meinem energischen Vorgehen den Dank des Vaterlandes verdient, aber für einen Triumphzug ergebe diese sicher bedeutende Tat leider keine Rechtsgrundlage!«

Crassus schaute seinen Freund fassungslos an: »Das soll nur ein kleiner lokaler Aufstand gewesen sein? Dein Krieg also nur eine Art Polizeiaktion gegen unbotmäßige Untertanen? Unglaublich! Die Lusitanier sind doch nie wirklich unterworfen worden! Sie haben zwar formal die römische Oberhoheit anerkannt, aber wir hatten dort weder Besatzungstruppen, noch haben sie uns Abgaben gezahlt. Erst du hast sie unter unsere Herrschaft gebracht, erst durch dich wurde ihnen eine römische Besatzung ins Land gelegt, erst jetzt sind sie steuerpflichtig!

Aber selbst wenn man die Lusitanier als nicht ausreichend für den Begriff ‚auswärtige Feinde' anerkennen will, die Gallaecier waren auswärtige Feinde, denn sie haben noch nie unter römischer Herrschaft gestanden, weder tatsächlich noch formal!«

»Nun ja, das trifft zu. Aber unser guter Cato findet sicher auch hier ein Haar in der Suppe. Er könnte zum Beispiel einwenden, daß es kein gerechter Krieg gewesen sei, den ich gegen dieses Volk geführt habe, weil dieses, was zutrifft, uns gar nicht angegriffen hat! Ich habe angegriffen, um ihnen die Stärke der römischen Waffen zu demonstrieren und um sie von künftigen Einfällen in unser Territorium abzuschrecken. Es war ein Präventivkrieg, und Cato wird dies gegen mich ins Feld führen.«

»Warum sollte er so kleinkariert sein? Ein Triumphzug ist doch nichts weiter als eine übliche Ehrung für einen erfolgreichen Feldherrn.«

»Ihm geht es im Grunde natürlich nicht um den Triumphzug! Ihm geht es darum, mich als Kandidaten für das Konsulat auszuschalten. Deshalb zieht er die Entscheidung über den Triumph in die Länge. Er wird deshalb jeden denkbaren Einwand vorbringen und notfalls durch Gutachten prüfen lassen, ob ich die Voraussetzungen erfülle. Ich soll die Frist versäumen, mich rechtzeitig beim Wahlleiter zu melden. Nur diesem Zweck dienen seine Bedenken! Ich fürchte, er wird dieses Ziel erreichen, denn die Zeit läuft mir davon!

Wir müssen daher meinen Antrag auf Befreiung von der persönlichen Abgabe meiner Bewerbung um das Konsulat auf die Tagesordnung des Senates bringen. Wenn der eine Konsul sich hier verweigert, muß eben der andere ihn im Senat einbringen! Beide Konsuln haben dieses Recht doch unabhängig voneinander! Dann muß der Senat sich mit der Angelegenheit befassen.

Geh also bitte zu Lucius Afranius und veranlasse ihn, endlich einmal tätig zu werden. Ich habe an Pompeius geschrieben, damit auch er seinen Gefolgsmann Afranius entsprechend instruiert. In gleicher Weise werde ich Cicero um Hilfe bitten, allerdings erst, nachdem der zweite Konsul die Tagesordnung um den gewünschten Punkt erweitert hat, damit dieser quakende Frosch in seiner Geschwätzigkeit und Wichtigtuerei nicht im Vorfeld alles verdirbt.«

»Ich werde gleich zu Afranius gehen. Auch er ist übrigens einer meiner Schuldner. In ein paar Wochen wird eine größere Summe zur Rückzahlung fällig. Afranius hat schon bei mir anfragen lassen, ob mein Darlehn nicht verlängert werden kann. Nun, ich werde sehr entgegenkommend sein. Wie sagt doch Cicero immer? Eine Hand wäscht die andere!

Und auch bei unserem vortrefflichen Goldredner gibt es etwas zu waschen. Denk an sein neues Haus, das ich ihm so preiswert überlassen habe!« Crassus lachte laut. »Dieser Cicero wird ein bißchen zappeln und sich winden, aber wenn du ihm das Gefühl gibst, du seiest sein Freund und brauchest seine Hilfe, wird er vergessen oder besser verdrängen, daß er gar nicht anders kann, wenn er seine Reputation, als der uneigennützige Vater des Vaterlandes zu gelten, nicht verlieren will. Und die würde er verlieren, wenn sein überaus günstiger Hauskauf ruchbar würde!«

»Gut, mein Lieber. Ich danke dir für deine so oft erwiesene Freundschaft. Du bist neben Cotta und Labienus der einzige alte Freund, dem ich unbedingt vertrauen kann. Die anderen Freunde sind Anhänger, gute und treue darunter, aber sie stehen mit mir nicht auf gleicher Augenhöhe. Es ist eben etwas anderes, von Jugend an befreundet und verbunden zu sein und einander in brenzligen, ja lebensgefährlichen Situationen beigestanden zu haben, ja einander das Leben zu verdanken. Und das wird so bleiben, solange wir leben!«

Crassus schloß seinen alten Freund gerührt in die Arme. »Ich erinnere mich noch genau, wie ich, der von Fimbrias Mörderbande verfolgte junge Optimatensohn, mich im Garten eures Anwesens in der Subura, abgerissen und hungrig, versteckte und du mich dort fandest und ins Haus zu deinem Vater nahmst, obwohl dieser einer der wichtigsten Führer der Popularen war. Ihr habt mich aufgenommen wie einen Sohn des Hauses und vor meinen blutgierigen Verfolgern geschützt. Euch verdanke ich mein Leben! Wie also sollte ich nicht dein Freund sein, komme, was da wolle?«

Auch Cäsar war betroffen. Es war nie seine Art gewesen, Gefühle zu zeigen oder sich anderen Menschen auch nur gefühlsmäßig zu nähern. »Wir haben viel gemeinsam erlebt und erlitten, mein Freund. Und wir haben eigentlich immer Glück gehabt. Beide sind wir so oft den fürchterlichsten Gefahren ausgesetzt gewesen, immer sind wir ihnen, oft durch die Hilfe des anderen, glücklich entronnen. ‚Im Glück wird man vergeßlich', sagt der kluge Dichter Menander. Zumindest in unser beider Fall muß ich ihn des Irrtums zeihen.«

Cäsar machte eine kleine Pause, holte dann tief Luft und sagte in seinem üblichen geschäftsmäßigen Ton: »Nun wollen wir uns aber wieder der Wirklichkeit zuwenden, mein alter Freund. Sonst werden wir auf unsere alten Tage am Ende noch sentimental!

Eile zurück in die Stadt und suche Afranius auf. Wir wollen sehen, ob wir dem guten Cato nicht doch noch ein Schnippchen schlagen können!«

3

Im Senat ging es hoch her, als der Konsul Afranius sich erhoben hatte und mit ruhiger Stimme, ein wenig trocken und mit abgehacktem militärischem Tonfall die ehrwürdigen Väter und Beigeordneten aufforderte, Cäsar die Bewerbung um das Konsulat in Abwesenheit zu gestatten.

»Wir haben die Pflicht, diesem verdienten Mann die Wahl zum Konsul nicht zu verbauen, nur weil er die Stadt zur Zeit nicht betreten darf. Er hat unsere Feinde in einem schnellen und erfolgreichen Feldzug besiegt. Dafür gebührt ihm der Dank aller billig und gerecht Denkenden. Soldatische Leistung muß einerseits durch einen Triumphzug des siegreichen Feldherrn belohnt werden, andererseits hat in Rom der erfolgreiche Heerführer seit unvordenklichen Zeiten einen moralischen Anspruch auf die Würde eines Konsuls unserer Republik! Ich meine, daß wir bei dieser bewährten Weise, einen tapferen Mann und seine nicht minder tapferen Soldaten zu ehren, unbedingt bleiben sollten. Das ist auch die Meinung der Götter! Ich habe nämlich heute vor Sonnenaufgang nach altem Brauch die Auspizien eingeholt und die Unsterblichen befragt, ob es ihr Wille sei, Cäsar von der Regel der persönlichen Anwesenheit in der Stadt zu befreien, wenn er sich um das Konsulat bewirbt.

Ich habe den Himmel beobachtet, nachdem ich die vorgeschriebenen Opfer und Gebete den Göttern dargebracht hatte. Zwei Auguren haben mich zu der feierlichen Handlung begleitet und mit mir nach himmlischen Zeichen Ausschau gehalten. Es überflogen uns plötzlich drei Raben in Richtung der am Horizont aufgehenden Sonne. Ihr Flügelschlag war deutlich zu vernehmen, nach Meinung der Auguren ein eindeutiges Zeichen für den Willen der Götter! Stellt euch vor, ein Flügelschlag eines Raben für sich allein bedeutet schon ihre Zustimmung, der mehrerer kommt somit einer deutlichen Weisung der Götter gleich, Cäsar, dem Abkömmling der Venus, ihrem geliebten Pontifex Maximus, dem Hüter des Kultes unseres Vediovis, den Weg zum Konsulat nicht zu verwehren!«

Die Senatoren waren beeindruckt. Zwei Auguren, das war doch etwas, über das man nicht einfach hinweggehen konnte. Es eilte, denn morgen war der letzte Tag, an dem sich Bewerber beim Wahlleiter melden konnten. Man mußte also heute entscheiden und konnte die Angelegenheit nicht mehr auf die lange Bank schieben. Da war ein Hinweis auf den göttlichen Willen sehr hilfreich! Und dann gleich drei Raben!

Während die Senatoren schwankten, ob sie den Göttern oder ihrer politischen Grundmeinung, die gegen Cäsar und die Popularen gerichtet war, folgen sollten, hatte Cicero gesprochen und den Ausschlag für den Antrag des Konsuls Afranius gegeben. Cicero hatte einen langen Vortrag über das Wesen der Götter gehalten und die Art, wie sie ihren Willen zum Ausdruck bringen. Er hatte nicht versäumt, eindringlich vor den Gefahren für den Staat zu warnen, wenn man sich über deren Wünsche hinwegsetze. Er hatte in zahlreichen Beispielen beschrieben, welche Folgen ein Mißachten der göttlichen Gebote in der Vergangenheit für Rom gehabt hatte.

»Erinnert ihr euch nicht, wie uns die Karthager im Ersten Punischen Krieg geschlagen haben, weil der Konsul Appius Claudius Pulcher die heiligen Hühner, die ihr von den Vestalinnen geweihtes Futter nicht fressen wollten, ertränkt hatte? Heilige Hühner, die nicht fressen, sind ein unwiderlegbares Zeichen dafür, daß die Götter gegen eine geplante Schlacht sind, und eine Warnung an den kampfbegierigen Feldherrn, von seinem Schlachtplan Abstand zu nehmen. Claudius griff dennoch an und wurde vernichtend geschlagen.

Übrigens war dieser Claudius ein direkter Vorfahr dieses unseligen Clodius Pulcher! Ihr seht also, daß der Zorn der Unsterblichen noch nach zweihundert Jahren nicht erloschen ist, sonst hätten sie dem edlen Claudischen Geschlecht nicht einen so verruchten Nachkommen geschenkt, der die Götter genauso verachtet wie sein verblendeter Vorfahr vor der Schlacht von Drepanum!

Und denkt auch an den Zweiten Punischen Krieg! Auch damals haben wir Schlachten verloren, weil unsere Feldherren sich über den göttlichen Willen in ihrer Hybris hinweggesetzt hatten. Ein gutes Beispiel ist hierfür der damalige Konsul Caius Flaminius, der seine religiösen Pflichten den Göttern gegenüber in sträflichster Weise vernachlässigte. Und was war die Folge dieser unglaublichen Pflichtvergessenheit? Flaminius wurde von Hannibal nicht nur geschlagen, sondern verlor in der Schlacht am Trasimenischen See auch noch sein Leben!

Ihr habt also gesehen, ehrwürdige Väter und Beigeordnete, wohin es führt, wenn man dem Willen der Himmlischen nicht Rechnung trägt! Wollt ihr euch jetzt, und noch dazu wegen einer so unbedeutenden Angelegenheit, den Zorn der Höchsten zuziehen? Es wäre eine Dummheit, und eine solche Dummheit traue ich euch nicht zu. Genehmigt also Cäsars Bitte, und ihr erfüllt nicht nur den Willen der Götter, sondern ehrt damit auch einen um den Staat verdienten Bürger!«

Ganz gegen die Gewohnheit, Beifall allenfalls durch ein undefinierbares brummelndes Gemurmel anzudeuten, klatschten zuerst die Popularen, dann auch die Mehrheit der anderen Senatoren offenen, wenn auch verhaltenen Beifall. Cicero genoß das anerkennende Nicken des Crassus und den aus der geballten Faust des Pompeius steil nach oben weisenden Daumen. Die Sache ist gelaufen, dachte er und setzte sich, kokett seine Kleider ordnend, auf seinen Platz in der ersten Reihe der Senatsbänke.

Der in diesem Monat die Geschäfte leitende Konsul Afranius wollte gerade die Abstimmung einleiten, als sich Marcus Porcius Cato erhob und das Wort ergriff. Er bestritt zunächst, daß Raben ein günstiges Prodigium seien. Das gelte allenfalls, wenn es sich um auf das Wohl der Stadt zielende Gesetze handele, nicht aber in diesem Fall, wo es nur um das Wahlverfahren betreffende Formvorschriften gehe. Endlos begründete er, daß Raben auch ungünstige Vorzeichen bedeuten könnten. So habe zum Beispiel nicht lange vor der für die Römer so vernichtenden Niederlage in der Schlacht von Cannae gegen Hannibal ein Rabenpaar im Tempel der Juno genistet und so Rom Unglück gebracht!

Da er aber natürlich im Detail nicht alle von Raben ausgehenden schädlichen Einflüsse kenne, müsse der Senat zunächst einmal ein Gutachten des Gesamtkollegiums der Auguren einholen, damit den ehrwürdigen Vätern und Beigeordneten kein Fehler unterlaufe. Seines Wissens sei der Rabe der Feind des dem Mars geheiligten Wolfes. Daher müsse das Gutachten der Auguren auch der Frage nachgehen, ob durch die Beachtung der Raben nicht der für den Staat so wichtige Kriegsgott Mars gekränkt werde und wie man diesen wieder versöhnen könne, wenn seine, Catos, Befürchtungen zuträfen.

Catos Rede zog sich endlos hin. Er bestritt die Abstammung der Julier von der Venus und hielt deshalb eine Rücksichtnahme auf diese Göttin für entbehrlich. Er führte Beispiele an, bei denen Jupiter seine Meinung durch Blitze geäußert habe, hier aber habe er auf das Schleudern von Blitzen verzichtet, ein doch wohl sicheres Anzeichen dafür, daß er nicht für Cäsars Antrag sein könne.

So vergingen Stunden. Die Senatoren gähnten gelangweilt und hörten schon gar nicht mehr zu, als Afranius verkündete, daß soeben die Sonne hinter dem kapitolinischen Hügel verschwunden sei, und er die heutige Sitzung für beendet erklären müsse.

Crassus wandte sich halb wütend, halb bewundernd an den neben ihm das Senatsgebäude verlassenden Pompeius. »Dieser alte Gauner Cato! Hat er es doch tatsächlich geschafft, Cäsar die Konsulwahl zu vermasseln! Morgen ist der letzte Tag, an dem unser Freund seine Bewerbung einreichen kann. Da der Senat erst wieder in einer Woche tagt, und Cäsar wegen des beantragten Triumphzuges die Stadt nicht betreten darf, wird er erst im nächsten Jahr antreten können!«

4

Schlimme Nachrichten scheinen Flügel zu haben, und so erreichte das Ergebnis der Senatssitzung Cäsar noch am gleichen Abend in Bovillae, wo er voller Ungeduld und mit von Stunde zu Stunde wachsender Spannung auf die Entscheidung gewartet hatte. Wie ein gefangenes Tier in seinem Käfig war er gegen Abend im Garten seiner Villa auf und ab gelaufen und hatte immer wieder am Tor haltgemacht, um nachzusehen, ob nicht eine Staubwolke den nahenden Reiter ankündigte, der ihm das Ergebnis der Senatssitzung überbringen sollte.

Vergeblich hatte seine Mutter Aurelia ihn abzulenken versucht. Sie hatte ihm seine Lieblingsspeisen kochen lassen, hatte immer wieder versucht, ihn in ein Gespräch zu verwickeln, aber es war vergeblich. Cäsar hatte jede Nahrungsaufnahme verschmäht und nur sehr einsilbig auf ihre Fragen geantwortet.

Es war schon lange dunkel, als er endlich erst leises, dann immer lauter werdendes Hufgetrappel hörte. Ein Reiter näherte sich im Galopp, und es war Cäsar klar, daß um diese späte Stunde es nur der so ungeduldig erwartete Bote aus der Hauptstadt sein konnte. Das Klappern der Hufe wurde immer lauter. Auch Aurelia war, eine brennende Fackel tragend, an das Tor getreten, um die Dunkelheit ein wenig zu erhellen. Sie hatte ihren Arm, mehr beruhigend als schützend, um die Schultern ihres Sohnes gelegt. Sie spürte seine äußerste Anspannung und merkte, daß es ihn Überwindung kostete, seine Erregtheit unter einer äußerlich gelassenen Miene zu verstecken.

Wenige Augenblicke später war das Pferd heran. Offensichtlich war es den ganzen Weg über scharf geritten worden, denn es keuchte vor Anstrengung und Erschöpfung, und sein Fell glänzte im Schein der Fackel vor Schweiß. Der Reiter zog die Zügel an, brachte so das Tier zum Stehen und sprang aus dem Sattel.

»Herr«, rief Crastinus, denn er war der berittene Bote, »Herr, ich komme direkt aus Rom. Die Senatssitzung hat bis zum Einbruch der Dämmerung gedauert. Dann mußte die Sitzung abgebrochen werden, ohne daß über deinen Antrag, dich von der persönlichen Meldepflicht zu befreien, entschieden worden ist. Dein Freund, der ehrenwerte Senator Crassus, läßt dir mitteilen, daß er und Cicero alles versucht haben, den Antrag durchzubringen. Aber Cato hat so lange geredet, bis die Sitzung abgebrochen werden mußte. So hat es zu keiner Entscheidung in deinem Sinne kommen können, obwohl die Mehrheit des Senates dafür gewesen wäre!«

Cäsar holte tief Luft. Meine schlimmsten Befürchtungen sind also wahr geworden, dachte er. Dieser verdammte Cato hat es wieder einmal geschafft! Dann straffte er seine Gestalt. Seine eben noch angespannten Wangenmuskeln lösten sich, und über sein hageres Gesicht mit den hohen Backenknochen glitt ein freundliches Lächeln.

»Ich danke dir, lieber Crastinus. Du bist schnell geritten und sollst deshalb eine angemessene Belohnung erhalten! Laß dir von meinem Buchhalter einen zusätzlichen Monatslohn auszahlen. Du hast dir diesen Extralohn redlich verdient!«

»Danke, Herr, aber zuerst werde ich Pegasus eine Extraportion Hafer in seinen Futtertrog schütten und ihn abreiben, damit er sich nicht erkältet. Er hat seinem Namen alle Ehre gemacht. Er ist hierher fast geflogen!« Mit diesen Worten ergriff er wieder die Zügel und führte sein Pferd in Richtung des Stalles, um es trocken zu reiben, zu tränken und zu füttern.

»Komm, mein Sohn, wir gehen ins Haus. Jetzt, wo du weißt, woran du bist, sollest du auch an dein leibliches Wohl denken. Perdita wartet schon die ganze Zeit darauf, dir ihre Kochkünste wieder einmal vor Augen zu führen!« Aurelia faßte ihn am Unterarm und zog ihn in das Haus.

Perdita hatte bereits im Atrium einen Tisch gedeckt und einige Öllampen entzündet. Ein warmes, gedämpftes Licht fiel über den Tisch und zwei

Liegesofas. Um die Lampen flatterten, angelockt vom Lichtschein, ein paar Motten und Nachtfalter. In der Stille der Nacht hörten Cäsar und Aurelia nur das leise Plätschern des Springbrunnens und das beruhigende Zirpen einer Grille. In der Ferne schrie ein Käuzchen.

Während Aurelia und Cäsar es sich auf den Kline bequem machten, goß die alte Perdita einen leichten gewürzten Wein in die Becher und reichte sie den beiden mit einer freundlichen Aufforderung, sich mit diesem Geschenk der Göttin Venus zu erfrischen.

»Wieso Venus«, fragte Cäsar erstaunt. »Der Gott des Weines ist doch Bacchus, meine liebe Perdita!«

Perdita strahlte. Sie liebte ihren Caius von ganzem Herzen. Sie hatte bei seiner Geburt, wie bei der seiner Schwestern der Hebamme assistiert, und seitdem hatte sie immer ein besonderes Augenmerk darauf gelegt, ihrem Liebling eine Freude zu machen.

»Du hast natürlich recht, Herr! Aber dieser Wein stammt von der Insel Zypern, dem Geburtsort der schaumgeborenen Venus. Schüttele den Wein ein bißchen, und du wirst sehen, daß er dann ein wenig schäumt! Venus schickt ihrem Nachkommen einen Gruß!«

Cäsars düstere Stimmung begann sich aufzuhellen. Er verspürte mit einem Male Hunger. Er griff sich von dem auf einem Tablett angerichteten kalten Speisen eine gebratene Wachtel, zerteilte sie mit den Fingern in zwei Teile und begann schweigend zu essen.

Aurelia beobachtet ihn. Sie suchte einen passenden Augenblick, um ihren Sohn anzusprechen und ihn zu trösten, denn sie war sich darüber klar, welchen fürchterlichen Rückschlag das Ergebnis der Senatssitzung für ihren Sohn und seine politischen Ambitionen bedeutete. Konsul zu werden und an der Spitze der Republik zu stehen, ist das Ziel eines jeden jungen Adligen, ganz besonders, wenn er aus einem so alten patrizischen Geschlecht stammt, wie es die Julier nun einmal sind. Sie erinnerte sich noch gut daran, wie ihr eigener, früh zu seinen Ahnen geeilter Mann darunter gelitten hatte, es nur bis zur Prätur gebracht zu haben. ‚Immer der Erste zu sein und ausgezeichnet vor anderen, daß ich der Väter Geschlecht nicht schände‘ war seine Devise gewesen.

»Mein Sohn«, begann sie zaghaft und nach Worten suchend. »Höre mir bitte zu! Ich verstehe deine Enttäuschung. Aber du weißt doch, daß die Götter nicht jeden Wunsch erfüllen können! Sie waren dir bis jetzt immer gewogen und haben deinen Weg mit großem Wohlwollen begleitet. Bedenke, was du schon bist: Du bist Pontifex Maximus der Römischen Republik, ein Amt, das nur einmal und dann für das ganze Leben vergeben wird!

Konsul werden viele Bürger, jedes Jahr zwei. Du aber bist dein Leben lang oberster Priester! Sei also zufrieden und bremse deinen Ehrgeiz, hadere nicht mit dem Geschick und erst recht nicht mit den Göttern. Denke an deinen Vater; auch er wurde niemals Konsul. Und dennoch war er etwas! Er war einer der führenden Politiker der Popularen und das bist du auch.«

»Liebe Mutter, das reicht mir nicht, und es hat Vater auch nicht gereicht. Auch er wollte Konsul werden, und er wäre es geworden, wenn ihn der Tod nicht vorzeitig hinweggerafft hätte. Wie hat er immer gesagt? ‚Wer glaubt, etwas zu sein, hat aufgehört, etwas zu werden!' Er wollte Konsul werden, und ich will das auch. Ich habe dies Vater auf seinem Sterbebett versprechen müssen! Und deshalb werde ich Konsul werden und zwar im nächsten Jahr!«

»Aber Caius, das geht doch gar nicht! Du kannst dich doch morgen, am letzten Tag der Bewerbungsfrist, nicht beim Wahlleiter melden, weil du die Stadt nicht betreten darfst. Komm, trink noch einen Becher Wein und bewirb dich im nächsten Jahr wieder! Du bist doch noch jung genug, um ein Jahr warten zu können!«

»Genau das werde ich nicht tun, liebe Mutter! Ich werde noch heute nach Rom aufbrechen. Wer sagt denn, daß ich die Stadt nicht betreten darf? Ich darf es, wenn ich kein Anwärter auf einen Triumphzug bin. Ich werde also morgen früh meinen Antrag auf Bewilligung eines Triumphzuges zurückziehen und auf diese Ehrung einstweilen verzichten. Cato wird Augen machen, wenn ich in der weißen Toga eines Kandidaten erscheine. Die Quiriten aber werden mir zujubeln. ‚Seht, um des Wohles des Staates willen verzichtet Cäsar auf eine schwer verdiente Ehrung. Er kümmert sich um den Staat und um uns, den müssen wir wählen!'

Cäsar war aufgesprungen. Die alte Tatkraft hatte wieder von ihm Besitz ergriffen, nicht der leiseste Hauch von Resignation überschattete sein Gesicht. »Morgen beginnt der Kampf um die Macht. Cato wird sich warm anziehen müssen, wenn ich erst einmal gewählt bin!«

5

Es herrschte große Aufregung in Rom, als Cäsar am nächsten Morgen beim Konsul Metellus Celer, der als Erstgewählter des Vorjahres der Wahlleiter für die bevorstehenden Konsulwahlen für das folgende Jahr war, erschien und zunächst seinen Verzicht auf den beantragten Triumphzug zu Protokoll gab und dann um Zulassung als Kandidat für die Wahlen bat.

Es war der letzte Tag der Frist, in der die Professio erfolgen mußte. Zwar hatte der Wahlleiter das Recht, Bewerber von der Kandidatur auszuschließen, aber nur, wenn sie in ihrer Person die zur Wahl erforderlichen persönlichen Voraussetzungen nicht erfüllten. Solche Hemmnisse waren zum Beispiel nicht abgeschlossene Strafverfahren oder Anklagen wegen Wahlbestechung oder anderer Amtsdelikte, etwa Repetundenklagen. Auch begangene Frevel gegen die Religion konnten zu einem Ausschluß eines Kandidaten führen. Außerdem mußte der Bewerber mindestens 43 Jahre alt sein und die Ämterlaufbahn absolviert haben, also vorher erst Quästor und dann Prätor gewesen sein.

Da gegen Cäsar weder Prozesse noch Anklagen anhängig waren, er auch die übrigen Voraussetzungen erfüllte und in Person anwesend war, mußte ihn Metellus Celer, wenn auch mit äußerstem Widerwillen und zähneknirschend zulassen, und ihn bei den folgenden Komitien auf dem Marsfeld dem versammelten Volk zusammen mit den beiden anderen Kandidaten, Marcus Calpurnius Bibulus und Lucius Lucceius, als rechtmäßigen Bewerber vorstellen.

»Ich habe, Quiriten, heute morgen die vorgeschriebenen Auspizien eingeholt«, begann Metellus Celer. »Die Götter haben der Abhaltung von Wahlen am heutigen Tag ihre Zustimmung nicht versagt! Ihr habt unter drei Bewerbern die Wahl zu treffen, wer die Konsuln des nächsten Jahres sein werden.«

Mit einer weit ausholenden Armbewegung wies er auf die drei Bewerber in ihrer weißen Kandidatentoga, die zu seiner Rechten auf einer einfachen hölzernen Bank saßen. »Ich habe diese drei, nämlich die gewesenen Prätoren Marcus Calpurnius Bibulus, Lucius Lucceius und Caius Julius Cäsar, der auch amtierender Pontifex Maximus ist, nach gewissenhafter Prüfung der gesetzlichen Bestimmungen zur Wahl zugelassen. Wir beginnen jetzt mit der Abstimmung!«

Die Abstimmung erfolgte nach Centurien, wobei innerhalb jeder Centurie auf Stimmtafeln abgestimmt wurde. Nachdem die Stimmen ausgezählt waren, gab die Mehrheit der Voten innerhalb der Centurie den Ausschlag, für welchen Kandidaten die Centurie sich entschieden hatte, denn jede Centurie hatte nur eine Stimme. Die 193 Centurien stimmten nacheinander ab, zuerst die Rittercenturien und die der Reichen, dann die der ärmeren Bevölkerung, denn die Bürger waren nach ihrem Vermögen auf die einzelnen Stimmkörper verteilt. Da es weit mehr arme Bürger gab als reiche und den Reichen neben den achtzehn Rittercenturien weitere achtzig Centurien zustanden, waren in den den ärmeren Quiriten zugewiesenen Centurien erheblich mehr Bürger eingeschrieben als in den für die Reichen reservierten.

Da die Wahl abgebrochen wurde, wenn ein Kandidat die Mehrheit der Centurien erreicht hatte, bestimmten verhältnismäßig wenige reiche Bürger darüber, wer sie regieren sollte, wenn sich die Centurien der Reichen untereinander einig waren. Da die Abstimmungen mit der ersten Centurie begann und erst in der zweiten fortgesetzt wurde, wenn das Ergebnis der ersten vom Wahlleiter verkündet worden war, stimmten die Reichen nacheinander in der Reihenfolge des Aufrufs durch den Wahlleiter ab. Auf diese Weise war die Wahl häufig schon entschieden, bevor die Centurien der ärmeren Schichten überhaupt mit der Stimmabgabe hätten beginnen können.

Diese Bevorzugung der wenigen vermögenden Bürger führte oft zu einer Verzerrung der wahren Volksmeinung und zur Wahl eines Optimaten, denn die große Masse der Quiriten, die meistens den Popularen zuneigte, wurde von den zahlreichen, aber nur wenige Mitglieder zählenden Centurien der Wohlhabenden in der Regel majorisiert.

Diesmal aber gab es eine Sensation. Als der Vorsprecher der ersten Centurie sich zum Wahlleiter begab, um ihm das Wahlergebnis seines Stimmkörpers mitzuteilen, sahen die ihn umgebenden Magistrate, wie Metellus Celer zusammenzuckte. Ungläubiges Erstaunen malte sich dann auf des Konsuls Gesichtszügen. Man hörte, wie er zweimal nachfragte, so als ob er das Gehörte nicht glauben wollte.

Der in der Nähe stehende Cäsar dagegen, der gespannt auf das Ergebnis der ersten Centurie gewartet hatte, machte ein zufriedenes Gesicht und hob den Daumen seiner Rechten über den Kopf zum Zeichen für seine Anhänger, daß den Popularen ein erdrutschartiger Sieg bevorstand, denn das Ergebnis der ersten Centurie war in der Regel beispielgebend für unentschlossene Wähler in den nachgeordneten Abstimmungen.

Und so kam es in der Tat: Eine Centurie nach der anderen meldete, daß sich ihre Mitglieder für Cäsar entschieden hatten. Verstört liefen die Einpeitscher der Optimaten von einer Centurie zur anderen und versuchten, das Blatt noch einmal zu wenden. Aber nichts mehr half, Stimmkörper für Stimmkörper wählte Cäsar, so daß der Wahlleiter die Wahl abbrach, nachdem alle achtzehn Rittercenturien und die achtzig der ersten Klasse für den Bewerber der Popularen votiert hatten.

»Ich verkünde euch, Quiriten, das Ergebnis des ersten Wahlganges: Gewählt wurde mit allen Stimmen Caius Julius Cäsar. Er wird im nächsten Jahr als erstgewählter Konsul der Römischen Republik im Januar die Geschäfte führen, wenn zwischen beiden Konsuln keine Einigkeit über zu treffende Maßnahmen besteht.«

Über das Marsfeld brauste der Jubel der versammelten Quiriten. Es war durchaus üblich, in freundlicher Weise einem neugewählten Magistrat zu akklamieren, aber die jetzt aufkommende Begeisterung der Plebs sprengte alle bisherigen Maßstäbe.

»Jetzt, lieber Lucceius, kriegen wir dich auch noch durch! Die Leute kennen dich zwar noch nicht richtig, aber sie sind nun offensichtlich mit den Popularen. Du wirst sehen, es wird knapp werden, aber am Ende werden sie dich wählen.«

Lucceius lächelte gequält. »Da bin ich mir nicht so sicher. Ich glaube nicht, daß sich der Wind zu unseren Gunsten gedreht hat, lieber Cäsar! Die Leute haben Cäsar gewählt, nicht die Popularen. Du bist Patrizier, und die anderen Patrizier und die Nobilität in den Rittercenturien und in denen der Reichen und Adligen wählen notfalls einen Popularen, wenn er wenigstens Patrizier ist, aber niemals einen ‚homo novus' wie mich! Und die ersten Centurien werden wie immer den Ausschlag geben. Meine Wähler sitzen in den Verbänden der unbemittelten Bürger, die gar nicht erst zur Abstimmung kommen, weil die Wahl schon vorher entschieden sein wird!«

Lucceius hatte die Lage richtig eingeschätzt. Zwar erhielt er aus den Reihen der Reichen auch einige Stimmen, aber man blieb letztlich bei Bibulus, einem Angehörigen der reichen und bedeutenden Familie der Calpurnier, die der Republik in den letzten beiden Jahrhunderten zahlreiche Konsuln gestellt hatte. Man war eben konservativ und vertraute eher einem Angehörigen eines der alten und einflußreichen Geschlechter, als das Wagnis einzugehen, sich einem Mann ohne bewährte und um den Staat verdiente Ahnen auszuliefern, zumal man wußte, daß auch die unsterblichen Götter die ihnen zustehenden Opfergaben lieber von Angehörigen ihnen seit langem bekannter Geschlechter entgegennahmen als von nach oben gespülten Aufsteigern.

6

In Rom bereiteten sich Optimaten und Popularen auf ein stürmisches und turbulentes Jahr vor. Beide Parteien wußten, daß es zu schweren Auseinandersetzungen kommen würde, da die beiden neugewählten Konsuln miteinander völlig unvereinbare politische Standpunkte und Ziele hatten. Besonders die im Senat dominierenden Optimaten rüsteten sich für die bevorstehenden schweren Kontroversen. Aus Erfahrung wußten sie, daß die Popularen nicht davor zurückschrecken würden, den Widerstand der Senatsmehrheit durch den Druck der Straße und der popularen Banden zu brechen, zumal einer der rücksichtslosesten Anhänger dieser Partei, nämlich P. Vatinius, für das nächste Jahr zum Volkstribunen gewählt worden war.

»Dieser ekelhafte Demagoge wird keine Mühen scheuen, Cäsars Initiativen durch Volksaufläufe, Hetzreden und jede Art von Gewaltanwendung zu unterstützen«, sagte Bibulus bei einer Besprechung führender Optimaten. »Wir müssen uns auf alles gefaßt machen und dürfen weder Cäsar noch Vatinius' bewaffnete Banden unterschätzen. Auch Clodius Pulcher wird unser Gegner sein. Er ist zwar ideologisch keineswegs an die Popularen gebunden, aber für gutes Geld hat er sich von Cäsar einkaufen lassen. Nur gut, daß wir in Milo einen Verbündeten haben! Wir sollten ihm den Sold erhöhen, damit er mehr Schläger für seine wilde Truppe anheuern kann. Wir brauchen ein starkes Gegengewicht gegen die popularen Banden, wenn wir politisch und auch physisch überleben wollen!«

»Vor allem müssen wir Cicero wieder für uns gewinnen«, fiel Lucius Domitius Ahenobarbus, Catos Schwager, ein. »Sein Ansehen beim Volk und im Senat wird uns helfen, mit den Popularen fertig zu werden. Und wir müssen uns Pompeius nähern, damit er sich nicht völlig Cäsar anschließt! Es wäre ein Verhängnis für unsere Sache, wenn wir es nicht nur mit Cäsar und Crassus, sondern auch noch mit Pompeius zu tun hätten!

Stellt euch bitte vor, Cäsars politisches Geschick und die ihm hörigen Bürger aus der Subura mit den Banden des Vatinius und denen des Clodius, vereint mit dem Geld des Crassus und den Soldaten des Pompeius gegen uns! Nicht auszudenken, wie diese vereinte Streitmacht uns unterpflügen würde. Wir hätten nicht den Hauch einer Chance, gegen sie etwas auszurichten. Also seht zu, daß ihr Pompeius für uns gewinnt, oder sucht euch rechtzeitig einen angenehmen Ort für euer Exil, falls die neuen Herren uns am Leben lassen sollten!«

»Du siehst die Lage viel zu pessimistisch, lieber Schwager.« Cato war aufgestanden und ging langsam auf Ahenobarbus zu und legte ihm besänftigend seine Hand auf die Schulter. »Noch sind wir nicht am Ende. Wir haben drei von den zehn Volkstribunen, einen der beiden Konsuln und die Mehrheit der Senatoren auf unserer Seite. Wir können also gegen uns nicht passende Beschlüsse der Volksversammlung ein Veto einlegen und durch Bibulus den anderen Konsul Cäsar blockieren, indem unser Bibulus die von Cäsar getroffenen Maßnahmen wieder aufhebt, wenn er der geschäftsführende Konsul ist. Dazu wird Milo mit seiner Garde uns in der Volksversammlung abschirmen und vor den Angriffen der Popularen bewahren. Wenn jeder von uns einen größeren Betrag in unsere Kasse spendet, können wir die Zahl seiner Leute durch neue Anwerbungen erhöhen und so den popularen Schlägern überlegen sein.

Und Cicero? Gut, bemüht euch um ihn! Es kann nichts schaden, wenn er uns unterstützt. Aber auf ihn bauen würde ich nicht. Unser Vater des Vaterlandes ist zwar schnell mit dem Wort und immer für eine witzige oder geistreiche Formulierung gut, aber verlassen können wir uns auf ihn nicht! Jedenfalls nicht, wenn es brenzlig für ihn wird! Ihr kennt seinen Spruch, daß Vorsicht der bessere Teil der Tapferkeit ist. Wenn es nach Blut riecht oder er sich unwiderruflich auf eine Seite festlegen soll, wird er sich auf eines seiner Landgüter zurückziehen, um zum Beispiel die wichtige philosophische Frage zu klären, ob das Ei oder die Henne zuerst da waren. Aber bemüht euch um ihn. Es schmeichelt seiner Eitelkeit und wird keinen Schaden anrichten.«

»Nun, dann bleibt uns als potentieller Bundesgenosse nur Pompeius«, rief Bibulus. »Ich werde ihn morgen aufsuchen und ihm unsere Unterstützung bei seinem Landgesetz anbieten. Ein kleines Entgegenkommen wird wahrscheinlich genügen, um ihn zu uns ins Boot zu ziehen. Auf jeden Fall wird es verhindern helfen, daß er zu Cäsar überläuft!«

»Davon rate ich dir dringend ab«, fiel ihm Cato ins Wort. »Wenn du Pompeius den kleinen Finger reichst, wird er nicht nur deine ganze Hand packen, sondern dich, statt in dein Boot zu steigen, ins Wasser ziehen. Unsere ganze bisherige Politik war darauf gerichtet, die Macht ehrgeiziger Feldherrn und Politiker zu beschneiden und zurückzudrängen, damit die Freiheit der Bürger nicht zu Schaden kommt. Wir bekämpfen daher sowohl Cäsar als auch Pompeius! Verbünden wir uns auch nur mit einem von beiden, verhindern wir zwar vielleicht die Machtübernahme des anderen, helfen aber dem von uns Unterstützten in den Sattel. Das Ergebnis wird dasselbe sein: Wir werden einen neuen Herrscher, einen neuen Sulla haben und uns seinen Befehlen unterwerfen oder abtreten müssen.

Im übrigen ist die Gefahr, daß sich Cäsar und Pompeius vereinigen und mit Crassus gemeinsam unsere Freiheit und die Republik zerstören, nicht sehr groß. Crassus haßt nämlich Pompeius. Er wird daher niemals Cäsar seine Zustimmung zu einem solchen Bündnis geben oder an einem solchen Dreierbund teilhaben wollen. Und ohne Crassus und sein Geld wäre Cäsar machtlos, denn er könnte seine Schläger nicht mehr bezahlen und würde damit seiner Schutztruppe verlustig gehen. Das aber kann er sich nicht leisten, denn Milos Leute würden alle Anträge, die er in der Volksversammlung stellt, verhindern, indem sie das Volk auseinandertreiben, wenn es sich zur Abstimmung versammelt!«

»Die Freiheit des Volkes, sich zu versammeln und über Gesetze zu beschließen, wird im Namen der Freiheit durch dich und deinen Milo abgeschafft, wenn es der guten Sache dient«, warf der alte Hortensius ein. »Was kämpfen wir für die alte Republik und die hergebrachte Verfassung, wenn wir im Namen der Freiheit die Freiheit abschaffen? In der Theorie mag sich dies sicher begründen lassen. Aber es auch wirklich praktisch tun? Hier, lieber Cato, werde ich dir nicht folgen. Ich billige deine Methoden ebensowenig wie die unserer Feinde, aber gewissermaßen aus Notwehr das zu zerstören, wofür wir zu kämpfen vorgeben, nur damit ein anderer diese Werte sich nicht aneignet, das werde ich nicht mittragen. Ich bin ein alter Mann und habe diesem Staat lange genug, auch als Konsul, gedient. Ich werde mich daher auf meine Güter zurückziehen, um meine Gicht zu kurieren und in Ruhe meine Fische zu züchten. Wenn ihr wieder zur Vernunft gekommen seid, laßt es mich wissen. Mein Rat, wenn ihr ihn braucht, wird euch dann wieder zur Verfügung stehen.«

Der alte Mann erhob sich ächzend und ging mit langsamen, schon etwas tapsigen Schritten hinaus. Er ließ eine teils verdutzte, teils erschreckte, aber sehr nachdenklich gewordene Gesellschaft zurück.

»Dennoch muß es geschehen«, rief Cato mit entschlossener und fester Stimme seinen Anhängern zu. »Wir dürfen uns keine Skrupel erlauben! Weder können wir uns Ruhe gönnen, noch Risiken scheuen. Wir werden durch Dreck und notfalls durch Blut waten müssen, bis wir die Wölfe erlegt haben.«

7

Auch die Popularen hatten nur kurz getagt. Sie hatten ihren Sieg gefeiert und waren dann dazu übergegangen, Cäsars Amtszeit als Konsul vorzubereiten. Während der neue Volkstribun Vatinius mit den von Crassus bereitgestellten Geldern die Mannschaften des Clodius besser ausrüstete und vor allem personell aufstockte, hatte Cäsar es übernommen, Pompeius ganz in sein Lager zu ziehen. Dazu war es vor allem notwendig, die alten Rivalitäten zwischen ihm und Crassus zu beseitigen, die noch aus den Zeiten ihres gemeinsamen Konsulats vor fünfzehn Jahren stammten und die bei beiden einen tief sitzenden Groll aufeinander zurückgelassen hatten.

Cäsar hatte daher beide zu sich privat nach Bovillae eingeladen, um sie bei angenehmen Gesprächen in der lauschigen Atmosphäre eines stilvollen alten Familiensitzes für seine Pläne zu gewinnen und die beiden verfeindeten Aristokraten miteinander zu versöhnen. Der Oberpriester der Römischen Republik ließ sich Zeit. Er sorgte dafür, daß Julia als Frau des Hauses die Gäste verwöhnte, wenn er abends mit ihnen von den von seinem Haushofmeister Crastinus organisierten Jagden oder Ausflügen in die romantischen Bergtäler zurückkam.

Es war ein wunderschöner Herbst. Die Blätter an den Bäumen der alten Eichenwälder rund um den Albanerberg hatten sich schon verfärbt und leuchteten im milden Licht der nachmittäglichen Sonne in den schönsten Schattierungen von einem hellen Gelb über rötliche und rotbraune Töne bis zu einem erdfarbenen Dunkelbraun. Cäsar und seine Gäste ritten durch diese Wälder, übermütig wie gerade erwachsene Männer, scheuchten im Dickicht junger Pinien sich verborgen haltende Wildschweine auf, verfolgten sie über Stock und Stein und erlegten sie mit ihren Jagdspießen. Abends lagen sie dann beim Wein auf ihren Klinen, erzählten immer wieder die gleichen Geschichten über tatsächliche oder erfundene Jagderlebnisse. Sie lachten über jede witzige Bemerkung, über jeden albernen Scherz und kamen sich so menschlich näher und näher.

Julia mit ihren Sklaven achtete sorgsam darauf, daß es den Gästen ihres Vaters an nichts fehlte. Sie hatte den Sklaven eingeschärft, den Reden der Männer zu lauschen und ihr sofort zu melden, wenn einer der Gäste, und sei es in einer nebensächlichen, eher beiläufigen Form, einen Wunsch zu äußern schien.

Als Pompeius einmal scherzhaft sagte, er fühle sich so wohl, daß er nicht einmal seinen Hund Herkules vermisse, schickte Julia Crastinus noch in derselben Nacht nach Rom, um Herkules nach Bovillae zu holen. Pompeius war hingerissen, als sein Hund morgens mit freudig wedelndem Schwanz an seinem Lektulum stand und ihn mit feuchter Schnauze winselnd anstupste und ihm über das Gesicht leckte, um ihn zu wecken.

Bei einem kleinen Imbiß im Freien nutzte Cäsar die Gelegenheit, auf sein eigentliches Anliegen zu kommen. »Meine Freunde, ich bin glücklich, daß unsere gemeinsamen Tage in Bovillae so harmonisch verlaufen sind. Wir haben gelebt, wie Freunde es sich nicht besser wünschen können! Das mag an meinem Arkadien hier gelegen haben, aber ist es nicht auch ein gutes Zeichen dafür, daß alter Groll nicht ewig währen muß?

Ich weiß, meine Freunde, daß man nicht immer in Arkadien leben kann, denn wir haben gemeinsame Aufgaben zu erfüllen, die unsere ganze Kraft fordern werden. Du, Pompeius, willst deine Soldaten versorgt und deine

Verfügungen in Asien endlich bestätigt sehen. Du, Crassus, willst, daß endlich die Steuerpächter von einem Teil ihrer drückenden Abgaben befreit werden!

Was habt ihr bisher erreicht? Nichts! Immer haben Cato, die Optimaten und im Hintergrund auch Cicero eure Anträge zu Fall gebracht! Und warum ist das geschehen? Weil jeder von euch für sich allein gekämpft hat! Cato und Cicero lachen heimlich über euch, dabei sind eure Wünsche nicht nur sachdienlich, sondern auch für das weitere Gedeihen unseres Staates notwendig!

Ich bin der einzige, der dies weiß, aber ich allein werde es auch nicht schaffen, ich brauche euch. Wenn wir drei zusammenstehen, können wir, nein, werden wir es schaffen! Arbeiten wir also heimlich zusammen, so daß Cato und der Rest es nicht merken. Ich bitte euch!«

Cäsars Gäste hatten genau zugehört. Der impulsivere von beiden, Pompeius, ergriff als erster das Wort. »Mein lieber Cäsar, so einfach scheint es mir nicht, Cato und den Winkeladvokaten Cicero auszutricksen, denn überzeugen werden wir sie ja wohl nicht! Gut, wir drei sind eine starke Macht, wenn wir zusammengehen! Aber Cato hat den zweiten Konsul Bibulus und drei Volkstribunen auf seiner Seite, von der Mehrheit im Senat ganz zu schweigen. Er kann über den zweiten Konsul deine Verfügungen, lieber Cäsar, jederzeit wieder aufheben, wenn die Geschäftsführung alle zwei Monate ihm obliegt. Alle Gesetzesanträge kann Cato über ein Veto der Volkstribunen blockieren, der Senat kann notfalls den Ausnahmezustand verhängen. Wie willst du also mit diesen Problemen fertig werden?«

Cäsar lehnte sich zurück und lächelte. »Du hast den Punkt getroffen, lieber Freund, auf den es ankommt! Wir müssen Widerstände überwinden, denen noch niemand gegenübergestanden hat und die noch niemand allein hat bewältigen können. Das liegt nicht daran, daß unsere Vorschläge nicht gut sind, sondern daran, daß der starrköpfige Cato ein Prinzipienreiter ist, der niemandem außer sich selbst traut und gegen jede Veränderung ist. Er hält sich für die letzte Säule der Republik, wenn er die Sitten der Väter gegen Verfall, Korruption und Umsturz verteidigt. Ihn werden wir selbst dann nicht überzeugen können, wenn wir seine eigenen Vorstellungen, wie unser Staat zu regieren sei, übernehmen, denn er würde unseren Gesinnungswandel für einen hinterhältigen Trick halten, um ihn zu täuschen.

Aber wir können andere, weniger starre und verkalkte Senatoren auf unsere Seite bringen. Ich werde mich deshalb um Cicero bemühen und auch Bibulus, meinen Kollegen im Konsulat, mit Samthandschuhen anfassen. Vor allem aber wird mein Gesetzentwurf den Begriff ‚Versorgung von Veteranen' nicht enthalten. Das Mißtrauen des Senats und der Optimaten rührt vor allem daher, daß sie befürchten, die von dir, lieber Pompeius, initiierte Ansiedlung deiner Veteranen würde dir eine zusätzliche Machtbasis schaffen, Anhänger, die du jederzeit entweder zu den Waffen, oder im zivilen Bereich als dankbare Wähler an die Wahlurnen rufen kannst. Es geht also unseren Gegnern darum, dich kurz zu halten und jeden denkbaren Machtzuwachs, den deine ehemaligen Legionäre für dich bedeuten könnten, zu verhindern.

Hier setzen meine Überlegungen ein. Ihr werdet euch erinnern, daß Cicero und auch manche andere Senatoren und sogar Cato mit kummervollen Miene den Verfall der römischen Bürgertugenden beklagen. Dies rühre daher, so sagen sie, daß der Bauernstand durch die vielen Kriege wirtschaftlich ruiniert worden sei und deshalb die Bauern ihre Höfe, auch wegen ihrer drückenden Schulden haben aufgeben müssen. Ohne Arbeit und Einkommen vegetierten nun die ehemaligen Hofbesitzer als Empfänger öffentlicher Getreidespenden in der Hauptstadt vor sich hin.

Durch ihr lebenslanges Nichtstun hätten diese Leute ihre Bürgertugenden verloren. Sie seien, statt dem Staat zu dienen und ihn zu verteidigen, zu einer unberechenbaren und leicht aufzuwiegelnden Masse geworden, die jedem Demagogen nachläuft, wenn er ihr Versprechungen macht oder Belohnungen in Aussicht stellt.

Diesen von allen so heftig beklagten Zustand werde ich an den Anfang meiner Begründungen für die Notwendigkeit eines Ackergesetzes stellen. Ich werde den edlen Herren im Senat vor Augen führen, welche Gefahren für den Staat entstehen, wenn arbeitsfähige und im Grunde auch arbeitswillige Bürger zum Müßiggang verurteilt werden. Ich werde sogar, lieber Pompeius, darauf verweisen, daß es Leute gibt, die sich des Pöbels bedienen könnten, um einen Umsturz im Staat vorzubereiten. Mittels der aus diesen landlosen Proletariern gebildeten Armeen könnten sie die Macht ergreifen oder zumindest Einfluß auf die Politik der weisen Väter nehmen. Ich werde für den ersten Fall Catilina, für den zweiten dich als Beispiel anführen!«

Cäsar sah, daß Pompeius unruhig auf seiner Kline hin und her rutschte. Begütigend legte er ihm seinen Arm um die Schulter und fuhr mit sanfter, aber eindringlicher Tonlage fort: »Erschrick bitte nicht, mein Lieber, niemand h i e r unterstellt dir böse Absichten! Aber die Optimaten und an ihrer Spitze Cato tun dies. Das werde ich mir zunutze machen. Ich werde nämlich beantragen, zur Abwehr solcher potentieller Gefahren Bürger aus der Hauptstadt, vornehmlich solche, die drei und mehr Kinder haben, auf den Staatsländereien in Kampanien anzusiedeln. Wir werden, werde ich vortragen, auf diese Weise die mittellose Plebs der Hauptstadt um etwa zwanzigtausend Bürger, mit Familien also um etwa hunderttausend Menschen, verringern.

Wir schaffen damit, werde ich weiter argumentieren, nicht nur wieder einen gesunden und selbstbewußten Bauernstand, sondern entlasten auch den Staatshaushalt um die Kosten, die wir für die kostenlose Ausgabe von Korn an Bedürftige sonst hätten aufwenden müssen.«

»Meinst du wirklich, lieber Cäsar, daß die Optimaten diesen Braten nicht riechen und dir in die Falle gehen?« Crassus sah seinen Freund skeptisch an. »Cato ist doch nicht dumm, der wird doch den Zusammenhang mit Pompeius' Veteranenversorgung nicht übersehen!«

»Ich glaube schon, daß er und die Optimaten den Köder fressen werden, den ich ihnen vorwerfe. Sie hören ihre eigenen Ideen über den Verfall der guten Sitten. Auch mein Gejammer über die Gefahr, die von den herumlungernden und beschäftigungslosen Quiriten ausgeht, wird sie bestärken, mir zu folgen. Menschen sind eitel, mein Lieber. Sie hören gerne, was sie selbst für richtig halten, und das um so lieber, wenn es der verhaßte Feind endlich auch einsieht. Sie werden zustimmen, zumal es sie nichts kosten wird. Der Staat spart Kosten und stellt das Land! Niemand von unseren Großgrundbesitzern im Senat braucht auch nur das kleinste Fitzelchen Boden abzugeben.

Zusätzlich werde ich verfügen, daß der Staat für das Ansiedlungsprogramm privaten Boden ankaufen darf und dabei mindestens den steuerlichen Schätzwert zahlen muß. Da kann mancher Grundbesitzer günstig überschüssiges Land verkaufen, ein enormer Anreiz für Leute, die gerade Geld benötigen!

Ich werde weiterhin dafür plädieren, eine unabhängige Kommission einzusetzen, die die Landverteilung und die Auswahl der Begünstigten vornehmen soll. Eine eigene Klausel wird verhindern, daß Amtsträger der Republik in diese Kommission gewählt werden dürfen, damit nicht durch mich oder meinen Kollegen Bibulus die eigenen Anhänger bevorzugt werden.«

»Alles schön und gut«, sagte Pompeius, immer noch nicht überzeugt. »Erstens gefällt mir nicht, daß dieses Gesetz doch ein gegen mich und meine Veteranen gerichtetes ist. Ich werde als möglicher Störenfried bezeichnet, und zweitens werden die Veteranen im Gesetz nicht einmal erwähnt! Es sollen nach deinem Vortrag, lieber Cäsar, mittellose Bürger mit mindestens drei Kindern angesiedelt werden. Wo bleiben da meine Veteranen? Sie sind zwar Bürger, aber nur sehr wenige haben Kinder, schon gar nicht drei oder mehr!«

»Ich habe deinen Einwand erwartet, mein Lieber. Dieses Gesetz m u ß wie ein gegen dich gerichtetes aussehen, um im Senat durchzukommen. Verstehe doch, der Senat will deine Soldaten nicht versorgen. Alle deine Bemühungen in dieser Sache sind gescheitert. Selbst Cicero, der vorjährige Konsul Pupius Piso, der diesjährige Konsul Afranius und sogar der Volkstribun Flavius haben mit ihren Bemühungen elendig Schiffbruch erlitten! Wir müssen also das Gesetz so formulieren, daß es als ein gegen dich und deine Veteranen gezielter Antrag erscheint, um eine Chance zu haben, daß es durchkommt!

Aber beruhige dich! Im Gesetzestext steht das Wort vornehmlich. Dieser unbestimmte Rechtsbegriff wird die Öffnungsklausel sein, durch die wir unser eigentliches Ziel, deine Veteranen zu versorgen, bewerkstelligen werden. Wir werden die Ansiedlungskommission natürlich so konzipieren, daß sie bei aller Objektivität mehrheitlich mit unseren Leuten besetzt sein wird. Sei also beruhigt, deine Veteranen werden versorgt werden und ihr Auskommen haben. Allerdings muß ich euch auf absolute Verschwiegenheit einschwören! Niemand, wirklich niemand, darf etwas von unserer Übereinkunft wissen. Wir drei müssen die einzigen sein, die Bescheid wissen, denn unser Plan kann nur dann erfolgreich sein, wenn die Gegenseite nicht das geringste ahnt. Tretet daher auch nicht gemeinsam in der Öffentlichkeit auf!«

»Wir werden dafür sorgen, daß die Quiriten weiter an unsere Rivalität glauben. Aber ich habe noch eine Bitte. Bisher sind alle Ansiedlungen, vor allem die des Sulla, im Ergebnis gescheitert, weil die angesiedelten Soldaten ihre Höfe schon bald wieder verkauft haben. Ist es nicht möglich, in das Gesetz eine Klausel aufzunehmen, daß niemand sein Land vor Ablauf einer gewissen Zeit wieder verkaufen darf? Diese massenhaften Verkäufe haben damals den gesamten Grundstücksmarkt durcheinandergebracht!«

»Natürlich geht das, lieber Crassus. Dein Immobiliengeschäft wollen wir doch nicht schädigen! Aber es besteht auch sonst ein Interesse daran, daß wieder ein kräftiger Bauernstand entsteht. Bauern haben viele Söhne, und viele Bauernsöhne bedeuten guten Nachwuchs für die Armee. Und Soldaten braucht Rom, um seine immer länger werdenden Grenzen zu schützen.«

Cäsar klatschte kurz in die Hände. Sofort erschien Crastinus mit einem Krug Wein und drei blauen assyrischen Gläsern. Nachdem Cäsar die Gläser bis zum Rand gefüllt hatte, hob er sein Glas und sagte in feierlichem Ton: »Wir haben heute unsere Kräfte zusammengelegt, um unseren Staat zu reformieren. Ein großer Tag und eine große Aufgabe! Alle Probleme werden wir nacheinander anpacken und in unserem Sinne lösen. Wir haben einen Bund geschlossen, der Rom neue Kraft bringen und eine bessere Zukunft sichern soll! Unser Bund wird die Stadt und das Land verändern! Nichts wird geschehen, was auch nur einem von uns mißfällt. Das wollen wir uns versprechen!«

»Das wollen wir! Und nur die Götter sollen Zeugen unseres Bundes sein!«

Drei Männer tranken ihre Gläser in einem Zuge aus und sanken sich, überwältigt von der Feierlichkeit des Augenblicks, in die Arme. Aus der Ferne erleuchtete ein Blitz den Himmel. Jupiter segnet unseren Dreierbund, dachte Cäsar. Nichts ist dafür gewisser als ein Blitz im letzten Viertel des Jahres! Ich werde daher Jupiter und Vediovis je einen weißen Stier und meiner Ahnfrau Venus eine Sau opfern. Ein herrlich leuchtender Blitz! Wie sagt doch unser großer Dichter Ennius in seiner Tragödie Thyestes? ‚Schau dieses erhabene Licht, das alle als Jupiters anrufen, der Vaters des Götter und Menschen!' Ja, du Bester und Größter, ich kann zufrieden sein. Heute bin ich bei meinem Aufstieg wieder ein ordentliches Stück nach oben voran gekommen!«

8

Marcus Tullius Cicero, gewesener Konsul der Römischen Republik, den man den Vater des Vaterlandes nennt, wünscht seinem Freund T. Pomponius Atticus Glück und Wohlergehen!

Seit meinem letzten Brief an Dich, mein lieber Freund, haben sich die Verhältnisse in Rom sehr verändert. Man kann sagen, wir haben eine andere Republik. Cäsar hat sich als neuer Konsul als das erwiesen, was Cato immer so bedrohlich an die Wand gemalt hat. Er ist der Wolf, der seinen Schafspelz abgelegt hat.

Wie Du weißt, hat er sich vor Antritt seines Konsulates sehr eifrig um mich bemüht und alles versucht, mich zu seinem Bundesgenossen zu machen. Er wollte, daß ich mich ihm und seiner Partei anschließe, zu der anscheinend inzwischen auch Pompeius zu gehören scheint. Er hat mich mit den schmeichelhaftesten Komplimenten zu umgarnen versucht, mich förmlich gebeten, sich ihm zur Rettung des Vaterlandes anzuschließen und gemeinsam mit ihm den weiteren Verfall unseres Gemeinwesens zu verhindern.

Du weißt, daß ich für Schmeicheleien nicht empfänglich bin, und so habe ich mich nicht auf seine Werbungen um mich eingelassen. Ich habe eine Zusammenarbeit mit ihm allerdings nicht rundweg abgelehnt, denn vieles, was er anstrebt, ist durchaus vernünftig. Aber seine Methoden sind es, die mich von einer engen Bindung an ihn und seine Partei abschrecken. So habe ich ihm Glück und Erfolg gewünscht und meine Mitwirkung von Fall zu Fall angeboten, wenn er sich von meinem ärgsten Feind, diesem widerlichen P. Clodius Pulcher, trennt. Das hat er natürlich abgelehnt.

So habe ich meine Unabhangigkeit und damit meine selbständige Position im Kräftespiel zwischen Cäsar und Cato wahren können, denn ich habe mich natürlich auch nicht diesem Eiferer angeboten. So bleibe ich unabhängig von beiden und werde am Ende als Schiedsrichter den Streit schlichten und so der Vernunft und der Angemessenheit zum Siege verhelfen. Da der Streit zu eskalieren scheint, und dies wegen der Unnachgiebigkeit und Radikalität beider Seiten, wird es nicht mehr lange dauern, bis sie sich auf mich besinnen müssen und mir dankbar sein werden, wenn ich als von beiden Parteien Unabhängiger die Eintracht im Staate wiederherstelle.

Dabei hat alles ganz friedlich begonnen. Cäsar führte als Erstgewählter im Januar die Geschäfte. In seiner Antrittsrede im Senat trat er höflich und sehr maßvoll auf, ja er warb geradezu um die Senatoren der Optimaten. Er erklärte, er wolle nichts in die Wege leiten, was die Optimaten nicht mittragen könnten, und rief den anderen Konsul auf, loyal mit ihm zusammenzuarbeiten. Er werde alle Veränderungen nur auf gesetzlichem Wege durchsetzen und bei allen Gesetzesvorschlägen diese zuerst dem Senat zur Begutachtung vorlegen, bevor er sie der Volksversammlung zur Beschlußfassung zuleite. Er erwarte als Gegenleistung nur ein wenig guten Willen und eine zügige Beratung durch den Senat.

Als erste Anordnung verfügte er, daß künftig nicht nur die Beschlüsse des Senates und der Volksversammlung veröffentlicht werden, sondern auch alle Redebeiträge, damit das Volk sich eine Meinung über den Sachstand und die Argumente, die für oder gegen eine Vorlage sprächen, machen könne. Erstaunlicherweise hat niemand gegen diese Anordnung Widerspruch erhoben. Entweder trauten sich die Optimaten nicht, gegen diese an sich so logisch und volksnah klingende Verfügung des Konsuls vorzugehen, oder sie haben, was ich annehme, die Tragweite dieser Maßnahme nicht erkannt.

Was nämlich so harmlos als notwendige und hilfreiche Information für das Volk von Cäsar verkauft wurde, ist doch nichts weiter als ein Werkzeug, die Senatoren namentlich zu benennen und bloßzustellen, die sich gegen vom Volk oder besser von Cäsar gewünschte Gesetze ausgesprochen haben. Den Rest werden dann Cäsars Demagogen Vatinius, Calenus und vor allem Clodius besorgen! Sie werden einzelne Optimaten als Volksfeinde öffentlich anprangern und den Haß gegen sie predigen und damit auch physische Gewalt gegen sie verursachen. Du weißt doch, wie leicht unsere Plebs sich durch aufrührerische Reden geschickter Demagogen beeinflussen und zu Gewalttaten hinreißen läßt!

Als den Senatoren endlich klarwurde, was Cäsar mit seiner Anordnung beabsichtigt hatte, war es für einen Einspruch durch die Volkstribunen, die der Optimatenpartei angehörten, zu spät, denn die Einspruchsfristen waren abgelaufen.

Cäsar aber gab schon bald eine Kostprobe, wie er mit dieser Verfügung zu arbeiten gedachte. Er legte nun, wie er es versprochen hatte, dem Senat sein Agrargesetz zur Vorberatung vor. Aber er ließ es nicht dabei bewenden, das Gesetz nur einzubringen, sondern trug es in allen Einzelheiten vor. Danach fragte er jeden Senator, angefangen bei seinem Mitkonsul Bibulus, ob er gegen das Gesetz oder gegen irgendeine Einzelbestimmung Einwände zu erheben habe. Keiner, ich betone, keiner der Senatoren traute sich, irgend etwas gegen das Gesetz vorzutragen oder eine Ablehnung zu Protokoll zu geben. Sie kniffen alle, sogar Cato wehrte sich nicht!

Jeder hatte begriffen, daß seine Antwort protokolliert und veröffentlicht werden würde. Dies und die Tatsache, daß das Gesetz an sich vernünftig ist und keineswegs dem Pompeius zugute kommt – hier zumindest scheinen Cäsar und Pompeius noch meilenweit voneinander entfernt zu sein – haben dazu geführt, daß das Gesetz, zunächst jedenfalls, im Senat auf keinerlei Gegenwehr stieß. Eine Meisterleistung Cäsars, das muß ich anerkennen. Und da die Bestimmungen durchaus in meinem Sinne sind, habe auch ich ohne schlechtes Gewissen von Einwendungen abgesehen. Was soll man auch gegen die Intension des Agrargesetzes anführen, den Bauernstand zu stärken und kinderreiche Proletarier auf Staatsland anzusiedeln und so der Plebs wieder eine Perspektive zu geben? Was soll ich, der ich immer – wie die Optimaten auch – gegen die hohen Kosten für die Getreidespenden an das Volk protestiert habe, gegen die Senkung genau dieser Kosten einwenden? Alles klingt so logisch, und doch bleibt ein flaues Gefühl im Magen, daß wir falsch entschieden haben und hier den Anfang vom Untergang unserer Republik erlebt haben!

Dieses Gefühl hatten auch viele der Senatoren und waren über die Methoden Cäsars verärgert. Aber was sollten sie machen? Immer wieder verwies Cäsar darauf, daß er ihnen das Gesetz ihnen in allen Einzelheiten vorgetragen habe, jeden einzelnen von ihnen befragt habe, ob und gegebenenfalls welche Einwände er vorzubringen habe. Wie man wisse, sei er ein konzilianter, auf Ausgleich bedachter Mann, der vernünftige Einwände gerne berücksichtigt hätte. Aber da sich bei den edlen Vätern und Beigeordneten offensichtlich kein besonderer Beratungsbedarf ergeben hätte, was er als Kompliment für die Qualität seines Gesetzentwurfes werte, werde er nunmehr das Gesetz in der vorgelegten Form der Volksversammlung erst in einer Contio zur Beratung, dann in den Tribuskomitien zur Beschlußfassung vorlegen. Wenn einem der Senatoren nachträglich noch Bedenken gekommen wären, könne er sie selbstverständlich, wie es das Gesetz gebiete, in der Contio vortragen!

Wir alle hörten den Hohn aus Cäsars Stimme, obwohl er uns freundlich anlächelte und in sanfter Tonlage zu uns sprach. Er hatte den Senat über den Tisch gezogen, er wußte es, und wir wußten es.

Was jetzt kam, war eher eine Farce als ein Trauerspiel. Cato erklärte, es bestünde noch Beratungsbedarf, weniger gegen einzelne Bestimmungen des neuen Gesetzes wie etwa die Verpflichtung der Amtsträger und Senatoren, dasselbe Mann für Mann zu beschwören, als gegen das Gesetz insgesamt. Cato begann also eine seiner ellenlangen Reden, um über die Zeit zu kommen. Cäsar als geschäftsführender Konsul unterbrach ihn und machte ihn darauf aufmerksam, daß der Senat bereits in der vorigen Woche den Entwurf vorberaten und dabei dem Gesetz nicht widersprochen hatte. Damit sei der Vorgang hier abgeschlossen und könne nicht erneut behandelt werden, nachträglich aufgetretene Bedenken seien in der Contio vorzubringen. Damit hatte dieser raffinierte Taktiker natürlich recht.

Als Cato nicht aufhörte zu reden, ließ ihn Cäsar wegen ungebührlicher Störung des Senates durch seine Liktoren verhaften und abführen. Cato fügte sich und ließ sich widerstandslos ins Gefängnis werfen. Die Senatoren waren fassungslos, wagten aber keinen Protest. Nicht einmal e i n Volkstribun hatte den Mut, gegen Cäsars Maßnahme zu interzedieren.

Daraufhin schloß der Konsul die Senatssitzung und lud alle Senatoren ein, an der am nächsten Tag stattfindenden Contio auf dem Forum teilzunehmen. Dann winkte er den Volkstribunen Vatinius zu sich heran und bat ihn, gegen die Verhaftung Catos sein Veto einzulegen. Vatinius gehorchte seinem Meister umgehend und legte mit dröhnender Stimme sein Veto ein. Die aus dem Sitzungssaal strömenden Senatoren wurden Zeugen eines ekelhaften Possenspieles. Cäsar, scheinbar betroffen durch das Veto des Vatinius, befahl die umgehende Freilassung Catos. Dieser sei zwar ein irregeleiteter

Rechtsbrecher, er, Cäsar, halte sich aber streng an das Recht. Deshalb habe er dem Vatinius folgen müssen und Cato aus der mehr als verdienten Haft entlassen und sich dem Befehl des geheiligten Volkstribunen gefügt!

Am nächsten Tag legte er sein Gesetz der Contio vor. Es waren außer Bibulus nur wenige Senatoren erschienen. Cäsar trug dem Volk sein Gesetz vor und fragte, ob außer dem anwesenden Bibulus, dessen volksfeindliche Haltung ja hinreichend bekannt wäre, noch jemand gegen die Versorgung verdienter und kinderreicher Bürger sei. Bibulus ließ sich durch Cäsars Rede so provozieren, daß er sich temperamentvoll zur Wehr setzte und dabei den unverzeihlichen Fehler machte, statt nur Cäsar anzugreifen, sich auch in beleidigenden und verletzenden Worten über das Volk zu äußern und es als faule Tagediebe und herbeigekarrten Pöbel bezeichnete.

Als er sich dann noch offen gegen das Gesetz erklärte, war das Maß voll. Die wütende Menge prügelte ihn einfach vom Platz. Cäsar fragte unterdessen den anwesenden Pompeius nach seiner Meinung über das Gesetz. Dieser pries es nun vor allem Volke in den höchsten Tönen und bot dem Volk an, seine Veteranen zu mobilisieren, wenn der Senat weiter aus Eigennutz gegen das Gesetz und damit gegen das Volk intrigiere. Er werde Schwert und Schild des Volkes sein, wenn Bibulus und die Optimaten gegen die Plebs Gewalt gebrauchen würden. Nachdem auch Crassus sich für das Gesetz ausgesprochen hatte, wagte von den eingeschüchterten Optimaten niemand mehr zu widersprechen, und Cäsar lud das Volk zu den auf den nächsten Tag angesetzten Komitien, um das Gesetz endgültig beschließen zu lassen.

Am nächsten Tag hatten sich die Quiriten zahlreich versammelt, um das Gesetz zu beschließen. Bibulus hatte verkünden lassen, daß er den Himmel beobachten wolle. Der Volkstribun Vatinius hatte daraufhin erklärt, daß er diesen Mißbrauch mit den heiligsten Gütern des Volkes, nämlich ihrer Liebe zu und Verbundenheit mit den Göttern, nicht mehr dulden werde. Er werde daher Augurensprüche gegen Entscheidungen der Volksversammlung nicht mehr zulassen.

Zunächst verlief auf dem Forum alles friedlich. Aber bald nach Beginn der Abstimmung kam Unruhe auf. Bibulus drängte sich mit drei Volkstribunen, einigen Konsularen und Cato mit Milos Schlägertruppe auf das Forum. Bibulus wollte, angeblich wegen der von ihm beobachteten Himmelszeichen, Einspruch einlegen. Er habe aus den Zeichen herausgelesen, daß die Götter das zum Beschluß anstehende Gesetz nicht billigten, während die drei ihn begleitenden Volkstribunen mit ihrem Veto gegen dasselbe vorgehen wollten.

Aber Cäsar und seine Leute hatten vorgesorgt. Clodius und Vatinius hatten ihre Leute gut postiert. Vor dem Tempel des Castor und des Pollux kam es zu einer regelrechten Schlacht zwischen ihren und Milos Banden. Schon nach kurzer Zeit gewannen Cäsars Leute, verstärkt durch rauflustige Bewohner der Subura und einige derbe Veteranen Pompeius', die Oberhand. Unter dem Jubel der schadenfrohen Quiriten gossen Clodius' Männer dem Bibulus einen Kübel Jauche über seine blütenweiße gestreifte Toga und einen Korb voll Schweinemist über den ondulierten Kopf, wobei sie riefen, nun habe er endlich einmal den Geruch des Volkes in der Nase.

Die Optimaten wurden also vom Platz gescheucht, ohne daß sie ihre Einsprüche beim Versammlungsleiter – das war natürlich der Konsul Cäsar – anbringen konnten. Nachdem die Abstimmung beendet und das Gesetz mit überwältigender Mehrheit angenommen worden war, fragte Cäsar, ob ein Volkstribun da sei, der von seinem gesetzlichen Vetorecht Gebrauch zu machen wünsche. Da sich natürlich niemand meldete, verkündete der Konsul Cäsar das Gesetz und beendete die Versammlung.

Der Senat hat sich am nächsten Tag nicht getraut, gegen das Gesetz vorzugehen. Den edlen Herren saß der Schreck zu sehr in den Gliedern, denn draußen vor dem Portal der Curia Hostilia hatte Cäsars Regie das aufgehetzte Volk, von Clodius angefeuert, zusammengetrommelt. Crassus und Pompeius hatten Wein ausschenken lassen, und die angetrunkene Hefe des Volkes ließ jeden Respekt vor dem Senat fahren und bedrohte die Senatoren mit Mord und Totschlag, falls diese dem Willen des Volkes, was immer das auch sei, nicht nachgeben würden. Es war der reine Terror, aber er hatte die gewünschte Wirkung: Alle Senatoren außer Bibulus haben den von Cäsar verlangten Eid auf das Gesetz widerspruchslos abgelegt!

Du siehst, mein lieber Atticus, so werden heute Gesetze gemacht! Cäsar hat gesiegt, aber die Optimaten sind noch nicht völlig am Boden. Bibulus ist über die Schändung seiner Frisur so verletzt, daß er sich in sein Haus zurückgezogen hat. Er hat geschworen, es nicht mehr zu verlassen und von nun an täglich den Himmel zu beobachten und die Ergebnisse dem Konsul Cäsar und dem Senat anzuzeigen. Er werde alle Amtshandlungen seines Kollegen für ungültig erklären, wenn sie nicht dem Willen der Götter entsprächen. An der Regierung des Staates werde er sich für den Rest seiner Amtszeit nicht mehr beteiligen.

Bibulus mag ein ehrenwerter Mann sein, aber er ist ein bornierter Dummkopf! Er glaubt wirklich, daß Cäsar sich durch seine Obstruktion beeindrucken läßt. Dabei schafft er das einzige Instrument aus der Welt, das Cäsar auf dem Wege zur Herrschaft bremsen kann, nämlich den Weg, als alle zwei Monate mit der Geschäftsführung beauftragter Konsul die von Cäsar verfügten Anordnungen wieder aufzuheben!

So leben wir nun in diesem Jahr nicht mehr unter dem Konsulat des Bibulus und des Cäsar, sondern unter dem des Julius und des Cäsar!

Erstaunlich ist, daß Cäsar immer noch um meine Gunst wirbt. Er hat wohl erkannt, daß er letztlich nur mit meiner Unterstützung die Oberhand über seine zahllosen Widersacher gewinnen kann. Bis jetzt habe ich ihn zappeln lassen, nicht ja und nicht nein gesagt und mir so meine Unabhängigkeit und Handlungsfreiheit bewahrt.

Obwohl mir die Optimaten meine unabhängige Stellung nicht verziehen haben, werde ich mich wohl ihnen zuwenden, denn sie sind jetzt die Schwächeren. Meine Parteinahme für sie wird die Waagschale wieder zu ihren Gunsten senken. Der Spuk ‚Cäsar' wird dann seine Träume von der Macht über Rom begraben können. Das Volk scheint Cäsars inzwischen ohnehin müde geworden zu sein. Zumindest jubelt es mir und nicht ihm zu, wenn ich auf dem Forum oder vor Gericht erscheine. Ich werde meine immer noch beachtliche Macht demnächst unter Beweis stellen. Ich habe nämlich vor, diesen C. Antonius zu verteidigen. Ich kann diesen elenden Opportunisten zwar nicht leiden, aber man hat ihn angeklagt, in seiner Statthalterzeit in Makedonien Erpressungen und Unterschlagungen begangen zu haben.

Die Anklage geht von Cäsar aus, der es Antonius nicht vergessen hat, daß er Catilina und die Popularen im Stich gelassen hat und zu den Optimaten gewechselt ist. Es ist schon ein starkes Stück, daß ausgerechnet Cäsar, selbst der Beteiligung an Catilinas Umtrieben verdächtig, jetzt die Rolle des staatserhaltenden Anklägers gegen Antonius übernimmt. Ich werde seinen Freispruch erwirken, damit alle in Rom erkennen, daß Cäsars Macht an mir seine Grenzen findet!

Ich hoffe, lieber Atticus, Du wirst mir bald schreiben. Mich interessiert besonders Deine Einschätzung der Lage. Auch würde ich gerne wissen, wie die Bürger Deiner Wahlheimat Athen die römischen Verhältnisse beurteilen.

Geschrieben am Tage vor den Kalenden des Februar unter dem Konsulat des Julius und des Cäsar.

Postskriptum: Bitte vernichte diesen Brief. Er wäre gefährlich, wenn manche meiner Ausführungen in falsche Hände kämen.
Cicero

9

Gleich nach Verkündung des neuen Ackergesetzes ernannte Cäsar zwanzig Kommissare, die mit der Aufteilung des Staatslandes in Kampanien und dem Erwerb von brach liegenden privaten Grundstücken beauftragt wurden und die die für die Ansiedlung in Frage kommenden Familien aussuchen sollten. Zum Vorsitzenden ernannte er Aulus Gabinius, einen alten Gefolgsmann des Pompeius, damit die Belange der Veteranen bei der Landverteilung nicht zu kurz kämen. Die übrigen Mitglieder wählte er, neben Pompeius und Crassus, unter den jungen Mitgliedern seiner Partei aus, da laut seinem Agrargesetz amtierende Magistrate nicht Mitglied der Kommission werden konnten. So wurden unter anderem von ihm Q. Pedius, L. Pinarius Scarpus, M. Junius Brutus und M. Antonius in das Gremium berufen. Als persönlichen Aufpasser ernannte er seinen absolut zuverlässigen Privatsekretär A. Hirtius, dem er jederzeit seine Wünsche unauffällig übermitteln konnte, da Hirtius als sein Sekretär im Amt blieb und täglich mit ihm zusammentraf.

Nachdem das Agrargesetz beschlossen war, wandte sich der Konsul unverzüglich neuen Aufgaben zu. Als erstes ließ er den Volkstribunen Vatinius ein Gesetz durch die Volksversammlung beschließen, wonach jeder Angeklagte das Recht haben sollte, einmal in einem Prozeß einzelne Richter oder die ganze Richterbank wegen Befangenheit abzulehnen.

»Was hat dieses Gesetz für eine Bedeutung, lieber Gnipho? Kann sich jetzt jeder Angeklagte seine Richter selbst aussuchen?« Julia sah ihren Lehrer fragend an. »Erkläre mir bitte den Sinn dieses Gesetzes!«

»Nun, vordergründig ist dies klar eine Abwehrmaßnahme gegen die von den Optimaten bestimmte gegenwärtige Zusammensetzung der Geschworenenbänke. Diese werden nämlich vom Senat besetzt. Zwar müssen die Senatoren die Richter je zu einem Drittel aus ihren eigenen Reihen, den Rittern und aus der Vereinigung der Ärartribunen auswählen. Das hindert die jeweilige Mehrheit im Senat aber nicht, die Geschworenenbänke nur mit ihren Parteigängern zu besetzen. So sind auch jetzt überwiegend Anhänger der Optimaten Richter geworden. In politischen Prozessen macht sich das bemerkbar, denn Angeklagte aus den Reihen der Optimaten werden oft freigesprochen, während populare Angeklagte bei gleichem Sachverhalt verurteilt werden.

Auf lange Sicht hat dieses Gesetz aber über die Parteigrenzen hinweg sicher sein Gutes. Es stärkt nämlich die Rechtssicherheit in unserem Land, denn es hilft, die Justiz von parteiischen Richter zu säubern, und fördert somit das Vertrauen in eine unparteiische, nur am Gesetz ausgerichtete Rechtsprechung.«

»Gut, lieber Gnipho, das habe ich verstanden. Mein Vater hat in seiner bisherigen Amtszeit so viele neue Gesetze beschließen lassen, daß du mir noch einiges erläutern mußt.

Erkläre mir bitte zum Beispiel den Sinn des Gesetzes, daß die Pacht für die Steuern bei den Ärartribunen um ein Drittel gesenkt worden ist. Das vermindert doch nur die Staatseinnahmen, und das kann doch nicht vernünftig sein, denn wovon sollen zum Beispiel die Aufwendungen für die Armee bezahlt werden?«

»Verzeih mir, liebe Julia, wenn ich hier ein wenig weiter ausholen muß, um dir die Zusammenhänge zu erklären. Also zunächst einmal sind die Ärartribunen nicht für die Steuererhebung zuständig. Früher war das so, als wir noch eine kleine Stadt in Latium waren und nur Bürger, aber keine auswärtigen Untertanen hatten, die uns steuerpflichtig sind und für unsere öffentlichen Ausgaben aufkommen müssen.

Damals gab es noch keine regelmäßig zu leistenden Steuern. Wenn staatliche Kosten anfielen, war es Aufgabe der Ärartribunen, diese von Fall zu Fall durch Umlage bei den Bürgern einzuziehen. Seit wir auswärtige Provinzen erobert und dem Römischen Reich eingegliedert haben, reichten die Umlagen der Bürger für die Bezahlung der Kosten öffentlicher Ausgaben nicht mehr aus. So wurden regelmäßig zu zahlende Steuern eingeführt. Diese werden aber nur von Untertanen erhoben. Bürger blieben davon nicht nur befreit, sondern es werden seit dieser Zeit auch keine Umlagen mehr von ihnen erhoben, obwohl das Gesetz über Umlagen nicht aufgehoben wurde.

Mit dem Wegfall der Umlagen hatten die Ärartribunen praktisch keine Aufgaben mehr, man behielt sie aber bei, weil sich Rom nur ungern von altbewährten Einrichtungen wieder trennt. Später hat man den Ärartribunen, übrigens durch ein Gesetz deines Großonkels, des Bruders deiner Großmutter Aurelia, während des Konsulates des Cnaeus Pompeius und des Marcus Licinius Crassus die jetzige richterliche Funktion übertragen.«

»Aber wer zieht denn nun die Steuern ein?«

»Gemach, liebe Julia, auf diesen Punkt komme ich gleich. Dann wirst du auch erkennen, warum man die Gebühren für die Steuerpacht um ein Drittel gesenkt hat. Also, die nicht unser Bürgerrecht besitzenden Untertanen müssen jetzt durch Steuern für die dem römischen Staat entstehenden Kosten aufkommen, das heißt, sie tragen die für Verwaltung, öffentliche Bauten und vor allem für das Heer notwendige Ausgabenlast. Da die Einziehung und Verwaltung der Steuern und Zölle sehr viel Personal erfordert, hat das römische Schatzamt auf die Einziehung der Abgaben durch staatliche Stellen verzichtet. Sie hat diese Aufgabe nicht etwa an die Ärartribunen, sondern an Privatleute, die sogenannten Publikanen, verpachtet. Diese, und nicht, wie du oben meintest, die Ärartribunen, haben dafür einen Pachtzins von bisher der Hälfte der gesetzlichen Steuern an das Ärarium abzuführen.

Die Publikanen, alles an sich wohlhabende Bürger aus dem Ritterstand, müssen die Pacht im voraus bezahlen und dann sehen, wie sie zu ihrem Geld kommen. Diese Verfahrensweise hat zu vielen Mißständen geführt. Die Pacht wurde nach den normalen Erträgen in Friedensjahren berechnet.

Der Publikane trägt folglich nicht nur die Kosten der Steuereinziehung, sondern auch das Risiko, daß die Untertanen nicht zahlen können. Bei schlechter Konjunktur oder Kriegen zum Beispiel traten Schwierigkeiten bei der Steuererhebung auf, die den Publikanen schwer zu schaffen machten. Seit Jahren versuchen sie daher, von Crassus unterstützt, die Abgaben an den Staat zu senken und so ihr Risiko zu verringern, bei Steuerausfällen Verluste zu machen. Im Senat hat Cato es bisher immer geschafft, alle Anträge auf Senkung der Pacht abzuschmettern.«

»Warum legen aber Crassus und mein Vater soviel Wert darauf, den Publikanen Erleichterungen zu verschaffen? Die Hälfte der Steuereinnahmen abzüglich der Kosten für die Erhebung ist doch ein schönes Polster, andere Risiken abzudecken!«

»Natürlich haben beide nicht die gleichen Motive für die nun durchgesetzte Senkung auf ein Drittel der Erträge. Dein Vater will verhindern, daß sich die Steuerpächter durch ungesetzliche Maßnahmen bei den Untertanen für ihre Verluste schadlos halten. Du hast sicher von den häufigen Beschwerden der Provinzialen über die drückenden Steuern gehört. Nun beklagt sich vermutlich jeder, der Steuern zahlen muß, über ihre Höhe, aber dein Vater hat in Spanien erlebt, wie brutal manche Steuerpächter gegen die dortigen Einwohner vorgehen. Er hat manche Mißstände beseitigen können, aber auch von den Pächtern erfahren müssen, daß manchem von ihnen das Wasser bis zum Halse steht.

Nun dienen ausgepreßte und verbitterte Untertanen niemandem. Wenn eine Kuh reichlich und gute Milch geben soll, muß sie genügend Futter bekommen. Zahlungsunfähige Steuerpächter bringen keinen Ertrag, und ausgeblutete Untertanen können nicht nur nicht zahlen, sondern werden die römische Herrschaft abzustreifen suchen und sich in ihrer Not gegen uns erheben. Wenn wir einem Provinzialen die letzte Kuh aus dem Stall holen, wird er die Vorteile der römischen Herrschaft nicht mehr als solche erkennen. Schutz vor äußeren Feinden durch unsere Armee, Rechtssicherheit durch unsere Gerichte und ein Wohlstand versprechender überörtlicher Markt verlieren ihre Anziehungskraft, wenn es nichts zu verteidigen gibt, kein Recht vor Gericht geltend gemacht werden kann und keine Waren da sind, mit denen man Handel treiben kann.

Crassus' Motive sind einfacher zu verstehen. Ich sagte vorhin, daß die Pachten von den Publikanen im voraus zu begleichen sind. Viele Steuerpächter aber können die oft hohen Summen nicht sofort oder nur teilweise aufbringen. Sie müssen daher einen Kredit aufnehmen und sich die Pachtsumme vorfinanzieren lassen. Und wer ist der größte Bankier in der Stadt? Niemand anderes als Crassus. Er will natürlich sein Geld am Ende eines Jahres mit saftigen Zinsen von den Publikanen zurückerhalten. So ist er an einer Senkung der Pachten interessiert, denn seine Chance, sein Geld zuzüglich der Zinsen von seinen Schuldnern zurückzubekommen, steigt natürlich, wenn deren Kosten sinken. Und wenn die Steuerpächter künftig statt der Hälfte nur ein Drittel des Steueraufkommens an das Ärarium abzuführen müssen, entscheidet das oft über rote oder schwarze Zahlen in der Jahresrechnung der Publikanen und erleichtert es ihnen auf diese Weise, ihre Zahlungsverpflichtungen Crassus gegenüber zu erfüllen. Zudem hilft Crassus mit diesem Gesetz gleichzeitig seinen Klienten, denn viele der Publikanen gehören zu diesem Personenkreis und werden ihn dankbar bei Wahlen und Abstimmungen unterstützen.«

»So wäscht in Rom eine Hand die andere, lieber Gnipho!«

»Du sagst es, meine Liebe, und alle, fast alle, sind damit zufrieden!«

10

»Lieber Cato«, begann Cicero, »ich freue mich, daß du mich besuchst. Wir haben viel miteinander zu besprechen. Nachdem Cäsar nun auch noch durch die Volksversammlung die Anordnungen des Pompeius in Asien hat beschließen lassen, ohne den Senat zu beteiligen, habe ich mich entschlossen, wieder aktiver als bisher in die Politik einzugreifen.

Wie du sicher weißt, hatte ich gehofft, Cäsar zur Mäßigung gegenüber dem Senat zu veranlassen. Insbesondere habe ich ihm angeboten, mit ihm zusammenzuarbeiten, wenn er wieder die Belange des Senats berücksichtigt, vor allem dessen verfassungsmäßige Rechte nicht einfach beiseite schiebt. Cäsar hat mein Angebot unbeachtet gelassen und nur verlangt, daß ich mich seiner Partei anschließe. Insbesondere solle ich die Verteidigung des Caius Antonius niederlegen. Er sehe in meiner Übernahme des Mandats einen unfreundlichen Akt gegen ihn, den er nicht hinnehmen werde.

Ich habe dieses Ansinnen natürlich mit Entrüstung zurückgewiesen! Was bildet sich dieser Konsul eigentlich ein? Ich habe mich bisher zurückgehalten, weil ich viele seiner Regelungen im Kern für richtig halte, auch wenn ich seine Methoden und die Umstände, wie seine Gesetze durchgepeitscht wurden, für bedenklich halte.

Jetzt aber ist meine Geduld am Ende! Ich werde mich nun der Opposition gegen ihn anschließen und biete dir und den Deinen an, die Führung der Optimaten zu übernehmen. Wir werden dann im Senat und vor Gericht energisch gegen Cäsar und seinen wild gewordenen Anhang, besonders diesen kropfhalsigen Vatinius und diesen abgefeimten Schurken Clodius, vorgehen und sie in ihre Schranken weisen. Der Konsul wird es noch bereuen, mein Angebot, mit ihm gemeinsam den Staat zu reformieren, abgelehnt zu haben. Er wird sich wundern, wie sich das Blatt wenden wird, wenn das Gewicht meines Einflusses sich auf der Seite seiner Gegner bemerkbar macht!«

Cato hat mit wachsendem Erstaunen dem alten Konsular zugehört. »Mein lieber Cicero, ich muß dir, schon der Ehrlichkeit halber, ganz klar sagen: Wir freuen uns natürlich, daß du Cäsar nicht mehr wie ein treuer Hund schwanzwedelnd hinterherläufst! Aber glaube nicht, daß wir auf deine Mithilfe angewiesen sind! Gut, du kannst bei uns mitmachen, aber schlage dir aus dem Kopf, daß wir in dir eine Führungspersönlichkeit sehen, der wir uns vertrauensvoll unterordnen. Du hast durch deine Anbiederei an die Machthaber bei uns jeden Kredit verspielt. Deine stets lauwarme Haltung sowohl uns als auch Cäsar gegenüber riecht so sehr nach Opportunismus, daß wir dir auf keinen Fall eine führende Rolle, geschweige denn die Führung, übertragen werden. Verzeih, daß ich dir das so deutlich sagen muß, aber du sollst wissen, daß wir dir nicht trauen und vor allem nicht zutrauen, etwas gegen Cäsar, Pompeius und die anderen Popularen auszurichten.«

Ciceros Gesicht war erstarrt. Man sah ihm an, wie sehr diese brüske Ablehnung durch Cato ihn gekränkt und in seiner Würde als verdienter Konsular und Retter des Vaterlandes vor den Umtrieben der Catilinarier verletzt hatte. Dieser bornierte Cato hat ja keine Ahnung, was er mit meiner Zurückweisung anrichten kann. Von diesem jungen und unerzogenen Heißsporn lasse ich mich doch nicht ungestraft vor den Kopf stoßen! Wenn er meine Hilfe nicht zu benötigen glaubt, werde ich eben mit allen Gutgesinnten den Kampf gegen Cäsar alleine aufnehmen! Von Politik hat dieser rüde Eiferer offensichtlich keine Ahnung. Mit dem Holzhammer draufzuschlagen, ist doch keine Politik, die zum Ziele führt, jedenfalls dann nicht, wenn man die schwächeren Kohorten auf seiner Seite hat! Kühl, ganz die Würde des alten und erfahrenen Staatsmannes unterstreichend, sagte er mit spitzem Ton:

»Mein lieber Cato, ich will einmal um der Sache willen deinen ungehörigen Tonfall einen Augenblick vergessen. Aber auch dir wird es eingängig sein, daß man eine Schlacht gegen einen überlegenen Gegner nur gewinnen kann, wenn man jede sich bietende Hilfe nutzt. Daß Cäsar dir und den übereifrigen deinesgleichen turmhoch überlegen ist, hat die Erfahrung der letzten Monate vermutlich sogar dir klargemacht! Du magst mich und meine Art und Weise, Politik zu machen, nicht! Gut, das muß ich hinnehmen. Aber ohne mich, meinen Einfluß auf die Bürger und meine Erfahrungen als einer der besten Redner und geschicktesten Politiker unserer Stadt wirst du, wie bisher, nichts gegen Cäsar und seine Leute ausrichten können. Du bist auf mich und meinesgleichen angewiesen, wenn du das von dir befürchtete Unheil für unseren Staat abwenden willst. Und auf dieses Ergebnis kommt es an!

Ich kann mir auch bessere Verbündete gegen Cäsar vorstellen, als du und deine verbohrten Anhänger es sind. Ihr kennt nur schwarz oder weiß, gut oder böse, aber es gibt Zwischentöne. Ich werde mich gegen Cäsar auf meine Art schon zur Wehr setzen. Genau genommen bin ich ja schon alleine und ohne eure Hilfe gegen Cäsar angetreten. Aber ich werde natürlich jeden als meinen Bundesgenossen akzeptieren, der sich mir anbietet, selbst dich! Mein Kampf hat begonnen, denn ich habe die Verteidigung dieses von Cäsar verfolgten Antonius übernommen. Ein Freispruch für Antonius wäre eine schlimme Niederlage für Cäsar, denn es würde alle Ängstlichen und Zögernden davon überzeugen, daß man gegen ihn noch gewinnen kann. Folge mir also, dann werden wir auch im Senat wieder die Oberhand gewinnen und Cäsars ungesetzliche Handlungen bremsen, vielleicht sogar ganz vereiteln!

Im übrigen habe ich zu Pompeius Kontakte aufgenommen. Er wird angesichts der offensichtlichen Erfolge und der damit verbundenen Beliebtheit Cäsars beim Volk schon unruhig. Er ist vermutlich eifersüchtig, denn seine Eitelkeit erträgt nur schwer, daß ein anderer als er selbst im hellen Lichte öffentlicher Anerkennung steht. Bis jetzt hat er Cäsar gebraucht, um seine Gesetze durchzubringen. Nun aber, da seine Wünsche alle erfüllt sind, kühlt sich sein Verhältnis zu Cäsar ab. Hier liegt ein Ansatzpunkt für uns! Wir müssen die Differenzen zwischen beiden vertiefen, ja einen Keil zwischen beide treiben! Gelingt es uns, auf diese Weise Pompeius vom Konsul zu trennen, ja ihn sogar auf unsere Seite zu ziehen, können wir Cäsars Vormachtstellung beseitigen, zumindest einschränken! So, mein Lieber, macht man Politik, nur so ändert man die Verhältnisse, aber nicht durch deine sture Fundamentalopposition!«

Cato hatte aufmerksam zugehört. Immer lavieren, immer faule Kompromisse, dachte er. Dieser Cicero ist zum Kotzen! Unerträglich, dieser schlappe Feigling! Verächtlich lächelnd wandte er sich seinem Gesprächspartner zu. »Du glaubst also, Cäsar läßt sich durch einen verlorenen Prozeß aus dem Gleichgewicht bringen? Ich meine, falls Antonius freigesprochen wird? Und du hältst einen Prozeß für ein Zeichen des Widerstandes gegen das Regime? Wenn Cäsar das auch glauben sollte, wird er Mittel und Wege finden, daß Antonius verurteilt wird! Und ausgerechnet Antonius! Diesen charakterlosen Lumpen zu verteidigen, ist gewiß keine Ehre! Ich würde für so einen Verräter und Opportunisten keine Hand rühren!

Und Pompeius? Es mag sein, daß er auf Cäsar eifersüchtig ist! Aber er ist Teil des Problems, das wir haben. Cäsar strebt die Herrschaft an, aber Pompeius auch! Was haben wir, was hat unser Staat davon, wenn wir den einen Anwärter auf die Macht im Staate durch den anderen ersetzen und dann noch obendrein Verbündete oder Helfer eines Prätendenten sind, wenn er durch uns zur Herrschaft kommt?

Nein, Cicero, mit deiner Art zu finassieren und Politik zu machen, kann ich nicht einverstanden sein. Mit Leuten, die die Macht im Staate erobern und die Freiheit der Bürger unterdrücken wollen, gibt es für mich keine, auch keine zeitlich limitierte Zusammenarbeit.

Versuche du von mir aus, Cäsar zu bekämpfen, aber rechne nicht mit meiner Unterstützung. Du wirst sehr bald von deinem Roß steigen, wenn du bemerkst, daß dein eingebildeter Einfluß auf die Politik sich in Luft auflöst! Du wirst merken, daß du deinen Traum und deine Einbildung, eine unabhängige dritte Kraft im Staat zu sein, begraben kannst! Niemand wird auf dich hören, niemand dir folgen. Wir nicht, weil uns deine lauwarme und pflaumenweiche Art zuwider ist, Cäsar nicht, weil er dich nicht braucht, und das Volk nicht, weil du ihm außer einigen rhetorischen Glanzstücken nichts zu bieten hast. Wenn das Volk Brot braucht, geht es zu Cäsar, wenn es Spiele braucht, auch! Cäsar weiß das und handelt entsprechend.

Ich habe Ideale, für die ich kämpfe, obwohl ich weiß, daß ich verlieren werde! Die Zukunft wird aller Voraussicht nach Leuten wie Cäsar gehören, und daran werden deine schönen und manchmal sogar ergreifenden Reden und deine politischen Ränkespiele nichts ändern. Deshalb wirst du zu denen gehören, die am Ende sich in die Macht der neuen Herren fügen werden. Das Widerliche daran ist dann nur, daß deinesgleichen sich nicht einfach der Gewalt beugen, sondern sich, anderen und vor allem ihrem eigenen Gewissen einreden werden, nur deshalb sich gebeugt zu haben, um Schlimmeres zu verhindern. Der dann fällige Kniefall, eigentlich ein Akt der Feigheit oder des Opportunismus, wird so zu einem Akt höherer Einsicht umgelogen. Das ist nichts als eine moralische Verbrämung eurer Unterwerfung, die der wirklichen Wahrheit nicht entspricht, aber das Gewissen beruhigt! Nein Cicero, dies ist nicht mein Weg. Meine Zeit ist mir zu schade, darum gehe ich jetzt. Wir haben nämlich, anders als du zu Beginn unserer Unterhaltung sagtest, nichts miteinander zu besprechen«, endete Cato und verließ, ohne Cicero auch nur eines Blickes zu würdigen, den Raum.

Zurück blieb ein über die schroffe Art des Aufbruchs und die ihm unverhohlen von seinem Besucher gezeigte Verachtung konsternierter Cicero. Dieser Mann ist für die Freiheit fast noch eine größere Gefahr als Cäsar, dachte er. Sein Fanatismus und seine Unnachgiebigkeit werden, wenn er siegen sollte und er und seine Anhänger an der Macht sind, schlimmer zu ertragen sein als die jetzigen Regenten. Wehe uns, wenn Cato uns vorschreiben wird, was wir zu tun und zu denken haben. Im Namen der Freiheit und mit gutem Gewissen werden alle verfolgt werden, die anders denken als er. O ihr Himmlischen, behütet uns vor diesen irregeleiteten Gutmenschen, die keine Zweifel kennen und glauben, im alleinigen Besitz der Wahrheit zu sein!

11

»Ich habe gehört, liebe Aurelia, daß dein Sohn wieder geheiratet hat«, sagte Belliena zu ihrer Freundin und schaute sie mit neugierigen Augen an. »Ihr habt ja ein derartiges Geheimnis aus der Sache gemacht, daß niemand aus unserem Freundes- und Bekanntenkreis etwas davon mitbekommen hat. Warum diese Geheimnistuerei? Cäsars letzte Hochzeit, die mit Pompeia, war doch d a s gesellschaftliche Ereignis in Rom!«

»Ja, meine Liebe! Aber damals war mein Caius ein noch relativ unbedeutender Privatmann. Jetzt ist er amtierender Konsul und noch dazu Pontifex Maximus! Er ist im Augenblick gewissermaßen weltliches und geistliches Oberhaupt der Römischen Republik und da verbot es sich seiner Meinung nach, aus dem privaten Ereignis einer Hochzeit eine Staatsaktion zu machen. Und das wäre es geworden, wenn er seine Hochzeit zu einer großen Feier mit vielen Gästen gemacht hätte.

Wir haben daher nur eine kleine Familienfeier arrangiert. Außer mir, Julia, den Brauteltern und meinen Töchtern mit ihren Ehemännern war niemand geladen. Die kleine private Feier hatte auch den Vorteil, daß sich niemand beleidigt fühlen konnte, der nicht eingeladen worden ist. Das wäre bei einer großen und öffentlichen Feier anders gewesen, denn eine vergessene Einladung wäre von dem Übergangenen unweigerlich als politischer Affront empfunden worden. So kam es Cäsar sehr zupaß, daß er eine große Festveranstaltung mit dem Hinweis ablehnte, daß die Würde seiner Ämter und besonders seine religiösen Pflichten eine Veranstaltung mit den bei Hochzeitsfeiern üblichen Gelagen, Theateraufführungen und Auftritten von Zauberern, Tänzerinnen und Spaßmachern nicht zulasse. So blieben wir unter uns und genossen den stillen Frieden und die Harmonie, die ein so intimes Ereignis mit sich bringen kann, wenn es nicht durch den Trubel öffentlicher Beachtung gestört wird.«

»Wen hat er denn nun eigentlich geheiratet? Wer ist diese Calpurnia? Ist sie seinem Stand und seiner Herkunft angemessen?« Cloelia hatte sich in ihrer Kline aufgerichtet und blickte Aurelia mit ihrer spitzen, nun hochgereckten Nase neugierig und erwartungsvoll an. »Sprich, meine Liebe, sage uns, wer sie ist! Es gibt in Rom so viele Calpurnias! Ist sie eine nähere Verwandte des Konsuls Marcus Calpurnius Bibulus? Gewiß ist sie das, und Cäsar hat sich auf diese Weise diesen Bibulus eingekauft, der bis jetzt verärgert in seinem Hause sitzt und den Himmel beobachtet und anschließend alle Maßnahmen deines Sohnes als gegen den Willen der Höchsten verstoßend für ungültig erklärt. Sprich, ist es seine Schwester?«

»Ja«, fiel Belliena ein, »und sage uns auch noch, ob sie wenigstens eine gute Mitgift bekommen hat. Bei seinem Aufwand verbraucht unser Cäsar sicher viel zu viele Sesterzen, so daß eine saftige Mitgift ihm nicht unwillkommen sein dürfte!«

»Nun, ihr lieben und wißbegierigen Freundinnen, Cäsar hat eine gute Wahl getroffen! Calpurnia ist ein reizendes Mädchen, gerade zwanzig Jahre alt und mit angemessener Brautausstattung. Sie gehört dem Zweig der Pisonen an, also der Hauptlinie der alten Calpurnischen Familie, und nicht der Linie dieser Familie mit dem Beinamen Bibulus. Sein vergrätzter Kollege im Konsulat wird also weiter verstimmt in seiner selbstgewählten Isolierung in seinem Haus bleiben und seine von niemandem beachteten Störmanöver gegen Cäsar fortsetzen.

Natürlich haben Cäsar in erster Linie politische Gründe zu dieser Heirat bewogen. Calpurnia ist die Tochter des Lucius Calpurnius Piso Caesonicus, des gegenwärtigen Oberhauptes des mächtigen und einflußreichen und sehr vermögenden Calpurnischen Geschlechtes. Er ist zudem ein sehr entschiedener Gegner dieses Cicero. Mein Sohn gewinnt also nicht nur eine liebenswerte junge Frau mit einer ziemlich hohe Mitgift, die ihm hoffentlich den ersehnten Erben schenkt, sondern auch die Unterstützung der Calpurnischen Familie in seinem politischen Kampf und in Gestalt seines neuen Schwiegervaters auch einen persönlichen Feind dieses sich wieder an die Optimaten anlehnenden Cicero.«

»Aha,« sagte Cloelia, »dem Cicero soll es an den Kragen gehen! Jetzt verstehe ich manches, was mir bisher unerklärlich war.

Als ich neulich zufällig am Forum war, sah ich deinen Sohn Cäsar im weißen Gewand des Pontifex Maximus, wie er die Kuriatskomitien leitete. Es waren kaum Bürger anwesend, eigentlich nur die Liktoren der dreißig Kurien und ein paar Gaffer, die immer sich einfinden, wenn sie irgendwo etwas Interessantes zu sehen glauben.

Weil ich auch Publius Clodius Pulcher dort sah, einen ebenfalls unnachgiebigen Feind des Cicero, blieb ich stehen und hörte mir eine seltsame Verhandlung an. Wie ihr sicher wißt, behandeln die Kuriatskomitien, ursprünglich die Versammlung der patrizischen Bürger, heute nur noch Sachen, die ausschließlich die Patrizier und ihre Rechte betreffen. Da die Patrizier heutzutage kaum noch Rechte haben, die ihnen ausschließlich zustehen, werden in diesen Komitien eigentlich nur noch die patrizischen Priester wie der Opferkönig oder die Flamen des Jupiter, des Mars oder des Quirinus bestimmt. Der Rest ihrer Zuständigkeit sind familienrechtliche Angelegenheiten der Patrizier, etwa die Adoption eines Plebejers in eine patrizische Familie.

Zu letzteren Zuständigkeiten gehört auch der Übertritt eines Patriziers zur Plebs. Dies ist zwar für meine Begriffe ein unverständlicher Vorgang, denn wie kann ein Patrizier einen so abartigen Wunsch haben, Plebejer zu werden? Aber so etwas kommt vor, und ich wurde sogar Zeuge eines solchen unglaublichen Ereignisses!

Stellt euch vor, Publius Clodius Pulcher, der ja von Rechts wegen Claudius heißt und Angehöriger einer unserer edelsten Patrizierfamilien ist, ein etwa 35 Jahre alter Mann, ließ sich, um Plebejer zu werden, von dem kaum zwanzigjährigen Publius Fonteius Capito adoptieren. Unglaublich, findet ihr nicht? Und die Komitien stimmten auf Wink deines Sohnes zu, so daß sich jetzt dieser Claudius Pulcher mit Recht des plebejischen Namens

Clodius bedienen kann. Und Pompeius hat das Ganze als Augur abgesegnet! Warum aber macht ein Patrizier so etwas? Wie kann er seinen edlen Ahnen unter die Augen treten, wenn er ihnen dereinst im Orkus begegnet?«

»Nun, liebe Cloelia, der Grund für den Übertritt liegt doch auf der Hand! Clodius will Volkstribun werden, und dieses Amt ist einem Patrizier verschlossen!«

»Aber warum, liebe Aurelia, will er denn Volkstribun werden?« Cloelia war sichtlich verwundert. »Ja, wenn er Konsul werden wollte, wäre es immer noch unglaublich, aber immerhin nachvollziehbar! Aber Volkstribun?«

Aurelia überlegte einen Augenblick, dann sagte sie, ein bißchen unsicher, ob sie das Richtige getroffen habe: »Ich glaube, die Initiative ging von meinem Sohn aus. Clodius kann wegen seines Alters noch nicht Konsul werden. Zudem gibt es immer nur höchstens einen patrizischen Konsul, da der andere Plebejer sein muß und auch der zweite Plebejer sein darf. Da es aber zehn Volkstribunen gibt und für sie keine Altersbeschränkungen bestehen, sind Clodius' Chancen, politischen Einfluß zu gewinnen, über das Volkstribunat um vieles günstiger als über das Konsulat. Vor allem kann er sein erklärtes Ziel, den ihm so verhaßten Cicero anzuklagen, als Volkstribun besser verfolgen als als einfacher Senator, der er schon ist. Und er will Cicero ans Leder! Ihr werdet sehen, er wird sich für das nächste Jahr zum Volkstribunen wählen lassen und dann als Cäsars Schwert gegen seinen Feind Cicero vorgehen und ihn von der politischen Bühne wischen.«

»Aber warum will Cäsar diesen Cicero denn los werden? Ich bin ja sehr dafür« ,sagte Belliena, »ich habe nämlich noch nicht vergessen, daß Cicero es war, der meinen armen Sohn Catilina verfolgt hat!«

»Mein Sohn wird nächstes Jahr nach Ablauf seines Konsulates in die Provinz gehen, also Rom verlassen. Auf diesen Augenblick warten sie alle: Cicero, Cato, Bibulus und die ganze Fraktion der Optimaten! Sie glauben nämlich, ihn dann für seine angeblichen Verbrechen während seiner Amtszeit als Konsul anklagen zu können. Im Falle einer Verurteilung wäre seine politische Karriere mit einem Schlag beendet.

Deshalb braucht er einen Volkstribunen, der sich von den Optimaten nicht einschüchtern oder kaufen läßt und der möglichst seinerseits angreift. Das geht am besten gegen Cicero, weil dieser eine offene Flanke hat. Er hat die Catilinarier hinrichten lassen, ohne ihnen ihr verfassungsmäßiges Recht einzuräumen, an das Volk zu apellieren. Cicero ist also angreifbar und Clodius wird ihn angreifen!

Und wenn Cicero auf der Anklagebank sitzt, wird es sich mancher überlegen, ob er sich gegen Cäsar nicht besser zurückhält, denn daß mein Sohn hinter Clodius steht, wird ihm nicht verborgen bleiben.«

»Und was passiert mit Cicero im Falle seiner Verurteilung?«

»Das, liebe Belliena, bestimmt das Gericht. Im schlimmsten Fall muß er mit der Todesstrafe rechnen. Cäsar geht es zwar um Abschreckung der anderen, aber er neigt eigentlich immer zur Milde. So wird wohl Verbannung aus Rom und Italien das Ergebnis des Prozesses sein.

Außerdem will er eine Anklage gegen Cicero nur im äußersten Fall in die Wege leiten. In erster Linie soll sie wohl als Drohkulisse dienen, zum Beispiel, wenn es nicht gelingt, die Staatsführung weiter in verläßlichen Händen zu haben. Das hängt davon ab, wer für das nächste Jahr zum Konsul gewählt wird, und ob es Cäsar gelingt, eine Provinz mit Legionen zu bekommen. Im Senat, der für die Verteilung der Provinzen zuständig ist, hat man beschlossen. ihm und Bibulus die ‚Wälder und Triften' Italiens als Provinz zuzuweisen, ein bewußter Affront! Aber Vatinius wird diesen Beschluß durch Gesetz der Volksversammlung korrigieren lassen und Cäsar eine richtige Statthalterschaft besorgen.

Ihr seht, meine Lieben, es wird noch turbulent werden. Pompeius und mein Sohn haben sich mit Crassus verständigt, daß im nächsten Jahr für die Popularen Cäsars neuer Schwiegervater Piso und Pompeius' Unterfeldherr Aulus Gabinius für das Konsulat kandidieren sollen. Werden sie gewählt, wird Cäsar Rom verlassen und in die Provinz gehen können, ohne befürchten zu müssen, daß seine Feinde ihm hier das Wasser abgraben oder ihm gar einen Dolch in den Rücken stoßen werden.«

In diesem Augenblick meldete Perdita, daß das Essen im Garten angerichtet sei. »Laßt uns in den Garten gehen. Jetzt im Mai ist es dort am schönsten! Der Wind weht vom Albanerberg und wird uns Kühlung bringen. Bei einem guten Trunk können wir uns dann angenehmeren Themen widmen.«

12

Wenig später saßen die alten Freundinnen im Garten des Julischen Hauses an der Argiletumstraße, wo Perdita und Vendita unter dem alten Olivenbaum an der rückwärtigen Mauer zur Pinarischen Straße einen kleinen Imbiß angerichtet hatten. Auf einem Beistelltisch hatte Perdita gefüllte Taubeneier in einer pikanten Sauce aus Sauerrahm, herrlich duftenden, über Rosenholz geräucherten Schinken von mit Eicheln und Kastanien gemästeten

Schweinen aus dem Lande der Sabiner mit einer dickflüssigen süßlichen Feigensenfmarinade, Kümmelbrot, eingelegte schwarze und grüne Oliven, gesäuerte und gesalzene Gurken und in Weinblätter verpackte krümelige Brocken aus Schafskäse aufgebaut.

In der Mitte des Tisches stand ein schwerer bronzener Metallring, in dessen Oberfläche der Handwerker in gleichmäßigen Abständen sechs runde Vertiefungen gebohrt hatte, in die Vendita jetzt wegen der beginnenden Dämmerung Kerzen gesteckt und nun angezündet hatte. Eine weitere Sklavin brachte auf einem silbernen Tablett Becher und je einen Krug mit Wein und Wasser sowie einen mit Weinranken und tanzenden Bacchantinnen ziselierten Krater zum Mischen des Weines, den Perdita nach einem alten thrakischen Rezept gewürzt hatte.

»Nehmt Platz, meine Lieben«, rief Aurelia ihren Gästen mit einer einladenden Handbewegung zu. »Es ist von allem reichlich da! Nach den ernsten Gesprächen von heute nachmittag werdet ihr Hunger und Durst haben. Ich denke, wir haben uns eine kleine Stärkung weidlich verdient!«

»Ich sterbe vor Hunger«, rief die mollige Belliena. »Normalerweise esse ich ja fast nichts, aber heute werde ich eine Ausnahme machen. Deine Speisen riechen einfach zu verführerisch!« Belliena hatte im Nu ihren Teller mit den dargebotenen Leckereien gefüllt und schnalzte genießerisch mit der Zunge. »Perdita, du hast dich wirklich wieder selbst übertroffen. Niemand kann aus einem einfachen Imbiß einen so gelungenen Gaumenschmaus machen! Dieser Feigensenf, einfach wundervoll, wie sich die Schärfe des Senfes mit der Süße und dem Fruchtgeschmack der Feigen zu einem so harmonischen Geschmack paaren und den butterweichen Schinken mit dem angebraunten Fettrand veredeln!«

Perdita lächelte geschmeichelt. Sie ergriff den Weinkrug und einen Becher, schenkte ein und reichte das gefüllte Gefäß Belliena. »Herrin, probier diesen Wein dazu! Ich habe ihn, wie du es liebst, nicht mit Wasser gemischt. Dieser Wein paßt genau zu dem Schinken! Er verstärkt durch meine Würzmischung den Eindruck von zartem, leicht nach Rosenöl schmekkendem Schinken und gibt dem Senf einen abgerundeten Geschmack, indem er seine Schärfe auf der Zunge mildert, ohne sein eigenes Aroma zu beeinträchtigen! Spürst du es, Herrin? Wenn du Wein, Schinken und Feigensenf langsam kaust und im Munde hin- und herschiebst, wirst du feststellen, wie sich die Würze des Weines, die fruchtige Süße der Feigen, die Schärfe des Senfes, der Geschmack des Rauches und das saftige Fleischaroma des Schinkens zu einem harmonischen Ganzen verbinden. Keine Geschmacksnote dominiert die anderen!«

Belliena hatte die Augen geschlossen. Ihre Kaumuskeln bewegten sich deutlich sichtbar in kreisendem Auf und Ab. Man hörte, wie sie durch die Nase atmete, denn ruckartig zog sie mit einem leisen, fast fauchenden Zischen frische Luft ein. »Ja,« sagte sie, und Hochachtung klang aus ihrer Stimme, »ja, Perdita. Ich spüre es. Wenn ich dichten könnte, wie dein geliebter Catull, liebe Aurelia, wäre jetzt eine Ode an Perditas Schinken in Feigensenfsauce fällig. Da ich das aber nicht kann und die Musen mich deshalb wohl auch nicht küssen werden, werde ich meine Begeisterung etwas plebejischer ausdrücken: Ich sage, Perdita, wirklich einfach toll!«

Während Perdita, von dem Lob ganz beglückt, abzog, ergriff Cloelia die Gelegenheit, das Wort zu ergreifen. »Unsere Belliena hat eben in ihrer überschwenglichen Laudatio auf Perditas Kochkünste, der man keine weitere Steigerung mehr hinzufügen kann, deinen Schützling Catull erwähnt. Du weißt, liebe Aurelia, daß mein Enthusiasmus für diesen Dichter sich in Grenzen hält. Er ist mir in vielen seiner Verse einfach zu schlüpfrig und doppeldeutig. Der Mann ist einfach zu ordinär in seiner oft zotigen Darstellungsweise.

Viele seiner Gedichte sind zwar durchaus witzig und zeugen von Gefühl und tieferem Empfinden, aber auch sie haben oft einen doppelten Boden. Jeder weiß, daß unsere Sprache viele doppeldeutige Begriffe kennt. Je nachdem, wie man ein Wort betont, kann es ein reines Gefühl ausdrücken oder eine zwielichtige Anzüglichkeit sein! Darin ist er Meister, aber ist so etwas nicht nur reine Effekthascherei? Geht es ihm um tiefgründige Poesie oder nur um Unterhaltung seines auf sexuelle Anspielungen erpichten Publikums? Ich habe den Verdacht, daß letzteres zutrifft, denn irgendwie lassen sie, jedenfalls für eine schmutzige Fantasie, nicht nur gewagte und nicht ganz gesellschaftsfähige Deutungen zu, sondern provozieren diese geradezu. «

Aurelia dachte nach. »Ich weiß nicht, liebe Cloelia. Schließt du nicht aus der unbezweifelbaren Tatsache, daß er eine Reihe unzüchtiger, ja geradezu perverser Gedichte verfaßt hat, daß sie alle nicht so ganz stubenrein sind und eigentlich weniger seine Gefühle zum Ausdruck bringen, als vielmehr den billigen und frivolen Lüsten unserer sogenannten besseren Gesellschaft Gesprächsstoff verschaffen sollen?

Ich glaube, du siehst ihn zu einseitig, wenn du an ihn nur den Maßstab gesellschaftlicher Konventionen anlegst. So wirst du seiner wahren Bedeutung als größter Dichter unserer Zeit nicht gerecht! Und was sind schon Konventionen? Sie ändern sich wie die Mode. Was gestern noch verboten oder wenigstens unmöglich war, ist heute der letzte Schrei. Aber das wirklich Echte und Gute wird sich halten, auch in der Poesie.

Nimm zum Beispiel die Sperlingslieder, ist das nicht Lyrik vom Allerfeinsten? Höre einen Abschnitt seines ersten Liedes über den Spatzen seiner Liebsten. Urteile selbst, ob das Poesie oder Pornographie ist!«

Aurelia setzte sich aufrecht und begann mit geschlossenen Augen und leiser Stimme zu rezitieren.

‚Spatz, du Entzücken meiner Liebsten, mit dir pflegt sie zu spielen.
Dich verbirgt sie im tiefen Bausch ihres Gewandes,
dir gibt sie die Spitzen der Finger, zu picken daran,
und sie mit scharfen Bissen zu reizen.
Und das, wenn dem strahlenden Ziel meines Begehrens
als kleiner Trost dieser reizende Scherz gefällt,
um ihr, so denk' ich, die eigene heftige Glut schnellstens zu kühlen!'

Seht ihr, das ist für mich reine Poesie. Catull leidet unter seiner Liebe zu Lesbia, von der wir wissen, daß sie ihn betrügt und mit ihm nur ihr böses Spiel treibt. Er faßt sein Leiden, seine unerfüllte Liebe, in Worte, wie man es schöner in unserer Sprache kaum ausdrücken kann. Ich denke, ihr versteht nun, warum ich ihn für den bedeutendsten zeitgenössischen römischen Lyriker halte, und daß ich recht habe, ihn zu unterstützen, trotz seiner oft zotigen Gelegenheitsgedichte. Catull wird man noch lesen, wenn wir aus der Erinnerung der Menschen völlig verschwunden sind.«

Belliena lachte auf wie jemand, dem gerade ein glänzender Witz eingefallen ist. »Liebe Aurelia, und das, obwohl du nach dem Wahrspruch der Seherin Thrasylla Mutter und Großmutter von Göttern werden und damit für alle Zeiten unvergeßlich bleiben wirst?

Aber Spaß beiseite! Ihr wißt, daß ich ein einfach strukturiertes Mädchen aus dem niederen Volk bin. Deshalb habe ich noch ein Gespür für Nuancen in den Wörtern. Und dieses Gespür sagt mir, daß auch dieses Gedicht unterschwellige Töne hat. Auch dieses Gedicht macht sexuelle Andeutungen. Wenn ihr das Wort Spatz anders betont, werdet ihr den Volksmund hören, für den Spatz nichts anderes als ein Synonym für Penis ist. Und dieser Spatz, nicht seiner, versteht sich, treibt sich im Bausch ihres Gewandes herum, dem Ziel seines Verlangens. Und mit diesem fremden Spatz kühlt sie ihre eigene Glut ab.

Ich bin ein einfach denkender Mensch, ihr Lieben! Aber dies ist kein Liebesgedicht eines Liebhabers an seine Geliebte, sondern der Vorwurf eines Verschmähten an eine treulose Angebetete! Zumindest kann man das Gedicht so interpretieren.

Und noch etwas, liebe Aurelia. Catull schreibt nicht nur zweideutige Gedichte, sondern er beißt auch in die Hand, die ihn füttert. Ich will dir nicht zu nahe treten, meine Liebe, wirklich nicht! Aber als deine Freundin von Jugend auf habe ich die Pflicht, dir auch unangenehme Dinge zu sagen. Es fällt mir nicht leicht, dir das, was ich über deinen Dichter weiß, auch zu offenbaren, denn es wird dich sehr verletzen.

Dein Catullus schreibt auch Sudeleien über Politiker und andere angesehene Bürger. Gut, wirst du vielleicht sagen, was geht mich das an. Warum soll er die Vergehen der Mächtigen nicht öffentlich anprangern?

Ich bin da anderer Ansicht, vor allem, wenn es sich um deinen Sohn handelt, den ich schätze und liebe, fast wie meine eigenen Kinder. Und was sich da dein Catull geleistet hat, ist mehr als eine bei Dichtern nun einmal vorkommende Frechheit! Hier lies, was er über deinen Caius geschrieben hat! Gestern hat mir Aurunculeius Cotta dieses Machwerk zugesteckt. Er selbst traute sich nicht, es Cäsar zu zeigen!«

Sie reichte Aurelia, Empörung in jeder Bewegung ausdrückend, einen Zettel. Cäsars Mutter las ihn, ihre Freundinnen sahen, wie sie rot wurde und nach Luft schnappte. Cloelia nahm das zu Boden gefallene Papier und las.

‚Seht nur den weibstollen Konsul, welcher Servilia beglückt.
Dem Schoß der Venus angeblich entsprossen, liebt er die Frauen,
läßt aber weibische Männer nicht aus. Schwuchtele weiter,
Allmächtiger, bis dir die Knie erweichen, Weibsheld und Weib zugleich.‘

Cloelia war aufgestanden und hatte ihren Arm um Aurelia gelegt. »Dieses Epigramm ist widerlich. Aber es nützt dir wenig, meine Liebe, daß ich und natürlich auch Belliena diesen Schmierfinken verurteilen. Bestelle ihn zu dir und verlange die Herausgabe des Originals. Es darf auf keinen Fall in seine Gedichtsammlung, die er demnächst veröffentlichen will. Und streiche ihm deine Zuwendungen.«

»Das würde ich nicht tun«, rief die praktische Belliena. »Drohe ihm die Streichung deiner Subventionen an, falls er sich erdreisten sollte, weitere Werke dieser Art zu produzieren. Das wird ihn ganz schnell zur Räson bringen! Auch ein Dichter muß schließlich leben. Aber du darfst diese Sanktion nicht wirklich wahr machen. Wenn du ihm seine regelmäßigen Einkünfte entziehst, wird er möglicherweise einen Geldgeber finden, der ihn gerade dafür bezahlt, daß er Cäsar und seine Freunde angreift und lächerlich macht! Lächerlichkeit tötet, sagt das Sprichwort. Und etwas bleibt immer hängen, sagt ein anderes! Hüte dich also davor, deinen Sohn bösen Gerüchten auszusetzen oder ihn der Lächerlichkeit preiszugeben, denn nichts ist bösartiger als der Klatsch in unserer Stadt!«

13

Cäsar war bester Laune. »Mutter«, sagte er aufgeräumt zu Aurelia, »ich habe deinen Dichter Catullus zum Essen ausgeführt! Er war ziemlich kleinlaut und versicherte mir, künftig von Angriffen auf mich abzusehen. Du hast ihm offensichtlich gehörig den Kopf gewaschen, denn er brachte mir gleich ein neues Epigramm mit, worin er sein Einlenken bekundet. Höre:

,Was zuviel war, war zuviel. Ich bemühe mich jetzt, Cäsar, dir zu gefallen,
niemals mehr will ich es wissen, ob schwarz du bist oder weiß!'

Da ist zwar immer noch eine versteckte Unverschämtheit in der zweiten Zeile, aber im Vergleich zu seinen beleidigenden Ausfällen gegenüber anderen wie Mamurra, Memmius oder Gellius ist das fast schon Lobhudelei!«

»Nun ja, lieber Sohn, ich habe ihn mir vorgenommen und ihm gedroht, meine monatliche Geldspritze sofort einzustellen, wenn er weiter derartig verleumderische Verse über dich veröffentlicht. Er hat mir nicht nur künftig Zurückhaltung dir gegenüber versprochen, sondern auch zugesagt, das Gedicht über dich nicht in seine demnächst erscheinende Sammlung seiner bisher noch unveröffentlicht gebliebenen Verse aufzunehmen. Das Manuskript des Gedichtes und die der über mich verfaßten schmeichelhaften Lobsprüche hat er mir auf Verlangen ausgehändigt. Ich habe die Papiere unverzüglich verbrannt, damit sie nicht in falsche Hände kommen, wenn ich einmal nicht mehr sein werde.«

»Auch die schöne Lobpreisung, die er erst kürzlich über dich verfaßt und dir als seiner Gönnerin gewidmet hat?«

»Auch diese, mein Sohn. Und das Hochzeitsgedicht, das er für dich und Pompeia geschrieben hatte, ebenfalls. Ich will nicht, daß unsere Familie von der Nachwelt mit Catullus in Verbindung gebracht wird! Ich bin tief enttäuscht von ihm, glaube mir. Wie kann ein so talentierter Dichter sich so weit erniedrigen, seine Feder mit diesem Schmutz zu besudeln? Ich meine nicht nur den Angriff auf dich!«

»Aber Mutter, übertreibst du nicht ein bißchen? Catull ist doch witzig, seine doppelbödigen Verse amüsieren die ganze feine Gesellschaft Roms!«

»Feine Gesellschaft? Feine Gesellschaft! Was ist daran witzig, wenn er in einem seiner unmögliche Schmähgedichte den Gellius der verbotenen Unzucht mit seinem Onkel und seiner Tante zeiht, und das mit den rüdesten und zotigsten Worten? Wer kann darüber lachen, wenn er sich selbst bezichtigt, es mit Memmius getrieben zu haben? Nein, mit Catull bin ich fertig, auch wenn er mir ebenfalls eine Zeile geschickt hat, um seine Reue und Zerknirschung zu bekunden.

‚Jetzt, jetzt schmerzt mich, was ich getan, jetzt, jetzt, bereue ich tief!‘

Diese Zeile stammt zwar aus einem seiner epischen Gedichte, nämlich dem über Attis, der Priester der Kybele werden will und sich deshalb entmannen läßt, dies aber später bereut, aber immerhin!«

»Liebe Mutter, seine Reue hat sicher einen materiellen Hintergrund. Er fürchtet den Verlust seiner Rente! Wie sagt er doch in einem seiner Gedichte? ‚In meinem Beutel sind nur Spinnweben!‘ Übrigens, das ist auch doppeldeutig, nicht wahr? Aber hier will er wohl seine regelmäßige Einnahmequelle nicht verlieren. Zahle also weiter, dann wirst du Ruhe vor weiteren Angriffen auf unsere Familie haben.

Noch besser wäre es natürlich, er fände ein anderes Objekt für seine Ferkeleien, am besten diesen Cicero! Der macht mir in letzter Zeit wieder Ärger. Er läßt sich seine Niederlagen nicht zur Lehre sein, weil er immer noch glaubt, er könne eine unabhängige politische Rolle in Rom spielen. Dabei ist sein erster Versuch, sich wieder als politisches Wunderkind in Szene zu setzen, geradezu kläglich gescheitert. Er hat nämlich diesen Caius Antonius vergeblich verteidigt, den wir wegen Bestechlichkeit angeklagt haben! Er hat in falscher Einschätzung der realen Machtverhältnisse sein ohne Zweifel vorhandenes Talent und seine bestechende Rednergabe an diesen Unwürdigen verschwendet und steht nun blamiert und auf Normalmaß zurückgestutzt vor Senat und Volk! Alle Welt lacht schadenfroh über seine Niederlage! Hier wären ein paar Zeilen unseres Catull sicher angebracht, um dem scharfzüngigen Zyniker Cicero, der sich so gern auf Kosten anderer lustig macht, seine Grenzen aufzuzeigen.«

Cäsar unterbrach seinen Gedankengang, weil er sah, daß seine Mutter über das Thema Catull nicht mehr sprechen wollte. Obwohl sie Cicero nicht schätzte, war es ihrer Meinung nach unangemessen, ihn mit Catull in einem Atemzug zu nennen.

»Kommen wir zurück zu Ciceros verlorenem Prozeß. Zugegeben, die

Vorwürfe gegen Antonius waren nicht besonders gut fundiert, aber uns ging es um ein Zeichen, daß dieser Verräter an der Sache der Popularen nicht ungeschoren davonkommt. Cicero hätte dies erkennen müssen und sich nicht auf eine Machtprobe mit uns einlassen dürfen.«

»Ich weiß, mein Sohn, ihr hattet viele Rechnungen offen: Den mehrfachen Parteiwechsel von den Optimaten zu den Popularen und zurück, je nachdem, woher der Wind wehte, den Verrat an Catilina und schließlich den Anschluß an Cicero. Aber er ist doch jetzt ein alter und einflußloser Mann, von dem niemand mehr ein Stück Brot annehmen würde. Warum also dieser Aufwand, um ihn endgültig zur Strecke zu bringen?«

»Das ist eine Frage des Prinzips. Wir wollten für jedermann deutlich machen, daß man unsere Partei nicht ungestraft persönlicher Vorteile wegen verlassen darf. Deshalb hat Vatinius ihn angeklagt. Aber wir wollten auch den versprengten und heimlichen Catilinariern zu verstehen geben, daß sie bei uns eine Heimat finden, wenn sie aus dem Exil oder ihrer Isolierung heraus wollen.

Ich hatte Cicero gebeten, von der Verteidigung des Antonius Abstand zu nehmen. Er hat meinen wohlmeinenden Wink nicht verstanden oder nicht verstehen wollen. Als er in seiner Verteidigungsrede auch noch das ‚rechtswidrige Handeln der gegenwärtigen Regierung' anprangerte, war das Maß voll. Ohne daß wir einzugreifen brauchten oder Druck auf die Geschworenen ausüben mußten, wurde Antonius verurteilt und ins Exil geschickt, denn die Richter wollten von sich aus nicht nur Antonius strafen, sondern auch dem eitlen Cicero einen Denkzettel verpassen.

Cicero aber begriff immer noch nicht, daß er keine eigenständige politische Macht mehr ist, und zeterte laut über seine verletzte Würde, die Undankbarkeit der Massen und die Bestechlichkeit der Richter. Ein so unqualifiziertes und empörendes Verhalten gegen den Vater des Vaterlandes würde Folgen haben!

Eigentlich hätten wir es mit Cicero bei dem verlorenen Prozeß bewenden lassen, die Niederlage vor allem Volk hätte gereicht! Aber solcher Hochmut und der Vorwurf, wir hätten die Geschworenen bestochen, mußte bestraft werden. Und so wird er die Folgen anders zu spüren bekommen, als er es mit seinem theatralischen Gehabe gemeint hat.

So haben wir deshalb seinen ärgsten Feind, nämlich Clodius, zum Plebejer gemacht und ihm den Weg zum Volkstribunat eröffnet. Unabhängig davon hat der frischgebackene Plebejer seine Banden losgeschickt und vor Ciceros Haus eine mächtige Demonstration organisiert. Dabei gingen einige Fenster zu Bruch. Laut jammernd und wenig würdevoll entwich der

Vater des Vaterlandes durch die Hintertür und verließ fluchtartig Rom. Nun sitzt er lamentierend und tief gekränkt, sein und der Republik trauriges Schicksal beklagend, in seiner Villa in Formiae.

O tempora, o mores! Was für Zeiten, was für Sitten! Das ist Ciceros neuer Lieblingsausspruch. Aber begriffen hat er immer noch nichts. Er hat mein letztes Angebot, mit mir, das heißt unter mir, zusammenzuarbeiten, wieder abgelehnt. Er besteht auf Gleichrangigkeit und hat sich um eine vakante Augurenstelle beworben. Er war völlig konsterniert, als ich diese Bewerbung in meiner Eigenschaft als Pontifex Maximus zurückwies. Er hat sich doch tatsächlich eingebildet, daß niemand dem ehrwürdigen Vater des Vaterlandes diese ehrenvolle Berufung verweigern dürfe. Der Mann ist offensichtlich blind für jede Realität! Nun sitzt er in seiner Villa und schmollt mit mir und gibt den bösen Einflüssen dieses ‚Emporkömmlings' Vatinius die Schuld, dessen Einflüsterungen ich erlegen sei!«

Aurelia lachte laut. »‚Emporkömmling Vatinius' ist gut! Wo kommt denn Cicero her? Hat er vergessen, wo er herkam? Er ist doch auch nur ein ‚homo novus', dieser Chrysologos Cicero. Aber, wie Menander so schön sagt, im Glück wird man vergeßlich!«

»Gut, daß du Vatinius erwähnst, liebe Mutter. Er ist ein wirklich guter und unserer Sache verbundener Mann. Ich höre nicht gerne diese Abwertung, die im Ausdruck ‚homo novus' liegt. Wir brauchen neue Leute, denn unser alter Adel hat sich im Kampf gegeneinander und um die Macht weitgehend erschöpft. Er ist verbraucht und bedarf dringend einer Blutauffrischung durch Leute wie Vatinius, Fufius Calenus oder auch Cicero.

Nimm Vatinius! Er bereitet zur Zeit ein Gesetz vor, das mir statt der vom Senat als ‚Provinz' zugewiesenen Wälder und Triften Italiens für fünf Jahre das diesseitige Gallien mit Illyricum, drei Legionen und das Recht zuweist, meine Legaten, also die Legionskommandeure, selbst auszuwählen und zu ernennen. Dann habe ich Zeit für die Umgestaltung des Staates und Sicherheit für meine Person vor Anklagen wegen der in meinem Konsulat begangenen angeblichen Rechtsbrüche, weil ich als Statthalter für die Dauer meiner Amtszeit Immunität genieße.

Cato und seine Meute lauern nämlich schon darauf, daß zum Jahresende meine Amtszeit abläuft und sie mich danach anklagen können. Sie sind der Meinung, daß alle meine Gesetze illegal sind, weil Bibulus den Himmel beobachtet und dabei festgestellt hat, daß die unsterblichen Götter alle meine Gesetze mißbilligten.

Bibulus und Cato, der erste durch weitere Beobachtung des Himmels, der zweite im Senat, wollen unbedingt verhindern, daß mir die gewünschte

Statthalterschaft übertragen wird. Cato hat nicht ganz zu Unrecht festgestellt, daß die Provinz Gallia Cisalpina wie eine Akropolis Rom beherrsche, wenn ein skrupelloser Mann wie Cäsar mit drei Legionen sich dort festsetzt. Er könne von dort jederzeit mit militärischer Macht in Rom intervenieren, wenn ihm etwas nicht passe oder der Senat sich seinen Wünschen nicht füge.«

»Nun, mein lieber Sohn, der Mann hat doch aus seiner Sicht tatsächlich recht! Wenn du mit deinen Legionen auf Rom marschieren würdest, wie es Cinna und Sulla vor fast dreißig Jahren gemacht haben, können sie dir nichts entgegenstellen außer dem Recht. Aber auch bei uns ist es immer schon so gewesen: Macht geht oft genug vor Recht. Cato weiß und fürchtet das. Er wird daher alles daran setzen, im Senat deine Wünsche zu Fall zu bringen. Und für die Verteilung der Provinzen ist doch meiner Meinung nach der Senat zuständig, nicht wahr?«

»Ja, Mutter, das ist er. Aber Vatinius wird in der Volksversammlung ein Gesetz einbringen, daß in diesem Fall das Volk über die Verteilung der Provinzen entscheidet! Der Senat wird ausgeschaltet, und das ist gut so. Gut für mich und gut für Rom!«

Cäsar hatte mit aller Entschiedenheit gesprochen. Aber seine Mutter wiegte ihren Kopf, Bedenken andeutend, hin und her. »Ich weiß nicht, mein Lieber. Irgendwie hast du dich verändert. Früher hast du gegen die Rechtsbrüche, Winkelzüge und Tricksereien des Senats und der Optimaten gekämpft, um dem Recht des Volkes zum Sieg zu verhelfen. Heute bist du derjenige, der das Recht zu verbiegen sucht. Denk über meine Worte nach und auch darüber, wie dein Vater sich verhalten hätte, wäre er in deiner Situation!«

Aurelia war aufgestanden. An der Tür drehte sie sich noch einmal um und sagte: »Versteh mich bitte nicht falsch! Ich will deinen Aufstieg. Aber was ist er wert, wenn du die Bahnen des Rechtes verläßt und dich der Mittel der Optimaten bedienst, die du so wirkungsvoll als ungesetzlich verurteilt hast?«

Cäsar blieb sehr nachdenklich zurück. Er schaute seiner Mutter lange nach. Dann aber zuckte er mit den Achseln und wandte sich seinen Papieren zu.

14

»Lieber Vatinius, das hast du großartig gemacht!« Cäsar klopfte seinem Parteigänger anerkennend auf die Schulter. »Du hast dein Gesetz über die Verteilung der Provinzen schneller durch die Volksversammlung gebracht, als ich es für möglich gehalten hätte! Nun haben wir endlich eine reale Machtbasis, wenn meine Amtszeit als Konsul abgelaufen ist. Du kannst dir sicher vorstellen, daß mir ein Stein vom Herzen gefallen ist. Ich bin wirklich erleichtert!«

»Aber, Cäsar, unsere Macht ist doch schon jetzt fest begründet! Du hast den Senat weitgehend aus dem politischen Alltag ausgeschaltet. Es finden nur noch selten Senatssitzungen statt, weil wir alle Gesetze über die Volksversammlung verabschieden lassen. Selbst wenn der Senat tagt, kommen nur wenige Senatoren, vor allem Popularen, denn die den Optimaten angehörigen Väter haben sich doch überwiegend dem Konsul Bibulus angeschlossen. Sie beobachten wie er den Himmel, schleudern Beschimpfungen gegen dich und verweigern die Mitarbeit im Senat!«

»Das, mein Lieber, wird sich bald ändern. Sowie mein Konsulat erloschen ist, werden sie alle wieder an den Sitzungen teilnehmen. Sie werden als erstes versuchen, die von uns durchgebrachten Gesetze für ungültig zu erklären, weil sie dem Willen der Götter widersprächen. Und sie werden sich durchsetzen, wenn wir nicht rechtzeitig Gegenmaßnahmen ergreifen.«

»Was können sie schon tun? Gut, ich habe ihnen eine Handhabe gegeben, als ich erklärte, künftig Obnuntiationen nicht mehr zu beachten! Das war doch reine Notwehr gegen die Obstruktion des Bibulus! Aber wir können uns dagegen wehren! Ich bringe einfach in der Volksversammlung ein Gesetz ein, daß nachträgliche Obnuntiationen künftig keinen Einfluß auf die Gesetzgebung haben dürfen! Denen werden wir es zeigen!«

Vatinius hatte sich in Wut geredet. Wie immer, wenn er erregt war, rutschte sein Kropf auf und ab und färbte seine Kehle rot und die dann hervortretenden Adern am Hals und am Kehlkopf blau. Cäsar lächelte. Vatinius ist ein guter Mann, dachte er. Hart und zupackend und schnell in seinen Entschlüssen. Cicero sollte sich mit seinem Spott über dessen körperliche Anomalität vorsehen! Vatinius wird sich daran erinnern, daß er ihn öffentlich unter Hinweis auf den Kropf ein zum Abscheu der Menschen geborenes Scheusal genannt hat.

»Deine Idee, lieber Vatinius, ist gut! Leider hat sie einen Mangel, den wir zur Zeit nicht beheben können. Auch gegen ein derartiges Gesetz wird Bibulus den Himmel beobachten, mit derselben Folge, daß der Senat es aufheben wird wie die anderen Gesetze, weil natürlich auch hier die Götter dagegen waren. Nein, wir werden deine Idee im nächsten Jahr durch Clodius einbringen lassen, falls er zum Volkstribunen gewählt wird und beide Konsuln von unserer Partei gestellt werden. Dann gibt es nämlich keinen Konsul mehr, der den Himmel beobachtet und uns damit Schwierigkeiten macht, denn auch die Amtszeit des Bibulus ist dann abgelaufen!«

»Für Clodius' Wahl zum Volkstribunen kann ich garantieren. Ich habe alles vorbereitet. Die Komitien werden ohne Störung verlaufen, unsere Garden werden gut postiert sein, so daß niemand es wagen wird, die Wahlen zu stören oder gegen Clodius vorzugehen.«

»Gut, dann wäre dies geregelt. Wegen der Konsulwahlen haben Pompeius und ich vereinbart, daß mein neuer Schwiegervater Piso und sein Freund Aulus Gabinius kandidieren werden. Die Wahlen werden dieses Jahr zwar erst im Oktober stattfinden, aber sorge dafür, daß uns die Optimaten keine Schwierigkeiten machen können.

Was wir im nächsten Jahr noch zu befürchten haben werden, werden Anklagen gegen mich und dich, vielleicht noch gegen andere sein. Sie werden uns Amtsmißbrauch vorwerfen, etwa daß wir ungesetzlich den Senat ausgeschaltet oder Gesetze in Kraft gesetzt haben, die auf nicht verfassungskonforme Weise zustande gekommen sind. Mich wird man da wohl nicht verurteilen können, weil ich als Statthalter während meiner fünfjährigen Amtszeit Immunität genieße. Du aber, lieber Vatinius, hast im nächsten Jahr kein Amt und kannst daher angeklagt werden. Sicher könnten wir deinen Freispruch organisieren, aber ich werde dich zum Legaten meiner Armee ernennen, damit auch du nicht verfolgt werden kannst.«

»Ich danke dir für deine Fürsorge! Als Notnagel und letzte Möglichkeit ist diese Lösung sehr beruhigend. Aber lieber wäre es mir, ich würde freigesprochen, falls sie mich wirklich vor Gericht zerren. Ein Freispruch hat den Vorteil, daß ich dann nie wieder wegen meiner Taten als Volkstribun angeklagt werden kann, während meine Immunität als dein Legat irgendwann abläuft und man mich dann behelligen kann. Wer weiß schon, wie dann die Richterbänke besetzt sein werden? Nächstes Jahr sitzen unsere Leute über mich zu Gericht. Da wird ein Ankläger aus dem Kreis der Optimaten wenig Chancen haben, mit seiner Anklage durchzukommen!«

In diesem Augenblick betrat Cäsars alter Freund Labienus den Raum. Er mußte sehr schnell gelaufen sein, denn er atmete schwer und stoßweise. Auf seiner Stirn glänzte ein Hauch von Feuchtigkeit, und seine Toga hatte nicht mehr den für Senatoren üblichen Faltenwurf.

»Entschuldige bitte mein unangemeldetes Eindringen! Aber ich bringe dir eine frohe Nachricht! Und ich wollte gerne der erste sein, der sie dir übermittelt. Ich komme direkt aus der Sitzung des Senates, wo es ziemlich hoch herging! Die edlen Väter und Beigeordneten berieten dein Gesetz, lieber Vatinius, über die Zuteilung der Provinz Gallia Cisalpina an dich, lieber Cäsar.

Zunächst empörte man sich darüber, daß dieses Gesetz von der Volksversammlung beschlossen worden war. Es sei ein glatter Rechtsbruch gewesen, denn von alters her sei es die Aufgabe des Senats, die Provinzen an gewesene Amtsträger zu verteilen. Aber der Senat war nicht voll besetzt, weil Bibulus und viele andere Optimaten ihrer Obstruktionspolitik treu blieben und nicht erschienen waren. Außerdem sprachen Crassus, Pompeius, Piso und viele andere für dich und dein Kommando. Trotzdem war unklar, ob wir mit unserem Anliegen durchkommen würden. Es stand jedenfalls auf der Kippe.

Dann kam überraschend Pompeius noch einmal zu Wort. Ich muß schon sagen, soviel Rabulistik hätte ich unserem Sampsigeramos gar nicht zugetraut! Schon wie er seinen Auftritt inszenierte, war sehenswert. Er erhob sich gravitätisch, räusperte sich mehrmals, blickte nach allen Seiten mit bedeutungsvollem Augenaufschlag und begann dann langsam und zögernd, als suchte er nach Worten, mit seiner Ansprache:

‚Ehrwürdige Väter und Beigeordnete! Ich bin von der Kraft der Argumente beider Seiten verunsichert und verwirrt. Daher laßt mich den Versuch machen, eine Lösung dieser verzwickten Streitfrage zu finden, was hier recht und billig ist! Unzweifelhaft gibt es die Norm, wonach es dem Senat zusteht, die Verteilung der Provinzen vorzunehmen. Und ich bin auch der Meinung, daß dies gut und richtig ist. Wo kämen wir hin, wenn wir dauernd und nach der jeweiligen Opportunität die althergebrachten Sitten unserer Väter ändern würden?‘

Durch die Reihen der anwesenden Optimaten ging bei diesen Worten ein erfreutes Raunen. Sie konnten es kaum fassen, daß Pompeius die Seiten gewechselt hatte und kraft seines Gewichtes als einer der bedeutendsten und einflußreichsten Principes nun den Sieg der Optimaten sicherstellen würde.

Pompeius machte eine Pause, blickte sich wieder im Saal um und sprach dann, an die wegen seines scheinbaren Frontwechsels verstörten Popularen gewandt, weiter: ‚Andererseits ist das römische Volk der eigentliche Souverän und Gesetzgeber der Römischen Republik. Das ist Gesetz, und nach Gesetzen hat sich jedermann, auch wir im Senat, zu richten. Daraus folgt, daß das Volk berechtigt sein muß, bestehende Gesetze und Vorschriften zu ändern, und seien diese uns noch so lieb und teuer! Und so etwas ist doch schon oft vorgekommen! Es gab einmal ein Gesetz, das nur Patrizier zu den Ämtern und Priesterstellen zuließ. Es war dem damaligen Senat lieb und teuer, dennoch hat das Volk dieses Gesetz geändert und auch Plebejer zu den Ämtern zugelassen. Es gibt noch viele solche Gesetze, ihr alle kennt sie, so daß ich mir ihre Aufzählung ersparen kann.

Natürlich wollen wir alle, daß dem Senat sein altes Recht nicht beschnitten wird! Und das Gesetz des Vatinius hat, wenn ich den Text genau lese, unsere Rechte auch nur in diesem einen Fall, dem Fall Cäsar, eingeschränkt. Das werden wir, so schmerzlich wir alle dies auch empfinden mögen, wohl hinnehmen müssen, wenn das Volk es so will.

Aber setzen wir ein Zeichen! Ein Zeichen, das niemand übersehen kann! Machen wir von unserem Recht, Statthalterschaften zu vergeben, in demonstrativer Weise Gebrauch! Verteilen wir eine Provinz, die noch unverteilt ist, die Provinz Gallia Transalpina mit einer weiteren Legion. Beschließen wir also, Cäsar diese Provinz zusätzlich zu geben! Wir weisen mit dieser Entscheidung die Quiriten nachdrücklich darauf hin, daß der Senat energisch seine angestammten Rechte zu wahren beabsichtigt. Gleichzeitig vermindern wir den angeblichen Druck, den Cäsars Truppen auf uns ausüben könnten, denn statt mit seinen Soldaten in der friedlichen Provinz Gallia Cisalpina diesseits der Alpen zu sitzen, sich muß er sich jenseits dieses Gebirges mit den unruhigen dortigen Galliern herumschlagen muß.‘

Nachdem Pompeius sich gesetzt hatte, redeten alle Senatoren ziemlich wild und undiszipliniert aufeinander ein, bis der Vorsitzende die hohen Herren zur Abstimmung über Pompeius‘ Antrag aufrief. Zu aller Überraschung stimmte der Senat fast einstimmig für seinen Antrag, und so hast du nun eine zusätzliche Provinz und eine weitere Legion für die nächsten fünf Jahre zu deiner Verfügung.«

»Die Götter sind mit uns, meine Freunde! Eilen wir, uns bei Pompeius zu bedanken und den Unsterblichen unser Opfer darzubringen!«

15

»Du siehst nicht sehr glücklich aus, lieber Vater«, sagte Julia und sah ihren Vater mit besorgtem Blick an. »Was ist passiert? Meines Wissens ist doch alles bestens für dich gelaufen! Vatinius und Cnaeus Pompeius haben dir die Statthalterschaft über zwei Provinzen und das Kommando über vier Legionen verschafft. Die Quiriten haben Piso und Gabinius zu Konsuln des nächsten Jahres und Clodius zum Volkstribunen gewählt. Alles ging für dich genau nach Plan. Was willst du mehr?«

Cäsar war gerührt. Seine Tochter hatte als einzige bemerkt, daß er sich mit neuen Problemen zu plagen und erhebliche Sorgen hatte. Julia hatte offensichtlich nicht nur eine gute Beobachtungsgabe, sondern auch ein feines Gespür für seine innere Erregung und konnte seine Gedanken nicht nur nachvollziehen, sondern auch erahnen, was ihn bewegte.

Natürlich war es alles in allem gut gegangen. Die Wahlen waren bis auf einen kleinen Schönheitsfehler bei der Bestimmung der Prätoren gewonnen worden, so daß auch im nächsten Jahr seine Anhänger sein Werk nach seinen Wünschen und Vorgaben fortsetzen konnten. Leider waren allerdings zwei der acht gewählten neuen Prätoren, nämlich Memmius und Domitius Ahenobarbus, nicht nur seine Gegner, sondern zu allem Übel auch noch fanatische Anhänger dieses starrköpfigen Cato, aber was waren schon zwei böswillige Prätoren, wenn die Konsuln und Volkstribunen auf seiner Seite standen? Es würde natürlich etwas Ärger geben, weil diese beiden Anhänger Catos mit ziemlicher Sicherheit versuchen würden, ihn wegen seiner Amtstätigkeit als Konsul anzuklagen, aber mit diesen beiden würde er schon fertig werden.

»Ich mache mir tatsächlich Sorgen, meine Tochter. Mein Problem sind aber nicht die Optimaten, sondern mein Verbündeter Pompeius. Du weißt ja, wie labil er ist und wie leicht er sich von seinen Gefühlen oder von Dritten beeinflussen läßt. Er hört auf jede Einflüsterung, glaubt jedem Gerücht und wittert überall einen Hinterhalt oder Treubruch. Nun scheint er den Vorwürfen gegen mich, die Cicero überall verbreitet, Gehör zu schenken. Er glaubt Ciceros geschickt lancierten Verdächtigungen, ich wolle ihn ausbooten, anscheinend mehr, als an die zahlreichen Beweise meiner Freundschaft und Wertschätzung. Alles, was ich in vielen Jahren für ihn getan und bewirkt habe, scheint seinem Gedächtnis entschwunden zu sein.«

»Das ist doch kein Wunder, lieber Vater! Er ist doch von allen ausgenutzt und betrogen worden. Jedermann hat versucht, ihn für fremde Ziele einzuspannen. Warum sollte er also ausgerechnet an deine Uneigennützigkeit glauben? Und Hand aufs Herz, lieber Vater, du bist doch wahrlich nicht der Mann, der sein eigenes Interesse hinter die Belange eines anderen zurückstellt und edel auf den eigenen Vorteil zugunsten eines anderen verzichtet!

Wieso also soll Pompeius nicht mißtrauisch sein? Niemand hat ihn ernst genommen, niemand hat auf ihn und sein Bedürfnis nach Anerkennung und Würde Rücksicht genommen. Er fühlt sich mißverstanden und ausgenutzt. Er glaubt, sein Anteil am Sieg der Popularen über die Optimaten sei nicht angemessen gewürdigt worden!«

»Ich weiß, mein Kind! Aber ich war es doch nicht, der ihn getäuscht hat. Im Gegenteil, mir verdankt er doch, daß alle seine Wünsche, die der Senat und die Optimaten immer wieder abgelehnt und in zum Teil beleidigenden Formulierungen schroff zurückgewiesen haben, am Ende doch noch bewilligt worden sind! Ich bestreite ja nicht, daß ich das alles auch in meinem Interesse getan habe, aber i c h, nicht die Optimaten, habe seine Forderungen durchgesetzt, und zwar gegen den teils erbitterten, teils hinhaltenden Widerstand Catos und Ciceros! Warum wendet er sich von mir ab und hört auf seinen Ohrenbläser Cicero?«

»Ich glaube, er neidet dir deine Erfolge. Sein Stolz ist dadurch verletzt, daß alles, was er in Jahren nicht erreichen konnte, von dir im Handumdrehen geschafft wurde. Von ihm, dem großen Sieger über Mithridates, spricht niemand mehr, aber alle loben Cäsar! Das verträgt seine Eigenliebe nicht! Er ist einfach eifersüchtig auf dich und deine Erfolge. Und so glaubt er diesem Cicero, daß er bei den Optimaten besser aufgehoben sei und daß diese seine Leistungen für den Staat höher zu schätzen wissen. Du weißt, seit dem Tode des alten Quintus Lutatius Catulus gibt es keinen offiziellen Führer der Optimaten mehr. Ich könnte mir vorstellen, daß Cicero ihm einbläst, daß er diese Position übernehmen könne und daß es ehrenvoller für ihn sei, bei den Optimaten der erste als bei dir der zweite Mann zu sein.«

Cäsar sah seine Tochter bewundernd an. Alle Achtung, dachte er, ich glaube, sie hat genau den Punkt getroffen! Pompeius geht es um sein Prestige! Darum könnte es ihn reizen, die Führung der Optimaten zu übernehmen, auch wenn er in Wirklichkeit dann nur ihr Aushängeschild sein wird.

Von mir aber sieht er sich in die Ecke gedrängt, mein Schatten nimmt ihm die Sonne. Und in der Sonne zu stehen und zu glänzen und sich bejubeln zu lassen, war sein Begehren schon immer! Gut, ich werde das künftig noch mehr in Rechnung stellen müssen. Ich werde einige Angelegenheiten durch ihn erledigen lassen und ihm den Ruhm für einen errungenen Erfolg zuschanzen. Das Volk mag ihn beklatschen, wenn er nur auf meiner Linie bleibt!

»Ich glaube, meine Tochter, du siehst die Situation richtig! Mit mir ist nichts mehr zu holen, denkt er, denn ich habe seine Wünsche alle erfüllt. Nun glaubt er, von mir nichts mehr erwarten zu können, im Gegenteil, ich verdunkle seinen Ruhm! Dankbarkeit ist in Rom eine sehr seltene Eigenschaft, und Pompeius kennt sie offenbar nicht. Er ist selbstverliebt, und ich hätte wissen müssen, daß er auf mich eifersüchtig sein würde, weil i c h und nicht e r seine Forderungen durchgesetzt habe. Jetzt hört er auf Cicero, weil dieser ihm genau das suggeriert, was er selbst ohnehin glaubt, nämlich daß er wieder einmal nur vorgeschoben wurde, diesmal von mir, um die Interessen anderer durchzusetzen. Man habe ihn, den großen Pompeius, erneut nur als Werkzeug fremder Belange benutzt.«

»Nun, Vater, wenn du ehrlich bist, ist seine Befürchtung doch nicht völlig unbegründet. Pompeius ist verstimmt, auch über dich. Er neidet dir deinen Ruhm, aber soweit ich das beurteilen kann, traut er auch Cicero und den Optimaten nicht. Er kennt die Unversöhnlichkeit Catos und weiß, daß ohne dessen Zustimmung bei den Optimaten nicht viel läuft. So wird er vorsichtig sein, um nicht vom Regen in die Traufe zu kommen. Was er will – hier übrigens Cicero gleich –, ist Beachtung und Anerkennung als Roms erster und wichtigster Mann. Diese Stelle sieht er durch dich besetzt. Er ist nicht dumm, daher weiß er natürlich, daß du diesen Platz nicht freiwillig räumen wirst. Da er selbstverständlich erst recht nicht Cicero, den er im Grunde als Schönschwätzer verachtet, den ersten Platz in der Republik überlassen will, wäre er sicher damit zufrieden, wenn er von dir offiziell als gleichrangig anerkannt werden würde! Geh also auf ihn zu, zeige ihm öffentlich deine Wertschätzung, und du wirst ihn wieder in deinem Boot haben.«

Cäsar hatte seiner Tochter interessiert und mit wachsendem Erstaunen zugehört. Sie hat mit ihrem klaren und nüchternen Blick ohne Zweifel das Problem Pompeius sofort erkannt und in die richtigen Dimensionen eingeordnet. Aus seiner Stimme klang Hochachtung, als er ihr antwortete.

»Das war eine ausgezeichnete Analyse des Problemfalles Pompeius. Ich sehe ein, ich werde mich mehr um ihn kümmern müssen. Ich muß ihn wieder an mich binden, denn wenn er zu den Optimaten übertritt, verschiebt sich das Kräfteverhältnis wieder in Richtung der Ewiggestrigen. Sie werden sofort wieder aus ihren Löchern kriechen, allerlei Wirbel machen und Unruhe stiften, um das Rad des Fortschrittes zurückzudrehen.

Ich aber brauche Ruhe in Rom, wenn ich in Gallien Statthalter bin. Ich will dort meine militärischen Erfahrungen vervollkommnen, denn wenn ich wirklich in Rom in der ersten Reihe sitzen will, brauche ich neben neuen Klienten auch anhängliche und dankbare Veteranen. Das gallische Unternehmen aber wird Zeit in Anspruch nehmen, Zeit, die ich nur habe, wenn in der Hauptstadt Ruhe herrscht und meine Feinde durch einen verläßlichen Freund, der am besten noch mit mir verwandt ist, in Schach gehalten werden.«

Julia lachte auf. »Aha, Vater, daher weht der Wind! Ein neuer Verwandter! Daß heißt doch wohl, daß du mich in dein politisches Spiel einbauen willst! Nein, nein«, rief sie als sie Cäsars abwehrende Handbewegung sah, »halte mich nicht für dumm. Ich habe den Braten längst gerochen, du willst mich an Pompeius verheiraten!«

Julia lehnte sich in ihrer Kline zurück und genoß die Verlegenheit ihres Vaters. Habe ich ihn doch erwischt, dachte sie mehr amüsiert als verärgert. Er will mich tatsächlich an Pompeius verheiraten!

Julia war eine hübsche, ja anmutige junge Frau, mehr als zwanzig Jahre jünger als Cn. Pompeius, aber dennoch mit ihren 25 Jahren verhältnismäßig alt für eine römische Braut. Sie wußte natürlich, daß sie für ihren Vater nicht nur eine geliebte Tochter, sondern auch Verfügungsmasse für politische Allianzen war. Ihr war von klein auf eingetrichtert worden, daß es eine ihrer Hauptaufgaben, wenn nicht sogar ihr Lebenszweck war, den Interessen ihrer Familie zu dienen. Sie hatte diese Rolle immer akzeptiert und würde auch den Heiratsplänen ihres Vaters nicht im Wege stehen, zumal sie mit Pompeius, den sie kannte und schätzte, nicht das schlechteste Los gezogen zu haben meinte. Er wird mich nicht nur respektieren, sondern sich von mir sogar leiten lassen, wenn ich es geschickt anstelle, überlegte sie. Das ist weit mehr, als eine römische Aristokratin normalerweise von der Ehe erwarten und erhoffen kann! Nichts spricht also gegen eine solche Verbindung, dachte sie und blickte ihren Vater an. Wenn ich mir selbst einen Mann wählen dürfte, wäre Pompeius sicher in der engeren Auswahl, dachte sie. Also warum nicht? Auch Cnaeus Pompeius Magnus, der große Sieger über Mithridates und die Seeräuber, wird nicht schlecht dabei fahren!

Cäsar hatte seine Verlegenheit überwunden. Mit ruhiger Stimme begann er, seiner Tochter die Gründe für seinen Wunsch, sie an Pompeius zu verheiraten, Punkt für Punkt aufzuzählen und zu erläutern.

»Liebes Kind, ich muß Pompeius an meiner Seite haben, wenn nicht alle meine bisherigen Anstrengungen, nach ganz oben zu kommen, scheitern sollen. Ich brauche ihn in meinem politischen Lager; es genügt nicht, wenn er neutral bleibt, und es wäre eine Katastrophe, wenn er sich meinen Feinden anschlösse. Sicher, wir haben auch gemeinsame Interessen, und die binden natürlich. Aber nichts verbindet in Rom und überall in der Welt mehr als verwandtschaftliche Bande. Meine Enkel werden seine Kinder sein; so etwas hält ihn an meiner Seite viel mehr, als es ein ganzer Korb voll gemeinsamer Interessen je könnte. Solche Bande halten noch, wenn alle anderen Gemeinsamkeiten längst aufgezehrt sind.

Ich werde dir die Heirat natürlich nicht befehlen oder sie einfach anordnen, aber ich appelliere an deine Einsicht! Pompeius ist ein würdiger Ehemann für dich. Er war zwar schon mehrere Male verheiratet, aber er hat mit allen seinen Frauen außer mit Mucia – aber dies lag auch an mir – eine harmonische Ehe geführt. Er sucht Harmonie und Verständnis und bringt Frauen Achtung und Vertrauen entgegen. Er – «

»Vater, du brauchst mir seinen Charakter nicht zu erklären. Ich habe ihn in Bovillae erlebt und lange genug beobachtet, um ihn beurteilen zu können. Ich kenne sowohl seine Schwächen als auch seine Vorzüge. Und die Vorzüge überwiegen bei weitem. Er ist großzügig und anhänglich, ein guter Unterhalter und weitaus klüger, als es seine manchmal sehr ungeschickten politischen Aktionen vermuten lassen. Er wird mir meine Freiheiten lassen und mich als Frau und Partnerin respektieren. Ich glaube, du hast eine gute Wahl getroffen, Vater. Ich werde ihn nicht nur nehmen, sondern vermutlich mit ihm sogar glücklich werden, soweit dies in unseren Kreisen überhaupt möglich ist. Und, und das ist für dich wichtig, ich werde ihn auf deiner Linie halten und ihm das Gefühl vermitteln, gleichrangig mit dir zu sein.«

Julia sah, wie ihrem Vater ein Stein vom Herzen fiel. Cäsar, sichtlich erleichtert, strahlte seine Tochter an. »Ich danke dir, liebe Julia, daß du es mir so leicht gemacht hast. Wir wollen unser Gespräch einstweilen noch für uns behalten. Pompeius ahnt noch nichts von seinem Glück! Ich werde erst noch einmal versuchen, ihn auch noch politisch wieder fester an mich zu binden. Es sieht dann besser aus, wenn als Höhe- und Endpunkt einer politisch neu befestigten Freundschaft zur Besiegelung des Bundes eine verwandtschaftliche Beziehung tritt, die alle Hoffnungen meiner politischen Gegner auf einen Bruch zwischen Pompeius und mir im Keim erstickt.«

Julia lächelte ihren Vater bewundernd an. Er denkt doch wirklich an alles! Erst politisch wieder ins reine kommen und dann als Höhepunkt die Erbtochter zur Belohnung. Wie wird Pompeius dankbar und zufrieden sein! Gleich wird Vater eine ganz große Hochzeitsfeier vorschlagen, dachte sie. Schon damit alle, Freund und Feind, sehen, daß die gewaltige Macht der beiden fest und unerschütterlich gegründet ist, und zugleich als Warnung an Unvorsichtige, die glauben, sich mit den beiden anzulegen zu können.

»Wir werden,« unterbrach Cäsar ihren Gedankengang, »natürlich eine große Hochzeitsfeier veranstalten, meine liebe Julia. Und ich werde Crassus bitten, diese Feier auszurichten! Er ist, außer Cotta, mein ältester lebender Freund. Es wird ihn sicher freuen, daß ich ihn um diesen Gefallen bitte. Du wirst sehen, deine Vermählung wird die schönste und größte Feier sein, die Rom je erlebt hat!«

»Ja«, sagte Julia, »und allen zeigen, daß nicht nur Cäsar und Pompeius, sondern auch Crassus und Pompeius sich verstehen. Wer sollte, so die Botschaft, es noch wagen können, gegen die geballte Macht von politischer, militärischer und finanzieller Potenz in Rom anzutreten? Vater, ich bewundere dich! Es fehlt nur noch eines«, fügte sie spöttelnd hinzu, »du mußt Cicero als Festredner und Cato als Weinschenken gewinnen, dann wird das Fest perfekt sein!«

»Herr«, meldete Crastinus, »soeben ist der ehrenwerte Senator und Volkstribun Publius Vatinius eingetroffen. Ich habe ihn in die Bibliothek geleitet und mit allem Nötigsten versorgt!«

»Du siehst, liebe Julia, die Geschäfte rufen. Verzeih mir daher, daß ich dich jetzt allein lasse. Ich bin froh, daß du so viel Verständnis für meine Situation aufgebracht hast. Pompeius weiß gar nicht, was für einen Schatz er heimführen wird.«

16

»Sei mir gegrüßt, mein Freund Vatinius«, rief Cäsar die Bibliothek betretend. »Ich hoffe, du befindest dich wohl. Ich weiß deine Arbeit für unsere Partei sehr zu schätzen. Du bist einer meiner zuverlässigsten Mitarbeiter. Dies ist auch der Grund dafür, daß ich dich heute zu mir gebeten habe. Es geht um eine äußerst delikate, ja kitzlige Angelegenheit, die ich nicht jedem übertragen kann. Vor allem ist Diskretion geboten, denn mein Name darf in diesem Zusammenhang nicht fallen.«

Publius Vatinius lachte. »Ich bin eigentlich mehr ein Mann fürs Grobe, Straßenkrawalle, Aufläufe, zündende Reden an das Volk! Wenn es allerdings darauf ankommt, erledige ich eine Sache auch völlig geräuschlos, Diskretion ist dann eine meiner Spezialitäten.«

»Siehst du, mein Lieber, diese Kombination von Lärm und Aufsehen mit stiller effektiver Erledigung ist es, was ich im folgenden Fall benötige, und weshalb ich dich für die Durchführung dieser deshalb so heiklen Aufgabe ausgesucht habe.

Es geht um Folgendes: Nach Ablauf meines Konsulates in drei Monaten werde ich Rom verlassen und meine Statthalterschaft in Gallien antreten. Ich werde dabei mich überwiegend im jenseitigen Gallien aufhalten und daher in die römischen Querelen und Parteistreitigkeiten nicht direkt eingreifen können. Es ist daher für mich und unsere Partei von ausschlaggebender Bedeutung, daß während meiner Abwesenheit die Lage hier stabil bleibt. Das bedeutet vor allem, daß ich in meinen Aktionen in der Provinz nicht von Rom aus gestört oder gar gebremst werde; ich brauche einen freien Rücken!

Wie du weißt, liegen die jetzt so ruhigen und eingeschüchterten Optimaten auf der Lauer, um ihre Chance, das Blatt zu ihren Gunsten zu wenden, nicht zu verpassen. Eine solche Chance sehen sie vor allem in einem Parteiwechsel des Pompeius! Sie schüren daher insgeheim seine Eifersucht auf mich und seine Ängste, daß er durch die Anlehnung an mich von der Teilhabe an der Macht zurückgedrängt wird.

Du kannst dir sicher selbst ausmalen, was es bedeuten würde, wenn unser Sampsigeramos die Fronten wechseln würde. Unsere jetzt fast unangreifbare Position wäre mit einem Schlag beseitigt! Die Optimaten würden meine Unabkömmlichkeit in Gallien sofort nutzen, um hier wieder das Regiment zu übernehmen und uns aus unseren mühselig errungenen Positionen wieder zu verdrängen. Hier muß daher Vorsorge getroffen werden, damit Pompeius bei der Stange bleibt. Nur wenn er hier mit deiner und der anderen Unterstützung als unser erklärter und entschiedener Anhänger auftritt, werden wir in Rom weiter die Richtlinien der Politik bestimmen können.

Wir müssen also Pompeius klarmachen, daß er nicht nur zu uns gehört, sondern auch, daß seine erbitterten Feinde in der Partei der Optimaten sitzen. Bei Cato wird das nicht sehr schwer sein, aber Cicero und einige der geschickteren Anhänger seiner Partei versuchen mit allerlei Winkelzügen und Intrigen und Verleumdungen gegen mich, ihn zu sich in ihr Lager hinüberzuziehen! Da er gegenüber Einflüsterungen nicht immun ist, ja sich durch sie in seinen eigenen Befürchtungen bestärkt fühlt, müssen w i r unsererseits Anlässe finden, die sein Mißtrauen gegen Cicero und die Optimaten aufrechterhält und nährt. Er muß sich bei u n s geborgen und von den O p t i m a t e n bedroht fühlen. Wir müssen also seine Annäherung an die Gegenseite mit allen Mitteln verhindern und daher ein eventuell bei ihm aufkommendes Vertrauen in die Aufrichtigkeit der Optimaten rechtzeitig und nachhaltig zerstören, damit wir auch künftig in Ruhe den geplanten Umbau unseres Staates fortsetzen können.«

Vatinius hatte aufmerksam zugehört und Cäsars Besorgnisse nicht nur sofort verstanden, sondern auch begriffen, daß dieser mehr als flammende Volksreden gegen das Wiedererwachen der optimatischen Umtriebe von ihm erwartete.

»Du sagtest eben, wir müssen eine solche Annäherung mit a l l e n Mitteln verhindern! Ich bin da ganz deiner Ansicht! Pompeius darf einfach nicht überlaufen, er darf noch nicht einmal neutral werden, ja nicht einmal den Anschein erwecken, er wolle sich von dir trennen oder auch nur seine Bindungen an dich lockern. Er muß, und zwar aus Überzeugung und für jedermann deutlich erkennbar, fest an deiner Seite bleiben und dein Lied singen! Habe ich dich richtig verstanden?«

Vatinius begreift schnell, dachte Cäsar erfreut. Das ist ein Mitarbeiter nach meinem Geschmack! Kein Hund, den man zum Jagen tragen muß, keiner, der vor lauter Bedenken und Zweifeln jede Aktion im letzten Augenblick aus Halbherzigkeit scheitern läßt.

»Du hast mich richtig verstanden. Wenn ich sage ‚jedes Mittel', meine ich dies auch so! Außer natürlich Mord! Ein Mord an Pompeius wäre ein Fehler und Fehler können wir uns nicht leisten. Selbst wenn er noch so geschickt eingefädelt werden würde, wenn nichts darauf hinweist, daß wir dahinterstehen, man würde uns dafür verantwortlich machen. Und ein paar Skrupel sollten wir uns schließlich auch noch bewahren!«

»Ich hatte nicht an Mord gedacht, lieber Cäsar! Aber jeder Machthaber fürchtet Mordanschläge, und Pompeius als Teilhaber der Macht sicher auch. Diese Furcht zu wecken, aufrechtzuerhalten, ihr einen realen Hintergrund zu geben, scheint mir ein geeigneter Weg, Pompeius an uns zu binden. Wenn *er* glaubt, von den Optimaten oder wenigstens von einigen von ihnen drohe ihm Gefahr für Leib und Leben, wird er sich ihnen schwerlich anschließen. Auch Pompeius liebt das Leben, wie soll er da denen vertrauen und mit ihnen gemeinsame Sache machen, die ihm nach dem Leben trachten?«

»Ich verstehe, du willst also ein Komplott gegen seine Person arrangieren und es dann den Optimaten in die Schuhe schieben. Abgesehen davon, daß diese sich nicht ohne weiteres beschuldigen lassen werden, wer soll denn glauben, daß ausgerechnet die um ihn werbenden Optimaten unserem guten Sampsigeramos ans Leder wollen?«

»Nun, offiziell ist Pompeius unser Mann und ein treuer Popular! Niemand wird also glauben, daß wir das alles geplant haben. Es ist auch nicht erforderlich, daß die Quiriten oder sonst jemand glaubt, daß die Verschwörung gegen das Leben unseres großen Feldherrn von den Optimaten ausgeht. Es kommt einzig darauf an, daß Pompeius es glaubt oder wenigstens so etwas für möglich hält! Wenn er nur an den Optimaten zweifelt, haben wir schon gewonnen. Glaube mir, der Zweifel ist der Tod jeden Vertrauens, und wenn es uns gelingt, auch nur einen Funken Zweifel an der Lauterkeit der Optimaten bei Pompeius zu erzeugen, haben wir gewonnen!«

»Und wie willst du das anstellen? Eine Verschwörung zu organisieren und nicht als Organisator identifiziert zu werden, wenn sie auffliegt, ist doch kein Kinderspiel, lieber Vatinius!«

»Natürlich nicht. Ich werde einen windigen Zeugen benutzen, der für Geld alles macht und von dem jeder weiß, daß er dein Feind ist. So wird niemand auf die Idee kommen, daß du in die Sache verwickelt bist. Sollte man mich mit der Sache in Verbindung bringen, werde ich meine Beteiligung leugnen und als Intrige meiner Gegner darstellen. Und wenn alle Stränge reißen, werde ich mein Vorgehen als persönliche Rachetat gegen Cato hinstellen, der mich ja seit langem mit seinem Haß verfolgt und dem ich es heimzahlen wollte.«

»Nun gut, du mußt aber wissen, daß ich dich dann öffentlich desavouieren und mich von dir trennen muß, und das mit allen Anzeichen der Empörung und moralischer Entrüstung über deine Verworfenheit! An wen hattest du denn als Zeugen für den geplanten Anschlag auf Pompeius gedacht?«

»Ich habe da an einen alten Bekannten gedacht. Du kennst ihn gut! Er ist ein verkommenes Subjekt, aber das macht ihn verdächtig, wenn auch nicht glaubwürdig. Ich habe ihn aber gerade deshalb ausgewählt. Bei einem unglaubwürdigen Zeugen wird es uns leicht fallen, aus der Sache herauszukommen, ja die ganze Angelegenheit Cato und Cicero in die Schuhe zu schieben, wenn etwas schief läuft. Der Zeuge ist nämlich kein anderer als Lucius Vettius, derselbe Vettius, den Cicero gegen die Catilinarier und Cato gegen dich aufgeboten hatten. Er war bekanntlich Zeuge Catos und der Optimaten gegen dich in der Catilinarier-Angelegenheit und so wird niemand vermuten, daß du ihn jetzt in deine Dienste genommen hast und das schmutzige Spiel mit diesem falschen Denunzianten gegen seine damaligen Auftraggeber wiederholst.«

Cäsar hatte sich zurückgelehnt und den Worten seines Anhängers mit zunehmendem Interesse gelauscht. Alle Achtung, dachte er, Vatinius ist wirklich tüchtig, erfindungsreich und in seinen Mitteln nicht zimperlich. Was er vorschlägt, ist ein gewagtes Spiel, aber wenn es klappt, wird Pompeius um so fester an unserer Seite stehen, und darauf kommt es an!

Andererseits, wenn der Plan mißlingt, ist die Situation für uns nicht schlechter als vorher. Pompeius springt dann vielleicht ab. Vielleicht bleibt er bei uns. Wir können also nur gewinnen, solange man uns nicht nachweisen kann, daß wir hinter der Sache stehen. Aber Vatinius ist geschickt, er wird es allein machen, uns draußen vor lassen und schon zum Selbstschutz alle verdächtigen Spuren, die auf seine Beteiligung hindeuten, verwischen.

Wenn die Verschwörung aufgedeckt wird, was ja schließlich Sinn d i e s e s Komplotts ist, werden wir Pompeius unsere Solidarität bekunden, das Volk zu Massendemonstrationen für ihn und gegen die Optimaten aufrufen und laut die rückhaltlose Aufklärung dieser mysteriösen Vorgänge und die strenge Bestrafung der überführten Optimaten verlangen.

»Ich habe mir die Sache überlegt. Ich gebe dir für deinen Plan freie Hand. Aber du mußt wissen, daß du ohne unsere offizielle Unterstützung tätig werden mußt. Niemand darf dich oder einen unserer Parteigänger mit Vettius sehen. Auch dieser darf auf keinen Fall wissen, daß du im Auftrag handelst. Und suche die an der angeblichen Verschwörung gegen Pompeius angeblich Beteiligten sorgfältig aus. Nimm möglichst bekannte Gegner unseres Sampsigeramos, auf keinen Fall Cicero oder Cato. Die Beteiligung beider wäre wenig glaubwürdig, Ciceros nicht wegen seiner Bemühungen, Pompeius für sich zu gewinnen, und Catos nicht, weil dieser offen gegen seinen Feind vorgehen und sich nicht auf ein albernes Mordkomplott einlassen würde.«

Vatinius erhob sich. »Du wirst bald von mir hören und dann mit mir zufrieden sein. Ich eile, alles in die Wege zu leiten!«

17

Marcus Tullius Cicero, gewesener Konsul der Römischen Republik, an seinen lieben Freund und Verwandten Cnaeus Gratidius, Decurio der Gemeinde Arpinum.

Die Götter scheinen unser altes Rom verlassen zu haben. Nicht nur, daß sie den Frevel der gegenwärtig Mächtigen gegen alle Gutdenkenden dadurch strafen, daß es seit Wochen nicht mehr geregnet hat! Zusätzlich haben sie ihren Unwillen über uns bekundet, indem sie diesen unseligen Vettius Zwietracht zwischen den Guten und Pompeius haben streuen lassen!

Wir waren in unseren Bemühungen, den großen Feldherrn in unser Lager zu ziehen, fast an das Ziel unserer Wünsche gelangt! Wie eine überreife Frucht vom Baume fällt, so schien Pompeius sich von den Popularen zu lösen. Endlich reifte in ihm die Erkenntnis, daß die Pflicht, aber auch die Wahrung seiner eigenen Interessen es ihm geboten, sich wieder seinen wirklichen Freunden zuzuwenden.

Ich hatte schon mit ihm abgesprochen, daß er nach dem Dienstantritt der neuen Konsuln im Januar in der Volksversammlung einen Antrag einbringen wird, daß Priester mit Ausnahme von Auguren – Du weißt sicher, daß er selbst ein Augur ist – keine Statthalterschaften in der Provinz wahrnehmen dürfen, weil ihre priesterlichen Funktionen in der Hauptstadt sonst vernachlässigt und die Götter dadurch wegen mangelnder Fürsorge für ihre Kulte und wegen fehlender Opfer gekränkt sein würden. Wäre dieser Antrag vom Volk angenommen worden, hätte den Pontifex Maximus Cäsar auf sein Kommando in Gallien und vor allem auf die Verfügungsgewalt über vier Legionen verzichten müssen. Seine militärische Drohkulisse hätte sich in Luft aufgelöst, und das hätte manchen Angsthasen, der sich eingeschüchtert von uns zurückgezogen hatte, wieder in das Lager der Guten zurückgebracht!

In diesem Moment aufkeimender Hoffnung meldete sich plötzlich dieser Lucius Vettius, ein für alles käuflicher Ritter, beim zuständigen Prätor und zeigte eine Verschwörung junger Optimaten gegen das Leben Pompeius‘ an. Haupt der Verschwörer sei Bibulus, unser den Himmel beobachtender Konsul.

Vettius hatte den jungen Q. Curio angesprochen, der aber, statt auf die von Vettius geschilderten Pläne zur Ermordung des Feldherrn einzugehen, seinen Vater, einen ehrenwerten Konsular, über das Komplott informierte. Der alte Curio warnte unverzüglich Pompeius, der sofort dem Senat Meldung machte und eine Untersuchung der näheren Umstände des Vorgangs und die Ermittlung aller Tatbeteiligten und der Identität eventueller Mitwisser verlangte.

Der Senat lud Vettius unverzüglich vor und verlangte von ihm die sofortige Offenlegung aller ihm bekannten Umstände der Verschwörung und die Nennung der Namen der Verschworenen. Als Gegenleistung sicherte ihm der Senat sein Leben zu.

Nach den Aussagen des Vettius ergab sich Folgendes: Eine Gemeinschaft junger und ehrgeiziger Optimaten habe sich um Curio, einem stadtbekannten Feind des Pompeius, zusammengefunden, um den Feldherrn bei den demnächst stattfindenden Gladiatorenspielen des Aulus Gabinius zu ermorden. Der Anschlag sollte durch ihn, Curio, und den jungen Lepidus ausgeführt werden. Eingeweiht seien ferner L. Cornelius Lentulus und der junge Brutus, Servilias Sohn, der auf diese Weise endlich für die Ermordung seines Vaters durch Pompeius Rache zu nehmen gedenke. Wie Du Dich sicher erinnerst, hatte Pompeius den Vater dieses Brutus, dem er Leben und Freiheit versprochen hatte, wenn dieser die Waffen niederlege und sich ergebe, abredewidrig hinterrücks ermordet. Jetzt, so Vettius, wolle der junge Brutus endlich die Blutrache an dem Mörder seines Vater vollziehen.

Vettius behauptete ferner, das Oberhaupt der Verschwörung, nämlich Bibulus, habe ihm eigenhändig den Dolch gereicht, mit dem Pompeius getötet werden sollte. Hier hatte der saubere Vettius überzogen, denn auch Bibulus hatte Pompeius gewarnt, so daß der Vorwurf seiner Führerschaft oder auch nur seiner Teilnahme an dem Komplott in sich zusammenbrach.

Als Lepidus auch noch nachweisen konnte, daß er zu dem Zeitpunkt, an dem er angeblich an einer Besprechung der Verschwörer teilgenommen haben sollte, dienstlich in Makedonien war, kamen erste Zweifel auf, ob es überhaupt eine Verschwörung gebe. Der Senat verfügte jedenfalls die sofortige Festnahme des Vettius, vorerst mit der Begründung, er habe innerhalb des Pomeriums verbotenerweise Waffen, nämlich diesen angeblich von Bibulus übersandten Dolch, getragen, und ließ ihn in das Tullianum abführen.

Jetzt griff der Konsul Cäsar ein. Er ließ den Verhafteten am nächsten Tag dem Volk vorführen. Hier wiederholte Vettius sein Geständnis vom Vortage mit zwei bemerkenswerten Abweichungen. Zunächst erweiterte er den Personenkreis der angeblich in die Verschwörung Eingeweihten. Er nannte auf Befragen Cäsars nun Lucullus, den alten Rivalen des Pompeius, und den alten Curio, dann auf Befragen des Volkstribunen Vatinius noch meinen Schwiegersohn Caius Calpurnius Piso und den Senator Juventius Lateranus als weitere Mitwisser dieser ominösen Verschwörung gegen das Leben unseres Pompeius.

Eine Frechheit, meinen harmlosen und etwas unbedarften Schwiegersohn zu nennen! Der Schlag dieses unverschämten Vatinius sollte natürlich mir gelten. Zwar wagte niemand, mich zu beschuldigen, aber es war doch klar, daß Vatinius dem Volk suggerieren wollte, daß Cicero Bescheid wissen müsse, wenn sein Schwiegersohn in die Sache verstrickt sei.

Die zweite Abänderung seiner Aussage gegenüber der vor den Senatoren war die Rücknahme der Beschuldigungen gegen Marcus Junius Brutus. Servilia, die Mutter des Brutus, wird Cäsar wegen der Vorwürfe gegen ihren Sohn ganz schön den Marsch geblasen haben, und dieser hat Vettius dann wahrscheinlich zur Rücknahme seiner Beschuldigung gegen den jungen Brutus veranlaßt, damit unser großer Konsul weiter nachts bei Servilia erscheinen und ihre nächtlichen Wohltaten auch künftig genießen darf.

Vettius' Beschuldigungen wurden nun von Vatinius weiter aufgebauscht und von ihm zu einer förmlichen Anklage gegen diesen widerlichen Angeber und die angeblichen Verschwörer aufbereitet. Dazu ist es dann allerdings nicht mehr gekommen, denn man fand am nächsten Tag Vettius tot in seiner Zelle. Die amtliche Untersuchung ergab, daß Vettius Selbstmord begangen habe, aber ich bin felsenfest davon überzeugt, daß Vatinius ihn hat beseitigen lassen, nachdem er seinen Zweck erfüllt hatte.

Und er hatte ihn erfüllt! Cäsar ist der Nutznießer dieser Mordes. Pompeius steht wieder in seinem Lager. Er war uns gegenüber mißtrauisch geworden, und das war natürlich der Sinn dieser mysteriösen Aktion. Sein Argwohn, daß doch etwas an dieser inszenierten Verschwörung dran sein könne, konnten wir ihm nicht mehr ausreden. Cäsar hat allem noch die Krone aufgesetzt und seinem lieben und treuen Freund, wie er diesen wankelmütigen Menschen überall nennt, seine Tochter Julia zur Gemahlin angeboten. Cäsar ist eben klüger als dieser ehrpusselige Cato, der Pompeius öffentlich bloßgestellt hatte, als er vor Jahren diesem die Hand seiner Tochter mit einem dröhnenden Paukenschlag verweigerte.

So hat denn gestern die Hochzeit von Julia und unserem Sampsigeramos mit unerhörtem Aufwand stattgefunden. Ganz Rom, außer dem konsequenten Cato natürlich, hat an der von Crassus verschwenderisch ausgerichteten Feier teilgenommen. Ich will Dir die näheren Einzelheiten wie Speisefolge, Aufführungen und Spiele ersparen, denn im Mittelpunkt stand nicht das Brautpaar, sondern die offen demonstrierte Einigkeit, ja Einheit der sich jetzt Triumvirn nennenden Beherrscher unseres Gemeinwesens. Jedermann konnte sehen, daß diese drei, Cäsar, Pompeius und Crassus, die Macht in Rom haben und niemand da ist, der sie ihnen entreißen kann. Die Bürger aber, durch reichliche Getreidespenden und Spiele zufriedengestellt, jubeln den Machthabern offen zu, wenn sie sich auf den Straßen oder im Zirkus sehen lassen!

Wir gehen also schweren Zeiten entgegen und können nur hoffen, daß sich irgendeinmal ein Keil in diese jetzt so geschlossene Phalanx der Triumvirn treiben läßt. Ich werde vorsichtig sein, aber die Augen offenhalten. Im nächsten Jahr, wenn Cäsar die Stadt verlassen hat und bei seinen Legionen in Gallien weilt, werde ich versuchen, die oppositionellen Kräfte um mich zu sammeln. Hoffentlich macht mir Catos Rigorosität und Kompromißlosigkeit keinen Strich durch die Rechnung. Er will immer mit der Stirn durch die Wand. Hier aber ist Vorsicht und ein langer Atem vonnöten, um wieder zu Einfluß und zum Erfolg für die Guten zu kommen.

Geschrieben an den Nonen des November unter dem Konsulat des Marcus Calpurnius Bibulus und des Caius Julius Cäsar.
Cicero

5. Kapitel
Rom und Gallien in den Jahren 696 und 697 seit Gründung der Stadt

1

»Unser neuer Volkstribun, Publius Clodius Pulcher, entwickelt einen so ungestümen Eifer bei seinen öffentlich ausgestoßenen Drohungen gegen Cicero und seine Freunde, daß einem angst und bange werden kann. Und er droht nicht nur, sondern beginnt auch schon aktiv auf der politischen Bühne für uns tätig zu werden.

Du siehst an diesem Beispiel wieder einmal: Wenn man einem jungen Mann, der bisher nur durch sein wildes Leben und seine Unberechenbarkeit aufgefallen ist, eine Aufgabe gibt, wird mit einem Male aus einem anarchistischen Chaoten ein zielstrebig planender und durchsetzungsfähiger Politiker. Man kann, mein lieber Crassus, selbst aus diesem unreifen Brausekopf etwas machen, wenn man ihm ein seinen eigenen Vorstellungen entsprechendes Ziel vorgibt.«

Cäsar legte sich bequem und entspannt in seine Kline. »Und sein Ziel ist Cicero! Er haßt und verachtet diesen Menschen wie die Pest, seit dieser ihm im Prozeß wegen der Religionsfrevel um die Bona Dea das Alibi verweigert und damit fast dessen Verurteilung bewirkt hat. Jetzt tut er alles, Cicero zur Strecke zu bringen! Darum habe ich ihn auf diesen immer lästiger werdenden Vater des Vaterlandes angesetzt. Unser Goldredner wird keine Zeit mehr haben, mich anzugreifen oder unseren Plänen in die Quere zu kommen!«

»Nun ja, mein Freund. Sicher wird er Cicero Ärger machen. Aber glaubst du etwa, daß ihm das allein genügen wird? Wer so viel Energie auf seine schon fast irrationalen Rachegelüste aufwenden kann, wird auch noch die Kraft haben, anderen in die Parade zu fahren! Du glaubst, lieber Cäsar, Clodius sei dein williges Werkzeug, weil du ihn gegen Cicero von der Kette läßt. Du meinst, Clodius sei mit dieser Aufgabe zufriedenzustellen und komme wie ein gut erzogener Schweißhund schwanzwedelnd zu dir zurück, wenn er seinen Feind zur Stecke gebracht hat.

Ich fürchte, daß du dich darin täuschen wirst. Ich glaube nämlich nicht, daß dieser skrupellose Mensch sich von dir lenken lassen wird, wenn er mit Cicero fertig ist. Diese Aufgabe wird er zwar, weil sie genau in seinem Sinne ist, zu deiner vollsten Zufriedenheit erfüllen. Dann aber wird er wieder seinem eigenen Drang folgen und seinem Hang zur Unordnung und Auflehnung gegen jede Autorität freien Lauf lassen. Unser neuer Volkstribun ist ein durch und durch destruktiver Charakter, was schlimm genug ist. Was aber meiner Meinung nach schlimmer ist: Er kann trotzdem logisch denken und zielstrebig vorgehen.

Eine unbeherrschbare chaotische und destruktive Veranlagung allein läßt sich mit einigem Ärger und nicht unbedeutender Anstrengung natürlich kanalisieren und neutralisieren. Kombiniert man diese Veranlagung aber mit der Fähigkeit, ein einmal angepeiltes Ziel nicht mehr aus dem Auge zu verlieren und sich durch keine Schwierigkeiten, keine Argumente, ja auch durch keine Weisungen aufhalten oder bremsen zu lassen, dann wird dieses Gemisch leicht zu einer erheblichen Gefahr für jeden, der sich mit einem solchen Charakter eingelassen hat! Ich warne dich daher, mein Freund! Laß dich nicht zu sehr mit Clodius ein. Er wird sich deiner Kontrolle zu entziehen wissen und sich gegen dich wenden, wenn euer beider Ziele nicht mehr, wie jetzt, in die gleiche Richtung weisen. Denk an die Büchse der Pandora! Wenn du sie öffnest, kommen alle Übel dieser Welt heraus, und niemandem kann es gelingen, sie wieder einzufangen oder zu bändigen. So wird es dir auch mit Clodius gehen, wenn du ihm freie Hand läßt. Sage nicht, ich hätte dich nicht gewarnt!«

Cäsar hatte ruhig zugehört. Crassus ist wie immer vorsichtig, dachte er. Er hat natürlich in der Wertung der charakterlichen Mängel dieses Clodius recht, aber jetzt gilt es erst einmal, in Rom Ruhe zu schaffen, damit ich in die Provinz zu meinen Truppen abreisen kann. Danach werden wir dann weiter sehen, Pandora hin, Pandora her.

»Ich danke dir, mein alter Freund, für deine Warnung. Ich hoffe aber, daß du im Falle des Clodius zu schwarz siehst. Du mußt doch gemerkt haben, welche Wirkung allein die Nennung seines Namens hat und wie sehr die Furcht vor ihm unsere aufmüpfigen Senatoren besänftigt hat! Die meisten von ihnen sind mir gegenüber mit einem Male ganz freundlich, fast handzahm! Der dreiste junge Mann hat sie mir – als dem kleineren Übel – mit seiner Radikalität und seinen wilden Drohungen und dem ungezügelten Straßenterror seiner Banden direkt in die Arme getrieben. Ich streichele und beruhige sie ein bißchen, und die meisten unserer ehemaligen Gegner fressen mir aus der Hand oder halten sich wenigstens vom harten Kern der Optimaten fern. Clodius? Ein nützliches Werkzeug. Sollte er einmal vergessen, daß ich der Hammer bin und er der Nagel ist, streiche ich ihm seine Bezüge. Dann kann er seine Schläger nicht mehr bezahlen! Mit seiner Herrlichkeit ist es dann vorbei, ehe er dreimal Luft holen kann!

Aber bis jetzt hat sein bloßes Auftreten mir jedenfalls genützt. Gold wert ist allein schon die Tatsache, daß er die Senatoren mir gegenüber gesprächsbereit gemacht hat! Seit seiner Wahl haben sie versucht, sich mit mir zu arrangieren. Zuerst haben sie mir angetragen, alle meine Gesetze nachträglich zu sanktionieren, wenn ich sie nur noch einmal dem Senat vorlegen würde. Sie würden weder obnuntiieren noch einen Volkstribunen interzedieren lassen. Wenn das kein Friedensangebot ist! Natürlich habe ich es zurückgewiesen, denn ich hätte doch sonst zugegeben, daß meine Gesetze nicht auf gesetzlichem Wege zustande gekommen wären. Und dieser Makel wäre auch nicht aufgewogen durch die Tatsache, daß alle Anklagen gegen mich wegen eventueller Gesetzesbrüche hinfällig geworden wären!«

»Immerhin«, wand Crassus ein, »haben die beiden Prätoren Memmius und Domitius Ahenobarbus nunmehr Anklage gegen dich erhoben, weil du dich durch Mißachtung des Willens unserer erhabenen Götter eines schweren Frevels gegen unsere Religion schuldig gemacht habest! Deinen Vorschlag, dich vor dem Senat für deine Amtszeit zu rechtfertigen, hatten die Senatoren vorher abgelehnt. Und Clodius hat nichts dagegen unternommen!«

»Ach, mein Lieber, du glaubst gar nicht, wie mich diese Anklage schreckt«, lachte Cäsar. »Ich werde morgen in aller Frühe die Auszugsauspizien einholen, was jeder Statthalter vor Antritt seines Amtes tun muß, um festzustellen, ob die Unsterblichen den Auszug aus der Stadt und den Antritt der Statthalterschaft billigen. Da die Götter mit mir sein werden und der Augur Pompeius dies durch sein Zeugnis bekräftigen wird, werde ich anschließend die Trompeten blasen lassen und feierlich aus der Stadt ausziehen. Ich werde auf dem Marsfeld vor der Stadt außerhalb des Pomeriums lagern. Ich darf dann die Stadt nicht mehr betreten und muß vor keinem Gericht mehr erscheinen. Meine Vertreter in der Stadt, vor allem du und Labienus, werden außerdem den Senat darauf hinweisen, daß auch Anklagen gegen mich nicht mehr erhoben werden können, da ich im Auftrag des Staates als Statthalter tätig bin.«

»Ja, natürlich werden wir das im Senat durchbringen, aber was macht Clodius derweilen? Schließlich ist er Volkstribun und kann jederzeit in der Volksversammlung Gesetze ein- und durchbringen. Es wird Zeit, daß er auch in dieser Hinsicht tätig wird. Nur den zähnefletschenden Bürgerschreck zu spielen, ist ein bißchen wenig, findest du nicht auch?«

»Er wird sich bewegen, mein Lieber, und zwar schon auf der nächsten Versammlung. Ich habe alles mit ihm abgesprochen, werde mich aber nicht mehr direkt einschalten. Schließlich bin ich nicht einmal in der Stadt«, sagte Cäsar und hatte dabei Lachfältchen in den Augenwinkeln, »wie kann ich da Einfluß auf die Geschäfte eines geheiligten Tribunen nehmen?

Also, Clodius wird zunächst zur Einstimmung des Volkes ein neues Gesetz über die Verteilung kostenloser Getreidespenden an bedürftige Quiriten beschließen lassen. Die Senatoren, insbesondere Cato und seine engsten Vertrauten, werden Zeter und Mordio ob dieser Verschwendung öffentlicher Mittel schreien und auf diese Weise das Volk gegen sich aufbringen. Sollte sich im Senat kein Widerstand gegen das Getreidegesetz erheben, sorge bitte dafür, daß irgend jemand dort laut und deutlich protestiert. Es muß den Quiriten vor Augen geführt werden, daß der Senat ihnen ihr täglich Brot nicht gönnt.

Dieser Wirbel wird die Stimmung für die nächsten Gesetze anheizen, die Clodius für mich beim Volk durchbringen will. Als erstes wird er eine Vorlage einbringen, die die Einholung von Auspizien an Komitialtagen verbietet. Auf diese einfache Weise erreichen wir, daß die Götter nicht mehr als Vorwand dienen können, ein auf den Komitien beschlossenes Gesetz für ungültig zu erklären, weil irgendein Bibulus den Himmel beobachtet und einen Blitz von der falschen Seite gesehen hat! Dieser Mißbrauch mit dem angeblichen Willen unserer Götter wird dann endlich ein Ende haben!«

»Ein gutes Gesetz!« rief Crassus grinsend, »dir fällt doch immer das Richtige ein! Wie werden sich unsere edlen Väter und Beigeordneten grämen, wenn sie auf die Hilfe der Unsterblichen verzichten müssen!«

»Als nächstes werden von Clodius zwei Gesetze vorgeschlagen, die in dieselbe Richtung zielen. Das erste enthält eine Einschränkung der Rechte der Zensoren. Wie du weißt, ist es deren Aufgabe, unter anderem den Senat von unwürdigen Elementen zu säubern. Sie können bisher nach freiem Ermessen Senatoren aus dem Senat ausschließen, wenn sie der Meinung sind, diese seien ihrer Lebensführung nach für dieses hohe Amt ungeeignet. Das hat in der Vergangenheit öfters dazu geführt, daß auch politisch mißliebige Kollegen ihres Sitzes für verlustig erklärt worden sind. Hier will ich eingreifen und derartige Mißbräuche unmöglich machen. Künftig wird ein Ausschluß aus dem Senat den Zensoren nur noch möglich sein, wenn der Auszustoßende zuvor angeklagt und durch ein Gericht schuldig gesprochen worden ist.

Schließlich legt Clodius der Volksversammlung ein Gesetz vor, das die Bildung von Bürgervereinigungen und Clubs wieder zuläßt. Solche Vereine waren auf Ciceros Vorschlag verboten worden, um den Catilinariern die

Basis zu entziehen. Tatsächlich hat das Verbot aber auch dem Zweck gedient, Zusammenschlüsse der Bürger zu verhindern und ihnen so ihre politische Repräsentanz zu erschweren.«

»Nun, das ist ja wirklich eine ganze Menge, was Clodius da abzuarbeiten hat. Die politischen Clubs wieder zu erlauben, birgt natürlich auch eine gewisse Gefahr in sich. Auf diese Weise kann man die Schlägertrupps beider Seiten, die des Annius Milo und die des Clodius, legalisieren. Du mußt achtgeben, daß nicht dadurch die Straßenbanden die eigentlichen Machthaber der Stadt werden! Unruhen sind in bestimmten Augenblicken und zu gewissen Anlässen sicher hilfreich. Aber als Dauerzustand wären sie eine Horrorvision! Und bedenke, die Geschäfte leiden, wenn die Straßen der Stadt nicht sicher sind!«

»Ich werde es bedenken! Wie könnte ich meinen Bankier schädigen wollen? mein Lieber.« Cäsar lachte. »Niemand, auch ich nicht, sägt sich den Ast ab, auf dem er so bequem sitzt!«

2

Clodius brachte seine Gesetze in der Volksversammlung mühelos durch. Die Quiriten, froh, wieder reichlich mit kostenlosem Getreide versorgt zu werden, stimmten allen Vorlagen zu, und niemand wagte es, gegen diese Gesetze Einwendungen zu erheben oder sie durch das Veto eines Volkstribunen zu Fall zu bringen. Vergebens hatte Cato versucht, den der Optimatenpartei anhängenden Volkstribunen Antistius Vetus zur Interzession zu überreden und die Prätoren Memmius und Ahenobarbus zu Einsprüchen im Senat zu veranlassen. Keiner der drei hatte den Mut, von seinen verfassungsmäßigen Rechten Gebrauch zu machen. Keiner dieser Amtsträger wagte es, gegen Clodius vorzugehen, zu sehr waren sie durch dessen Drohungen, ihre Sicherheit in der Volksversammlung wegen der allgemeinen Volkswut auf die Optimaten nicht gewährleisten zu können, eingeschüchtert.

Zwar erhob auch Antistius Vetus gegen Cäsar eine Anklage, weil er in seinem Amtsjahr als Konsul den Willen der Götter mißachtet habe, aber er scheiterte kläglich, weil sich Cäsar auf seine Immunität berief und die Klage deshalb zurückgenommen werden mußte.

»Wenn wir Cäsar schon nicht belangen können, so haben wir doch seinen Helfershelfer Vatinius!« Cicero war in seinem Element. Er fühlte sich schon wieder in völliger Verkennung der realen Machtverhältnisse ganz als der letzte und einzige wirkliche Garant für die Freiheit der Republik. Erneut sah er eine Chance, sich in seiner Rolle als Vater des Vaterlandes zu sonnen und sich zum zweitenmal als Bollwerk und Wächter gegen Umsturz und Anmaßung des Pöbels vor allem Volk zu profilieren.

»Vatinius' Amtszeit als Volkstribun ist abgelaufen. Damit ist seine Unverletzlichkeit und seine Indemnität aufgehoben. Können wir schon dem Meister nicht ans Leder, so sollten wir wenigstens seinem Handlanger den Prozeß machen! Und Vatinius war sein wichtigster Wasserträger! Wenn wir ihn anklagen und verurteilen, treffen wir Cäsar an seiner empfindlichsten Stelle, denn er verliert durch die Verurteilung seinen besten und geschicktesten Sachwalter in Rom. Und natürlich ist Vatinius auch sonst eine Säule der Popularen. So wird der Prozeß für manchen übermütig gewordenen Anhänger der Volkspartei eine Lehre sein, sich nicht allzu eifrig für Cäsar und seine engeren Freunde wie Crassus, Pompeius oder Clodius einzusetzen!«

»Das ist wieder eine deiner großartigen Ideen, mein lieber Cicero«, sagte Cato, dessen Stimme einen abfälligen, beinahe verächtlichen Ton angenommen hatte. »Du prügelst den Sack, weil du dich an den Esel nicht herantraust! Und vermutlich wirst auch du, der du doch der beste Jurist in Rom zu sein behauptest, die Anklage nicht selbst übernehmen, sondern einen Dritten suchen, der für dich das heiße Eisen Cäsar in Gestalt des Vatinius anklagt. Laßt doch endlich diese Winkelzüge! Cäsar ist unser Feind, Pompeius und Crassus sind es auch! Was sollen diese Nadelstiche gegen Vatinius und einige andere kleine Bogenspanner? So etwas reizt Cäsar nur zu weiteren Gewalttaten und Rechtsbrüchen, ohne daß wir ihm deshalb ernsthaft schaden können. Wenn ihr Cäsar nicht direkt angreifen wollt oder könnt, laßt diese Mätzchen gegen seine Anhänger! Macht ihnen im Senat und überall sonst klar, daß wir ihre Politik ablehnen und bekämpfen werden und daß wir, auch wenn wir jetzt nichts unternehmen können, ein langes Gedächtnis haben!

Auf jeden Fall warne ich davor, Aktionen um der Aktionen willen in Angriff zu nehmen. Und ein solcher Mißgriff war die gescheiterte Anklage des Antistius Vetus gegen Cäsar! Jeder wußte, daß sie wegen seines Staatsamtes als Statthalter schon im Prozessualen erfolglos bleiben würde!

Damit wir uns richtig verstehen, liebe Kollegen: Manchmal ist eine bloße Demonstration notwendig oder wenigstens sinnvoll. Sie schließt die eigenen Reihen, klärt die Bürger über unsere Absichten auf und macht vielleicht den einen oder anderen unserer Gegner nachdenklich. Was aber sollte diese aussichtslose Anklage gegen Cäsar? Wen sollte sie nachdenklich machen? Wen sollte sie über unsere Absichten aufklären?

Niemand glaubte bei dieser Anklage an unsere Lauterkeit. Jeder Bürger wußte, daß Bibulus die Götter für seine Zwecke mißbrauchte, wenn er angebliche Zeichen am Himmel beobachtet haben wollte! Die Bürger waren daher der Meinung, daß Cäsar zumindest moralisch im Recht war, wenn er den angeblichen Willen der Götter nicht beachtete.

Und der Inhalt seiner Gesetze? Was habt ihr gegen den I n h a l t vorgebracht? Nichts! Es ist aber wahr, daß diese zumindest gegen den Geist unserer Verfassung verstoßen! Hier hätten wir einen Ansatzpunkt gehabt, gegen ihn vorzugehen. Hier hätten wir den Wolf stellen und bekämpfen müssen! Aber was habt ihr gemacht? Ihr habt Cäsar angeboten, seine für die Freiheit der Republik so gefährlichen Gesetze im nachhinein zu sanktionieren, wenn dieser sie euch noch einmal zur Begutachtung vorlegt. Ihr habt zugesagt, den f o r m a l e n Fehler zu heilen und auf diese Weise den i n h a l t l i c h e n Verfassungsbruch abzusegnen.

Damit habt ihr vor dem Volk jedes moralische Recht, gegen den Rechtsbrecher Cäsar vorzugehen, verspielt. Ihr habt euch in eurer politischen Dummheit und Feigheit zu Cäsars Komplizen gemacht! Wer ihm anbietet, seine Gesetze zu genehmigen, ist mit ihm im selben Boot! Wie wollt ihr den Quiriten denn glaubhaft machen, daß die Gesetze Cäsars in die Diktatur führen, wenn ihr selbst ihm die nachträgliche Zustimmung zu eben diesen verfänglichen Gesetzen angeboten habt? Ist denn die Gefahr einer Diktatur dadurch geringer geworden, weil ihr mit Cäsar zwar nicht in der Form, wohl aber in der Sache übereinzustimmen scheint?

Seht ein, daß ihr einen Fehler gemacht habt! Kämpft gegen Cäsar und seine Machtgelüste und verschwendet eure Energie nicht im Kampf gegen ihn mit dieser lächerlichen Anklage wegen religiöser Verstöße oder mit Verfahren gegen seine Handlanger und Trabanten!

Und bedenkt, wenn wir bei den Quiriten Respekt und Glaubwürdigkeit wiedererlangen wollen, müssen wir uns auch moralisch als Alternative zu Cäsar und seiner Clique darstellen. Es reicht nicht, daß wir nur diejenigen sind, die die jetzigen Machthaber von den gefüllten Krippen und Futtertrögen verdrängen wollen, um uns dann geruhsam selbst an den Fleischtöpfen niederzulassen und uns zu mästen. Es muß Schluß sein mit der Kungelei und Postenschacherei! Wir müssen den Bürgern den Eindruck vermitteln, daß es uns um den Staat und das allgemeine Wohl geht, nicht um unseren persönlichen Vorteil, wenn wir uns gegen die gerade Herrschenden wehren!

Wenn wir, die Angehörigen der alten Geschlechter und Vertreter der alten Ordnung, wieder den Staat leiten wollen, wie es unsere Vorväter getan haben, müssen wir wieder Vorbilder für den einfachen Bürger sein. Das bedeutet nicht nur, daß wir wie unsere Vorfahren den Willen und die Fähigkeit zur Leistung haben müssen, denn diesen Willen und diese Fähigkeit haben Cäsar und sein Anhang auch, sondern wir müssen die Bürger auch durch Uneigennützigkeit und vor allem durch moralische Integrität davon überzeugen, daß die Belange unseres Gemeinwesens bei uns besser als bei ehrgeizigen Leuten wie Cäsar, Crassus und Pompeius oder bei dem Abschaum wie diesem verkommenen Clodius aufgehoben sind. Und merkt euch, Moral bedeutet nicht nur Gradlinigkeit in der Politik, sondern auch in der persönlichen Lebensführung. Ausschweifende Feste und Orgien, beliebige Liebschaften, Einbruch in fremde Ehen, krumme Geldgeschäfte, Annahme und Gewährung von Geschenken zu politischen Zwecken, kurz: Öffentliche Skandale dürfen wir in den eigenen Reihen nicht dulden, wenn wir sie gleichzeitig bei unseren Gegnern anprangern!

Ein gutes Beispiel hierfür wäre die offenkundige Kuppelei Cäsars mit seiner Tochter! Cäsar gibt sie dem alternden Pompeius als Preis für dessen Loyalität und Komplizenschaft! Dabei ist Cäsar als Schwiegervater einige Jahre jünger als sein Schwiegersohn Pompeius! Das ist Kuppelei! Ein Handel, um die Macht zu sichern, und niemand nimmt bisher daran Anstoß! Hier müssen wir tätig werden, diese Zustände müssen wir geißeln, nicht die angeblichen Verstöße gegen die Religion. Brandmarkt Cäsar als Rechtsbrecher, als Verfassungsfeind, als jemand, der die Alleinherrschaft anstrebt, und als moralisch Verkommenen, der seine Tochter um der Macht willen dem Pompeius ausgeliefert hat, aber laßt das alberne Getue mit der Religion und mit der Ersatzanklage gegen Vatinius!«

Cato hatte mit aller Leidenschaftlichkeit gesprochen. Aber er sah, daß seine Argumente keine Resonanz fanden. Die versammelten Spitzen der optimatischen Notabeln stimmten für Cicero. Memmius als für das Justizwesen zuständiger Stadtprätor erhob Anklage gegen P. Vatinius, weil dieser unter Mißachtung sakraler Vorschriften Komitien abgehalten habe. Erschwerend komme hinzu, daß er schon bei Antritt seines Volkstribunats erklärt habe, sich an die religiösen Vorschriften bei der Beobachtung des Himmels nicht halten und den Willen der Unsterblichen insoweit nicht beachten zu wollen.

Vatinius erschien, obwohl Cäsar ihn umgehend zum Legaten in seinem Heer ernannte und ihm dadurch Immunität vor den Gerichten des Memmius verschaffte, zum angesetzten Termin. Clodius, der als Verteidiger auftrat und mit großem Gefolge angerückt war – lauter ausgesuchte Anhänger aus den untersten Schichten der Plebs – beantragte unverzüglich Freispruch des Angeklagten. Memmius bemühte sich verzweifelt, wenigstens die Anklagepunkte vorzutragen, wurde aber mit barschen Worten vom Angeklagten Vatinius darauf hingewiesen, daß er, Memmius, die Rechte der Verteidigung in rechtswidriger Weise beeinträchtige, da er es verabsäumt habe, ihn, den Angeklagten, über sein Recht aufzuklären, einzelne Richter wegen Befangenheit abzulehnen.

Als die Richter den um Fassung ringenden Prätor so vom Angeklagten Vatinius unter dem johlenden Beifall der Zuschauer aus der Plebs in die Defensive gedrängt sahen, fürchteten die sämtlich den Optimaten nahestehenden Geschworenen, jener solle zum wahren Angeklagten umfunktioniert und vor allem Volk blamiert werden. Um das Ansehen des Prätors Memmius und damit das des Senates nicht weiter zu beschädigen, sprachen sie daher Vatinius, ohne in eine langwierige Beweisaufnahme einzutreten, umgehend wegen des von dem Angeklagten gerügten Formfehlers von allen Anklagen frei.

Vatinius kehrte daraufhin in Cäsars Lager zurück und übernahm das Kommando über eine von dessen vier Legionen.

3

»Dein Wein, mein lieber Cäsar, ist vorzüglich«, sagte Pompeius und räkelte sich genüßlich in seiner Kline. »Du hast aber auch allen Anlaß, uns solchen Wein zu servieren, nachdem dein Vatinius freigesprochen worden ist und Clodius seine Gesetze durchgebracht hat. Cicero ist blamiert und wird uns nicht länger belästigen, Bibulus ist in seine Provinz abgereist, und selbst Cato verhält sich ruhig!«

»Pompeius hat vollkommen recht, mein Lieber«, fiel Crassus ein. »Unsere Konsuln haben das Heft fest in der Hand. Pompeius und ich brauchen zur Zeit überhaupt nicht in die Geschehnisse einzugreifen. Du kannst beruhigt in deine Provinz abreisen. Wie ich höre, gibt es im jenseitigen Gallien Probleme mit einem gallischen Stamm, der die mit uns verbündeten Häduer belästigt.«

»Du hast dich nicht geirrt, mein Crassus. Die Häduer haben mich um Hilfe gebeten. Die Helvetier, ein ebenfalls gallischer Stamm, sind in ihr Land eingebrochen. Sie haben ihr eigenes Siedlungsgebiet verlassen, angeblich, weil sie dort von Germanen bedrängt werden, und suchen nun im Gebiet der Häduer neue Wohnsitze. Ich werde mit einer Legion bald aufbrechen, um dort die Ordnung wiederherzustellen.«

Cäsar hatte Crassus und Pompeius zu sich in sein Lager auf dem Marsfeld gebeten, um mit beiden über die Verhältnisse in der Hauptstadt zu sprechen und festzulegen, welche Maßnahmen noch in seiner Abwesenheit zu erledigen waren.

»Ich danke euch beiden für euren Einsatz für die gute Sache. Ich glaube aber nicht, daß die gegenwärtige Ruhe in der Stadt anhalten wird. Im Augenblick sind die Optimaten noch durch den Freispruch unseres Vatinius geschockt. Wie ich höre, lamentiert dieser Cicero über die Ungerechtigkeit des Lebens und beschwört die Götter, sich die Beleidigung, die ihnen angeblich durch den Freispruch des Vatinius widerfahren ist, nicht gefallen zu lassen. Er hat anscheinend immer noch nicht gemerkt, daß seine Zeit abgelaufen ist. Ich hatte ihn gebeten, in meiner Abwesenheit Ruhe zu bewahren, aber er hat sich in Positur geworfen – ihr kennt ja seine theatralischen Gesten – und meine Bitte ebenso zurückgewiesen wie mein Angebot, als freier Legat ohne festes Truppenkommando an meinem Zug nach Gallien teilzunehmen.

Nun, liebe Freunde, wer nicht hören will, muß fühlen. Ich brauche in meiner Abwesenheit keinen ewig stänkernden Cicero in Rom, der es zwar nicht wagt, offen gegen mich aufzutreten, aber im Untergrund ständig gegen mich wühlt und hetzt. Deshalb werde ich ihn durch Clodius aus Rom entfernen lassen.«

»Wie willst du das denn machen?« fragte Pompeius verwundert. »Du kannst ihn doch nicht einfach der Stadt verweisen, und freiwillig wird er nicht gehen!«

»Das wird er sicher nicht, mein lieber Schwiegersohn. Aber Clodius ist ganz scharf darauf, wieder ein neues Gesetz einzubringen! Er wird die Rechte des Volkes in den Mittelpunkt seiner Vorlage stellen. Wie ihr wißt, hat schon Roms erster Konsul nach Einführung der Republik ein Gesetz erlassen, wonach jeder zum Tode Verurteilte an die Volksversammlung Berufung einlegen kann. Die Verletzung dieses Rechtes war aber bisher nicht mit einer besonderen Strafandrohung bewehrt. Sie konnte nur als allgemeine Verletzung von Amtspflichten nach der Lex Sempronia geahndet werden, was aber häufig, wie auch im Falle der Catilinarier, unterblieb. Du erinnerst dich sicher noch, wie dein Vertreter Metellus Nepos, lieber Pompeius, vergeblich versucht hatte, Cicero wegen dieser Hinrichtung zu belangen.

Jetzt will Clodius ein Gesetz durch die Volksversammlung bringen, das einen besonderen Straftatbestand für Fälle der ungesetzlichen Hinrichtung schafft und das sempronische Gesetz neu faßt und ergänzt. Dieses Gesetz wird auch die Vereitelung des Rechtes, an das Volk zu appellieren, als eigenständigen Straftatbestand enthalten. Ein dieses Verbrechens überführter Amtsträger wird künftig lebenslänglich aus Rom verbannt. Niemand darf bei Vermeidung der gleichen Strafe ihm Feuer und Wasser geben, das heißt, niemand darf ihn beherbergen, ihm etwas zu essen geben oder ihn sonstwie unterstützen. Ein Verurteilter wird sich künftig innerhalb des römischen Machtbereiches nicht mehr aufhalten dürfen.

Ich denke, wir werden mit diesem dem Schutz des Volkes vor Übergriffen seiner Amtsträger dienenden Gesetz dauerhafte Rechtssicherheit vor Machtmißbrauch schaffen und gleichzeitig den lästigen Cicero aus der Stadt entfernen.«

Crassus verzog sein Gesicht, wie er es immer tat, wenn er Zweifel ausdrücken wollte. »Ein rückwirkendes Strafgesetz? Willst du das wirklich? Bisher sah unsere Rechtsordnung so etwas nicht vor. Und das alles wegen dieses Cicero? Du willst fundamentale Rechte – nulla poena sine lege – wegen dieses zwar lästigen, aber wenig ernstzunehmenden Schwätzers aufgeben? Cicero ist doch nur ein ängstlicher Schönredner, der immer den Kopf einzieht, wenn es gefährlich wird! Unser eigentlicher Feind ist doch Cato. Der meint es im Gegensatz zu Cicero wirklich ernst, wenn er gegen uns antritt«, stellte Crassus nüchtern fest. »Ihn müssen wir bekämpfen, nicht diesen lahmen und eitel auf seine Würde bedachten Goldredner! Cicero, das ist nur Pose und Selbstüberschätzung, Cato aber bedeutet Gefahr!

Erinnert euch doch, wer hat versucht, dich, lieber Cäsar, als Catilinarier zu denunzieren und verurteilen zu lassen? Cato war es, nicht Cicero! Und wer hat dich bekämpft, lieber Pompeius? Wer hat gegen deinen Triumphzug, die Versorgung deiner Soldaten und die Genehmigung deiner Anordnungen im Orient agitiert und gestimmt? Cato! Wir müssen Cato bekämpfen, nicht Cicero. Ein Warnschuß für Cicero, gut! Aber unser Feind ist in erster Linie Cato. Was also gedenkst du gegen diesen unverbesserlichen und starrköpfigen Feind unserer Partei zu unternehmen?«

Cäsar nahm einen tiefen Schluck aus seinem Becher. »Du hast natürlich in deiner Beurteilung beider und der Gefahren, die von ihnen für uns ausgehen, völlig recht, lieber Crassus. Aber Cato hat sich bisher keine Blöße gegeben. Es gibt kein Vergehen, dessen wir ihn beschuldigen können. Deshalb habe ich mir für ihn etwas anderes ausgedacht. Wir werden ihn nicht anklagen, sondern ehren!

Wir haben doch schon jetzt fast die Mehrheit im Senat. Wenn wir Cicero entfernt haben, wird von seinen ohnehin lauen Anhängern sich keiner mehr trauen, offen gegen uns aufzutreten. Im Gegenteil, ein Denkzettel für unseren eitlen Goldredner macht manchen unserer altadligen Senatoren heimlich Freude, denn sie verachten die überhebliche und hochmütige Attitüde, mit der Cicero überall auftritt und sich ungefragt penetrant mit seinen Verdiensten als Retter des Vaterlandes brüstet. Die Trauer über den Verlust dieses Kollegen wird sich daher im Senat in Grenzen halten.

Anders wird es bei Cato sein. Er ist zwar wegen seiner Art, jedem rücksichtslos die Wahrheit ins Gesicht zu sagen, bei den Senatoren keineswegs beliebt, aber insgeheim bewundern ihn seine Kollegen. Gegen seine Entfernung aus dem Senat würden sie sich mit aller Macht zur Wehr setzen. Aber gegen seine Ehrung werden sie nichts unternehmen können, selbst wenn sie erkennen, daß die Ehrung Catos nichts weiter ist als seine zeitweise Entfernung aus Rom und damit aus dem Senat!

Hört also, was ich vorhabe. Wie ihr wißt, hat Clodius mit dem König von Zypern noch eine Rechnung offen. Ptolemäos IX., so heißt dieser König, hat als Verbündeter Roms im Seeräuberkrieg seine Bündnispflichten uns gegenüber sträflichst vernachlässigt, weil er Clodius, den die Seeräuber gefangen genommen hatten, nicht ausgelöst hatte, obwohl er dazu verpflichtet gewesen wäre.

Zur Strafe für dieses bündniswidrige Verhalten liegt dem Senat ein Antrag unseres Clodius vor, Ptolemäos abzusetzen und sein Land für Rom einzuziehen. Ich bitte euch nun, diese Sache im Senat zu unterstützen und Cato mit der Durchführung der Einziehung Zyperns und der Einrichtung einer neuen Provinz zu beauftragen. Gebt ihm einen schönen Titel, damit vor dem Volk die Ehrung in das richtige Licht gerückt wird. Cato wird sich drehen und winden, um dieser Ehrung auszuweichen. Deshalb kleidet den Auftrag in einen militärischen Befehl durch die Konsuln. Einer Militäraktion kann er sich nicht verweigern, das sähe nach Desertion aus. Macht ihn daher, auf Weisung des Senats natürlich, zugleich zum Befehlshaber einer kleinen Streitmacht, dann muß er annehmen. Anderenfalls könnte man ihn wegen militärischer Insubordination nach dem Kriegsrecht belangen. Er wird also mit den Zähnen knirschen und das Beste daraus zu machen versuchen. Wir aber sind ihn für eine ganze Weile los!«

»Und Cicero? Willst du ihn wirklich vernichten? Denn das ist es doch, wenn wir ihn auf Lebenszeit verbannen! Bedenke, ohne Cato ist er doch bei den jetzigen Machtverhältnissen völlig ungefährlich!«

»Es muß sein! Cicero braucht seinen Denkzettel. Aber auch Clodius will seinen Erfolg. Er haßt Cicero, und da dieser sich mir gegenüber so spröde gezeigt hat, obwohl ich ihm den rettenden Strohhalm durch mein

Angebot, bei mir Legat zu werden, hingehalten habe, wird er nun die Folgen seiner Verweigerung zur Zusammenarbeit zu tragen haben. Aber wie immer im Leben, wird ewig nicht gleich ewig bedeuten. Wenn Cicero zur Vernunft kommt, wird ein Wort genügen, und seiner Begnadigung und Rückberufung wird nichts im Wege stehen. Trinken wir also auf seine Einsicht und Vernunft, unsere immerwährende Freundschaft und Eintracht und auf eine ruhige Periode der römischen Geschichte der nächsten Jahre!«

Cäsar füllte die Becher und trank dann seinen Freunden zu. »Und nun wollen wir uns angenehmeren Dingen widmen. Wie geht es meiner lieben Tochter? Besteht Aussicht, daß ich bald Großvater werde, lieber Pompeius?«

4

Clodius hatte sich mit wahrem Feuereifer auf seine neue Aufgabe gestürzt, den ihm so verhaßten Cicero zu verfolgen, ihn politisch kaltzustellen und für immer aus Rom zu verbannen. Sein mit den Triumvirn abgesprochener Gesetzentwurf war so formuliert, daß er genau auf Cicero und sein politisches Vorgehen gegen die Catilinarier zielte, ohne daß der Name des Vaters des Vaterlandes überhaupt Erwähnung fand. Nicht der leiseste Bezug auf Cicero ließ sich dem Entwurf des Gesetzes entnehmen, und doch wußte natürlich jeder, daß dieses Gesetz den ausschließlichen Zweck hatte, Cicero entweder zu disziplinieren und für die Ziele des Dreibundes gefügig zu machen oder ihn aus der Stadt und dem politischen Geschehen zu entfernen.

Allerdings hatte Cäsar in das Gesetz noch einen letzten Notanker einbauen lassen, der Cicero vor den Folgen des Gesetzes hätte schützen können. Es war eine Klausel, nach der die Folgen dieses Gesetzes erst nach einem weiteren auf den Namen eines konkreten Angeklagten lautenden Gesetzes eintreten würden und nicht automatisch durch die Feststellung eines Magistrates, wie Clodius es ursprünglich beabsichtigt hatte.

Natürlich erkannte Cicero sofort die Gefahr, die ihm mit dem Gesetzentwurf drohte. Laut gegen die Undankbarkeit der Römer und die Wankelmütigkeit des Volkes lamentierend, legte er öffentlich Trauerkleider an und wandte sich in einer Volksversammlung an die Quiriten. Clodius hatte mit diesem Schritt seines Feindes gerechnet und daher seine Leute gut vorbereitet und sie in der Contio geschickt verteilt. Um Cäsars Anwesenheit zu ermöglichen, hatte er die Versammlung des Volkes in den Circus Flaminius einberufen, weil dieser auf dem Marsfeld außerhalb des Pomeriums lag, das Cäsar wegen seines Truppenkommandos und seines Amtes als Statthalter nicht überschreiten durfte.

Die Contio war eine Farce. Cicero kam überhaupt nicht zu Wort, denn er wurde von der aufgeputschten Volksmasse nicht nur niedergeschrieen und verhöhnt, sondern auch tätlich angegriffen.

Wie mit Clodius abgesprochen, stellte sich Cäsar schützend vor Cicero und verhinderte so, daß dieser – außer einigen Püffen und blauen Flecken – ernsthafte körperliche Schäden erlitt. Auf ein Handzeichen Clodius' trat sofort Stille ein, ein Zeichen dafür, wie gut der Volkstribun die Versammlung organisiert und vorbereitet hatte. Es war fast gespenstisch: Eben noch eine tobende und, so schien es, unkontrollierbare wutschnaubende Masse, jetzt eine sich ruhig und still verhaltene disziplinierte Schar römischer Bürger, die ihre staatsbürgerlichen Rechte wahrnahmen.

»Ich frage dich, verehrter Cäsar, wie ist deine Meinung zu dem von mir eingebrachten Gesetz? Du bist der Erfahrenste unter den Anwesenden! Du bist gewesener Konsul unserer Republik, sage uns also deine Meinung zu diesem Gesetz! Wir, die weniger kundigen Bürger, zählen auf deinen Rat. Rate uns, ob dieses Gesetz dem Schutze der Bürger und dem Wohl unseres Gemeinwesens dient. Dein Rat wird uns zu der richtigen Entscheidung bringen.«

Cäsar erhob sich von seinem Stuhl und trat an die Rampe der aus diesem Anlaß schnell aus ein paar Brettern errichteten provisorischen Rednerbühne.

»Quiriten«, rief er laut, so daß seine Stimme an den Wänden des ovalen Zirkusbaues widerhallte, »Quiriten, ihr alle wißt, daß ich immer ein Mann der Mäßigung und des Augenmaßes gewesen bin. Ihr wißt auch, daß ich den damaligen Konsul Cicero im Senat vor den Folgen der überstürzten Hinrichtung der Catilinarier gewarnt habe! Ich habe ihn und die anderen Senatoren auf die Rechte der Angeklagten, an euch gegen das Urteil appellieren zu dürfen, ausdrücklich hingewiesen. Man hat in unbegreiflichem Trotz und aus schnöder Rachsucht nicht auf mich gehört. Nun, Quiriten, ist es an euch, künftig durch dieses maßvolle Gesetz, das nicht die Todesstrafe, sondern lediglich Verbannung für den Übeltäter vorsieht, ähnliche Übergriffe verblendeter Amtsträger auf die Rechte der Bürger zu unterbinden! Deshalb bin ich mit diesem Gesetz einverstanden! Möge es jedermann zur Warnung dafür dienen, daß man eure Rechte, Quiriten, nicht ungestraft verletzen darf!«

Cäsar winkte seinen Liktoren. Sie nahmen Cicero in ihre Mitte, um ihn, wie Cäsar sagte, vor dem unberechenbaren Volkszorn zu schützen. Während Cäsar mit Cicero und seinen Liktoren abzog, hörte er noch, wie Clodius die Quiriten fragte, ob jemand für Cicero und gegen das beantragte Gesetz sprechen wolle. Ein brüllendes und laut kreischendes Nein hallte durch den Zirkus.

Clodius zögerte keinen Augenblick. Er schloß die Contio und berief sofort eine anschließende Volksversammlung ein, bei der alle Stimmkörper dem beantragten Gesetz zustimmten. Mit lautem Jubel begrüßten die versammelten Quiriten das Abstimmungsergebnis. Noch größer aber war die Freude, als Clodius die versammelten Bürger zu einem Umtrunk aus Anlaß des Sieges des Volkes über Cicero einlud. Auf seinen Wink rollten seine Gardisten große Fässer in die Arena. Der Wein floß reichlich, so daß man noch nach Mitternacht den grölenden Gesang der Zecher bis zu den Toren der Stadt hören konnte.

»Was ist nur mit unseren Bürgern los, lieber Cäsar«, jammerte der sichtlich um Fassung ringende Cicero, als er im Lager vor den Toren der Stadt in Cäsars Kommandantur auf einer Kline lag. »Es gibt keinen Respekt vor dem Alter und vor der Würde mehr! In Rom scheinen Recht und Ordnung keinen Pfifferling mehr wert zu sein. Und was tun die Guten? Sie sind feige und wankelmütig und lassen mich, der sie vor den Catilinariern unter Einsatz meines Lebens gerettet hat, im Stich und kuschen vor diesem elenden Pöbel!

Hüte dich vor diesem Pöbel, lieber Cäsar! Hüte dich vor diesen verworfenen und entarteten jungen Aristokraten, denen nichts heilig ist außer ihren perversen Vergnügungen! Ich glaube, du machst einen schweren Fehler, wenn du dich mit diesen zügellosen jungen Leuten abgibst. Diese jungen Flegel haben keinen Respekt vor dem Alter und erkennen die Verdienste unserer erfahrensten Männer nicht mehr an! Wohin soll das noch führen?«

»Ach, mein lieber Cicero, suche die Fehler nicht immer bei der Jugend! Jugend braucht Vorbilder, Jugend richtet sich nach dem, was sie die Alten lehren und ihnen vorleben. Und was findet unsere Jugend vor? Selbstsüchtige und moralisch zweifelhafte Charaktere! Überall sehen sie die Raffgier und den Egoismus der sogenannten Guten und Wohlmeinenden. Wie soll ein Clodius, ein Curio oder ein junger Antonius sein, wenn er als Vorbilder nur Korrupte wie Caius Antonius, Gewaltherrscher wie Sulla oder Verschwender wie Lukullus vor Augen hat?

Aber beruhige dich! Was du beklagst, ist ein uraltes Problem! Du bist doch ein gebildeter Mann. Dann wird dir sicher auch Aristoteles' Klage über die Jugend seiner Zeit bekannt sein. Wie meinte dieser doch so eindrucksvoll? ‚Ich habe überhaupt keine Hoffnung mehr in die Zukunft unseres Landes, wenn einmal unsere heutige Jugend die Männer von morgen stellt. Unsere Jugend ist unerträglich, unverantwortlich und entsetzlich anzusehen.‘«

»Ich kenne das Zitat und noch ähnliche von Sokrates und Hesiod. Was aber hilft das m i r ? Es ist ja nicht nur die Jugend, die mir Sorge macht! Du siehst, ich trage Trauerkleidung als Zeichen meiner Empörung über des Clodius von dir inspirierte Gesetze. Aber ich trage sie auch wegen des allgemeinen Zustandes unseres Staates! Der Senat wollte aus Solidarität mit mir ebenfalls Trauer anlegen. Immerhin ein kleines Zeichen des Protestes gegen die Willkür der Herrschenden. Und was tun die Konsuln, die berufenen Wächter über das Gesetz? Sie verbieten dem Senat diese Demonstration. Anstatt mir, dem verdienten Retter unserer Stadt, gegen diese skrupellosen und umstürzlerischen Verbrecher wie Clodius, Vatinius und Fufius Calenus beizustehen, – «

»und Cäsar, das wolltest du doch sagen, nicht wahr?«

Cicero hob abwehrend die Hände, aber Cäsar winkte ab. »Du hast dir deine Suppe selbst eingebrockt, mein Lieber. Das einzige, was ich für dich tun konnte, habe ich getan und dich unversehrt aus der Volksversammlung in mein Lager gebracht.

Vorher habe ich dir Brücke auf Brücke gebaut, aber du hast meine Angebote immer wieder zurückgewiesen! Noch vor kurzem habe ich dir eine Legatenstelle in meiner Armee angeboten. Das hätte dir Immunität vor den Verfolgungen deiner Feinde eingetragen. Aber auch dieses Angebot hast du zurückgewiesen. Jetzt kann ich dir nicht mehr helfen, denn ich darf die Stadt nicht mehr betreten, seit ich mein Kommando angetreten habe. Du hättest eher auf mich hören sollen, mein Lieber, und zwar von Anfang an! Erinnerst du dich, wie ich dich in der Senatssitzung davor gewarnt habe, die Catilinarier hinrichten zu lassen? Du hast dich von deiner Ruhmsucht, der Retter des Staates zu sein, forttragen lassen und nicht daran gedacht, wie wandelbar die Volksseele ist. Gestern haben sie dich noch in den Himmel gehoben, heute verdammen sie dich! Du hast, vom Ruhm des Augenblicks verblendet, deinen eigenen Wahlspruch außer acht gelassen: ‚Was du auch tust, handele klug und bedenke das Ende‘. Ich kann dir nicht mehr helfen!«

»Alle sagen das, die ich um Hilfe angehe.« Ciceros Stimme klang bedrückt und verbittert. »Niemand will mir helfen! Crassus versicherte mir seine Sympathie, mehr könne er als Privatmann nicht tun! Pompeius sagt, gegen deinen Willen könne er nichts ausrichten! Und dabei hat er vor einigen Monaten mir noch jede Unterstützung zugesichert! Und du? Auch du sagst, du könntest nichts tun! Du willst nichts tun, gib es zu! Wenn du wirklich wolltest, würde doch ein Pfiff von dir genügen und Clodius würde parieren!«

»Ich kann nichts gegen Clodius tun, lieber Cicero«, sagte Cäsar und blickte seinen Gegenüber treuherzig an. »Clodius ist Volkstribun und als solcher, wie du weißt, unverletzlich! Und du wirst mir, einem gesetzestreuen Bürger, doch wohl nicht empfehlen, mit Gewalt gegen einen Volkstribunen vorzugehen! Unglaublich, der Retter des Vaterlandes erwartet von mir, daß ich die Gesetze breche! Wohin sind wir gekommen? Nicht nur die Jugend hat seit Hesiod, Aristoteles und Sokrates keinen Respekt mehr vor den Gesetzen, jetzt lassen auch schon die Alten jede Rücksicht auf Recht und Ordnung vermissen! ‚O tempora, o mores', was für Zeiten, was für Sitten! Auch einer deiner Lieblingssprüche!«

Cäsars Sarkasmus und Häme waren nicht zu überhören. Cicero wand sich vor Unbehagen und aufkommender Wut und Verzweiflung. Cäsar ließ ihn zappeln. »Trink noch ein Schlückchen, eine Stärkung hast du ja wohl nötig. Mein Wein ist gut, alle meine Freunde sind des Ruhmes voll! Rieche sein feuriges Bukett!

Ich will dir, bevor dich meine Liktoren sicher nach Hause geleiten, noch einen Rat mit auf den Heimweg geben. Wenn dir wieder einmal jemand seine gutgemeinte Hilfe anbietet, schlage sie nicht aus. Ich will mit den Konsuln sprechen, vielleicht können sie dir einen Ausweg aus deinem selbstverschuldeten Dilemma bieten. Wir wollen dein Wohl und wir wollen dir helfen, aber ein bißchen Entgegenkommen hätten wir auch von dir erwartet.

Wahrscheinlich ist es jetzt für eine umfassende Hilfe zu spät, aber ich werde mich noch einmal für dich verwenden. Und was nicht gleich gelingt, mag vielleicht später noch erfolgreich sein. Kommt Zeit, kommt Rat, sagt der Volksmund. Du hättest eben eher zu mir kommen müssen, bevor Clodius seine Gesetze eingebracht hat. Dann hätten wir dir diese unangenehme Lage sicher ersparen können. Höre also künftig auf meinen Rat, dann wird dir nichts geschehen. Und wenn du dein Leben bedroht fühlst, komm in mein Lager, dort bist du sicher.«

Cäsar hatte seine Liktoren herbeigewunken. »Begleitet den ehrenwerten Senator nach Rom bis zu seiner Behausung. Ihr seid mir dafür verantwortlich, daß er sicher und wohlbehalten nach Hause kommt! Und dich, lieber Cicero, mögen die Götter beschützen!« Du wirst es nötig haben, fügte er in Gedanken hinzu.

5

Cicero fühlte sich elend. Von allen Seiten wurde er angefeindet, und niemand traute sich, seine Partei zu ergreifen und sich schützend vor ihn zu stellen. Selbst alte Freunde, die sich früher in seiner Gunst gesonnt und danach gegiert hatten, einen Zipfel von seinem Ruhm zu erhaschen, hatten sich unter oft fadenscheinigen Ausreden zurückgezogen. Clodius aber nutzte die Gelegenheit, mit seiner Schlägertruppe die allgemeine Furcht der Optimaten vor den neuen Machthabern zu verstärken und allen Widerstand gegen die Politik der Popularen und der Triumvirn zu unterbinden. So war es einsam um Cicero geworden, und er litt unter dieser Isolierung mehr, als er sich selbst eingestehen wollte. Selbstmitleid ließ ihn in Tränen ausbrechen. Der den Jubel des Volkes und des Senates Gewohnte war verstört und erbittert, daß seine Kollegen im Senat bis auf wenige Ausnahmen nicht nur nichts für ihn taten, sondern sich zum Teil schadenfroh über ihn die Hände rieben. Ihm wurde bewußt, daß bei aller geheuchelten Freundschaft und Anerkennung für seine Leistungen die Nobilität ihn nie wirklich als einen der Ihren akzeptiert hatte. Hinzu kam die physische Bedrohung durch seine Feinde.

Fast täglich erschienen sie vor seinem Haus auf dem Palatin und skandierten immer dieselben Sprüche. Ein Vorsänger rief zuerst mit lauter Stimme:

> ‚Kein Gott hilft mehr dem Cicero,
> und Hilfe kommt von nirgendwo.
> Raus aus Rom, raus aus Rom!‘

Dann brüllte die Menge diese immer gleiche Losung im Chor nach. Dieser sich täglich wiederholende Terror der Straße hatte Cicero mürbe gemacht. Heimlich hatte er die Stadt auf Rat von Freunden verlassen, nachdem die Konsuln Piso und Gabinius sich geweigert hatten, ihm Schutz zu gewähren. Obwohl er sich Pompeius in einer erniedrigenden Weise zu Füßen geworfen hatte, hatte auch dieser nicht nur jede Hilfe abgelehnt, sondern ihn obendrein noch durch einen Sklaven aus dem Haus weisen lassen. So war er, tief erschüttert und verzweifelt, gegangen, um auf seinem Landgut bei Formiae bessere Zeiten abzuwarten.

»Die Römer werden bald diese ekelhaften Demonstrationen vor meinem leeren Haus in der Stadt überhaben«, hatte er zu seinem Leibsklaven Tiro gesagt. »Bald wird sich eine andere und interessantere Möglichkeit für unsere wankelmütige und unstete Plebs bieten, ihrer Krawallsucht Raum zu geben. Sie werden sich auf ein neues Opfer stürzen, und ich kann in Ruhe in die Stadt zurückkehren.«

Normalerweise hätte Cicero mit seiner Prognose recht behalten, und die Plebs hätte sich einer reizvolleren Aufgabe zugewandt. Aber er hatte nicht mit dem Haß und der Ausdauer seines Feindes Clodius gerechnet. Tag für Tag ließ dieser seine Leute durch die Stadt, ihren Vers immer aufs neue wiederholend, vor Ciceros Villa ziehen. Auch an anderen Orten, auf dem Forum und in den Kneipen und den verwinkelten Gassen der Subura ließ er seine bezahlten Agenten gegen Cicero hetzen und die Forderung erheben, endlich gegen diesen Feind des Volkes auch gerichtlich vorzugehen.

Während Cicero in seiner Villa in Formiae auf bessere Zeiten wartete und noch immer den Ernst der Lage unterschätzte, weil er sich nicht vorstellen konnte, daß irgend jemand in Rom auf seine Erfahrung und seine Ratschläge würde verzichten können, war Clodius mit Wissen und Billigung der Triumvirn rastlos tätig, um den endgültigen Untergang seines Feindes zu beschleunigen. Zuerst hatte er in der Volksversammlung durchgesetzt, daß dem Konsul Aulus Gabinius die reiche Provinz Syrien als Statthalterschaft nach seinem Konsulat zugewiesen wurde. Gabinius hatte sich dafür bei ihm mit der Forderung bedankt, Cicero wegen der Hinrichtung der Catilinarier endlich aus für immer der Stadt zu verbannen.

Clodius ließ sich das nicht zweimal sagen und berief umgehend eine Volksversammlung ein, in der er mitteilte, daß Cicero aus der Stadt entflohen sei und damit selbst seine Schuld eingestanden habe. Er beantragte daher ein Gesetz, wonach Cicero aus der Stadt und dem römischen Herrschaftsgebiet zu verbannen sei und erst zurückkehren dürfe, wenn die gemordeten Catilinarier wieder zum Leben erweckt seien.

Mit diesem von der Volksversammlung beschlossenen Gesetz wurde dem gedemütigten Vater des Vaterlandes in einem Umkreis von 400 Meilen Feuer und Wasser verboten, und jedem Bürger, der ihm innerhalb dieses Kreises Unterkunft oder Nahrung gewähren würde, sollte dieselbe Strafe treffen. Gleichzeitig wurde sein gesamtes Vermögen zugunsten der Staatskasse eingezogen.

Cicero hatte innerhalb eines Tages Italien unter Zurücklassung seiner Habe zu verlassen. Sein Haus auf dem Palatin, auf das er so stolz gewesen war, weil er als ‚homo novus' in diese Domäne des Patriziats hatte eindringen können, wurde auf Befehl der Volkstribunen Clodius niedergebrannt und das Grundstück enteignet. Auch die zahlreichen Landhäuser des nunmehr gewesenen Vaters des Vaterlandes wurden eingezogen und zerstört.

Nun endlich wachte der geschockte Cicero auf. »Alle haben mich verlassen«, jammerte er wehklagend. Er beschuldigte alle und jeden, an seinem Unglück schuld zu sein. Er rief die Götter zu Zeugen an und forderte sie auf, das ihm angetane Unrecht zu sühnen. »Fluch über diese undankbaren und treulosen Feiglinge im Senat,« rief er aus. »Sie haben den einzigen Menschen, der sie gerettet hat, seinem Schicksal überlassen. Weh ihnen, sie werden ihren schwärzesten Undank eines Tages bitter zu bereuen haben!«

Vergebens schrieb er teils anklagende, teils flehende, aber immer wehleidiger werdende Briefe an einflußreiche Senatoren und Amtsträger. Er suchte die Schuld für sein Schicksal bei allen anderen, ihrem Neid auf seine überragenden Erfolge, ihrem Haß auf seine niedere Herkunft, ihrem adelsstolzen Hochmut und ihrer Feigheit vor den Triumvirn. Nur bei sich selbst konnte er keine Fehler entdecken. Statt dessen gefiel er sich in seiner Selbstsicht als der untadelige Patriot, der um des Staates willen lieber die ihm aufgezwungene Rolle des unschuldig Verfolgten und Märtyrers übernahm, als zuzugeben, daß auch er Fehler begangen hatte und an seiner Politik und der falschen Einschätzung der Kräfteverhältnisse gescheitert war.

Aber er war bei aller Verzweiflung und Wehleidigkeit doch klug genug, unverzüglich das Land zu verlassen und in Thessalonike seinen Wohnsitz aufzuschlagen. »Ich muß mich dem Staat für spätere Aufgaben bewahren,« sagte er zu dem ihn begleitenden treuen Sklaven Tiro »Eines Tages werden die Römer erkennen, was sie mit mir verloren haben!«

In Rom wagte nun niemand mehr, gegen den Straßenterror des Clodius und seiner Banden vorzugehen. Die Konsuln Gabinius und Piso waren stillschweigend mit ihm im Bunde, und Crassus und Pompeius beriefen sich darauf, daß sie als amtlose Privatleute weder das Recht noch die Macht hätten, diesem Treiben Einhalt zu gebieten.

»Ja, wenn die Konsuln im Senat die Ausrufung des Notstandes beantragen würden und der Senat mich dann mit der Exekution seiner diesbezüglichen Beschlüsse beauftragen würde, könnte ich etwas unternehmen!« So hatte Pompeius mit treuem Augenaufschlag ihn bestürmende verängstigte Senatoren beschieden, wohl wissend, daß keiner der Konsuln beabsichtigte, einen derartigen Beschluß zu beantragen.

»Mir tut Cicero wirklich leid«, hatte auch Crassus alle Bittsteller abgewiesen. »Aber er erntet jetzt nur, was er selbst gesät hat! Aber schließlich ist er Stoiker! Das wird ihm helfen, sein hartes Schicksal zu ertragen. Und ihr kennt sicher auch die Bemerkung des Thukydides aus seinem Peloponnesischen Krieg: ‚Der Starke handelt, wie er will, und der Schwache erleidet, was er muß!‘ Ihr seht, aus der Geschichte kann man viel lernen.«

Clodius nutzte die Gelegenheit, um seinen eigenen Grundbesitz auf dem Palatin abzurunden, indem er Ciceros Grundstück über einen Strohmann billig erwarb. Er arrondierte seinen Besitz noch durch den Grund und Boden des Quintus Seius Postumus. Dieser hatte sich zwar geweigert, sein zwischen Clodius‘ und Ciceros Anwesen liegendes Haus an ihn zu verkaufen. Da er kurz darauf unter mysteriösen Umständen gestorben war, ging sofort das Gerücht um, Clodius habe seinen Nachbarn vergiftet, um an dessen Besitz zu gelangen. Wie dem auch sei, Clodius vereinigte die drei Grundstücke zu einem und baute sich darauf einen prächtigen Stadtpalast, den er durch einen Priester der Göttin der Freiheit weihen ließ. Dadurch wurde das neue Haus automatisch zu einem der Göttin gehörenden Tempel und wurde auf diese Weise künftigen Rückforderungsansprüchen entzogen, denn niemand hätte sich an dem Eigentum der Göttin ungestraft vergreifen dürfen.

Gleichzeitig hatte er im Senat den Einzug Zyperns zugunsten der Römischen Republik beantragt und durchgesetzt. Mit geheucheltem Pathos hatte er vorgeschlagen, diesen ehrenvollen Auftrag keinem anderen als dem bewährten und integren Marcus Porcius Cato zu erteilen, denn nur dieser biete wegen seiner stadtbekannten unbedingten Ehrlichkeit die absolute Gewähr dafür, daß die reichen Schätze der Insel nicht von beutegierigen Geschäftemachern geplündert oder unterschlagen würden.

Cato hatte sich gewunden wie ein Aal, aber er konnte seine Beauftragung nicht verhindern, denn die Konsuln hatten für ihn das Imperium beantragt und durchgesetzt und ihn anschließend zum Kommandeur von drei Kohorten ernannt. So hatte er schließlich diese elegante Entfernung aus Rom und von den Quellen der Macht seufzend hingenommen und sich mit seiner lächerlich kleinen Streitmacht und einigen Beamten auf die lange Seereise in das östliche Mittelmeer begeben.

Da der ihm vom Senat erteilte Auftrag auch noch die Wiederherstellung der seit längerer Zeit unterbrochenen diplomatischen Beziehungen zu dem Königreich Ägypten einschloß, war eine lange Abwesenheit von Rom vorauszusehen. Denn Ägyptens Pharao Ptolemäos XII. hatte ebenfalls Ansprüche auf Zypern erhoben, weil dieses Königreich von alters her von der ägyptischen Dynastie regiert worden war und daher nach dem Tode seines Vorgängers Ptolemäos XI., der König beider Reiche war, an ihn als Erben gelangt sei.

Um die Sache zu komplizieren, hatte dieser Vorgänger aber beide Reiche, nämlich Ägypten und Zypern, testamentarisch dem römischen Volk vererbt. Rom hatte durch seinen Konsul Cäsar im vorigen Jahr das Erbe hinsichtlich Zyperns angenommen, aber hinsichtlich Ägyptens gegen eine riesige Abstandszahlung und eine Bündnisverpflichtung gegenüber Rom auf die Erbfolge verzichtet. Cato sollte nun den Inhalt dieses Bündnisses genau festlegen und möglichst eine Schutzherrschaft Roms über das Pharaonenreich installieren. So würde er eine lange Zeit abwesend sein und die Politik der Triumvirn nicht stören können.

Cäsar war daher mit Clodius sehr zufrieden. Er hatte nun nach Ausschaltung von Cicero und Cato keine ernsthaften Gegner mehr in der Hauptstadt und konnte jetzt beruhigt mit seinen Truppen nach Gallien ziehen und seine Provinz übernehmen. Die Zeit drängte, denn die mit Rom verbündeten Häduer hatten um seine Hilfe gebeten, weil die nördlich des Lacus Lemanus siedelnden Helvetier nicht nur in ihr Land, sondern auch noch in die römischen Gebiete der Gallia Transalpina eingefallen waren. Cäsar ernannte seinen alten Freund Labienus zum Legaten und übertrug ihm seine Stellvertretung. Lucius Aurunculeius Cotta, Servius Sulpicius Galba und Titurius Sabinus übertrug er neben dem schon bestellten Vatinius das Kommando über je eine seiner Legionen, Crassus' jüngster Sohn Publius wurde sein Reiterpräfekt. So zog er Anfang April in Eilmärschen nach Norden, begleitet von vielen jungen Aristokraten, darunter seinen Neffen Q. Pedius und L. Pinarius Scarpus, die sich in seinem Heer neue militärischen Sporen verdienen wollten.

6

Nachdem Clodius seine Gesetze gegen Cicero durchgebracht hatte und in Rom alles ruhig war, begab sich Cäsar in Eilmärschen nach Norden und übernahm dort das Kommando über seine drei in der Provinz Gallia Cisalpina bei Aquileja im Winterquartier liegenden Legionen. Wegen der beunruhigenden Nachrichten aus dem jenseitigen Gallien gab er Befehl, zwei neue Legionen aufzustellen, ohne hierfür die Zustimmung des Senates einzuholen. Den Sold für die Soldaten und die Kosten für ihre Ausrüstung mußte er deshalb aus eigener Tasche bezahlen. Wegen der Eilbedürftigkeit dieser Maßnahme sei die Übergehung des Senates unerläßlich geworden. Man könne, wenn ein Haus brenne, nicht erst einen Bericht an die zuständige Feuerwehr schreiben, sondern müsse unverzüglich selbst zu Eimer und Spritze greifen, wenn man noch etwas retten wolle, schrieb er an Pompeius und Crassus. Er hatte außerdem Befehl gegeben, nicht nur römische Bürger, sondern auch gallische Provinziale in seine Legionen aufzunehmen. Letzeren versprach er, ebenfalls ohne gesetzliche Legitimation, ihnen nach Ende ihrer Dienstzeit das römische Bürgerrecht zu gewähren.

Cäsar war in seiner Provinz von der schon fast ganz romanisierten Bevölkerung jubelnd und begeistert empfangen worden, denn er war der einzige namhafte Politiker Roms, der sich schon seit langem für die Erteilung des Bürgerrechtes an die nun schon bald zweihundert Jahre unter römischer Herrschaft stehenden Gallier vehement, wenn auch bisher vergeblich, eingesetzt hatte. Das Land war dicht besiedelt und daher für Cäsar nicht nur ein beinahe unerschöpfliches Reservoir für Rekruten, sondern auch bestens als politische Basis für seine Ambitionen in der Stadt Rom geeignet, wenn seine Einwohner erst einmal römische Bürger waren und bei Wahlen und Abstimmungen in Rom, auf seine Kosten dorthin gesandt, als seine Klienten für ihn und seine Ziele stimmen würden.

Nach kurzem Aufenthalt in seiner Provinz übergab er seinem Freunde Lucius Aurunculeius Cotta den Oberbefehl über seine restlichen Truppen in der Poebene und machte sich mit nur einer Legion auf den beschwerlichen Weg über die noch verschneiten Alpen, um gegen die Helvetier vorzugehen.

Cäsar trieb seine Soldaten zu Gewaltmärschen an, denn er wollte so schnell wie möglich über das Gebirge, um seine zweite Provinz vor der Verwüstung durch die Barbaren zu schützen. Seine Legion kam schnell durch das flache Land am Padus voran, aber schon bald hinter Vercellae bog die Straße nach Nordwesten ab und führte durch zunächst hügeliges Gelände, in dem jetzt, Mitte April, der Frühling eingezogen war. Die Felder waren hier schon bestellt, und das ganze Land war aufgeblüht. Die einheimischen Bauern, die ihre überzähligen Söhne Cäsar so willig als Rekruten zur Verfügung gestellt hatten, hatten das Land außer mit Getreide und Wein auch mit Obstbäumen bebaut, die jetzt in den etwas höheren Lagen des lieblichen Hügellandes noch in voller Blüte standen.

Bald aber gingen die Hügel in Berge über, und das milde Klima wurde rauher. Es ging bergan, und die Soldaten keuchten unter der Last ihres Gepäckes und der Waffen. Die ausgebaute Straße verlief sich. Zunächst durch Sandwege ersetzt, dann in Saumpfade übergehend, wurde der Weg, den schon Hannibal gezogen sein soll, immer steiler und unbequemer.

Nachts wehte ein scharfer Wind von den Bergen herab. Er pfiff um die von den Legionären hastig errichteten Zelte. Der unangenehme Nachtfrost und das Rauschen des Windes in den Wipfeln der Bäume und das Gurgeln der von der Schneeschmelze angeschwollenen Bäche störten den Schlaf der Soldaten nicht, denn sie waren von den Strapazen des Marsches zu erschöpft, um die Kälte der Bergwinde zu spüren.

Schon bald marschierte die Legion oberhalb der Baumgrenze. Erste Schneefelder tauchten auf, und nur um die Mittagszeit vertrieb die Sonne den Frost und ließ es für einige Stunden tauen.

Mißmutig und abgehetzt stapften die Legionäre durch den verharschten, in der warmen Sonne schmelzenden Schnee, immer in der Gefahr, wegen der genagelten Schuhe auszurutschen und der Länge nach hinzuschlagen. Die dünne Luft des Hochgebirges erschwerte die Atmung und machte den Soldaten zusätzlich zu schaffen. Mit schmerzenden Lungen und Gliedern wie aus Blei schleppten sie sich bergan, fröstelnd vor Kälte und schwitzend vor Anstrengung zugleich.

Cäsar hatte Glück, denn das Wetter blieb den ganzen Marsch über schön. Die Soldaten hatten keine Zeit, den herrlichen Ausblick über die Gletscher und verschneiten Kuppen der Berge, die manchmal abenteuerlich schroffen und spitzen, sich in den wolkenlosen Himmel reckenden, oft bizarr gezackten Felsen und die nun unter ihnen liegenden Bergwiesen und Wälder zu genießen. Cäsar trieb sie unerbittlich vorwärts, denn er wußte aus Berichten einheimischer Hirten, daß sich um diese Jahreszeit das Wetter von Stunde zu Stunde ändern konnte. Ein Wettersturz mit kalten Sturmböen, Schneeverwehungen oder Nebel konnte auf den schmalen, an Abgründen und Steilhängen vorbeiführenden Wegen zu schweren Verlusten, wenn nicht gar zur Vernichtung seines kleinen Heeres führen. Auf jeden Fall aber würde eine Wetteränderung seine Ankunft in der Gallia Transalpina erheblich verzögern.

Er hatte zwar für den Marsch den kürzesten Weg ausgewählt, aber diese Strecke war auch die beschwerlichste, weil sie über den am höchsten gelegenen Paß in den Poeninischen Alpen führte. Je schneller wir über das Gebirge kommen, um so besser, hatte er gedacht und alle Warnungen erfahrener Bergführer vor Lawinen und Bergstürzen ignoriert.

Die Soldaten stöhnten unter der Last ihres Gepäckes. Jeder Legionär mußte seine Waffen selbst tragen. Das waren neben dem rechteckigen hölzernen, mit Leder bezogenen und an den Rändern mit Eisenbändern beschlagenen, breiten und oval gebogenen Schild das breite Kurzschwert mit Scheide und der kurze Wurfspeer. Zur Ausrüstung gehörten ferner der schwere Helm, der lederne, mit metallenen Schuppen benähte Brustpanzer und die genagelten Soldatenstiefel. Zusätzlich mußte jeder Legionär den auch als Decke verwendbaren Mantel, sein Eßgeschirr, Feldflasche, Spaten und anderes Schanzzeug, mit Tragriemen auf den Rücken geschnallt, mit sich schleppen, denn jeden Abend wurde für die Nachtruhe ein befestigtes Marschlager errichtet, um vor Überfällen durch räuberische Bergvölker während der Nacht geschützt zu sein.

Gegen Mittag des sechsten Tages erreichten sie die Paßhöhe. Cäsar bewilligte seinen ausgepumpten und vor Anstrengung keuchenden Legionären nur eine kurze Rast, eigentlich nur eine Verschnaufpause, denn er traute dem Wettergott nicht.

Um die Soldaten zu beruhigen, holte er für den Abstieg feierlich die Auspizien ein. Er hatte den Augur Ser. Sulpicius Galba, der eigentlich eine seiner im diesseitigen Gallien verbliebenen Legionen befehligte, extra auf diesen Zug mitgenommen, damit er in der Not den abergläubischen Legionären durch günstige, das göttliche Wohlwollen anzeigende Zeichen den fortdauernden göttlichen Schutz und Segen vor Augen führen konnte.

Cäsar selbst hatte zwei neugierig die fremden Besucher beobachtende Alpendohlen erspäht und diesen passenden Moment für die Einholung der Auspizien genutzt. Der Augur hatte die beiden Vögel sofort für ein äußerst günstiges Zeichen erklärt und verkündet, daß die Götter nach wie vor mit Cäsar und seinen Truppen seien. Zufrieden mit diesem Zeichen andauernder göttlicher Huld waren die Soldaten dann aufgebrochen. Nun war alles viel leichter, denn es ging stetig bergab. Die Leute fühlten sich beschwingt und spürten die Last ihrer Ausrüstung, so glaubten sie jedenfalls, weit weniger, als dies bergauf der Fall gewesen war.

Ein Feldwebel stimmte plötzlich ein Soldatenlied an und die marschierenden Soldaten fielen, erst zögernd, dann immer lauter in den Gesang ein. Es war ein ellenlanges Lied mit vielen Strophen, und der Text war nicht ganz stubenrein.

Cäsar atmete auf. Die Soldaten sind jetzt wieder guten Mutes, dachte er erleichtert. Sie fühlen instinktiv, daß die Strapazen des beschwerlichen Marsches bald vorbei sein werden. Selbst diejenigen, die mit wundgelaufenen Füßen ein wenig aus dem Tritt gekommen waren und am Ende des Zuges humpelnd und fluchend mit weichen Knien mehr geschlurft als marschiert waren, waren wieder ins Glied getreten. Ein Glück, daß die Vögel vorhin Dohlen und keine Geier waren! Geier auf dem Marsch eines Heeres, anders als wenn sie über der Stadt kreisen, bedeuten Unglück. Sie gelten als Boten Plutos, des Gottes der Unterwelt, und bedeuten den baldigen Tod. Geier hätten Schwierigkeiten gebracht, denn die Soldaten sind abergläubisch!

Die Soldaten sangen nun nach Herzenslust. Das Lied war im Marschtakt und befaßte sich hauptsächlich mit den körperlichen Vorzügen der unterschiedlichsten Mädchen aus allen Teilen des weiten Römischen Reiches und hatte nach jeder Strophe den gleichen Refrain:

»Das schönste Mädchen ist fürwahr,
die alte Sau im Lupanar!«

Der weitere Abstieg verlief ohne Zwischenfälle. Am zwölften Tag nach ihrem Aufbruch in der Poebene erreichten sie den Lacus Lemanus, der die Grenze zwischen dem römischen Gebiet und dem freien Gallien bildete. Nördlich des Sees waren die Wohnsitze der Helvetier gelegen, die sie jetzt wegen der am Lacus Venetus vorbei über den Rhein vorgedrungenen Germanen geräumt hatten.

Bei Genava erwartete ihn die in der Gallia Transalpina stationierte Legion. Hier errichtete er ein stark befestigtes Lager mit Wall, Graben und einem Palisadenzaun zur Sicherung der Übergänge über die Rhone und als Stützpunkt für seinen geplanten Angriff auf die in die Gebiete der Sequaner und Häduer eingefallenen Helvetier. Dann übergab er Labienus das Kommando und ging über die Alpen zurück in das diesseitige Gallien, um von dort seine vier anderen Legionen nachzuholen und den Feldzug gegen die gallischen Friedensbrecher, wie er die Helvetier in seinem Bericht an die Konsuln in Rom genannt hatte, zu eröffnen.

7

Schon nach wenigen Wochen war Cäsar mit seinen vier Legionen aus Oberitalien auf dem gleichen Weg über die nun frühlingshaften Alpen in sein Lager an der Rhone zurückgekehrt, ohne daß es irgendwelche Zwischenfälle gegeben hätte. Die bei seinem ersten Alpenübergang in den oberen Regionen noch vorhandene geschlossene Schneedecke war nun bis zur Paßhöhe weitgehend geschmolzen, nur hin und wieder fanden sich in von der Sonne noch nicht ausreichend beschienenen Spalten und von überhängenden Felsen beschatteten Nischen Reste schon grau gewordenen Schnees. Auf den Matten rechts und links des steinigen Pfades wuchs bereits saftiges Gras, und die Frühjahrsblüte hatte in den höheren Lagen gerade begonnen und zahlreiche bunte Alpenblumen aus dem steinigen Boden hervorgezaubert.

Cäsar nutzte die guten Weiden für die Tiere seines Trosses, die nun nur noch das schwere Gerät, etwa Sturmböcke für Belagerungen, und die Nahrungsvorräte für die Truppen, nicht aber auch noch ihr eigenes Futter zu tragen hatten. Die Legionen waren im Abstand von einer Tagesreise aufeinander gefolgt, so daß die jeweils nachfolgende das Nachtlager der vorangezogenen benutzen konnte und so die Soldaten sich die mühevolle Arbeit sparen konnten, nach einem langen und an ihren Kräften zehrenden Marsch ein gegen feindliche Überfälle gesichertes Lager für die Nacht zu errichten.

Als Cäsar mit seinen Verstärkungen bei Labienus ankam, hatte sich die Lage dort zugespitzt. Die Helvetier hatten, von den aus dem Norden vorstoßenden Germanen unter ihrem Heerkönig Ariovist hart bedrängt, ihren angestammten Wohnsitze verlassen und waren in das Gebiet der weiter westlich von ihnen außerhalb der römischen Provinz Gallia Transalpina lebenden Sequaner eingebrochen. Sie hatten schon vor Wochen, als Cäsar mit seiner Legion am Lacus Lemanus erschien, eine Gesandtschaft zu ihm geschickt und um die Erlaubnis gebeten, durch die römische Provinz zu ziehen. Sie würden sich friedlich verhalten, denn sie beabsichtigten, die Provinz alsbald wieder zu verlassen und sich in Aquitanien anzusiedeln. Nur dort würden sie vor Ariovist und seinen wilden Kriegern sicher sein.

Cäsar hatte dieses Ersuchen sofort zurückgewiesen und die Helvetier aufgefordert, in ihre alten Siedlungsgebiete nördlich der römischen Grenze am Lacus Lemanus zurückzukehren. Dies hatten die verzweifelten Helvetier abgelehnt und als Begründung angegeben, daß sie bei ihrem Auszug ihre Häuser abgebrannt hätten, um die Germanen abzuschrecken, sich in dem völlig verwüsteten Land anzusiedeln. Sie könnten daher, nicht nur aus Furcht vor den grausamen und unerbittlichen Germanen, sondern auch, weil sie dort keine Bleibe mehr hätten, nicht in ihre alte Heimat zurückgehen.

Als Cäsar bei seiner Ablehnung blieb, sie durch die römische Provinz ziehen zu lassen, setzten die Helvetier, die natürlich auch nicht mit Gewalt diesen bequemen Weg erzwingen konnten und wollten, ihren Zug mit allen Frauen und Kindern deshalb weiter nördlich und außerhalb der römischen Besitzungen fort und stießen hier auf das Gebiet der mit den Römern verbündeten Häduer. Von den Helvetiern, die schon die Sequaner besiegt hatten, arg bedrängt, bat dieser Stamm erneut und nun dringender als vor einigen Monaten um römische Hilfe.

Cäsar wußte, daß er, wie alle Statthalter, nicht berechtigt war, auf eigene Faust einen Krieg gegen eine auswärtige Macht zu beginnen, es sei denn zur Abwehr eines von außen drohenden oder bereits erfolgten Angriffes auf römisches Gebiet. Für einen Kriegszug und eine vorangehende Kriegserklärung gegen äußere Feinde waren ausschließlich die Centuriatskomitien zuständig. Er hätte also nach Rom berichten und einen entsprechenden Antrag zur Kriegserklärung initiieren müssen. Selbst wenn die Komitien dank der Unterstützung durch Clodius und die Triumvirn für einen Krieg in Gallien zu gewinnen gewesen wären, hätte der Senat noch Sand in das Getriebe streuen können, denn dieser war für die Bestellung des Oberbefehlshabers zuständig. Zwar war es üblich, aber keinesfalls gesetzlich vorgeschrieben, daß der amtierende Statthalter einer Provinz mit der Kriegführung beauftragt wurde, aber es gab warnende Beispiele, wo dies nicht geschehen war. Bei der nicht berechenbaren Stimmung im Senat gegen Cäsar und den unklaren Mehrheitsverhältnissen hätte er zu befürchten gehabt, daß die Optimaten die Bestallung eines anderen Oberbefehlshaber als ihn durchsetzten.

Allerdings hatte Cäsar vor Antritt seiner Statthalterschaft noch als Konsul einen Beschluß des Senates erwirkt, daß ‚dem Statthalter der Provinz Gallia Transalpina aufgegeben wird, die Häduer und die anderen Verbündeten des römischen Volkes zu schützen, soweit es ohne Nachteil für die Republik möglich ist'.

Cäsar nahm daher das neuerliche Schutzersuchen der Häduer zum Anlaß, den Krieg gegen die Helvetier zu eröffnen. Er berichtete umgehend an den Senat und teilte diesem mit, daß durch den Einfall der Helvetier, die seiner Weisung, in ihre Wohnsitze zurückzukehren, nicht gefolgt seien, die Vernichtung der verbündeten Häduer drohe, wenn er ihnen nicht bewaffnete Hilfe leiste. Das edle Volk der Häduer habe ihn flehentlich um Waffenhilfe gebeten. Er werde dieser Bitte in Anbetracht des Senatsbeschlusses aus dem Vorjahre Folge leisten und den Häduern mit seiner gesamten Streitmacht zu Hilfe eilen, um die Helvetier in ihre Gebiete zurückzutreiben. Eine andere Handlungsweise sei mit der Ehre der Römischen Republik nicht vereinbar. Alle verbündeten Völker müßten sich zudem auf die unverbrüchliche Bündnistreue der Römer verlassen können. Da er einen Wortbruch den Häduern gegenüber nicht verantworten könne, sehe er, gedeckt durch den Senatsbeschluß, den Frieden durch die von ihm auf die Konsequenzen ihres Einfalls in das Land der Häduer aufmerksam gemachten Helvetier als einseitig aufgekündigt an. Einer zusätzlichen römischen Kriegserklärung bedürfe es daher nicht mehr.

Unmittelbar danach brach er mit seinen sechs Legionen auf, überschritt die Rhone und zog in Eilmärschen nach Norden. Dort hatten die Helvetier das Aufgebot der Häduer angegriffen und in erhebliche Bedrängnis gebracht. Am Fluß Arar holte er das wegen der vielen Wagen und des getriebenen Viehs sehr langsam ziehende helvetische Volk ein, als dieses gerade über den Strom setzen wollte. Mit Ungestüm griffen die Römer an und vernichteten die Nachhut des sich am Ufer wegen der engen Furt zusammendrängenden Volkes.

Während die Helvetier mit dem Gros ihres Volkes über den Fluß entkommen konnten und unbeeindruckt von dieser Schlappe weiterzogen, ließ Cäsar durch seine Pioniere eine feste Holzbrücke über den Fluß schlagen und begann dann mit der umgehenden Verfolgung des abziehenden Volksstammes.

Wenige Tage später erschienen im römischen Lager Abgesandte des helvetischen Führers. Cäsar empfing die Unterhändler im Prätorium seines Lagers. Er hatte sich seine blankpolierte Rüstung von Crastinus anlegen lassen und den purpurgesäumten Feldherrnmantel umgelegt. Er saß auf seinem Elfenbeinstuhl und blickte streng und hoheitsvoll auf die helvetischen Gesandten, die durch eine Gasse schwerbewaffneter Legionäre schreitend vor ihn geführt worden waren.

Um ihn herum standen die Kommandeure seiner siegreichen Legionen und die Adlerträger, ihre Feldzeichen stolz den Helvetiern entgegenstrekkend. Auf einem Beistelltisch lagen des Feldherrn Helmbusch und sein Schwert. Cäsar hob, einen Gruß andeutend, seine Rechte.

»Ihr seid in mein Lager gekommen, um mit mir über den Frieden zu sprechen. Wir werden sprechen, aber nicht verhandeln, denn es gibt nichts zu verhandeln, nachdem ihr unsere Verbündeten ohne triftigen Grund überfallen habt!«

Der Unterhändler der Helvetier zog unwillig die Augenbrauen hoch. »Du bist sehr kühn, mein Lieber«, sagte er und Widerwillen und Verachtung waren in seiner Stimme nicht zu überhören. »Ich will um des Friedens willen deine Anmaßung überhören. Mein Fürst will den Frieden mit Rom. Er bietet dir deshalb an, unseren Streit zu begraben und sich mit dir über alle Streitpunkte zu verständigen. Als Zeichen seines guten Willens ist er bereit, sich von dir jedes Gebiet anweisen zu lassen, das du unserem Volk in Gallien als Wohnsitz zuzubilligen bereit bist. Ich hoffe, du weißt dieses Friedensangebot zu schätzen! Schlag also ein, denn wir wollen nichts als irgendwo in sicheren Grenzen leben. Roms Interessen und die seiner Verbündeten wollen wir nicht verletzen. Gewährt uns Durchzug nach Aquitanien, wo es genug unbesiedeltes Land für unser Volk gibt.

Andernfalls würden wir uns energisch zur Wehr setzen. Du weißt, was das bedeutet: Krieg und Untergang deines Heeres. Du wirst dich erinnern, daß es nicht das erstemal sein wird, daß wir die Römer besiegt haben. Ziehe daher aus dem Überraschungserfolg beim Übergang über den Arar keine falschen Schlüsse über unsere Stärke und Kriegstüchtigkeit, denn du hast lediglich mit deinem g a n z e n Heer eine zahlenmäßig g e r i n g e Schar von Nachzüglern der Helvetier besiegt. Unser Volk aber ist stark genug, den Römern die Stirn zu bieten und sie auch diesmal wieder zu schlagen!«

»Du solltest etwas vorsichtiger bei deinen Unverschämtheiten sein. Die unsterblichen Götter nämlich pflegten den Menschen, die sie für ihre Verbrechen strafen wollten, zuweilen günstige Umstände und längere Straffreiheit zu gewähren, damit sie dann den Wandel der Dinge um so schmerzlicher erleiden. Bedenkt das also, bevor ihr euch auf längst verwelkte Lorbeeren verlaßt! Ich bin zwar noch immer zum Friedensschluß bereit, aber natürlich nur zu meinen Bedingungen. Ihr habt danach in eure früheren Wohngebiete zurückzukehren, eine ausreichende Anzahl Geiseln zu stellen und an die Häduer eine angemessene Entschädigung für den angerichteten Schaden zu leisten. Das ist mein letztes Angebot. Nehmt es an, oder die römischen Waffen werden euch dazu zwingen!«

Der helvetische Gesandte lachte laut auf. »Du scheinst vergessen zu haben, daß es früher üblich war, daß die Römer u n s Geiseln zu stellen hatten. Nun gut, du wirst jetzt die Folgen zu tragen haben. Merke dir den Namen dieses Ortes. Er wird den traurigen Ruhm ernten, Zeuge der größten Niederlage zu werden, die Rom je erlitten haben wird!« Abrupt hatte sich der Helvetier umgedreht und war aus dem Prätorium gestampft, daß die Sporen an seinen Reitstiefeln klirrten.

Cäsar sah der siegesgewiß davonschreitenden helvetischen Delegation ohne erkennbare Gemütsbewegung nach. Zu seinen ihn fragend ansehenden Legaten gewandt, bemerkte er, um deren historische Kenntnisse aufzufrischen, in geschäftsmäßigem und leicht dozierendem Ton:

»Ja, meine Freunde, die Tiguriner, ein Unterstamm der Helvetier, haben tatsächlich vor genau fünfzig Jahren ein römisches Heer vernichtend geschlagen und den römischen Feldherrn, den Konsul Lucius Cassius Longinus, im Kampf getötet. Das scheinen die Helvetier bis heute nicht vergessen zu haben. Es wird also höchste Zeit, daß wir die alte Scharte nicht nur auswetzen, sondern den Leuten einmal zeigen, daß die heutigen Römer besser zu kämpfen wissen als der unglückselige Cassius damals. Also an die Arbeit, meine Herren! Brecht das Lager ab. Ich will, daß die Legionen in einer Stunde aufbrechen können. Die Helvetier sollen sich wundern, wenn wir sie zu packen kriegen!«

Fünfzehn Tage zog Cäsar hinter den Helvetiern her, bis er bei Bibracte, tief im Lande der Häduer, ein günstiges Schlachtfeld gefunden hatte. Da die Feinde zahlenmäßig seinen Legionen deutlich überlegen waren, wählte er eine schmale Ebenen zwischen zwei Hügeln, in der seine sechs Legionen die volle Breite der Ebene nutzen konnten, die Feinde aber ihre Überzahl nicht auf einmal einsetzen konnten, weil dafür die Ebene zu schmal war. Wegen der dicht bewaldeten Hügel war es auch nicht möglich, von dort herab eine geordnete Truppe die Flanken der Römer angreifen zu lassen. Cäsar schickte sein Pferd zum Troß, um allen Soldaten klarzumachen, daß er jeden Gedanken an Flucht von sich gewiesen hatte und er zusammen mit seinen Leuten zu Fuß kämpfen, siegen oder untergehen wollte.

Dann hielt der Feldherr die in solchen Fällen übliche und von den Soldaten erwartete Ansprache, in der er sie für ihre bisherigen Leistungen lobte und sie anspornte, äußersten Mut zu zeigen und den Feind unerschrocken anzugreifen. Die unsterblichen Götter seien nach den in den eingeholten Auspizien gegebenen Zeichen mit den Römern und erwarteten von ihnen die Tilgung der dem Cassius vor fünfzig Jahren zugefügten Schmach. Danach begab er sich zur von Labienus geführten zehnten Legion, einer besonderen Eliteeinheit, und gab das Zeichen zum Angriff.

Mit wildem Mut und großem Schwung warfen sich auch die Helvetier in die Schlacht. Es war ein blutiges Gemetzel mit großen Verlusten auf beiden Seiten. Die Römer drangen, nachdem sie ihre Wurfspeere geworfen hatten, im Laufschritt vor und brachen in die gegnerischen Reihen. Besonders die erste Kohorte der zehnten Legion unter ihrem Primipilus Crastinus, dem Cäsar diese ehrenvolle Stelle übertragen hatte, schlug sich mit Bravour und drängte die Helvetier Schritt für Schritt zurück. In die dadurch entstehende Lücke in der feindlichen Schlachtordnung drang die zehnte Legion ein und erweiterte rasch den erzielten Einbruch. Die Helvetier warfen ihre noch unverbrauchten Reserven in die Schlacht und ermöglichten so ihren angeschlagenen Soldaten, sich langsam vom Feinde zu lösen und sich auf einen am Ende der Ebene liegenden Hügel zurückzuziehen.

Doch die Legionen, einmal richtig in Bewegung gekommen, stürmten, sich gegenseitig mit lautem Gebrüll anfeuernd, den Hügel hinan und machten die sich tapfer Wehrenden wie in einem Blutrausch nieder und vertrieben die Überlebenden. Aber jetzt war auch die Kraft der Römer erschöpft. Völlig verausgabt verzichteten sie auf eine Verfolgung der Abziehenden. Drei Tage brauchte Cäsar, um seine Toten zu beerdigen und seine Verwundeten zu versorgen. Inzwischen hatte er zu allen gallischen Stämmen Boten ausgesandt und es ihnen unter Androhung schwerer Strafen untersagt, den Helvetiern Unterschlupf oder Verpflegung zu gewähren.

Daraufhin kapitulierten die Helvetier und baten Cäsar um Gnade. Zum Erstaunen seiner Offiziere verzichtete der Feldherr auf die in solchen Fällen übliche Versklavung der sich ihm Ergebenden. Er ordnete an, daß sie in ihre Ursprungsgebiete zurückzugehen hätten. Sie mußten ihre Angriffswaffen abgeben und Geiseln stellen. Zum Ausgleich dafür lieferte er ihnen Getreide für ihre Verpflegung bis über den nächsten Winter und Saatgut für die nächste Aussaat. Darüber hinaus schloß er mit ihnen einen Bündnisvertrag, in dem sich beide Parteien gegenseitige Hilfe zusicherten, falls einer der beiden von einer dritten Macht angegriffen werden würde.

»Du bist sehr milde mit diesen aufsässigen und unverschämten Empörern verfahren.« Labienus schaute seinen alten Freund erstaunt an. »Diese Helvetier hätten doch normalerweise eine härtere Strafe verdient!«

»Das ist zwar richtig, mein Lieber. Aber ich wollte mit meiner Milde verhindern, daß in ihren alten Wohnsitzen sich die Germanen häuslich niederlassen und unsere unmittelbaren Nachbarn werden. Ariovist ist ein viel gefährlicherer Gegner, als es die Helvetier je waren, zumal diese durch ihre Verluste im Krieg gegen uns auf ein Drittel ihrer ursprünglichen Volkszahl geschrumpft sind. Ich hoffe, Ariovist ist durch das Bündnis, das wir jetzt mit den Helvetiern haben, gewarnt und kommt uns bei unseren Bemühungen um Gallien nicht in die Quere. Wenn er dennoch gegen die Helvetier vorgeht, haben wir einen Kriegsgrund, denn ein Angriff auf unsere Verbündeten ist ein solcher auch auf uns. Da kann uns der Senat dann nicht mehr bremsen, wenn der neue Bündnisfall eintritt. Er muß den Vertrag nur noch ratifizieren, dann haben wir freie Hand!

Ich habe daher schon einen Eilboten mit der Siegesmeldung nach Rom gesandt. Da ich nicht vergessen habe, die reichhaltigen Geschenke unserer dankbaren Verbündeten, der Häduer, an die Staatskasse abzuliefern, werden die unendlich edlen und weisen Senatoren gar nicht umhin können, den mitgeschickten Bündnisvertrag mit den Helvetiern zu billigen und diese als neue Schützlinge Roms anzuerkennen.

Du wirst sehen, bald werden wir gegen Ariovist ziehen. Er ist ehrgeizig, hält sich und seine germanischen Krieger für unüberwindlich, und da er Land für seinen Bevölkerungsüberschuß braucht, wird er irgendwann irgendeinen unserer gallischen Freunde angreifen. Da diese seiner Übermacht nicht gewachsen sein werden, werden die Gallier uns um Hilfe anrufen und um unsere Schutzherrschaft betteln. Lieber Rom als Ariovist, werden sie sagen. Denn Rom wird uns zwar bevormunden, Hilfstruppen verlangen und sich in unsere Streitigkeiten einmischen, aber im übrigen uns zufrieden lassen. Das alles und noch ein paar Geschenke für ihre Führer wird der Preis für die römische Schutzherrschaft sein, während Ariovist unser Land will, um selbst mit seinen Germanen hier zu siedeln. So oder ähnlich werden sie zu sich sagen und sich uns beugen!«

8

Cäsar hatte sich nicht getäuscht. Immer mehr Germanen setzten über den Rhein und bedrängten die gallischen Stämme. Es waren nicht einfach beutegierige Streifscharen, die in Gallien eindrangen, um dann nach einem siegreichen Feldzug beutebeladen wieder über den Rhein zu verschwinden. Was die Germanen suchten, waren nicht Plünderung und Abenteuer, sondern neues Siedlungsland für ihre überschüssige Bevölkerung. Das bedeutete aber, daß sie die gallischen Völker aus ihren angestammten Wohnsitzen zu vertreiben trachteten. Die Vorstöße der Germanen richteten sich zunächst auf das Gebiet der Sequaner und Häduer, das dem Oberrhein und der Senke zwischen dem Vosegus Mons und dem Jura Mons benachbart war, denn die Sequaner siedelten am Dubis um die Stadt Vesontio, die Häduer westlich davon am Arar.

Aber auch die übrigen gallischen Völker fühlten sich bedroht, denn Ariovist hatte überall verkünden lassen, er betrachte Gallien mit den Augen des Eroberers, und das bedeutete, daß er auf alle gallischen Gebiete außerhalb der römischen Provinz Anspruch nach dem Kriegsrecht erhob. Die gallischen Fürsten und Stammesführer wandten sich daher an Cäsar und baten ihn um den Beistand Roms. Dieser Ruf kam ihm sehr gelegen, denn er machte ihn automatisch zum Schutzherrn und Verteidiger der gallischen Völker und damit nach römischer Rechtsauffassung zum Oberherrn des bisher freien Gallien.

Er forderte daher Ariovist auf, zu ihm zu kommen und mit ihm alle anstehenden Fragen freundschaftlich zu besprechen, damit die Einfälle in sein Gallien beendet würden. Ariovist antwortete ihm kühl – hochmütig, wie Cäsar fand –, er würde kommen, wenn er mit den Römern etwas zu besprechen hätte, wenn aber Cäsar etwas besprechen wolle, solle dieser sich gefälligst in sein, Ariovists, Lager bequemen. E r habe nichts mit den Römern zu besprechen, frage sich aber, was eigentlich diese in seinem Teil Galliens, den er selbst erobert habe und der deshalb ihm gehöre, zu suchen hätten.

»Dies war eine zarte Anspielung darauf, daß wir uns Ariovist gegenüber vertragsbrüchig verhielten«, bemerkte Cäsar zu seinem Neffen

Pinarius. »Er wollte uns klarmachen, daß wir mit unserem Winterlager bei Vesontio uns auf seine Gebiete Galliens begeben hätten, denn das Land der Sequaner gehöre ihm und nicht den Römern.«

»Ich verstehe, lieber Onkel. Aber wenn man es recht bedenkt, gehört dieses Gebiet den Sequanern, und weder Rom noch Ariovist können es für sich beanspruchen!« Pinarius schaute seinem Onkel ins Gesicht. »Recht muß doch Recht bleiben, sonst unterscheiden wir uns doch nicht von den Barbaren.«

»Deine Lücken in der Kenntnis des römischen Rechts sind erstaunlich, mein lieber Neffe! Die Sequaner haben uns um Schutz und Hilfe gebeten, erst gegen die Helvetier, jetzt gegen die Germanen. Wir haben ihrem Ansuchen entsprochen. Nach dem römischen Staatsrecht haben sie sich damit der römischen Oberhoheit unterstellt. Rechtlich ist also ihr Territorium unter unsere Herrschaft geraten und somit römisches Gebiet geworden. Du siehst also, mein Pinarius, *wir* sind nicht nur zu Recht hier, *wir* müssen unser Recht und das unserer Schutzbefohlenen auch gegen Angriffe von außen verteidigen. Daher meine Aufforderung an Ariovist, sich zu einer Aussprache bei *mir* einzufinden. Seine Ablehnung dieser Bitte war also ein unfreundlicher Akt und damit war *er* es und nicht *wir*, der die Bündnispflichten verletzt hat!«

»Aber es hat doch eine Besprechung zwischen euch stattgefunden, lieber Onkel. Und zwar nicht in seinem und nicht in unserem Lager, sondern an einem neutralen Ort.«

»Ja, das ist richtig. Zunächst aber habe ich erneut einen Gesandten zu ihm geschickt. Ich war empört, daß dieser Barbar, dem auf meine Veranlassung der Senat erst im vorigen Jahr den Titel ‚Freund des römischen Volkes' verliehen hatte, sich derartig anmaßend und unfreundlich uns gegenüber verhalten hat. Ich habe ihm deshalb durch meinen Gesandten mitteilen lassen, daß ich über sein Benehmen sehr betroffen sei. Es zieme sich nicht für einen Freund des römischen Volkes, sich derartig respektlos und ungebärdig aufzuführen, wenn sein Freund ihn um ein Gespräch bitte. Da er es nicht für nötig befunden habe, meiner freundschaftlich gemeinten Einladung zu folgen, müsse ich ihm nun meine Forderungen übermitteln. Er habe, so ließ ich ihm mitteilen, keine weiteren Germanen über den Rhein zu holen, müsse mit den Galliern Frieden halten und ihnen ihre Geiseln zurückgeben. Ich habe ihn unter Hinweis auf das zwischen Rom und den Häduern bestehende Bündnis darauf hinweisen lassen, daß es an ihm sei, darüber zu befinden, ob er der Feind oder der Freund Roms sein wolle.«

»Und wie hat er darauf reagiert? Ist er nun zum Treffen mit dir bereit gewesen?«

»Nein, mein lieber Neffe. Er hat gehandelt, wie ich es erwartet hatte. Er hat meinem Gesandten mit Krieg gedroht und die Tapferkeit seiner Krieger herausgestrichen, die uns aus Gallien fegen würden, wenn wir ihm in die Quere kämen! Mit dieser Drohung hat er sich als unser Feind erwiesen und mir den Grund geliefert, den Freundschaftsvertrag mit ihm als null und nichtig zu betrachten.

Deshalb sind wir mit unseren Legionen sofort in das ihm am nächsten liegende Gebiet der Sequaner gezogen und haben die Stadt Vesontio besetzt, kurz bevor er sie erreichte. Erst jetzt hat e r um ein Gespräch gebeten. Um dem Senat und ihm selbst unseren immer noch vorhandenen Friedenswillen zu bekunden, habe ich mich mit ihm zwischen unseren beiden Lagern getroffen.

In diesem Gespräch habe ich ihm zu verdeutlichen versucht, daß der Titel ‚Freund des römischen Volkes' und dessen Annahme eine Verpflichtung für den so Beschenkten begründe, nichts gegen die Interessen Roms zu unternehmen. Ich forderte ihn daraufhin auf, seine Feindseligkeiten gegen uns und unsere Freunde einzustellen und sich über den Rhein zurückzuziehen. Ariovist erklärte darauf, er habe den Titel als Ehrung unter Gleichrangigen und als Zeichen besonderer Zuneigung zu ihm aufgefaßt. Wenn sie aber ein Abhängigkeitsverhältnis begründe, verzichte er auf diesen Titel.«

»Hat er sich nicht darauf berufen, daß er als Freund Anspruch darauf habe, seinerseits Hilfe von Rom zu erhalten? Und hat er nichts dazu gesagt, daß er mit den Häduern schon seit vorigem Jahr im Krieg sei, ohne daß wir Römer bei Abschluß des Vertrages mit ihm daran Anstoß genommen hätten?«

»Natürlich hat er darauf verwiesen. Er hat unseren wunden Punkt sofort erkannt. Wir hätten für die Häduer nichts unternommen, als er sie angegriffen hätte. Mit einem Male beriefen wir uns auf unsere Bündnisverpflichtung den Häduern gegenüber, die wir früher anscheinend vergessen hätten. Daraus könne er nur einen Schluß ziehen: Wir benützten jetzt dieses Bündnis nur als Vorwand, um ihn zu vernichten!«

»Der Mann, lieber Onkel, mag ein Barbar sein, aber dumm ist er nicht! Er hat genau den Punkt erkannt, mit dem wir unser fadenscheiniges Recht ihm gegenüber begründen.«

»Rom, mein Lucius, braucht immer einen Rechtsgrund, wenn es in den Krieg zieht! So einfach ist das. Wir sind stolz darauf, nie ohne Rechtsgrund zu handeln, und so verwenden wir viel Zeit und Mühe darauf, die Argumente zu drehen und zu wenden, bis wir uns und unserem Gewissen bewiesen haben, daß wir die Angegriffenen sind, die mehr oder weniger aus Notwehr zur Waffe greifen müssen. Du siehst, die meisten von uns triefen vor Heuchelei, wenn sie sich auf das Recht berufen. Und was das Schlimmste ist: Am Ende glauben wir Römer noch an unsere eigenen Wortklaubereien.

So ist es jetzt auch mit Ariovist. Wir haben ihm die Chance gegeben, seinen Vertrag mit uns zu halten und unser Freund zu bleiben. Und was machte dieser undankbare Kerl? Er erklärte mir, er sei vor mir in Gallien gewesen, also müsse ich weichen. Uns gehöre unsere Provinz Gallia Transalpina, die er niemals angreifen wolle, ihm gehöre der Rest! Wenn wir das nicht begriffen und uns nicht zurückzögen, würde er uns als Feind betrachteten und angreifen. Du siehst jetzt deutlich, wer den Frieden und das Bündnis gebrochen hat! Wir haben unseren legitimen Kriegsgrund und dann bald auch die Herrschaft über Gallien! Höre, was ich dem Senat berichtet habe.«

»Dein Sarkasmus, lieber Onkel, ist bewundernswert, aber lies vor, was du den ehrwürdigen Vätern geschrieben hast. Ich vermute, sie werden empört über den Friedensbrecher Ariovist sein, wenn sie deinen Bericht und deine Version des Geschehens gelesen haben, und dir die gewünschte Ermächtigung, den Krieg gegen die blutgierigen Feinde zu führen, ohne weiteres erteilen.«

»Caius Julius Cäsar, Stadthalter der Römischen Republik in den Provinzen des diesseitigen und des jenseitigen Gallien und Pontifex Maximus, grüßt die ehrwürdigen Väter und Beigeordneten des Senates!

Ich muß Euch leider davon in Kenntnis setzen, daß sich der erst kürzlich zum Freund des römischen Volkes ernannte Germanenfürst Ariovist dieser durch Euch verliehenen Auszeichnung, ehrwürdige Väter und Beigeordnete, als unwürdig erwiesen hat. Wie Ihr aus meinem letzten Bericht wißt, hat dieser unverschämte und leider auch gefährliche Barbarenfürst die mit uns verbündeten Sequaner und Häduer angegriffen. Wie sich herausgestellt hat, waren diese Angriffe nicht die unter Barbaren üblichen kleinen Beutezüge und Scharmützel. Es handelt sich vielmehr um einen groß angelegten Einfall Ariovists, der sein ganzes, sehr zahlreiches Volk über den Rhein, der Grenze Galliens, führen will, um dieses Land zu erobern und zu besiedeln.

Die mit uns verbündeten Häduer haben uns, wie schon beim Einfall der Helvetier, auch jetzt um Hilfe gebeten und sich dabei, meiner Meinung nach wieder zu Recht, auf das mit uns bestehende Bündnis berufen. In

Anbetracht Eures Beschlusses, die Häduer als unsere langjährigen treuen Freunde gegen alle Angriffe von außen zu schützen, und der Tatsache, daß sie und ihre gallischen Verbündeten gegen die zahllosen Germanen allein nicht siegen können und dem Untergang geweiht sind, habe ich mich vermittelnd eingeschaltet, um den Konflikt friedlich zu lösen, wie dies unter Verbündeten Brauch ist.

Ich habe zunächst Ariovist um eine Unterredung gebeten und ihn dazu in mein Lager eingeladen. Hierzu fühlte ich mich verpflichtet, weil er unser Freund war und daher auch Anspruch auf freundschaftliche Behandlung hatte.

Was aber tut Ariovist? Er verweigert mit frechen und beleidigenden Worten eine Aussprache, weil uns sein Streit mit den Häduern nichts angehe. Gallien gehöre ihm und nicht uns.

Trotz dieser rüden und freundschaftswidrigen Art habe ich nun meinerseits einen Gesandten zu ihm geschickt und ihn unter Berufung auf die Freundschaft gebeten, keine weiteren Stammesbrüder mehr über den Rhein zu holen und die Häduer nicht mehr zu belästigen. Ich habe ihn auf unseren Vertrag mit den Häduern und Euren Beschluß, alles zu deren Schutz zu tun, hingewiesen.

Anstatt auf meine maßvollen Vorschläge einzugehen, die ihm immerhin seine bisher eroberten Teile Galliens belassen hätten, wies er diese barsch zurück und drohte mit Krieg. Er rühmte die Tapferkeit und die riesige Zahl seiner Krieger und warnte uns vor den Folgen, wenn wir ihm das Recht des Siegers bestreiten wollten und ihm bei seiner Auseinandersetzung mit den Häduern in die Quere kämen. In geradezu unverschämter Weise erinnerte er uns an die germanische Kriegsstärke, die die viel kleineren Völker der Kimbern und Teutonen bewiesen hätten. Wenn er seine Leute angreifen lasse, würden die Römer wieder das Fürchten lernen!

Sagt selbst, ehrwürdige Väter, verhält sich so ein Freund? Muß man derartige Drohungen nicht ernst nehmen? Die ganz Alten unter euch werden sich sicher noch an den Schrecken erinnern, den die bei weitem nicht so zahlreichen Völker der Kimbern und Teutonen verbreitet haben, die in unser Italien eingefallen waren und nur deshalb besiegt wurden, weil sie sich getrennt hatten und einzeln von unserem genialen Feldherrn Marius, meinem geliebten Onkel, geschlagen werden konnten.

Ihr werdet verstehen, daß ich in Anbetracht dieser ungeheuren Drohung und Bedrohung nicht untätig bleiben konnte. Natürlich hätte ich unsere Verbündeten im Stich und Ariovist freie Hand lassen können.

Aber abgesehen davon, daß wir ein Volk des Rechtes und der Ordnung sind, das seine Freunde in der Gefahr nicht verläßt, hätte ein Nachgeben uns allenfalls einen befristeten Aufschub der unvermeidlichen Auseinandersetzung mit den Germanen gebracht. Ich bin daher mit meinen Legionen in das Gebiet der ebenfalls von Ariovist bedrohten Sequaner eingerückt und habe zu ihrem Schutz ein festes Lager bei Vesontio bezogen, immer noch hoffend, eine kriegerische Auseinandersetzung zu vermeiden.

Ariovist schien zunächst auch von dieser Demonstration der Stärke beeindruckt. Er war plötzlich mit einer Unterredung einverstanden. Aber leider zerplatzten die Erwartungen und Hoffnungen, die ich an die Einsicht Ariovists gehegt hatte, wie eine Seifenblase. In seiner Überheblichkeit weigerte er sich nicht nur, unseren Wünschen Rechnung zu tragen, er verzichtete auch noch ausdrücklich und mit abfälligen Bemerkungen auf den Titel ‚Freund des römischen Volkes'. Wenn ich nicht unverzüglich s e i n Gallien räume, betrachte er mich als seinen Feind und werde mich wie einen geprügelten Hund aus dem Lande jagen.

Ihr werdet verstehen, daß ich diese Beleidigung Roms und seines Feldherrn nicht hinnehmen konnte. Ariovist hat sich durch sein Verhalten nicht nur als Feind des römischen Volkes gezeigt, sondern auch als eine dauernde Gefahr für den Bestand unseres Staates. Ich betrachte es als meine Pflicht, gegen ihn energisch vorzugehen und ihn aus Gallien zu vertreiben, bevor seine blutgierigen Horden in unser schönes Italien einbrechen und Rom bedrohen.

Ich weiß mich einig mit Euch in der ungeheuren Gefahr und rechne auf Eure Billigung meiner bisherigen Geduld mit dem Feind und meiner nunmehrigen Entschlossenheit, ihm mit allen verfügbaren Mitteln entgegenzutreten. Morgen werde ich aus dem Lager ausziehen und Ariovist angreifen. Mögen die Götter uns beistehen! Opfert dem Jupiter und dem Mars weiße Stiere, damit sie uns in unserem schweren Kampf ihren Beistand nicht versagen!

Geschrieben im Lager von Vesontio am Festtag des unbesiegbaren Mars, dem Tage vor den Iden des Mai, unter dem Konsulat des L. Calpurnius Piso und des Aulus Gabinius.
Cäsar.«

Pinarius hatte mit bewundernden Blicken seinem Onkel zugehört. Als dieser die Lesung beendet hatte und aufblickte, holte er tief Luft und begann langsam, aber konzentriert zu reden. »Lieber Onkel, das ist der geschickteste Bericht, den ich je gehört oder gelesen habe. Ich sehe förmlich, wie es den edlen Vätern graust, wenn sie in ihren Ohren das Gebrüll angreifender

Germanen zu hören meinen. Dein Bericht ist so plastisch, daß auch die Fantasielosesten unter unseren Senatoren sich den Furor Teutonicus vorstellen können, der sie überwältigen könnte, wenn du Rom nicht vorher vor dem Einfall der Barbaren rettest, indem du diesen schauerlichen Ariovist in seine Schranken weist!

Sende mich als deinen Boten nach Rom! Ich werde dort die Gefahren, die uns bedrohen, in den schlimmsten Farben ausmalen. Rom wird staunen und dich bewundern, deinen Mut und dein Bestehen auf dem Recht! Cäsar, der unerschütterliche Garant für römische Treue und Rechtsgesinnung! Die Quiriten und die Senatoren werden beeindruckt sein!«

»Das ist der Sinn des Ganzen, mein Lieber! Ich werde dich nach Rom schicken. Aber Vatinius wird dich begleiten. Er wird die Quiriten bearbeiten, das kann er als ehemaliger Volkstribun besser als du. Für dich bleiben die jungen Adligen, vor allem die Söhne der einflußreichen Senatoren, die Salons und die Damen! Mach den jungen Aristokraten den Mund wäßrig, damit sie Lust auf einen frischfröhlichen Krieg bekommen. Ich brauche Nachwuchs für mein Offizierskorps. Dazu benötige ich junge Leute, die später einmal auf Grund ihrer familiären Herkunft Führungsfunktionen im Staat einnehmen werden. Den Damen male die Schrecken aus, die sie zu erwarten haben, wenn die beutegierigen Barbaren ihnen mit ihren schmutzigen Fingern die Geschmeide von den Hälsen reißen. Das wird sie noch mehr beeindrucken als die sonstigen Schrecknisse, die ihnen von diesen starken Kriegern angetan werden könnten. Wenn du es richtig anfaßt, werden die Frauen der Senatoren ihre Männer bearbeiten, meinen Plänen unverzüglich zuzustimmen.«

9

Titus Labienus, der Befehlshaber der 10. Legion, betrat mit ernstem Gesicht, begleitet von L. Aurunculeius Cotta, das Prätorium. Mit schnellen Schritten und wegen der schweren Soldatenstiefel an ihren Füßen ein wenig polternd durchquerten sie die Vorhalle und betraten, ohne sich von einem Adjutanten anmelden zu lassen, Cäsars Arbeitszimmer. Dieser blickte unwillig auf, denn er fühlte sich durch den Eintritt seiner beiden Freunde bei einem Brief, den er seinem Sekretär Hirtius diktierte, gestört.

»Entschuldige unser unangemeldetes Eindringen bei dir«, begann Labienus, ohne auf Cäsars Ansprache zu warten, »aber die Dinge, die wir dir zu berichten haben, dulden keine Formalitäten. Im Lager herrscht Unruhe, seit die Soldaten von deiner Absicht gehört haben, Ariovist und seine Germanen anzugreifen. Es gehen Gerüchte um, die Germanen seien unbesiegbar. Schon die Tatsache ihre Körpergröße, mit der sie die Römer um zwei Haupteslängen überragen, mache es nahezu unmöglich, sie zu verwunden. Wegen ihrer langen Arme sei mit den Waffen, insbesondere dem Kurzschwert, nicht an sie heranzukommen, während es für die Germanen ein leichtes sei, ohne eigene Gefährdung die römischen Legionäre abzustechen oder niederzumachen. Auch hätten diese Feinde einen so scharfen Blick, daß niemand ihnen in die Augen sehen könne. Mit niedergeschlagenen Augen könne man aber nicht erfolgreich kämpfen. Diesen und ähnlichen Unsinn verbreiten sie unter ihren Kameraden und verunsichern alle. Nur meine 10. Legion hat sich von der ausbrechenden Panik nicht anstekken lassen. Sie steht nach wie vor unerschütterlich zur Fahne und brennt darauf, von dir ins Gefecht geführt zu werden.«

Cäsar war aufgesprungen. »Und was tun die Offiziere? Es wäre ihre Pflicht, die Soldaten zu beruhigen und sie notfalls an ihren Fahneneid und das Kriegsrecht zu erinnern! Und diese albernen Gerüchte über die Unbesiegbarkeit der Germanen! Was soll dieser Unsinn? Marius hat sie geschlagen, wir werden sie ebenfalls schlagen! Und was soll das mit der Körpergröße und dem unwiderstehlichen Blick? Ich habe mit Ariovist verhandelt. Habe ich dabei die Augen niedergeschlagen? Bin ich blind geworden? Was also tun die Offiziere?«

»Das, Feldherr«, begann Cotta, wie immer etwas zögernd und nach Worten suchend, »das ist meiner Meinung nach das Problem. Ich meine deren Haltung, vor allem die der jüngeren Offiziere. Sie sind es nämlich, die durch ihr dummes und ängstliches Gerede und ihre geäußerten Bedenken gegen den Krieg die Furcht der Soldaten und die Zweifel am glücklichen Ausgang des Feldzuges erst geweckt haben.«

»Was sind denn das für Offiziere? Welche Bedenken haben sie? Und warum erörtern sie so etwas mit den Soldaten? Wenn ein römischer Offizier etwas zu bemerken hat, ist der Feldherr sein Ansprechpartner, niemand sonst! Wissen diese Leute das nicht?«

Cäsar ging wütend in dem kleinen Zimmer auf und ab. Drei Schritte zur einen Seite, drei zur anderen Seite. »Wer also sind diese merkwürdigen Offiziere?« Er schnaubte förmlich vor Wut und Erbitterung. »Diesen Kerlen werde ich Beine machen! In einer Stunde treten alle Offiziere mit allen Centurionen vor dem Fahnenheiligtum zu einer Lagebesprechung an. Ich will doch einmal sehen, wer sich hier als Feigling oder als unfähig, römische Legionäre in den Kampf zu führen, erweist!«

»Es sind nicht wir Legionskommandeure. Es sind diese vielen jungen Herren aus den besten Familien Roms, die hier bei dir dienen, um sich für ihre spätere politische Laufbahn ein paar Lorbeeren zu verdienen. Es macht sich immer gut«, sagte Labienus mit einem abwertenden Unterton in der Stimme, »wenn man den Quiriten etwas über die eigenen militärischen Verdienste berichten kann. Gut ausgeschmückte und spannende Geschichten über die eigenen Kriegserfahrungen beeindrucken unsere Bürger und bringen Stimmen, wenn es an die Verteilung der Ämter geht.

Jetzt aber, wo es ernst wird, bekommen die hochgeborenen Herren kalte Füße. Du wirst ihnen gehörig den Kopf waschen müssen.«

Eine Stunde später standen alle Offiziere vor ihrem Feldherrn. Man sah ihnen an, daß sie sich unwohl fühlten, denn manche von ihnen traten nervös von einem Fuß auf den anderen. Cäsar hatte sie eine Weile warten lassen, bevor er, begleitet von den Adlerträgern der sechs Legionen, aus dem Fahnenheiligtum trat. Die Feldzeichen waren nach unten gesenkt, ein Zeichen dafür, daß sie nicht den Soldaten in ehrenvollem Kampf vorangetragen worden waren.

Ohne Begrüßung kam Cäsar sofort zur Sache. »Es ist mir zu Ohren gekommen«, blies er seine Offiziere mit scharfer Stimme an, »daß einige Herren nicht nur Bedenken gegen die Art meiner Kriegführung geäußert, sondern auch noch ihre Befürchtungen und Ängste mit ihren Legionären erörtert haben. Seit wann ist es üblich, Einwendungen gegen die Pläne des Feldherrn auf dem offenen Markt oder aber den Soldaten vorzutragen? Wenn ihr Vorschläge, wie der Krieg zu führen ist, habt, ist es eure Pflicht, diese mir zu eröffnen. Ich werde euch anhören und dann entscheiden, wie zu verfahren ist! Und damit das klar ist: Entscheiden werde allein ich! So ist es in Rom immer gewesen, und solange ich euer Feldherr bin, wird sich daran nichts ändern.

Die militärische Ordnung beruht auf Befehl und Gehorsam! Es verbietet sich daher von selbst, mit Soldaten oder Rangniedrigen die Anordnungen und Befehle des Oberbefehlshabers zu diskutieren. Nehmt zur Kenntnis: Dies ist ein Befehl! Wer im Krieg Befehle seines Vorgesetzten mißachtet, wird die ganze Strenge des Kriegsrechtes zu spüren bekommen!«

Cäsars sonst so verbindliche und kameradschaftliche Art, mit Untergebenen zu sprechen, war verflogen. Seine Leute hörten seine Worte und vernahmen die Drohung und begriffen, daß sie ernst gemeint war.

»Es sollen besonders die jungen Offiziere, denen ich eine Stelle in meinem Heer übertragen habe, an dieser ungeheuren Disziplinlosigkeit beteiligt gewesen sein. Viele von euch habe ich auf Bitten eurer Väter, weil diese ehrenhafte Männer und meine Freunde waren, in meine Armee aufgenommen. Das war ein Freundschaftsdienst, aber das bedeutet nicht, daß ein so Ausgezeichneter nicht seine militärischen Aufgaben und Pflichten genauso erfüllen muß, wie jeder andere. Im Gegenteil, ich erwarte von Leuten, deren Vorfahren ruhmreich für Rom gekämpft haben, daß ihnen die Taten ihrer Ahnen ein Ansporn sind, es ihnen gleichzutun. Wer hier versagt, hat sich als unbrauchbar nicht nur für militärische Aufgaben erwiesen, sondern auch für eine spätere politische Laufbahn. Ich werde ihn gnadenlos und mit Schimpf und Schande aus meiner Armee entlassen und ihn nach Rom zurückschicken! Dort mag er der Verachtung seiner Standesgenossen und dem Hohn des Volkes verfallen sein!«

Cäsar hatte seine ganze Verachtung für die verweichlichten Herrensöhnchen durch seine Körperhaltung und Gestik, aber auch durch seinen durch Mark und Bein dringenden Blick zum Ausdruck gebracht, daß den jungen Angesprochenen mulmig geworden war und sie eine deutlich erkennbare Unruhe befiel.

»Denkt über meine Worte nach! H i e r, Valerius, h i e r, Minucius Thermus, h i e r, Lucius Scipio, h i e r, all ihr anderen, und nicht in Rom in den weichen Kissen eurer Gespielinnen könnt ihr euch als eurer Ahnen würdig bewähren! H i e r winkt euch unsterblicher Ruhm, wenn ihr mit mir, den Offizieren des Marius gleich, die Germanen niederringt und Rom vor einer schrecklichen Gefahr bewahrt! Wollt ihr das? Wollt ihr mit mir ziehen? Oder wollt ihr mich, nur auf die zuverlässige 10. Legion gestützt, allein gegen Roms Feinde marschieren lassen? Ich werde dies tun und euch mit meiner und der Soldaten dieser tapferen Einheit Verachtung strafen!«

Cäsar war stehen geblieben. Er blickte einer Gruppe junger Aristokraten direkt in die Augen. »Nun,« fragte er, »wie lautet eure Antwort?«

»Wir alle ziehen mit dir! Ein Valerius kneift nicht«, rief einer, und alle fielen im Chor ein: »Ja, wir folgen dir!« Die Stimmen wirbelten durcheinander. Die unerträgliche, körperlich spürbare Spannung löste sich auf. Einer riß den anderen mit, und die plötzliche Begeisterung für Cäsar machte sich in sich überschreienden Zurufen Luft. Selbst die Centurionen, die bis dahin Cäsar diszipliniert zugehört hatten, wurden von den völlig umgewandelten Stabsoffizieren mitgerissen. Sie ergriffen Cäsar und trugen ihn auf ihren Schultern durch das Lager. Auch die einfachen Soldaten schlossen sich diesem spontanen Umzug an, immer wieder laut Cäsars Namen rufend.

Die Stimmung im Lager war wie umgewandelt. Niemand wirkte mehr ängstlich oder verzagt. Alle verlangten ihren Feldherrn zu sehen und wollten seinen Mantel berühren. Mitten unter den Soldaten ließ Cäsar einen Tisch aufstellen, erklomm ihn und rief mit lauter Stimme:

»Soldaten! Morgen werden wir ausziehen, um diesen Ariovist und seine Horden aus Gallien zu vertreiben. Wir werden sie besiegen, wie Marius einst die viel gefährlicheren Kimbern und Teutonen besiegt hat. Ich weiß, daß es nicht leicht sein wird, aber ich werde, meine lieben Kinder, als guter Soldatenvater bei euch sein. Fürchtet euch also nicht! Ihr seid gute und tapfere Soldaten, wie sie die Welt noch nicht gesehen hat! Ihr habt die Helvetier besiegt und gezeigt, daß ihr aus dem Stoff gemacht seid, mit dem man wie Marius die Germanen niedermacht! Zeigt diesen Barbaren, wie Römer zu fechten wissen! Zeigt ihnen, wie Rom der Frechheit seiner Feinde mit Blut und Eisen zu begegnen weiß! Wir werden siegen, und euer Ruhm wird den Weltkreis erleuchten! Die Götter sind mit uns!

Unsere Parole lautet: Marius! Schreit sie heraus, und die Barbaren werden erzittern! Pflanzt nun die Adler auf! Sie werden uns morgen zum Siege führen!«

Über den Appellplatz hallte der begeisterte Jubel der leicht entflammbaren Soldaten. Am nächsten Morgen zogen sechs römische Legionen in mustergültiger Ordnung durch die Porta Principalis aus dem Lager und dem Feinde entgegen. Schon wenige Tage später kam es zu ersten Scharmützeln der Reiterei mit den Germanen, bei denen die römische Kavallerie sich der germanischen als überlegen erwies.

Dieser Erfolg stärkte das Selbstvertrauen der Legionäre. Als sie wenig später unweit des Rheines auf die Hauptmacht Ariovists stießen, gingen sie mit großem Elan und Siegeszuversicht in die Schlacht. Nach blutigen Nahkämpfen Mann gegen Mann warf Cäsar den linken Flügel der Germanen und wandte sich dann dem noch standhaltenden rechten Flügel der gegnerischen Schlachtreihe zu. Es wurde ein viehisches Gemetzel, in dem die feindlichen Truppen fast vollständig aufgerieben wurden. Mit den Resten seines Heeres entkam Ariovist über den Rhein und verschwand für immer aus den Annalen der Geschichte. Das letzte, was man von ihm hörte, war, daß er bald darauf gestorben sein soll.

10

Nach der siegreichen Schlacht gegen die Germanen begab sich Cäsar über die Alpen in seine Provinz Gallia Cisalpina, um dort den Winter zu verbringen und sich von den Strapazen des Feldzuges zu erholen. Seine Truppen hatte er unter dem Oberkommando seines Freundes und Stellvertreters Labienus Winterquartiere im Land der Sequaner beziehen lassen, damit sie von dort aus sowohl den nahen Rhein als auch die benachbarten gallischen Völker beobachten konnten.

Er selbst hatte als Grund für seine Übersiedlung in seine Provinz angegeben, daß er als Statthalter die im Winter üblichen Gerichtstage besuchen und dort Recht sprechen müsse. Tatsächlich hatte er allerdings noch zwei andere Gründe, die seinen Aufenthalt in der Nähe der Hauptstadt erforderlich machten. Zum einen wollte er hier zwei weitere neue Legionen aufstellen, um für das kommende Jahr gerüstet zu sein, denn es brauten sich neue Gefahren für seine Streitmacht in Gallien zusammen, denen er nur mit Verstärkung seiner Truppen begegnen zu können glaubte. Durch Kundschafter und Informanten aus dem Kreise romfreundlicher gallischer Adliger hatte er nämlich erfahren, daß sich die im Norden Galliens siedelnden Stämme der Belgier zu einem Verteidigungsbündnis gegen die übermächtigen Römer zusammengeschlossen hatten. Dieser Herausforderung wollte er sich im nächsten Frühjahr stellen und mit verstärkten Kräften nach Norden ziehen, um die aufmüpfigen Belgier zur Räson zu bringen.

War die Verstärkung seiner Truppen der eine Grund für seine Anwesenheit in der Cisalpina, so war der andere in dem Chaos begründet, das sich seit seiner Abreise im Frühjahr in der Hauptstadt ausgebreitet hatte. Als Cäsar Rom verließ, schien ihm alles wohlgeordnet zu sein. Er hatte seinen Freunden Crassus und Pompeius eine ruhige Stadt, einen eingeschüchterten Senat, zwei seiner Partei angehörige Konsuln und in Clodius einen ihm verbundenen Volkstribunen zurückgelassen. Die beiden wichtigsten Störenfriede, die seine festgefügte Ordnung hätten beeinträchtigen können, hatte er aus der Stadt entfernen lassen: Der eine, Cicero, hatte sich grollend und sein Geschick laut beklagend in sein Exil nach Thessalonike zurückgezogen, der andere, Cato, weilte mit einem ehrenvollen Auftrag des Senates für mindestens zwei Jahre in Zypern.

Leider aber währte die Ruhe in der Stadt nicht lange. Schon kurz nach Cäsars Abreise kam es zu Spannungen zwischen Pompeius und Clodius, da beide für sich die erste Position in der Stadt beanspruchten. Da Pompeius die Führungsposition im Senat und in der Stadt als eine ihm zustehende Ehre betrachtete, an der allenfalls Crassus, niemals aber der dem Range nach so niedrige Clodius teilhaben konnte, machte der Volkstribun sofort Front gegen ihn, um seinen eigenen Machtanspruch für jedermann deutlich sichtbar zu machen, und stellte so für alle erkennbar klar, daß er sich mit einer Rolle als Handlanger der Triumvirn nicht zufriedengeben würde.

Clodius berief sich darauf, daß er als Volkstribun als einziger der drei ein staatliches Amt bekleide. Er könne es daher nicht zulassen, von Privatleuten Anweisungen oder Befehle entgegenzunehmen. Als gewählter Tribun habe er ausschließlich die Interessen des Volkes wahrzunehmen. Er habe deshalb weder Verständnis für das aus des Pompeius Eitelkeit herrührende Prestigebedürfnis des Triumvirn, noch werde er Eingriffe in seine amtliche Tätigkeit dulden.

Um seine Unabhängigkeit und seinen eigenen Anspruch auf die Führung der Geschäfte zu untermauern, ließ er seine Banden aufmarschieren. Sie drangen in das Haus des Triumvirn ein und befreiten einen Gefangenen, den Pompeius in seiner palastartigen Villa mehr als Gast betrachtete denn in Haft hielt. Bei diesem Gefangenen handelte es sich um Tigranes, den Sohn des armenischen Königs, den Pompeius während des Krieges gegen Mithridates gefangen genommen hatte und den er nun im Auftrage des Senates als Geisel für das Wohlverhalten des Königs von Armenien in einer Art Ehrenhaft beherbergte.

Clodius befreite nicht nur den Königssohn, sondern ermöglichte ihm auch die Flucht in seine Heimat. Diese bewaffnete Befreiung, bei der es Tote und Verletzte gegeben hatte, konnte Pompeius nicht einfach hinnehmen. Er beauftragte den Konsul Gabinius, gegen Clodius und seine bewaffneten Banden vorzugehen. Gabinius, der von Pompeius als dessen ehemaliger Unterfeldherr abhängig war, mobilisierte nun seinerseits Bewaffnete gegen Clodius. Seine Bemühungen scheiterten indessen kläglich. Bei einem Zusammenstoß in den Straßen der Stadt wurden die Anhänger des Konsuls und die des Pompeius von Clodius' Leuten auseinandergetrieben. Dabei zerbrachen Clodius und seine Gefolgschaft nicht nur die Fasces des Gabinius, sondern verwundeten auch den Konsul schwer. Wie zum Hohn weihte Clodius die gesamte Habe des geschlagenen Konsuls der Göttin Ceres, weil dieser seine tribunizische Gewalt verletzt habe und daher nach dem römischen Recht sein persönlicher Besitz einzuziehen und der Göttin zu überantworten sei.

Da Pompeius bei dem anderen Konsul, Cäsars Schwiegervater Piso, keine Unterstützung fand, wandte er sich Hilfe suchend an den Senat. Die hohen Herren grinsten schadenfroh, als sich der gedemütigte Triumvir in vorsichtigen Worten an sie wandte. Sie ließen ihn, den sie im Grunde haßten und verachteten, ein wenig zappeln, wandten sich ihm dann aber zu, denn sie hofften, über ihn einen Keil in die Phalanx der Triumvirn zu treiben und so wieder Einfluß auf die Politik zu bekommen.

Deshalb forderten sie auf den Rat von Catos Schwager Lucius Domitius

Ahenobarbus als erstes die Rückberufung Ciceros. Schweren Herzens willigte Pompeius in diese Forderung ein, denn er und der Senat wußten, daß damit eine Aussöhnung mit Clodius, dem Erzfeind des Cicero, unmöglich geworden war. Insgeheim hoffte der Senat, daß durch eine Rückkehr Ciceros auch das Verhältnis zwischen dem wankelmütigen Pompeius und Cäsar Schaden nehmen würde und so der Senat Schritt für Schritt seine alte Machtstellung wiedererlangen könnte.

Cicero schrieb an Pompeius einen Bittbrief voller Schmeicheleien und bat ihn, sich für seine Rückberufung zu verwenden. Er hatte anscheinend den richtigen Ton getroffen, denn Pompeius glaubte durch einen Seitenwechsel zum Senat nicht nur seinem Feind Clodius eins auszuwischen, sondern auch seine Abhängigkeit von Cäsar zu verringern und durch seinen Pakt mit dem Senat wieder zu einer politisch selbständigen Macht in der Stadt zu werden.

Indes waren die Bemühungen, Cicero zurückzurufen, kläglich gescheitert. Der Senat hatte zwar im Juni beschlossen, Ciceros Verbannung aufzuheben, aber ein Volkstribun hatte gegen diesen Beschluß Einspruch eingelegt. Die Väter wollten dennoch über die Sache weiterverhandeln, aber die Konsuln verboten eine weitere Debatte unter Hinweis auf die Verfassung.

Der Senat war äußerst empört und legte sich selbst lahm, indem er beschloß, keine Staatsangelegenheiten mehr zu beraten, bis der Fall Cicero in seinem Sinne abgeschlossen sei. Die Folge war eine allgemeine Anarchie, der Staatsapparat wurde durch die Verweigerung des Senats gelähmt, die Beamten konnten keine Entscheidungen mehr treffen, die über eine beschränkte Einzelfallregelung hinausgingen.

Clodius aber tyrannisierte mit seinem Straßenterror die Stadt. Monatelang belagerten seine Banden Pompeius in seinem Haus. Dieser verbarrikadierte sich darin, traute sich aber nicht, es zu verlassen. So bot der angeblich starke Mann ein erbärmliches Bild. Er saß in seinem Hause untätig und von der johlenden Menge belagert, während Clodius die Straßen beherrschte.

Aber der siegestrunkene Clodius überzog. Er beantragte nun ein Gesetz, wonach die Gesetze Cäsars wegen Verstoßes gegen die Religion ungültig seien, da Bibulus den Himmel beobachtet und dabei unheilvolle Zeichen bemerkt hatte. Zwar richtete dieser Antrag sich eher gegen Pompeius als gegen Cäsar, denn die Gesetze waren schließlich alle zugunsten des Ersteren ergangen, aber allein die Tatsache, daß Clodius es wagte, ein von Cäsar beantragtes Gesetz wie das zur Versorgung der Veteranen Pompeius' mit Ackerland in Frage zu stellen, war ein Vorgang, den Cäsar nicht auf sich beruhen lassen konnte.

So standen die Dinge, als er im Spätherbst im diesseitigen Gallien erschien. Zwar hatte der Senat noch im Sommer seinen Feldzug gegen Ariovist abgesegnet, aber nun herrschte Anarchie in Rom. Mehr als ihm lieb war, würde er sich um die römischen Querelen kümmern müssen, dachte er. Clodius macht, was er will, Crassus läßt ihn gewähren, weil der Volkstribun sich mit Pompeius reibt, ihn aber in Ruhe läßt, und der Senat denkt über nichts anderes nach, als wie er Cicero zurückholen kann! Alles, aber auch wirklich alles muß ich selbst regeln, und das noch dazu von hier aus, dachte er grimmig, weil ich als mit dem Imperium ausgestatteter Prokonsul die Stadt nicht betreten darf!

11

Aurelia sah prüfend in den Spiegel. Ich sehe eine alte, schon etwas verschrumpelte Frau, dachte sie betrübt, als sie die tiefen Furchen in ihrem Gesicht betrachtete. Es geht bergab, stellte sie nüchtern fest, nicht schnell, aber jeden Tag ein bißchen. Ich bin krumm geworden, die Gelenke in der Hüfte und in den Knien schmerzen bei jedem Schritt, und die Zähne fangen an, sich zu lockern und auszufallen.

»Es ist ein böses Zeichen«, sagte sie zu ihrer Sklavin Perdita, »daß ich immer häufiger an meinen lieben Mann denken muß, der nun schon fast dreißig Jahre bei seinen Ahnen weilt. Er scheint mich zu rufen, liebe Perdita!«

»Ach Herrin«, antwortete diese, »du bist älter geworden, weiter nichts! Bis dich die Götter rufen werden, hast du noch eine lange Zeit vor dir! Sieh mich an. Ich bin noch fünfzehn Jahre älter als du! Ich führe noch immer deinen Haushalt, und noch immer haben deine übrigen Sklaven eine Höllenangst vor mir. Gewiß, meine Zähne wackeln nicht mehr, sie sind schon ausgefallen, und zum Gehen benötige ich einen Stock, aber noch denke ich nicht daran, diese Welt zu verlassen! Und auch du solltest dich anderen Gedanken zuwenden. Deine Enkel und Urenkel brauchen dich noch, und auch die Herrinnen Belliena und Cloelia haben dich nötig!«

»Gut, daß du mich an die beiden erinnerst! Sie müssen jeden Augenblick kommen. Hast du alles vorbereitet?«

»Mach dir keine Sorgen, Herrin. Dein Empfangszimmer ist geheizt, warme Decken und weiche Kissen liegen bereit, und unser Koch hat eine heiße Suppe bereitgestellt, die den Damen die Winterkälte aus den Gliedern treiben wird. Zusätzlich habe ich Tontöpfe mit kochendem Wasser füllen lassen. Die Damen können sie als Wärmflaschen für ihre kalten Füße benutzen.«

»Komisch, daß Frauen immer kalte Füße haben! Männer haben das so gut wie nie. Meinem Mann zum Beispiel war es im Bett immer zu warm. Darum streckte er seine nackten Füße selbst im Winter immer unter der Decke hervor! Ich dagegen habe in der kalten Jahreszeit immer gefroren und meine Füße eingezogen und tief unter der Decke versteckt! Ich habe unseren alten Arzt Archilaos gefragt, woran das liegt, aber seine Antwort konnte mich nicht befriedigen. Er sagte nämlich, Männer seien heißblütiger als Frauen und daher sei ihr Blut wärmer und flösse daher schneller durch die Adern und schützte die Glieder vor der Abkühlung. Ich kann das nicht glauben, denn mein lieber Mann war alles andere als heißblütig! Dagegen kenne ich Frauen, denen das Blut zu sieden scheint! Aurelia Orestilla zum Beispiel war so eine, oder Lesbia, die Angebetete Catulls, ist ebenfalls so ein Ausbund an wilder Leidenschaft, jedenfalls, wenn man seinen orgiastischen Versen Glauben schenken darf!«

Von der Tür her scholl Bellienas Lachen herüber, und gleich darauf führte ein Sklave Belliena und Cloelia in den Raum. »Puh, ist das eine Kälte! So einen kalten Januar habe ich lange nicht erlebt! Aber bei dir, liebe Aurelia, ist es immer so kuschelig warm, und sicher wird deine fürsorgliche Perdita gleich noch eine heiße Wärmflasche für die Füße bringen!«

»Hier sind sie schon, Herrin«, rief Perdita, »ich weiß doch, wie sehr du und die Herrin Cloelia kalte Beine hassen! Gleich wird die wohlige Wärme eure klammen Zehen erfreuen«, sagte sie und schob Aurelias Freundinnen, die es sich bereits auf ihren Klinen bequem gemacht hatten, die Wärmflaschen unter die Decke.

Danach servierte Vendita eine Suppe, die der Koch in einer dampfenden Schüssel hereingetragen hatte. »Ist sich Spezialität aus meiner Heimat«, begann er mit einer gutturalen Stimme in fehlerhaftem Latein, die ihn als Angehörigen eines der illyrischen Völker auswies. Cäsar hatte den Kriegsgefangenen auf dem Sklavenmarkt von Aquileja gekauft und seiner Mutter im vorigen Jahr zum Geburtstag geschenkt, nachdem er seine Kochkünste ausprobiert und für gut befunden hatte. Perdita war zuerst ein wenig gekränkt gewesen, weil das Kochen bisher ihre Domäne gewesen war, hatte dann aber eingesehen, daß ihr die Arbeit in der Küche zu schwer geworden war. Sie hatte sich, etwas über den Undank der Herren brummend, zurückgezogen und sich, im Grunde ganz froh über die Entlastung, auf ihre Rolle als Oberaufseherin über den Haushalt Aurelias beschränkt.

»Ist sich Suppe, wo Krieger essen, wenn Schlacht kommen. Ist sich drin rotes Beeren, Fleisch von braunes Bären, schwarzen wilden Ochs und von kleines Reh. Erst braten weißes Speck und Zwiebel in Pfanne, dann Wasser drauf und Beeren von Wacholder. Schön braun werden. Dann rotes Rüben, sauer Sahne, alle in große Topf von Kupfer, dann Fleisch in Stücke und in Topf. Fleisch muß riechen schon bißchen, nicht zu frisch sein dürfen. Salze rein, Rotwein rein, vier Stunden kochen, haben fertig! Jetzt Damens kosten!«

Der Koch sah erwartungsvoll, wie die Damen zuerst vorsichtig an der Suppe schnupperten, um sich zu versichern, daß das Fleisch – riechen schon bißchen – nicht zu streng nach Wild roch. Sie sogen den Duft ein und konnten den Hautgout der Zutaten wegen nur ganz schwach aufnehmen, denn der Geruch des Weines und der sauren Sahne hatte sich mit dem des Wildfleisches zu einem angenehmen Ganzen vermischt. Cloelia ergriff einen Löffel und begann vorsichtig in ihrem Teller zu rühren. Dieses Umrühren der dickflüssigen Suppe verstärkte den aufsteigenden Duft, so daß sie sich beherzt den Löffel füllte und ihn zum Munde führte.

»Ah«, stöhnte sie genußvoll und schloß die Augen. »Es schmeckt wunderbar. Versucht es selbst, meine Lieben. Dein neuer Koch ist ein wahrer Künstler, liebe Aurelia!«

Der Koch strahlte. »Sollen essen alles! Nachher kleines kaltes Bratfisch mit Sauce von Schlageeier und Zitrone. Sehr schön süß und sauer, weil bißchen Honig innen. Dann kriegen Feigen, füllig mit Mandel und rotes Beeren wie Suppe und gerieben Pilz und Käse von Schaf. Rotes Beeren aus Heimat meiniges, wachsen in Wald! Gut Getränk kriegen gegen Durst, machen aus Gerste und Hefe und Gewürz, heißen sich in mein Sprach Hopfen! Hm, schäumen wie schmecken!«Das Essen und das dazu gereichte unbekannte Getränk waren ein voller Erfolg.

»Wie geht es deinem lieben Sohn«, fragte Belliena. »Ich habe gehört, er sitzt zur Zeit in der Cisalpina und weiß nicht, wie er mit den Zuständen hier in Rom fertig werden soll. Es geht ja wirklich alles drunter und drüber! Man kann die Straßen kaum betreten, ohne von den Banden des Clodius oder denen Milos belästigt zu werden! Die neuen Konsuln Lentulus Spinther und Metellus Nepos scheinen auch ganz machtlos zu sein, zumindest tun sie nichts gegen das Bandenunwesen.«

»Mit letzerem hast du recht, liebe Belliena«, antwortete Aurelia. »Mein Sohn ist allerdings rastlos tätig, die Dinge wieder zu ordnen und der Anarchie ein Ende zu bereiten. Leider haben ja Pompeius und Crassus völlig versagt. Mein Sohn hatte gehofft, daß diese beiden mit Hilfe des Clodius

Ruhe in der Stadt bewahren und eventuelle Störungen derselben leicht beseitigen könnten, nachdem er die Optimaten durch die Entfernung Ciceros und vor allem Catos gezähmt glaubte.

Wie ihr wißt, hat er sich hierin sehr getäuscht. Clodius haben seine Erfolge offensichtlich größenwahnsinnig gemacht. Er hielt sich plötzlich nicht mehr an Absprachen und vergaß seine Rolle, für Cäsar das Volk bei Laune zu halten, völlig. Er begann, eigene Politik zu machen, und da vor allem Pompeius unfähig war, ihn in seine Schranken zu weisen, hielt er sich, gestützt auf seine Banden und seine Befugnisse als Volkstribun, für den eigentlichen Inhaber der Macht in Rom. Er ging gegen Pompeius vor, der sich in seiner Villa mehr versteckte als dorthin zurückzog. Zwar suchte Pompeius Schutz beim Senat, aber er tat dies wie alles, was er beginnt, halbherzig und lasch. Der Senat verlangte für seine Hilfe die Rückberufung Ciceros, und Pompeius ging darauf in seiner Weise ein, das heißt, er sagte ja, tat aber nichts Entscheidendes, um sein Ja durchzusetzen.

Um so aktiver wurde Clodius, denn die Aufhebung der Verbannung Ciceros, seines schlimmsten Feindes, konnte er nicht hinnehmen. Ihr wißt, daß er alles tat, um Ciceros Begnadigung zu verhindern. Er mobilisierte seine Banden und legte als Volkstribun sein Veto ein mit der Folge, daß sich er und der Senat gegenseitig neutralisieren.«

»Aber«, fiel Cloelia ein, »nun ist er doch nicht mehr Volkstribun und neue Konsuln haben wir auch! Jetzt müßte doch wieder Ordnung in Rom einkehren! Warum klappt es denn jetzt nicht?«

»Aber, meine Lieben, das liegt doch auf der Hand! Sieh dir unsere führenden Männer an! Es geht um die Rückberufung Ciceros. Der Senat will das, zwar nicht Cicero zuliebe, denn vielen Senatoren ist der aufgeblasene und selbstverliebte Aufsteiger ein unerträgliches Greuel. Aber sie wollen nicht nur Clodius treffen, sondern auch meinen Sohn. Denn er ist es schließlich gewesen, der Ciceros Verbannung initiiert hat. So haben sie Pompeius mehr oder weniger für sich gewonnen, obwohl sie auch ihm mit großer Reserve gegenüberstehen. Aber sie hoffen, ihn auf diese Weise von Cäsar zu trennen und in ihr Lager zu ziehen. Sie glauben, dann wieder ihren früheren Einfluß auf die Politik zu haben. Der Senat mit Cicero und Pompeius gegen Cäsar, so stellen sie sich das vor!

Auf der anderen Seite hassen Clodius und auch Nepos, der jetzige Konsul, Cicero. Beide werden daher alles tun, seine Rückberufung zu vereiteln.«

»Wieso ist denn der Konsul gegen Cicero und damit gegen den Senat?« Belliena sah Aurelia fragend an. »Er gehört doch eigentlich eher zu den Optimaten!«

»Ja, das stimmt. Aber so einfach ist bei uns die Lage nicht! Nicht hier die Guten, da die Bösen! Hier die Optimaten, dort die Popularen! Jeder Aristokrat hat seine Sonderinteressen, kocht mitunter seinen eigenen Brei!

Nimm Nepos. Er haßt Cicero, der ihn bei den Catilinarischen Unruhen bekämpft und ihn zur Flucht aus Rom veranlaßt hat. Er ist also gegen Cicero wegen damals, aber auch, weil Pompeius für Cicero ist. Und er ist immer gegen das, was Pompeius will, weil er auch diesen haßt! Und zwar deshalb, weil dieser des Nepos Schwester Mucia verstoßen hat. Deshalb hat er vorgestern mit der Hilfe von Clodius' Banden und mit dem Veto eines der neuen Volkstribunen den Gesetzentwurf zugunsten Ciceros zu Fall gebracht. Nun prügeln sich also wieder Milos und Clodius' Banden in der Stadt, Cicero bleibt draußen, Pompeius sitzt in seiner Villa und schmollt, und mein Cäsar hat den ganzen Ärger am Hals. Er braucht aber hier eine handlungsfähige Regierung, damit er die geplante Eroberung Galliens fortsetzen kann.«

»Nun ja, liebe Aurelia«, bemerkte Cloelia, »soviel ich weiß, haben sich doch Pompeius und Cäsar auf die Rückkehr des Cicero verständigt, warum geschieht denn nichts?«

»Es ist richtig, daß mein Sohn nichts gegen Ciceros Begnadigung einzuwenden hat, denn er ist der Meinung, daß es Zeit wird, Clodius endlich Einhalt zu gebieten und ihm seine Grenzen aufzuzeigen. Aber dies soll nur zu Cäsars Bedingungen geschehen. Aus diesem Grunde hat mein Caius letzte Woche Ciceros Bruder Quintus empfangen. Er hat ihm klargemacht, daß eine Rückberufung nicht ohne Gegenleistung erfolgen wird und nur *mit* Cäsar, nicht aber *gegen* ihn möglich sein wird.

Cäsar hat dem im Gegensatz zu seinem Bruder wenig eitlen und realistisch denkenden Quintus Cicero mitgeteilt, Cicero müsse nicht nur alle gegen seine Interessen gerichteten Handlungen unterlassen, sondern auch ihn und seine Wünsche und Anträge sowohl im Senat als auch vor dem Volk unterstützen. Er hat Quintus ferner deutlich gemacht, daß er seinem Bruder erklären möge, daß er eine eigene, politisch unabhängige Stellung Ciceros nicht dulden werde. Ciceros Zeit als selbständige politische Kraft sei vorbei und werde auch nicht wieder aufleben.

Er müsse begreifen, daß er im Grunde nie wirklich in einer führenden Position gewesen wäre. Die Optimaten hätten ihn nur als Aushängeschild für ihre Zwecke mißbraucht, ohne ihn wirklich als einen der ihren zu betrachten. Wenn er sich selbst durch sein eigenes dröhnendes Pathos habe berauschen lassen, ändere dies nichts an der Tatsache, daß Lautstärke und Macht nicht dasselbe seien. Je eher er dies begreife und akzeptiere, um so eher werde sein jetziger Status beendet sein. Als Cäsars Freund könne er immer noch eine bedeutende und angesehene Stellung in Rom einnehmen. Sollte er allerdings diese Bedingungen verwerfen oder nicht einhalten, müsse er mit Cäsars Unwillen rechnen. Was dies bedeute, habe er ja erst jüngst erfahren müssen.

Quintus Cicero ist nun nach Thessalonike abgereist, um seinem Bruder die Bedingungen Cäsars zu überbringen und ihre Annahme zu empfehlen. Anschließend wird er zu Cäsar zurückkehren und ihm berichten. Danach wird er bei ihm eine Legatenstelle antreten und das Kommando über eine der neuaufgestellten Legionen übernehmen.«

»Aha«, sagte die praktische Belliena, »eine Hand wäscht die andere, wie der Volksmund so treffend sagt. Und was ist mit Pompeius?«

»Er kennt Cäsars Bedingungen und ist mit ihnen einverstanden. Julia hat ihn als letzte bearbeitet, und er hört immer auf den letzten Gesprächspartner!«

»Und Clodius? Der wird doch nicht stillhalten, wenn Cicero zurück nach Rom kommt«, fragte Cloelia.

»Natürlich nicht! Aber bisher weiß er noch nichts von seinem Glück. Wenn es soweit ist, wird er merken, woher der Wind weht. Er hat kein Amt mehr und wird sich fügen müssen, wenn er nicht untergehen will. Gegen Cäsar, Pompeius, Crassus und den Senat ist er machtlos. Das wird er erkennen. Er will im nächsten Jahr Ädil werden. Da er weiß, daß er dies nur mit, nicht aber gegen Cäsar werden kann, wird er sicher noch ein bißchen Wirbel machen, sich aber nicht selbst aus dem Spiel kegeln. Und als Drohpotential für einen etwa wieder unbotmäßigen Cicero ist er allemal noch gut zu gebrauchen. Ihr werdet sehen, alles wird wieder in die Reihe kommen!«

Eine Weile saßen die Freundinnen noch zusammen. Das Gespräch hatte sich von der Politik ab- und dem neuesten Hauptstadtklatsch zugewandt. Als die vielen Skandale und Skandälchen durchgehechelt waren, war es Zeit für den Aufbruch, denn Cloelia wollte noch vor Einbruch der Dunkelheit sicher in ihr Haus auf dem Palatin zurückgekehrt sein. Mit freundlichen Umarmungen und Küssen schieden die Freundinnen voneinander, nicht ohne sich für das nächste Mal bei Cloelia zu verabreden.

12

Das politische Geschehen in Rom wurde von nun an durch die Bemühungen des Senats, Ciceros Verbannung zu beenden, und die dagegen gerichteten Aktivitäten seiner Feinde bestimmt. Gleich zu Anfang des Jahres, am zwölften Tag nach den Iden des Januars, hatten acht Volkstribunen in einer Volksversammlung die Rückberufung Ciceros gefordert, aber Clodius hatte eine Beschlußfassung durch seine Schläger verhindert. Weder die neuen Konsuln P. Cornelius Lentulus und Metellus Nepos noch der Senat und schon gar nicht Pompeius hatten etwas unternommen, um Clodius Einhalt zu gebieten. Teils aus Furcht vor Clodius' Rache, teils aus Berechnung hatten alle einen anderen Grund, Ciceros Begehren auf die lange Bank zu schieben.

Pompeius hatte sogar mehrere Gründe, sich in dieser Frage zurückzuhalten. Einmal hatte seine junge Frau Julia ihn bestürmt, nichts ohne die ausdrückliche Zustimmung Cäsars zu unternehmen und doch einzusehen, daß der Senat ihn und Cäsar auseinanderbringen wolle. Er solle doch nicht auf diese billigen und durchsichtigen Versuche der Optimaten hereinfallen. Ohne sein Bündnis mit Cäsar würde er in Rom sehr schnell allen Einfluß verlieren, denn der Senat brauche auf ihn keine Rücksicht mehr zu nehmen, wenn Cicero erst einmal wieder in die Staatsführung eingreifen könne. Er möge sich erinnern, wie rücksichtslos Cicero und der Senat mit ihm verfahren seien, als er, ohne Cäsars Macht im Rücken zu haben, seine Wünsche habe durchsetzen wollen. Ihr Vater würde aber der Rückberufung nur zustimmen, wenn Cicero ihm eindeutig zusichern würde, nicht nur keines der im Interesse auch des Pompeius erlassenen Gesetze zu bekämpfen, sondern darüber hinaus zusätzlich Cäsars und der Triumvirn Politik aktiv zu unterstützen. Da bisher eine diesbezügliche Erklärung Ciceros noch nicht vorliege, könne er, Cäsar, noch nicht positiv auf Ciceros Wünsche reagieren. Ihr Vater, so Julia zu ihrem Mann, empfehle ihm daher, die gleiche Haltung einzunehmen.

Pompeius schloß sich diesen Überlegungen seines Schwiegervaters an. Aber er hatte auch eigene Gründe, Ciceros vom Senat gewünschte Rückkehr nicht zu beschleunigen. Er hatte eingesehen, daß er als Privatmann, der er nun leider einmal im Augenblick war, über keinerlei Machtmittel verfügte, dem Senat seine Wünsche näherzubringen, geschweige denn, ihm gar seinen Willen aufzuzwingen. Er strebte deshalb eine amtliche Stellung an, bei der er die Machtmittel des Staates, insbesondere Truppen, für sein geheimstes Ziel, nämlich wieder der erste und geachteste Mann der Republik zu sein, verwirklichen konnte.

Es machte ihm nämlich schwer zu schaffen, daß alle Welt nur von Cäsar und seinen beeindruckenden Erfolgen in Gallien sprach und daß sein eigener Ruhm, Roms bester Feldherr zu sein, zu verblassen begann. So hatte er ein starkes Interesse daran, daß der Senat und die Konsuln schwach blieben, und Clodius sein Unwesen und den Straßenterror ungezügelt in der Stadt weiter treiben konnte. Irgendwann, so seine Rechnung, würden die Senatoren einsehen, daß es so nicht weitergehen könne. Sie würden dann einen starken Mann brauchen, der, mit amtlichen Vollmachten ausgestattet, in der Stadt die Ordnung wiederherstellen würde. Dies würde seine Stunde sein, jedenfalls solange Cäsar in Gallien beschäftigt wäre und Cicero im Exil, weitab vom Schuß, verharren müsse.

So hatte auch er, genau wie Cäsar, den Quintus Cicero gebeten, seinen Bruder in Thessalonike zu besuchen und ihm seine Forderungen mitzuteilen. Wie Cäsar verlangte er Anerkennung der Ackergesetze und der Regelungen im Orient und Unterstützung aller seiner Anträge und Bemühungen zur Stabilisierung des Staates, ohne letzere Forderung näher zu erläutern.

So war denn Quintus Cicero nach Makedonien gereist, um seinem Bruder Marcus die Bedingungen Cäsars und Pompeius', unter denen sie einer Aufhebung der Verbannung zustimmen würden, zu überbringen. Quintus fand einen verzweifelten und tief enttäuschten und deprimierten Bruder vor.

Cicero hatte von dem Scheitern seiner eigenen Bemühungen bereits durch Briefe aus der Hauptstadt erfahren. Seine Enttäuschung ließ er an seinem unschuldigen Bruder aus, den er mit einem Schwall von Vorwürfen überschüttete. Auch gegen andere wütete er in unmäßigem Zorn. Seine sogenannten Freunde seien alle entweder erbärmliche Feiglinge und Angsthasen oder hinterhältige Intriganten, die ihm seine Verdienste um die Rettung des Vaterlandes neideten oder die ihm seinen Aufstieg von ganz unten in ihrem abartigen Stolz auf ihre adlige Abstammung nicht gönnen würden. Ja, er sei von unten gekommen, aber dies beweise doch gerade seine turmhohe geistige und moralische Überlegenheit über diese überheblichen und inkompetenten hochgeborenen Schmarotzer!

Quintus ließ seinem Bruder sich gegen seine tatsächlichen oder vermeintlichen Feinde austoben. Er war ein ruhiger und überlegter Mann, der seinen älteren Bruder und dessen Eitelkeit genau kannte und der Verständnis hatte für seine Reaktionen auf die Verletzungen, die die altadeligen Senatoren ihm, dem verachteten ‚homo novus', zugefügt hatten.

Quintus' Blick drückte Anteilnahme und Mitleid aus, und allmählich beruhigte sich sein Bruder. Aber es dauerte eine Zeit, bis ein kleinmütiger und hilfsbedürftiger Cicero sich gefangen hatte.

»Lieber Bruder«, begann er mit müder und verzagter Stimme, »verzeih mir meinen Ausbruch. Natürlich kannst du nichts dafür, daß mich meine sogenannten Freunde so im Stich lassen. Ich habe immer für die Guten gekämpft, und alle haben mir zugejubelt, weil ich, und zwar ich allein, den Staat und damit auch diese Unwürdigen vor Catilina gerettet habe.« Cicero holte tief Luft, und Quintus erkannte, daß nun das schon so oft gehörte Selbstlob seines Bruders über seine Verdienste bei der Rettung des von den bösen Mächten fast schon überwältigten Gemeinwesens bevorstand.

»Lieber Marcus, ich freue mich«, begann er, seinen Bruder in dessen Atempause schnell unterbrechend, bevor dieser mit seiner selbstgerechten Litanei fortfahren konnte. »Ich freue mich, daß dein Temperament dich noch nicht verlassen hat. Das ist ein gutes Zeichen! Schimpfe nur ordentlich auf diese undankbaren und politisch blinden Senatoren. Schimpfen ist der Stuhlgang der Seele! Es reinigt das Gehirn und macht es frei für positive und fruchtbare Gedanken! Höre also, was ich dir zu berichten habe:

Du grämst dich über die Zagheit unseres Senates und grübelst über dessen mangelnden Mut, weil er nicht energisch genug deine Rückkehr betreibt. Die Tatsachen stimmen, aber die Bewertung durch dich ist falsch. Der Senat will, aber er kann nicht! Wir leben jetzt in Rom in einer gewandelten Welt. Nichts ist mehr wie früher. Der Senat hat seine Bedeutung verloren, er ist nicht mehr, wie zu deiner Zeit, der Lenker der Geschicke. Das Staatsschiff hat einen anderen Steuermann. In Rom bestimmen Cäsar und durch ihn Pompeius und Crassus, und als Aufpasser sorgt Clodius dafür, daß die beiden in Rom verbliebenen Triumvirn während Cäsars Abwesenheit keine Dummheiten machen und keine eigenen Wege gehen.

Zwar haben sowohl Pompeius und Crassus, vor allem aber Clodius auch eigene Interessen, aber im Ergebnis sind sie alle von Cäsar abhängig und werden sich hüten, irgend etwas Ernsthaftes gegen Cäsars Belange zu unternehmen. Selbst Clodius nicht, weil er seine Banden nur durch Zuwendungen Cäsars und Crassus' bezahlen kann. Ohne diese Gelder würden ihm seine Leute bald davonlaufen und mit seiner Macht wäre es dann vorbei. Er wird also bei Cäsars Stange bleiben, selbst wenn es manchmal danach aussieht, daß er sich gelegentlich selbständig macht und sogar gegen Cäsar auftritt. Dies tut er vor allem, um seinen Marktwert bei Cäsar zu erhalten.«

Quintus machte eine kleine Pause, um seinem Bruder Gelegenheit zu geben, Fragen oder erläuternde Kommentare loszuwerden. Als dieser jedoch wider Erwarten schwieg, fuhr er, das bisher Gesagte resümierend, fort:

»Es bleibt also festzuhalten, daß Cäsar gewonnen werden muß, wenn du nach Rom zurückwillst. Deinem Verlangen entsprechend habe ich ihn in seinem Winterquartier in Aquileja aufgesucht und deine Wünsche vorgetragen. Cäsar ist ein nüchterner Mann, der alle Entscheidungen unter politischen Gesichtspunkten beurteilt und danach handelt. Er hat mir klipp und klar erklärt, daß er für deine Verbannung die Hauptverantwortung trägt. Er habe sie vermeiden wollen und dir deshalb zahlreiche Angebote gemacht, um dich für ihn und seine Politik zu gewinnen.

Du habest, so er zu mir, in maßloser Überschätzung deiner Person und deines Einflusses, alle Annäherungsversuche zurückgewiesen. Du habest geglaubt, eine unabhängige politische Stellung zwischen den Parteien einnehmen zu können, um dich als Schiedsrichter zwischen Optimaten und Popularen zu gebärden. Er habe nichts gegen dich persönlich, aber er habe dir zu deinem eigenen Besten, wenn auch für dich schmerzhaft, vor Augen führen müssen, daß deine angeblich selbständige Stellung zwischen den Parteien und deine vorgebliche Schiedsrichterrolle nichts als eine Chimäre sei und nur aus deiner unerträglichen Eitelkeit und Selbstüberschätzung geboren sein könne.

Deiner Heilung von diesem Wahn diene die Verbannung nach Thessalonike. Er sei bereit, alle Bemühungen, dich zurückzurufen, gutzuheißen und zu unterstützen, wenn er sich vom Erfolg deiner unfreiwilligen Kur überzeugt habe.«

Cicero hatte mit erst ärgerlichem, dann entsetztem und schließlich mit wütendem Gesicht dem Vortrag seines Bruders zugehört, der Cäsars Meinung ohne erkennbare Emotion wie ein Professor in einem Seminar seinem wißbegierigen Studenten vorgetragen hatte.

»Und was verlangt dieser unverschämte Kerl von mir? Soll ich vor ihm auf die Knie fallen und ihn um Gnade anflehen? So etwas läßt meine Würde nicht zu! Ich bin der Vater des Vaterlandes, immer noch! Schließlich hat der Senat mir diesen Titel in Anerkennung meiner Verdienste feierlich vor allem Volk verliehen! Der Senat hat außerdem zum Dank für die Niederschlagung der Catilinarier eine Supplicatio für mich angeordnet! Und da soll ich mich vor Cäsar demütigen und ihn um Verzeihung bitten, daß ich seinen Wünschen gegenüber nicht willfährig gewesen bin? Nein, sage ich, dreimal nein! Ich habe meine Standhaftigkeit gegen Catilina unter Beweis gestellt und werde jetzt nicht wanken, nur weil Cäsar dies von mir erwartet! Cato würde genau so handeln. Wir beide sind die letzten aufrichtigen und aufrechten Männer in Rom, und dabei soll es bleiben. Wir sterben lieber, als daß wir uns der Gewalt beugen!«

Quintus mußte insgeheim lächeln. Er kann es nicht lassen, selbst vor mir den unerschütterlichen Helden zu spielen, dachte er. Dieses Pathos, diese Pose!

»Lieber Bruder, laß doch bitte mir gegenüber dieses Imponiergehabe! Und vergleiche dich nicht mit diesem Cato! Cato ist aus anderem Holz geschnitzt als wir alle. *Er* denkt an den Staat und nicht an *sich*! *Er* folgt einem Prinzip, Opportunität ist *ihm* fremd! Zugegeben, er ist in seiner strengen republikanischen Gesinnung ein Fossil, das die Zeit verschlafen hat. Aber *er* kann sich Gesinnung leisten, denn er hat keine Ambitionen auf Ämter und Würden. Er ist darüber hinaus eingebettet in das Geflecht der alten Familien. Er ist mit den meisten alten Geschlechtern verwandt oder verschwägert. *Du* aber hast nur *dich* und mich, wenn es wirklich ernst wird.

Sprich mir also nicht vom Sterben. Es hört sich gut an für die Geschichtsbücher, wie süß und ehrenvoll es ist, für das Vaterland zu sterben. Erinnerst du dich an die Rede Cäsars im Senat? Er sagte, es sei süß und ehrenvoll, für das Vaterland zu leben! Also halte dich an Cäsar, diesen großen Realisten, und lebe!

Cäsar verlangt keine Abbitte oder sonst eine Gebärde öffentlicher Demut von dir. Was er will, ist, daß du die in seinem Konsulat erlassenen Gesetze und Verordnungen als rechtmäßig zustande gekommen anerkennst und daß du ihn künftig bei seinen Anträgen im Senat und vor den Bürgern unterstützt. Dies ist sein Preis, der selbstverständlich mit Rücksicht auf deine Würde unter uns bleiben wird.

Eine ähnliche Forderung hat auch Pompeius gestellt. Er befürchtet, daß du dich gegen seine Ackergesetze aussprichst und verlangt, daß du dies ebenso unterläßt wie Einsprüche gegen andere zugunsten des Pompeius erlassene Regelungen.«

»Und Clodius? Was verlangt dieser Lump? Soll ich vor ihm kriechen wie ein Wurm? Soll ich ihm die Schuhe küssen? Sage mir, was verlangt dieser abgefeimte Verbrecher, Wüstling, Religionsfrevler und Halunke von mir?«

»Er verlangt nichts, denn er wird nicht gefragt! Aber er wird gegen dich sein und deine Rückberufung bekämpfen. Da er aber kein Amt mehr innehat, wird Cäsar ihn als zur Zeit ungefährlich gewähren lassen. Das macht deine Rückberufung glaubwürdiger und wird sie nicht als das erscheinen lassen, was sie tatsächlich ist: Ein abgekartetes Spiel. So jedenfalls ist die Meinung von Cäsar, und glaube mir, Cäsar ist die aufgehende Sonne, nach der wir uns künftig alle zu richten haben werden!«

Quintus spürte, daß Ciceros Widerstand gebrochen war. Es ging um seine Würde oder besser darum, was die Leute in Rom über ihn denken würden, wenn er sich Cäsar fügte. Cäsar würde seinen Bruder nicht demütigen, nicht einmal öffentlich bekunden, daß e r und niemand anders ihn zurückgeholt hatte. Das Volk und der Senat würden Marcus die Rückkehr gestatten, und das, obwohl Cäsars Mann Clodius dagegen war. Sein Bruder würde also dank Cäsars geschickter Regie sein Gesicht wahren können. An der Miene seines Bruders sah Quintus, daß dieser Cäsars Brücke beschreiten würde.

»Ein bißchen Widerstand und Krawall scheint den Triumvirn zu gefallen, lieber Quintus!« Cicero lachte bitter auf. »Glaube nicht, daß ich auch dieses Spiel nicht durchschaue! Mit organisiertem Krach verhindert man, daß sich meine Rückkehr als wahrer Triumphzug darstellt! Nur Jubel für mich, das ist nicht im Sinne der Triumvirn! Clodius soll also die moralische Ohrfeige für diese Herren etwas abmildern! Daher weht der Wind!«

»Mag sein, daß dies auch mitspielt«, antwortete Quintus. »Aber wie willst du dich entscheiden? Willst du Cäsar die gewünschten Garantien geben? Und bedenke, Cäsar läßt sich nicht mit leeren Erklärungen abspeisen! Wenn du einschlägst, mußt du dich an deine Versprechungen und an Cäsars Spielregeln halten, sonst wird deine nächste Verbannung dich in die Wüsten unserer Provinz Syrien führen und wesentlich länger dauern!«

»Was bleibt mir übrig? Ich bin hier ohne eigene Mittel, lebe von heimlichen Zuwendungen meines Freundes Atticus. Wenn Atticus‘ Großzügigkeit publik wird, muß er mit dem Schlimmsten rechnen. Das Gesetz sieht in diesen Fällen dieselbe Strafe wie für mich vor! Er wird verbannt und enteignet! Das kann und will ich nicht riskieren!

Sage also Cäsar und Pompeius, ich sei mit allem einverstanden«, knurrte er mürrisch. »Ich erwarte allerdings, daß ich per Gesetz zurückgerufen werde und daß mir mit demselben Gesetz mein eingezogenes Vermögen zurückerstattet wird. Und für meine schönen, vom aufgehetzten Mob zerstörten und ausgeplünderten Villen verlange ich eine angemessene Entschädigung aus unserer Staatskasse. Ich denke, diese kleinen Bedingungen wird Cäsar annehmen können. Schließlich bekommt er ja in mir einen neutralen Unterstützer für seine Anträge, auf den er sich verlassen kann!«

»Ich denke, das wird keine Schwierigkeiten machen. Cäsar ist großzügig, und er wird deine Hilfe zu schätzen wissen. Dein immer noch im Volk vorhandenes Ansehen will er für sich gewinnen. Aber ich warne dich noch einmal, lieber Marcus: Du darfst keine Hintergedanken haben! Hüte dich vor Winkelzügen und falschem Spiel. Und bedenke, ich werde die Geisel für dein Wohlverhalten sein. Er will mich nämlich zum Legaten in seinem Heer ernennen.«

13

Cäsar hatte mit acht Legionen im Gebiet der Remer Quartier bezogen, weil dieser Stamm der einzige von allen belgischen Stämmen war, der sich ihm freiwillig unterworfen hatte. Schon als er noch in der Poebenen weilte, hatte ihn die Nachricht erreicht, daß sich die belgischen Völker zu einem Verteidigungsbund zusammengeschlossen hatten, weil sie befürchteten, daß die Römer das freie Gallien zu unterjochen beabsichtigten. Zu diesem Schluß waren sie gekommen, nachdem Cäsars Truppen nach der Vertreibung der Germanen nicht in ihre Provinz zurückgekehrt waren, sondern im Gebiet der Sequaner ihr Winterquartier gebaut hatten. Kundschafter hatten ihm zusätzlich gemeldet, daß auch aus anderen Stämmen des freien Galliens Abgesandte zu dem Hauptvolk der Belgier, den Nerviern, gekommen waren, um gegen Rom zu hetzen und die Belgier in ihrem Widerstandswillen zu bestärken.

Cäsar war unmittelbar nach diesen Meldungen mit seinen beiden in der Poebene ausgehobenen neuen Legionen nach Gallien aufgebrochen und dann mit allen acht Legionen nach Norden marschiert, um die sich anbahnende Rebellion im Keime zu ersticken. Zu seiner eigenen Sicherung hatte er von allen Stämmen der Gallier die Gestellung von Geiseln und Durchmarschrechte durch deren Siedlungsgebiete verlangt und meistens auch erhalten. Das war neu und verärgerte die freien Völker, denn unter einer, wenn auch sehr milden römischen Botmäßigkeit, standen in Gallien bisher nur die durch Verträge an Rom gebundenen Häduer und Sequaner.

So war Cäsar in Eilmärschen bis in das Land der Remer, das nördlich des Flusses Sequana beiderseits der Axona lag, vorgestoßen und hatte hier ein festes Basislager bezogen, weil die Remer sich als einziges Volk den Römern angeschlossen hatten, und dieses Volk nun des Schutzes durch römische Truppen vor den über diesen Verrat an der gallischen Freiheit nach Rache schnaubenden übrigen belgischen Völkerschaften bedurfte.

Cäsar saß im Prätorium seines Lagers. Er hatte am Morgen seinen Befehlshabern seine Pläne zur Unterwerfung der unbotmäßigen und aufrührerischen Stämme erläutert, denn er betrachtete die Weigerung der Nervier und ihrer Verbündeten, ihm Geiseln zu stellen, als unfreundlichen Akt gegen Rom. Nach römischer Rechtsauffassung hielt er sich nun für berechtigt, mit Gewalt gegen sie vorzugehen und sie als Feinde des römischen Volkes zu behandeln.

Den Remern und allen anderen Völkern, die ihm Geiseln gestellt hatten, hatte er seine und des römischen Volkes Freundschaft versichert und sie unbehelligt gelassen. Zudem hatte er zahlreiche gallische Adlige mit ihrem Gefolge als Verbündete in sein Heer eingegliedert und sich so auch einen persönlichen Anhang unter den führenden Schichten vieler Völker geschaffen.

Nun war er allein mit seinem Sekretär Hirtius und erledigte die zahlreiche tägliche Korrespondenz. Dann wandte er sich einem offiziellen Bericht an den Senat zu. »Nimm ein neues Blatt, lieber Hirtius«, sagte er geschäftsmäßig. »Ich will den edlen Senatoren eine Gesamtübersicht über Gallien schicken, damit sie meinen Feldzug nicht nur verstehen, sondern auch Kenntnis von der hiesigen Geographie, den politischen Verhältnissen, Sitten und Gebräuchen der Einheimischen bekommen. Wichtig ist mir auch, daß die Herren in Rom begreifen, warum ich Gallien für sie erobern muß, und daß wir wegen der von den Germanen jenseits des Rheines drohenden Gefahren die Gallier nicht sich selbst oder germanischen Eroberern überlassen können. Bisher glauben nämlich unsere Senatoren, Gallien sei eine fast unbewohnte Wüstenei, in der nur ein paar primitive Barbaren leben, die sich friedlich von der Jagd oder von kleineren Raubzügen ernähren. Die Sümpfe und Wälder Galliens seien undurchdringlich und daher Schutz genug für unsere Ländereien am Mittelmeer.

Also schreibe: Ganz Gallien ist dreigeteilt. Im ersten Teil wohnen die Belgier, im zweiten die Aquitanier und im dritten die, die in ihrer Sprache Kelten, in unserer Sprache aber Gallier genannt werden. Alle diese Völker unterscheiden sich von einander in Sprache, Gesetzen und staatlicher Organisation. – «

In diesem Moment stürmte ein Offizier der 6. Legion in den Raum, gefolgt von Crastinus, der als Führer der Leibwache den ungestümen Eindringling nicht hatte zurückhalten können. Cäsar fühlte sich in seinem Diktat gestört.

»Herr«, rief der junge Mann aufgeregt, »ich komme mit schlechten Nachrichten. Die Belgier haben einen weiter nördlich lebenden Stamm der Remer angegriffen und belagern ihn jetzt in ihrer Stadt Bibrax. Bei dieser Stadt sind nur Teile der 6. Legion stationiert. Ich habe mich auf Befehl deines dort befehlenden Legaten Titurius Sabinus durch die belgischen Reihen geschlagen. Sabinus bittet dich, ihm und den Remern schleunigst zu Hilfe zu kommen, da die Vorräte, jetzt vor der neuen Ernte, zur Neige gehen. Bisher haben Sabinus und die Remer zwar alle Angriffe der Belgier abschlagen können, aber diese erhalten laufend Zuzug von weiter entfernt lebenden Stämmen. Sabinus meint, wenn du dich beeilst, kannst du einen großen Teil des belgischen Aufgebots mit einem Schlag erledigen!«

»Dann werde ich wohl mein Diktat für eine Weile unterbrechen müssen, lieber Hirtius. Crastinus, alarmiere unsere Truppen! Wir ziehen in einer Stunde mit vier Legionen aus dem Lager. Wie weit ist es bis Bibrax?«

»Ungefähr zwanzig römische Meilen, Feldherr«, rief der Bote des Sabinus. »Wenn wir über deine neue Brücke über die Axona marschieren, können wir sie im Rücken packen.«

»Gut, wir brechen ohne Gepäck und Bagage auf und marschieren in Eilmärschen nordwärts. Wenn wir in einer Stunde aufbrechen, erreichen wir sie mit der sinkenden Sonne. Wir müssen sie schlagen, bevor es finster ist!«

Cäsars Truppen fielen über die überraschten Belgier her. Vor allem die Nervier leisteten erbitterten Widerstand. Nur der Tapferkeit dieses Volkes war es zu verdanken, daß sich die Niederlage der Belgier in Grenzen hielt und große Teile der Belagerer in der einbrechenden Dunkelheit in die dichten Wälder entkommen konnten.

Nach dieser Niederlage löste sich der belgische Bund auf. Nur die Nervier und die ihnen eng verbündeten Aduatuker setzten den Kampf fort. Cäsar folgte den Fliehenden und zog mit seinen acht Legionen nach Norden. Immer weiter stieß er in das Kerngebiet der Nervier vor, ohne sie zum offenen Kampf reizen zu können. Sie saßen in den Wäldern, machten hin und wieder kleinere Vorstöße gegen einzelne römische Abteilungen.

Die Legionen konnten wegen dieses Kleinkrieges nicht zum Futtersammeln für die Pferde und Zugtiere ausschwärmen, und so mußte Cäsar in geschlossenen Formationen, Legion für Legion, jede mit ihrem eigenen Troß und Nachschub, vorrücken. Auf diese Weise zog sich die Armee auseinander, und manche Einheiten verloren die Fühlung zur benachbarten Truppe. Auf diese Situation hatten die Nervier gewartet.

Cäsar kannte die Gefahren dieser Art des Vorrückens und hatte deshalb immer schon mit einem plötzlichen Überfall der Belgier auf den langgestreckten Zug gerechnet. Er hatte daher vor kurzem seine Taktik umgestellt, um plötzlichen Überfällen aus den dunklen Wäldern vorzubeugen. Vor allem wollte er die Beweglichkeit der Legionen erhöhen, damit sie schneller einer angegriffenen Einheit im Bedarfsfalle zu Hilfe kommen konnten. Dazu mußten die marschierenden Soldaten von den sich auf den vom Regen aufgeweichten und glitschigen Pfaden nur langsam vorankommenden Wagen und Karren des Trosses befreit werden.

Er schickte nun seine gallische Reiterei, häufig ihm persönlich verbundene gallische Adlige, dem Zug als Sicherung und Aufklärung voraus. Dann folgten dicht aufgeschlossen die Legionen und dann erst der gesamte Troß, gedeckt von der römischen Kavallerie und nur wenigen Kohorten Infanterie. Wenn seine Truppen abends zu rasten hatten, baute die zuerst marschierende Legion für sich und alle noch auf dem Marsch befindlichen Soldaten ein befestigtes Lager. An den Arbeiten beteiligten sich dann auch die nach und nach eintreffenden Legionäre der anderen Einheiten, bis das Lager fertig war.

Als Cäsars Truppen eines Abends wieder einmal ein befestigtes Lager zu errichten hatten, hatten, wie üblich, einige Legionen schon mit dem Ausheben des Grabens und dem Aufschütten des Walles begonnen, während andere und der Troß sich noch auf dem Marsch befanden.

Diesen günstigen Moment nutzten die Nervier. Ohne Vorwarnung brachen sie aus den Wäldern und fielen über die schanzenden Soldaten her, die wegen der Schanzarbeiten ihre Waffen abgelegt hatten. Der unerwartete Angriff der Belgier brachte die Soldaten nur kurz in Verwirrung. Ohne Rüstung und teilweise ohne die Befehle ihrer Offiziere abzuwarten, formierten sie selbständig eine Schlachtreihe und nahmen den Kampf auf. Die Lage war für Cäsar unübersichtlich, denn ein Teil seiner Legionen war noch auf dem Marsch, ein Teil war gerade eingetroffen und ein weiterer Teil war beim Schanzen.

So kämpfte jede Einheit, wo sie gerade stand, für sich. Am schwersten hatten es die mit der Errichtung des Lagers Beschäftigten. Der unfertige Wall war an zwei Seiten noch nicht geschlossen, und die Soldaten waren ohne Helm und teilweise auch ohne Schild in den Kampf gezogen. Entsprechend hoch waren die Verluste.

Cäsar sah, daß die Soldaten der 12. Legion besonders hart bedrängt wurden. Er hatte keine Reserven, da alle Einheiten im Kampf standen und sich ihrer Haut erwehren mußten. Er nahm einem Soldaten den Schild ab, zog sein Schwert und drängte sich in die erste Reihe der Kämpfenden. Er feuerten die Soldaten durch laute Zurufe an, mit ihm zum Angriff überzugehen. Die Soldaten dieser Legion faßten neuen Mut und stürmten mit ihrem Feldherrn gegen die Feinde. Die Nervier wichen vor dem unerwarteten Ansturm etwas zurück, so daß die 12. Legion Anschluß an die in der Nähe fechtende 7. Legion gewann. Dies und die Ankunft der beiden beim Troß wachenden Legionen auf dem Schlachtfeld wendeten das Kriegsglück.

Mit diesen vier Legionen fiel Cäsar nun dem das Lager angreifenden Teil der feindlichen Truppen in den Rücken. Es kam zu einem blutigen

Handgemenge, denn die nun von zwei Seiten angegriffenen Nervier wehrten sich erbittert. Beide Seiten erfaßte im Nahkampf Mann gegen Mann ein wilder Blutrausch, Pardon wurde weder erbeten noch gegeben. Die Gefallenen der Nervier bildeten kleine Hügel auf denen die noch Kämpfenden standen, um von oben besser auf die Anstürmenden einhauen zu können. Noch im Tode zeigten die Gefallenen der Nervier ihre Unerschrokkenheit durch einen wilden Gesichtsausdruck, aus den brechenden Augen glomm der Haß. Mit einem Male aber war alles vorbei. Die eben noch verbissen kämpfenden Belgier wandten sich plötzlich zur Flucht und verschwanden in die Dunkelheit ihrer Wälder. Sie wurden von den erschöpften Römern nicht verfolgt.

Eben war das Schlachtfeld noch vom Lärm des Kampfes erfüllt, nun hatte sich eine fast unheimliche Stille ausgebreitet, nur durchbrochen vom leisen Stöhnen und Röcheln der Sterbenden. Irgendwo aus dem Wald ertönte der Ruf einer Eule. Die Legionäre erschraken. »Die Furien rufen die Verdammten, wehe uns!« Die abergläubischen Legionäre packte ein Grauen. Furchtsam und verängstigt drängten sie sich in ihren Zelten aneinander, bis sie in einen unruhigen Schlaf verfielen.

Die meisten Nervier überlebten die Katastrophe nicht. »Nur noch Alte, Frauen und Kinder habe ich in den Dörfern der Geschlagenen vorgefunden, und diese Überlebenden habe ich in Anerkennung der Tapferkeit des nervischen Volkes und meiner bekannten Milde und Menschenfreundlichkeit begnadigt und nicht weiter bestraft, nachdem sie sich mir auf Gnade oder Ungnade ergeben hatten.« So berichtete Cäsar knapp an den Senat. Demütige und Unglückliche könnten immer mit seiner Barmherzigkeit rechnen, so hieß seine Botschaft an den Senat, und dies war nicht nur ein Bezug auf die eben besiegten Nervier.

Anschließend vernichtete er die Aduatuker, die den Nerviern zu Hilfe gekommen waren. Dieses kleine Volk war ein Rest der gefürchteten Kimbern und Teutonen und allein schon deshalb seiner Rache verfallen. Sie hatten sich in ihrer Stadt verschanzt und waren nach kurzer Belagerung der römischen Übermacht erlegen. Als warnendes Fanal für andere widerborstige Stämme hatte er die Stadt abgebrannt und die überlebenden Einwohner in die Sklaverei verkauft. Das Gebiet des ausgelöschten Stammes hatte er den Eburonen übergeben, deren Stammesfürst Ambiorix mit ihm Freundschaft geschlossen und der am Feldzug gegen die Aduatuker teilgenommen hatte. Nach dem Sieg über die letzten Kimbern und Teutonen opferte er den Manen seines Onkels Marius einen weißen Stier. Feierlich verkündete er vor seinen angetretenen Soldaten: »Marius, du großer Feldherr, der du die wilden Kimbern und Teutonen aus Italien vertrieben und Rom vor den Barbaren gerettet hast, vernimm meine Botschaft: Was du begonnen, habe ich, dein geliebter Neffe, vollendet. Es gibt, den Göttern sei es gedankt, jetzt keine Kimbern und Teutonen mehr auf dieser Erde!«

14

In Rom drehte sich derweilen alles um die Rückberufung Ciceros. In den Straßen der Stadt schlugen sich täglich die Banden Milos mit denen des Clodius. Beiden Anführern ging es zunehmend gar nicht mehr um Cicero, sondern um ihre persönliche Macht. Aber die ruhigen Bürger verloren langsam das Vergnügen an den Straßenkämpfen, bei denen es zunehmend mehr Tote und Verletzte gab und bei denen auch unbeteiligte Bürger belästigt und manchmal sogar von den zügellosen Rotten ausgeraubt wurden. Brandstiftungen und Räubereien waren an der Tagesordnung.

Auch die Nobilität und die Ritterschaft hatten von den Krawallen genug, denn die Unsicherheit auf den Straßen beeinträchtigte die Geschäfte. Sie sehnten wie die kleinen Leute das Ende der Unruhen herbei, denn seit Ausbruch der vollkommenen Anarchie waren die Kosten für Kredite ebenso wie die Getreidepreise und damit die Lebenshaltungskosten in die Höhe geschnellt.

Pompeius, an den sich viele Bürger um Hilfe wandten, zuckte nur mit den Achseln und behauptete, nichts unternehmen zu können, solange er keinen amtlichen Auftrag vom Volk oder vom Senat erhalte, dem Treiben der Banden ein Ende zu machen.

Der Senat hatte indessen kein Interesse, Pompeius irgendwelche Machtmittel in die Hand zu geben und so seine Position zu stärken, solange er nicht mit seinem vollen Gewicht für die Rückkehr Ciceros eintrete. Es war eine für den entscheidungsschwachen und phlegmatischen Mann typische Situation. Im Grunde war er für die Begnadigung Ciceros, anderseits fürchtete er dessen vorgeblichen Einfluß auf den Senat, der seine eigenen Pläne und Wünsche immer wieder zum Scheitern gebracht hatte. Zwar hatte Quintus Cicero ihn nach seinem Besuch bei seinem Bruder davon unterrichtet, daß der Verbannte ihm keine Schwierigkeiten machen würde, andererseits stand Cäsars Entscheidung noch aus; jedenfalls war aus Gallien noch keine diesbezügliche Nachricht eingegangen. So tat er nichts und hielt sich auf diese Weise alle Optionen offen.

Endlich traf aus Gallien Cäsars Einverständnis ein. Der Feldherr hatte seinen Neffen Pinarius geschickt, der Pompeius und Crassus die erlösende Nachricht überbrachte. Sofort setzten sich die beiden Triumvirn zusammen, um das Verfahren abzusprechen.

»Cäsar wünscht, daß das Volk über die Aufhebung der Verbannung entscheidet«, erklärte ihnen Pinarius. »Das Volk hat unserem Goldredner seinerzeit durch Gesetz Feuer und Wasser verboten, also kann auch nur dieses den damaligen Spruch wieder aufheben. Außerdem wünscht mein Onkel, daß sich nicht der Senat diesen Erfolg gutschreiben lassen kann, sondern daß diese Lorbeeren euch beiden gebühren. Er bittet euch, die ihr zwar kein Amt, wohl aber Einfluß habt, diesen geltend zu machen und einen, am besten beide Konsuln zu veranlassen, einen entsprechenden Antrag an die Volksversammlung zu richten. Die Konsuln sollten umgehend die Centuriatskomitien einberufen, dafür sorgen, daß kein Volkstribun interzediert und niemand die Versammlung durch unerwünschte Obnuntiationen stört.«

Wenn Pompeius eine klar umrissene Aufgabe hatte, arbeitete er umsichtig und zielorientiert. Er selbst wie auch Crassus sprachen auf einer Contio für das Gesetz. Clodius sprach zwar dagegen, aber keiner der Volkstribunen wagte es, sein Veto einzulegen. Zu aller Erstaunen kam es auch weder bei dieser Contio noch bei den anschließenden Komitien zu den üblichen, von Clodius inszenierten Schlägereien, aber niemand bemerkte die heimliche Regie Cäsars, der Clodius durch seinen Neffen Pinarius jede Gewaltanwendung verboten hatte. So wurde das Gesetz über Ciceros Rückberufung mit großer Mehrheit angenommen.

Cicero war in der sicheren Erwartung eines für ihn positiven Bescheides aus Rom schon einige Tage vor den Komitien aus Thessalonike abgereist und, so schnell sein Wagen und die Straßen es zuließen, nach Dyrrhachium gefahren. Von dort war er mit dem ersten besten Segler nach Brundisium übergesetzt. Hier erwartete ihn eine Delegation des Senates, die ihn in feierlichem Zuge über die Via Appia nach Rom begleitete. Cicero war überwältigt von den in den italischen Gemeinden ihn jubelnd begrüßenden Quiriten. Schnell vergaß er, daß er seinem Bruder äußerste Zurückhaltung versprochen hatte. Der überall stürmische, zumindest warme Empfang tat nicht nur seiner wunden Seele gut, er ließ ihn auch schnell vergessen, daß er diesen Empfang nicht nur der Begeisterung seiner Mitbürger verdankte, sondern den Klienten und Veteranen des Pompeius, die dieser auf Bitten Cäsars an den Straßen als Kulisse hatte aufstellen lassen. Während die Begeisterung der meisten Senatoren echt war, handelte es sich bei den Quiriten zum großen Teil um von den Triumvirn aufgebotene Claqueure. Cicero, der dies nicht wußte, nahm den Applaus wie eine hochverdiente

Huldigung hin und schwamm in einer Welle von Seligkeit und Glück.

Am Capenischen Tor der Hauptstadt empfing ihn fast der gesamte Senat und geleitete ihn in die Stadt. Der Vater des Vaterlandes hatte schon immer einen besonderen Sinne für Symbolik. Statt mit dem Zug der Senatoren in die Curia Hostilia zu treten und dort seinen Senatssitz wieder einzunehmen, stieg er zunächst, das Haupt demütig gesenkt und mit dem Saum seiner Toga bedeckt, zu Fuß zum Kapitol hinauf, um den Göttern für seine Rettung zu danken, denn ihnen gebühre als erstes sein Dank dafür, daß die Einsicht, ihm Unrecht getan zu haben, sich in den Gedanken und Herzen der Quiriten festgesetzt habe. Es war der Tag vor den Nonen des September, an dem seit alters die römischen Spiele zu Ehren des Jupiter Optimus Maximus begannen, dessen Tempel seit Anbeginn der Republik auf dem Kapitol stand. Ihm dankte Cicero mit einem selbstverfaßten, pathetisch vorgetragenen schwülstigen Gebet.

Erst dann begab er sich in die Curia Hostilia, um zunächst dem Senat, dann später auf dem Forum dem Volk eine überschwengliche Dankesrede zu halten. Die Senatoren empfingen ihn stehend mit lautem Zuruf und Beifall klatschend. Cicero genoß sichtlich diese Ovation, aber in sein Gesicht malte sich statt Stolz und Zufriedenheit eher ein hämischer und verächtlicher Zug. So sind sie, diese hochmütigen Aristokraten, dachte er. Erst jagen sie mich in ihrem Neid auf meine Verdienste wie einen lästigen Parasiten aus dem Hohen Haus, und nun jubeln sie mir zu! Sie scheinen völlig vergessen zu haben, was sie mir angetan haben! Es ist ekelhaft, daß ich mich bei diesem scheinheiligen Pack auch noch bedanken muß! Mich dafür bedanken, daß sie mir verzeihen, was sie mir angetan haben! Nun gut, ich werde ihnen eine Rede halten, an die sie sich noch nach Jahren erinnern werden.

Zwar war Bescheidenheit nie eine seiner Tugenden gewesen, aber was er hier den Senatoren glaubte vortragen zu müssen, ging selbst seinen engsten Anhängern zu weit. Es war eine konfuse und emotionsgeladene Rede, in der er fast kriecherisch den Guten dankte, gleichzeitig aber seine tatsächlichen oder vermeintlichen Feinde in den rüdesten Worten angriff und mit den wüstesten Beschimpfungen verdammte.

»Ehrwürdige Väter und Beigeordnete«, begann er mit lauter Stimme, »nachdem ihr mich auf Wunsch der verworfensten Elemente dieser Stadt habt verbannen müssen, habt ihr euch jetzt ermannt, das mir zugefügte schreiende Unrecht wiedergutzumachen, um dadurch eure Schuld mir gegenüber zu tilgen. Die Guten haben gesiegt! Das unglaubliche Unrecht, das an dem Retter des Vaterlandes begangen worden ist, ist nun mit Hilfe der unsterblichen Götter endlich beseitigt! Deshalb galt mein erster Dank den Unsterblichen!

Aber ich muß auch euch danken, edle Senatoren, denn ihr und das Volk waren es, die mir die unverdiente Last und Bürde der Verbannung wieder abgenommen haben. Froh und dankbar bin ich, daß die Einsicht und das Rechtsempfinden in Rom noch einen Platz haben und über die abgründige Gemeinheit, die tückische Arglist und den schnöden Eigennutz hinterhältiger und machtbesessener Egoisten gesiegt haben. Die Guten haben die Oberhand über die niedrigen Instinkte der Rechtsbrecher behalten! Es gereicht euch, ehrwürdige Väter und Beigeordnete, zu höchstem Ruhm, daß ihr den Plänen der Staatsverderber, wenn auch spät, eine Grenze gesetzt und so aller rohen Gewalt und der Überredungskunst dieser Unseligen widerstanden habt!

Das Recht hat über das Unrecht triumphiert! Dies verdanke ich vor allem einem unter euch, dessen Unerschrockenheit im Kampf um das Recht alle anderen beflügelt hat. So habt ihr euch, seinem Beispiel freudig und entschlossen folgend, als wahre Lichtgestalten des Rechts, der Staatsgesinnung und als unbeirrbare Verfechter der althergebrachten und geheiligten Sitten unserer Vorfahren erwiesen und seid damit den gefährlichen und eigensüchtigen Machenschaften der niedrigen Elemente mannhaft entgegengetreten und habt ihnen Einhalt geboten. Fast würde ich meinen, daß euch für euren Einsatz für das Gute göttergleiche Verehrung gebühre, aber eure Bescheidenheit würde so etwas als Zumutung für euch und als Beleidigung unserer Unsterblichen ansehen und daher entrüstet zurückweisen!

Aber dem Einen von euch, der euch alle mitgerissen hat, kann ich mit meinem Lob und meiner Verehrung nicht verschonen. Habt bitte Verständnis dafür, daß es mich drängt, diesem Wohltäter, diesem Fürsten des Ruhmes und der Weisheit, dem Ersten aller Völker und aller Jahrhunderte meinen tief empfundenen Dank vor euch und dem ganzen Erdkreis auszusprechen: Ich, der ich als Retter des Vaterlandes vor den Umsturzversuchen der Catilinarier gewiß auch meine Verdienste habe, beuge mich in Dankbarkeit und Verehrung vor einem n o c h Größeren! Ich neige mein Haupt vor Cnaeus Pompeius Magnus, den unbezwingbaren Sieger über den furchtbaren Mithridates und die schrecklichen Seeräuber! Er war es, der mit seinem unerschütterlichen Rechtsgefühl dafür gesorgt hat, daß Zucht und Ordnung erneuert wurden, und Recht und Gerechtigkeit wieder eine Heimstatt in Rom und in euren Herzen gefunden haben!«

»Er ist und bleibt doch der alte Schaumschläger, dieser Cicero! Diese erniedrigende Unterwürfigkeit, triefend von öliger Salbe! Hält sich für den

Größten und kriecht vor Pompeius, dieser alte Schleimer! Der will den Titel ‚Vater des Vaterlandes‘ beanspruchen? Er merkt gar nicht, wie sehr es bei ihm mit seiner Glaubwürdigkeit hapert, wenn er sich so liebedienerisch aufplustert und dem eitlen Pompeius hinten hereinkriecht«, flüsterte Crassus dem neben ihm sitzenden Vatinius zu. »Aber er kann es einfach nicht lassen, sich als den immer noch fast Größten in Rom aufzuspielen! Einfach lachhaft nach diesem Fußfall vor Pompeius! Wenn er so weitermacht, wird Cäsar dafür sorgen, daß er irgendwo in Syrien seine Klagelieder über den Undank der Welt und der Mächtigen singen oder einfach nur Mäusen, giftigen Schlangen oder Skorpionen seine Tiraden vortragen kann!«

»Du wirst sehen, lieber Crassus«, antwortete Vatinius, »unser Goldredner wird sich jetzt einem anderen Thema zuwenden. Er wird nun auf Clodius und seine anderen Feinde einschlagen. Er weiß, daß im Senat alles ankommt, was gegen Clodius geht. Aber er wird Cäsar mit keinem Wort erwähnen, denn er weiß auch, was ihm blüht, wenn er den wahren Verursacher sowohl seiner Verbannung als auch seiner Rückberufung an den Karren fährt. Er wird Clodius angreifen, aber Cäsar meinen. Aber offiziell wird er sich selbst vor dem kleinsten Seitenhieb gegen Cäsar hüten, du wirst sehen.«

»Du magst recht haben, lieber Vatinius. Cicero ist vorsichtig. Er hält sich selbst zwar in Abwandlung des Leitsatzes des großen Pythagoras für das Maß aller Dinge, aber lebensmüde ist er nicht. Hören wir also, was er noch zu sagen hat!«

Cicero hatte bedeutungsvoll in die Runde gesehen und den höflichen Beifall der Senatoren und das Ende des erfreuten Nickens des in den Himmel gehobenen Pompeius abgewartet, bevor er seine Ansprache fortsetzte.

»Ehrwürdige Väter und Beigeordnete, ihr werdet, da bin ich mir ganz sicher, Verständnis dafür haben, wenn ich auch auf die Schattenseiten meiner Verbannung und auf ihre infamen Urheber eingehe. Wie ihr alle wißt, erlebt Rom seit einiger Zeit einen bedauerlichen Verfall der guten Sitten, wie ihn sich unsere Väter selbst in ihren schlimmsten Alpträumen nicht hätten vorstellen können.

Ehre, Anstand, Respekt vor den Älteren, Rücksicht auf die Eltern und Demut vor den unsterblichen Göttern sind von der Jugend wie eine lästige Gewohnheit nicht nur abgelegt worden, sondern Rücksichtslosigkeit, mangelnder Respekt vor den Erfahrungen und Leistungen ihrer Ahnen und unseren althergebrachten sittlichen Normen, freche Verhöhnung unserer Götter und allgemeiner Sittenverfall greifen dafür bei der jungen Generation in erschreckendem Maße um sich!

Seht doch selbst, wie diese verkommenen Sprößlinge unserer besten Familien Götter und Menschen verhöhnen! Sie verachten den Staat und uns, seine bewährten Exponenten, sie schmähen unsere althergebrachten Traditionen und beschmutzen die religiösen Gefühle unseres Volkes!

Clodius zum Beispiel schändet das Fest der Bona Dea, beleidigt alle Guten und kommt dennoch dank bestochener Richter davon! Welch ein widerliches Beispiel der Verworfenheit und der Verrohung unserer Sitten! Welch ein Wandel der Werte! Kein noch so abartiger Exzeß ist ihm zu obszön, keine Ausschweifung zu widerlich, um sie nicht für gut zu befinden! Dieser Abscheuliche erhebt die Frivolität und die Gotteslästerung zu Vorbildern für unsere verführte Jugend und erklärt Anstand und Gottesfurcht zu Lastern!

Oder nehmt diese jungen Dichter, die von aller Welt gelobt und in den feinen Salons unserer adligen Damen empfangen, bestaunt und hofiert werden, als wären sie Götter! Dabei sind sie nichts als Schmierfinken, die unsere schöne lateinische Sprache dazu benutzen, anständige Bürger mit unflätigsten Ausdrücken an den Pranger zu stellen und lächerlich zu machen!

Ein besonders abschreckendes Beispiel scheint mir dabei dieser widerwärtig schlüpfrige Catull zu sein! Diese Fäkalsprache, diese widerlichen Angriffe auf verdiente Mitbürger! Dieser schändliche Mensch läßt sich als Dichter feiern und besudelt doch nur ehrenwerte und verdienstvolle Bürger! Ehemalige Konsuln bezeichnet er ungestraft als Schwuchteln und Tunten! Unwidersprochen und unverblümt darf er den Prätor Memmius der widernatürlichen Unzucht mit ihm, dem von aller Welt dafür auch noch umjubelten Dichter, bezichtigen, und niemand ruft ihn zur Ordnung oder weist seine ekelhaften Sudeleien zurück. Dabei weiß jeder: Solche abgeschmackten Sauereien verderben die Jugend, erzeugen Lüsternheit und befördern die Geilheit und die abscheulichsten Perversitäten in den Rang einer Tugend!

Früher wollte das Volk Brot und Spiele, panem et circenses. Heute reicht das der Jugend nicht mehr, heute hat man den Eindruck, daß sie ‚p a n e m' durch ‚p e n e m' ersetzen! ‚Penem et circenses!', das ist ihre neue Losung! Exzentrische Vergnügungen und abartige Ausschweifungen ziehen die Jugend mehr an als Pflichtbewußtsein und Staatsgesinnung! Und viele von euch sehen schweigend zu, wie sich unsere Jugend Körper und Geist verdirbt! Niemand weist mit dem Finger auf diese schwärende Wunde unserer Gesellschaft, niemand sticht diese Eiterbeule auf!

Und so kommt es, daß immer mehr gutgläubige und ehrenwerte Bürger dem verderblichen Einfluß dieser zügellosen Leute verfallen. Dieser Abschaum ist nicht nur hemmungslos in sexuellen Dingen, sondern er überträgt seine schmutzigen Gedanken auch auf seine politischen Aktivitäten. Und wer sich, wie ich, dieser Entwicklung widersetzt und entgegenstemmt, wird von ihnen erst verlacht, dann verdammt und schließlich verfolgt und am liebsten auch physisch ausgerottet! Hier habt ihr die wahren Gründe für meine Verbannung! Ich, ein ehrlicher und ihnen auch gefährlicher Mann, mußte verschwinden, damit diese Verbrecher, Liederjane, Schuldenmacher und Umstürzler freie Bahn für ihr schändliches Treiben haben.

Wer sind nun diese Verbrecher? Ihr kennt sie alle! Es ist nicht nur dieser nichtswürdige und gewalttätige Clodius! Es sind auch nicht allein diese geschmacklosen, ja perversen Dichterlinge! Der Kreis dieser Übelwollenden ist viel weiter gespannt, als ihr ihn euch vorstellen könnt! Sie sitzen überall, im Senat und in den Magistraten, ebenso in der Finanzwelt wie unter unseren Philosophen und Geistesschaffenden.

Ich unterscheide vier Arten von Menschen, die sich an mir, allen Gutgesinnten und dem Staat vergangen haben. Obwohl mir Gedanken an Rache wesensfremd sind, werde ich auf ihre Bestrafung drängen, weil es das Staatswohl erheischt!

Vier Gruppen sollen von nun ab selbst wieder das Fürchten lernen und nicht mehr Furcht unter den ruhigen und gesetzestreuen Bürgern verbreiten! Es sind einmal die verbliebenen Catilinarier, die jetzt Morgenluft wittern und die der Strahl der Vergeltung treffen muß. Zweitens sind es die Konsuln des Vorjahres, Gabinius und Piso, sowie natürlich der ehemalige Volkstribun Clodius. Über die Nichtswürdigkeit dieser beiden Gruppen besteht sicher Einigkeit!

Bestraft werden müssen drittens aber auch alle Memmen, die, wissend um das mir zugefügte Unrecht, aus Feigheit meiner Verbannung sich nicht widersetzt haben, ferner diejenigen, die, mir Freundschaft heuchlerisch vortäuschend, gegen mich gearbeitet haben, und schließlich viertens vor allem diejenigen, die nur aus Neid gegen mich waren, weil sie mir meinen Ruhm nicht gönnten!«

Cicero überhörte die im Saal aufkommende Unruhe. Er hatte sich in seinem Haß auf seine tatsächlichen oder vermeintlichen Feinde in einen Rausch hineingeredet, daß er die Gefahr, die für ihn wegen seiner ausgestoßenen haßerfüllten Drohungen gegen im Grunde fast jeden der Anwesenden ausging, gar nicht bemerkte. Er ignorierte das unruhige Gemurmel der sich getroffen fühlenden Senatoren.

»Ich werde euch jetzt«, fuhr er ungerührt fort, »ich werde euch jetzt verlassen. Das Volk ist draußen auf dem Forum versammelt, um mich reden zu hören. Das Volk, unser wahrer Souverän, wartet auf den Retter des Vaterlandes. Es wäre unhöflich, es weiter warten zu lassen.«

Cicero verließ den Sitzungssaal und ließ eine ernüchterte Senatorenschar zurück. »Der ist keine Gefahr mehr für uns! Ich werde, lieber Crassus, Cäsar berichten, daß unser Goldredner seinem Spitznamen alle Ehre gemacht hat. Er hat bei den Senatoren, wenn ich die Kollegen richtig beurteile, den wiedergewonnenen Kredit bereits wieder verspielt. Im Grunde hat er sich in die Nesseln gesetzt und alle gegen sich eingenommen. Fast jeder Anwesende läßt sich in eine der vier Kategorien einordnen, denen Cicero Bestrafung angekündigt hat. Das werden die Senatoren ihm nicht vergessen! Schau dir ihre verärgerten Gesichter an. Cicero ist für die meisten von ihnen keine noch in Frage kommende Größe mehr.

Er wird jetzt seine Rede vor dem Volk wiederholen, vielleicht, was die Spitzen gegen Opportunisten, Feiglinge und Neider im Senat betrifft, noch ein bißchen schärfer und popularer formulieren. Das Ergebnis wird sein, daß Clodius ihn noch eifriger als bisher bekämpfen und daß der Senat ihm mehr denn je mißtrauen wird. Er sitzt zwischen allen Stühlen, gewissermaßen zwischen Baum und Borke. Cäsar kann zufrieden sein!«

15

Julia, Ehefrau des gewesenen Konsuls Cnaeus Pompeius Magnus, grüßt ihren Vater, den gewesenen Konsul Caius Julius Cäsar, und wünscht, daß es ihm wohlergehe.

Liebster Vater, heute habe ich zuerst eine gute Nachricht für Dich, die Dich sicher sehr erfreuen wird. Du wirst voraussichtlich im Juni nächsten Jahres Großvater! Wenn unser guter alter Archilaos sich nicht irrt, und das tut er selten, bin ich schwanger. Pompeius ist ganz verrückt vor Freude und macht jetzt schon Pläne, wie er die Erziehung seines Sohnes gestalten will. Daß es ein Sohn wird, ist für ihn natürlich eine ausgemachte Sache, mir ist es eigentlich gleichgültig. Aber da er sich auf einen Sohn versteift hat, ist es selbstverständlich auch mir recht, daß es ein Sohn wird. Du kennst ihn ja, in seiner spontanen Begeisterung ist er wie ein großes Kind!

Einen Augenblick hatte er sogar seine politischen Ziele aus den Augen verloren oder wenigstens zurückgestellt. Jetzt ist er aber wieder voll im Geschäft, denn in Rom herrscht weiterhin dank Clodius' und Milos Banden Anarchie. Clodius behauptet nun, die Ursache für die Verteuerung des Brotes sei allein Cicero anzulasten, denn seit seiner Rückkehr aus dem Exil seien zahlreiche Bürger aus Italien in die Stadt gezogen, die nun berechtigt seien, verbilligtes Brot zu beziehen. Dies habe die Getreidevorräte so verknappt, daß sich die Preise in kurzer Zeit verdoppelt hätten.

Natürlich ist das Unsinn, reine Demagogie seitens des Clodius. Aber der Vorwurf wirkt, denn das Volk glaubt, daß Cicero die Ursache für die tatsächliche Verteuerung des Kornes sei. Niemand will die wahren Gründe für den Getreidemangel hören. Er liegt nämlich in der Mißernte dieses Jahres. In Italien hat es zu wenig Regen gegeben, so daß die Ernten weit hinter den Erwartungen und den Ergebnissen der Vorjahre zurückgeblieben sind. Das wäre an sich kein Beinbruch, denn Ernteausfälle hat es früher auch schon gegeben. Aber früher haben unsere Konsuln und die anderen Magistrate stets dafür gesorgt, daß genügend Brotgetreide und andere Lebensmittel aus den Provinzen eingeführt worden sind. In diesem Jahr haben aber nicht nur unsere Beamten versagt, sondern es obendrein auch noch zugelassen, daß Spekulanten die letzten Vorräte aufgekauft haben und sie nun nur zu überhöhten Preisen an die Bevölkerung und die staatlichen Verteiler abgeben.

Clodius hat das Volk aufgehetzt und allen Zorn auf Cicero und den Senat gelenkt. Aber er hat sich verrechnet. Er hatte gehofft, daß das Volk ihn für das nächste Jahr zum Ädilen wählt und ihm damit die unmittelbare Verantwortung für die Getreideversorgung der Stadt überträgt. Durch diese Pläne haben ihm die Konsuln aber einen Strich gemacht, denn sie haben einfach keine Wahlen angesetzt, und so wird die Stadt im nächsten Jahr nach dem bisherigen Stand der Dinge ohne Ädilen und ohne Verantwortliche für die Versorgung der armen Plebs mit billigem Korn auskommen müssen.

Mit dieser Wahlverweigerung war natürlich das Problem nicht beseitigt. Die enttäuschten Quiriten verlangen deshalb immer lauter, daß mein lieber Pompeius mit außerordentlichen Vollmachten ausgestattet wird, um die Versorgung der Stadt mit Getreide zu gewährleisten. Pompeius hat sofort zugegriffen, aber bevor er sich bereit erklärte, ein solch wichtiges Amt zu übernehmen, hat er Bedingungen gestellt, die der Senat zunächst glatt ablehnte.

Cnaeus verlangte nicht nur ein uneingeschränktes Imperium für die Dauer von fünf Jahren mit Zugriff auf den Staatsschatz, die gesamte römische Flotte und Gewalt über alle Provinzen, aus denen Getreide für Rom zu erwerben oder notfalls zu requirieren ist, sondern außerdem noch die

Kommandogewalt über die dafür notwendigen Truppen. Sowohl der Senat als auch die Konsuln lehnten diese Vollmachten als zu weitgehend ab, scheinen aber nach Vermittlung Ciceros bereit, Pompeius‘ Wünsche insoweit zu erfüllen, als sie ihm uneingeschränktes Imperium für fünf Jahre zugestehen wollen.

Inzwischen hat der Volkstribun Sestius einen entsprechenden Antrag an das Volk gestellt. Pompeius bittet Dich durch mich, diesen Antrag beim Volk zu unterstützen, nachdem er sich selbst bereit gefunden hat, auf den Befehl über die Flotte und über die benötigten Legionen zu verzichten, da trotz oder gerade wegen des dienstbeflissenen Eifers Ciceros weder die Konsuln noch der Senat zu so weitgehenden Zugeständnissen bereit sind.

Mein lieber Mann legt größten Wert auf Deine Hilfe, denn Du bist seit Deinen fantastischen Siegen in Gallien über Gallier und Germanen der Liebling und der Abgott des Volkes. Wenn Du der Beauftragung meines Mannes offiziell zustimmen und insbesondere den enttäuschten Clodius zurückpfeifen würdest, würde der Ernennung meines Cnaeus zum Curator Annonae, diesen Titel wird er dann offiziell führen, nichts mehr im Wege stehen.

Übrigens wirst Du meinem Brief entnommen haben, daß unser Goldredner Cicero spurt, wenn er auch nach wie vor in verächtlicher Würdelosigkeit über sein hartes Schicksal und die Mißgunst des Volkes und der Regierenden lamentiert. Ekelhaft, aber er betreibt nicht nur die Beauftragung des Pompeius zum Curator Annonae – dies könnte man als Schlag gegen Clodius bewerten , sondern er hat auch einen Antrag im Senat gestellt, Dir für Deine unglaublichen Siege eine offizielle Danksagung durch Volk und Senat von Rom zu gewähren.

Gestern hat denn auch der Senat Dir diese Supplicatio nicht nur fast einstimmig zugesprochen, sondern sie auf Antrag meines Pompeius auf fünfzehn Tage festgesetzt. Diese bisher der Länge nach einmalige Ehrung für Dich – Marius und Sulla gewährte man früher nur fünf, Pompeius nur zehn Tage Danksagung – zeigt, wie hoch inzwischen Dein Ansehen gestiegen ist. Cicero hat zwar wegen seiner schwankenden Haltung fast sein ganzes Renommee bei allen Parteien und Einflußreichen verloren, aber er strampelt sich weidlich ab, wenigstens Dir zu gefallen.

Schreibe also bitte möglichst schnell an den Senat, Pompeius, Crassus und Vatinius und teile ihnen mit, daß Du Pompeius’ Ernennung wärmstens befürwortest. Die Quiriten sind unruhig, sie werden Dir und den anderen beiden Triumvirn dankbar sein, wenn bald wieder billiges Getreide in Hülle und Fülle zur Verfügung steht.

Geschrieben in Rom am Tage nach den Kalenden des November unter dem Konsulat des P. Cornelius Lentulus Spinther und des Q. Caecilius Metellus Nepos
Julia.

Cäsar hatte gerade die Lektüre des Briefes seiner Tochter beendet, als sein alter Freund und Nachbarssohn Lucius Aurunculeius Cotta den Raum betrat. Vor einigen Tagen waren sie in Lucca eingetroffen, der Grenzstadt seiner Provinz Gallia Cisalpina zum eigentlichen Italien, um hier den Winter so nah wie möglich an Rom zu verbringen.

»Ich möchte mich für eine Weile von dir verabschieden«, eröffnete Cotta das Gespräch. »Geschäfte rufen mich in die Hauptstadt. Kann ich irgend etwas für dich dort erledigen?«

»Gut, daß du kommst, mein Lieber. Ich habe gute Nachrichten!« Cäsar erzählte seinem alten Freund und Mitstreiter den Inhalt des eben gelesenen Briefes. »Ich glaube, jetzt sind wir wirklich oben!« Versonnen blickte er aus dem Fenster seines Quartiers. »Wer hätte das gedacht! Du erinnerst dich sicher noch, wie wir, beide von Sulla proskribiert, um unser Leben fürchten und aus Italien fliehen mußten? Der abgeschlagene Kopf deines Vaters war mit vielen anderen Popularenköpfen an das Rostrum genagelt! Wer hätte damals geglaubt, daß wir Popularen jemals so weit nach oben kommen würden? Wir waren ganz unten und hatten unheimliches Glück, mit dem Leben davonzukommen! Wenn uns beide nicht außergewöhnliche Menschen gerettet hätten, hätten wir, wie so viele gute Freunde und Verwandte, unsere Leben verloren. So verdankst du dein Leben deiner wunderbaren Thrasylla, ich das meine zwei treuen Freunden, Catilina und Crassus! Aber jetzt haben wir es geschafft! Wir sind oben, und oben wollen wir bleiben. Der lange Kampf hat sich gelohnt!

Eile zu Pompeius, zu Crassus und auch zu Cicero. Teile ihnen mit, daß ich den Gesetzentwurf des Sestius unterstütze und dem Volk zur Annahme empfehle. Sprich auch als mein Beauftragter in der Contio in diesem Sinne zum Volk! Und grüße mir deine Thrasylla!«

Cäsar sah, wie sich Cottas Gesicht verfinsterte. »Thrasylla hat mich verlassen. Bald nach der Hinrichtung der Catilinarier hat sie sich von der Wahrsagerei zurückgezogen. Sie bringe den Menschen und mir nur Unglück, deshalb sei es besser zu gehen. Sie verschwand eines Nachts aus der Stadt. Ich fand nur einen kleinen Zettel mit den Worten: ‚Suche mich nicht! Es ist besser so, denn ich bringe Dir nur Unglück! Und hüte Dich, mit einem Sabiner in den Kampf zu ziehen.‘ Ich habe nie wieder von ihr gehört und weiß nicht einmal, ob sie noch lebt.«

Cäsar fühlte sich unwohl. Wie immer, wenn er einen seiner engen Freunde an irgendeinem ernsthaften Kummer leiden sah, wußte er nicht, wie er helfen sollte. Er verfluchte sein Unvermögen, seinen Freunden Trost und Zuwendung zu geben. Er wußte zwar, daß Cotta gar kein Mitgefühl in so persönlichen Dingen wie seinem Verhältnis zu Thrasylla erwartete, aber dennoch hätte er ihn seiner Anteilnahme gerne versichert.

Er selbst kannte wohl als einziger die Geschichte der traurigen Liebe Cottas zu der Seherin. Sie hatten sich zufällig während der Herrschaft der Popularen kennen gelernt und waren seit dieser Zeit fest miteinander verbunden. In der Zeit der Verfolgung der Popularen durch Sulla hatte sie ihn unter eigener höchster Lebensgefahr vor den Schergen des Diktators und den überall lauernden Spitzeln verborgen gehalten und ihn so vor dem sicheren Tod bewahrt.

Beide hatten gewußt, daß ihre Verbindung geheim bleiben mußte, denn eine Heirat der beiden wäre schon aus Rechtsgründen nicht möglich gewesen, von der gesellschaftlichen Unmöglichkeit einmal ganz abgesehen. Thrasylla war Griechin. Sie stammte aus Kyme und übte den nach römischer Auffassung unehrlichen Beruf einer Wahrsagerin aus. Cotta hätte sich, ohne zu zögern, über die gesellschaftlichen Schranken hinweggesetzt, auf eine politische oder militärische Laufbahn verzichtet und Thrasylla geheiratet, aber die strengen römischen Gesetze verboten die Eheschließung zwischen Abkömmlingen des Senatorenstandes mit Nichtbürgern und Angehörigen nicht standesgemäßer Berufe.

Nun war diese Verbindung zu Ende gegangen. Cäsar war sich sicher, daß Thrasylla das Band von sich aus nur gelöst hatte, weil sie glaubte, Cotta damit einen letzten Liebesdienst zu leisten.

»Wenn ich in Rom bin, lieber Cotta, werde ich sie suchen lassen. Du wirst sehen, sie wird zurückkommen, wenn ich sie gefunden habe. Sie glaubt sicher, in deinem Interesse gehandelt zu haben. Wenn meine Leute sie finden, werde ich mit ihr sprechen. Du wirst sie danach wieder in die Arme schließen können.« Cäsar war sich der Dürftigkeit seiner Argumente bewußt. Mutlos zuckte er mit den Schultern und versuchte gleichzeitig seinem Freund aufmunternd zuzunicken.

Cotta lächelte Cäsar dankbar an, aber sein Gesicht drückte keine Hoffnung aus. Schweigend verließ er den Raum. Kurz darauf hörte Cäsar das eilige Hufgetrappel eines sich schnell entfernenden Pferdes. Er lauschte einen Augenblick dem rasch schwächer werdenden Geräusch und wandte sich dann wieder seiner Korrespondenz zu.

6. Kapitel
Rom und Gallien in den Jahren 698 und 699

1

Pompeius war aus seiner Lethargie erwacht. Kaum hatte die Volksversammlung, nachdem Cotta dieser Cäsars Unterstützung der beantragten Maßnahmen bekanntgegeben hatte, das Gesetz über seine Beauftragung, die Versorgung der Stadt mit Getreide zu sichern, angenommen, ging er mit Feuereifer an seine neue Aufgabe. Endlich fühlte er sich wieder gefordert, endlich konnte er wieder beweisen, welche Fähigkeiten in ihm steckten. Er haßte die kleinlichen Bedenken und die gehässigen Intrigen, mit denen man ihm Steine in den Weg gelegt hatte, und er hielt es mit seiner Würde für nicht vereinbar, um das zu bitten, was er für sich für richtig und angebracht hielt, oder mit dem niedrigen Gesindel, wie er die widerspenstigen Senatoren nannte, um Kompromisse zu feilschen. Jetzt aber hatte Cäsar seine Wünsche durchgesetzt, ohne daß er selbst einen Finger hatte rühren müssen. Die Welt war wieder rosarot, seine Würde makellos und unbefleckt.

Als erstes unterstellte er sämtliche Handelsschiffe seinem Kommando, dann spürte er durch seine Beauftragten in entlegenen Lagerhallen und Schuppen von geldgierigen Spekulanten versteckte Getreidevorräte auf, beschlagnahmte sie und ließ sie zu normalen Preisen zugunsten der Staatskasse verkaufen, ohne sich um das Geschrei der um ihre Gewinne gebrachten Getreidehändler zu kümmern. Schlagartig sanken nun die Preise, denn die Händler öffneten nun von selbst ihre Lager und brachten das gehortete Getreide auf den Markt.

Mit den requirierten Handelsschiffen schickte er seine Legaten nach Sizilien, Sardinien und Afrika, ließ dort den reichlich vorhandenen Weizen im Namen des Senats aufkaufen und nach Rom bringen. Er selbst war unermüdlich unterwegs, organisierte Transportwege für die zukünftigen Ernten und schloß mit den Erzeugern langfristige Verträge zu günstigen Preisen über die Ernten kommender Jahre. Er sorgte für sachgerechte Lagerung, baute neue Hallen für die Bevorratung und legte dezentrale Depots an, um in Notzeiten schnell auf die eingelagerten Überschüsse guter Erntejahre zurückgreifen zu können.

Selbst bei Sturm und schwerem Seegang ließ er seine Schiffe fahren. Einmal wies er die Beschwerden der Seeleute, ihr Leben unnötigen Gefahren auszusetzen, mit dem Hinweis ab, daß Seefahrt nottue, Leben jedoch nicht!

Schon nach wenigen Wochen hatte sich die Versorgung der Hauptstadt mit Getreide und anderen wichtigen Bedarfsgütern deutlich gebessert und die Preise für Lebensmittel stabilisiert. Überall, wo Pompeius auftrat, jubelte ihm das Volk zu. Wie ein Süchtiger genoß er den Beifall der Plebs und selbst des Senates und sonnte sich in der Gunst des Volkes.

Ein Wermutstropfen aber blieb: Clodius hatte sich nicht besänftigen lassen und opponierte gegen alle seine Maßnahmen. Auch gegen Cicero setzte er seine Banden ein. Als der Senat beschlossen hatte, diesem sein von Clodius abgerissenes Haus nach Rückgabe des Grundstückes auf Staatskosten wiederherzustellen, protestierte Clodius heftig und berief sich darauf, daß er diesen Grund und Boden den Göttern durch einen Pontifex habe weihen lassen. Damit sei aber nach den sakralen Rechtsvorschriften jede private oder säkulare Nutzung des konsekrierten Landes unmöglich geworden. Den Göttern geweihte Flächen seien rechtlich Tempel und damit jeder menschlichen Nutzung für immer entzogen. Aus diesem Grunde habe er aus Pietät vor den Unsterblichen bei einem nächtlichen Vorstoß Ciceros im Bau befindliches neues Haus abbrennen lassen.

Der Senat sah sich in einer Zwickmühle. Gerne hätte er Clodius wegen Brandstiftung belangt, nun aber mußte er zähneknirschend eingestehen, daß dieser mit seiner nächtlichen Aktion nur das verletzte göttliche Recht wiederhergestellt hatte. Natürlich wußte jedermann, daß sich Clodius um Götter und Religion nie viel geschert hatte, und alle empfanden daher seine Berufung auf die Himmlischen als das, was sie war: Als unverschämte und bodenlose Heuchelei. Aber die edlen Herren des Senates wußten natürlich auch, daß der Einwand, die Götter könnten durch eine Maßnahme gekränkt sein, eine ständig auch von ihnen geübte Praxis war, ihnen nicht genehme Vorfälle aus der Welt zu schaffen. Die Berufung auf den Zorn der Götter war eine von ihnen oft benutzte Waffe, und so waren sie bereit, Clodius' religiös verbrämte Einwände gegen den Wiederaufbau von Ciceros Haus hinzunehmen.

Hiergegen wandte sich entschieden Catos Schwager Domitius Ahenobarbus. Er bezweifelte die Gültigkeit der Konsekration des Ciceronischen Grundstückes. Erstens sei ein Volkstribun – und als solcher habe Clodius den Priester beauftragt – gar nicht befugt, religiöse Handlungen zu initiieren, und zweitens habe der noch sehr junge Pontifex Pinarius aus Unerfahrenheit bei der Weihe Formfehler begangen, so daß in Wahrheit eine wirksame Weihe des Grundstückes nicht zustande gekommen sei. Den Unsterblichen sei also kein Schaden entstanden, da ihnen das Land wegen der gemachten Fehler nicht gebühre. Cicero sei daher berechtigt, es wieder in Besitz zu nehmen und zu bebauen.

Der Senat, froh, einen Ausweg gefunden zu haben, beauftragte eine Gruppe von Haruspices mit der Ermittlung des Sachverhaltes und des göttlichen Willens. Dank reichlicher Zuwendungen von unbekannter Seite – böse Zungen munkelten, es handele sich dabei um Pompeius – stellten die Haruspices nicht nur Formfehler fest, sondern auch den göttlichen Ratschluß, daß die Himmlischen nicht darauf beständen, durch Formverstöße in den Besitz von Ciceros Villa zu kommen. Sie erklärten daher die Weihe für unwirksam. Der Senat schloß sich diesem Votum an und übertrug endgültig das Grundstück an Cicero zurück.

Als boshaften Seitenhieb gegen den Retter des Vaterlandes empfand es Cicero, daß die hohen Herren seinen Antrag zurückwiesen, auch die Kosten für den erneuten Wiederaufbau seines von Clodius zerstörten Hauses zu übernehmen. Einmal sei genug, beschieden ihn die edlen Herren. Er möge sich doch bitte als Jurist daran erinnern, daß von Privaten verursachte Schäden nicht von der öffentlichen Hand, sondern vom Schadensverursacher einzufordern seien. Da der amtlose Clodius nun einmal Privatmann gewesen sei, als seine Leute sein, Ciceros, neues Haus abbrannten, möge er sich wegen seiner Forderung an diesen wenden.

2

Clodius ließ sich durch den Spruch der Haruspices nicht entmutigen, in seinen Aktionen gegen Pompeius und Cicero fortzufahren. Allerdings war auch ihm klargeworden, daß er gegen Cäsars Schwiegersohn mit dessen voller Amtsautorität als Curator annonae nur etwas würde ausrichten können, wenn auch er selbst nicht mehr Privatmann sei, sondern ebenfalls über eine eigene Amtsgewalt verfüge. Zudem hatte Milo eine Anklage wegen ungesetzlicher Gewaltausübung gegen ihn erhoben, so daß der Schutz durch die Immunität eines staatlichen Amtes für ihn wichtig wurde. Diese Anklage war zwar unter dem Druck seiner aufmarschierten Bande abgewiesen worden, aber die Gefahr war groß, daß er von den Gerichten wegen seiner zahlreichen anderen ungesetzlichen Gewalttaten belangt werden würde.

Er bewarb sich daher für das nächste Jahr erneut um das Amt eines Ädilen. Da die Ädile auch für die Versorgung der Stadt mit Lebensmitteln zuständig waren, hoffte er auf diese Weise, Pompeius als Curator annonae überflüssig zu machen und dessen Aufgaben, wenn auch ohne Imperium, das Ädilen nicht zustand, für ein Jahr zu übernehmen. Pompeius war empört und veranlaßte die Konsuln, die Wahlen immer wieder wegen angeblicher Bedenken der Götter gegen den Wahltermin zu verschieben.

So kam es, daß am Jahresanfang die neuen Konsuln in ihr Amt eingeführt wurden, ohne daß es zu Wahlen für die Ädilen und auch für die Quästoren gekommen war, denn die Wahl der letzeren hatte nach dem Gesetz am selben Tage stattzufinden wie die der Ädilen und war daher ebenfalls nicht erfolgt.

So waren diese Stellen zu Jahresbeginn noch unbesetzt, und die neugewählten Konsuln befürchteten zu Recht, ihre Amtsgeschäfte ohne Ädilen und Quästoren nicht ordnungsgemäß ausüben zu können. Die zwanzig Quästoren waren für die Finanzen des Staates zuständig, und ohne ordentliche Staatseinnahmen konnten weder die Soldaten noch die vielfältigen anderen Aufgaben bezahlt werden.

Besonders unangenehm war das Fehlen von Ädilen. Diese vier Beamten waren unter anderem für die Ausrichtung der Spiele in der Stadt und auch in der Umgebung zuständig. Da die meisten dieser Spiele religiösen Charakter hatten und nicht in erster Linie der Volksbelustigung dienten, würde ihr Ausfallen eine gar nicht abschätzbare Kränkung der Götter bedeuten. Was etwa würde Jupiter dazu sagen, wenn die ihm zu Ehren veranstalteten Ludi Romani nicht stattfänden oder verschoben werden müßten? Wie würde Mars, der unbesiegbare Kriegsgott, reagieren, wenn das am fünften Tag nach den Iden des März beginnende Marsfest ausfiele? Wie würden die Soldaten sich verhalten, wenn der Tanz der Salier zu Ehren dieses Gottes und die Segnung ihrer Waffen unterblieben?

Den neuen Konsuln war klar, daß die Wahlen für diese Beamtenstellen so schnell wie möglich abgehalten werden müßten, sollte nicht ihre ganze Amtszeit unter einem unglücklichen Stern stehen. Schon der Amtsantritt ohne die übrigen Beamten konnte als ein schlechtes Omen für sie gelten und die Geschäfte während des ganzen Jahres belasten.

Als eine der ersten Maßnahmen setzte der die Geschäfte führende Konsul Lentulus Marcellinus daher neben zusätzlichen Opfern zur Besänftigung der Götter Wahlen noch für den Monat Januar an. Außerdem verbot er für diesen Tag alle Himmelsbeobachtungen, um Einsprüche gegen die Wahl oder einen der Kandidaten unmöglich zu machen.

Am Wahltag hatte Clodius, gekleidet in die weiße Toga der Kandidaten, sich in den Komitien eingefunden. Lammfromm saß er mit den anderen Bewerbern auf seiner Bank und wartete auf die Auszählung der Stimmen. Aber seine Leute hatten gut vorgesorgt, ohne Schwierigkeiten wurde er für das laufende Jahr zum Ädil gewählt. Einen Wermutstropfen hatten er und die anderen Gewählten allerdings zu schlucken: Die Konsuln hatten vorher bestimmt, daß der Aufgabenbereich ,Versorgung der Stadt mit dem notwendigen Lebensbedarf' in der Kompetenz des Curators annonae verblieb. Damit war sein eigentliches Ziel, Pompeius in die Parade zu fahren und ihm diese wichtige Aufgabe wegzunehmen, zwar gescheitert, aber er gab sich mit dieser Regelung zufrieden, denn sein anderes Hauptziel hatte er mit seiner Wahl erreicht: Er war wieder Amtsperson und konnte gerichtlich nicht mehr belangt werden. Auch wenn Milos Anklage abgeschmettert worden war, konnte man nicht wissen, welche Pfeile Feind Milo noch im Köcher hatte und wie die Richter künftig entscheiden würden.

3

Am Tage vor den Kalenden des März empfing Cäsar einen Brief seines in Rom verbliebenen Freundes und Nachbarn in der Subura, L. Aurunculeius Cotta, der ihn, anders als die übliche Routinepost, stark erschütterte. Der Brief seines ältesten Freundes war ihm auf dem Marsch in das Gebiet der aufständischen Veneter durch einen Eilboten zugegangen, gerade als er die Vorbereitungen für einen kombinierten Angriff von der Seeseite und vom Lande aus auf dieses an der Küste des Atlantiks lebende Volk abgeschlossen hatte.

Er hatte den Brief zunächst nur kurz überflogen. Seine ihn umstehenden Offiziere hatten weder an seiner Miene noch an seinen Äußerungen bemerkt, wie sehr ihn der Inhalt aufgewühlt hatte, aber Cäsar hatte bald darauf eine vorzeitige Rast für seine Soldaten anberaumt, sich in das von seiner Begleitung hastig aufgebaute Zelt begeben und verboten, ihn zu stören. Kaum im Zelt, las er das Schreiben seines Freundes erneut durch in der Hoffnung, zwischen den Zeilen des ersten Abschnittes weitere und vor allem tröstlichere Nachrichten herauszufiltern.

Lucius Aurunculeius Cotta, Senator von Rom und Legat des römischen Statthalters in den gallischen Provinzen, grüßt seinen Feldherrn Caius Julius Cäsar und wünscht ihm Wohlergehen!

Verzeih mir, daß ich Dich mit einer sehr traurigen Nachricht konfrontieren muß, die mich als Freund Deiner Familie und Deines Hauses tief betroffen gemacht hat. Deine liebe Tochter Julia hatte leider vor einer Woche eine Fehlgeburt erlitten, an deren Folgen sie fast verblutet wäre. Sie hatte sich sehr auf die Geburt Deines ersten Enkelkindes gefreut, und nach Auskunft ihres Arztes, des alten Archilaos, waren nach ärztlichem Ermessen Komplikationen nicht zu erwarten gewesen.

Dann aber übermittelte man ihr eine Schreckensnachricht: Angeblich war ihr geliebter Gatte Pompeius bei einem Tumult in der Stadt von den Banden des Clodius angegriffen und erschlagen worden. Der furchtbare Schreck ließ sie die Besinnung verlieren, ohnmächtig stürzte sie eine Treppe hinunter. Dabei fiel sie so unglücklich, daß die Wehen einsetzten und in einer Sturzgeburt das Kind zur Welt kam. Als Bedienstete sie später fanden, war sie noch immer ohne Bewußtsein, das Kind lag tot zwischen ihren Beinen in einer großen Lache Blut, wahrscheinlich erstickt im Blute seiner Mutter. Archilaos kam gerade noch rechtzeitig, um die Blutungen der Mutter zu stoppen und ihr Leben zu retten.

Mehrere Tage schwebte sie zwischen Leben und Tod. Deine Mutter Aurelia und der völlig verzweifelte Pompeius wichen nicht von ihrer Seite, und auch Archilaos weilte zwei Tage und Nächte ununterbrochen an ihrem Bett. Niemand durfte sie besuchen, und die alte Perdita wachte, wie es der Argus der griechischen Sage nicht besser hätte machen können, vor ihrer Tür und ließ keinen Besucher zu Julia. Erste Anzeichen, daß die Krisis überwunden zu sein schien, waren, daß nach zwei Tagen Archilaos erstmals das Zimmer Deiner Tochter verließ und daß Belliena und Cloelia für einen kurzen Augenblick in das Zimmer sehen durften. Beide Damen hatten dem Äskulap ein Schwein und der Juno Lucina, der Schutzgöttin der gebärenden Frauen, eine Sau geopfert.

Am nächsten Tag durfte auch ich einen Moment in das Krankenzimmer treten. Julia lag still und sehr blaß in ihren Kissen. Sie hatte offensichtlich kein Fieber, denn weder glänzten ihre Augen, noch war ihre Haut feucht von Schweiß oder anderen Ausdünstungen. Aber sie war sehr schwach und nahm an ihrer Umwelt kaum Anteil, obwohl Pompeius ihre Hand hielt und Aurelia begütigend auf sie einsprach. Nach wenigen Minuten mußte ich sie wieder verlassen, aber auf dem Korridor erwischte ich Archilaos. Du weißt, wie Ärzte sind, sie wiegen den Kopf hin und her, reden von möglich sein und berechtigter Hoffnung, von der Hilfe durch die Götter und den begrenzten ärztlichen Einsichten und ‚morgen wissen wir vielleicht schon mehr', aber ich hatte doch den Eindruck, daß Julia das Schlimmste überstanden hat.

Ich werde sie von jetzt an täglich besuchen und Dir dann weiter berichten Zur Beschleunigung des Heilungsprozesses werde auch ich die Götter um Hilfe bitten und Jupiter einen weißen Stier opfern, damit Julia bald wieder uns alle mit ihrem frohen Lachen erfreuen kann.

Ich habe mit der Übersendung dieser traurigen Botschaft an Dich eine Woche gezögert, weil ich hoffte, Dir schon jetzt die Gewißheit übermitteln zu können, daß wenigstens die Gefahr für Deine liebe Tochter vorüber ist. Schreibe ihr bitte sobald wie möglich, denn ich glaube, sie bedarf vor allem wegen des Verlustes ihres Sohnes dringend des Zuspruches. Pompeius ist für eine Tröstung nicht der richtige Mann, denn er bedarf selbst des Zuspruchs. Er ist zumindest im Augenblick zu keiner vernünftigen Überlegung fähig, denn er gibt sich die Schuld an Julias Unglück.

Ich habe gestern mit ihm gesprochen. Er kann zur Zeit keinen geordneten Gedanken fassen. Es ehrt ihn, daß seine Sinne nur um Julia und seine vermeintliche Schuld an ihrem Unglück kreisen, aber er muß sich auch wieder um seine Aufgaben kümmern, die er völlig schleifen läßt. Schreibe ihm bitte, versichere ihm Deine Anteilnahme, mach ihm klar, daß ihm kein Vorwurf zu machen ist! Aber bringe ihn dazu, sich wieder mit seinen Aufgaben zu beschäftigen, denn hier beginnt sich schon wieder die Anarchie breitzumachen. Was noch schlimmer ist, der Senat nutzt das Machtvakuum aus, denn er hat wieder einen energischen optimatischen Führer. Es ist Catos Schwager Lucius Domitius Ahenobarbus, der die Zügel ergriffen und erklärt hat, sowohl gegen Pompeius als auch gegen Dich vorgehen zu wollen. Ihn haben wir zur Zeit weit mehr zu fürchten als Clodius, der, von Dir zurückgepfiffen, nicht nur alle Angriffe auf Pompeius eingestellt hatte, sondern sogar sich mit ihm ausgesöhnt hat und ihn nun offiziell unterstützt.

Aus dieser Tatsache kannst Du ersehen, daß es nur ein Gerücht war, daß Clodius' Banden es waren, die Pompeius angegriffen und Julias Fehlgeburt verursacht hatten. Es waren vielmehr die Anhänger Milos, und dieser wird von den Optimaten ausgehalten, so daß hinter dem gescheiterten Anschlag auf Pompeius nicht Clodius, sondern Domitius Ahenobarbus und die Senatsoligarchie stecken dürften.

Der Einfluß des Domitius Ahenobarbus wächst aber nicht nur durch die gegenwärtige Trägheit und Saumseligkeit des Pompeius, der schon vor Julias Unfall den Intrigen der Oligarchen nicht gewachsen war. Typisch dafür ist, wie er sich in der Angelegenheit des Königs Ptolemäus XII. von Ägypten hat ausmanövrieren lassen.

Wie Du weißt, wurde dieser mit uns verbündete König von seinem Volk verjagt, weil seineUntertanen die hohen Steuergelder nicht mehr bezahlen wollten, die er von ihnen erhob, um die an uns zu zahlenden Schutzgebühren aufzubringen. Ptolemäus floh darauf nach Rom und bat uns, seine Verbündeten, um Hilfe und Rückführung auf seinen Thron durch römische Truppen.

Das wäre ein Auftrag nach dem Geschmack unseres Pompeius gewesen, der den König als Freund des römischen Volkes in sein Haus aufgenommen hatte. Wie gerne wäre er an der Spitze einer römischen Armee in Alexandria eingezogen! Der Senat war natürlich dagegen, denn Pompeius und eine Armee, Pompeius der siegreiche Eroberer Ägyptens, das war aus der Sicht unserer edlen Väter und Beigeordneten zuviel Machtzuwachs für Deinen Schwiegersohn.

Zuerst wollten die Senatoren einen anderen mit dieser ehrenvollen Aufgabe betrauen. Ende vorigen Jahres beantragte der damalige Konsul Lentulus Spinther, die Aufgabe an den künftigen Statthalter der Provinz Kilikien zu vergeben. Das war kein anderer als eben dieser Lentulus Spinther. Natürlich scheiterte das durchsichtige Manöver, aber Pompeius, der nicht nur als Kenner des Orients, Freund des ägyptischen Königs und anerkannter Feldherr des Reiches natürlich der geeignetste Bewerber für dieses Amt war, war mit der Ablehnung Spinthers seinem Ziel keineswegs näher gekommen.

Zwar war auch der Senat nicht stark genug, einen ihm genehmen Kandidaten durchzusetzen, aber Domitius hatte eine zündende Idee gefunden, Pompeius zu verhindern, ohne ihn formell abzulehnen. Wieder einmal wurde die Religion bemüht. Da kurz vorher ein Blitz in die Statue des Jupiter auf dem Albanerberg eingeschlagen war, erklärte man dieses für ein böses Vorzeichen, und irgend jemand verlangte, daß vor Entscheidung über den Oberbefehl die Götter zu befragen seien, ob sie mit der Rückführung des Ptolemäus überhaupt einverstanden seien.

Du wirst lachen, lieber Cäsar: Sie waren es. Aber die beauftragten Priester hatten aus den sibyllinischen Büchern herausgelesen, daß die Rückführung des Königs ohne Blutvergießen, also ohne Unterstützung durch Soldaten, erfolgen müsse. Die edlen und weisen Senatoren erklärten sich daraufhin nach langem Hin und Her mit der Beauftragung unseres Pompeius einverstanden. Allerdings müsse er diese Aufgabe ohne Soldaten und nur von zwei Liktoren begleitet durchführen. Natürlich lehnte Pompeius diese Beauftragung als nicht mit seiner Würde vereinbar und für einen Feldherrn beleidigend ab. Auf seinen Antrag hin wurde nun der römische Statthalter in Syrien, der gewesene Konsul Aulus Gabinius, mit der Rückführung des Ptolemäus in seine Heimat beauftragt und der König auf die Reise nach Syrien geschickt, wo er inzwischen angelangt sein dürfte.

Dies alles geschah also, als Dein Schwiegersohn noch voll seine amtlichen Pflichten als Curator annonae ausübte und noch nicht in seine jetzige Lethargie gefallen war. Natürlich weiß ich nicht, wie lange sein augenblicklicher Zustand anhalten wird. Aber mit jedem Tag wächst die Gefahr, daß die Optimaten in Rom wieder die Oberhand gewinnen. Diese Gefahr ist um so größer, als Domitius Ahenobarbus für das nächste Jahr seine Wahl zum Konsul betreibt und überall erklärt, wenn er erst einmal das Konsulat bekleide, werde er Cäsar und Pompeius wegen ihrer zahlreichen Verbrechen und Übergriffe zur Rechenschaft ziehen lassen. Auch Cicero, der bis vor kurzem in seiner würdelosen Art Pompeius die Stiefel geleckt hatte, spürt, daß der Wind sich wieder dreht und fängt an, sich vorsichtig von uns abzusetzen. Um das Maß voll zu machen, ist auch mit der baldigen Rückkehr Catos nach Rom zu rechnen. Er hat seine Aufgabe in Zypern glänzend erfüllt und will sich für das nächste Jahr um die Prätur bewerben. Stell Dir diese Horrorvision vor! Domitius Konsul und Cato Prätor! Da werden wir nichts zu lachen haben.

In Anbetracht dieser schlimmen Aussichten halte ich es für notwendig, daß Du nach Rom kommst und mit Pompeius und Crassus rechtzeitig Gegenmaßnahmen ergreifst. Auch Crassus, mit dem ich lange gesprochen habe, ist der Meinung, daß des Domitius Wahl unter allen Umständen verhindert werden muß.

Lieber Freund, mein Brief wird Dir leider keine Freude bereitet haben. Aber ich hoffe, zumindest was Julia betrifft, bald Besseres zu berichten und wieder bei Dir und der Armee zu sein. Die Intrigen und das Gefeilsche um Posten und Vorteile hier in der Hauptstadt – verzeih bitte den unpassenden Ausdruck, der meiner Gemütslage entspricht – kotzen mich an. Da auch meine Bemühungen, meine Thrasylla wiederzufinden, ergebnislos geblieben sind, hält mich in dieser Brutstätte des Verrats und des Eigennutzes nichts mehr. Mach es daher bitte möglich, daß ich schon bald wieder meine Legion übernehmen kann!

Geschrieben am neunten Tag vor den Kalenden des März, dem Tag des Festes der Ferialien zu Ehren der verstorbenen Verwandten, unter dem Konsulat des Cn. Cornelius Lentulus Marcellinus und des L. Marcius Philippus.
Cotta.

4

Nur sehr langsam erholte sich Julia von den Folgen ihrer Fehlgeburt, obwohl sie von Perdita und ihrer Großmutter aufopferungsvoll gepflegt wurde. Aurelia hatte sie in ihr Haus in der Argiletumstraße aufgenommen, um immer in ihrer Nähe zu sein. Pompeius hatte sich anfangs dagegen gesträubt und darauf bestanden, seine Frau in seinem viel größeren und komfortableren Palast zu belassen, weil hier wegen der zahlreichen Dienerschaft eine bessere Versorgung mit allem Notwendigen gewährleistet sei. Alles Nötige ließe sich hier bequemer als in dem kleinen Haus und in der stickigen Luft der Subura organisieren, aber schließlich hatte er den Umzug in Aurelias Behausung seufzend erlaubt, weil Archilaos dessen persönliche und anheimelnde Atmosphäre für geeigneter für eine Rekonvaleszenz hielt als den lärmenden Trubel, der zwangsläufig in einem großen Haus zu erdulden war, dessen Hausherr im Zentrum des gesellschaftlichen und politischen Lebens der Hauptstadt stand. Pompeius hatte sich vor allem von dem Argument überzeugen lassen, daß bei seiner politischen Tätigkeit unliebsame Störungen durch gewaltbereite Demonstranten aus dem gegnerischen Lager Julia erschrecken oder ängstigen könnten. Da Archilaos ihr aber absolute Ruhe verordnet hatte, beugte er sich schweren Herzens dem Argument des Arztes und stimmte der Übersiedlung seiner Frau in Aurelias Haus zu.

Aurelia hatte die Pflege ihrer Enkelin perfekt organisiert und dafür gesorgt, daß Julia rund um die Uhr betreut wurde. Sie selbst und ihre Enkelin Atia, die seit dem vorigen Jahr Witwe des gewesenen Prätors Caius Octavius war und nach dem Tode ihres Mannes mit ihren beiden Kindern, dem siebenjährigen Caius und der achtjährigen Octavia, zu ihrer Großmutter in die Argiletumstraße gezogen war, teilten sich die Betreuung Julias, tatkräftig von der alten Perdita und den anderen Haussklaven unterstützt.

Julia war noch immer sehr schwach und hinfällig. Meist lag sie im Atrium oder im Garten unter einem Schatten spendenden Baum auf ihrer Kline und döste in der warmen Frühlingssonne in den Tag hinein. Ihr Gesicht war eingefallen, ihre sonst so vor Lebenslust sprühenden Augen lagen glanzlos in den Höhlen. Ihre so schönen und langen Wimpern klebten ungepflegt an den Lidern, und ihr Haar, sonst von einem eigenen Frisör täglich gewaschen, onduliert und parfümiert, war, jetzt nur oberflächlich von Perdita gekämmt, strähnig und glanzlos geworden.

Zwar hatte sie weder Schmerzen noch Fieber, aber der hohe Blutverlust hatte sie so sehr geschwächt, daß sie sich kaum ohne fremde Hilfe aufrichten konnte. Sie fühlte sich matt und elend und dämmerte oft vor sich hin oder lauschte dem Gesang einer Amsel, die flötend auf einem der bereits abgeblühten Kirschbäume saß und mit ihrem Gesang vergeblich eine Partnerin anzulocken suchte, um mit ihr in seinem Revier eine zweite Brut zu beginnen, denn die Jungen der ersten waren nicht flügge geworden. Eine Elster hatte das Nest entdeckt und die gerade geschlüpften, angstvoll piependen Küken heiser krächzend mit ein paar Schnabelhieben getötet und dann an ihre eigenen Jungen verfüttert. Die Bemühungen der Amsel um ein brutbereites Weibchen blieben indes vergeblich, denn jetzt, in der Mitte des Monats April, war der Bruttrieb potentieller Gefährtinnen bereits erloschen.

Pompeius besuchte Julia sooft er konnte, aber seine Besuche waren seltener geworden, da er dienstlich in seiner Eigenschaft als Curator annonae viel unterwegs sein mußte, denn die zukünftige Getreideernte mußte überwacht, die Früchte mußten aufgekauft und eingelagert werden, damit auch im nächsten Jahr die Bevölkerung mit billigem Getreide, dem Hauptnahrungsmittel des einfachen Volkes, beliefert werden konnte.

Besonders freute sie auch der Besuch des alten M. Antonius Gnipho, ihres früheren Lehrers, der nun ihren Vetter, den jungen Caius Octavius, Atias Sohn, und dessen Schwester Octavia gemeinsam unterrichtete. Gnipho war alt geworden, seine immer schon füllige Gestalt war noch fülliger geworden, aber während sich früher über seine Fettpolster eine straffe rosige Haut gespannt hatte, war diese nun grau und faltig geworden. Er bewegt sich noch langsamer als früher, dachte sie ein wenig belustigt mit müdem Lächeln, jetzt können wir sicher sein, daß er im Wettlauf mit einer Schnekke oder Schildkröte nur zweiter Sieger bleiben würde. Dennoch hat sein schaukelnder Gang etwas von Würde, Ruhe und strahlt eine Zuversicht aus, die einem aufgeregten Schüler Vertrauen, ja sogar Selbstvertrauen einflößt.

Das war es, was seinen Erfolg als Lehrer ausgemacht hatte: Er forderte viel, aber er verstand es, einem Schüler nicht nur die Angst vor dem Versagen zu nehmen, sondern ihn anzuspornen, freiwillig mehr zu leisten, als von ihm verlangt wurde. Gnipho bestrafte seine Schüler nie und unterschied sich dadurch von den üblichen Methoden seiner Kollegen, aber er konnte bei einer Fehlleistung seiner Schüler so traurig und bekümmert dreinschauen, daß diese sich beschämt über ihren Fehler freiwillig doppelte Mühe gaben, die Miene Gniphos durch richtige Lösungen wieder aufzuhellen.

Julia hörte daher von ihrer Liege aus gerne zu, wenn Gnipho Caius und Octavia unterrichtete. Auch heute hatten die Sklaven ihre Kline so günstig aufgestellt, daß sie Gnipho und die Kinder bei ihren Gesprächen belauschen konnte.

»Wir werden uns heute mit der Familie und ihrer Stellung in Staat und Gesellschaft unterhalten«, begann der alte Lehrer. »Was meinst du, lieber Caius, wer alles zu einer Familie gehört?«

»Nun ja, lieber Gnipho, das liegt doch auf der Hand: Familie, das sind die miteinander Verwandten, also Vater, Mutter, Kinder, Onkel und Tanten und so weiter.«

»Bist du mit der Antwort deines Bruders einverstanden, liebe Octavia? Oder kannst du mir noch Ergänzungen nennen?«

Octavia überlegte eine Weile, bevor sie antwortete. »Ich glaube, Caius hat nicht vollständig alle die, die zur Familie gehören, aufgeführt. Ich meine natürlich nicht Urgroßmutter Aurelia, die er vergessen hat. Ich glaube, es muß irgendwie mit dem Namen zusammenhängen. Wenn Urgroßmutter von Familie spricht, meint sie uns und alle, die von ihr abstammen, also Onkel Cäsar, Onkel Pinarius, Onkel Pedius und auch die dazugehörigen Ehepartner. Aber manchmal spricht sie von i h r e r Familie und ich habe den Eindruck, daß sie damit nicht uns, sondern andere meint. Oder irre ich mich?«

»Du irrst dich nicht. Ich freue mich aber, daß du diesen Unterschied bemerkt hast. Während Caius uns den landläufigen Begriff Familie aufgezeigt hat, der das gesellschaftliche Feld abdeckt, hast du mit deiner Bemerkung den rechtlichen Teil berührt. Beide Bereiche sind für einen Römer von zentraler Bedeutung, denn die Familie ist für jeden Bürger der rechtliche und gesellschaftliche Rahmen, in dem er sich sein ganzes Leben lang bewegen wird.«

Gnipho wandte sich wieder Caius mit einem aufmunternden Lächeln zu.

»Warum, Caius, ist das in erster Linie die Familie? Es könnte doch auch die Freundschaft zu anderen Menschen oder der Staat sein.«

»Ich glaube, das liegt daran, daß die Familie einem nähersteht als andere Menschen. Und weil die Familie für einen sorgt, wenn man in Not ist. Und das tut der Staat nicht, jedenfalls nicht immer.«

»Das ist richtig, mein Lieber. Der Staat ist nicht für die Sorgen des einzelnen Bürgers verantwortlich, das ist die Familie. Sie war bei den Römern auch schon vor dem Staat da. Ihr erinnert euch sicher an unsere letzte Geschichtsstunde, in der wir über die Gründung Roms durch den Zusammenschluß vieler Familien zur gemeinsamen Verteidigung gegen äußere Feinde unter einem König gesprochen haben.

Hier kommt wieder das zur Geltung, was Octavia gemeint hatte, wenn sie von ihrer Urgroßmutter Aurelia und deren Familie sprach. Hier bedeutet Familie das Geschlecht, aus dem ein Mensch stammt.«

»Ich verstehe, lieber Gnipho. Aber das bedeutet doch, daß die Personen, die mein Bruder zu Anfang aufgezählt hat, gar nicht einer, sondern mehreren Familien angehören, obwohl wir doch alle miteinander verwandt sind.«

»Das siehst du ganz richtig, liebe Octavia. Nimm also deine Urgroßmutter Aurelia. Sie stammt aus der Familie der Aurelier. Sie hat einen Caius Julius Cäsar geheiratet und ist damit Mitglied der Familie Julius geworden, zu der nun euer Onkel Cäsar, seine Tochter Julia, aber auch seine Schwestern, darunter eure Großmutter Julia gehören. Letztere hat in die Familie der Atier eingeheiratet, und deren Tochter Atia ist eure Mutter. Die andere Schwester Julia hat erst einen Pinarius und dann einen Pedius geheiratet, ihre Söhne sind eure Onkel Lucius Pinarius und Quintus Pedius.«

»Aber lieber Gnipho«, rief Octavia ganz erschreckt, »wenn das so ist, sind mein Bruder und ich gar keine Familienangehörigen dieser Onkel und Tanten! Wir gehören dann doch wegen unseres Vaters Caius Octavius zur Familie der Octavier!«

»Das hast du sehr scharfsinnig erkannt, meine liebe Octavia. Rechtlich gehören alle deine Verwandten verschiedenen Geschlechtern an, also zu den Aureliern, Juliern, Pinariern, Pediern, Atiern und den Octaviern. Tatsächlich seit ihr natürlich alle miteinander verwandt.«

»Dann gehören also niemals alle Verwandten zur Familie, das, lieber Gnipho, gefällt mir aber gar nicht! Besonders, seit mein Vater gestorben ist, habe ich zum Beispiel meinen Großonkel Cäsar immer als Oberhaupt der Familie betrachtet. Und nun soll das alles nicht wahr sein?«

»Lieber Caius, sieh mich nicht so entsetzt an! Natürlich bleibt dein Onkel für dich, was er immer war, ein geliebter und verehrter Verwandter, wie alle anderen auch. Aber rechtlich, und es kommt mir darauf an, euch das zu erklären, gibt es in einem Kreis von nahen Blutsverwandten mehrere voneinander unabhängige Familien. Das stört weder die Liebe unter Verwandten, noch beseitigt es die *sittliche* Verpflichtung, sich in Notfällen beizustehen, aber es besteht zwischen ihnen kein *rechtliches* Band.

Das ist völlig anders bei der Familie im Sinne von Geschlecht. Hier ist der Familienvater nicht nur rechtliches Oberhaupt über alle seine männlichen Nachkommen, deren Ehefrauen und über seine unverheirateten Töchter, er hat auch die tatsächliche Gewalt über sie, selbst wenn sie schon erwachsen sind und eigene Kinder haben. Das ‚pater familias' genannte

Oberhaupt ist auch alleiniger Eigentümer der Familienhabe. Was die Kinder erwerben, sei es durch Erbschaft oder aus vom Vater genehmigten Geschäften, fällt in das Vermögen des Vaters und unterliegt seiner alleinigen Verfügungsgewalt. Sogar die Beute, die ein Sohn im Kriege macht, gehört rechtlich seinem Vater.«

»Aber mein Freund Marcus Vipsanius Agrippa, der einen reichen Ritter zum Vater hat, kauft sich doch auch Sachen von seinem Geld, und sie gehören doch ihm. Er ist in meinem Alter, da mag es richtig sein, wenn alles seinem Vater gehört, aber wenn er erwachsen ist und eigene Kinder hat, bestimmt dann auch noch sein Vater?«

»Solange er lebt, ja. Natürlich kann ein Vater seine Söhne und Töchter mit einer Ausstattung in Geld oder Land versehen. Aber diese erwerben kein Eigentum an dem Übertragenen, sondern nur einen Nießbrauch, das ist ein Nutzungsrecht an Sachen oder Vermögensteilen. Dieses ‚peculium' genannte Recht erlaubt dem Sohn dann, Geschäfte zu machen, aber der Gewinn steht dem Vater zu, der allerdings auch die Verluste zu ersetzen hat und Schäden ausgleichen muß, die seine minderjährigen oder schon erwachsenen Kinder Dritten zugefügt haben.«

»Und wenn der Vater stirbt, wird dann der älteste Sohn ‚pater familias' und erbt alles?«

»Nein, Caius, mit dem Tode des Familienoberhauptes erben alle Söhne seine Stellung und sein Vermögen zu gleichen Anteilen. Jeder Sohn wird dann ‚pater familias' für seine Frau und alle seine Nachkommen bis auch er stirbt und der Erbgang auf seine Söhne sich wiederholt.«

Julia hatte dem Unterricht interessiert gelauscht. Unser guter alter Gnipho gestaltet ihn immer noch als Frage- und Antwortspiel. Er ist ein wirklich guter Pädagoge, dachte sie. Wie sagt er doch immer? Ach richtig, der Spruch des alten Heraklit: ‚Lehren heißt Feuer entfachen', meine Liebe, so fügte er immer hinzu, ‚es bedeutet aber nicht, leere Eimer zu füllen!' Auch eine Weisheit des Heraklit, dachte Julia, kuschelte sich in ihre Kissen und schlief ein.

5

Cäsar hatte sich, aufgeschreckt von den Meldungen über die ihm drohenden politischen Gefahren, die ihn aus Rom erreicht hatten, in Eilmärschen sofort nach der Cisalpina begeben. Mit Crassus und Clodius hatte er in Ravenna ein geheimes Treffen vereinbart, um die Lage in der Hauptstadt zu erörtern und Gegenmaßnahmen gegen den Senat und vor allem die Absichten Ahenobarbus' vorzubereiten.

Ende März hatte er die beiden in Ravenna mit offenen Armen empfangen. »Ich grüße euch, meine Lieben. Sagt mir, wie es geschehen konnte, daß die Optimaten wieder obenauf sind. Wir haben doch alle Machtmittel in der Hand! Du, lieber Crassus, ziehst wie eh und je im Hintergrund die Fäden und finanzierst unsere Partei, kaufst Unschlüssige und erweist jedermann, der dich darum bittet, Gefälligkeiten. Alle diese Leute werden dadurch uns verpflichtet und müßten doch im Gegenzug, durch deine diskreten Winke aufgefordert, im Ernstfall unsere Anträge im Senat und in der Volksversammlung unterstützen. Auf dem Gewähren von Gefälligkeiten und den daraus entstehenden Verpflichtungen beruht doch unser System!

Und für die Unbestechlichen und die erklärten Gegner wie Domitius Ahenobarbus haben wir doch dich und deine Leibgarde, lieber Clodius! Wenn ich dann noch meinen Schwiegersohn Pompeius mit seiner Macht über die gesamte Versorgung der Quiriten zu unseren Aktivposten hinzurechne, wer will uns ernsthaft Schwierigkeiten machen, geschweige denn in Gefahr bringen?«

Crassus kratzte sich im Nacken, zupfte an seinem Ohrläppchen, zuckte mit den Schultern und sagte dann, seine Worte bedächtig abwägend: »Lieber Freund, der Senat nutzt die allgemeine Mißstimmung, die in der Bevölkerung über die chaotischen Zustände in der Stadt herrscht, geschickt für seine Zwecke. Im Grunde haben die Senatoren niemals vergessen, welche umfassende politische Rolle sie in der Vergangenheit im Staat gespielt haben.

Man kann sogar sagen, daß sie aus der Rückschau den sicher beherrschenden Einfluß, den der Senat als kollektives Organ auf alle politischen, religiösen und gesellschaftlichen Vorgänge früher gehabt hatte, noch überhöhen und idealisieren. Alles Heil, jede politische Initiative ist von ihm, dem Kollegium der Gleichen, ausgegangen. Der einzelne Senator hat nur mitgewirkt, hatte zwar, je nach Fähigkeit und Verdienst, bestimmte Führungsfunktionen auf Zeit zu übernehmen, aber dann mußte er ins Glied zurücktreten. Jedes Hervortreten eines einzelnen wurde beargwöhnt, und wer sich nicht an die althergebrachte Übung hielt, ist bekämpft und notfalls erst politisch, und wenn dies nichts nützte, auch physisch vernichtet worden! Unsere lieben Senatoren schwärmen von den alten Zeiten der Senatsherrschaft und wünschen nichts sehnlicher, als die alten Zustände wiederherzustellen. Wer dagegen ihrer Meinung nach gegen diese Prinzipien verstößt, muß, wie es früher immer geschehen ist, zurückgestutzt werden!

Erinnere dich, sie haben die Scipionen kaltgestellt, als sie zu mächtig wurden, sie haben die Gracchen und Catilina vernichtet und, sie kämpfen jetzt gegen Pompeius und natürlich auch gegen dich.«

»Aber sie jagen doch einer Chimäre nach! Die Vorstellung, alle seien gleich, war doch immer eine Fiktion! Sulla hat sie beherrscht, Cinna und Marius auch! Und jetzt? Der Senat besteht mit wenigen Ausnahmen aus Nullen, die ihrer Aufgabe, unser Imperium zu regieren, nicht mehr gerecht werden und vermutlich nie mehr gerecht werden können.

Es mag ja sein, daß sich vor dreihundert Jahren diese Regierungsform bewährt hat. Aber damals reichte unser Staatsgebiet knappe fünfzig Meilen weit. Da war ein ehrenamtlich tätiger Senat, gewissermaßen ein Club honoriger Feierabendpolitiker, durchaus ausreichend, unseren kleinen Staat zum Besten aller zu regieren. Aber heute? Abgesehen davon, daß die meisten unserer Senatoren nicht mehr honorig im damaligen Sinne sind, sind sie als Laien auch überfordert, ein Reich, das nun von den Säulen des Herkules bis zum Euphrat und von den Gestaden des Germanischen Ozeans bis nach Libyen reicht, sachgerecht zu regieren.

Aber du erwähntest Pompeius! Er hatte sich in letzter Zeit etwas von uns gelöst und wollte eigene Wege gehen. Vermutlich ist er eifersüchtig auf meine Erfolge in Gallien. Mein lieber Schwiegersohn ist nun einmal davon überzeugt, daß er der erste Mann in Rom ist! Wir müssen ihm wieder das Gefühl geben, daß er wichtig ist und daß er gebraucht wird, aber auch, daß der Senat sein Feind ist! Man muß ihn streicheln, dann schnurrt er wie ein alter Kater. Was also ist mit ihm? Können wir wieder voll mit ihm rechnen?«

»Ich habe mit ihm Frieden geschlossen, wie du es von mir verlangt hast«, bemerkte Clodius. »Wir sind jetzt wieder dicke Freunde. Ich habe ihn bei seinen Bemühungen um das ägyptische Kommando unterstützt. Da der Senat ihn unbegreiflicherweise für gefährlich hält und nicht merkt, daß du der eigentliche Gegner bist, hat er ihm das Kommando schließlich unter so entehrenden Bedingungen zugesprochen, daß er die Beauftragung nur ablehnen konnte. Der Senat hat sich in seiner Engstirnigkeit Pompeius, der mit ihm den Ausgleich suchte, wieder zum Feind gemacht. Ich denke, er ist nun endgültig reif für ein Angebot von dir, das seinen Wünschen nach Prestige und Einfluß Rechnung trägt.«

»Ja, lieber Cäsar«, ergänzte Crassus, »unser Pompeius ist wieder einmal des Müßigganges überdrüssig. Das Amt des Curators annonae füllt ihn nicht mehr aus. Nach den ersten Maßnahmen zur Versorgung unserer Bürger mit dem benötigten Getreide hat er das Problem im Griff. Jetzt ist es nur noch Routine, die ihn mehr oder weniger langweilt. Und tatsächlich ist die Aufgabe gelöst, denn seine ursprünglichen Pläne, die Kommandogewalt über Heer und Flotte zu erhalten, hat der Senat, wie du weißt, damals verhindert.«

»Ich weiß, lieber Crassus, ich weiß!« Cäsar lächelte spöttisch, und seine Stimme hatte den ironischen und sarkastischen Klang, wenn er jemandem beweisen wollte, daß er nicht so leicht hinter das Licht zu führen war. »Ich weiß natürlich auch, mein Lieber, daß du im Hintergrund, wie immer, wenn du deinem alten Rivalen eins auswischen kannst, die Schrauben gedreht hast, die der Senat an des Pompeius Daumen gelegt hat. Oder willst du bestreiten, daß du deinem Schuldner, den damaligen Konsul Lentulus Spinther, bei Seezunge und gutem Wein und willigen syrischen Tänzerinnen den fälligen Kredit verlängert hast? Und war es nicht zufällig dieser Konsul, der kurz darauf den Antrag, Pompeius zur Durchführung der Getreideversorgung auch den Oberbefehl über Flotte und Heer zu geben, von letzterer Forderung gereinigt, der Volksversammlung zur Beschlußfassung vorgelegt hat? Welch ein Zufall, mein Lieber, welch ein Zufall!«

Crassus grinste amüsiert und nicht im geringsten gekränkt: »So haben denn, mein lieber Cäsar, ein paar gute spanische Seezungen Geschichte gemacht! Sie haben dir die Freundschaft deines Schwiegersohnes erhalten, zumindest seinen Absprung in das Lager der Optimaten verhindert. Du weißt doch, Pompeius ist wankelmütig! Ein Wechsel ins gegnerische Lager ist bei ihm keine Frage der politischen Moral, sondern dient seinem Ehrgeiz und Bedürfnis nach Anerkennung. Und erinnere dich, es wäre nicht das erstemal! Von Cinna trat er zu Sulla über, nach dessen Tod von den Optimaten zu den Popularen, später buhlte er um die Gunst des Senats und trat dann zu dir über. Und bedenke, es waren niemals in erster Linie politische Gründe, die ihn zum Parteiwechsel bewogen. Fast immer war es gekränkte Eitelkeit, fast immer fühlte er sich falsch behandelt, fast immer war seine Würde verletzt worden! Und immer blieb ein Stachel, wenn er sich mißachtet oder gekränkt fühlte!

Hier müssen wir ansetzen. Wir müssen seiner Rachsucht Beachtung schenken, ja sie pflegen und ihn immer wieder daran erinnern, daß es der Senat war, der ihm Steine in den Weg gelegt hat, daß es der Senat war, der ihm das ägyptische Kommando vermiest hat! Glücklicherweise für uns ist es Ahenobarbus, der ihn offen angreift und bekämpft und der gedroht hat, Pompeius‘ Amtsführungen gerichtlich untersuchen zu lassen, wenn er selbst erst einmal Konsul des nächsten Jahres ist.«

»Du hast recht, Crassus«, fiel Cäsar ein. »Wir müssen verhindern, daß Ahenobarbus Konsul wird. Nicht nur Pompeius muß daran interessiert sein, sondern in gleichem Maße auch ich. Meine Aufgabe in Gallien ist noch nicht zu Ende gebracht. Noch wehren sich viele Stämme gegen die römische Herrschaft. Da Anfang des übernächsten Jahres meine fünfjährige Statthalterschaft abläuft, muß sie verlängert werden, wenn ich mein Ziel, Gallien endgültig dem Imperium einzugliedern, erfolgreich abschließen will. Ahenobarbus hat aber erklärt, er würde als Konsul des nächsten Jahres einer Verlängerung meiner Amtszeit nicht zustimmen. Er darf daher einfach nicht Konsul werden!«

»Und auch deshalb nicht, weil er überall ankündigt, dich wegen deiner bekannten Eigenmächtigkeiten, zum Beispiel bei der Rekrutierung neuer Legionen ohne Beteiligung des Senats und wegen zahlreicher Verstöße gegen das Kriegsrecht, nach Ablauf deiner Statthalterschaft anzuklagen«, ergänzte Clodius das Gesagte.

»Und bei allen diesen Gründen ist auch Pompeius direkt involviert. Ich werde ihn daher für Mitte April nach Lucca, der Grenzstadt zu Italien, einladen, um gemeinsam mit euch unser Vorgehen zu beraten, wie wir einen Konsul Ahenobarbus verhindern können. Bei dieser Gelegenheit können wir dann auch alle anderen schwebenden Fragen regeln. Wichtig ist, daß wir gemeinsam auftreten und jedermann in Rom klarmachen, daß wir von nun an alles einvernehmlich und öffentlich beschließen und durchsetzen werden. Ich denke, daß sich unser Treffen nicht auf die Abwehr des Domitius Ahenobarbus beschränken darf, sondern daß wir gleichzeitig selbst eigene Kandidaten für das Konsulat aufstellen und sie durch die Mobilisierung unserer Klienten dann auch durchsetzen werden. Es wird Zeit, daß wir endlich einmal wieder unsere Zähne zeigen, damit die Optimaten nicht zu übermütig werden.«

Da sowohl Crassus als auch Clodius mit der Zusammenkunft in Lucca einverstanden waren, schieden sie in bestem Einvernehmen voneinander. Clodius hatte versprochen, seinen neuen Freund Pompeius zu bearbeiten und gegen die Winkelzüge des Senats aufzuhetzen, Crassus hatte es übernommen, ihm Cäsars freundschaftliche Grüße zu überbringen und Pompeius auf die neue Gemeinsamkeit einzuschwören.

»Es wird schon klappen«, hatte er Cäsar beim Abschied versichert. »Ich werde seine Eitelkeit kitzeln und ihm eintrichtern, daß er und seine Erfahrung und Stärke unbedingt notwendig seien, das gemeinsame Ziel, den übermütigen Senat und den gefährlichen Domitius Ahenobarbus zu bändigen, in die Tat umzusetzen. Pompeius, der Bändiger des Senats, dieses Bild wird ihm gefallen!«

Noch am gleichen Tag ritt ein Eilbote Cäsars aus Ravenna in Richtung Rom. Er überbrachte Julia eine besonders schöne und teure Kette aus Bernstein als Geschenk und einen Brief, in dem er ihr in kurzer Form seine Pläne mitteilte und sie um Hilfe bat, ihren Mann von der Notwendigkeit gemeinsamen Handelns zu überzeugen. Er war sich sicher, daß sich seine kluge Tochter seinen Wünschen nicht verschließen würde, denn sie würde den gemeinsamen Nutzen für ihren Vater und ihren Mann auf Anhieb erkennen. Aus Erfahrung wußte er aber auch, daß Pompeius guten Gründen gegenüber zugänglich war, wenn sie ihm von einer vertrauenswürdigen und ihm nahestehenden Person vorgetragen wurden.

Es ist alles auf gutem Wege, dachte er. Ich werde weitere fünf Jahre Statthalter sein, Galliens Eroberung in dieser Zeit abschließen und dann mich erneut um das Konsulat bewerben. Alles wird gut, der Ahnmutter Venus sei es gedankt!

6

Ende April des Jahres des Jahres 698 der Stadt trafen sich Cäsar, Crassus und Pompeius in der Stadt Lucca. Pompeius war mit zahlreichem Gefolge aus Rom ausgezogen, um eine Inspektionsreise nach Sardinien anzutreten, um seine dortigen Kornaufkäufer zu kontrollieren. Seine Reise nach Sardinien sollte vom Hafen Pisa aus erfolgen, und so benutze er sie dazu, sich bei seinem Schwiegervater und zusammen mit Crassus im nahe liegenden Lucca zu der verabredeten Aussprache einzufinden.

Einerseits wollte er als Curator annonae, ausgestattet mit dem ganzen Glanz einer römischen Amtsperson, dem Vater seiner Frau als ebenbürtiger Magistrat mit allen Zeichen äußerer Macht und begleitet von seinen Liktoren und zahlreichen Anhängern und Klienten gegenübertreten, anderseits glaubte er, durch Vortäuschung einer Dienstreise in die Kolonie Sardinien dem Senat gegenüber die wahren Absichten seiner Reise in den Norden verschleiern zu können.

Natürlich ließ sich in Rom niemand über die wahren Gründe seiner und Crassus' Reise täuschen, denn Clodius und der ruhmsüchtige Pompeius selbst hatten durch geheimnisvolle Andeutungen und Indiskretionen keinen Zweifel daran gelassen, weshalb sie in Wirklichkeit nach Lucca aufgebrochen waren. Die Gerüchteküche brodelte und mancher Senator, der sich in Worten gegen Cäsar oder die anderen Triumvirn weit vorgewagt hatte, zitterte nun vor den Konsequenzen seines Leichtsinns und seiner

Vorwitzigkeit, denn die Spatzen pfiffen es von den Dächern, daß Cäsar mit seinen beiden Komplizen die Details für die gemeinsame Übernahme der Macht festlegen wollte. Mit Schrecken dachten sie an die Diktatur Sullas und die von ihr ausgehende Verfolgung seiner Gegner in den sogenannten Proskiptionen. Zu nah war diese Zeit, als daß die edlen Herren des Senats hätten vergessen können, mit welcher Unnachsichtigkeit und Brutalität Sulla seine Feinde verfolgt und ausgerottet hatte. Es gab kaum einen Senator, der nicht irgendeinen Verwandten oder Freund während der Herrschaft des Diktators verloren hatte.

So zog es denn zahlreiche Senatoren ebenfalls nach Lucca. Man wollte rechtzeitig dort sein, um Cäsar und den anderen die eigene Loyalität zu versichern und sich bei den Triumvirn Liebkind zu machen, zumindest durch ihre Anwesenheit in Cäsars Lager zu bekunden, daß von ihnen keine Gefahr für die künftigen Herren der Republik ausging.

Auch Cicero war der Schreck in die Glieder gefahren. Er hatte sich nach seiner Rückkehr aus dem Exil nur anfangs Cäsar und Pompeius gegenüber völlig loyal verhalten. Nach und nach aber gewannen die offenen Gegner der Triumvirn unter den Optimaten, vor allem L. Domitius Ahenobarbus, durch für ihn schmeichelhafte Einflüsterungen, etwa der Retter des Vaterlandes müsse wieder aktiv und selbständig in die Politik eingreifen, wieder Einfluß auf ihn. Es tat ihm und seiner wunden Seele gut, daß man ihn wieder umwarb und ihm die Bedeutung zumaß, die ihm seiner Meinung nach zukam und die ihm die Triumvirn nicht zubilligen wollten.

Auf der anderen Seite war er klug genug gewesen, nicht offen und mit fliegenden Fahnen in das optimatische Lager zurückzukehren, denn er fürchtete sich vor der unausweichlichen Konsequenz, im Falle eines offenen Verrats vielleicht Leben, Freiheit oder sein Vermögen, auf jeden Fall aber seinen letzten Rest politischen Einflusses zu verlieren. So erging er sich in Andeutungen, flüsterte hier mit bedeutungsvoller Miene, man müsse den Anfängen wehren, dort, man müsse vor allem Cäsar Grenzen setzen. In einem Prozeß hatte er in der Verteidigungsrede für den Angeklagten angedeutet, er werde bei nächster Gelegenheit die Aufhebung der Lex Vatinia über den Oberbefehl Cäsars beantragen.

Dies wurde von den strengen Optimaten als verklausulierte Kriegserklärung an die Adresse Cäsars verstanden und daher mit Jubel begrüßt, denn das fünfjährige Imperium Cäsars war die Grundlage seiner Machtentfaltung in Gallien und damit die Basis für seine künftigen politischen Aktionen. Cicero war diese offen gezeigte Begeisterung der Optimaten unangenehm, denn er wußte natürlich sehr genau, daß diese öffentlich bekundete Zustimmung zu seiner mehr beiläufig geäußerten Absicht, die er gar nicht so ernst gemeint hatte, wie es jetzt durch Ahenobarbus und seinen Anhang dargestellt wurde, den Popularen nicht verborgen bleiben und deshalb mit Sicherheit Cäsars Zorn erregen würde.

Trotz seiner Furcht vor Cäsars Unwillen konnte er sich aber nicht entschließen, mit den vielen senatorischen Pilgern nach Lucca zu ziehen und bei Cäsar um gut Wetter zu bitten, weil er dies in einem Rest von Stolz für unter der Würde eines Vaters des Vaterlandes hielt. So blieb er voller Angst und Zweifel in Rom und hoffte, daß Cäsars bekannte Großzügigkeit und Nachsicht sein Ausbrechen aus den ihm von seinem Bruder überbrachten Bedingungen für seine Rückkehr noch einmal verzeihen würde.

Unterdessen verhandelten die Triumvirn zügig miteinander. Sie waren sich von vorneherein darüber im klaren, daß ihre bisher lose und geheime Absprache, zusammenzuarbeiten und nichts zu unternehmen, was gegen die Interessen der anderen gerichtet war, für die Erhaltung ihrer Machtstellung im Staat nicht mehr ausreichte. Als erstes beschlossen sie daher, alle Fragen zu klären und schriftlich festzulegen, welche Forderungen künftig gemeinsam durchgesetzt werden sollten, wer welche Aufgaben zu erledigen habe und welche gesetzlichen Regelungen noch zu treffen seien.

Alle drei waren sich darüber einig, daß zunächst verhindert werden müßte, daß die Optimaten wieder Zugang zu den Ämtern bekämen und auf diese Weise die Absichten der Triumvirn durch Gesetzesinitiativen, Anträge oder Maßnahmen verhindern, stören oder auch nur verzögern könnten. Es müßte daher durch Wahlabsprachen bewirkt werden, daß weder Ahenobarbus Konsul noch Cato Prätor würden. Deshalb schlug Cäsar vor, daß für das nächste Jahr Pompeius und Crassus wieder zu Konsuln und Vatinius zum Prätor gewählt werden sollten.

Das gemeinsame erste Konsulat der beiden Triumvirn lag zwar schon fünfzehn Jahre zurück, aber die Quiriten erinnerten sich noch sehr gut an diese erfolgreiche Amtszeit, in der man die von Sulla aufgehobenen Rechte der Volkstribunen wiederhergestellt und den Senatoren das alleinige Recht, die Geschworenen der Gerichte zu stellen, wieder abgenommen hatte. Er, Cäsar, würde zu den Wahlterminen möglichst viele seiner Soldaten beurlauben und zur Stimmabgabe nach Rom schicken. Wenn auch Pompeius seine Veteranen und Crassus seine Klienten mobilisierte, würden Ahenobarbus und Cato und damit die Optimaten eine empfindliche Wahlniederlage erleiden.

»Wir müssen auch sicherstellen, daß unsere Zusammenarbeit im Interesse des römischen Volkes und Staates langfristig angelegt wird«, sagte

Cäsar. »Dazu ist es nötig, daß wir alle drei für mindestens fünf Jahre mit dem Imperium ausgestattet sind. Wir haben dann die Gewalt über Truppen und auf Grund unseres Amtes auch das verbriefte Recht, jederzeit den Senat oder die Volksversammlung einzuberufen, um über Anträge beschließen zu lassen.«

»Das ist in der Tat sehr wichtig, mein lieber Schwiegervater. Crassus und ich waren lange Jahre über nur Privatleute und konnten daher weder den Senat einberufen noch Anträge stellen oder amtliche Verfügungen erlassen. Du kennst das Ergebnis: In Rom ging alles drunter und drüber; es herrschte Anarchie, und die gewählten Beamten waren zu schwach oder unwillig, dem zügellosen Treiben des Pöbels oder der uns feindlichen Banden Einhalt zu gebieten!«

»Ich stimme euch zu, daß es nötig ist, daß wir alle drei über Amtsgewalt verfügen müssen, wenn wir etwas bewirken wollen«, ergänzte Crassus. »Und vergessen wir auch nicht, daß wir strafrechtliche Immunität genießen, solange wir in Amt und Würden sind. Als Privatleute kann uns jeder kleine Kläffer, der sich vor den Bürgern profilieren will, irgendeines an den Haaren herbeigezogenen Vergehens bezichtigen und anklagen. Solange wir aber im Besitze des Imperiums sind, sind wir gegen derart lästigen Nadelstiche gefeit. Wie aber, lieber Cäsar, willst du uns ein fünfjähriges Imperium beschaffen, und wie soll es inhaltlich ausgestaltet sein?«

»Nun, liebe Freunde, hört meinen Vorschlag: Du, lieber Schwiegersohn, bist als Curator annonae bereits im Besitz eines fünfjährigen Imperiums. Nach Ablauf deines Konsulats Ende nächsten Jahres werden davon noch drei Jahre Amtszeit übrig bleiben. Der Nachteil deiner jetzigen Stellung ist aber, daß du zwar das Imperium hast, aber über keine Soldaten verfügst, denn der Senat hat dir zwar die Kommandohoheit de jure übertragen, sie dir aber de facto verweigert, denn ohne eine Armee nützt dir die beste Befehlsgewalt nichts. Deshalb schlage ich vor, dir nach dem Konsulat die Statthalterschaft von Spanien mit den dazugehörigen Legionen für fünf Jahre zu übertragen. Du kennst Spanien gut aus der Zeit der Bürgerkriege und hast dir dort im Kampf gegen Quintus Sertorius viele Freunde gemacht, die sich freuen werden, wieder unter dir zu dienen.

Du, lieber Crassus, hast immer schon viele Geschäftsverbindungen in den Orient gehabt. Es liegt also nahe, dir nach deinem Konsulat die dortige Statthalterschaft für ebenfalls fünf Jahre zu übertragen. Wie du weißt, sind die Parther in letzter Zeit unruhig geworden und verletzen immer wieder unsere Grenzen. Es wird Zeit, ihnen eine Lektion zu erteilen. Und da du als erfahrener Soldat bekannt bist, gibt es dort sicher Gelegenheit, deinen

Kriegsruhm aufzufrischen und den Parthern zu verdeutlichen, daß Rom sich die Grenzverletzungen nicht länger gefallen lassen wird.

Und schließlich strebe ich selbst für mich die Verlängerung meines im nächsten Jahr ablaufenden gallischen Imperiums an, um die noch nicht abgeschlossene Befriedung dieses neuen Reichsteiles zu vollenden. Nach meiner dann zehnjährigen Statthalterschaft kann ich mich für das darauf folgende Jahr dann erneut um das Konsulat bewerben.

Neben der Verlängerung meiner Statthalterschaft benötige ich noch eine nachträgliche gesetzliche Ermächtigung für meine privat ausgehobenen vier zusätzlichen Legionen, die ich für den gallischen Feldzug ohne Zustimmung des Senats wegen der Eilbedürftigkeit und der durch den Einfall der Helvetier und des Ariovist hervorgerufenen Gefahren habe aufstellen müssen. Was haltet ihr von meinen Vorschlägen?«

»Was mich betrifft«, begann der bedächtige Crassus, »halte ich deine Vorschläge für nötig, um endlich im Staat Ruhe und Beständigkeit einkehren zu lassen. Du weißt, ich bin immer darauf bedacht, einen möglichst umfassenden Konsens aller herbeizuführen. Mir liegt deshalb viel daran, nicht nur die Zustimmung unserer Popularen zu erhalten, wovon ich ausgehe, sondern auch möglichst viele unserer Gegner einzubinden. Wie wäre es zum Beispiel, wenn wir den wankelmütigen Cicero damit beauftragen würden, das Gesetz über die Legalisierung deiner zusätzlichen Legionen einzubringen? Er wird sich zwar winden, aber letztlich sich nicht dagegen wehren können, für dich diese Anträge zu stellen!«

»Ja«, fiel Pompeius ein, »das wäre auch gleich die passende Strafe für ihn. Mit diesem Antrag, der im Grunde doch die Lex Vatinia über deinen Oberbefehl nicht nur bestätigen, sondern sogar noch erweitern würde, straft er sich selbst Lügen. Denn er rückt damit vor allen Leuten von seiner Forderung ab, dieses Gesetz für ungültig zu erklären. Und um die Blamage komplett zu machen, lieber Schwiegervater, gib ihm noch auf, im Gesetz zu beantragen, daß dir aus der Staatskasse die Kosten für den Sold und die Ausrüstung für deine bisher privaten, nun bald offiziellen Soldaten rückwirkend erstattet werden. Ich denke, da kommt ein hübsches Sümmchen zusammen, das dir wieder Bewegungsfreiheit deinen Gläubigern gegenüber verschaffen wird.«

Pompeius wartete das beifällige Nicken Crassus' ab, dem natürlich viel daran lag, daß sein größter Schuldner – und das war kein anderer als Cäsar – finanziell wieder auf die Beine kam. Dann fuhr er, sein Gesicht zu einer gehässigen Grimasse verziehend, fort:

»Und nochmals zu Cicero, meine Lieben. Er erzählt überall in der Stadt, daß er seinem Freund Atticus geschrieben habe, daß diejenigen, die ihm die Flügel beschnitten hätten, nicht wollten, daß sie ihm wieder wüchsen. Er hoffe aber, sie würden mit der Zeit schon wieder wachsen! Mit den Beschneidern seiner Flügel meint er natürlich in erster Linie dich und mich, mein lieber Cäsar! Wir werden ihn also des Gegenteils belehren und ihm auch noch die letzten Federn ausrupfen. Ich selbst werde ihm einbleuen, daß es seine Aufgabe sein wird, im Senat die nachträgliche Bewilligung der vier eigenmächtig von dir ausgehobenen Legionen und die rückwirkende Übernahme aller Kosten zu beantragen und diesen Antrag nicht nur zu begründen, sondern zusätzlich dir für deinen Mut und deine Erfolge den Dank und die Anerkennung des Vaterlandes auszusprechen! Ich freue mich jetzt schon auf sein säuerliches Gesicht, wenn er mir seine unverbrüchliche Loyalität versichert, während er mich, dich und uns alle in den tiefsten Orkus verwünscht!

Im übrigen bin ich, wie Crassus auch, mit den von dir vorgeschlagenen Regelungen einverstanden. Ich glaube, wir haben den Grundstein für eine lange währende Freundschaft gelegt. Ich bin froh, daß alles so gekommen ist!

Jetzt aber bitte ich um Verständnis, daß ich nach Sardinien aufbreche. Es ist eine langweilige und den Geist lähmende Aufgabe, aber sie muß gemacht werden. Dann werde ich nach Rom zurückkehren und alles wie besprochen vorbereiten. Ich bin auch sonst froh, bald wieder in der Hauptstadt zu sein. Julia braucht mich und ich brauche sie. Den Göttern sei Dank, es geht ihr wieder gut, auch wenn sie immer noch der Schonung und Rücksicht bedarf.

Übrigens habe ich Quintus Cicero aus meinen Diensten entlassen, damit er die von dir versprochene Legatur in Gallien annehmen kann. Er wird sich in Kürze bei dir zum Dienstantritt melden.«

Pompeius hatte sich erhoben. Er hob grüßend seine Hand, rückte seine Toga zurecht und schritt, ganz Imperator, aus Cäsars Quartier.

7

Belliena nutzte ihren 75. Geburtstag, wieder einmal ihre alten Freundinnen Aurelia und Cloelia einzuladen und mit ihnen ganz unter sich dieses Ereignis zu feiern. Sie hatte sich Aurelias neuen Koch ausgeliehen, der sich inzwischen in der näheren und weiteren Bekanntschaft mit seinen römischen und heimatlichen Rezepten einen exzellenten Ruf erworben hatte.

Sie selbst lebte seit vielen Jahren allein in der Sergischen Villa an der Argiletumstraße, nur von einigen langjährigen Bediensteten umgeben, die, ursprünglich Sklaven, nun als ihre Freigelassenen sie mit Liebe und Umsicht umsorgten.

Belliena war die erste der drei Freundinnen, die das 75. Lebensjahr erreichte. Sie waren allerdings fast gleichaltrig, und so würde ihr Cloelia in drei Monaten und Aurelia Anfang des nächsten Jahres folgen.

»Gleich drei Feste hintereinander«, hatte sie lachend zu ihrer Nachbarin Aurelia gesagt. »Hoffentlich übernehmen wir drei alten Schachteln uns nicht! Wir haben doch alle schon unsere Zipperlein. Mal ziept es hier, mal piekt es da! Aber die Ärzte wollen auch leben! Meiner guckt immer so sorgenvoll, wenn er mich verläßt. Es sieht fast so aus, als bezweifelte er, daß er mich noch einmal lebend wiedersieht. Wenn es dann soweit ist, wird er trauern, aber weniger um mich als um seine dann erheblich schrumpfenden Einkünfte.«

Aurelia liebte derart makabre Anspielungen auf das absehbare Ende nicht. »Mit so etwas scherzt man nicht, liebe Belliena. Wir sind alle noch früh genug dran, genießen wir also die Zeit, die uns noch bleibt. Du weißt, was unser Dichter Catull über die Zeit nach dem Tode sagt!«

Es war eine eher rhetorische Bemerkung, denn sie wußte genau, daß Belliena nicht nur keine Ahnung hatte, sondern sich für Lyrik weder interessierte noch die dunklen Aussagen des Dichters überhaupt verstand. Und so zitierte sie ihren Lieblingsdichter, den sie früher gefördert und nun wegen seiner schmutzigen Angriffe auf ihren Sohn aus ihrem Hause und ihrem Umgang verbannt hatte, ohne eine Antwort Bellienas abzuwarten.

‚Sonnen können versinken und wiederkehren,
uns aber, sind wir einmal erloschen,
bleibt eine Nacht des ewigen Schlafes.‘

Niemand konnte so gefühlvoll mit leiser, fast lispelnder Stimme Catull rezitieren wie Aurelia. Sie hatte die Gabe, sich in die Situation des Dichters hineinzuversetzen. Selbst bei seinen von Wut und Haß erfüllten Gesängen, mit denen er seine wahren oder vermeintlichen Feinde in rüdester Weise verunglimpfte, konnte sie ihre Tonlage so gestalten, daß das Gedicht nicht nur wie eine unflätige Beschimpfung, sondern gleichzeitig wie ein flehender Hilferuf eines in tiefster Seele Verzweifelten klang. Besonders die mal euphorischen, mal entsagenden und mal anklagenden Lieder auf die ungetreue Geliebte Lesbia klangen aus ihrem Munde wie ein Schwur immerwährender Liebe und wie ein vergeblicher Appell, ihn endlich zu erhören.

Belliena hatte alles zum Empfang ihrer Gäste vorbereitet. Es war Spätsommer; warm und trocken strich ein leichter Wind, eine sanfte Brise nur, durch den Garten. Es roch schon ein bißchen nach Herbst, gerade die richtige Temperatur, um die Bewirtung von Gästen außerhalb des Hauses noch als angenehm zu empfinden.

Eine linde, noch weiche Luft, ein letzter Duft von Lavendel, fast nur ein Hauch, das Summen von Bienen und von Wespen, die sich über das süße Fallobst, das unter den Birnbäumen lag, hermachten, das alles schuf eine heitere und friedvolle Stimmung, die Belliena so liebte.

Die Freundinnen kamen wie immer pünktlich und wurden mit stürmischen Umarmungen herzlich begrüßt. Plaudernd und kichernd wie junge Mädchen steckten sie die Köpfe zusammen, wie es nur Menschen nach jahrzehntelangem Umgang in absoluter und blinder Vertrautheit fertigbringen. Sie schlenderten Arm in Arm durch das Atrium und weiter durch das Tablinum in den Garten zu den reich gedeckten Tischen.

Während der Koch ein kühles Getränk aus Limetten und Honig servieren ließ, trug er den Damen vor, was er an Köstlichkeiten für sie vorbereitet hatte. »Beginnt sich mit Salat aus Pilze, Sellerie gekochtes, Zwiebel und Käse von Schaf. Begießen ich mit Sauce aus Eigelb und dickes Milch. Sehr gutt.« Er verdrehte die Augen, schnalzte mit der Zunge und leckte sich die Oberlippe ab. »Dann kommen weißes Fleisch von Huhn, kalt servieren mit Sauce von Safran, dazu gebraten Brot in Schmalz aus meine Heimat und vieles Sorten Gurken: Essiggurken, Honiggurken, Salzgurken. Dazu leichtes weißes Wein oder Saft von Hopfen und Gerste. Alles üppig und reichhaltig! Ich hoffen, Gaumen von Damens erfreut sein!

Dann junges Rebhuhn, gebraten in Öl und wickeln in Blätter von Kresse und Weinlaub, vorher in Essig fünf Tage gelegen. Dann drei Fisch, Aal gekocht in Dill, Meeräsche gebraten mit Fenchel und andere Gemüse und Steinbutt gedünstet auf Spinat, würzig mit Garum und Rosmarin. Auch Schwänze und Schere von gesotten Krebs mit Prise von Knoblauch, gutes Geruch.

Dann Rindfleisch, gehackt mit Zwiebel rohes, alles mit Eigelb und Kapern auf geröstet Schwarzbrot und Rotwein. Dann Braten von Schwein mit Haut zu Kruste. Brot und breiige Hirse, sowohl gesalzen wie auch süß in Pflaumensaft.

Nachtisch Käse und Früchte aus Garten: Birne süßsauer, Apfel gerieben mit Honig und Mandel, Feigen, geweicht in rotes Wein. Alles fein schmecken, Damen! Dann letztes Abschluß. Gebranntes Saft von gegoren Mandel! Damen schnuppern!« Hingerissen von der eigenen Begeisterung über seine Kochkünste, hielt er Belliena die bauschige Flasche mit der süßlich und bitter nach Mandelöl riechenden Flüssigkeit unter die Nase. »Gutes Geruch! Saft schön für Magen und Verdauung! Nun schwelgen mit Wonne, Damens!«

»Du hast wirklich an nichts gespart, liebe Belliena, und das alles nur unseretwegen, denn du, das wissen wir doch, ißt ja so gut wie nichts!«

Alle lachten, denn jeder kannte Bellienas ständige Beteuerung, fast nichts zu essen. Dabei hatte sie einen sehr gesunden Appetit und aß von allem, was auf den Tisch kam, überreichlich. Man sah es an ihrer immer fülliger werdenden Figur, daß sie keine Kostverächterin war.

»Ich freue mich, liebe Aurelia, daß es deiner Enkelin Julia wieder gutgeht!« lenkte Belliena von dem heiklen Thema ihrer Eßgewohnheiten ab. »Wir alle waren entsetzt über das Unglück, das Julia und Pompeius betroffen hat, und haben mit euch gelitten und zu den Göttern gebetet, daß sie bald wieder die alte Julia sein wird. Den Himmlischen sei Dank, daß sie unsere Gebete erhört haben!«

»Ja, meine Lieben, es geht ihr wieder gut. Aber es war wirklich knapp, sagte uns hinterher Archilaos, unser Hausarzt. Sie wohnt jetzt wieder bei ihrem Mann, und auch meine Enkelin Atia ist mit ihren Kindern ausgezogen, nachdem sie ganz überraschend wieder geheiratet hat. Und was für eine Partie sie gemacht hat! Schnappt sich, natürlich mit Cäsars Hilfe, den amtierenden Konsul Lucius Marcius Philippus! Sie lebt jetzt mit den Kindern, die sie von ihrem ersten Mann Caius Octavius hat, im Palast der Marcier auf dem Palatin, erste Adresse in Rom, wie ihr wißt! Und schwanger ist sie auch schon! Stellt euch vor, ich werde schon wieder Urgroßmutter!«

»Ja, meine Liebe, du bist und bleibst der Glückspilz unter uns!« rief Cloelia. »Langsam mußt du doch mit deinen Nachkommen durcheinanderkommen! Wie ich höre, will deine nächste Enkelin, die jüngere Atia, auch heiraten, und noch dazu den Sohn erster Ehe unseres gegenwärtigen Konsuls Marcius Philippus! Die eine Schwester Atia heiratet den Vater, die andere dessen Sohn! Da mußt du doch Probleme mit der Unterscheidung deiner Nachfahren bekommen!«

»Aber leider tut sich dafür bei meinem Sohn nichts. Cäsar ist nun schon zum drittenmal verheiratet und hat nur eine einzige Tochter! Seine neue Frau Calpurnia wird und wird nicht schwanger, und dabei braucht er so dringend einen Sohn!«

»Er sollte sich nicht so lange in Gallien herumtreiben und dort seine Kräfte mit Kriegsspielen vergeuden, liebste Aurelia«, sagte die praktische Belliena trocken. »Schwangerschaft in Abwesenheit gibt es nicht! Wie soll Calpurnia einen Sohn empfangen, wenn dein Caius durch Abwesenheit glänzt?«

Aurelia war leicht verstimmt, wie immer, wenn sie Kritik an ihrem Sohn aus den Worten ihrer Freundinnen herauszuhören meinte. Ihre Stimme hatte einen zurechtweisend klingenden Unterton, als sie Belliena antwortete. »Sie haben genügend Zeit für die Liebe! Sie treffen sich jeden Winter in seiner Provinz. So sind sie jedesmal mehrere Monate im Jahr zusammen. Da müßte es doch möglich sein, daß die junge und kräftige Calpurnia mit Erfolg ihre Pflichten erfüllt!«

»Vielleicht ist dein Cäsar durch seine eigenen vielfältigen Aufgaben als Statthalter zu sehr in Anspruch genommen und mit seinen Gedanken nicht so ganz bei der Sache!« Cloelia machte ein nachdenkliches Gesicht. »Denk an meinen verflossenen Sulla. Der war auch mit seinen Plänen, Karriere zu machen und die Herrschaft über Rom zu erlangen, so beschäftigt, daß für mich nur wenig Zeit blieb. Das Ergebnis kennt ihr: Ich habe nur eine einzige Tochter geboren! Und ich habe das Gefühl, daß mein Sulla, der ja keineswegs zeugungsunfähig war, so sehr von dem Rausch, in Rom etwas zu werden, gefangen war, daß es deshalb trotz allem beiderseitigen Bemühens nicht mehr zur Empfängnis gekommen ist. Könnte es sein, daß dies auch der Grund ist, daß dein lieber Sohn kein weiteres Kind mehr gezeugt hat?«

Cloelia schien einen wunden Punkt getroffen zu haben., denn Aurelia reagierte sofort und fast abweisend. Offensichtlich hat sie ähnliche Überlegungen wie ich angestellt, dachte Aurelias Freundin. Sonst würde meine mehr beiläufige Überlegung sie nicht so unangenehm berühren. Aber sie macht sich tatsächlich Sorgen um Cäsar. Und anscheinend nicht nur, weil Calpurnia ihm noch keinen Sohn geboren hat.

»Wie kannst du nur so etwas annehmen! Ihr wißt doch, daß seine erste Frau nach der Geburt Julias keine Kinder mehr gebären konnte. Und Pompeia, seine zweite Frau, hat auch von ihrem zweiten Mann keine Kinder. Da liegt doch die Vermutung nahe, daß sie unfruchtbar ist! Und Calpurnia? Natürlich bereitet mir das Ausbleiben von weiterem Nachwuchs Sorgen! Aber sie sind jetzt knapp drei Jahre verheiratet, und meine Schwiegertochter ist noch nicht einmal 25 Jahre alt. Sie wird also noch reichlich Gelegenheit haben, Cäsar Söhne zu gebären, wenn er erst einmal aus Gallien zurück ist!«

»Du weißt, liebe Aurelia, wie sehr ich deinen Sohn liebe«, mischte sich Belliena in das Gespräch ein, weil sie die Verstimmung ihrer Freundin mehr erahnte als wirklich bemerkte. Aurelia ist so empfindlich, wenn es um ihren Sohn geht! Ich werde sie wohl besänftigen müssen, dachte sie. Sie wollte daher schlichtend in den sich anbahnenden Disput über Cäsars Zeugungsfähigkeit eingreifen. »Nicht nur, weil er der Freund meines Sohnes Catilina war, sondern vor allem auch, weil er mir den Leichnam meines armen Jungen zur Bestattung zurückgebracht hat. Das werde ich ihm niemals vergessen«, fuhr sie fort. »Niemand von uns glaubt, daß es an Cäsar liegt, daß bisher der Kindersegen ausgeblieben ist!

Vielleicht will ja dein Cäsar zur Zeit keinen Nachwuchs. Vielleicht hat er seine Pläne geändert! Erst müssen die politischen Aufgaben erledigt werden, erst muß Gallien befriedet sein, dann ist Zeit für ein intensives Familienleben! Dein Sohn ist ein rational denkender Mensch, der nichts ohne genaue Planung unternimmt! Ganz anders, als mein armer Junge es gewesen ist!

Mir ist aufgefallen, daß dein Junge in letzter Zeit noch ernster geworden ist, noch planender, als er das früher schon war. Vielleicht steht ihm wirklich der Sinn nach Höherem als der Züchtung kleiner Cäsaren! Oder er entwickelt im Augenblick einfach nicht genug Gefühle und ist abgelenkt, wenn er mit Calpurnia schläft. Zu wenig Gefühl ist schädlich für den Zeugungsakt, meine Liebe, da sind sich die Ärzte ausnahmsweise einmal einig. Und der liebe Caius ist kein Gefühlsmensch!

Aber auch zuviel Gefühl soll hinderlich sein, sagt mein Arzt. Mein Sohn ist das beste Beispiel dafür! Er hatte auch seine Ziele, genau wie dein Cäsar, aber er war ein hektischer Mensch und ließ sich allzuoft von seinen Emotionen hinreißen! Im Gegensatz zu deinem Sohn folgte mein Catilina leider viel zu impulsiv seinen Gefühlen. Deshalb hatte auch er keine Zeit mehr für weiteren Nachwuchs, obwohl er ein rassiges und temperamentvolles Weib hatte.

Vielleicht fehlt es bei beiden am richtigen Mittelmaß. War der eine wahrscheinlich zu wild und ungezügelt, ist der andere zu ruhig und diszipliniert. Und beide waren abgelenkt von einer anderen Leidenschaft: Der Politik!

Vielleicht liegt gerade hier die Ursache. Die hohen politischen Ziele, die sie in ihrem Ehrgeiz verfolgten, hinderten sie, ihre Gedanken auf natürliche irdische und ganz menschliche Ziele zu richten. Beide wollten die römische Welt verändern, beide strebten nach Einfluß und Macht! Mag sein, daß hier die Ursache für die weitere Kinderlosigkeit liegt.«

Belliena war ganz gefangen von ihren Überlegungen. Mit Nachdruck in der Stimme fuhr sie fort, ihre Sichtweise für die Söhnelosigkeit Catilinas und Cäsars darzulegen.

»Sie hatten beide Großes vor! Sie wollten die Republik reformieren, den Bauernstand durch Ansiedlung von Veteranen und armer Proletarier auf dem Lande wiederherstellen. Vor allem aber wollten sie die Oligarchie einiger weniger korrupter Optimaten durch die Öffnung des Zugangs zu den Ämtern für neue Bevölkerungsgruppen abschaffen oder wenigstens einschränken! Da bleibt kein Raum für die Zeugung und die Aufzucht von Nachwuchs!

Cäsar ist jetzt nach unsäglichen Anstrengungen oben, und ihr wißt, welche Kraft dieser Kampf gekostet hat, welche Energien er verschlungen hat! Da war und ist keine Zeit für Entspannung und Muße, die, wenn man den Ärzten trauen darf, zur Zeugung von Kindern so nötig sind! Zeugung ist eine ernste Sache, da muß man mit ganzem Herzen dabei sein, wenn sie gelingen soll, hat mein Arzt immer gesagt.

Ich glaube, er braucht einfach Ruhe, um sich richtig zu erholen. Und er kann sie sich doch nun leisten. Er steht mit an der Spitze des Staates, niemand hat die Macht, ihn von dort zu vertreiben. Schreib ihm oder besuche ihn in Gallien und locke ihn nach Rom. Hier hat er alle Bequemlichkeit, die er braucht, und eine liebende und sorgende Calpurnia wird das übrige besorgen. Dann wird es auch mit dem Nachwuchs klappen, liebe Aurelia!«

Aurelia wußte, daß Belliena es gut meinte. Deshalb verkniff sie es sich, auf die abstrusen Theorien ihrer Freundin einzugehen. Was die Ärzte nur wieder für einen Blödsinn erzählen, und die gute, aber etwas naive Belliena fällt prompt auf diesen Schwachsinn herein! Ein Glück, daß ich eine aufgeklärte Frau bin, dachte sie. Sie wußte, daß ihr Sohn kein lahmer und müder Krieger im Bett war. Den Göttern sei es geklagt, Caius ist rational im Denken, aber bei den Frauen ist er charmant, liebenswürdig und eher ein Draufgänger als ein lendenlahmer Esel! Wie viele Damen der Gesellschaft hat er zu meinem Leidwesen schon beglückt! Aurelia grauste, wenn sie an die zahlreichen pikanten Abenteuer ihres Sohnes dachte. Und dieser Frauenheld ist der Oberpriester der römischen Republik!

»Mach dir nichts aus dem Unsinn, den Bellienas Ärzte erzählen, liebe Aurelia«, bemerkte Cloelia. »Aber in einem Punkte hat sie recht. Cäsar ist nun oben, aber gerade daraus können sich Gefahren für ihn entwickeln. Gefahren, wie sie bestanden, als er noch ein unbedeutender Priester des Jupiter war und mein verflossener Sulla ihm nach dem Leben trachtete.

Damals hatte er Freunde, die, wie im Wolfsrudel die kleinen Welpen von den älteren und erfahreneren Wölfen geschützt werden, ihre Hand über ihn hielten und ihn retteten. Jetzt ist er selbst ein starker und erfahrener Wolf und führt mit Pompeius und Crassus selbst das Rudel. Aber viele andere Wölfe lauern auf ihre Chance. Sie dulden zwar einen Leitwolf, aber nur, solange er sich keine Blöße gibt. Ein Leitwolf muß wachsam sein, er ist immer in Gefahr, von der Meute zerfleischt oder wenigstens verjagt zu werden.

Dein Caius hat die Macht, zwar noch nicht allein, aber wahrscheinlich ist er schon der Stärkste unter all den Wölfen Roms. Macht ist eine gefährliche Droge, und sie verträgt keine Nebenbuhler! Das weiß sicher auch Cäsar.

Und der Kampf um den Erhalt der Macht führt oft genug dazu, daß die ursprünglichen hehren und idealistischen Ziele vom neuen Ziel, die Macht zu erhalten, verdrängt werden. Oder sie treten in den Hintergrund oder man vergißt, weswegen man die Macht überhaupt angestrebt hat. Könnte es sein, daß dein lieber Sohn zuviel Geschmack an der Machtausübung gefunden hat? Daß er alles dem Machterhalt unterordnet?

Ich sehe meinen Sulla als warnendes Beispiel vor mir: Auch er hatte idealistische Ziele zur Rettung der Republik vor den aus seiner Sicht den Staat gefährdenden Popularen und den mörderischen Rotten des Marius. Was aber wurde aus ihm, als er die Macht hatte? Ein Menschenschinder und blutrünstiger Tyrann, der seine Feinde kaltblütig ermorden ließ und ganze Familien ausrottete.«

»Und du glaubst wirklich, daß mein Sohn so etwas täte?« Aurelia schrie ihre Antwort Cloelia ins Gesicht. Wie immer, wenn es gegen ihren Augapfel ging, war sie außer sich. »Mein Caius ein kaltblütiger Mörder, der selbst vor seinen Freunden nicht haltmacht, wenn er seine Machtposition bedroht fühlt? Das kannst du doch nicht glauben, dazu kennst du ihn zu gut!«

»Beruhige dich doch, liebe Aurelia! So habe ich es nicht gemeint. Natürlich ist dein Sohn kein Mörder und wird es auch nicht werden. Vielleicht habe ich mich falsch ausgedrückt. Eigentlich wollte ich nur auf die Gefahren hinweisen, in der sich dein Sohn befindet, gerade weil er oben ist! Rom ist die Stadt der Wölfe, und es liegt in der Wolfsnatur, den Leitwolf zu verdrängen, wenn er schwach wird. Darum muß Cäsar sich hüten. Er muß wissen, daß sie alle hinter ihm her sein werden. Und er wird sich wehren müssen, wenn er bedroht wird. Und dies, nur dies wollte ich sagen!«

»Hört auf, euch zu streiten, meine Lieben«, rief Belliena. »Es ging doch nicht um Cäsars politische Zukunft und die Gefahren, in die er durch die anderen kommen kann. Ich wollte doch nur über die Zeugung von Söhnen mit euch sprechen, weil unser Cäsar doch einen Sohn braucht, um das Julische Geschlecht fortzuführen. Und ihr macht gleich eine Grundsatzfrage daraus, ob er wie Sulla wird oder nicht und in welcher Gefahr er schwebt, wenn er die Macht in Rom haben wird.

Vielleicht erinnert ihr euch daran, daß er Statthalter in Gallien und nicht römischer Diktator ist, und daran, daß dies ein ganz normaler Vorgang ist. Es hat in Rom immer erfolgreiche Politiker, Feldherrn und Statthalter gegeben, und was ist Cäsar anderes? In Rom werden nächstes Jahr wahrscheinlich Pompeius und Crassus und nicht Cäsar Konsul sein, falls sie von den Quiriten dazu gewählt werden. Cäsar wird Statthalter in Gallien bleiben, der Senat wird seine bekannten Spielchen aufführen, und alles wird wie immer seinen geregelten Gang gehen. Und, was das Beste ist«, rief sie lachend, »wir werden uns wie eh und je treffen und uns mit Neuigkeiten, alten Erinnerungen und köstlichen Speisen gegenseitig füttern. Langt zu, sonst ist dein vorzüglicher Koch am Ende noch beleidigt, wenn so viel von seinen Köstlichkeiten übrigbleibt, liebste Aurelia!«

»Du hast recht, liebste Belliena, was machen wir uns für Sorgen! Mein Sohn ist oben, das wollten sein Vater und er immer sein. Mein Mann ist darüber gestorben, aber er wäre stolz auf seinen Sohn! Und oben heißt für beide nicht, daß sie Alleinherrscher, sondern daß sie ein wichtiges Glied in der Regierung unseres Staates sind. Wir aber sind Freundinnen und wollen die Zeit, die uns noch bleibt, für uns nutzen. Dazu gehört natürlich auch die sorgende Liebe für das Wohlergehen unserer Kinder und Kindeskinder. Über allem aber soll die Freundschaft stehen, die uns über Jahrzehnte verbindet und zusammenhalt. Laßt uns darauf trinken und seien wir froh! Wir leben jetzt in ruhigen Zeiten und müssen nicht, wie so oft in der Vergangenheit, um uns und das Leben unserer Angehörigen fürchten!«

Erleichtert, daß die Harmonie wieder eingekehrt war, tranken sie ein ‚kühles Becher von Hopfen und Gerste‘ und wandten sich dann, vom Gerstensaft beflügelt, unverfänglichen Themen zu. Sie schwelgten in alten Erinnerungen und wärmten zum hundertsten Male die alten Geschichten auf, die im Laufe vieler Jahre immer umfangreicher und mit neuen Details ausgeschmückt wurden. Ganz gegen ihre Gewohnheit brachen Aurelia und Cloelia erst lange, nachdem von den Bediensteten Bellienas die Lampen entzündet waren, scherzend und in beschwingter Laune auf und wurden von Bellienas Freigelassenen bis zu ihren Haustüren geleitet.

8

Julia, Ehefrau des gewesenen und nun auch wiederum designierten Konsuls Cn. Pompeius Magnus, entbietet ihrem Vater, dem gewesenen Konsul und jetzigen Statthalter der Provinz Gallien, ihren Gruß und wünscht ihm Gesundheit und Wohlergehen!

Bevor ich Dir, lieber Vater, über die turbulenten Ereignisse hier in Rom berichte, möchte ich Dir mitteilen, daß ich mich von den Folgen meiner Fehlgeburt einigermaßen erholt habe. Ich bin zwar immer noch nicht wieder ganz die alte Julia und muß mich auf ärztlichen Rat noch schonen und vor allem körperliche Anstrengungen meiden, aber für die Erfüllung meiner Pflichten als Hausfrau reicht mein Zustand schon wieder aus. Ab und zu wird mir schwindlig, und Archilaos schimpft mit mir, weil ich mich zu sehr verausgabt habe. Er verordnet mir zur Stabilisierung meines Kreislaufes immer abwechselnd warme und kalte Duschen. Ein Glück, daß mein Pompeius in seinem Palast alle dazu notwendigen Badeeinrichtungen hatte einbauen lassen. Sie sind nach den modernsten Errungenschaften der Badetechnik konstruiert und haben allen wünschbaren Komfort, um meine Wechselbäder angenehm zu machen.

So kann ich jederzeit kalt und warm baden, denn die neuartige Hypokaustenheizung läßt sich so regulieren, daß ich alle gewünschten Wassertemperaturen selbst bestimmen kann. Natürlich hat das Bad sowohl ein Warmwasserbecken, Caldarium genannt, als auch ein Kaltwasserbecken, das man Frigidarium nennt. Selbstredend gehören auch ein Schwitzbad und ein von lauwarmer Luft durchströmter Ruheraum dazu. Zwei geschickte Sklavinnen sorgen dafür, daß ich in einer flachen Wanne sitzend, abwechselnd mit warmem und kaltem Wasser begossen werde. Anschließend werde ich mit vorgewärmten wollenen Tüchern trocken gerieben und von einem blinden Masseur durchgeknetet. Alles in allem dauert es über eine Stunde, bis ich mit dieser täglich vollzogenen Prozedur fertig bin.

Nach dem Bad muß ich auf Anordnung Archilaos' eine Stunde ruhen. Da ich dabei nicht schlafen will, lese ich viel, zuletzt gerade Deinen interessanten Bericht über Gallien und den dortigen Krieg. Du hast eine fesselnde Art zu schreiben, kurze und präzise Sätze, die auch ein mit den Verhältnissen nicht Vertrauter lesen und verstehen kann. Vielleicht solltest Du Deinen Bericht ausbauen und Deine Taten und Gedanken in einem Buch zusammenfassen. Ich glaube, die Römer werden beeindruckt sein. Besonders diejenigen, die Dir und Deinen Feldzügen im ‚finsteren und undurchdringlichen Gallien‘ skeptisch gegenüberstehen und Deine Aktionen dort für Zeit- und Geldverschwendung halten, könntest Du eines Besseren belehren und für Dich gewinnen, wenn sie aus Deiner Feder etwas über die Eroberung Galliens und die Bedeutung seiner Eingliederung in das römische Imperium erfahren. Du weißt, nichts ist wirksamer für die Akzeptanz einer Sache, als die genaue Kenntnis der Umstände.

Und nun zu den römischen Turbulenzen. Ich will die Ereignisse chronologisch schildern und daher nicht mit den Wahlen beginnen, zumal Du sicher schon weißt, daß mein Pompeius und Crassus zu Konsuln des nächsten Jahres gewählt worden sind. So beginne ich mit der Rückkehr meines Cnaeus aus Lucca. Mit Feuereifer stürzte er sich auf die Umsetzung der dort zwischen euch getroffenen Vereinbarungen.

Als erstes nahm er sich Cicero zur Brust. Ohne Umschweife und ziemlich brutal machte er unserem gespreizten Goldredner klar, daß sein Lavieren zwischen den Parteien ein Ende haben müsse. Er befahl ihm geradezu – und Du weißt wie barsch und unwirsch er werden kann –, umgehend einen Antrag zu formulieren, wonach Dein Kommando in Gallien um fünf Jahre zu verlängern sei und außerdem der Staat die Kosten für die Ausrüstung und den Sold Deiner privat rekrutierten vier Legionen rückwirkend zu übernehmen habe.

Cicero wollte natürlich erst einmal darüber verhandeln. Er sei zwar bereit, jeden diesbezüglichen Vorschlag zu unterstützen. Aber seine Würde verbiete es ihm, einen derartigen Antrag selbst zu stellen. Pompeius aber ließ sich auf keinen Handel ein. Entweder stelle Cicero diesen Antrag oder er möge darüber nachdenken, wo er den möglicherweise sehr kurzen Rest seines irdischen Daseins zu verbringen beabsichtige.

Cicero fiel dann die Wahl nicht schwer. Er brachte nicht nur unverzüglich eine entsprechende Novelle ein, sondern fügte aus eigenem Antrieb noch eine weitere Dich begünstigende Klausel hinzu. Das beschlossene Gesetz erlaubt Dir nun, künftig zehn statt bisher acht Legaten zu beschäftigen. Meiner Meinung nach bedeutet dies, daß Du damit auch noch zwei zusätzliche Legionen aufstellen kannst, denn zu Legaten gehören Legionen, und Cicero selbst hat dies in seiner überschwenglichen Lobrede auf Dich, mit der er seine Anträge und den Schwenk in Dein Lager begründete, selbst angedeutet.

Die Optimaten, die Cicero schon fest in ihre Partei eingebunden wähnten, sind natürlich über den neuerlichen Seitenwechsel Ciceros entsetzt und vor allem verärgert. ‚Verräter, bestechlicher Lump und erbärmlicher Feigling‘ sind einige von den Invektiven, mit denen sie ihn überschütten. Unser

Goldredner schämt sich, aber er kann nun nicht mehr zurück, ohne auch noch den letzten Rest von Ansehen zu verlieren. Spötter wie Catull oder der scharfzüngige Publius Clodius nennen ihn öffentlich Antonius Cicero in Anspielung auf den häufigen Parteiwechsel dieses charakterlosen C. Antonius.

Aber Du kennst sicher Ciceros Fähigkeit, alles so darzustellen, als hätte er die Dinge gut lüberlegt und voll im Griff. Niemand, der mit seinem Hinterteil wie er in den Brennesseln sitzt und gerade eine bittere Medizin schlucken mußte, versteht es besser, eine Niederlage in einen Sieg umzudeuten und sich so selbst zu belügen. Jetzt brüstet er sich damit, daß er durch seinen Übertritt zu den Popularen im höheren Interesse der Republik die Einheit des Senates mit Dir, Pompeius und Crassus neu begründet habe. Cicero, der große Schmied der Einheit zwischen Senat und Triumvirat, daß ich nicht lache! Dies sei notwendig gewesen, sagt er, weil nur durch die Einigkeit aller die von Dir geschilderten Gefahren, die dem Staat aus Gallien und Germanien drohen, abgewehrt werden könnten. Persönliche Empfindlichkeiten und eigennützige Ziele müßten jetzt dem Staatswohl untergeordnet werden. Er sei diesen Weg gegangen und hoffe, daß ihm viele Optimaten, er sagt natürlich viele Gutgesinnte, in dieser Einsicht folgen werden.

Zu Ciceros wirklichen Gefühlen muß ich noch bemerken, daß er durchaus sein Einschwenken auf unsere Linie als das begreift, was es ist: Als Kapitulation vor den Stärkeren. Ein Agent meines Pompeius hat einen Brief Ciceros an seinen Freund Atticus abgefangen und meinem Mann, bevor er den Brief an den Empfänger weiterleitete, eine Abschrift übersandt. In diesem Brief gibt Cicero seine Niederlage und das Ende seiner Hoffnung, eine selbständige politische Rolle zu spielen, unumwunden zu. Hier ein Zitat zu Deiner Kenntnisnahme: ‚Es ist alles zu Ende. Da die, die nichts mehr vermögen, mich auch nicht mehr lieben wollen, will ich mich bemühen, daß die, die etwas vermögen, mir ihre Liebe schenken mögen.‘ Und an anderer Stelle schreibt er: , Mein Schmerz ist um so größer, als ich ihn nicht einmal äußern darf.‘ Hier erkennst Du seine wahren Gefühle; alles andere ist Staffage.

So ist nun Cicero ein bißchen gestutzt, aber keineswegs kleinlaut auf unsere Linie eingeschwenkt. Überall verkündet er lauthals, ein Mann müsse in der Lage sein, frühere Meinungen bei veränderten Verhältnissen als Irrtum zu erkennen, offen einzugestehen und zu korrigieren. Natürlich glaubt ihm keiner seine Ausreden von der über ihn gekommenen höheren Einsicht. Man hält ihn für das, was er ist: Für einen miesen Schauspieler und abgefeimten Opportunisten. Aber sein Wechsel zu uns hat mit dazu beigetragen, daß die Wahlen ganz in unserem Sinne ausgefallen sind. Der Senat hat sich zwar ein wenig gegen die Bewerbung meines Mannes gesträubt und die Konsuln zunächst veranlaßt, keinen Termin anzusetzen. Crassus und Pompeius haben dann aber die Wahl eines Interrex zur Festsetzung eines Wahltermins durchgesetzt, der dann auch prompt einen Termin festgelegt hat.

Clodius hat dann, unterstützt von Vatinius und Fufius Calenus, nicht nur alles bestens organisiert. Er hat auch dafür gesorgt, daß Domitius Ahenobarbus' Anhänger durch die bloße Anwesenheit seiner am Wahlort aufmarschierten Schläger so eingeschüchtert waren, daß für den Gegenkandidaten keine einzige Centurie zu stimmen wagte. Angeblich gingen bei Rangeleien ein paar Knochen zu Bruch, und des Ahenobarbus Fackelträger soll sogar tot vom Platze getragen worden sein. Kurzum, mein Pompeius und Crassus wurden mit Glanz und Gloria gewählt.

Dann aber änderte sich die Stimmung bei den Quiriten und im Senat. Ich weiß nicht warum, aber vielleicht war es einfach Mitleid mit den zerzausten und am Boden liegenden Optimaten. Als erstes erlaubte der Senat Cato, sich noch nach Ablauf der Bewerbungsfrist oder in Abwesenheit von Zypern aus um die Prätur zu bewerben. Cato hatte nämlich geltend gemacht, daß er sonst wegen seiner dienstlichen Abwesenheit von Rom den gesetzten Termin nicht habe einhalten können. Die Einrichtung der neuen Provinz Zypern sei zwar in Kürze abgeschlossen, aber er wolle seinen Posten nicht vorzeitig verlassen, sondern erst seine ihm vom Senat übertragene Aufgabe abschließen..

Normalerweise hätte der Senat darauf keine Rücksicht genommen. So hat er jedenfalls vor noch gar nicht langer Zeit, wie Du Dich erinnern wirst, sowohl meinem Mann als auch Dir die Bewerbung um das Konsulat in Abwesenheit nicht gestattet. Jetzt aber hat er sich ermannt, Catos Bitte zu entsprechen. Vermutlich wollte er damit Dir und den neuen Konsuln ein Zeichen setzen, daß der Senat noch zu selbständigen Handlungen fähig sei. Pompeius hat sich zwar über diese Aufsässigkeit geärgert, sie aber nicht weiter ernst genommen, ein Fehler, wie sich bald herausstellte.

Am Wahltag fuhr ihm dann allerdings der Schreck in die Glieder, als gleich die erste Centurie für Cato und nicht für Vatinius stimmte. Wie Du weißt, hat das Abstimmungsverhalten der ersten Centurie häufig eine präjudizierende Wirkung auf das Verhalten der nachfolgenden Centurien. Um eine Panne auszuschließen, hörte mein Pompeius plötzlich in der Ferne ein Donnergrollen, so daß der Wahlleiter die Wahlen abbrechen mußte, um die Himmlischen nicht zu erzürnen.

Bei der Wiederholung der Wahlen am nächsten Tag ging dann alles glatt. Pompeius und Crassus hatten ihre Klienten vollzählig versammelt, Clodius' Leute hatten das Marsfeld weiträumig abgesperrt. Crassus' Sohn Publius hatte Deine auf Urlaub befindlichen Soldaten aufgeboten, und so wurde Vatinius zum Prätor gewählt. Cato, rechtlich denkend wie immer, hatte es abgelehnt, seinerseits unlautere Mittel wie Stimmenkauf oder Bestechung anzuwenden. Er nahm seine Wahlniederlage hin, ohne deswegen aber entmutigt den Kampf für die Freiheit der Republik, wie er sich ausdrückte, aufzugeben. Er ist eine wirklich imponierende Figur. Obwohl er ein starrsinniger Betonkopf, ein unbeirrbarer Verfechter des Senatsregimes, ein Dogmatiker und Pedant sowie obendrein noch ein knausernder, humorloser und eigenbrötlerischer Kauz ist, kann man seiner aufrechten moralischen Haltung und seiner unbestechlichen Gesetzestreue eine gewisse Bewunderung nicht versagen. Wenn alle so wären wie er, würdet Ihr, lieber Vater, es sehr schwer haben, die Wählerschaft von der Reformbedürftigkeit des Landes und seiner Regierungsform zu überzeugen.

Alles weitere verlief nun nach Plan, obwohl Cato, den man auch wegen seiner Standhaftigkeit in dieser für ihn aussichtslosen Lage und seiner Prinzipientreue bewundern muß, sich alle Mühe gab, Sand in das Getriebe zu streuen und die beantragten Beschlüsse zu verhindern.

Entgegen der Vorschrift, daß über die Verteilung der Provinzen allein der Senat zu entscheiden hat, brachte auf Anweisung der neuen Konsuln der Volkstribun C. Trebonius die Sache vor die Volksversammlung. Trebonius gewährte Cato zwei Stunden Redezeit, um ihn daran zu hindern, seine alte Praxis wiederaufzunehmen und bis Sonnenuntergang und damit bis zum Abbruch der Versammlung zu reden und dadurch einen Beschluß der Quiriten zu vereiteln.

Cato sprach in den ihm zugebilligten zwei Stunden nicht zur Sache, sondern nur gegen die zeitliche Begrenzung seiner Redezeit. Nach Ablauf der zwei Stunden redete er weiter, und als Trebonius ihn aufforderte, die Rednertribühne zu verlassen, kümmerte er sich nicht um diese Anweisung. Jetzt ließ der Volkstribun ihn von einigen kräftigen Männern packen, die den strampelnden und laut protestierenden Cato unter dem Johlen des Volkes von der Bühne zerrten und ins Gefängnis trugen.

Cato hatte noch erklärt, daß es donnere, aber Trebonius ließ diesen Einwand nicht zu, da Cato kein Amt innehabe und Obnuntiationen nur von Amtsträgern vorgenommen werden dürften. So ging das Gesetz, das Dir eine weitere fünfjährige Amtszeit beschert und meinem Mann Spanien, Crassus Syrien für fünf Jahre als Provinz zuweist, nach den geschilderten

Turbulenzen mehr oder weniger glatt durch diese Instanz und wurde noch am gleichen Tag von den Konsuln – meinem lieben Cnaeus und Crassus –, in Kraft gesetzt.

So scheint sich nun alles in Wohlgefallen aufzulösen. Der Senat ist zwar, dank des nach wie vor widerspenstigen und unbeugsamen Cato, noch hin und wieder ein bißchen aufsässig und läßt keine Gelegenheit aus, ein wenig die Muskeln spielen zu lassen und meinen Mann zu brüskieren. Im Grunde hat er aber eingesehen, daß er gegen die neuen Machthaber zur Zeit nichts ausrichten kann.

Aber die Ruhe täuscht. Niemand hat die frühere alles beherrschende Dominanz des Senates vergessen. In den Hinterstuben trauern die edlen Herren um den verlorenen Einfluß und träumen von der künftigen Wiederherstellung ihrer Macht. Selbst die, die offen zu den Triumvirn übergetreten sind und Euch jetzt mit Schmeicheleien und Diensteifer zu umgarnen scheinen, haben ihre frühere unabhängige Stellung nicht vergessen. Auch bei überzeugten Popularen regt sich Zweifel, ob tatsächlich das Volk die Macht erobert hat, wie es Clodius, Vatinius und ihr Anhang lauthals verkünden, oder ob nicht an die Stelle des korrupten und verfaulten Senatsregimes nur neue Herren getreten seien und sich im Grunde nichts geändert habe.

Ich glaube, lieber Vater, wirkliche Anhänger habt Ihr nur wenige. Was bleibt, wenn man die Opportunisten und Überläufer abzieht? Ideologisch neutrale persönliche Freunde, nahe Verwandte, abhängige Klienten und einige tüchtige Leute, die Dir, Pompeius oder Crassus aus alten Zeiten oder neuen Gefälligkeiten verpflichtet sind. Bei Pompeius sind es vor allem alte Kriegskameraden wie Gabinius und Afranius, bei Dir alte Freunde aus der Jugendzeit, wie Cotta, Labienus und die überlebenden Catilinarier oder neue Freunde aus dem Kreis der aufstiegswilligen Ritter.

Letzere hängen, neben deinen Neffen Pinarius und Pedius, Dir wirklich an, weil Du der einzige der altadligen Senatoren bist, der ihnen Aufstiegschancen bietet und tüchtige Leute aus voller Überzeugung und nicht nur aus persönlichem Kalkül fördert. Ich meine Leute wie Vatinius, Fufius Calenus oder C. Trebonius und viele andere. Auf diese Leute solltest Du Dich vermehrt stützen, denn sie sind frei von den Eitelkeiten und Rivalitäten der Nobilität und müssen nicht den Römern und ihren Ahnen immer wieder beweisen, daß sie die Sitten der Alten, die ererbte Würde und die Stellung ihrer Familie in der gesellschaftlichen Rangordnung bewahren und ausbauen müssen. Frei von der Last der Vergangenheit und der Verantwortung gegenüber den – glücklicherweise unbekannten – Ahnen, setzen sie auf Dich. Du bist ihre Sonne und D i r folgen sie, nicht einer Partei, nicht einer Sache oder einer Idee, sondern ausschließlich Dir als Person.

Und noch einen Vorteil hat dieser Personenkreis! Fast alle sind befähigt und kennen nur ein Ziel: Persönlich voranzukommen. Da sie von unten kommen und nach oben wollen, bedarf es keines gegenseitigen Geflechts von Gefälligkeiten, wie das bei den Angehörigen der alten Familien üblich ist. Gefälligkeiten bedingen Gegenleistungen, schaffen Rücksichten und Abhängigkeiten. Den jungen Aufsteigern aus dem Ritterstand erweist man keine Gefälligkeiten, denn diese werden von Gleichen an Gleiche gewährt, die jungen Aufsteiger aber werden für geleistete Dienste belohnt! Das ist ein riesengroßer Unterschied. Gleiche bittet man um einen Gefallen, den Aufstiegswilligen befiehlt man! Eine Bitte kann abgeschlagen, ihre Erfüllung an eine Bedingung geknüpft werden, einem Befehl dagegen ist ohne Wenn und Aber zu folgen.

Ich habe während meiner Krankheit viel über Dich und Deine Pläne nachgedacht. Wenn Du wirklich Rom beherrschen willst, und ich glaube, daß dies Dein Endziel ist, mußt Du Gefolgsleute haben, die allein Deiner Person verpflichtet sind. Fördere daher so viele junge und begabte Aufsteiger wie möglich. Natürlich sind Freunde aus den alten Regierungsschichten nicht schädlich, aber wirklich verlassen wirst Du Dich nur auf die ausschließlich Dir verpflichteten Anhänger können. Es ist wie bei den Wölfen, alte und gleichrangige Exemplare wollen Leitwolf werden und sind daher immer Rivalen, während das Ziel der jungen Wölfe ist, unter dem Schutz des Leitwolfes satt zu werden. Sie wollen ihn daher stützen und nicht stürzen!

Geschrieben an den Kalenden des Februar unter dem Konsulat des Cnaeus Pompeius Magnus und des Marcus Licinius Crassus.
Julia.

7. Kapitel
Rom und Gallien in den Jahren 699 und 700 der Stadt

1

Cäsar empfing den Brief seiner Tochter in seiner Provinz Gallia Cisalpina zwei Tage vor den Iden des Februar des Jahres 699 der Stadt. Er war mitten in den Vorbereitungen für seine Übersiedlung in seine neue Provinz jenseits der Alpen, denn er hatte von seinem Vertreter Titus Labienus beunruhigende Nachrichten erhalten.

Obwohl er und seine Feldkommandanten im vorigen Jahr alle gallischen Stämme unterworfen und das Land befriedet hatten, regte sich überall der Widerstand gegen die ungewohnte römische Herrschaft. Hatte man anfangs durch Bündnisverträge mit den einheimischen Völkerschaften nur eine lose Oberherrschaft begründet und diese durch die Gestellung von Geiseln aus den führenden Adelsfamilien des Landes befestigt, verlangten die Römer nun nicht nur die Zahlung von Steuern und Lieferung von Getreide für die Ernährung der Besatzungstruppen, sondern auch Hilfskontingente gegen äußere Feinde und unbotmäßige Einheimische.

Cäsar rief deshalb die gallischen Fürsten zu einem allgemeinen Landtag zusammen, um mit ihnen die Lage zu besprechen und ihnen klarzumachen, daß die ungezügelte gallische Freiheit ein für allemal vorbei sei. Auf dieser Konferenz wollte er ihnen verdeutlichen, welche Vorteile für den Frieden und den Wohlstand des Landes die römische Herrschaft bot, daß aber Ruhe, Ordnung und Rechtssicherheit nicht umsonst zu haben seien. Auch die Verteidigung des Landes gegen die Einfälle der Germanen und die Raubzüge britischer Piraten müsse organisiert und bezahlt werden. Allgemeine Abgaben für die Erledigung dieser Aufgaben seien daher unerläßlich und wären von ihnen, den Begünstigten der römischen Verteidigungsmaßnahmen, aufzubringen.

So eilte er in großer Hast nach Gallien. Wegen des Winters nahm er nicht den Landweg über die verschneiten und teilweise unpassierbaren Pässe, sondern fuhr zu Schiff nach Massilia, dann die Rhone aufwärts und kam dann Ende Februar in das Gebiet der Treverer. Hier waren die gallischen Führer versammelt, um mit Cäsar über die Zukunft des Landes und die römischen Forderungen zu sprechen.

»Herr«, meldete Crastinus, »vor deinem Zelt steht der Fürst der Eburonen, ein gewisser Ambiorix. Er bittet dich um eine Aussprache. Es sei dringend, deshalb könne er mit seiner Meldung nicht bis morgen warten. Ambiorix war ein Cäsar sehr verbundener gallischer Anführer. Er war wegen seiner Verdienste, die er sich bei der Unterwerfung der Nervier und der Vernichtung der Aduatuker als Verbündeter der Römer erworben hatte, mit dem Titel ‚Freund des römischen Volkes' ausgezeichnet worden. Cäsar ging ihm deshalb bis zum Zelteingang mit ausgebreiteten Armen entgegen, umarmte ihn und zog ihn am Saum seines Kriegsmantels ins Innere.

»Welch eine Freude, mein lieber Ambiorix, dich in meinem Lager zu begrüßen! Wir haben uns lange nicht gesehen, mein Lieber! Setz dich, eine Stärkung mit Fleisch und Wein wird dir guttun. Aber sage, warum bist du im Kriegsmantel und in Waffen erschienen? Weit und breit gibt es doch keinen Feind, der dich bedroht, und auch im Lager hier findest du nur Freunde und alte Verbündete.«

Cäsar winkte Crastinus, aber dieser hatte schon einen irdenen Krug mit Wein und zwei Becher in der Hand und schenkte ein. Ein anderer Bediensteter brachte ein Tablett mit Schinken, kaltem Braten und knusprigem frischen Brot, das noch warm und duftend gerade aus dem Backofen der Bäkkerei des Lagers gebracht worden war.

»Es ist Krieg, mein Freund«, rief Ambiorix und riß ein Stück Brot aus dem eben aufgetischten Laib. Während er ein Messer aus seinem speckigen Wams zog und sich ein riesiges Stück Schinken vom Knochen säbelte, sprach er ohne Unterbrechung weiter. »Weißt du nicht, daß wir wieder Krieg haben? Die Germanen, zwei Stämme, die einen heißen Usipeter, die anderen Tenkterer, sind über den Rhein gestoßen und in mein Land eingefallen. Sie verwüsten das Land der Eburonen, brennen die Hütten meiner Bauern nieder. Die Hufe ihrer Pferde zertrampeln die Saat! Du mußt eingreifen, Cäsar, sonst werden sie uns austilgen und dann auf unserem Land siedeln. Es ist keiner der üblichen Raubzüge, die übermütige junge Krieger zuweilen über den Rhein treiben. Diesmal sind beide Völker mit Frauen, Kind und Kegel, Knechten, Vieh und aller beweglichen Habe übergesetzt. Ich bitte dich um deine Hilfe. Wir müssen sie wieder über den Fluß jagen, bevor es für mein Volk zu spät ist!«

Cäsar hatte aufmerksam zugehört. Jetzt habe ich endlich eine Gelegenheit, sagte er sich, den der römischen Herrschaft gegenüber feindselig oder zumindest skeptisch gegenüberstehenden Galliern den Nutzen unserer Anwesenheit zu beweisen. Die gemeinsame Abwehr der Germanen, das werden sie verstehen! Jetzt werden sie meinen Befehlen folgen. Ich habe sie vor Ariovist bewahrt, aber das war tief im Süden bei den Häduern und hat die nördlichen Völker nicht berührt und deshalb kaltgelassen! Nun aber greifen andere germanische Stämme auch im Norden an! Jetzt liegt es auf der Hand, daß alle bedroht sind! Jetzt werden sie mir folgen.

»Natürlich werde ich dir und deinem Volk helfen, lieber Ambiorix! Rom hat noch nie einen Freund im Stich gelassen! Crastinus, rufe die Kommandeure der Legionen, alarmiere die Truppen und bitte die gallischen Fürsten zu mir! Wir werden morgen abmarschieren, bereite alles für den Aufbruch vor! Meine Leibwache und die gallische Reiterei werden mich morgen begleiten, wenn wir ohne Gepäck in aller Frühe das Lager verlassen!«

Eine Viertelstunde später waren die Legaten und die gallischen Führer in Cäsars Zelt versammelt. Ohne Umschweife unterrichtete er sie über den Einfall und befahl, im Morgengrauen die Auszugsauspizien einzuholen und dann mit drei Legionen, seiner Leibwache und den gallischen Kriegern nach Norden aufzubrechen und die Germanen zurück über den Rhein zu treiben. Den beiden anderen Legionen befahl er, das Lager zu befestigen, Vorräte zu requirieren und die nähere und weitere Umgebung durch kleine bewegliche Einheiten zu sichern. Den Stämmen Nordgalliens befahl er, ihre Mannschaften aufzubieten und sie ihm, ohne zu zögern, am Niederrhein zuzuführen.

Am nächsten Morgen verließ eine stattliche römische Armee unter der persönlichen Führung des Statthalters mit aufgepflanzten Adlern das Lager und marschierte in Eilmärschen nach Norden. Schon nach einem Tag traf Cäsar auf eine germanische Gesandtschaft, die mit ihm über eine Ansiedlung ihres Volkes diesseits des Rheines verhandeln wollte. Bis zum Ende der Verhandlungen boten ihm die Sendboten der Usipeter einen Waffenstillstand an. Cäsar nahm dieses Angebot an, verweigerte aber eine Ansiedlung in Gallien. Die Germanen hatten ihre Bitte, sich in Gallien niederlassen zu dürfen, damit begründet, daß sie selbst Verfolgte eines anderen germanischen Volkes seien, das sie aus ihren Siedlungen vertrieben habe. Sie könnten daher nicht mehr in ihre Heimat zurück und bäten um seinen Schutz und um Aufnahme in den römischen Reichsverband. Einige gallische Stämme, vor allem die Nervier, hätten sie zudem um Hilfe gebeten und ihnen als Lohn für ihre Unterstützung Siedlungsland angeboten, das sie jetzt einforderten.

»Ihr habt von den Nerviern Land zugeteilt bekommen, daß nicht den Nerviern, sondern meinen und des römischen Volkes Freunden, nämlich den Eburonen, gehört! Seit wann ist es üblich, fremde Länder zu verschenken? Ihr werdet nicht nur kein Land meiner Freunde erhalten, sondern auch sonst keine Handbreit Boden in Gallien! Siedelt euch im Land der Ubier jenseits des Rheines an. Nehmt zur Kenntnis: Gallien ist römisches Gebiet, und der Rhein ist die Grenze. Was ihr jenseits unserer Grenzen macht, stört mich nicht, aber wenn ihr nicht sofort aus meiner Provinz abzieht, werde ich euch angreifen und euch gewaltsam über den Rhein zurücktreiben, jedenfalls das, was von euch dann noch übrig sein wird!«

In diesem Augenblick meldete ein Bote, daß eine germanische Abteilung einen Trupp seiner gallischen Reiterei angegriffen und aufgerieben habe. Cäsar betrachtete dies als Bruch des vereinbarten Waffenstillstandes. Er erklärte, nun den Status der Gesandten, die allgemein völkerrechtliche Immunität genössen, nicht mehr anzuerkennen. Kurzerhand machte er die Gesandten, praktisch alle Führer der beiden germanischen Völker, zu seinen Kriegsgefangenen. Dann fiel er mit seiner gesamten Armee über die führungslosen in der Nähe lagernden Stämme her und vernichtete sie in einer blutigen Schlacht. Der größte Teil der Usipeter und Tenkterer kam in der Schlacht ums Leben, vom Rest, vor allem Frauen und Kinder, ertranken die meisten in der Strömung des vom Hochwasser angeschwollenen Rheines.

Um auch den Germanen jenseits des Flusses eine Lehre zu erteilen, daß man nicht ungestraft in römisches Gebiet einfallen dürfe, überschritt Cäsar auf einer von seinen Pionieren erbauten Brücke den Rhein. Diese Brücke war eine technische Meisterleistung römischer Ingenieurkunst. Über schräg in den Flußgrund gerammte gegeneinander gestützte Balken zimmerten seine Brückenbauer Querbalken und verbanden diese dann zu Böcken, die den Wasserspiegel überragten und so Pfeiler bildeten, über die dann aus Brettern ein Steg genagelt wurde. Über diese feste Brücke drangen die Legionen in das germanische Gebiet ein, brannten ein paar Dörfer ab, erbeuteten etwas Vieh und zogen sich dann wieder über den Strom auf römisches Gebiet zurück.

»Lieber Ambiorix«, sagte Cäsar zum Abschied zu dem ihm so nahestehenden Fürsten der Eburonen, »ich hoffe, du wirst jetzt erst einmal eine Weile vor den Germanen Ruhe haben. Deine Reiter haben sich hervorragend bewährt. Zum Dank für deine Treue und Zuverlässigkeit werde ich dir und deinem Volk die von den Nerviern den Usipetern und Tenkterern überlassenen Gebiete anweisen. Dein Volk soll am Rhein die Wache für Rom halten. Gleichzeitig gib auf die Nervier acht. Ich befürchte, daß diese die ihnen erteilten Lektionen noch nicht gelernt und meine Großzügigkeit ihnen gegenüber mißverstanden haben und sie für Schwäche halten. Ich bin froh, daß Rom in dir und deinen Eburonen verläßliche Freunde gefunden hat.«

»Ich danke dir, Cäsar. Mein Volk weiß dein Vertrauen zu schätzen. Bevor ich mich in meine Gebiete zurückziehe, gestatte mir, dir ein kleines Abschiedsgeschenk zu überreichen.« Ambiorix schnippte mit den Fingern. Vier seiner Gefolgsleute, die in einiger Entfernung vor einer aufgespannten Zeltwand gewartet hatten, rissen auf dieses Zeichen die Zeltplanen zur Seite. Hinter der Stoffwand standen vier gesattelte und gezäumte Schimmel. Ambiorix' Gefolgsleute lösten die Tiere von ihren Pflöcken und führten sie dann zu Cäsar. »Eigentlich sollten diese wunderschönen Pferde mein Dank an unsere Götter für den Sieg sein. Die Götter müssen sich nun mit weniger wertvollen Opfern bescheiden. Dein Anteil am Sieg ist größer als der ihrige. Daher gebühren sie dir!«

Germanen und Kelten verstanden die Lektion, die Cäsar ihnen mit der Rheinüberquerung erteilt hatte. Beide Völker hielten den Sommer über still. Cäsar konnte sich deshalb an die Kanalküste begeben und mit einer kleinen Armee nach Britannien übersetzen, um auch den Briten einzuhämmern, daß Gallien römisch sei und er künftig Einfälle ihrer Piraten in seine Provinz nicht mehr dulden würde.

2

In Rom hatte Cäsars Bericht über die Befriedung Galliens und über seinen Sieg über die Germanen Furore gemacht. Seit den Zeiten der Kimbern und Teutonen löste die Vorstellung, die Germanen könnten wieder in Italien einfallen, Entsetzen und Schrecken aus. Da Cäsar dieses römische Trauma kannte, hatte er schon mit dem Sieg über Ariovist die Begeisterung und die Bewunderung der Römer erregt, aber viele der Quiriten und vor allem der Senatoren waren sich einig, daß der erste Sieg über dieses wilde und Schrekken erregende Volk seit den Tagen des Marius möglicherweise dem Zufall, günstigen Umständen oder einfach einer Laune der Götter und nicht dem Genie und den soldatischen Fähigkeiten Cäsars zu verdanken war.

Cäsar hatte daher seinen Bericht gebührend ausgeschmückt und die Vernichtung der an sich kleinen und wenig bedeutenden Stämme der Usipeter und Tenkterer und seinen kurzen Feldzug jenseits des Rheines zu einer militärischen Großtat stilisiert, die einen ungeheuren Eindruck auf die Römer machte und Cäsar mit einem Male in den Rang eines der bedeutendsten Feldherrn der an großen Feldherren nicht armen römischen Geschichte erhob. Im Nu war er das Tagesgespräch nicht nur in den Salons der vornehmen Welt sondern auch in den Kneipen und finsteren Spelunken der Subura.

»Hast du schon gehört, Furca, wie unser Cäsar es den Germanen gegeben hat? Dem seine Erfolge haben Rom gerettet! Es ist wie bei dem Marius, der übrigens dem Cäsar sein Onkel gewesen ist! Mein Vater, du kennst ihn noch, Furca, war bei dem seine dritte Legion. Die haben die Kimbern, alles sieben Fuß hohe Leute, bei Vercellae besiegt! Äh, was heißt besiegt! Vernichtet haben sie die Barbaren! Einen nach dem anderen! Und die Weiber! Wie denen ihre Männer flüchten wollten, haben sie sie beschimpft! ‚Elende Feiglinge, krumme Memmen und Schlappschwänze' haben sie gerufen, sagte mein Alter! Die Weiber standen auf den Wagen mit bloßen Brüsten, sagte mein Alter, solche Bollermänner!« Burrus malte mit einer weit ausladenden Gebärde seiner beiden Hände den Umfang der germanischen Brüste aus.

»Ich sage dir, diese Weiber waren wie wilde Raubtiere. Sie standen mit Schwertern in die Hand auf ihre Wagen und droschen erst auf ihre fliehenden Ehemänner und Söhne ein und dann auf unsere Legionäre, wo die Germanen verfolgten! Sie kämpften wie die Löwinnen. Sie wurden alle erschlagen oder gaben sich selbst den Tod.«

»Aber erst haben sie ihre Kinder an die Deichseln der Wagen aufgehängt. Hab' ich irgendwo gehört. Sie sollen lieber tot sein wie Sklaven von die Römer! Tolle Weiber dies! Und gegen solche hat nun unser Cäsar gesiegt! Darauf wollen wir einen heben, und nicht zu knapp. Wirt, zwei Rote!«

Der Wirt brachte Burrus und Furca zwei mit billigem Rotwein gefüllte Becher. »Diese Runde geht auf mir! Ihr seid alte Stammkunden. Seit über dreißig Jahren sauft ihr euch bei mir voll! So lange hat das noch keiner geschafft.«

Burrus und Furca lachten. Sie waren inzwischen alte und ein wenig klapprige Männer geworden. Aber sie verkörperten den Geist der kleinen Leute in der stinkenden und stickigen Subura. Ihr Stammtisch in der Kneipe ‚Zum schummrigen Nußknacker' war gefragt, denn sie hatten zu jedem Problem eine Meinung, und bevor diese Meinung Allgemeingut der untersten Volksschichten wurde, kommentierten sie ihre Ansichten geräuschvoll und in den einfachen Worten des kleinen Mannes. Beide waren in ihrer Jugend Soldaten gewesen, Burrus in Asien im Heer des Prätors C. Julius Cäsar, des Vaters des jetzigen Germanensiegers, Furca in der Armee Cinnas im Bundesgenossenkrieg. Nicht nur, weil beider Heerführer auch Führer der Popularen waren, gehörten sie zu dieser Partei. Beide hatten in den Bürgerkriegen in den Reihen der Verlierer gegen Sulla gekämpft und später bei jedem popularen Krawall auf dem Forum in vorderster Front mitgewirkt.

Noch heute zeigten sie stolz ihre Narben, die sie als Anhänger des jungen Cäsars, Catilinas oder der popularen Volkstribunen bei den Schlägereien mit den Anhängern der Optimaten davongetragen hatten. Seit Jahren waren sie wegen ihres Alters nicht mehr aktiv in die Parteikämpfe verwikkelt gewesen, aber als Stammtischstrategen waren sie mit Eifer und Leidenschaft als Wortführer und Stimmungsmacher bei der Sache. Die popularen Führer kannten ihren Einfluß auf das niedrige Volk und hegten und unterstützten sie deshalb nach Kräften. Besonders Vatinius zahlte ihnen eine regelmäßige Subvention und lenkte damit nicht nur diese beiden anerkannten Meinungsbildner in der Subura, sondern mobilisierte auch auf diese Weise diesen volkreichen Stadtteil für die Wahlen und Abstimmungen in der Volksversammlung.

»Lieber Wirt, bist du krank? Seit dem Cäsar seine Wahl zum Konsul vor über fünf Jahren hast du keinen mehr ausgegeben! Was ist los mit dir?« Furca lachte schallend und wischte sich mit dem dreckigen Handrücken den Schweiß von der Stirn. »Was also ist los? Dein Geiz ist doch in allen Gassen der Subura so berühmt wie die Säure von deinem beschissenen Wein! Hast du geerbt? Oder was ist passiert?«

»Ja«, rief der alte Burrus und rülpste ein wenig, »du hörst es, wie dein gepanschter Wein uns sauer aufstößt, was, Leute?« Beifall heischend sah er sich in der Gaststätte um. Alle Tische und Bänke waren besetzt. »He, ihr da«, rief Burrus, »habt ihr's mitgekriegt? Der Wirt hat uns einen ausgegeben! Los Wirt, sag uns, was passiert ist!«

»Ja, Leute, auch ich feiere heute Cäsar seinen Sieg über die Germanen! Mein Sohn Aulus dient bei ihm in der zehnten Legion! Ich habe einen von die Helden in der Verwandtschaft, die Rom vor dem Ansturm dieser Barbaren gerettet haben. Deshalb dürft ihr beiden heute auf meine Kosten und zu Ehren von Cäsar und meinem Sohn euren Becher heben. Unser Cäsar soll leben! Hoch Cäsar und unsere unüberwindlichen Legionen!«

Alle Zecher brüllten ihr Hoch, daß die Scheiben der winzigen Fenster klirrten. Als wieder Stille eintrat, sagte der Wirt, an Burrus und Furca gewandt: »Ich bin nach so einem Sieg stolz, ein Römer zu sein, meine Freunde! Wir sind die Besten, aber es ärgert mich, wie manche von die Optimaten den Sieg verharmlosen und unseren Cäsar in den Schmutz ziehen wollen!«

»Was«, rief Burrus, und Empörung klang aus seiner Stimme. »Wer verunglimpft hier unseren Cäsar? Wem seine Fresse muß ich polieren?« Er war aufgesprungen und blickte sich im Kreis der Zecher und Bezechten um. »Also raus mit der Sprache! Wer beleidigt unseren Cäsar?«

»Beruhige dich doch, Burrus, hier hat Cäsar nur Freunde!« Der Wirt legte ihm begütigend die Hand auf die Schulter und drückte ihn sanft auf seinen Hocker zurück. »Niemand hier hat was gegen unsere Soldaten oder Cäsar. Es ist wieder dieser verfluchte Cato, wo im Senat gegen ihn hetzt! Hier, trink erst noch einen, dann erzähle ich dir und den anderen, was ich heute auf dem Weinmarkt gehört habe.«

Burrus brummte etwas Unverständliches und hielt dem Wirt seinen leeren Becher hin. »Der geht doch auch auf deine Rechnung, nicht wahr? Und nun erzähl, was dieser Lump von Cato wieder gegen unseren Cäsar im Schilde führt! Wenn es was Gemeines ist, ziehen wir morgen vor dem sein Haus! Abbrennen, sage ich nur. Abbrennen und ausräuchern! Dem Lumpen werden wir den Arsch aufreißen, daß er sich mit seine Gedärme die Sandalen schnüren kann!«

»Also Leute, das war so«, sagte der Wirt. Es war auf einmal mucksmäuschenstill in der Gaststube, denn alle wollten hören, was dieser Cato wieder gegen Cäsar vorzubringen hatte. »Also«, fuhr der Wirt fort, »als dem Cäsar sein Bericht ankam und im Senat verlesen wurde, waren die hohen Herren ganz begeistert. Sie sollen sich, und das ist ganz ungewöhnlich bei diese vornehme Pinkeln, sogar dazu haben hinreißen lassen, laut Beifall zu klatschen. Sonst bringen sie nur das übliche vornehme Gemurmel hervor, wenn sie ihre Zustimmung auszudrücken wollen. Alle waren jedenfalls einverstanden, und als Pompeius und dieser Schleimscheißer Cicero beantragten, Cäsar zu danken und ihm eine öffentliche Subvention oder Jublicatio oder wie das Ding heißen mag zuzusprechen, ist dieser Cato aufgestanden und war dagegen.

Und nun kommt's, Leute. Er war nicht nur dagegen, das kennt man ja bei dem, er hat doch tatsächlich beantragt, unseren Cäsar zu bestrafen und ihn an die Germanen auszuliefern!« Der Wirt machte eine Pause, um seinen Zuhörern Gelegenheit zu geben, Dampf abzulassen und ihrer Empörung über diesen tückischen und verräterischen Antrag durch lautstarke Proteste Ausdruck zu verleihen.

»Unglaublich«, brüllte Furca, »das ist einfach unglaublich! Was bildet dieser Holzkopf sich ein? Unseren Cäsar an die Germanen ausliefern? Der Mann ist verrückt! Verrückt, sage ich! So etwas fällt doch nur einem Verrückten ein! Hast du dir nicht verhört? Auf dem Markt gibt es viel Geschwätz, du hast das sicher in den falschen Hals gekriegt! Selbst der hinterhältige Cato mit seinem Haß auf Cäsarn kann nicht so dumme Anträge stellen!«

»Ich habe auch erst geglaubt, da erzählt mir einer Märchen. Aber es stimmt! Vatinius, der im Senat dabei war und den ich zufällig am Forum getroffen habe, hat es mir bestätigt!«

»Aber warum stellt dieser Schuft solche irre Anträge?« Burrus schüttelte den Kopf. »Von dem Cato sind wir ja allerhand gewöhnt, aber er muß doch seinen Antrag begründen. Was hat er denn angeführt gegen Cäsar?«

»Nun, Vatinius habe ich genau diese Frage gestellt. Und wißt ihr, was er geantwortet hat?« Der Wirt wartete nicht, bis einer seiner Zuhörer etwas sagen konnte. »Er hat, verstehe das, wer will, folgendes vorgetragen: Cäsar habe sich in schwerwiegender Weise am allen Völkern heiligen Völkerrecht vergriffen. Gesandte stünden unter dem Schutz der Götter, und niemand dürfe sie töten, verletzen, bedrängen oder gefangennehmen. Genau dies habe Cäsar aber getan, indem er die germanischen Abgesandten habe festnehmen lassen, die zu Friedensverhandlungen in sein Lager gekommen seien. Er habe ihnen außerdem einen Waffenstillstand gewährt. Trotzdem habe er sie angegriffen. Das alles seien schwerste Verstöße gegen das Kriegsrecht. Um die Götter zu versöhnen und Schaden von Rom abzuwenden, müsse Cäsar den Germanen daher zur Bestrafung ausgeliefert werden!«

»Eine bodenlose Frechheit! Was bildet dieser Hundsfott sich ein! Und dem sein Trick mit unsere Götter! Die waren doch für Cäsarn, hätte er sonst gesiegt? Und diese teuflische Barbaren, gilt für solche überhaupt das Völkerrecht?« Burrus war vor Aufregung ganz rot geworden. Sein feistes Gesicht spiegelte seine Entrüstung über diesen gemeinen Anschlag auf Cäsar wieder. »Cato ist nicht nur ein Verräter, sondern auch ein Dummbeutel! Die Germanen haben doch den Waffenstillstand gebrochen und dem Cäsar seine Reiter überfallen. Wer gehört also ausgeliefert? Und niemand prügelt das dem Cato ein! Alles Feiglinge und Verräter!«

»Ja, Burrus hat recht! Prügel sind die richtige Medizin für die vom Senat! Was sagt Vatinius dazu?« Furca sah den Wirt fragend an. »Der muß doch was machen gegen dem Cato seine infamen Anträge!«

»Das hat er getan, liebe Freunde, beruhigt euch und seid unbesorgt! Nicht nur Vatinius hat Catos Unverschämtheit sofort zurückgewiesen! Auch Pompeius und Crassus haben sofort protestiert! Und dann haben sie über die Anträge, Cäsar für seine Siege zu ehren, die Senatoren abstimmen lassen. Der Senat hat fast einstimmig dafür votiert und dem Cato seine Anträge zurückgewiesen!«

Man hörte förmlich, wie die Quiriten aufatmeten. »Unser Cäsar ist gerettet«, rief Burrus erleichtert. »Und jetzt geb' ich einen aus! Das muß gefeiert und begossen werden! Und morgen geht's zu Cato seinem Haus!«

3

Cäsar merkte am Zustrom zahlreicher junger Aristokraten und an einer noch größeren Zahl von Rittern, die sich bei ihm um Verwendung als Offiziere in seiner Armee bemühten, daß sich nach seinen Siegen in Gallien und dem Amtsantritt der neuen Konsuln Pompeius und Crassus in Rom das Blatt wieder zu seinen Gunsten gewendet hatte. Schon zu Beginn des Jahres hatte er einigen Anhängern aus ritterschaftlichen Familien Legatenstellen in seinem Heer angeboten, und so hatte er aus den Reihen der aufstrebenden Familien nicht nur tüchtige Offiziere wie C. Trebonius, C. Vibius Pansa und L. Munatius Plancus für sich gewinnen können, sondern auch etliche jüngere Patrizier wie Marcus Aemilius Lepidus.

Alle diese jungen Leute empfing er mit äußerster Liebenswürdigkeit und gewann sie so auch persönlich für sich. Cäsar war von Natur aus liebenswürdig; aber er hatte inzwischen eine Art im Umgang mit jungen, begeisterungsfähigen und strebsamen Leuten entwickelt, die nichts mehr von dem herzlichen und vertrauten Ton an sich hatte, in dem er mit seinen alten Freunden Cotta und Labienus aus der Zeit der gemeinsamen Anstrengungen um das nackte Überleben verkehrte. Bei diesen jungen Männern war er der Chef, der Leistung und widerspruchslose Einordnung als selbstverständliche Voraussetzungen forderte, Erfolge belohnte, dienstliche Nachlässigkeiten scharf rügte und Versagen schonungslos bestrafte.

Niemand bezweifelte seine Autorität, alle folgten ihm blindlings und voller Vertrauen und wetteiferten um seine Gunst und seine Anerkennung. Wie die einfachen Soldaten gingen sie für ihn durchs Feuer und entwickelten trotz des Abstandes, den Cäsar zu ihnen hielt, eine nur auf seine Person bezogene Bindung. Genau das hatte Cäsar beabsichtigt. Er und nicht der Senat oder die Konsuln in Rom waren für sie die letzte Instanz, und ohne daß sie es merkten, wuchs bei ihnen wie schon vorher bei den Soldaten mehr und mehr das Gefühl, eher Leute ihres Feldherrn als solche der Römischen Republik zu sein.

Sein Vertreter und Freund Labienus sah diese Entwicklung nicht ohne Sorge. Abends, wenn er und Cotta bei Cäsar saßen und, wie in letzter Zeit immer öfter, der alten Gemeinsamkeiten gedachten und sich beim Wein entspannten, schnitt er dieses Thema immer wieder vorsichtig an.

»Du weißt, lieber Cäsar, wie wir früher oft beklagten, daß die Soldaten nicht mehr Rom dienten, sondern sich nur noch ihrem Feldherrn verpflichtet fühlten. Sulla war für uns dabei das besonders abschreckende Beispiel. Wir hatten hierin nicht nur den Niedergang der römischen Staatsgesinnung gesehen, sondern auch die Befürchtung gehegt, daß ein ehrgeiziger Kommandeur, gestützt auf seine nur ihm gegenüber loyalen Truppen, die Herrschaft über den Staat erringen könnte und die mühsam von der Gewaltherrschaft der früheren römischen Könige erkämpfte Freiheit wieder verloren gehen könne.

Darum waren wir Popularen gegen Sulla, und dafür haben wir unser Leben riskiert! Natürlich stehst du nicht in Verdacht, ein neuer Sulla zu sein oder einer werden zu wollen, aber findest du nicht auch, daß die Liebe der Soldaten und die schwärmerische Verehrung deiner Person bei den jungen Offizieren etwas zu weit geht? Wäre es nicht besser, man brächte ihnen bei, daß sie hier für Rom kämpfen und daß sie bei aller berechtigten Begeisterung für dich notfalls für Rom zu sterben hätten und nicht für dich?

Ich weiß, daß dir als Führer der Popularen nicht der Sinn auf Herrschaft und Beherrschung steht, aber wissen das auch die jungen Leute, die dich vergöttern?«

Cotta hatte seinem Freund ruhig zugehört, und auch Cäsar hatte ihn nicht unterbrochen.

»Lieber Labienus«, begann Cotta zögernd und nach Worten suchend, »ich weiß, daß du Cäsar nicht unterstellen willst, in Rom die Herrschaft anzustreben. Und ich weiß auch, daß die Soldaten in ihrer Bewunderung für unseren Feldherrn manchmal ein bißchen übertreiben oder über das Ziel hinausschießen. Aber sieh es doch einmal positiv: Die Truppen gehen für ihren Führer durch dick und dünn! Sie erbringen damit freiwillig Leistungen, wie sie sich ein Führer nur erträumen kann. Und sie folgen Cäsar, weil sie ihm vertrauen, weil sie wissen, daß er mit ihnen in vorderster Linie kämpft, alle Strapazen mit ihnen teilt und sie zum Sieg und zur Beute führt!

Soldaten brauchen einen Abgott, für den sie das Letzte geben. Und bedenke, ohne solche Soldaten gäbe es das Römische Reich nicht! Frage die Soldaten, für wen sie kämpfen. Sie werden dir wie mir antworten: Wir kämpfen für Rom und unseren Feldherrn Cäsar. Sie kämpfen in erster Linie für Rom, und Rom wird für sie durch den jeweiligen Oberkommandierenden repräsentiert. In meiner Legion kämpfen die Soldaten genauso für Rom wie in deiner, und Rom sind dann w i r als Führer unserer Einheiten!«

»Ich glaube, lieber Labienus, ich habe verstanden, was du meinst. Du hast recht, wenn du fürchtest, daß einzelne Soldaten oder Offiziere sich manchmal mehr ihrem Führer als ihrem Land verpflichtet fühlen. Der Staat, das ist ein abstrakter Begriff, den Führer kann man sehen und anfassen. Auf ihn konzentriert sich im Sieg die Bewunderung und in der Niederlage der Zweifel, der Mißmut und die Kritik. Nur wenn der Kommandeur geachtet und anerkannt oder geliebt wird, überwinden die Soldaten in der Niederlage ihre Verzweiflung und fassen neuen Mut! Und Mut brauchen wir, um eine Scharte auszuwetzen und Niederlagen zum Ausgangspunkt neuer Siege zu machen. Denk an die wirklich großen Armeeführer Roms. Sie haben aus Geschlagenen Sieger gemacht. Denk an Scipio, an Fabius Maximus oder Camillus! Sie genossen das Vertrauen und die Liebe ihrer Soldaten und haben unsere geschlagenen Armeen wiederaufgerichtet und zum Siege geführt. Feldherrnkunst ist nötig und gut, aber ohne tapfere und zu allem entschlossene Soldaten kann man nicht siegen!

Und was mich betrifft, weißt du, daß ich nicht nach Herrschaft strebe. Ich bin kein Sulla, und ohne einen nach der Herrschaft dürstenden Feldherrn gibt es auch keine putschenden oder aufsässigen Soldaten! Laß also die Soldaten mir zujubeln, es schadet weder ihnen noch mir! Und treue Veteranen sind überdies gute Wähler. Wenn mein Kommando hier abläuft, will ich mich wieder um das Konsulat bewerben, und dann sollen sich meine Soldaten meiner erinnern.

Jetzt aber, ihr Lieben, wollen wir uns ausruhen, bevor wir morgen wieder über den Rhein gehen, um den Germanen, die schon wieder die Eburonen und zusätzlich auch noch die mit uns verbündeten Ubier bedrängen, eine weitere Lektion erteilen. Vorher aber laßt uns noch etwas von dem köstlichen Fisch probieren, den mir Ambiorix durch seine Fischer hat zukommen lassen. Er ist in Italien völlig unbekannt, lebt im Rhein und wird Lachs genannt, hat ein schönes und zartes rosa Fleisch! Er wird euch munden, meine Freunde. Ich lasse ihn geräuchert oder gesotten servieren, einmal mit süßem Senf, das andere Mal mit einer Sauce aus Dill und Sahne. Greift zu, stärkt euch, nehmt auch noch von meinem guten Weißwein aus Etrurien! Morgen werden wir einen anstrengenden Tag haben!«

4

Aurelia, Witwe des gewesenen Prätors und Statthalters der römischen Provinz Asien, grüßt ihren Sohn Caius und wünscht ihm Gesundheit und Zufriedenheit!

Es ist immer gut, wenn ich Dich, mein lieber Sohn, gleich zu Anfang meines Briefes mit einer frohen Nachricht überraschen kann. Deine Tochter, meine liebevolle Enkelin Julia, ist wieder in anderen Umständen und erwartet im nächsten Jahr die hoffentlich glückliche Geburt eines Kindes.

Wir alle sind außer uns vor Freude, und Dein lieber Schwiegersohn macht uns alle mit seiner Fürsorge verrückt und tut so, als wäre die Schwangerschaft eine fürchterliche Krankheit! Julia darf nichts anfassen, nichts heben, und Archilaos muß sie fast jeden Tag untersuchen und Pompeius über das Ergebnis Bericht erstatten. Julia geht es aber sehr gut, und sie amüsiert sich sehr über die ihrer Meinung nach übertriebene Rücksicht ihres lieben Mannes, ist aber doch darüber, so glaube ich jedenfalls, ein wenig geschmeichelt.

Mir selbst geht es weniger gut, so langsam fordert das Alter doch seinen Tribut. Mir fällt das Gehen immer schwerer, und die Augen wollen auch nicht mehr so richtig. Archilaos sagt zwar, für mein Alter wäre ich noch gut beisammen, aber gutes Zureden ist wohl eine der üblichen Therapien, die Ärzte gern anwenden, wenn sie am Ende ihrer Kunst sind.

Auch unserer Cloelia geht es schlecht. Sie ist ein wenig verwirrt; Archilaos sagt, in ihrem Kopf müsse eine Ader geplatzt sein. Er nennt das einen Schlaganfall, aber er meint, wenn die Adern brüchig werden, bleiben Schäden, die meist nicht mehr zu heilen sind. Cloelia hatte sich fürchterlich aufgeregt, als sie erfuhr, daß bei den Straßenkrawallen, die Anfang des Jahres die Stadt erschütterten, die Banden Milos auf der Via sacra die dort aufgestellten Statuen mutwillig zerstört hatten. Dabei hatten sie auch das Reiterstandbild der Cloelia, der Vorfahrin unserer Freundin, das dort seit Jahrhunderten stand und schon ein bißchen wackelig geworden war, vom Sockel gestoßen und zertrümmert.

Du erinnerst dich sicher noch, daß dieses Standbild ihr ganzer Stolz gewesen ist, und kein Gespräch mit ihr möglich war, ohne daß sie darauf hinwies, von dieser heldenhaften Ahnfrau ihres Geschlechts abzustammen.

Nun war es wohl die Aufregung über diese ungeheure Freveltat des zügellosen Mobs, wie sie sich ausdrückte, die zu diesem Schlaganfall geführt hat. Sie war außer sich vor Wut und verlor ihre Fassung. Stell dir vor, die distinguierte Cloelia hat die Fassung verloren! Als ihr die Nachricht von der Schändung des Denkmals überbracht wurde, sprang sie auf und ging auf den Boten mit geballten Fäusten los, packte ihn an der Toga und trommelte mit den Fäusten so heftig auf seiner Brust herum, daß man das dumpfe Geräusch noch im Nachbarzimmer wahrnahm.

Sie ist jetzt ruhig, aber ihre Erregung ist nur scheinbar abgeklungen. Sie weint viel, und wenn man sie anspricht, kommt sie nach kurzer Zeit wieder auf das Thema zu sprechen. Sie tut mir unendlich leid, denn wir beide und Belliena haben seit unserer Jugend in einer gegenseitigen Vertrautheit gelebt, die Archilaos Symbiose oder so ähnlich nennt. Er hat mir erklärt, daß das die Art und Weise ist, wie verschiedenartige Tiere, zum Beispiel Fische und Krebse, zum gegenseitigen Nutzen zusammenleben. Netter Vergleich, den Archilaos da macht! Bin ich nun Krebs oder Fisch? Ich werde ihn fragen und mich an seiner Verlegenheit weiden, wenn er sich herauszureden sucht!

Hier in Rom ist mittlerweile Ruhe eingekehrt. Cato ist mit seiner Initiative, Dich an die Germanen auszuliefern, abgeblitzt. Pompeius und Crassus haben alles im Griff und bereiten sich auf ihre Statthalterschaften vor. Während Dein Schwiegersohn sich vom Senat die Erlaubnis besorgt hat, Spanien von Rom aus zu regieren, arbeitet Crassus intensiv an den Vorbereitungen zu einem großen Feldzug gegen die Parther, den er von Syrien aus führen will. Von Deinem Beispiel beflügelt, hofft er, Rom eine weitere Provinz zu bescheren.

Er wird in Syrien den Gouverneur Gabinius ablösen, der inzwischen mit einer Armee Ägypten erobert und den König Ptolemäos auf den Thron der Pharaonen zurückgeführt hat. Es war ein blutiger Feldzug gewesen, denn die Ägypter verspürten keine Lust, ihrem abgetakelten alten König wieder zu gehorchen.

Bei dem Kriegszug hat sich übrigens der junge Marcus Antonius besonders ausgezeichnet. Er hat in einer bewundernswerten Attacke die Festung Pelusium gestürmt, die bis dahin als uneinnehmbar galt. Es ist derselbe junge Mann, der für Dich und Belliena die Gebeine Catilinas heimgeholt hatte! Du wirst Dich seiner erinnern. Er ist kühn wie Herkules, von dem er ja angeblich abstammt, dabei aber nicht nur ein Schlagetot, der nur draufhauen kann. Er ist als Soldat eine echte Begabung, sagt Pompeius, der bekanntlich für militärische Talente einen Blick hat. Vielleicht kannst Du den Jungen bei Dir in Gallien gebrauchen. Er hängt jedenfalls noch immer an Dir und sucht eine neue Wirkungsstätte.

Antonius ist übrigens mit uns verwandt, seine Mutter ist eine Julia, Tochter Deines entfernten Vetters Lucius Julius Cäsar. Als Stiefsohn des hingerichteten Catilinariers Cornelius Lentulus Sura ist er, wie seine beiden jüngeren Brüder Caius und Lucius, natürlich Anhänger der Popularen. Er haßt Cicero, Cato und die Optimaten, die er für den Tod seines geliebten Stiefvaters verantwortlich macht.

Natürlich hat Antonius auch Fehler. Sein größter ist, daß er immer mehr Geld ausgibt als er hat. Und das egal, wieviel er hat; es ist immer zu wenig. Großzügig gegenüber seinen Freunden, haßerfüllt gegenüber seinen Feinden, ein guter Soldat, der strategisch planen und denken kann, ein hinreißender Redner, aber auch ein exzessiver Zecher und ein Liebhaber schöner Frauen, das ist Antonius. Erinnert Dich die Beschreibung dieser Eigenschaften nicht an Catilina? Nimm ihn in Deine Dienste. Unter Deinen Fittichen wird er sich entwickeln!

Wenn ich Dir schrieb, daß in der Politik alles zum Besten der Popularen gelaufen ist und läuft, so muß ich eine nicht unwesentliche Einschränkung machen. Bei den Wahlen für das Konsulat für das nächste Jahr hat es eine peinliche und höchst bedauerliche Panne gegeben. Neben Deinem Anhänger Appius Claudius Pulcher, dem Bruder des Clodius, wurde einer Deiner erklärtesten Feinde gewählt, nämlich L. Domitius Ahenobarbus, der Schwager des unerbittlichen Cato!

Pompeius, der für die Nachlässigkeit bei der Organisierung seiner Veteranen zur Wahl verantwortlich ist, bagatellisiert die Angelegenheit zwar. Er meint nämlich, der andere Konsul stehe treu zur Sache und könne seinen Kollegen blockieren, wenn dieser unerwünschte Initiativen gegen Euch anzettelt; aber die Blockiererei ist natürlich auch umgekehrt möglich. Unser guter Sampsigeramos will sich im nächsten Jahr besonders eifrig um innenpolitische Fragen kümmern – darum bleibt er ja schließlich in Rom –, aber ich weiß nicht, ob das ausreicht, den sehr agilen Domitius Ahenobarbus mit Cato im Hintergrund zu stoppen oder wenigstens auszubremsen. Gib also Deinen Leuten hier die nötigen Anweisungen, damit sie notfalls eingreifen können, wenn etwas aus dem Ruder zu laufen droht!

Erstaunlicherweise verhält sich Cicero völlig ruhig. Er schreibt jetzt philosophische Abhandlungen, die ich mir als mit den griechischen Autoren Vertraute sofort gekauft habe. Für mich sind seine Werke keine Offenbarung. Meist hat er alles aus den Schriften anderer ausgezogen, abgeschrieben und dann ausgiebig und weitschweifig kommentiert. Er schreibt gut, aber viel Neues, Originelles oder gar Eigenständiges ist selten dabei. Wie Du weißt, fällt schon seriösen Philosophen das Schweigen schwer, aber Cicero ist wirklich der Gipfel an rauschhafter und manchmal sogar berauschender Geschwätzigkeit! Aber er ist beschäftigt und kommt nicht auf dumme Gedanken, und Du, mein lieber Sohn, brauchst Dir seinetwegen keine Sorgen zu machen.

Zu berichten habe ich noch über ein ungeheures kulturelles Ereignis, das zur Zeit in der guten Gesellschaft d a s Gesprächsthema ist. Vor drei Wochen wurde in einer glanzvollen Vorstellung das neu errichtete Theater des Pompeius eingeweiht. Dieses Theater sprengt nicht nur, was die ungeheuren Dimensionen des Baues betrifft, alles bisher Dagewesene. Es ist nicht nur das erste vollständig aus Steinen errichtete Bauwerk dieser Art und obendrein mit Marmor verkleidet, sondern auch die Bühnenausstattung und die Nebengebäude übertreffen alle anderen Theater. Es ist auf dem Marsfeld errichtet, ein steinerner halbrunder, steil ansteigender Zuschauerraum mit Sitzplätzen für zehntausend Besucher. Die Treppenaufgänge dienen gleichzeitig als Zugang zu einem in die Rückwand des Halbrundes eingebauten Tempel der Venus Victrix, die sich der besonderen Verehrung durch Pompeius erfreut.

Das Halbrund des wirklich grandiosen Zuschauerraumes wird durch eine hohe und reich gegliederte Bühnenwand abgeschlossen, die als Kulisse und Resonanzboden für die Aufführungen dienen soll. Da der Bühnentrakt genauso hoch ist wie der Raum für die Zuschauer, hat das Theater trotz seiner Größe eine unglaubliche Akustik: Selbst auf den von der Bühne entferntesten Plätzen hört man deutlich die Schauspieler. Selbst wenn sie flüstern, ist das Gesagte von überall her zu verstehen.

Hinter dem eigentlichen Theater schließt sich eine ummauerte, mit Arkaden geschmückte rechteckige Flanierzone an, in der allerlei Geschäfte, Trinkstuben und Erholungsstätten untergebracht sind. Das einen ziemlich ausgedehnten Hof mit einem schönen Garten umschließende Arkadenrechteck hat wunderschöne runde Bögen mit feinen, gemeißelten Kapitellen und wird an der dem Bühnentrakt gegenüberliegenden Schmalseite von einem Gebäudekomplex abgeschlossen, in dem neben einer gewaltigen, die Arkaden überragende Säulenhalle allerlei Sitzungsräume untergebracht sind. Im größten der Sitzungssäle hat sich Dein Schwiegersohn selbst verewigt, indem er dort ein überlebensgroßes Standbild seiner selbst – natürlich in Feldherrnpose – hat aufstellen lassen.

Pompeius fühlte sich bemüßigt, mich zum Dank für meine Pflege unserer Julia zur Eröffnungsvorstellung des Theaters in seine mit Säulen und Girlanden aus Marmor und Porphyr verblendete Ehrenloge einzuladen. Sie liegt neben der Loge für die vestalischen Jungfrauen an der rechten Seite des Proszeniums und gewährleistet einen direkten Blick auf die großflächige Bühne. Für mich war diese Aufmerksamkeit unseres Sampsigeramos gleichzeitig eine große Erleichterung, denn so brauchte ich nicht auf die den Frauen zugewiesenen obersten Rängen des Theaters Platz zu nehmen, von denen ich zwar alles hören, aber wegen meiner fortschreitenden Kurzsichtigkeit nur wenig sehen kann.

Vor Beginn der Vorstellung wurden die üblichen Lobreden auf den Stifter gehalten, nachdem dieser unter dem Geschmetter der Fanfaren feierlich mit seinem Gefolge seine Loge betreten hatte. Pompeius war auf Grund des seinerzeit von Dir initiierten und von Labienus beantragten Gesetzes mit seinem goldenen Lorbeerkranz geschmückt in das Theater eingezogen. Du erinnerst Dich sicher noch daran, daß Du ihm dieses Ehrenrecht vor Jahren durch den damaligen Volkstribunen Labienus hast beschaffen lassen. Dazu hatte er als Festgewand die Toga picta angezogen, alles Purpur und Goldstickerei. Er grüßte das Volk mit erhobenem rechten Arm wie ein siegreicher Imperator! Das Volk spürte die Übertreibung und geizte deshalb mit Beifall, denn der Aufritt war auch für den Geschmack unserer Senatoren, die zahlreich erschienen waren, zu pompös und großspurig.

Wir sahen eine wundervolle Aufführung der Medea von Euripides, natürlich im griechischen Original. Es war ein Athener Ensemble, das den klassischen Text wundervoll rezitierte. Die Titelrolle wurde von einem Mann gespielt, wie es in Griechenland üblich ist. Obwohl sich einige unserer römischen Banausen darüber mokierten, muß ich sagen, daß die fürchterliche, Rache schnaubende Medea von einer zarten Frau gar nicht richtig dargestellt werden kann. Euripides hat zwar die ursprüngliche Sage von den Argonauten ein bißchen abgemildert, aber es ist ergreifend und für eine römische Mutter nur schwer nachvollziehbar, wenn die Titelfigur ihre eigenen Kinder, die sie Jason geboren hat, tötet, um sich an ihm für seine Treulosigkeit zu rächen. Aber Asklepiades – so hieß der Darsteller der Medea – verstand es, den Charakter und die jeweilige Gemütslage der tragischen Heldin in allen Nuancen so herauszuarbeiten, daß zum Schluß selbst die Spötter und Skeptiker unter dem Publikum nicht mit Lobsprüchen und Applaus geizten.

Neben den Leistungen der Mimen war für den Riesenerfolg sicher auch die Verwendung des Griechischen ausschlaggebend, denn diese Sprache ist plastischer und weicher als unser manchmal so rauhes und sprödes Latein und eignet sich daher besser, Gefühle und Stimmungen wiederzugeben. Alles in allem war die Aufführung ein Erlebnis, von dem ich noch lange werde zehren können.

Zum Schluß noch eine kleine, aber erfreuliche Mitteilung: Dein Großneffe und seine Schwester Octavia machen bei Gnipho gute Fortschritte. Der kleine Caius ist zwar sehr gefallsüchtig und will ständig gelobt werden, aber er hat Deinen scharfen Verstand! Da er auch sehr zielstrebig ist, denke ich, daß er es in Rom weit bringen wird.

Geschrieben am Tage nach den Nonen des Septembers unter den Konsulat des Cn. Pompeius Magnus und des M. Licinius Crassus.
Aurelia.

5

Der Feldherr machte ein unwilliges und betroffenes Gesicht, als er die Opferhandlung vollzogen hatte. Er hatte, wie immer an den Kalenden des Januar, seinem Hausgott Vediovis ein Schwein geopfert, nicht nur, weil diese einer der drei diesem Gott gewidmeten Tage des Jahres waren, sondern auch, weil er als Chef des Julischen Geschlechtes seine dem Schutzgott der Julier gegenüber obliegenden Pflichten stets sehr ernst genommen hatte. Immer hatte er seinem Gott zu Jahresbeginn ein Schwein oder einen Ziegenbock geopfert, damit dieser weiterhin seine schützende Hand über ihn und sein Geschlecht halte und ihm Glück bringe.

Es war, da es sich um eine Angelegenheit des Familienwohls handelte, eine private, den Staat nicht betreffende Opferfeier gewesen, und immer hatte Vediovis das Opfer angenommen und der Familie das ganze Jahr über seinen Schutz gewährt. Cäsar war stolz auf seinen Gott und auf die Tatsache, daß es immer noch zu den Reservatrechten der Patrizier gehörte, nicht nur amtlich wie andere Magistrate auch, sondern auch privat mit den Göttern Umgang zu pflegen. Nur Patriziern war es nach altem sakralen Recht gestattet, private Auspizien einzuholen und die Götter um ihre Meinung zu befragen und ihren Schutz für die privaten Belange einer patrizischen Familie zu erbitten.

So war es auch an diesen Kalenden des Januar geschehen. Cäsar hatte sich vor Sonnenaufgang mit über den Kopf gezogener Toga auf ein freies Feld in der Nähe seines Lagers bei Aquileja begeben. Sein ihn begleitender Haushofmeister Crastinus, jetzt Primipilus in der zehnten Legion, hatte aus Feldsteinen einen einfachen Altar aufgebaut und Cäsar den quietschenden Eber zugeführt. Er hatte mit der Opferaxt das Tier betäubt und sich dann diskret und gesenkten Hauptes zurückgezogen. Cäsar hatte das noch etwas zuckende Schwein mit frischen Mehl bestreut, die vorgeschriebenen Gebete gesprochen und dann das Tier mit einem schnellen Schnitt durch die Kehle getötet.

Dann hatte er das sprudelnde Blut in einer Opferschale aufgefangen und diese auf den Altar gestellt. Mit dem steinernen Opfermesser – Vediovis duldete kein unreines Metall bei heiligen Handlungen – hatte er das Tier aufgebrochen und die Leber, das Herz und die Nieren auf den Altar legen wollen und dabei entsetzt feststellen müssen, daß das geopferte Schwein nur eine Niere hatte. Dies war ein schwerer und unübersehbarer Makel, der nicht nur die Opferhandlung ungültig machte, sondern darüber hinaus auch noch vermuten ließ, daß Vediovis seiner Familie aus irgendeinem Grunde grollte.

Normalerweise hätte das Opfer sofort wiederholt werden müssen, um Vediovis zu versöhnen, aber Cäsar erkannte an der aufkommenden Morgenröte, daß es nicht mehr möglich sein würde, noch vor dem Aufgehen der Sonne ein zweites Schwein herbeizuschaffen, die rituellen Gebete zu sprechen und den Akt der Opferung zu vollziehen. Er würde bis zum nächsten Tag warten müssen, aber es würde fraglich sein, ob er damit Vediovis würde gnädig stimmen können, denn morgen war nicht dessen Tag. Der ihm geweihte Tag war eben heute, und heute war ein gültiges Opfer nicht mehr möglich!

Den ganzen Tag über war Cäsar mißgestimmt. Er brüllte ganz gegen seine Gewohnheit auf dem Appellplatz herum und schikanierte seine Offiziere. Crastinus, der als einziger den Grund für die schlechte Laune des Feldherrn kannte, besorgte heimlich ein neues Schwein, denn die abergläubischen Soldaten durften auf keinen Fall erfahren, daß Vediovis kein gültiges Opfer empfangen hatte.

Als Cäsar am nächsten Tag kurz nach Mitternacht mit Crastinus und einem unwillig grunzenden Schwein wieder zu dem am Vorabend errichteten Altar kam, waren die Opfergaben verschwunden. Die Opferschale, die das Blut des Opfertieres enthalten hatte, war vom Altar gestoßen worden und lag geborsten einige Schritte vom Altar entfernt. Offensichtlich hatten Krähen oder andere Vögel die Opfergaben verspeist und dabei die Schale vom Tisch des Gottes gestoßen, ein weiteres übles Prodigium dafür, daß Vediovis das Opfer verschmäht hatte und unversöhnt war, denn sonst hätte er die für ihn bestimmten Gaben nicht den Vögeln überlassen.

Cäsar wiederholte das Opfer, aber er mußte feststellen, daß auch das zweite Schwein nicht fehlerfrei war. Es hatte zwar noch beide Nieren, aber auf der Leber bemerkte er ein deutlich sichtbares Geschwür. Auch verströmten die Innereien des Schweines einen schon etwas fauligen Geruch. Besonders letzteres Zeichen war ein eindeutiger Beweis dafür, daß der Gott ihm noch immer zürnte und unversöhnt war, ja sogar dafür, daß er zur Zeit auf eine Fortsetzung seiner engen Beziehungen zu den Juliern keinen Wert legte.

Cäsar straffte seine Gestalt. Er würde ohne Hilfe seines Familiengottes auskommen müssen, jedenfalls in diesem Jahr. Aber was kann schon geschehen, dachte er. Rom ist ruhig, Gallien weitgehend befriedet. Ich werde ein geruhsames Jahr verbringen, Gefahren aus dem Weg gehen und mich vermehrt um den Schutz durch die Venus bemühen. Sie ist die Stammutter meiner Familie, sie wird mir ihre Gunst daher nicht versagen. Getröstet von dieser Erkenntnis kehrte er in das Lager zurück.

6

Schon bald zeigte sich jedoch, daß Cäsar sich geirrt hatte. Das neue Jahr verlief in der Ewigen Stadt keineswegs so ruhig, wie es Cäsar erwartet hatte. Crassus war mit einer Armee nach Syrien gezogen, um von dort aus seinen Feldzug gegen die Parther zu beginnen. Er hatte Pompeius in der Stadt die alleinige Aufsicht übertragen, und dieser tat nichts, um die Zügel straff anzuziehen und alle Umtriebe und Querschüsse der Opposition im Keime zu ersticken. Auf der anderen Seite war die Gruppe um Cato und den Konsul Ahenobarbus zu schwach, irgend etwas gegen den anscheinend in Lethargie verfallenen und völlig passiven Pompeius auszurichten.

Der Triumvir tat buchstäblich nichts, um eine ordnungsgemäße Regierung sicherzustellen. Im Gegenteil, er ließ alle Initiativen der Konsuln durch ihm genehme Volkstribunen unterbinden, die durch ständige Interzessionen gegen Gesetzesentwürfe oder das Einlegen eines Vetos gegen Handlungen der Magistrate selbst den verwaltungsgemäßen Ablauf der Geschäfte lähmten und unmöglich machten.

Gleichzeitig förderte er unter der Hand die Bestrebungen einiger ihm gewogener Volkstribunen, Stimmung für die Einrichtung einer Diktatur zu machen, obwohl er sich öffentlich immer gegen einen Diktator, der naturgemäß nur Pompeius heißen konnte, aussprach.

Der junge Sallustius, der regelmäßig als einer von Cäsars Agenten diesem berichtete, war der Meinung, daß alle Umtriebe der Volkstribunen gegen die Konsuln und den Senat von Pompeius initiiert waren, daß dieser aber sich wie immer aus Vorsicht im Hintergrund hielt und die Zeit für sich arbeiten ließ.

»Er will von den Quiriten gebeten werden, doch bitte, bitte das Amt des Diktators zu übernehmen, um die Ordnung wiederherzustellen. Er tut nichts aus eigenem Antrieb, sondern überläßt die Initiativen seinen Freunden. Er will sagen können, nur die Einsicht, daß eine Diktatur letztendlich nötig sei, um den Staat zu retten, habe ihn nach schweren Bedenken und fürchterlichen Gewissensqualen veranlaßt, dieses Amt zu übernehmen. Und natürlich nur, weil die Bürger flehentlich darum gebeten und ihn dazu mehr oder weniger genötigt haben!

Trotz seines rechtschaffenen Gesichts, das seinen schamlosen Sinn verbirgt, glaubt ihm natürlich keiner seine Heuchelei«, schrieb ihm Sallustius. Und da ihn ohnehin keiner als Diktator will, einschließlich mir, fügte Cäsar in Gedanken hinzu, spielt er weiter den entsagenden und staatstreuen Pompeius und läßt alles staatliche Handeln weiter durch seine Tribunen unterbinden. So haben bisher auch keine Wahlen für das nächste Jahr stattfinden können, und es sieht auch nicht danach aus, daß er sie abhalten läßt. Er glaubt, wenn es im nächsten Jahr keine Konsuln gibt, daß dann die Einsetzung eines Diktators nicht mehr zu umgehen sein wird, damit wenigstens ein Magistrat vorhanden ist, der den Göttern die nötigen Opfer von Staats wegen leisten kann und der die religiösen Spiele organisiert und abhält.

Auch im Senat vertraute natürlich niemand Pompeius oder glaubte an die Lauterkeit seiner Motive. Da man selbst wegen der eigenen Schwäche und Uneinigkeit und der Obstruktion der Volkstribunen keine Möglichkeit sah, der sich ausbreitenden Anarchie zu begegnen, versteifte man sich darauf, einzelne Anhänger des Pompeius, aber auch solche Cäsars, wegen allerlei Verbrechen im Amt anzuklagen und vor Gericht zu bringen. Aber die Triumvirn hatten auch hier Vorsorge getroffen und rechtzeitig die zuständigen Richter bestochen. Cäsar hatte zusätzlich Cicero aufgefordert, die Verteidigung einzelner ihm nahestehender Angeklagter zu übernehmen. Besonders bei dem ihm verhaßten Vatinius hatte sich Cicero zu Anfang gesträubt, aber Cäsar hatte ein Machtwort gesprochen, so daß sich Cicero, wenn auch zähneknirschend, sich fügen mußte. Er erwirkte denn auch für Cäsars wichtigsten Vertreter in Rom einen Freispruch, verlor aber, dafür bei den Optimaten als Verräter gebrandmarkt, den letzten Rest seiner ohnehin schon fast völlig geschwundenen Reputation.

Da in Gallien keine größeren Kämpfe zu erwarten waren, hatte Cäsar beschlossen, erneut nach Britannien überzusetzen und die dortigen Stämme zu unterwerfen. Er landete problemlos mit fünf Legionen, aber ein durchschlagender Sieg wollte ihm diesmal nicht gelingen. Die Briten, in offener Feldschlacht der römischen Kriegstechnik hoffnungslos unterlegen, wichen den Legionen aus, vermieden größere Gefechte und verlegten sich mehr und mehr auf kleine Überfälle und auf das Abschneiden der Nachschubwege. Diese Nadelstiche brachten den Römern erhebliche Verluste, so daß Cäsar froh war, als der Anführer der britischen Stämme sich formal den Römern unterwarf und ihm so die Gelegenheit gab, sich zum Sieger zu erklären und ohne Verlust an Ansehen nach Gallien zurückzukehren.

Gleich nach der Landung auf dem gallischen Festland überbrachte ihm Crastinus einen Brief seiner Mutter, den er hastig öffnete. Cotta, der bei ihm war, sah, wie er erbleichte, den Brief fallen ließ und dann sein Haupt verhüllte. Ihm war klar, daß seinen Freund ein schwerer Schlag getroffen haben mußte, denn er wußte, daß Cäsar nicht dazu neigte, offen vor anderen seine Gefühlswelt zu offenbaren. Er bückte sich und nahm den Brief auf und las die wenigen Zeilen, die Aurelia ihrem Sohn mit zittriger Handschrift geschrieben hatte. Der Brief verzichtete auf alle Formalitäten wie Angabe von Titulaturen und Wohlergehenswünsche.

»Mein lieber Sohn, die Götter strafen uns hart! Soeben erhalte ich von Pompeius die Nachricht, daß Julia gestern abend nach der Geburt einer Tochter verstorben ist. Sie hat nach den Angaben des Arztes während der Geburt einen Blutsturz erlitten, den sie nicht überleben konnte. Auch das Kind, die kleine Pompeia, starb nach einigen Stunden.

Verzeih Deiner Mutter, daß sie Deiner Tochter nicht mehr beistehen konnte, denn ich liege selbst, wenn ich die Miene Archilaos' richtig interpretiere, todkrank darnieder. Vermutlich werde ich, wenn Du diesen Brief erhalten hast, bereits bei meinem lieben Mann im Hades sein. Ich bin eine alte Frau, aber Julia war jung. Warum strafen die Götter sie und nicht mich? Aurelia.«

Es war totenstill im Zelt. Weder Crastinus noch Cotta wagten es, Cäsar in seiner Trauer zu stören. In die Stille hinein erscholl plötzlich lauter Lärm. Soldatenstiefel stampften, Waffen klirrten. Die den Zelteingang verhängende Decke wurde zurückgerissen, und Ambiorix und Labienus stürmten in das Innere des Zeltes, Cäsars Erschütterung nicht bemerkend.

»Herr«, rief Ambiorix aufgeregt, »Herr, die Nervier haben sich erhoben und geschworen, das römische Joch ein für alle Male abzuschütteln. Sie rufen alle gallischen Völker auf, sich ihnen anzuschließen! Du mußt sofort mit deinen Legionen eingreifen, sonst entwickelt sich eine Flächenbrand!«

»Ambiorix hat recht,« bestätigte Labienus das Gesagte. »Deine Truppen sind wegen des Feldzuges gegen die Britannier fast alle an der Kanalküste einquartiert. Wir müssen sie, auch wegen der besseren Versorgung mit Getreide, über Gallien verteilen, damit die Stämme die römische Präsenz spüren und nicht auf dumme Gedanken kommen! Ich erhielt eben die Meldung, daß die Carnuten den von dir eingesetzten König ermordet haben. Schick auch zu den Carnuten Truppen, damit sie es nicht wagen, sich dem Aufstand anzuschließen! Die Carnuten bewachen die Brücken und Furten über den Liger und damit unsere Verbindungen nach Süden! Die Wege nach Rom müssen offen bleiben, wenn wir im Norden gegen die Nervier vorgehen!«

Cäsar war sofort aus seiner kurzen Erstarrung erwacht. Ruhig, als wäre nichts gewesen, hörte er den Erklärungen und Vorschlägen der beiden zu und traf dann seine Entscheidungen.

»Labienus, du wirst mit deiner Legion in das Gebiet der Treverer ziehen. Von dort kannst du sowohl dieses Volk bei unseren Fahnen halten als auch die Legionen des Q. Cicero und des Titurius Sabinus unterstützen, falls sie angegriffen werden. Letzterer steht bei den Resten der Stadt der Aduatuker in einem festen Lager. Er hat dort die Rheingrenzen im Blick und soll deine Eburonen, lieber Ambiorix, vor Überfällen von jenseits des Rheines bewahren. Dich, Cotta, werde ich zur Unterstützung des Titurius mit fünf Kohorten deiner Legion dorthin senden. Die anderen fünf Kohorten schicke ich nach Süden an den Liger, um die Carnuten zu bändigen. Deine fünf und die zehn Kohorten des Titurius werden dann die Germanen besser, als er es alleine vermöchte, abschrecken, über den Rhein zu kommen und den Nerviern zu helfen. Deshalb dürft ihr, außer wenn die Germanen den Fluß überschreiten, unter keinen Umständen das Lager verlassen. Eure Truppen sind als Drohkulisse vor Ort nötig, daher müssen sie unter allen Umständen dort verharren. Schärfe das bitte dem Titurius Sabinus ein!«

Cäsar machte eine kleine Pause, sammelte sich und wandte sich dann mit einem gewinnenden Lächeln seinem gallischen Freund und Verbündeten zu.

»Dir und deinen tapferen Kriegern, lieber Ambiorix, übertrage ich die Aufgabe, den Nerviern den Rückzug nach Norden und über den Rhein abzuschneiden, wenn ich sie mit drei Legionen von Süden her angreife. Es wird ein schönes Kesseltreiben geben, wenn wir die Nervier von Süden und Norden gleichzeitig angreifen! Als Beute winkt dir und deinen Leuten die andere Hälfte des Nervierlandes. Begib dich noch heute zu deinem Volk! Ihr müßt mit euren Vorbereitungen fertig sein, wenn ich in einigen Tagen abmarschiere und gegen die Nervier ziehe.«

Nach der Befehlsausgabe blieb auf einen Wink Cäsars nur Cotta bei ihm. »Du hast den Brief meiner Mutter gelesen?«

»Ja, mein Freund! Ich bin erschüttert. Die liebe lebensfrohe und so kluge Julia! Ich weiß nicht, was ich dir zur Tröstung sagen soll!« Cotta blickte verlegen zu Boden. Ich kenne Cäsar nun schon seit seiner Kinderzeit. Wir sind immer enge Freunde gewesen, aber dennoch ist es selbst mir nie möglich gewesen, die Mauer, die Cäsar in persönlichen Angelegenheiten um sich aufgebaut hatte, zu durchbrechen. Er läßt bei aller Vertrautheit und Herzlichkeit eigentlich niemanden an sich heran, dachte er. Um ihn ist eine Aura, die aus Scheu vor seiner Persönlichkeit niemand zu verletzen wagt. Immer schon war er unnahbar, wenn es um ihn und seine Angelegenheiten ging. Aber jetzt? Jetzt ist er den Freunden noch mehr entrückt als sonst, dachte er. Ich würde ihm gerne helfen, aber wie kann man das, wenn der, dem man helfen will, sich jeder persönlichen Ansprache entzieht?

»Lassen wir das mit Julia«, hörte er die Stimme Cäsars. »Der Ratschluß der Unsterblichen ist unerforschlich. Wir, die schwachen Menschen, müssen lernen, das uns bestimmte Schicksal anzunehmen. Niemand weiß genau, was die Götter wollen und was sie mit uns vorhaben. Mich straft Vediovis, weil ich das ihm gebührende Opfer nicht den rituellen Vorschriften gemäß zustande gebracht habe. So jedenfalls würden es die Auguren erklären. Aber wer weiß schon, warum sie dem einen wohl wollen und andere, die sich viel mehr um ihre Gunst bemüht haben, nicht geneigt sind?« Cäsar zuckte resignierend mit den Schultern.

»Du, aber, mein Freund, siehst besorgt aus. Sage mir, mein Cotta, was bedrückt dich? Es ist doch nicht nur deine Anteilnahme am Tod meiner lieben Tochter?«

Cotta fühlte sich unwohl. Er merkt doch alles, dachte er. Zögernd begann er zu sprechen: »Ich weiß nicht recht, wie ich es dir erklären soll. Ja, ich bin beunruhigt. Es ist sicher nur ein Aberglaube, und sicher wirst du mich auslachen. Du erinnerst dich bestimmt noch an meine Thrasylla. Sie hat vielen Menschen das Schicksal vorausgedeutet. Oft waren ihre Sprüche geheimnisvoll und vage, so daß viele ihre Weissagungen nicht verstanden, bis es zu spät war! Mir hat sie nie wahrgesagt, aber zum Abschied hat sie mir einen Zettel hinterlassen. Darauf hatte sie geschrieben, ich solle mich hüten, jemals zusammen mit einem Sabiner zu kämpfen. Ich habe dieser Warnung bisher keinerlei Bedeutung beigemessen. Aber nun hast du mir und Titurius Sabinus – und Sabinus heißt doch: ‚Der Sabiner' –, eine gemeinsame Aufgabe zugewiesen, bei der es durchaus zu einem gemeinsamen Kampf, etwa gegen die Germanen, kommen kann. Nicht, daß ich mich fürchte, aber ein ungutes Gefühl habe ich doch!«

Cäsar sah seinen Freund mitleidig an. »Aberglaube, reiner Aberglaube, mein Lieber! Meiner Mutter hat Thrasylla vorhergesagt, daß sie Mutter und Großmutter von Göttern wird! Lächerlich, wie du zugeben wirst. Aber wenn du lieber nicht zu Titurius Sabinus willst, sage es. Ich schicke dann Trebonius!«

»Du glaubst doch nicht im Ernst, daß ich mich wegen dieser Sache von meinen Pflichten abhalten lassen würde? Wahrscheinlich hast du recht, daß Thrasylla sich geirrt hat. Nichts als Hirngespinste einer besorgten Frau! Aber selbst, wenn sie mit ihrer Warnung recht hätte, könnte mich das nicht von der Erfüllung meiner Pflichten abhalten! Ich bin römischer General, und wenn man das ist, kneift man nicht, sondern weiß im Ernstfall in Würde zu sterben! So jedenfalls haben es meine Vorfahren gehalten, und ich werde nicht der erste sein, der von dieser Maxime abweicht!«

Cäsar wollte noch etwas sagen, aber Cotta hatte sich bereits abgewandt und in militärisch einwandfreier Haltung – Kopf hoch, Brust raus, Bauch rein – mit durchgedrücktem Rückgrat und schnellem Schritt das Zelt verlassen.

Müde und resigniert bedeckte Cäsar mit einer Handbewegung wieder seinen Hinterkopf und wandte sich dem kleinen Hausaltar zu, den er auf allen seinen Reisen mit sich führte. Er öffnete die Flügel des Altaraufsatzes und betrachtete lange die kleine geschnitzte Elfenbeinfigur des Julischen Hausgottes Vediovis. »Warum strafst Du Julia, wenn Du mich meinst? Ihr Götter seid grausam und herzlos, sonst hättet Ihr mir meine Julia nicht genommen!« Cäsar schwieg und lauschte auf die Geräusche von draußen, fast als erwartete er eine Antwort seines Gottes auf seine Fragen. Es war merkwürdig still im Lager. Nur in der Ferne jaulte einer der Hunde, die auf der Suche nach etwas Freßbarem durch das Lager strichen. Es war ein klägliches Jaulen, dachte Cäsar, aber immerhin eine Antwort auf meine Frage. Er schloß die Flügel des Altaraufsatzes, straffte seine Gestalt und rief mit energischer Befehlsstimme nach Crastinus. »Bereite alles vor! Wir brechen morgen in aller Frühe auf. Du wirst den Legaten L. Aurunculeius Cotta begleiten. Du hast von mir den besonderen Auftrag, über sein Leben zu wachen. Weiche also nicht von seiner Seite und sorge dafür, daß ihm nichts passiert. Du bist mir für sein Leben verantwortlich!«

7

Ambiorix hatte mit seiner Begleitung als erster das Lager verlassen und war nach Norden geritten. Durch Boten hatte er die Fürsten der belgischen Stämme in seine befestigte Stadt an der Mosa eingeladen, um mit ihnen die Lage zu besprechen. Trotz vieler Bedenken hatten sich die belgischen Fürsten bei ihm eingefunden. Sie wußten nicht, was Ambiorix von ihnen wollte, den sie als Römling zumeist verachteten, denn sie hatten sich zwar alle, bis auf die aufständischen Nervier, Cäsars überlegenen Kräften gebeugt und Bündnisse mit ihm abgeschlossen und ihm Geiseln gestellt, aber im Herzen haßten sie die römischen Zwingherren.

Sie waren dennoch alle gekommen, teils aus Neugier, was denn Ambiorix aus dem römischen Lager zu berichten habe, teils aus Vorsicht, um den erklärten Günstling Cäsars nicht durch ihre Abwesenheit zu verprellen. Es war ratsam, mit den mächtigen und kriegstüchtigen Eburonen und ihrem Führer in guter Nachbarschaft zu leben und ihnen keinen Anlaß zu geben, ihrem ohnehin vorhandenen Drang zu folgen, ihr Gebiet auf Kosten anderer zu erweitern .

»Seid willkommen, liebe Freunde«, begrüßte Ambiorix die versammelten Oberhäupter der im gallischen Norden siedelnden Volksstämme. »Ihr werdet euch gewundert haben, weshalb ich euch zu mir gebeten habe. Ich weiß, ihr haltet mich für einen Verräter, ein von Cäsar gekauftes Subjekt, der lieber ein goldenes Halsband aus Rom trägt und mit den römischen Weibern schäkert und der, geblendet vom Luxus der römischen Welt, fast selbst schon zum Römer geworden ist.

Der Schein trügt! Ihr habt euch täuschen lassen, wie sich auch die Römer in mir getäuscht haben. Man muß manchmal mit den Wölfen heulen, wenn man sein Ziel erreichen will! Ihr habt euch gegen Rom aufgebäumt und seid tapfer, aber unbedacht gegen einen von Anfang an überlegenen Feind ins Feld gezogen. Ihr kennt das Ergebnis! Ihr habt eure Freiheit, einen Teil eures Landes und viele tapfere Männer verloren und habt euch am Ende doch den Römern beugen müssen.

Ich habe mich unterworfen, habe Freundschaft geheuchelt und genieße nun das Vertrauen Cäsars. Ich mußte das tun, obwohl Verstellung und Leisetreterei meiner Natur zuwider sind. So habe ich meinen Haß auf die Römer verborgen und meinen Ekel vor diesen hochmütigen Besatzern unterdrückt! So habe ich mich in die Herzen dieser großmäuligen Fremden eingeschlichen und bin sogar Cäsars Vertrauter und Ohrenbläser für gallische Angelegenheiten geworden. Er hört auf mich, sucht meinen Rat und bespricht mit mir alle wissenswerten Dinge, deren Kenntnis uns helfen wird, seine Pläne zu durchkreuzen.

Und was ebenso wichtig ist: Meine Leute und ich haben von den Römern gelernt, wie man Kriege führt. Tapferkeit und Heldenmut sind gut für den Ruhm, aber wir brauchen vor allem Erfolge! Um Erfolg zu haben, muß zur Tapferkeit die Kriegskunst kommen, wie die Römer sie uns erfolgreich vorexerziert haben. Taktik, bessere Ausrüstung, überlegte Planung und List müssen die Tapferkeit ergänzen! Ruhm zu ernten ist gut, aber nur, wenn er dem überlebenden Sieger, nicht dem in Ehren untergegangen Verlierer zufällt!

Ich habe also bei den Römern gelernt, und so weiß ich jetzt, wie man sie besiegen kann. Ich kenne Cäsars Pläne, und zu seinem Verderben hält er mich für seinen über jeden Zweifel erhabenen Freund. Er glaubt fest, ich sei sein Verbündeter, und diesen Glauben müssen wir so lange wie möglich aufrechterhalten. Die Nervier haben sich erhoben, und überall gärt es in Gallien, überall ist man der römischen Herrschaft und des Zwanges überdrüssig. Cäsar weiß das, und daher hat er seine Armee aufgesplittert und seine Legionen über das ganze Land verteilt. Ich hoffe, dies wird sein Untergang sein. Das ist unsere Chance, denn dadurch können wir seine Legionen einzeln angreifen und vernichten!«

Ambiorix merkte, daß seine Zuhörer, die erst unruhig gewesen waren, nun gebannt an seinen Lippen hingen. Er hatte sie offensichtlich erreicht. Alle diese eigensüchtigen Fürsten, die sonst nur an ihr eigenes Wohlergehen dachten, alle diese kurzsichtigen Intriganten und kleinkarierten Feilscher um persönliche Vorteile hörten ihm nicht nur zu, sondern waren auch bereit, ihm in den lange geplanten Aufstand zur Befreiung vom römischen Joch zu folgen.

»Hört also meinen Plan! Alle Völker stehen am gleichen Tage gegen Rom auf. Als erstes werden die römischen Beamten und Kaufleute getötet und diese widerlichen und gierigen Zöllner, die Landmesser und all das andere Geschmeiß von Ausbeutern und Blutsaugern. Dann werden wir die kleinen, weit verstreuten Wachtposten überfallen und niedermachen. Keiner, der Cäsar warnen kann, darf entkommen.

Danach erst greifen wir die Legionslager an, die Cäsar in Nordgallien in unseren Gebieten errichtet hat. Es sind drei Lager, gut befestigt und geschützt. Wir müssen sie jetzt, wo der Winter vor der Tür steht, einschließen und von aller Versorgung abschneiden. Die Römer müssen dann, wenn Cäsar von der Belagerung nichts erfährt und sie nicht entsetzt, entweder verhungern oder aus dem Lager ausbrechen. Brechen sie aus, werden wir die vom Hunger und den Verlusten geschwächten Soldaten auf dem Marsch im unwegsamen Gelände immer wieder überfallartig angreifen und sie aufreiben. Wie ein Schwarm wilder Hornissen fallen wir von allen Seiten und Tag und Nacht über sie her. Wir werden ihnen keine Ruhe gönnen und keine Verschnaufpause, bis wir sie alle erschlagen haben!

Selbst wenn einige sich zu Cäsar, der mit drei Legionen nach Norden in das Gebiet der Nervier zieht, durchschlagen können, sind sie nicht mehr viel wert, ausgehungert, verwundet und gedemütigt, wie sie sein werden. Sie werden keine Kampfmoral mehr haben und den erlebten Schrecken auf Cäsars Legionäre übertragen und so auch deren Moral schwächen!

Wichtig für unseren Erfolg ist es auch, daß wir den Troß der Römer mit den Kampftruppen vernichten. Erschlagt daher die Fuhrleute und Knechte ebenso wie die mitziehenden Handwerker! Keiner der vielen Schmiede, Bäcker, Schlachter, Sattler und Wagenbauer darf entkommen. Diese Zivilisten sind es, die die Kampfkraft der römischen Armee stärken, weil sie die marschierenden Truppen versorgen, die Waffen und das Kriegsmaterial pflegen und reparieren und so die Legionen von großen Depots und Basislagern unabhängig machen. Tötet also nicht nur die Legionäre, sondern schlachtet auch den Troß! Und vergeßt auch die zahlreichen Huren nicht. Es werden keine Gefangenen gemacht! Schlagt sie, bis die Blutsäufer in ihrem eigenen Blut ersticken!

Unser Erfolg wird sich schnell herumsprechen und andere Stämme ermutigen, sich unserer Erhebung anzuschließen. Am Ende eines allerdings sehr langen und sehr blutigen Kampfes werden wir die Römer aus Gallien verjagt haben und frei sein!«

Die gallischen Fürsten waren wie elektrisiert. Mit lautem Zuruf und Jubel umringten sie Ambiorix, hoben ihn auf ihre Schultern und trugen ihn durch ihre Reihen.

»Freunde«, rief Ambiorix mit sich überschlagener Stimme und breitete die zum Himmel gestreckten Arme aus, »ich weiß eure Begeisterung zu schätzen! Ich danke euch, daß ihr mir folgen wollt. Geht und meldet euren Völkern: Der Tag der Befreiung ist nahe! Mobilisiert eure Krieger, schärft die Waffen und nährt den Haß auf die Unterdrücker! Es wird nicht leicht sein, aber wir können und werden sie besiegen!

Aber erst hört, wie ich mir den Aufstand vorstelle. In unserer Nähe liegen drei römische Lager. Am weitesten entfernt ist das von Labienus befehligte im Gebiet der Treverer. Ganz in der Nähe, in der ehemaligen Stadt der Aduatuker, haben sich fünfzehn Kohorten unter Titurius Sabinus und Aurunculeius Cotta verschanzt. Vierzig Meilen weiter westlich liegt die Legion des Q. Cicero. Nicht nur, weil die Soldaten des Sabinus und des Cotta am nächsten zu uns liegen, werden wir sie zuerst angreifen. Sabinus befehligt auch die stärkste Truppe und hat das am besten befestigte Lager. Wenn wir diese Gruppe ausgeschaltet haben, fallen wir über Cicero her und gehen zum Schluß gegen Labienus vor. Ich hoffe, daß die Treverer sich uns anschließen werden, wenn sie hören, daß wir Sabinus mit Cotta und Cicero vernichtet haben und für Labienus deshalb keine Hilfe von diesen mehr zu erwarten sein wird.«

Schon wenige Tage später führte Ambiorix seine Eburonen vor das Lager der Römer in der ehemaligen Stadt der Aduatuker. Im ersten Anlauf erschlugen seine Krieger zahlreiche außerhalb des Lagers mit der Futtersuche für ihre Maultiere und Pferde beschäftigte Legionäre, die die verbündeten Eburonen arglos freudig begrüßt hatten. Nur wenigen gelang die

Flucht ins Lager, um die Schreckensmeldung zu überbringen.

Dort bewährte sich die römische Disziplin wieder einmal. Bevor die Eburonen den Wall und die Mauer erreicht hatten, waren die Verteidiger zur Stelle und schlugen mit Leichtigkeit den ungeordneten Angriff der an einen leichten Sieg glaubenden gallischen Krieger ab.

Von dieser Schlappe ernüchtert, bot Ambiorix Verhandlungen an, um die Römer zum Abzug aus der Stadt zu bewegen. Er bedauere den Vorfall sehr, aber er sei von seinen Leuten zu dem Angriff gezwungen worden, als diese von der Vernichtung der drei Legionen des Cäsar durch die Nervier gehört hätten. Er sei natürlich noch immer der Freund der Römer und wolle, daß sein alter Kamerad Titurius keine Schaden erleide. Er biete daher einen ehrenvollen freien Abzug in Waffen unter Mitnahme aller Habe an. Das Ziel, Labienus‘ oder Ciceros Lager, könne er, Titurius, selbst bestimmen.

»Du hast gehört, was Ambiorix anbietet, lieber Cotta«, sagte Titurius Sabinus zu seinem Kollegen. »Ich denke, wir sollten sein Angebot annehmen. Hier können wir uns nicht mehr lange halten, weil die Vorräte zur Neige gehen.«

»Ich halte das für einen gravierenden Fehler. Du kannst doch Ambiorix nicht mehr trauen. Er wird uns in eine Falle locken, und auf dem Marsch sind wir ihm ausgeliefert. Er kann uns angreifen, wann er will und wo er will, und das von allen Seiten, wie es ihm gerade paßt. Und bedenke, wir haben strikten Befehl von Cäsar, das Lager nicht zu verlassen. Und ob Cäsar überhaupt angegriffen, geschweige denn besiegt wurde, wage ich zu bezweifeln!«

»Laut Ambiorix *ist* Cäsar geschlagen, vielleicht sogar schon tot! Wir müssen daher eigenverantwortlich handeln. Natürlich sehe ich die Gefahr, aber wir haben die Chance, Cäsar, wenn es ihn noch gibt, fünfzehn Kohorten zuzuführen. Und die wird er nach seinen Verlusten gegen die Nervier bitter nötig haben. Kurzum, morgen früh werde ich Ambiorix meine Entscheidung mitteilen und zu Cicero ziehen. Vierzig römische Meilen sind keine zu weite Entfernung; die schaffen wir in zwei, höchstens drei Tagen. Wir helfen damit uns aus der Patsche und verstärken Ciceros Truppen. Zweieinhalb Legionen werden sich dann besser verteidigen können als anderthalb!«

Noch in der Nacht schickte Cotta heimlich Boten aus, die Cäsar über den Verrat unterrichten und warnen sollten. Da die Gallier ihren Aufstand feierten und nur wenige Wachen aufgestellt hatten, schlüpften die Boten unbemerkt durch den Belagerungsring und erreichten fünf Tage später Cäsar, der sofort seine drei Legionen alarmierte und mit ihnen zum Entsatz der belagerten Festung auszog. Von dem Beschluß, das Lager zu verlassen, wußte er nichts, da Titurius Sabinus seine Entscheidung erst mit Ambiorix absprechen wollte, bevor er sie seinen Kohorten bekanntgab.

8

Cäsars Legionen näherten sich in Eilmärschen der Mosa. Es war ein beschwerlicher Marsch, denn der Winter war in diesem Jahr vorzeitig eingebrochen. Die Wege waren von heftigen Regengüssen aufgeweicht und schwer passierbar. Kalte Windböen und gelegentlicher Hagel waren eine zusätzliche Belastung für die Soldaten, die abends, körperlich völlig ausgelaugt, kaum noch fähig waren, ein befestigtes Lager zu errichten. Die Witterung zehrte nicht nur an den Kräften der Soldaten, sie legte sich auch auf ihr Gemüt und drückte die Stimmung.

Eines Morgens, lange bevor die Morgensonne durch die milchigen Nebelschwaden brechen konnte, die aus den Flußtälern und Schluchten des Waldgebirges Arduenna aufstiegen, hörte Cäsar laute Stimmen. Er erkannte, aus unruhigem Schlaf hochgeschreckt, Crastinus, der von der Wache gebieterisch verlangte, sofort zu Cäsar geführt zu werden.

Es muß etwas Fürchterliches passiert sein, war Cäsars erster Gedanke. Sonst wäre Crastinus nicht hier. »Bringt Crastinus sofort zu mir,« befahl er mit lauter Stimme, von seinem verwühlten Lager aufspringend. »Und bringt etwas Wein und Brot, Crastinus wird hungrig sein!«

Cäsar erschrak, als er aus dem dunklen Zelt Crastinus im Gegenlicht des beginnenden Tages im Zelteingang stehen sah. Sein ehemaliger Haushofmeister und jetziger Primipilus kam humpelnd und auf einen Wurfspeer gestützt langsam mit schlurfenden Schritten auf ihn zu. Der Kriegsmantel hing ihm zerrissen und verschmutzt um die Schultern, der Helm saß schief und verbeult auf seinem Kopf. Als Crastinus näher getreten war, erkannte Cäsar, daß er verwundet war und sich nur mühsam aufrecht hielt. Er war unrasiert, und zwischen den dichten Bartstoppeln klebte geronnenes Blut, das ihm offensichtlich aus einer tiefen, inzwischen verschorften Wunde, die auf der Stirn vom Haaransatz bis zur linken Augenbraue reichte, über das Gesicht geflossen war. Durch die weiße Haut schimmerte vom geschwollenen Nasenbein bis zu den Tränensäcken ein blaugrüner Bluterguß.

Auch am rechten Oberschenkel hatte er eine klaffende Verletzung, die er mit einem Lederriemen abgebunden hatte, um die Blutung zu stillen. Die Wundränder waren nur oberflächlich mit zerrissenen Fetzen aus seiner Tunika verbunden, so daß Cäsar die gewölbte und entzündete Haut sehen konnte.

Auch an der Brust war er von einem Pfeil verwundet worden. Allerdings hatte der lederne, mit Metallplatten besetzte Harnisch die Wucht des Aufpralls abgefangen und erheblich gedämpft, so daß die Pfeilspitze die Rippen nicht durchschlagen hatte. Die um die Schultern hängenden Reste des Kriegsmantel waren über und über mit Blutspritzern gesprenkelt.

»Was ist geschehen? Berichte, Crastinus! Setz dich und berichte ausführlich! Wie geht es meinen fünfzehn Kohorten? Ist euer Lager angegriffen worden? Cotta hat mir Boten gesandt und mir vom Verrat des Ambiorix berichtet! Ich bin auf dem Weg zu euch, um euch zu entsetzen und Ambiorix eine Lehre zu erteilen, die er und die Gallier nie vergessen werden!«

»Herr, entschuldige mein unvorschriftsmäßiges Auftreten vor dir. Ich muß dir leider melden, daß du keine fünfzehn Kohorten mehr hast. Sie sind tot, alle tot, erschlagen von den heimtückischen Eburonen. Die Götter mögen die Verräter strafen!«

»Was«, schrie Cäsar und verlor dabei fast die Fassung, »alle tot? Fünfzehn Kohorten? Und Titurius und Cotta? Alle tot? Wie konnte das geschehen? Du solltest doch auf Cotta aufpassen!«

»Ja, Herr, sie sind alle tot! Sie sind alle gefallen, Mann für Mann! Ich, neunzehn andere Legionäre und ein Fourier vom Troß, der sich in unsere Mitte gerettet hatte, sind als einzige entkommen. Wir haben uns durch die Schlachtreihe der Eburonen durchschlagen können. Ursprünglich waren wir über zweihundert, die aus der Umzingelung durch die Gallier ausbrechen konnten. Aber sie haben uns gejagt wie aufgescheuchte Hasen, so daß nur wir einundzwanzig, fast alle verwundet, durchgekommen sind. Es war ein unbeschreibliches Gemetzel! Herr, glaube mir, wir haben alle unsere Pflicht getan!«

»Aber wie konnte das geschehen? Das Lager war doch gut befestigt. Niemals hätten die Eburonen es stürmen können. Und Cotta, was ist mit Cotta? Warum hast du nicht auf ihn aufgepaßt, wie ich es dir befohlen hatte?«

Crastinus schluckte. »Herr, du darfst mich nicht schelten! Cotta ist gleich nach unserem Auszug aus dem Lager gefallen. Ein Pfeil – «

»Was, ihr habt das Lager verlassen? Wer hat das befohlen? Ich hatte doch angeordnet, das Lager unter keinen Umständen zu verlassen!«

»Davon weiß ich nichts, Herr! Der Befehl zum Aufbruch kam von General Titurius Sabinus. Ich weiß, daß General Cotta sich dagegen gewehrt hat und im Lager bleiben wollte. Aber General Titurius hat den Auszug dennoch befohlen. Cotta hat sich dem Befehl nur widerstrebend gebeugt. Er muß wohl eine Vorahnung gehabt haben, was das Schicksal ihm bereiten würde. Er war einsilbig und in sich gekehrt und wirkte auf mich wie ein Mann, der mit dem Leben abgeschlossen hatte.

General Titurius dagegen war voller Tatendrang. Er hat uns alle antreten lassen und uns mitgeteilt, daß wir uns mit der Legion des Generals Cicero vereinigen würden, weil wir dann besser gegen den unerwarteten Aufstand dieses verfluchten Ambiorix vorgehen könnten. Er sprach uns Mut zu und strahlte Zuversicht und Selbstvertrauen aus, als er uns daran erinnerte, daß wir als römische Soldaten jedem noch so zahlreichen Barbarenhaufen turmhoch überlegen seien.

Wir sind dann mit dem gesamten Troß feldmarschmäßig und mit Trompetenschall aus dem Lagertor gezogen. Der Weg war schlecht, zuerst Wald, dann Heide mit Ginster und Birken. Dann kam eine sumpfige Strekke, in der die Wagen des Trosses nur schwer vorankamen. Wir mußten Legionäre abstellen, die in die Speichen der Räder zu greifen hatten, um die vollbeladenen Wagen durch den Morast zu ziehen und zu schieben.

In diesem Augenblick begann der Angriff der Gallier. Zuerst überschütteten sie unseren Zug von allen Seiten mit einem Hagel von Pfeilen, der zahlreiche Männer tötete oder verwundete. Vor allem aber wurden viele Maulesel und Pferde getroffen, so daß die Wagen endgültig nicht mehr vorankamen.

General Titurius versuchte, die Soldaten zu sammeln und eine geordnete Schlachtordnung aufzustellen. Das gelang nur bei einigen Kohorten, während dies anderen wegen des glitschigen Bodens oder der um sich greifenden Panik nicht mehr glückte. Kreischende Weiber, fluchende und auf die vor Angst auskeilenden Zugtiere einschlagende Kutscher verstärkten noch die heillose Unordnung.

Bevor die Ordnung in den Kohorten halbwegs wiederhergestellt war, stürmten von allen Seiten die Eburonen und andere Völker auf unseren Zug ein. Ich befand mich an der Seite von General Cotta, dem es gelungen war, aus seinen Kohorten ein Karree zu bilden und den ersten, ungeordneten Stoß der Angreifer abzuschlagen. Er hatte schon den Befehl zum Gegenangriff gegeben, um dem Oberbefehlshaber Titurius und seinen teilweise ganz ungeordnet Mann gegen Mann kämpfenden Soldaten Entlastung zu verschaffen, als ihn ein gegnerischer Pfeil in den Hals traf. Ich wollte ihn verbinden, aber die Schlagader war durchschnitten, und er verblutete in meinen Armen. Sterbend gab er mir auf, dich zu grüßen und dir zu sagen, daß Thrasyllas Warnung sich erfüllt habe. Du wüßtest, was er meinte.«

Cäsar war blaß geworden. »Ich weiß es, und ich habe immer befürchtet, daß Thrasylla mit ihrer Weissagung recht behalten würde. Ich hätte ihn nicht zu Titurius schicken dürfen!« Cäsar hatte mehr zu sich als zu Crastinus gesprochen. Nun aber wandte er sich wieder ganz diesem zu. »Sprich, Crastinus, was geschah danach?«

Crastinus räusperte sich. Dann fuhr er mit ruhiger Stimme in seinem Bericht fort: »Herr, nach dem Tod des Generals erlahmte der eben noch vorhandene Angriffsgeist. Keiner von den übrigen Offizieren ergriff die Initiative, und so verteidigten wir uns erbittert, griffen aber nicht an, um die Soldaten des Generals Titurius aus ihrer unglücklichen Lage zu befreien oder ihnen wenigstens zu Hilfe zu kommen. So mußten wir zusehen, wie die Gallier die verzweifelt kämpfenden Legionäre einen nach dem anderen niedermachten. Ich und einige Centurionen verlangten stürmisch, unsere Kameraden zu unterstützen. Aber unsere Offiziere glaubten nicht mehr daran, daß es uns gelingen würde, das Blatt noch einmal zu wenden. So beschränkten wir uns darauf, die wütenden Angriffe der Gallier auf unsere Stellung abzuwehren, was uns auch, wenn auch unter erheblichen beiderseitigen Verlusten, gelang. Aber wir mußten auch zusehen, wie sich die Hauptmacht der Feinde, von uns ungestört, auf Titurius und seine Leute stürzte und sie in stundenlangem Nahkampf bis zum Anbruch des Abends überwältigte. Alle Offizier und Titurius kamen mit ihren Soldaten und den Troßknechten ums Leben. Die Feinde erschlugen alle und machten keine Gefangenen. Selbst die Lagerhuren und die Zugtiere wurden nicht verschont.

Auch in unseren Reihen hatte der Tod reiche Ernte gehalten. Da alle Stabsoffiziere gefallen oder schwer verwundet waren, übernahm ich das Kommando und gab unverzüglich den Befehl zum Angriff. Mein Ziel war, durch die Reihen der Gallier zu brechen und dir möglichst viele Überlebende zuzuführen. Wir hatten Glück, denn der Feind hatte mit einem Angriff durch unseren zusammengeschmolzenen Haufen nicht gerechnet. Außerdem hatten sich schon viele feindliche Krieger zum Plündern über den Troß hergemacht, so daß die uns gegenüberstehenden Kampftruppen nicht mehr so zahlreich waren.

Es gab ein schreckliches Blutbad. Grauenhaft war auch das Flehen unserer nicht mehr gehfähigen Verwundeten, sie zu töten und sie nicht in die

Hände der Barbaren fallen zu lassen. Wir hatten unseren Angriff auf den Punkt der feindlichen Schlachtordnung konzentriert, der dem Wald am nächsten lag, denn wir hofften, in der bald einbrechenden Dunkelheit zwischen den Bäumen und dem Unterholz unseren Verfolgern besser entwischen zu können.

Im Nahkampf gelang es uns tatsächlich, die feindlichen Linien zu durchbrechen und in den Wald zu entkommen. Die Dunkelheit schützte uns vor den Verfolgern, führte aber auch dazu, daß wir orientierungslos herumirrten und viele Leute verloren, die in der Finsternis den Anschluß verpaßten. So waren wir am nächsten Morgen nur noch wenig über zweihundert Leute, auf die nun die Treibjagd der Gallier begann. Fast alle waren verwundet, und so verließen einen nach dem anderen die Kräfte. So blieben deshalb immer mehr vor Erschöpfung zurück oder gaben einfach auf, indem sie sich weigerten weiterzumarschieren.

Ab und zu stieß ein Suchtrupp der Eburonen auf uns. Wir konnten diese Trupps zwar immer zurückschlagen, hatten aber weitere Verluste zu beklagen. So blieben zum Schluß, bis wir dein Lager fanden, nur noch wir einundzwanzig übrig. Einundzwanzig von neuntausend Mann, den Troß nicht mitgerechnet.«

Crastinus war erschöpft zurückgesunken. Cäsar rief nach dem Arzt und befahl ihm, Crastinus und die anderen Überlebenden der Katastrophe zu versorgen. »Du hast deine Sache gut gemacht, lieber Crastinus. Ich bin stolz auf dich und deine tapferen Kameraden. Und ich verspreche dir, ich werde mir weder Haare noch Bart scheren lassen, bis ich die Eburonen bestraft habe. Ich werde ihr Volk von der Erde austilgen und den anderen Galliern vor Augen führen, wie Cäsar mit Verrätern verfährt!«

Während zwei Sanitäter Crastinus auf einer Bahre hinaustrugen, rief Cäsar seine Kommandeure zu einer Stabsbesprechung. Noch ehe diese eintrafen, wurde ihm die Ankunft seines Neffen Lucius Pinarius gemeldet.

»Onkel«, rief dieser schon bei Eintritt in das Zelt, ohne sich mit Begrüßungsformalitäten aufzuhalten. »Ich bringe schlechte Nachrichten aus Rom. Großmutter ist vor drei Wochen gestorben. Sie ist in meinen Armen ganz friedlich eingeschlafen. Archilaos und ich waren mit der Familie die ganze Zeit über bei ihr. Sie hat viel von dir gesprochen. Sie schickt dir diese Gemme. Sie sagt, dein Vater habe ihr diesen Schmuck zu ihrer beider Hochzeit geschenkt.«

Wortlos nahm Cäsar die Gemme seiner Mutter entgegen. Es war ein alter Julischer Familienschmuck. Die Gemme, aus Elfenbein und in Gold gefaßt, zeigte Äneas, den Ahnherrn der Familie, der aus dem brennenden

Troja flüchtete, seinen Vater Anchises auf dem Rücken tragend, im Arm das Kultbild der Athene, Palladium genannt, und seinen Sohn Julus an seiner Seite.

»Als sie mir die Gemme für dich gab, sagte Großmutter noch zu mir, ich solle dich, ihrem Sohn, an den Wahlspruch ihres Mannes erinnern, den auch du nicht vergessen dürftest. Sie war schon sehr schwach und konnte nur noch flüstern, und so habe ich nicht verstanden, wie der Wahlspruch deines Vaters lautete. Aber Q. Pedius meinte, du würdest ihn schon kennen! Den Göttern sei Dank, daß Aurelia nicht gelitten hat!«

»Ich kenne den Spruch und werde ihn nicht nur nicht vergessen, sondern immer beherzigen. Gerade jetzt in diesem schweren Jahr, in dem ich Tochter, Mutter und meinen besten Freund, Lucius Aurunculeius Cotta, verloren habe, wird er mir Trost und Stärkung, aber auch Ansporn sein:

‚Immer der Erste zu sein und ausgezeichnet vor anderen,
daß ich der Väter Geschlecht nicht schände!'«

9

Cäsar hatte seinen versammelten Offizieren kurz weitergegeben, was Crastinus ihm berichtet hatte. Seine Legaten hatten schweigend zugehört, aber sie wurden immer unruhiger, je mehr sie das ganze Ausmaß der Katastrophe erkannten.

»Ich habe diesem Ambiorix nie getraut, Cäsar.« C. Trebonius stampfte mit den genagelten Stiefeln so heftig auf die den Zeltboden bildenden Bretter auf, daß diese in leichte Schwingungen kamen. »Der Verrat dieses hinterhältigen Schuftes wird sich schnell bei unseren sogenannten gallischen Verbündeten herumsprechen und auch andere animieren, den Aufstand gegen uns zu wagen. Mein Freund Pansa, der unsere Truppen im Gebiet der Averner führt, hat mir vor einigen Tagen geschrieben. Dort unten, tief im Süden, scheint sich ebenfalls etwas gegen uns zusammenzubrauen, obwohl die Averner vom Untergang unserer fünfzehn Kohorten noch gar nichts wissen können. Er schreibt mir etwas über einen jungen Adligen namens Vercingetorix, einen Neffen des mit uns befreundeten Fürsten der Averner. Dieser Vercingetorix hetzt in Versammlungen gegen Rom und hat sich zum Anführer der Unzufriedenen aufgeschwungen. Er hat auf Grund seiner Ausstrahlung und seiner Rednergabe schon viele junge Adlige seines Volkes gewonnen, die sich alle von der romfreundlichen Haltung der Stammesführung abgestoßen fühlen und nur eines Anstoßes bedürfen, um gegen uns aufzustehen. Wenn diese leicht entflammbaren und abenteuerlustigen jungen Leute von unserer Niederlage hören, kann dies die Initialzündung sein, sich gegen uns zu erheben. Wir hätten dann eine zweite Front im Süden, sicher ein zusätzlicher Anreiz für manchen unzufriedenen Stammesfürsten, sich mit seinem Volk dem Aufruhr anzuschließen.«

»Du hast recht, lieber Trebonius«, antwortete Cäsar. »Auch ich sehe die Gefahr, daß der Aufstand der Belgier und der Verrat der Eburonen Signale sind, die andere zum Abfall von Rom anregen können. Wir müssen daher so schnell wie möglich das Feuer austreten, ehe es sich zu einem Flächenbrand ausweitet. Ambiorix hat Titurius und Cotta auf ihrem Weg zu Q. Cicero verfolgt. Nach dem Bericht meines Crastinus hatten die Kohorten schon etwa die halbe Wegstrecke hinter sich gebracht, als sie angegriffen und vernichtet wurden. Es ist deshalb anzunehmen, daß Ambiorix versuchen wird, die in seiner Nähe überwinternde Legion des Cicero zu überfallen. Wir ziehen daher unverzüglich in Richtung Ciceros Lager. Wenn wir Glück haben, kommen wir nicht nur rechtzeitig, um unsere Soldaten zu entsetzen, sondern können auch noch Ambiorix‘ Streitkräfte überraschen und niedermachen, bevor er sich in seine Wälder zurückziehen kann.

Ambiorix hat absolute Priorität. Ich breche daher fürs Erste den Feldzug gegen die Nervier ab und verschiebe ihn auf später. Zuerst muß Ambiorix bestraft werden! Schnell, nachhaltig und vor allem schonungslos, damit er sich nicht länger rühmen kann, eine römische Abteilung überfallen und abgeschlachtet zu haben!

Wir müssen an ihm ein Exempel statuieren, damit jeder in Gallien weiß, was einem Verräter blüht! Ich werde das Volk der Eburonen mit Stumpf und Stiel ausrotten, kein einziger darf entkommen. Ambiorix hat keine Gefangenen gemacht, also werden wir es ihm mit gleicher Münze vergelten. Niemand wird geschont, das Land wird zur Wüste gemacht, alle Häuser, Hütten, selbst die kleinste Scheune und alle sonstigen Gebäude werden niedergebrannt, über die Äcker und Wiesen wird Salz gestreut. Niemand darf dort künftig siedeln, niemand dort Unterschlupf finden.

Wir müssen uns beeilen, denn bevor die Kunde unserer Niederlage die Runde macht, muß sie von der Nachricht über die grausame Bestrafung und Ausrottung der Eburonen überholt werden. Schickt Boten zu Labienus und warnt ihn! Er soll auf die Treverer achten, sie sind aufmüpfig und verschlagen. Wenn er Anzeichen erkennt, daß sie rebellieren wollen, soll er unverzüglich und mit Härte zuschlagen.

Sendet auch eine Gesandtschaft zu unseren avernischen Freunden. Sie soll höflich, aber bestimmt verlangen, dem aufrührerischen Treiben des Vercingetorix ein Ende zu machen. Der Fürst soll diesen jungen Heißsporn notfalls aus dem Stammesgebiet ausweisen und verbannen, damit er unter den leichtgläubigen jungen Adligen keinen weiteren Schaden anrichten kann.

Begebt euch jetzt zu euren Einheiten! In zwei Stunden müssen die Soldaten marschbereit sein. Nach dem Appell, auf dem ich eine kurze Ansprache halten werde, brechen wir auf!«

Zwei Stunden später stand Cäsar in voller Rüstung und mit im Winde wallenden Feldherrnmantel vor seinen fröstelnden Soldaten. Es waren die Kalenden des Januars. Der Beginn des neuen Jahres war normalerweise ein Feiertag, an dem in Rom die Geschäfte ruhten und die neuen Konsuln unter religiösen Zeremonien feierlich ihr Amt antraten.

Es war aber auch der Tag des Vediovis, zu dem zu beten und dem zu opfern Cäsar verpflichtet war, wenn er sich des Schutzes dieses Gottes für das beginnende Jahr sicher sein wollte. Mit Schmerzen hatte er sich an die mißlungenen Opfer des Vorjahres erinnert und an die Folgen gedacht, die dieses verunglückte Opfer für ihn und seine Familie mit sich gebracht hatte. Es war wahrlich ein ‚annus horribilis' für ihn gewesen. Fürchterlich hatte Vediovis ihn gestraft. Er hatte nicht nur seine geliebte Tochter verloren, seine unverzichtbare Beraterin und Garantin für die Zusammenarbeit mit Pompeius, auch seine so liebenswerte Mutter hatte ihn verlassen. Und nun noch zum Schluß des Jahres sein Jugendfreund Cotta, der Spielgefährte seiner Kindheit und sein treuer Mitstreiter während der Verfolgungen unter dem blutgierigen Regime des Sulla. Er hatte ihn allen Warnungen Thrasyllas zum Trotz in den Tod getrieben. Er hätte wissen müssen, daß Thrasyllas Warnungen ernst zu nehmen waren. Das Gefühl, an seines Freundes Tod mitschuldig zu sein, belastete ihn schwer.

Um die Wiederholung eines solchen Jahres auszuschließen, hatte er schon um Mitternacht, also zum frühestmöglichen Zeitpunkt dem Vediovis nicht nur den diesem zustehenden Eber, sondern gleich noch einen zweiten geopfert, um seinen Hausgott endgültig wieder zu versöhnen. Beide Opfertiere waren makellos gewesen, keine noch so geringe Anomalie konnte er entdecken, ein Zeichen, daß Vediovis das Opfer gnädig angenommen hatte und sein Gott mit der Julischen Familie wieder im reinen war.

So stand er nun, wenigstens von dieser Last befreit, vor seinen angetretenen Soldaten. Die Adler waren aufgerichtet und die Helme und Metallteile der Ausrüstungen glänzten in der Sonne, die matt zwar, aber zur rechten Zeit durch die Wolken gestoßen war.

»Kameraden, ihr habt sicher vernommen, daß Ambiorix, der Führer der Eburonen, das in ihn gesetzte Vertrauen gröblichst mißbraucht, unsere Soldaten in einen Hinterhalt gelockt, sie dann überfallen und hingemordet hat. Soldaten! Das Blut unserer feige niedergemetzelten Kameraden schreit nach Rache!

Ambiorix will jetzt auch die Legion des Q. Cicero vernichten. Wir aber werden das vereiteln und unseren Kameraden zu Hilfe kommen. Und wir werden Ambiorix strafen! Nie wieder werden es die Eburonen wagen können, sich gegen das römische Volk zu erheben. Es liegt an euch, mit mir die Strafe für den Verrat zu vollstrecken: Sie lautet Ausrottung bis auf den letzten Mann. Wenn euch einer um Gnade anfleht, hört nicht hin! Denkt an eure gemordeten Freunde und stoßt zu!

Ich habe heute früh die Auspizien eingeholt. Die Götter billigen unser Vorhaben! Sie werden uns zum Siege führen! Unsere Losung lautet: Tod den Eburonen! Rache für unsere toten Kameraden!«

Drei Tage später erreichten die Legionen das von den Eburonen umzingelte Lager des Q. Cicero. Ambiorix hatte mit derselben List, mit der er Titurius Sabinus aus dem Lager gelockt hatte, versucht, auch Cicero zur Aufgabe seiner befestigten Stellung zu bewegen. Cicero aber hatte sich auf keine Verhandlungen eingelassen. Seine Soldaten hatte er unverzüglich an die Palisaden und auf die hölzernen Türme geschickt.

Daraufhin befahl Ambiorix den Sturm. Welle auf Welle brach aus dem bis nahe an Wall und Graben reichende Gebüsch hervor, denn die Soldaten Ciceros hatten um das Kastell nur einen schmalen Streifen Land von etwa fünfzehn Doppelschritten gerodet.

Dieser von aller Vegetation befreite Raum aber bildete für die hinter dem Palisadenzaun stehenden Soldaten ein ausgezeichnetes Schußfeld, in das die Eburonen, unter ihren Schilden Deckung suchend, im Laufschritt hineinstürmen mußten. Nach Überwindung dieser Strecke hielt sie ein breiter und etwa sechs Fuß tiefer Graben auf, in den man über eine flache Böschung hineinkam, aber über eine fast senkrechte Wand wieder herausklettern mußte. Erst dann erreichte man den steil aufragenden Wall, auf dessen Scheitelpunkt die aus dicken Baumstämmen fest gefügte, acht Fuß hohe Palisade in den Boden gerammt war.

Hinter der Palisade hatten die Legionäre einen aus Bohlen gezimmerten Laufgang angelegt, auf dem nun die Soldaten standen und mit einem dichten Schwall von Wurfspeeren die anstürmenden Gallier überschütteten. Ambiorix hatte gehofft, das Lager im ersten Ansturm einzunehmen. Als er seinen Irrtum erkannte, ließ er zum Rückzug blasen in der Hoffnung, daß die von ihrem Abwehrerfolg berauschten Römer seine fliehenden Krieger verfolgen würden. Für diesen Fall hatte er, vom deckenden Gebüsch verborgen, frische Truppen in Schlachtordnung aufgestellt, die die verfolgenden Römer angreifen und zurückschlagen sollten. Er hoffte dann, mit den in ihr Lager zurückflutenden Legionären durch die geöffneten Tore und über die nun nicht mehr oder nur mangelhaft besetzten Palisaden in das Lager eindringen zu können und die zahlenmäßig ihm weit unterlegenen Römer zu vernichten. Aber er hatte sich getäuscht, denn Q. Cicero dachte nicht an Verfolgung und blieb mit seinen Soldaten in den Stellungen.

Ambiorix begann nun eine regelrechte Belagerung. Er hatte die römische Belagerungstechnik bei Cäsar kennengelernt und seine Leute angehalten, sich mit der Kriegskunst der Römer vertraut zu machen. Deshalb hatte er darauf geachtet, daß das Belagerungsgerät, das Titurius Sabinus und Cotta bei ihrem Rückzug aus der Stadt der Atuatuker im Troß mit sich geführt hatten, nicht im ersten Siegesrausch zerstört wurde. Jetzt ließ er die weitreichenden Wurfgeschütze und Schleudern aufstellen und befahl, die Rammböcke, Sturmleitern und Brandfackeln bereitzuhalten.

Er eröffnete den Kampf mit einer intensiven und pausenlosen Beschießung das Lagers mit Brandpfeilen und schweren Steingeschossen, um die Gebäude und Vorratsräume im Lager in Brand zu schießen und die Palisaden unter der Wucht des Aufpralls der schweren Steine zum Einsturz zu bringen.

Die andauernde Beschießung verursachte nicht nur gewaltige Brände im Lager, sondern tötete oder verwundete auch zahlreiche Legionäre. Fast alle Gebäude und Baracken im Lager gingen in Flammen auf. Das Feuer vernichtete nicht nur den größten Teil der Vorräte, sondern auch fast den gesamten Fuhrpark, denn die aus Holz gebauten Wagen und Karren brannten wie Zunder. Die im Lager gegrabenen Brunnen reichten zwar aus, die Versorgung der Truppen und der Zugtiere mit frischem Trinkwasser zu gewährleisten, nicht aber, um die umfangreichen lodernden Brände an den Bauten zu löschen.

Das Feuer im Lager löste fast eine Panik unter den Soldaten aus. Viele Legionäre verließen ohne Befehl die Schanzen, teilweise, um die Brände mit Spaten und Sand löschen zu helfen, teilweise, um ihre persönliche Habe aus den brennenden Unterkünften zu retten und teilweise, um die verängstigt im Lager herumlaufenden, entsetzliche Schreie ausstoßende Zugtiere einzufangen und zu beruhigen. Alle liefen sie durcheinander, keiner wußte genau, was er tun sollte. In dieses Durcheinander prasselten ununterbrochen die Pfeile der Belagerer und trafen unterschiedslos Löschende, herumirrende Pferde und Maultiere und auf den Palisaden ausharrende Soldaten. Ciceros Stute wurde von einem Brandpfeil in den Hals getroffen. Sofort fing die Mähne Feuer, und im Nu stand das Tier in hellen Flammen. Es warf sich auf den Boden und versuchte, sich hin und her wälzend, vergeblich, das Feuer zu ersticken. Ein Centurio erlöste es mit einem Schwertstreich von seinen Qualen. Noch einen kurzen Augenblick zuckte es mit den Hufen und scharrte mit ihnen im Sand. Es stank widerlich nach verbranntem Fleisch und nach angesengten Pferdehaaren. Dem Centurio wurde schlecht, und das Frühstück herauswürgend, übergab er sich über dem Kadaver.

Cicero ließ, als er die Unordnung und die damit verbundene Gefahr erkannte, seine Hornisten Alarm blasen. Sofort sammelten sich die wild durcheinanderlaufenden Legionäre, gewöhnt daran, militärischen Signalen blindlings Folge zu leisten, auf dem Appellplatz. In mustergültiger militärischer Ordnung wurden sie von ihren Offizieren zurück auf die Befestigungen geführt.

Es war höchste Zeit gewesen, denn auch Ambiorix hatte die durch das Feuer eingetretene Unordnung erkannt und unverzüglich den Angriff befohlen. Sich gegenseitig mit lautem Gebrüll anfeuernd, stürmten die Eburonen vor und überwanden in kurzer Zeit, wenn auch nicht ohne Verluste durch die Wurfgeschosse der Verteidiger, das freie Vorgelände und den Graben. Ungestüm legten sie die Sturmleitern an den Palisadenzaun und begannen, die Schilde gegen den Beschuß von der Palisade herab schützend über ihre Köpfe haltend, mit gezogenen Schwertern nach oben zu klettern.

Ciceros Soldaten standen wie eine Mauer. Ein Teil der Legionäre stieß mit langen hölzernen Gabeln die an den Zaun gelehnten Leitern um, so daß sie mit den gallischen Kriegen in den Graben und auf die Nachdrängenden fielen. Andere schlugen von oben mit ihren Schwertern auf die Schilde der sich von Sprosse zu Sprosse auf den Leitern in die Höhe schiebenden Eburonen ein. Die Wucht der Schläge bremste den Aufstieg. So begann der Angriff, der mit so viel Elan begonnen hatte, am heftigen Widerstand der Römer langsam zu erlahmen. Im Graben drängelten sich die Krieger, konnten aber nicht weiter vordringen, weil die Leitern besetzt waren und die auf ihnen kämpfenden Stammesbrüder nicht vorankamen, um Platz für die Nachrückenden zu schaffen.

Das Gefecht stand auf Messers Schneide, als plötzlich aus dem Rücken der Angreifenden römische Trompeten erschollen, die zum Angriff bliesen. Aus dem nahen Wald und dem Buschland davor brachen Cäsars drei Legionen im Sturmschritt mit aufgepflanzten Adlern hervor. Wie auf dem Exerzierplatz marschierten sie, Kohorte an Kohorte, heran. Kommandos drangen durch die scharfe Winterluft. Die erste Reihe blieb stehen und warf gleichzeitig ihre Speere. Dann trat die zweite Reihe vor die erste und wiederholte auf ein Kommando Cäsars dieses Manöver.

Danach zogen die beiden ersten Reihen der Schlachtordnung ihre Schwerter und drangen im Laufschritt mit vorgehaltenen Schilden auf die überraschten und völlig aus der Fassung geratenen Gallier ein, während die dritte Reihe über die Köpfe der Vorstürmenden hinweg im Bogen ihre Speere schleuderte. Sie brachten Tod und Verderben. Vor sich die Palisaden und hinter sich die Legionen Cäsars, das ließ den Widerstand der Eburonen zusammenbrechen. Auch Ambiorix gelang es nicht mehr, seine Leute zu ordnen. Er befahl ihnen zwar, kehrtzumachen und eine neue Schlachtreihe zu bilden, aber niemand hörte mehr auf ihn, zumal auch Quintus Cicero die Situation richtig erkannt hatte.

Eben noch aufs höchste bedrängt und nahe daran, von den Eburonen überwältigt zu werden, ließ er die Lagertore öffnen. An der Spitze seiner Legion brach er aus dem Kastell und fiel über die von der plötzlichen und unerwarteten Wende demoralisierten Feinde her. Diese versuchten, zwischen zwei Angreifer eingeklemmt, ihr Heil in der Flucht nach beiden Seiten, aber Cäsars Legionäre hatten diese einzige Möglichkeit, der Einkesselung zu entkommen, sofort erkannt und daher auch die offenen Flanken abgeriegelt. So konnten nur wenige der Eburonen, darunter Ambiorix, sich der Umklammerung entziehen und fliehen. Die anderen wurden alle erschlagen, denn die nach Rache dürstenden Soldaten gaben, wie Cäsar es befohlen hatte, niemandem Pardon.

»Du bist zur rechten Zeit gekommen, mein Feldherr«, begrüßte Cicero seinen Oberbefehlshaber vor dem abgebrannten Prätorium des Lagers. »Wir konnten uns kaum noch der Angriffe dieses hinterhältigen Verräters erwehren. Nur noch jeder zehnte meiner tapferen Soldaten ist ohne Wunden! Besonders die Brandpfeile haben uns sehr geschadet. Ich kann dir nicht einmal die kleinste Bequemlichkeit anbieten, alles ist verbrannt!«

»Der Brand, mein Lieber, war wahrscheinlich deine Rettung! Ich war auf dem Marsch zu dir, wußte aber nicht, daß du angegriffen wurdest. Da sahen wir von weitem die aufsteigenden Rauchschwaden und merkten so, daß du in höchster Not sein mußtest. Ich beschleunigte daher das Marschtempo, und so kamen wir rechtzeitig zu deinem Entsatz. Andernfalls wären wir vielleicht zu spät gekommen, lieber Cicero. Wir hätten zwar die Eburonen noch erwischt und beim Plündern überrascht, aber deine Legion wäre vernichtet worden wie die Kohorten des Titurius Sabinus und des Cotta!«

»Was«, schrie Cicero, »Sabinus und Cotta und alle ihre Soldaten tot? Wie konnte das geschehen? Fünfzehn Kohorten und ein festes Lager mit Wall, Steinmauer und Graben! Sag, Cäsar, wie konnte das passieren?«

»Der arglistige Ambiorix hat sie aus dem Kastell der Aduatuker gelockt, indem er Titurius weismachte, ich sei mit meinen drei Legionen geschlagen worden und er, Titurius, wäre mit seinen Kohorten bei dir sicherer als in seinem Lager. Titurius ließ sich von diesen Lügen verführen und verließ sein sicheres Lager, um sich mit dir zu vereinigen. Unterwegs wurde er in ungünstigem Gelände überfallen und mit beinahe allen Leute erschlagen. Nur 21 Soldaten unter Führung des Primipilus Crastinus konnten sich zu mir durchschlagen. Da wußte ich sofort, daß du Ambiorix' nächstes Angriffsziel sein würdest. Ich brach meinen Zug gegen die aufständischen Nervier ab und eilte zu dir. Dank der Tapferkeit deiner Leute bin ich so rechtzeitig gekommen, um aus einer möglichen Niederlage einen totalen Sieg zu machen.«

»Auch mich hat Ambiorix aus dem Lager locken wollen. Ich habe aber den Braten gerochen und, statt auszuziehen, meine Leute alarmiert und zu erhöhter Wachsamkeit aufgerufen! Wie du siehst, zu recht. Ambiorix ist zwar ein Verräter, aber leider ein sehr lernfähiger! Er hat mich nach den Regeln der römischen Kriegskunst angegriffen, hat dabei Schleudern, Wurfmaschinen und alle zu einer Belagerung benötigten technischen Gerätschaften eingesetzt. Diese Fertigkeiten muß er bei uns gelernt haben! Ich denke, du solltest künftig weniger vertrauensselig sein, wenn du gallische Adlige in dein Gefolge aufnimmst. Als Hilfstruppen mögen sie hilfreich sein, aber laß sie nie wieder an strategischen Planungen teilnehmen oder an technisches Gerät herankommen. Du hast hier gesehen, welch fürchterliche Folgen allzuviel Vertrauen haben kann! «

In diesem Augenblick wurde die Ankunft eines Boten gemeldet, der wichtige Nachrichten von Labienus überbringen wollte. Cäsar unterbrach das Gespräch mit Cicero und hörte sich unverzüglich die ihm von seinem letzten noch lebenden Freund übersandte Nachricht an.

»Herr, Titus Labienus sendet dir seinen Gruß! Er läßt dir mitteilen, daß der Fürst der Treverer, Indutiomarus, von Ambiorix' Siegesbotschaft über Sabinus und Cotta verführt, sich gegen die römische Herrschaft erhoben hat. General Labienus ist unverzüglich aufgebrochen und hat Indutiomarus in seiner Stadt angegriffen und ihn, weil er noch mitten in seinen Kriegsvorbereitungen war und noch nicht alle seine Krieger mobilisiert hatte, geschlagen. Indutiomarus ist in diesem Gefecht gefallen. Darauf brach der Aufstand der Treverer zusammen, zumal ohnehin nur ein Teil des Volkes ihrem Fürsten in die Erhebung gefolgt war. Labienus hat die gefangenen Aufrührer hinrichten lassen und den romfreundlichen Adligen Cingetorix zum neuen Fürsten der Treverer ernannt. Es herrscht wieder Ruhe im Land. Der General bittet um Bestätigung seiner Maßnahmen, insbesondere der Einsetzung des Cingetorix.«

»Ihr seht, meine Freunde, der Himmel klärt sich wieder auf! Die Götter meinen es gut mit Rom und ihrem Feldherrn. Gestern noch mußten wir um den Bestand unserer Herrschaft in Gallien fürchten, heute sind die grauen Wolken, die unsere Macht und sogar unser Leben bedrohten, verflogen. Als ob ein lauer Frühlingswind den Schnee geschmolzen hätte, steht unsere Herrschaft neu befestigt und sicher! Es ist Zeit, den letzten Widerstand der Aufständischen zu brechen und die Glut der Empörung endgültig auszutreten.

Zunächst werde ich die Nervier züchtigen; sie sind die letzten, die noch über nennenswerte Truppen verfügen. Dann aber werden wir die Reste der Eburonen austilgen. Macht überall bekannt, daß Ambiorix und sein Volk unserer Rache verfallen sind! Niemand darf bei Todesstrafe ihnen helfen, sie unterstützen, ihnen Unterschlupf gewähren oder sie mit Nahrung versorgen. Wer gegen dieses Gebot verstößt, wird unverzüglich hingerichtet, seine Familie in die Sklaverei verkauft. Wer einen gewöhnlichen Eburonen an uns ausliefert, wird mit zwanzig Denaren, bei einem Adligen mit hundert Denaren belohnt. Wer Ambiorix tot oder lebendig an uns übergibt, erhält zehntausend Denare und das römische Bürgerrecht für sich und seine Familie. Auf, Freunde, bereitet unsere Truppen auf einen langen Marsch vor. Morgen ziehen wir gegen die Nervier!«

8. Kapitel
Rom und Gallien in den Jahren 701 bis 705

1

Während Cäsar in Gallien gegen die aufständischen Nervier und die Eburonen kämpfte, kamen in Rom die Optimaten dank der konsequenten und zielstrebigen Führung durch Cato und seinen Schwager Domitius Ahenobarbus wieder zu Kräften.

Pompeius war durch den Tod seiner Frau Julia wie gelähmt und ließ die Zügel in seiner schon oft beobachteten Lethargie schleifen, während Crassus sich vor allem um die Aufstellung eines schlagkräftigen Heeres kümmerte, mit dem er gleich nach Ablauf seines Konsulates nach Syrien in seine Provinz ziehen wollte, um den Krieg gegen die Parther zu eröffnen. Er war inzwischen sechzig Jahre alt und spürte mit Entsetzen, daß seine Körperkräfte langsam nachzulassen begannen. Sein Kopf war schon beinahe kahl, er war schwerhörig, und an den Beinen hatten sich Krampfadern gebildet, die ihm ein längeres Marschieren beschwerlich vorkommen ließen. Zudem litt er unter Verstopfungen, die selbst durch die Einnahme von gedörrten Pflaumen, der sorgfältig abwärts geschabten Rinde des Holunders, wie von Hippokrates in seinen Schriften empfohlen, noch durch das ihm von seinem Hausarzt verschriebene ägyptische Rizinusöl behoben werden konnten.

Es wurde also höchste Zeit für ihn, mit dem Krieg zu beginnen, wenn er den alten, nun schon verblaßten Feldherrnruhm, den er sich unter Sulla und gegen die Sklaven des Spartacus erworben hatte, auffrischen wollte. Endlich würde er mit dem eitlen Pompeius und mit seinem Freunde Cäsar gleichziehen können, wenn er gegen die alten Feinde des Abendlandes, die persischen Parther, die römischen Waffen zum Siege führen würde.

Besonders hatte ihn immer gewurmt, daß sein Rivale und Mitkonsul Pompeius schon dreimal einen glanzvollen Triumphzug hatte feiern können, während ihm diese Ehre bisher versagt worden war, weil seine militärischen Siege nicht die bei Triumphzügen vorgeschrieben Bedingungen erfüllt hatten. Er hatte seine Erfolge nämlich nicht gegen auswärtige Feinde errungen, sondern nur in blutigen Schlachten in den Bürgerkriegen und gegen aufmüpfige Sklaven erfochten.

Nun wollte er endlich mit Cäsar und Pompeius gleichziehen und Rom im Osten neue Provinzen erobern. Er hatte daher seine ganze Energie während des jetzt ablaufenden Konsulats auf die Vorbereitung seiner Expedition in den Orient verwendet. Der Volkstribun C. Trebonius hatte mit Cäsars aus Gallien erteilter brieflicher Zustimmung nicht nur ihm und Pompeius, diesem in Spanien, ihm in Syrien, ein fünfjähriges Kommando verschafft, sondern ihm auch das Recht besorgt, ohne Einholung einer Genehmigung des Senates und der Volksversammlung den Parthern den Krieg zu erklären, eine außergewöhnliche Konzession, die man seinem Vorgänger in der Statthalterschaft, A. Gabinius, noch ausdrücklich verweigert hatte.

Weil beide Konsuln, Pompeius aus Trägheit und wegen seiner Trauer um Julia, Crassus wegen der Vorbereitung seines geplanten Feldzuges gegen die Parther, sich nicht in ausreichendem Maße um die inneren Angelegenheiten der Stadt kümmerten, gelang es den Optimaten, nicht nur die Wahl des Ahenobardus zum Konsul des nächsten Jahres, sondern auch die Wahl Catos zum Prätor durchzusetzen. Noch schlimmer war, daß es die Senatspartei zusätzlich erreichte, daß mit C. Ateius Capito auch ein fanatischer Gegner der Popularen zum Volkstribunen gewählt wurde. Auch wenn die anderen Magistrate, insbesondere der zweite Konsul App. Claudius Pulcher, Anhänger der Triumvirn waren, war insbesondere die Wahl des mit dem Vetorecht ausgestatteten Volkstribunen eine Katastrophe und ließ nichts Gutes für den Fortgang der Regierungsgeschäfte für das nächste Jahr ahnen.

Das ganze Ausmaß der Schwierigkeiten, die vor den Triumvirn lagen, zeigte sich, als die zehn neugewählten Volkstribunen am vierten Tage vor den Iden des Dezember ihr Amt antraten. Sofort begann nämlich Ateius Capito eine Kampagne gegen den syrischen Feldzug zu inszenieren und fand beim Volk allgemeine Zustimmung, da Crassus bei der Rekrutierung seiner Mannschaften erheblichen Druck auf die meist kriegsunwilligen Quiriten ausgeübt hatte, um seine Legionen mit den benötigten Rekruten aufzufüllen. Anders als Cäsar, der in der Gallia Cisalpina unter der abenteuerlustigen romanisierten keltischen Jugend immer genügend begeisterten Nachwuchs für sein Heer vorfand, war es in Rom und den italischen Gemeinden schwierig, genügend taugliche Freiwillige zu finden. Da aber grundsätzlich jeder Bürger wehrpflichtig war, mußten viele junge Leute auch gegen ihren Willen einrücken, was große Unzufriedenheit unter den Betroffenen auslöste, zumal sie den Sinn eines Feldzuges gegen die Parther nicht erkennen konnten.

Diesen Unmut schürte der Volkstribun Ateius mit allen demagogischen Kniffen und Winkelzügen. Crassus, der sich durch nichts von seinen Plänen abhalten lassen wollte, setzte seine Vorbereitungen unbeirrt fort. Daraufhin ließ Ateius die Rekrutierungsoffiziere wegen illegaler Werbemethoden vor Gericht laden, um Crassus und seine Offiziere einzuschüchtern. Crassus und Pompeius legten zum Zeichen ihres Unwillens über diese Aktivitäten öffentlich Trauerkleidung an. Dies war eine Warnung an Ateius, hinter dem Cato und Ahenobarbus als Drahtzieher standen, es nicht zu weit zu treiben. Aber Ateius ließ sich erst durch die deutliche Drohung Crassus', gegen ihn mit Waffengewalt vorzugehen, dazu bewegen, seine Anklagen gegen Crassus' Offiziere zurückzunehmen. Drohend erklärte er, er weiche nur der Gewalt und überlasse es den Unsterblichen, diese Verletzung eines geheiligten Tribunen zu rächen. Die Götter würden ihn und alle, die mit ihm in diesen ungerechtfertigten Krieg zögen, strafen. Sie seien wegen ihrer Frevel alle verflucht und würden von der Erde vertilgt werden, denn die Götter seien gerecht!

Crassus ließ sich durch das Gezeter des Tribunen nicht beirren. Auch er glaube an die Gerechtigkeit der Götter. Sicher würden sie ihn wie jedermann eines Tages zu sich rufen. Aber bis dahin habe er eine Aufgabe zu erfüllen. Die Götter liebten das römische Volk, sonst hätten sie Rom nicht so groß werden lassen. Es sei daher auch fürderhin mit ihrer Gunst zu rechnen, denn er würde ihnen nicht nur reichliche Opfer darbieten, sondern nach dem Sieg auch einen Anteil aus seiner Beute spenden und auf seine Kosten Dankesfeiern zu ihren Ehren veranstalten.

Dann bekleidete er sich feierlich mit dem Kriegsmantel, ließ durch einen Fetialen die Kriegslanze zum rituellen Zeichen der Kriegserklärung in ein zum Feindesland erklärtes Stück Erde vor dem Tempel der Bellona schleudern und begab sich dann unter Begleitung Ciceros auf das Kapitol, um dort feierlich vor Jupiter die Kriegsgelübde abzulegen und die Auszugsauspizien einzuholen.

Nachdem ein Augur die Makellosigkeit des Opferstieres festgestellt hatte und dem versammelten Volk die Zustimmung des Höchsten und Besten versichert hatte, erhob Ateius Widerspruch. Er habe über dem Kapitol zwei Geier kreisen sehen, das sei ein unwiderlegbares Zeichen dafür, daß die Götter vielleicht den Auszug billigten, nicht aber den Kriegszug, denn Geier über marschierenden Soldaten seien ein Unheil verkündendes Omen. Wenn Crassus dennoch den Krieg beginne, werde er ohne den Segen Jupiters kämpfen müssen und Gefahr laufen, sein und seiner Soldaten, also vieler Söhne der hier anwesenden Quiriten, Leben zu verlieren. Er warne ihn daher davor, dieses schlimme Vorzeichen zu ignorieren.

Das versammelte Volk wurde unruhig und begann, sich zusammenzurotten. Auf einen Wink des Pompeius beruhigten Vatinius, Fufius Calenus und der junge M. Antonius das aufgeregte Volk, und auch Cicero, von Pompeius und Crassus nachdrücklich ermuntert, erklärte, Ateius müsse sich geirrt haben. Die Vögel seinen keineswegs Geier gewesen. Er, Cicero, habe sie eindeutig an ihrem heiseren Schrei als Adler erkannt. Das sei ein besonders günstiges Zeichen für das Wohlwollen der Götter.

Aber selbst wenn die Vögel Geier gewesen wären, bestehe keine Gefahr, da sie nur auf dem Marsch einem Heer Gefahr brächten. Zwölf Geier über der Stadt seien schon dem Stadtgründer Romulus erschienen und hätten sich als ungemein günstiges Vorzeichen erwiesen, denn die Götter hätten deshalb ihn und nicht seinen Bruder zum König erkoren.

Als nun auch noch Pompeius versicherte, es seien Adler gewesen, und eine Adlerfeder aus seiner Toga zog, von der er behauptete, sie sei ihm vom Himmel mit einem Windstoß gerade vor die Füße geweht worden, wendete sich die Stimmung des Volkes wieder. Man könne doch nicht glauben, daß die Götter mißverständliche und sich widersprechende Erklärungen abgäben. Erst nähmen sie huldvoll und gnädig das Opfer an und zeigten damit ihre Zustimmung, dann schickten sie zwei Geier, um das Gegenteil zu bekunden? Nein, es seien Adler gewesen als Bekräftigung ihrer schon vorher erteilten Zustimmung! Das bewiese doch die Pompeius zugewehte Feder!

Am nächsten Tag zog Crassus feierlich aus der Stadt, um sich mit seinen vor den Toren der Stadt angetretenen Legionen zu vereinigen, um auf der Via Appia in Richtung Brundisium zu marschieren und sich dort nach Syrien einzuschiffen. Bevor er das Stadttor erreichte, erschien der Volkstribun Ateius und ließ ihn wegen Frevels gegen die Götter verhaften. Aber Vatinius hatte vorgesorgt. Er alarmierte die anderen Volkstribunen, die gegen die Verhaftung ihr Veto einlegten. So mußte Crassus wieder freigelassen werden. Aber erneut stellte sich Ateius ihm in den Weg. Feierlich zog er sich die Toga über den Hinterkopf:

»Du, der du dich römischer Statthalter nennst, sei verflucht! Die Götter sehen deine Verworfenheit! Sie werden dir weder Wasser in der Wüste spenden noch Nahrung! Sie haben dich dem Untergang geweiht! Wehe dir! Deine Knochen mögen unbestattet in Feindesland bleichen! Die Götter sind furchtbar, wenn man sie reizt und ihnen, wie du, mit Lug und Trug begegnet! Kehre um, bevor dich ihr Rachestrahl trifft! Verflucht seist du und die Erde, die du betrittst! Du wirst ein grauenhaftes Beispiel dafür sein, wie Götter ihre verworfenen Kinder strafen!«

Ateius hatte mit gesenktem Haupt, aber laut und deutlich gesprochen. Jetzt schaute er auf und sah Crassus ins Gesicht. Aus seiner Tasche nahm er eine Handvoll Sand und ließ sie langsam durch seine Finger rinnen. »So, wie dieser Sand in den Staub fällt, so werden deine sterblichen Überreste im Staub liegen, ein Fraß für Hyänen und Schakale.«

Crassus schob den Volkstribunen beiseite. »Du bist ein Narr! Nichts als ein alter Narr, der sich von Cato und Ahenobarbus vorschieben läßt! Ich lache über deine Prophezeiungen! In ein paar Jahren werde ich mit reicher Beute und neuem Ruhm zurück sein und den Göttern ihren Anteil an der Beute feierlich überantworten. Dann, lieber verblendeter Freund, wirst auch du über deine Flüche lachen!«

Crassus durchschritt die Porta Capena, hinter der die Via Appia begann. Jetzt befinde ich mich außerhalb des Pomeriums und brauche mich um die lästigen Volkstribunen nicht mehr zu scheren! Unsere Ahnen waren gut beraten, deren Amtsgewalt hinter den Stadttoren enden zu lassen, dachte er erleichtert. Immer gibt es nur Scherereien mit diesen Dummköpfen!

Eine alte Frau zupfte ihn am Kriegsmantel. Er wollte sich mit einer unwilligen Bewegung seiner Schulter von ihr lösen. Da erkannte er, daß es Thrasylla war, die frühere Geliebte des L. Aurunculeius Cotta. »Du lebst noch? Alle dachten, du seiest tot, seit du so plötzlich verschwandest! Cotta hat dich verzweifelt gesucht, auch Cäsar und ich haben dich suchen lassen. Wo bist du gewesen? Weißt du, daß dein Cotta tot ist, gefallen in Gallien?«

Thrasylla, grauhaarig und eingeschrumpft von der Last des Alters, antwortete mit trostloser Stimme. »Ich habe davon gehört, Herr. Ich habe ihn gewarnt, aber niemand hört auf mich! Was sollte ich tun? Ich bin gegangen, weil ich, wie seinerzeit Kassandra, nie Gehör fand. Niemand hat auf mich gehört und so sind alle in ihr Verderben gerannt! Jetzt warne ich dich. Es ist eine Ausnahme, die ich nur mache, weil du Cottas Freund warst. Höre auf mich!«

Crassus hörte ihre beschwörende Stimme und war beunruhigt. »Was, liebe Thrasylla, willst du mir raten?«

»Wenn du nach Syrien kommst, meide Karrhae. Sonst wird dich nur Seleukias Theater erleben!« Thrasylla wandte sich ab und tauchte in der gaffenden Menge unter, ehe Crassus noch etwas fragen konnte. Er schaute ihr einen Augenblick nach, zuckte dann mit den Achseln und begab sich zu den vor dem Tor in Marschordnung auf ihn wartenden Legionen.

2

In Rom herrschte Jubel, als die ersten Siegesmeldungen aus Syrien eintrafen. Die gedrückte Stimmung und der Pessimismus, der beim Auszug des Heeres wegen der Unheil kündenden Vorzeichen die Stadt und ihre Bewohner gelähmt hatte, war wie weggeblasen. Hohn und Spott ergoß sich über die Pessimisten im Senat, und der Volkstribun Ateius Capito konnte sich der höhnischen Sticheleien über seine Schwarzmalerei und seinen unangebrachten Defätismus kaum erwehren. Vor allem die unbemittelten Bürger, deren Söhne das Hauptkontingent bei den Aushebungen zu stellen hatten, waren erleichtert und tanzten vor Freunde in den Straßen und Gassen der Stadt. Pompeius sorgte für eine reichliche Getreidespende. Man lachte über Cato und Ahenobarbus, die vergeblich darauf verwiesen, daß der Krieg noch lange nicht zu Ende sei und niemand wissen könne, was die Götter über Crassus und seine Armee beschlossen hätten.

Schon bald nach dem Auszug der Legionen hatte es ausgesehen, als gäben die Ereignisse den Pessimisten recht. Crassus geriet mit seiner Flotte in heftige Frühjahrsstürme, die einige Schiffe auf Klippen warfen oder sie an fremden Ufern stranden ließen.

Dies sei die Folge eines erneuten Verstoßes gegen den göttlichen Willen gewesen, soll Cicero zu Pompeius gesagt haben. Vor der Einschiffung habe nämlich ein Obsthändler Crassus Feigen aus Caunas angeboten. Dies sei eine weitere Warnung Jupiters gewesen, denn Caunas heiße nichts anderes als ‚cave ne eas‘, was soviel bedeute wie ‚hüte dich zu gehen‘.

Bald aber hatte sich der Sturm wieder gelegt, Crassus sammelte seine zerstreuten Schiffe und landete trotz einiger Schiffsverluste im übrigen wohlbehalten in Kleinasien und erreichte auf dem Landwege Antiochia, die Hauptstadt der römischen Provinz Syrien. Hier übernahm er von dem abgelösten bisherigen Statthalter Gabinius den Oberbefehl.

Der Verlust einiger Schiffe und der auf ihnen transportierten Soldaten hatte in Rom die schlechte Stimmung gegen den Krieg verstärkt, so daß Cato und sein Anhang Morgenluft witterten und im Senat einen Antrag einbrachten, Crassus abzuberufen und vor Gericht zu stellen. Pompeius hatte daraufhin Cicero mit der Verteidigung Crassus' beauftragt. Cicero hatte sich gewunden wie ein Wurm und allerlei Ausflüchte vorgetragen, um sich dieser für ihn peinlichen Aufgabe zu entledigen, aber der Triumvir hatte ihm ohne diplomatische Schnörkel erklärt, er würde ihn zur Verantwortung ziehen, wenn er sich weigere oder nur lax an die Sache heranginge. So warf sich der Vater des Vaterlandes im Senat für Crassus in die

Bresche und konnte alle Angriffe auf ihn dank seiner Eloquenz und der drohenden Haltung der im Senat vollzählig mit Pompeius versammelten Popularen mit Leichtigkeit abwehren.

Crassus hatte unterdessen den Euphrat, der die parthische Grenze bildete, überschritten und die Festung Karrhae im nördlichen Mesopotamien erobert, ohne nennenswerten Widerstand zu finden. Crassus zauderte nicht lange und zog weiter nach Osten, tief in das parthische Gebiet hinein, um dort die von Griechen besiedelten Gegenden vom parthischen Joch zu befreien, wie er an den Senat schrieb, denn die Griechen wollten die parthische Oberhoheit abstreifen und gegen eine römische eintauschen.

Die Zeit war für diese Operation günstig, denn Parthien war durch blutige Thronwirren und Bürgerkriege geschwächt. Zwar hatte der neue parthische König Orodes, der seinen Vater entthront und ermordet hatte, inzwischen auch seinen ebenfalls den Thron anstrebenden Bruder besiegt und töten lassen, aber noch litt das Land unter den Nachwehen dieses Thronstreits.

Im ersten Anlauf besiegte daher Crassus die Armee des parthischen Satrapen Silakes und eroberten Zenodotien, das eine römische Abteilung in einen Hinterhalt gelockt und niedergemetzelt hatte. Zur Strafe für diese Untat ließ er seine Soldaten die Stadt plündern. Danach brannte er sie nieder und verkaufte die gesamte Einwohnerschaft in die Sklaverei. Seine siegestrunkenen Soldaten riefen ihn nach diesem Erfolg zum Imperator aus und trugen ihn auf ihren Schultern singend durch das Lager.

Diese Siegesnachricht war es, die in Rom die bisherige skeptische und fast depressive Stimmung umschlagen ließ. Die dumpfen Ahnungen und schrecklichen Befürchtungen, die man wegen des angeblichen Zorns des Größten und Besten gehegt hatte und die von den Optimaten geschürt worden waren, verflogen, als hätte sie es nie gegeben. Schon wurden Forderungen laut, Crassus wegen seiner Erfolge zu ehren, zumindest ihm den Dank des römischen Volkes auszusprechen, aber die Priester des Augurenkollegiums warnten vor voreiligen Beschlüssen. So blieb es bei der allgemeinen Freude der Quiriten und der Erwartung, daß bald neue Siegesmeldungen aus Syrien einträfen.

Gnipho, immer darauf bedacht, seinen Unterricht abwechslungsreich und interessant zu gestalten und Tagesereignisse zu nutzen, den Unterrichtsstoff zu beleben, griff die günstige Gelegenheit auf, mit seinen Schülern C. Octavius und dessen Schwester Octavia die Art und Weise zu erläutern, wie der römische Staat verdiente Bürger zu ehren pflegt.

»Ihr habt gehört, daß die Legionäre Crassus zum Imperator ausgerufen haben. Wißt ihr, was das für Crassus bedeutet?«

»Nun, ja«, antwortete Caius Octavius, »das ist eine Ehrung, die von den Soldaten für einen siegreichen Feldherrn ausgesprochen werden kann. Soviel ich weiß, ist das die Vorstufe für einen Triumphzug, den allerdings der Senat beschließen muß.«

»Ja«, fiel Octavia ein, »aber der Feldherr, der einen Triumphzug begehrt, muß noch gewisse Bedingungen erfüllen, bevor der Senat dieser Ehrung zustimmt.«

»Da wißt ihr beide schon eine ganze Menge. Imperator ist ein Ehrentitel, den die Soldaten ihrem siegreichen Feldherrn durch Akklamation erteilen. Der Senat muß dieser Erhebung nachträglich zustimmen. Der Titel darf grundsätzlich nur Magistraten mit vollem Imperium verliehen werden. Er wird dann, solange dieses Imperium reicht, also während der Amtszeit eines Magistrats getragen und erlischt mit Beendigung der Magistratur.

Richtig ist auch, daß er Vorstufe des Triumphzuges ist, der die höchste staatliche Ehrung ist, die Rom einem erfolgreichen Feldherrn gewähren kann. Er muß vom Feldherrn beim Senat beantragt werden, der dann, oft sehr lange, prüft, ob der Kandidat die Voraussetzungen erfüllt. Die Regeln hierfür sind kompliziert. So muß der Feldherr in einem gerechten Krieg gegen auswärtige Feinde den Sieg endgültig errungen, nicht nur eine Schlacht gewonnen haben. In dem Krieg müssen mindestens 5000 auswärtige Feinde getötet und der Feind durch den Sieg zum Frieden gezwungen worden sein. Daher kann ein Triumph niemals für Siege in einem Bürgerkrieg gewährt werden.

Der Triumphzug ist nicht nur eine Ehrung für den siegreichen Feldherrn, sondern vor allem auch eine religiöse Dankfeier für die Götter, die den Sieg beschert haben. Daher wird auch das Gesicht des Triumphators wie das Gesicht der Jupiterstatue auf dem Kapitol mit Mennige rot gefärbt, und daher legt der triumphierende Feldherr nach dem Zug seinen goldenen Lorbeerkranz Jupiter zu Füßen als Zeichen dafür, daß dem Größten und Besten der alleinige Ruhm gebühre.«

»Was ist aber«, fragte Octavia, »wenn der Senat den beantragten Zug etwa, weil nur viertausend tote Feinde gezählt werden konnten, verweigert?«

»Auch für kleinere Siege kann der Senat dem Sieger eine Ehrung zubilligen. Man nennt diese dann Ovation. Diese unterscheidet sich vom Triumph durch die geringere Ausstattung des Feiernden. Er erhält keinen Triumphwagen, sondern muß zu Fuß oder zu Pferde durch die Stadt ziehen. Statt des aufwendigen, goldgeschmückten Triumphalgewandes trägt er nur seine Amtstracht, ferner darf er kein Zepter führen und statt eines goldenen Lorbeerkranzes muß er sich mit einem einfachen Kopfschmuck aus Myrten bescheiden, und das alles nur beim Klang von Flöten statt von Trompeten!«

Gnipho lächelte amüsiert bei der Vorstellung, daß man auf Trompeter verzichten mußte. Welch ein Qualitätsverlust! »Die Römer haben nun einmal Sinn für Nuancen, ihr Lieben«, fuhr er fort. »Das zeigt sich auch bei anderen Ehrungen. Da gibt es die Möglichkeit, jemandem für seine Dienste den Dank des Senates auszusprechen, ihm eine Supplicatio, also eine öffentliche Danksagung, in religiöser Form in allen Tempeln zu gewähren, schön abgestuft nach der Dauer in Tagen, für die sie zugebilligt worden ist. So erhielt erst jüngst euer Großonkel Cäsar zwanzig Tage für seine Supplicatio.

Man kann aber auch jemanden mit einem schönen Titel oder Ehrennamen belohnen. Scipio erhielt zum Beispiel den zusätzlichen Namen Africanus verliehen, nachdem er Karthago bezwungen hatte. Vielleicht könnt ihr daher schon bald euren Verwandten Cäsar als Gallicus oder Germanicus begrüßen.

Oder denkt an Cicero, den man nach Niederschlagung der Catilinarischen Verschwörung mit dem Titel ‚Vater des Vaterlandes' beglückte. Gerne werden bedeutende Persönlichkeiten auch durch die Aufstellung ihrer Statue auf dem Forum oder an anderer exponierter Stelle ausgezeichnet. Denkt nur an das kürzlich bei den Unruhen zerstörte Reiterstandbild der Cloelia, an dem die Freundin eurer Urgroßmutter Aurelia so gehangen hatte.

Auszeichnungen gibt es auch für militärische Tapferkeit. Der höchste dieser Orden ist die Bürgerkrone, die sehr selten verliehen wird. Ich erwähne sie nur deshalb, weil einer der wenigen lebenden Träger der Bürgerkrone euer Großonkel Cäsar ist.

Ihr seht also, liebe Kinder, für die nach Lob und öffentliche Beachtung gierenden Römer gibt es ein reichhaltiges Sortiment an Auszeichnungen und Anerkennungen! Und ich habe euch nur die wichtigsten aufgezählt, die lebende Römer erringen können. Daneben gibt es auch umfangreiche Ehrungen für verstorbene Bürger wie tagelange Leichenspiele oder aufwendige Staatsbegräbnisse.

Abschließend und nur zur Ergänzung des Gesagten erwähne ich noch, daß auch Ausländer geehrt werden können. Sie erhalten bei entsprechenden Verdiensten oder aus diplomatischer Höflichkeit den Titel ‚Freund des römischen Volkes'. Leider ist es auch hier so wie bei anderen Ehrungen: Manchmal trifft es einen Unwürdigen! Denkt nur an den Verräter Ambiorix, der Cäsar so viel Kummer bereitet hat und dessen Verrat der besten Freunde eures Großonkels, nämlich L. Aurunculeius Cotta, zum Opfer fiel.«

Gnipho lehnte sich erschöpft und etwas außer Atem zurück. Ich muß tatsächlich meinem Alter Tribut zollen, dachte er verdrossen. So außer Puste bin ich schon lange nicht mehr gewesen. Aber die Kinder sind gute Zuhörer und dankbare Schüler. Das entschädigt mich für manche Mühen, die Cäsar mir aufgebürdet hat, als er mich aus meinem beschaulichen Ruhestand zurückholte.

»Es gibt offensichtlich viele erstrebenswerte Ehrungen, die mich erwarten, wenn ich ein Mann bin«, bemerkte C. Octavius mit Nachdruck. »Ich werde sie alle gewinnen und vielleicht noch ein paar neue, die ich zusätzlich stiften werde!«

3

Wenige Wochen später war die allgemeine Euphorie, die die Meldungen über Crassus' Anfangserfolge in Rom ausgelöst hatten, wieder abgeklungen. Sowohl die feine Gesellschaft als auch die Plebs in ihren dumpfen und lichtlosen Mietskasernen in der Subura hatten sich wieder anderen Themen zugewandt.

In der Stadt herrschte nach wie vor Anarchie, denn Pompeius hatte schon im vorigen Jahr durch religiöse Einwände verhindert, daß Wahlen für das Konsulat stattfanden, und so hatte das neue Jahr ohne gewählte Konsuln und ohne Prätoren begonnen. Die Optimaten hatten zwar mit Nachdruck die Abhaltung von Wahlen verlangt, aber Pompeius hatte die Wahlen verhindert, indem er durch ihm hörige Volkstribunen gegen alle vorgeschlagenen Termine religiöse Bedenken erheben und sie deswegen ihr Veto einlegen ließ.

So wurde das Land von einem alle fünf Tage wechselnden Interrex provisorisch regiert. Langsam gingen dem Senat, dem die Bestellung der Interreges oblag, die Patrizier aus, denn das Amt des Interrex durfte nur von Patriziern verwaltet werden. Weil keine Konsuln gewählt werden konnten, forderten die Volkstribunen statt dessen, einen Diktator einzusetzen, um die offensichtliche Anarchie in der Stadt zu beenden. Sie wußten natürlich auch schon, wer einzig und alleine für dieses Amt in Frage käme, und schlugen unverblümt Cn. Pompeius vor.

Wie immer in solchen Fällen zierte sich Pompeius. In gewundenen Formulierungen wies er im Senat den Gedanken, sich zum Diktator wählen zu lassen, weit von sich. Er begehre für sich gar nichts, ließ er erklären. Allerdings bemerkte er in privaten Gesprächen, wenn auch durch zahlreiche Wenns und Abers verklausuliert, er stünde für das Amt bereit, wenn der Staat von ihm fordere, die dringende Aufgabe zu übernehmen, die kein anderer Bürger zu lösen imstande sei. Es war typisch für ihn, so bemerkte später Cäsar, daß er in seiner Schwerfälligkeit und Entschlußlosigkeit nicht zugegriffen habe, als man ihm die Macht auf einem silbernen Tablett servieren wollte. Er habe sich nicht nur bitten lassen wollen, sondern verlangt, daß man ihm die Macht geradezu aufdränge und daß obendrein auch noch seine erbitterten Feinde unter den Senatoren wie Cato und Domitius Ahenobarbus in den Jubelchor einstimmten.

»Unser guter Pompeius muß zum Jagen getragen werden, und außerdem muß ihm die Jagdbeute schon erlegt und abgehäutet serviert werden, bevor er so gütig ist, sich den Bruch an seinen Lorbeerkranz zu heften. Aber er wundert sich und ist beleidigt und fühlt sich in seiner Würde verletzt, wenn er selbst zur Jagd blasen soll und niemand ihm dazu das Jagdhorn überreichen will. »So hatte ihn Cäsar seinen Freunden und Sachwaltern in Rom, P. Vatinius und Fufius Calenus, gegenüber charakterisiert.

In diese von kleinlichen Streitereien und wechselseitigen Intrigen gekennzeichnete Situation platzte die Nachricht, daß Crassus mit seinem gesamten Heer in Syrien gefallen sei. Zunächst war es nichts als ein Gerücht, das von irgendwoher kam und von dem man wenig Notiz nahm, da es völlig unmöglich schien, daß ein römisches Heer von sieben Legionen unter einem kriegserfahrenen Feldherrn von Barbaren nicht nur geschlagen, sondern gänzlich vernichtet hatte werden können. Nur der gewesene Volkstribun Ateius Capito legte Trauerkleider an und opferte dem Mars. »Die Götter lassen nicht mit sich spaßen«, rief er vor dem versammelten Volk. »Ihr alle habt gesehen, wie Crassus die göttlichen Zeichen mißachtet und hochmütig lästernd dem Willen der Götter zuwidergehandelt hat. Wie furchtbar haben die Unsterblichen sich für die ihnen angetane Schmach gerächt! Tut Buße, Römer! Ihr alle, die ihr dem gotteslästrigen Crassus nicht Einhalt geboten habt, seid mitschuldig! Spendet den Himmlischen Sühneopfer, damit sie sich besänftigen lassen und sich nicht auch noch an euch und unserer Stadt rächen werden!«

Die Unruhe stieg, zumal bisher keine sichere Kunde von den Ereignissen in Syrien die Stadt erreicht hatte.

Dieser Zustand änderte sich schlagartig, als C. Cassius Longinus, der Quästor und Vertreter des Feldherrn Crassus, nach Italien kam und durch seinen Bericht vor dem Senat über die Ereignisse in Syrien die schlimmsten Befürchtungen nicht nur bestätigte, sondern sogar noch die der größten Pessimisten übertraf.

»Ehrwürdige Väter und Beigeordnete«, begann Cassius seinen Bericht, »es fällt mir schwer, euch über die ungeheure Schmach zu berichten, die einem römischen Heer seit der Niederlage von Cannae, also seit über 150 Jahren, nicht mehr widerfahren ist. Es ist wahr: Es gibt keine Armee mehr in Syrien. Der Feldherr Marcus Licinius Crassus und sein Sohn Publius sind in einer gewaltigen Schlacht bei Karrhae, bis zum letzten Atemzug kämpfend, mit fast allen unseren Soldaten gefallen.

Von den sieben Legionen, die an der Schlacht teilgenommen haben, konnten sich nur fünfhundert Mann unter meiner Führung retten. Zusammen mit der achten Legion, die als Besatzung auf die verschiedenen Stützpunkte und Festungen verteilt war, versuchen meine überlebenden Legionäre, Syrien gegen die in unsere Provinz eingefallenen siegestrunkenen Parther zu verteidigen. Diese werden uns sicher in absehbarer Zeit überwältigen, wenn ihr, ehrwürdige Väter und Beigeordnete, nicht dafür sorgt, daß so schnell wie möglich Ersatz für unsere Gefallenen nach Syrien entsandt wird.«

Die Senatoren waren wie vom Donner gerührt. Keiner ergriff das Wort, aber alle tuschelten aufgeregt miteinander, so daß ein sonst unübliches, immer lauter werdendes Geraune den Sitzungssaal erfüllte. Da kein Konsul ordnend eingreifen konnte, sprachen alle durcheinander; der Geräuschpegel stieg und stieg, je mehr die geschockten Senatoren die Fassung wiedererlangten. Schließlich ermannte sich der gerade amtierende Interrex und gebot Ruhe. Langsam erstarben das allgemeine Gemurmel und die zahlreichen privaten Diskussionen.

»Berichte uns«, durchbrach die Stimme des Interrex L. Furius Purpureo die eingetretene Stille, »berichte uns, wie es zu dieser fürchterlichen Katastrophe hat kommen können. Wir erwarten eine ausführliche Darstellung der Ereignisse und eine schonungslose Analyse, insbesondere welche Fehler von uns gemacht worden sind und wo die Ursachen unserer Niederlage zu suchen sind. Wir erwarten die Wahrheit und nicht die üblichen nachträglichen Ausflüchte und Entschuldigungen. Wir haben fast sieben Legionen verloren, da verbietet es sich von selbst, die Schuld für das Versagen unserer Truppen beim Wetter, den allgemeinen Umständen oder gar bei den Göttern zu suchen. Menschen haben die Operationen geplant und durchgeführt, also sind es auch Menschen gewesen, die Fehler begangen und diese Niederlage bewirkt haben!«

Cassius räusperte sich, zupfte an seiner Toga und begann mit der Gemessenheit und Würde eines an der Sache Unbeteiligten zu sprechen: »Ehrwürdige Väter und Beigeordnete! Mit Recht hat der ehrwürdige Interrex Furius Purpureo darauf hingewiesen, daß menschliche Unzulänglichkeit meistens die Ursache ist, wenn eine gut geplante Aktion mit erstklassigen Truppen nicht den Erwartungen gemäß abläuft, sondern wie in diesem Falle in einer vorher nicht für möglich gehaltenen vernichtenden Niederlage endet.

Aber außer diesen Unzulänglichkeiten wie Unterschätzung der gegnerischen Stärke und Kampfkraft oder bei der unzulänglichen Ausstattung unserer Legionen mit Reiterei haben auch andere Ursachen zu unserem Untergang beigetragen. Ich meine hier den ungeheuren Verrat, den unsere Bundesgenossen, namentlich der armenische König und der Fürst Abgar, begingen, und ein Unwetter, das unsere für den Nachschub so wichtige Schiffsbrücke über den Euphrat zerstörte.

Aber laßt mich von Beginn an unsere Aktionen schildern, damit ihr euch eine Vorstellung über diesen unglückseligen Feldzug machen könnt und die Notwendigkeit begreift, schnellstens unsere Truppen in Syrien zu verstärken und wenigstens diese reiche Provinz dem Imperium zu erhalten.

Nach einer stürmischen Überfahrt in Syrien gelandet, marschierte Crassus mit sieben Legionen ohne formelle Kriegserklärung zum Euphrat und überschritt die parthische Grenze. Der gegnerische Widerstand war schwach und so besetzten wir im schnellen Vormarsch gleich nach Kriegsbeginn Karrhae und eroberten zahlreiche Grenzfestungen und Stützpunkte. In mehreren Gefechten und einer Schlacht besiegten wir die Parther, obwohl sie uns an Reiterei überlegen waren.

Letzeres erkannte auch Crassus, und der Mangel an Kavallerie beunruhigte ihn sehr. Im Kriegsrat zeichneten sich zwei Lösungen ab, wie sich der Vorstoß auf die Hauptstadt Seleukia am besten bewerkstelligen lasse. Diese Hauptstadt des Partherreiches, gegenüber der Residenz Ktesiphon und am Tigris gelegen, konnte vom Euphrat in wenigen Tagesmärschen erreicht werden, denn bei Seleukia nähern sich beide Flüsse bis auf fünfzig Meilen. Ich selbst schlug den Weg durch die Berge vor, obwohl dieser Weg länger und auch beschwerlicher ist, aber ich war der Meinung, daß diese Route sicherer sei, weil in den Bergen die Parther ihre uns weit überlegene Reiterei nicht einsetzen konnten.

Crassus aber wählte den kürzeren und bequemeren Weg den Euphrat flußabwärts, weil er mit dem schiffbaren Fluß eine bessere Nachschubverbindung zu haben glaubte. Den Mangel an Kavallerie glaubte er durch die verbündeten Städte und Fürsten ausgleichen zu können. Ferner hoffte er auf tatkräftige Unterstützung durch die meist griechische Bevölkerung der am Euphrat liegenden Städte.

Da die Verhandlungen mit den Verbündeten sich in die Länge zogen, überwinterte Crassus mit dem Hauptheer in Syrien. In dieser Zeit schickte uns der parthische Großkönig eine Gesandtschaft mit seinem Großwesir an der Spitze und forderte uns auf, sein Land umgehend zu verlassen und die bereits eroberten Grenzgebiete wieder zu räumen. Andernfalls werde er mit seinem gesamten Heer uns angreifen und vernichten. Diese provozierende Aufforderung war mit der Würde des römischen Volkes nicht vereinbar. Crassus erklärte die Verhandlungen für beendet und sagte dem Großwesir, er werde demnächst die Antwort auf dieses unverschämte Verlangen persönlich in Seleukia überbringen. Der Wesir lachte laut auf, zeigte Crassus seine nackte Handfläche und sagte in mehr als spöttischem Ton, daß auf seiner Handfläche eher Haare wachsen würden, als daß Crassus nach Seleukia käme.

Crassus beschleunigte nun seine Verhandlungen mit dem König der Armenier und dem Fürsten Abgar, die ihm beide zahlreiche Hilfstruppen, vor allem Reiterei, versprachen. Gleichzeitig zog er zur Finanzierung seiner überall zusätzlich angeworbenen Hilfskontingente die Tempelschätze seiner Provinz ein, insbesondere die der syrischen Göttin Atargatis und des Tempels der Juden in Jerusalem. Allein der Schatz aus der jüdischen Tempelstadt erbrachte den Gegenwert von zehntausend Talenten.

Natürlich war das Geschrei der Tempelwächter groß, und die Stimmung der syrischen Provinzialen wandte sich gegen Crassus und die römische Herrschaft, so daß Crassus auf die Kontingente der syrischen Gemeinde verzichten mußte. Eine sehr willkommene Hilfe war indessen eine tausend Mann starke Abteilung gallischer Reiter, die Cäsar seinem Freund als Verstärkung geschickt hatte.

Der Feldzug begann in diesem Frühjahr unter ungünstigen Vorzeichen. Schon die Auspizien waren ungünstig, denn Crassus ließ die von den Haruspices den Opfertieren entnommenen Eingeweide fallen, so daß sie mit einem lautem Platsch vor den angetretenen Legionen auf den Boden klatschten. Die Soldaten waren von diesem schlechten Omen so entsetzt und beunruhigt, daß sie ihre Fassung auch nicht wiedererlangten, als Crassus lachte und sagte, sie sollten sich nicht fürchten, sein Schwert sei nicht glitschig und werde ihm daher nicht aus den Händen gleiten.

Den Soldaten grauste, zumal sie sich auch daran erinnerten, was Ateius Capito beim Auszug aus Rom prophezeit hatte. Auch fiel ihnen wieder ein, daß Crassus und sein Sohn Publius, als sie den Tempel der Atargatis verließen, gestrauchelt und hingefallen waren. Nun war neben den römischen Göttern auch noch die syrische Atargatis gegen den Feldherrn, meinten die abergläubischen Soldaten.

Hinzu traten bald weitere Pannen und Unglücksfälle. Bald nach dem Beginn unseres Vormarsches zerstörte ein heftiges Gewitter unsere Schiffsbrücke über den Euphrat und unterbrach unsere bequeme Nachschublinie. Dann blieben die vom armenischen König versprochenen Hilfstruppen mit der fadenscheinigen Entschuldigung aus, Armenien sei vom Großkönig Orodes angegriffen worden und müsse sich nun selbst verteidigen. Crassus wollte daraufhin den Vormarsch einstellen, bis die versprochenen Truppen einiger griechischer Gemeinden und die des Fürsten Abgar eingetroffen waren. Aber Abgar kam bereits am nächsten Tag und trieb Crassus zur Eile an. Die parthischen Truppen seien auf der Flucht, wie die Spuren ihrer Pferde bewiesen. In Seleukia seien wieder Thronstreitigkeiten ausgebrochen, König Orodes bedürfe daher seiner Soldaten, um die sich anbahnende Rebellion im Keime zu ersticken.

Diese Argumente überzeugten Crassus, seinen Vormarsch wiederaufzunehmen. In Eilmärschen zog er weiter in Richtung Seleukia, nicht ahnend, daß ihn der tückische Abgar in eine Falle gelockt hatte und selbst längst zu Orodes übergelaufen war.«

»Und du glaubst wirklich«, unterbrach ihn der Interrex, »daß es die bösen Vorzeichen und der Wille der Götter waren, die eure Niederlage verursacht haben? Gewiß, wir alle sind in der Hand der Unsterblichen, aber glaubst du tatsächlich, daß sich in dem Theater, das Ateius Capito bei eurem Auszug inszenierte, der Wille der Götter manifestierte? Du mußt doch wissen, wie sehr unsere skrupellosen Politiker die Religion mißbrauchen, wenn es ihren politischen Zielen nutzt. Warum haben wir denn zur Zeit keine Konsuln? Ist es etwa deshalb so, weil derzeit Konsuln den Göttern zuwider sind? Ist es nicht vielmehr deshalb so, weil P o m p e i u s keine Konsuln wünscht? Er braucht doch die Anarchie und die konsullose Zeit, um Diktator zu werden, damit er den angeblich so bedrohten Staat retten kann! Aber fahre fort in deinem Bericht über die tragischen Ereignisse in Syrien!«

»Verzeiht, ehrwürdige Väter und Beigeordnete, wenn ich meinen Bericht mit der Aufzählung der zahlreichen üblen und Unheil kündenden Vorzeichen überfrachtet habe. Auch ich habe mir meine skeptische Einstellung solchen Phänomenen gegenüber bewahrt. Aber vergeßt nicht, daß unsere nicht so aufgeklärten einfachen Soldaten solche Zeichen anders bewerten als ihr und ich. Sie hatten trübe Vorahnungen, die sich auf ihre Stimmung legten und ihre Kampfeslust und Einsatzbereitschaft dämpften. Sie waren mutlos geworden und zogen, anders als sonst, nur widerwillig dem Feind entgegen. Daran änderte sich auch nichts, als Crassus und die Offiziere ihnen ausmalten, welch riesenhafte Beute auf sie in Seleukia wartete und mit welchen Belohnungen sie würden rechnen können.

Unterdessen hatten die Parther das im vorigen Herbst von uns eingenommene Karrhae angegriffen und unsere Besatzung eingeschlossen. Es war also Eile geboten, um die abgeschnittene Stadt und ihre griechische, uns gewogene Zivilbevölkerung zu entsetzen. Die Armee marschierte unterdessen den Euphrat hinab auf der parthischen Seite dieses die Grenze zwischen beiden Reichen bildenden Flusses. Der Weg war beschwerlich, denn der Fluß hatte wegen der Schneeschmelze in den Bergen Armeniens, wo er entspringt, bis vor kurzem Hochwasser geführt und war über die Ufer getreten und hatte die in der flachen Uferzone liegende Straße überschwemmt. Inzwischen schäumten seine vom mitgeführten Lehm gelbbraunen Fluten zwar wieder gurgelnd und überall Strudel bildend in seinem Bett, aber der Uferweg war von der vorausgegangenen Überflutung noch aufgeweicht und verlangsamte durch schlammige Wegabschnitte unseren Vormarsch nach Süden.

Zu einer unsäglichen Belastung für unsere Soldaten wurden die riesigen Mückenschwärme, die überall aus den zahlreichen tiefen, noch immer mit Wasser gefüllten Pfützen und kleinen Tümpeln geschlüpft waren. Die blutgierigen Mücken fielen über unsere Soldaten her, die sich wegen des schweren Gepäckes nicht gegen die angriffslustigen Insekten wehren konnten. Die schwüle Luft, das Gewicht der schweren Ausrüstung und das von den Mückenstichen verursachte unerträgliche Jucken brachte unsere Legionäre an den Rand der Verzweiflung. Auch wurden viele von in den Wasserlachen schwimmenden, Ekel erregenden Blutegeln befallen, eine zusätzliche Belastung, die unsere Soldaten zu ertragen hatten.

Nicht nur wegen dieser Strapazen brach Crassus den Zug in Richtung Seleukia ab, sondern auch, weil gerade in diesem Augenblick die Nachricht von der Belagerung Karrhaes eintraf. Kurz entschlossen ließ er das Heer wenden und verließ das Flußtal des Euphrats und zog in nordöstlicher Richtung weiter. Von nun an marschierten die Legionen quer durch trockenes Grasland. Der Boden war hart und es wehte ein leichter Wind, der den Soldaten Kühlung zufächelte. Hier gab es keine lästigen Mücken oder andere Quälgeister und so hob sich die Laune der Soldaten schlagartig.

Aber unsere Leute hatten sich zu früh gefreut. Es war früher Morgen gewesen, als wir das Flußtal verließen. Je weiter der Tag fortschritt, desto heißer wurde es, denn auf der baumlosen Hochebene waren wir den sengenden Strahlen der Sonne schonungslos ausgesetzt. Anders als in den Flußauen gab es hier keine Schatten spendenden Bäume, und der anfangs so kühle Morgenwind, der uns erfrischt hatte, wandelte sich mit zunehmender Erwärmung der Luft in einen heißen und die Haut austrocknenden Wüstenwind. Gegen Mittag mußten wir rasten, weil die Soldaten von der Hitze völlig erschöpft waren. Die Sonne brannte mit solcher Intensität vom wolkenlosen Himmel, daß die Metallplatten, die auf die Lederharnische genäht waren, sich so erhitzten, daß man sie nicht mehr anfassen konnte, ohne sich die Finger zu verbrennen.

Erst gegen Abend konnten die Truppen weiterziehen. Das Land wurde immer karger und ging schließlich in Wüste über. Dennoch kamen wir, von nun an nur noch nachts marschierend, gut voran und erreichten am fünften Morgen den Belich, nur wenige Meilen vor der Mündung der Urfa, an der Karrhae liegt. Der Belich ist ein breiter und reichlich sauberes Wasser führender Fluß, an dem Crassus rasten ließ, damit Mensch und Tier sich am klaren und kühlen Wasser erquicken konnten.

Crassus' Kundschafter hatten gemeldet, daß die Parther die Belagerung Karrhaes aufgehoben und sich in eine unbekannte Gegend zurückgezogen hatten. Er ließ daher seine leichte Kavallerie ausschwärmen, um den Aufenthaltsort des feindlichen Heeres zu ermitteln und um vor Überraschungen sicher zu sein.

Es war der Tag der Vesta, ein absoluter Ruhetag, der, wie ihr wißt, ehrwürdige Väter und Beigeordnete, nur den religiösen Pflichten gewidmet ist. Nichts, was nicht unbedingt notwendig ist, darf an solchen Tagen begonnen werden, denn die Vestalien gehören nun einmal zu diesen hohen religiösen Festen.

Natürlich wußte auch Crassus dies, denn schließlich war er Mitglied des Kollegiums der Auguren. Aber wir waren in einer Zwickmühle, denn unser vom beschwerlichen Marsch erschöpftes Heer bedurfte der Ruhe und brauchte Zeit zur Erholung. Auf der anderen Seite mußten wir jederzeit mit einem Überfall der Parther rechnen. Es war daher militärisch unerläßlich, ein befestigtes Lager am Ufer des Belich zu errichten, um einerseits unsere Truppen zu schützen und andererseits die Versorgung mit frischem Wasser sicherzustellen.

Um die Götter günstig zu stimmen, hatte Crassus nicht nur der Vesta die ihr gebührenden Opfer gebracht, sondern auch Jupiter um Verzeihung gebeten, daß er, weil er es für unbedingt notwendig hielt, an einem ‚dies religiosus' die Soldaten für Wasserfassen und Schanzarbeiten tätig werden zu lassen. Um seiner Bitte den nötigen Nachdruck zu verleihen, hatte er Jupiter außerdem reichliche Stieropfer dargebracht.

Bevor er jedoch prüfen konnte, ob der Beste und Größte seine Bitten zu erhören geruhte, kehrten die ausgesandten Reiterpatrouillen arg zerzaust in das im Bau befindliche Lager zurück und meldeten, daß sie auf die parthische Hauptmacht getroffen seien, die sich im Anmarsch auf das Lager befinde. Unsere Reiter selbst hatten erhebliche Verluste erlitten, als sie mit den Reitern der parthischen Vorhut handgemein geworden waren.

In Erwartung eines feindlichen Angriffs hatte Crassus seine Soldaten sofort zu den Waffen gerufen und sie um die Baustelle des Lagers in einem Karree aufgestellt, um gegen einen parthischen Angriff von allen Seiten her gewappnet zu sein. Zum Belich hin hatte er nur eine dünne Linie mit nicht voll kampffähigen Soldaten aufgestellt, da der tiefe Fluß genügend Schutz vor feindlichen Attacken zu bieten schien. An den anderen drei Seiten postierte er seine Kohorten dicht gestaffelt in je 15 Kohorten Seitenlänge. Über die mittlere Linie übernahm er selbst das Kommando, den Befehl über die beiden Flanken übertrug er mir und seinem Sohn Publius.

Wir brauchten nicht lange auf den Feind zu warten. Der Großwesir tauchte plötzlich mit seiner gesamten riesigen Armee auf und ging unverzüglich zum Angriff über. Jetzt erst begriffen wir, daß uns der Verräter Abgar in eine Falle gelockt hatte, als er uns vorspiegelte, daß die Parther wegen angeblicher Thronwirren nur geringe Kräfte in Mesopotamien zu stehen hätten. Deutlich konnten wir nun Abgar und seine Leute im Heer der Perser erkennen und sahen nun die Gerüchte, er sei zum Feind übergelaufen, durch Augenschein bestätigt.

Der Großwesir ließ zuerst seine leichten Reiter ausschwärmen, die uns aus sicherer Entfernung mit einem Pfeilhagel überschütteten. Da wir selbst nur über wenige Bogenschützen verfügten, war unsere Gegenwehr matt und vor allem unwirksam, da unsere Schützen nur selten einen der uns in schneller Bewegung umreitenden Feinde mit den Pfeilen treffen konnten. Auch wegen der Entfernung, aus der sie uns beschossen, konnten sie unsere heranzischenden Geschosse sehen und ihnen daher durch geschickte Paraden mit ihren wendigen Pferden meist rechtzeitig ausweichen.

Aber auch die meisten gegnerischen Pfeile verfehlten ihr Ziel. Unsere Legionäre standen dicht bei dicht und hatten mit ihren Schilden eine feste

Abwehrfront gebildet, indem die Soldaten der ersten Reihe ihre Schilde senkrecht stellten und sich dahinter kniend deckten, während die hinter ihnen postierten Kameraden der zweiten Reihe sich duckten, ihre Schilde über ihre Köpfe hoben und auf den oberen Rand der Schilde der ersten Reihe legten. Auch die dritte und die weiteren Reihen verfuhren so, so daß sich über unseren Legionären ein fast undurchdringliches Dach bildete, an dem der parthische Pfeilhagel abprallte oder darin stecken blieb.

So standen unsere Soldaten zwar wegen der gebückten Haltung etwas unbequem, aber ziemlich sicher und warteten darauf, daß den Parthern die Pfeile ausgingen. Leider hatte diese Hoffnung getrogen, denn der Großwesir hatte auf Kamelen große Mengen von Reservepfeilen heranschaffen lassen.

Crassus' Sohn war durch das tatenlose Abwarten und die Passivität, mit der unsere Truppen die Angriffe der Parther über sich ergehen lassen mußten, so erbittert, daß er seinem Vater vorschlug, mit seinen tausend gallischen Reitern anzugreifen und die lästigen, Pfeile verschießenden leichten parthischen Reiter zu vertreiben.

Crassus ließ sich durch das stürmische Drängen seines Sohnes von seiner ursprünglichen Taktik, den Pfeilhagel einfach auszusitzen, abbringen und befahl den Angriff. Er teilte seinem Sohn aber nicht nur die gallischen Reiter zu, sondern gab ihm auch noch seine wenigen Bogenschützen und acht Kohorten mit auf den Angriff.

Mit stürmischer Urgewalt brachen die Reiter des jungen Crassus vor, aber die Parther ließen es nicht zu einem ernsthaften Gefecht kommen, sondern zogen sich langsam, aber Feindberührung haltend, zurück. Publius Crassus und seine Männer verfolgten den weichenden Feind mit großem Elan und waren bald aus unseren Augen verschwunden.

Crassus ahnte schon bald, daß sein Sohn in eine Falle laufen würde. Vergeblich sandte er berittene Boten hinter ihm her, um Publius zur Umkehr zu bewegen. Aber entweder fingen die Parther die Boten ab, oder sein Sohn ließ die Weisungen unseres Feldherrn unbeachtet. So nahm die Katastrophe ihren Lauf.

Nachdem Publius die Fliehenden einige Meilen verfolgt hatte, machten diese, verstärkt durch hinter einer Bodenwelle verborgene gepanzerte schwere Reiter, plötzlich kehrt und griffen unsere Soldaten an. Die Gallier, die sehr unter der ungewohnten Hitze litten, kämpften heldenhaft und fügten dem Feind schwere Verluste zu. Nach und nach drängte die parthische Übermacht unsere umzingelten Soldaten auf der Kuppe eines Hügels zusammen. Einer nach dem anderen wurden unsere Soldaten, in aussichtsloser Lage tapfer sich wehrend, niedergemacht. Zum Schluß lebten nur noch wenige unserer Legionäre, die Gallier waren bis auf den letzten Mann gefallen. Bevor auch noch die letzten unserer Leute niedergemacht wurden, befahl Publius Crassus seinem bei ihm ausharrenden Burschen, ihn zu töten. Weinend befolgte dieser den letzten Befehl seines Herrn. Kurz darauf fiel er mit den übrigen wenigen Überlebenden in parthische Hand.

Der Großwesir ließ dem jungen Crassus den Kopf vom Rumpf trennen und ihn wie eine Trophäe auf eine Stange spießen. Dann zog er unverzüglich mit dem gesamten parthischen Heer vor das Lager des Crassus und ließ diesem durch Publius' Burschen das abgeschlagene Haupt seines Sohnes überbringen. Gleichzeitig forderte er Crassus bei Zusicherung seines und seiner Soldaten Leben zur sofortigen Kapitulation auf.

Crassus wies dieses Ansinnen natürlich umgehend entrüstet zurück. Daraufhin befahl der Großwesir den Angriff und rückte mit seiner gesamten Streitmacht gegen unsere Stellungen vor. Mit ungeheurer Wucht prallten die parthischen Panzerreiter gegen unsere Schlachtordnung. Sie drangen tief in unsere Reihen ein, konnten sie aber nicht durchbrechen und wurden zurückgeworfen. Nun griff die feindliche Infanterie an. Wir wurden in wilde Kämpfe Mann gegen Mann verwickelt und hatten entsetzliche Verluste. Es hätte sicher nicht mehr lange gedauert, und die Übermacht der Feinde hätte uns überwältigt. Zu unserem Glück brach die Dunkelheit an.

Die Parther brachen den Kampf ab, denn ihre religiösen Gebote verbieten es ihnen, während der Nacht zu fechten. Obwohl wir den ganzen Tag über gekämpft hatten und unsere Soldaten entsprechend erschöpft waren, wollte Crassus, der wegen des Verlustes seines Sohnes und so vieler tapferer Soldaten fast den Verstand verloren hatte, den Kampf in der Nacht fort setzen, um an der Spitze seiner Legionen oder dessen, was davon noch übrig war, den Tod zu suchen. Stumpf stierte er vor sich hin und tätschelte den bleichen ausgebluteten Kopf seines toten Sohnes und versprach ihm, ihm alsbald in den Tod zu folgen. Er bot ein Bild des Jammers, und alle hatten Mitleid mit dem verzweifelten Vater. Er war offensichtlich in diesem Augenblick nicht mehr in der Lage, vernünftige Entscheidungen zu treffen. Daher übernahm ich als sein Vertreter und ranghöchster Offizier das Kommando.

Ich berief einen Kriegsrat mit allen Offizieren und den Centurionen ein, schilderte schonungslos die Lage und schlug vor, die Kampfpause der Nacht zu nutzen und die Trümmer des Heeres hinter die sicheren Mauern der Stadt Karrhae zu führen. So würden wir dem römischen Volk eine zwar schwer angeschlagene, aber noch kampffähige Armee erhalten. Außerdem könnten sich unsere kranken und verwundeten Soldaten in der mit Vorräten gut versorgten Stadt in aller Ruhe erholen und ihre alte Kampfkraft bei guter ärztlicher Pflege regenerieren.

Der Kriegsrat stimmte meinem Vorschlag im wesentlichen zu, bestimmte aber, daß alle nicht gehfähigen Verwundeten zurückgelassen werden müßten, weil man wegen der Kürze der Nacht, durch den nur langsam zu bewerkstelligenden Transport der Verwundeten die Stadt nicht vor Morgengrauen erreichen würde. Dies war ein Argument, dem ich nicht widersprechen konnte, denn die Gefahr, von den nachrückenden parthischen Reitern auf offenem Feld angegriffen und vernichtet zu werden, war zu groß, um das Wagnis einzugehen, alle Verwundeten mitzunehmen.

Um Zeit zu sparen, befahl ich nicht nur den sofortigen Aufbruch, sondern verbot zugleich, persönliches Gepäck mitzunehmen. Ich ordnete auch an, keinen der zurückzulassenden Verwundeten zu töten, so sehr diese auch darum flehen mochten. Ich konnte mir nicht die Zeitverschwendung leisten, die mit der Gewährung des Gnadentodes für unsere armen Kameraden verbunden sein würde. Insgeheim hoffte ich natürlich auch, daß die Parther, wenn sie am Morgen das leere Lager vorfänden, menschlich mit unseren Verwundeten verfahren würden.

Schon nach einer Stunde brachen die ersten Wagen mit leichter Verwundeten auf. Ich hatte voraus schon eine Reitergruppe nach Karrhae gesandt, die unsere Ankunft ankündigte und dem Kommandanten der Stadt befahl, uns mit seinen frischen und ausgeruhten Soldaten entgegenzuziehen. Crassus hatte sich inzwischen gefangen und den Oberbefehl wieder übernommen. Er billigte alle meine Anordnungen vor den versammelten zum Auszug angetretenen Mannschaften und gab den Befehl, unter Vermeidung unnötigen Lärmes das Lager zu verlassen. Wir ließen die Lagerfeuer brennen, um unsere weitere Anwesenheit vorzutäuschen, und zogen, vom Feinde unbemerkt, ab.

Die Götter hatten ein Einsehen mit uns, so glaubten es wenigstens unsere Legionäre, denn wir erreichten vom Feinde unbehelligt Karrhae. Die Stadt war durch hohe Mauern und den Fluß Urfa gut geschützt. Sie hatte eine fünf Kohorten zählende gut ausgebildete und kampferprobte römische Besatzung, die von der überwiegend griechische Einwohnerschaft unterstützt wurde. Crassus sorgte zunächst für die sachgerechte Unterbringung und Versorgung der Verwundeten und begann dann, die ziemlich zusammengeschmolzenen Legionen neu zu ordnen und sie für die zu erwartenden kommenden Kämpfe vorzubereiten. In wenigen Tagen hob sich die Stimmung der Soldaten wieder und langsam wuchs auch bei den Offizieren wieder die Zuversicht.

Crassus wußte, daß er mit seiner angeschlagenen Armee nicht allzulange in Karrhae bleiben konnte. Zwar würde er hier eine sehr lange Belagerung überstehen können, aber da Karrhae tief in Feindesland lag und in Syrien nur noch eine Legion stand, würde er vom römischen Gebiet westlich des Euphrats nicht nur abgeschnitten sein, sondern auch nicht mit Entsatz rechnen können. Zudem würde er seine Beweglichkeit verlieren, wenn er sich in der Stadt würde festnageln lassen.

Er beschloß daher, mit seiner Armee unter Zurücklassung seiner Besatzung und der Verwundeten und Kranken so bald wie möglich auszuziehen, um dem Feind im offenen Feld mal hier, mal da bei sich bietenden günstigen Gelegenheiten überraschend anzugreifen und möglichst viele feindliche Truppen zu vernichten, bis der Großwesir durch seine Verluste so geschwächt wäre, daß die Römer diese Taktik der Nadelstiche aufgeben und wieder zum allgemeinen Angriff übergehen konnten. Im Rücken des Feindes sollte dann die Besatzung der Festung Karrhae, verstärkt durch zahlreiche wieder genesene Verwundete, den Nachschub des Feindes stören und ihn durch Überfälle und Hinterhalte beunruhigen.

Der Plan war gut, aber er scheiterte vollkommen am Verrat eines Griechen, dessen Führung Crassus sich anvertraut hatte. Bevor nämlich unser Heer wieder in Richtung Syrien abziehen konnte, hatte der Feind seine Truppen an Karrhae herangeführt und begann, einen Belagerungsring aufzubauen. Es war also höchste Eile geboten, wenn uns unser Abzug noch gelingen sollte. Crassus erinnerte sich daran, daß die Perser nachts nicht zu kämpfen pflegten, und beschloß, Karrhae in der folgernden Nacht heimlich zu verlassen. Vorher hatte der Großwesir der Stadt und den Soldaten das Angebot gemacht, das Leben, die Freiheit und das Eigentum aller zu verschonen, wenn ihm Crassus und ich ausgeliefert werden würden. Dieses perfide Angebot hatten sowohl die Stadtväter als auch unsere Soldaten mit Entrüstung zurückgewiesen.

Da wir nicht wußten, welchen Weg wir bei unserem Abzug wählen sollten, nahm Crassus den Vorschlag eines griechischen Einwohners an, uns in der Nacht auf sicheren Schleichwegen aus der Stadt und durch das Flachland aus der Gefahrenzone in das schützende Bergland zu schleusen. Der Mann war jedoch ein von den Parthern bestochener Verräter, der unseren Plan unverzüglich dem Großwesir hinterbrachte.

Crassus aber vertraute diesem käuflichen Lumpen. Gleich nach Einbruch der Dunkelheit verließen wir mit den Legionen die Stadt. Unser verräterischer Führer führte uns in die Irre, so daß wir am Morgen nicht das rettende Bergland erreichten, in dem wir vor der gefürchteten parthischen

Reiterei sicher gewesen wären, sondern uns in einem Sumpfland wiederfanden, das von den Parthern umzingelt war. Nur Octavius hatte mit seiner Legion das Gebirge rechtzeitig erreicht und war in Sicherheit. Ich selbst hatte mit zwei Kohorten die Nachhut gebildet. Wegen der Dunkelheit war ich mit meinen Leuten zurückgeblieben und hatte den Anschluß an das Hauptheer verloren. Bald aber hörte ich in der Ferne Kampflärm, und in der aufgehenden Morgensonne sah ich ein schreckliches Bild: Wie die wilden Panther fielen die Parther von allen Seiten über unsere Truppen her und machten sie im Nahkampf Mann für Mann nieder.

Zu allen Unglück hatte auch Octavius mit seiner Legion die Katastrophe beobachten können. Obwohl er schon in Sicherheit war und auch nicht angegriffen wurde, stürzte er sich mit seinen Leuten den Hügel hinab auf die Feinde, um Crassus zu helfen. Er rannte in sein Verderben, denn auch seine kleine Schar war im Nu umzingelt und wurde zusammen mit Crassus' Leuten hingeschlachtet. Den wenigen Überlebenden, darunter Crassus und Octavius, boten die Parther an, sie zu Kriegsgefangenen zu machen. Wahrscheinlich wollte der Großwesir in Seleukia mit einem gefangenen römischen Imperator feierlich einziehen, um sie dann seinem Herrscher gefesselt und geschunden zum Geschenk zu machen. Natürlich lehnte Crassus diese schimpfliche Kapitulation ab.

Aber hört, ehrwürdige Väter und Beigeordnete, welche Schande römische Soldaten über uns und den tapferen Crassus gebracht haben! Sie zwangen Crassus, auf dieses entwürdigende Angebot einzugehen, und lieferten ihren Feldherrn an die Feinde aus! Der Großwesir ließ Crassus von seinen Leuten packen. Dann setzten sie ihn gefesselt auf ein prächtig aufgezäumtes Pferd und wollten ihn gerade jubelnd in ihr Lager fortführen, als Octavius die Ehre der römischen Waffen wiederherstellte. Er sprang auf sein Pferd, sprengte mitten unter die Parther und hieb mehrere der Crassus abführenden Feinde nieder. In dem sich anschließenden kurzen Gefecht wurden beide von den Parthern erschlagen. So starben Crassus und Octavius einen ruhmvollen Soldatentod, wie es sich für römische n Offiziere gehört! Aber die Schande bleibt, daß es römische Bürger waren, die ihren Feldherrn, nur um ihr elendes Leben zu retten, dem Feind überantwortet hatten.

Ich selbst, ehrwürdige Väter und Beigeordnete, habe, da nichts mehr für Crassus getan werden konnte, meine Truppen zurück nach Karrhae geführt. Wir haben die Stadt gehalten und alle Angriffe der Parther abwehren können. Danach bin ich nach Syrien geeilt, habe mich in Antiochia eingeschifft, um euch die Trauerbotschaft selbst zu überbringen. Ich bitte euch, mir einige Legionen zu bewilligen, damit ich wenigstens Syrien dem Reich erhalten kann. Die Eroberung des Partherreiches werden wir aufgeben müssen, aber Syrien muß verteidigt und der Verräter Abgar und der armenische König müssen bestraft werden!«

»Habe Dank für deinen umfassenden Bericht, Cassius. Wir alle sind erschüttert über das, was du uns zu melden hattest«, sagte der Interrex. »Wir werden eine öffentliche Trauer anordnen und dann später darüber beraten, welche Konsequenzen der Senat aus dieser furchtbaren Niederlage zu ziehen haben wird. Eins scheint mir aber sicher: In Anbetracht dieses verhängnisvollen Schlages darf es in Rom keinen Streit mehr geben. Dieses widerliche Gezerre der Parteien um persönliche Vorteile muß endlich aufhören! Weder die Unsterblichen noch die Angehörigen unserer gefallenen Soldaten werden dafür Verständnis haben, daß es in Rom nicht möglich ist, auch nur die überfälligen Wahlen zustande zu bringen! Einigkeit ist das Gebot der Stunde! Deshalb ordne ich für den Tag der apollinischen Spiele, also für den dritten Tag vor den Iden des Quintilis, Konsulwahlen an. Gleichzeitig verbiete ich alle Himmelsbeobachtungen! Niemand soll die Wahlen stören, denn wir brauchen endlich ordentlich gewählte Magistrate, damit die jetzt herrschende Anarchie ein Ende hat!«

Furius Purpureo setzte sich wieder auf seinen Elfenbeinstuhl und blickte in die Runde. Niemand widersprach seiner Anordnung. Er wollte schon zur Tagesordnung übergehen, als er sah, daß Cato, der auch Priester des Apoll war, sich zu Worte meldete. Furius seufzte. Auch das noch! Jetzt bringt dieser alte Querkopf wieder alles durcheinander, dachte er und erteilte ihm mit einer knappen Handbewegung, die seinen Unwillen andeuten sollte, das Wort.

»Ehrwürdige Väter und Beigeordnete! Ich will eure Erschütterung und Betroffenheit nicht für lange Ausführungen mißbrauchen und daher dem ehrwürdigen Interrex in allem zustimmen, obwohl er meine Zuständigkeit als Priester des Apollon so grob mißachtet hat. Ich werde meinem Gott ein halbes Dutzend Hammel opfern, damit er euch und dem römischen Volk die Störung seiner Spiele nicht übelnimmt.

Vorher aber bitte ich noch um Ergänzung deines Berichtes, lieber Cassius. Sage uns noch, was mit den Leichen des Feldherrn Crassus und denen unserer Legionäre geschehen ist!«

Cassius räusperte und erhob sich. »Schreckliches muß ich berichten. Die Knochen unserer Landsleute bleichen in der heißen Sonne Mesopotamiens. Die Parther leben nach der Religion der Perser. Das bedeutet, daß Leichen nicht bestattet werden, bis die Geier alles Fleisch von den Knochen genagt haben. Erst wenn dies geschehen ist, werden parthische Tote der Erde übergeben. So verfahren sie mit ihren Toten. Ich bezweifle, daß sie unsere, nachdem die Geier ihr grausiges Werk getan haben, bestatten werden.

Besonders schlimm und empörend ist die Behandlung des Crassus gewesen. Wie mir ein Spion mitteilte, schlug man ihm Kopf und rechte Hand ab, um sie Orodes in Seleukia zu überbringen. Als der Bote mit den schauerlichen Überresten unseres Crassus den Thronsaal im Palast betrat, wurde dort gerade Euripides' letztes Schauspiel aufgeführt. Ihr kennt sicher diesen einzigartigen Hymnus auf Dyonisos: Die Bakchen, das Spiel von den rasenden Begleiterinnen des Dyonisos.

Gerade als der Bote mit dem Haupt unseres Feldherrn eintrat, rezitierte der Schauspieler Jason, der die Rolle der Agaue spielte, die Stelle, wo diese mit dem abgeschlagenen Haupt des Pentheus auf der Bühne erscheint. Ihr alle kennt sicher diese fürchterliche Szene aus dem zweiten Akt des Stückes.

Geistesgegenwärtig ergriff Jason das Haupt des Crassus, trat vor den König und deklamierte lustvoll den Text des Euripides:

‚Ich komme aus den Bergen und bringe nach Hause
eine Ranke, die frisch ist geschnitten,
ein Wildbret edel und gut!'

Mit einer Verbeugung überreichte er dann den Kopf des Crassus dem Großkönig, der daraufhin, von dem unerwarteten Geschenk entzückt und geschmeichelt, befahl, den Kopf des Crassus zu wiegen und das Gewicht desselben dem Jason in Gold auszuzahlen.«

Die Senatoren waren erschüttert. Nur Ateius Capito zeigte keine Regung. Er erinnerte sich an die Szene vor dem Capenischen Tor beim Auszug des Crassus. »Thrasylla hat ihn gewarnt«, murmelte er, »ich habe selbst gehört, wie sie ihn beschwor, Karrhae nicht zu betreten, sonst würde er nur das Theater in Seleukia kennenlernen. Bei allen Göttern, diese moderne Kassandra hatte recht.«

Am Tag der apollinischen Spiele fanden endlich die immer wieder verschobenen Wahlen für das laufende Jahr statt. Pompeius und Cäsar hatten sich je einen Kandidaten für ungeheure Summen gekauft, und so wurden beide gewählt: M. Valerius Messalla und Cn. Domitius Calvinus. Nun hatte man Konsuln, die Parteistreitereien aber gingen weiter.

4

Die aufgeheizte Stimmung in Rom, die die schwere Niederlage in Syrien besonders beim stadtrömischen Proletariat hervorgerufen hatte, beruhigte sich allmählich. Die kleinen Leute, deren Söhne in erster Linie die Soldaten gestellt hatten, nahmen das Schicksal als Willen der Götter hin, aber sie vergaßen nicht, wem sie den Verlust ihrer Kinder zu verdanken hatten. Schuld an der Niederlage waren ihrer Meinung nach die ruhmsüchtigen Aristokraten im Senat, die ihre Kriege nur zu ihrem Vergnügen, aus Ruhmsucht und um sich an fremden Schätzen zu bereichern, führten und das angebliche Staatswohl nur als Vorwand für ihre eigensüchtigen Ziele mißbrauchten. Die Quiriten machten da keine Unterschiede zwischen Optimaten und Popularen.

»Alles dieselbe Wichse«, rief Burrus seiner Stammtischrunde im goldenen Kater zu. »Nur bei unserm Cäsar ist das anders. Der kämpft noch für uns, weil er uns die schrecklichen Germanen vom Leibe hält. Darum müssen wir aufpassen, daß dem seine Feinde ihn nicht aus Gallien abberufen und irgendeinen der unfähigen Schlappschwänze hinschicken, der wo den Galliern und Germanen nicht gewachsen ist. Sonst geht es dem wie Crassus!«

»Ja, da hast du wiedermal recht«, rief Furca. »Denn es ist ein Unterschied zu dem Crassus seine Niederlage. Wenn wir in Gallien verlieren, und das ist auch dem Vatinius seine Meinung, haben wir im Nu die Gallier oder Germanen in Italien. Die Parther sind dagegen weit weg. Das juckt mir nicht, wenn sie einen unserer Senatoren in Syrien verhauen, denn bis Rom schaffen die es nie!«

»Na hör mal«, rief aufgeregt Lucius Pincus, »die Parther hauen doch nicht nur irgendeinem von diese Senatoren die Schwerter um die Ohren! Die Keile kriegen doch unsere Jungs! Mein Kleiner war in Syrien dabei, der kann dir was erzählen. Er hat Dusel gehabt, weil er gleich im ersten Gefecht einen Pfeil in die Waden gekriegt und die große Schlacht bei Karrus oder wie der Ort heißt nicht hat mitmachen können. In Antiochia haben die Feldschere die zerrissene Sehne ihm wieder geflickt und gesund gepflegt. Nun hinkt er zwar, aber bis zur nächsten Kneipe schafft der Bengel es noch.«

»Nun, mein lieber Specht, da hat er es in Rom ja nicht weit«, feixte Burrus und schlug sich klatschend auf die Schenkel. »Aber ich muß noch mal von Cäsar sprechen. Vatinius hat mir erzählt, daß die Optimaten planen, ihm sein Kommando wegnehmen wollen, weil er nach die Herrschaft streben soll! Außerdem sei ihm seine Aufgabe in Gallien erledigt. Deswegen soll er auch seine zehn Legionen entlassen. Vatinius meint, in Wirklichkeit wollen Cato und seine Leute ihn vor Gericht stellen. Stellt euch vor, unseren Cäsar vor Gericht! Da erobert er uns Gallien, und diese Verbrecher wollen ihn bestrafen!«

»Die sind doch bloß neidisch auf dem seine Erfolge!« Furca haute mit der geballten Faust empört auf den Tisch. »Immer dieselbe Masche! Immer haben sie was gegen ihn! Wir hätten diesen Cato damals nicht in Ruhe lassen dürfen, als er Cäsarn an die Germanen ausliefern wollte. Clodius wollte dem Hurensohn auch einen Denkzettel verpassen und dem sein Haus abbrennen lassen. Leider hatte Pompeius uns das verboten und irgend etwas von Rechtsbruch und Aufruhr gesagt.«

»Der Kerl ist einfach zu lasch! Das siehst du jetzt wieder, wo er wieder keine Konsuln für das nächste Jahr wählen lassen will. Er will selbst Konsul oder Diktator werden, traut sich aber nicht, es offen zu sagen! Ein Diktator wäre doch gut, dann hören endlich diese Unruhen in der Stadt auf! Keinem sein Leben ist sicher, da muß endlich einer Ordnung schaffen und den Saustall mal richtig aufräumen!« Pincus sah sich um und genoß den Beifall, den ihm seine Zechkumpane spendeten.

»Recht hast du, Pincus«, rief Burrus, »aber von dem Pompeius, dieser alten Triefnase, kannst du keine Ordnung erhoffen. Der ist zu schlapp, sage ich dir. Und die anderen sind es auch! Oder glaubst du, Cato kann so was? Der ist doch von gestern und würde für unsereinen keinen von seine Finger rühren! Cäsar muß her, der wird denen Druck unter dem Hintern machen. Die Großen unter dem Daumen, für die kleine Leute wie wir freies Korn und genug Brot, Wein und Öl! Mehr wollen wir doch nicht!«

In der Tat hatte Pompeius schon wieder verhindert, daß für die Beamten des nächsten Jahres Wahlen stattfanden. Cato und seine Freunde hatten zwar alles versucht, ordentliche Magistrate wählen zu lassen. Denn solange keine Konsuln amtierten und statt dessen alle fünf Tage in der konsullosen Zeit ein neuer Interrex bestellt werden mußte, war an die Verwirklichung seines Hauptzieles, Cäsar das Kommando und ihm damit den Schutz der einem Amtsträger zustehenden Immunität zu entziehen, nicht zu denken.

»Es müssen für das nächste Jahr unbedingt Konsuln und zwar solche, die uns anhängen, gewählt werden, wenn wir Cäsar endlich zur Strecke bringen wollen«, sagte er auf einer Versammlung seiner engsten Parteifreunde.

»Zumindest e i n Konsul muß dabei sein, der unserer Partei angehört. Nur wenn uns dies gelingt, haben wir Aussicht, Cäsar das Kommando in Gallien zu entziehen und es einem anderen zu übertragen. Wie ihr wißt, läuft Cäsars Statthalterschaft noch zwei weitere Jahre. Außerdem hat ihm der Senat gegen meinen Rat bewilligt, daß er sich noch während seiner Statthalterschaft in Gallien in Abwesenheit für das dann folgende Jahr um das Konsulat bewerben darf. Da davon auszugehen ist, daß er auch gewählt werden wird, tritt keine amtlose Zeit für ihn ein, und wir haben Cäsar dann als Konsul in Rom. Ihr wißt, was er mit der Macht anfängt, wenn er sie hat. Erinnert euch nur an seine Skrupellosigkeit und seine Rechtsbrüche, als er Konsul war! Und damals hatte er nicht wie heute zehn Legionen im Rücken. Es bedarf also keiner übertriebenen Fantasie, sich vorzustellen, wie Cäsars Machtausübung aussehen wird, wenn er nicht nur zehn Legionen, die riesigen Geldquellen aus seiner Beute und zahlreiche auf ihn eingeschworenen Veteranen hat, sondern auch sein politisches und diplomatisches Geschick und seine Popularenpartei voll gegen uns einsetzt.«

»Ich stimme dir ja in der Bewertung der Gefahr, die Cäsar für uns und das Gemeinwesen bildet, zu«, bemerkte C. Claudius Marcellus. »Wir müssen verhindern, daß Cäsar sein Kommando behält, bis er wieder zu den Wahlen antreten kann. Ihm das Kommando zu entziehen, geht nur durch ein Gesetz. Wie aber wollen wir ein Gesetz durchbringen, solange Cäsars Freund Pompeius alle diesbezüglichen Initiativen entweder durch Obnuntiation oder durch ein Veto eines Volkstribunen unterbindet?«

»Du hast, lieber Marcellus, den Ansatzpunkt gefunden. Wir müssen Pompeius auf unsere Seite ziehen. Wundert euch nicht, daß ich euch diesen sicher etwas verwegen klingenden Vorschlag mache. Im Augenblick müssen wir uns auf Pompeius konzentrieren. Er ist das Nahziel, denn er hat in Rom den größten Einfluß und verhindert als Cäsars Freund jede Initiative gegen ihn. Aber er tut dies nicht nur aus Freundschaft! Ich muß bekennen, daß es ein Fehler war, Pompeius zu bekämpfen und ihn zu verdächtigen, die Herrschaft über Rom anzustreben. Sicher, dieser Verdacht ist vielleicht nicht ganz unbegründet, aber unsere Gegnerschaft hat ihn erst in Cäsars Arme getrieben. Wir haben seine Annäherungsversuche an uns immer brüsk zurückgewiesen. Was blieb ihm also übrig, als sich unserem eigentlichen Feind, nämlich Cäsar, in die Arme zu werfen?«

»Aber du hast doch immer betont, daß es mit Feinden unserer Rechtsordnung keine Gemeinschaft oder Kumpanei geben darf«, rief Domitius Ahenobarbus. »Und Pompeius will doch herrschen! Du hast es selbst immer gesagt. Wenn wir die Republik bewahren wollen, müssen wir gegen jeden kämpfen, der sie bedroht, so deine Worte!«

»Ja, das habe ich gesagt. Und ich habe auch gesagt, daß Pompeius eine Bedrohung unserer Freiheit ist. Ich habe ihn daher mit aller Konsequenz bekämpft und ihn damit um so fester an Cäsar gebunden. Das, glaube ich jetzt, war ein Fehler. Ich bin zu der Überzeugung gelangt, daß Pompeius die Macht zwar will, sich aber scheut, anders als ich das von Cäsar glaube, sie auch mit Gewalt zu erringen. Wäre es anders, hätte Pompeius schon längst die Gelegenheit gehabt, die Macht zu ergreifen. Sicher sind beide Wölfe, aber Cäsar hat die schärferen Reißzähne! Seine Bekämpfung muß daher Priorität haben!«

»Warum aber, lieber Cato, sollte Pompeius seinen Freund nicht nur verlassen, sondern auch noch in unser Lager übertreten? Wir haben doch nichts zu bieten! Abgesehen davon, daß er Cäsar doch auch als sein ehemaliger Schwiegersohn verwandtschaftlich verbunden ist, verdankt er ihm seine jetzige Stellung in Rom, die Statthalterschaft in Spanien und vieles andere mehr! Warum also sollte er die Fronten wechseln?«

»Das, lieber Marcellus, ist der springende Punkt! Es wird gewiß nicht leicht sein, aber wir müssen ihm daher etwas anbieten, was Cäsar ihm unmöglich geben kann. Ich meine die formal erste Stelle im Staat! Die hat Cäsar nicht zu vergeben, weil er sie selbst beansprucht. Ich sagte, wie ihr bemerkt haben werdet, die erste Stelle im Staat, nicht die Macht. Daher werden wir ihn unter keinen Umständen zum Diktator machen, wie es Sulla war. Seine Handlungen unterlägen als Diktator weder der Kontrolle durch den Senat noch dem Vetorecht der Volkstribunen. Deshalb werde ich, wenn ihr einverstanden seid, ihm anbieten, Konsul ohne Kollegen zu werden, mit dem Recht, sich nach geraumer Zeit einen zweiten Konsul selbst zu ernennen. Er steht dann, für alle sichtbar, an der Spitze der Republik. Das ist eine Ehre, die noch niemals vergeben wurde und die unseren eitlen Pompeius veranlassen wird, darüber nachzudenken, ob seine Bindung an Cäsar noch zeitgemäß für ihn ist.

Ich glaube nämlich, daß Pompeius insgeheim auf Cäsar neidisch und ihm keineswegs so freundschaftlich verbunden ist, wie er es nach außen darstellt, vor allem nachdem das enge, durch Julia begründete Band sich durch ihren Tod gelöst hat. Diesen Neid müssen wir fördern. Loben wir überall Cäsars Erfolge! Bezeichnen wir ihn als Roms größten Feldherrn, als Ausnahmeerscheinung und Glücksfall für die Stadt! Und noch etwas: Wir können von Cäsar lernen, wie man jemanden wie Pompeius auch persönlich bindet. Bieten wir dem Witwer eine attraktive Heirat an! Metellus, du hast doch eine heiratsfähige Tochter!«

»Und Cäsar? Wie wird er reagieren?« Ahenobarbus zog die Stirn in Falten. »Er wird doch nicht zusehen, wie wir ihm Pompeius abspenstig machen, um ihn dann zur Schlachtbank zu führen.«

»Wir werden Cäsar in Ruhe lassen, jedenfalls zunächst einmal. Er ist in Gallien beschäftigt, seit dort wieder Unruhen ausgebrochen sind. Und natürlich werden wir auch bei Pompeius nicht mit der Tür ins Haus fallen. Seien wir fürs erste nur ein bißchen nett zu ihm und bewilligen wir ihm einige seiner Wünsche. Es wird vieler Gespräche bedürfen, bis wir ihm nahe genug gekommen sind, um ihn zu uns ins Boot zu ziehen.«

5

»Willkommen, mein lieber Antonius! Ich begrüße dich besonders gern in meinem Winterquartier in Verona. Es freut mich, daß der Senat dich zu meinem Quästor für dieses Jahr bestimmt hat. Es ist immer angenehm, einen tüchtigen und zupackenden jungen Mann deiner Qualität um sich zu haben«, rief Cäsar und ging Marcus Antonius mit offenen Armen ein Stück entgegen. Herzlich ergriff er dessen Unterarm und zog ihn zu einer gepolsterten Kline. »Setz dich, ein kleines Frühstück und ein Schluck Wein werden dir nach der langen Reise aus Rom guttun. Sicher bringst du mir erfreuliche Nachrichten aus der Stadt.«

Marcus Antonius machte ein finsteres Gesicht. »Leider, lieber Cäsar, muß ich dich enttäuschen. In Rom läuft zur Zeit alles schief. Die trügerische Ruhe ist vorbei, seit Cato seine Taktik geändert hat. Er und die Optimaten haben ihren Widerstand gegen Pompeius aufgegeben und hofieren unseren Sampsigeramos, wo immer sie nur können.

Zuerst allerdings hatten sie den Kampf gegen die von Pompeius gestützten Popularen verschärft. So haben sie Titus Annius Milo und seine Banden reaktiviert und sie auf Clodius gehetzt. Sie wollten damit unter der Hand unseren und des Pompeius Freund Clodius vernichten, um Pompeius und natürlich vor allem auch dir den Wachhund und Mann fürs Grobe zu nehmen, mit dem ihr im Bedarfsfalle die Optimaten in Schach halten konntet.

Clodius hatte sich deinen Weisungen folgend ruhig verhalten, aber seine Leute waren in ständiger Bereitschaft außerhalb Roms untergebracht, um sofort eingreifen zu können, wenn sich die Optimaten in feindlicher Absicht rühren sollten. Titus Annius Milo hat das Problem auf seine Weise gelöst und Clodius ermordet. Wir stehen jetzt ohne Schutztruppe da, denn Clodius' Leute haben sich nach dem Tod ihres Führers in alle Winde zerstreut.«

»Sag, wie konnte das geschehen? Clodius hatte doch weit mehr und zudem erfahrenere Schläger unter Vertrag als dieser Milo!«

»Als Milo mit seinen Leuten eine Volksversammlung sprengte, auf der ein von Pompeius beantragtes Gesetz behandelt werden sollte, das die Abschaffung der Interreges betraf, rief unser großer Feldherr sogleich Clodius zur Hilfe. Er brauchte dieses Gesetz dringend, denn ohne einen Interrex hat der Staat überhaupt keinen Magistrat mehr, der mit den Göttern verhandeln kann. Damit wächst natürlich der Druck auf Senat und Volksversammlung, endlich einen Diktator zu ernennen, denn die Wahl von Konsuln und Prätoren hatte Pompeius wie schon im vorigen Jahr durch Einsprüche gegen die vorgeschlagenen Wahltermine durch ihm verbundene Volkstribunen verhindern lassen. Wenn es nun auch keinen Interrex mehr gäbe, so seine Überlegung, würde der Senat endlich seiner von vielen Seiten geforderten Wahl zum Diktator zustimmen müssen.

Genau dies aber wollten die republikanischen Eiferer um Cato verhindern, weshalb sie durch Milo die Volksversammlung sprengen ließen, ehe es zu einem Beschluß über das von Pompeius gewünschte Gesetz über die Abschaffung der Interreges kam.

Pompeius war außer sich und rief Clodius in die Stadt, damit dieser mit seinen Leuten eine erneut angesetzte Volksversammlung schützen und so eine Abstimmung über das wieder eingebrachte Gesetz sichern möge.

Natürlich hatte Milo mit dieser Möglichkeit gerechnet und sich auf der Via Appia, über die Clodius in die Stadt kommen mußte, bei dem Tempel des Mars auf die Lauer gelegt. Als Clodius mit seinen Leuten heranzog, gab Milo das verabredete Zeichen. Mit wildem Geschrei fielen seine Leute über den völlig überraschten Clodius her und verwundeten ihn schwer, wenn auch nicht lebensgefährlich. Es gelang seinen Leuten nicht, den an der Schläfe und am Schlüsselbein Getroffenen zu bergen und aus der Gefahrenzone zu ziehen. Milo, der seine Chance erkannte, sich seines verhaßten Feindes ein für allemal zu entledigen, gab einem seiner Leute den Befehl, Clodius zu töten. So wurde unser großer Volksführer vor den Augen seiner hilflosen Anhänger einfach abgestochen.

Aber schon am nächsten Tag zogen diese mit seinem blutigen und entstellten Leichnam nach Rache schnaubend in die Stadt. Sie trugen ihren toten Führer auf das Forum. Das Volk strömte von allen Seiten scharenweise herbei und schloß sich dem Trauerzug an. Von seinen Freunden, den

Volkstribunen Munatius Plancus und Pompeius Rufus, deinem ehemaligen Schwager, aufgehetzt, stürmten sie die Curia Hostilia. Die dort tagenden Senatoren konnten ihr Leben vor dem entfesselten Volkszorn gerade noch retten, indem sie schleunigst die Flucht ergriffen. In der Senatshalle tobte sich nun der Mob aus. Sie errichteten mitten im Sitzungssaal aus Tischen und Bänken einen riesigen Scheiterhaufen, legten den toten Clodius auf ihn und zündeten ihn an. Angefacht durch einen kräftigen Durchzug, – denn die Menge hatte Fenster und Türen eingeschlagen, – brannte bald das ganze Senatsgebäude lichterloh bis auf die Grundmauern ab. Unsere ehrenwerten Väter und Beigeordneten mußten sich also eine neue Wirkungsstätte für ihre Tagungen suchen!«

»Und was geschah mit Milo? Beherrschen er und Cato jetzt die Stadt? Und wie hat Pompeius reagiert? Gegen ihn richtete sich doch in erster Linie der Mord an seinem Helfer! Er muß doch gemerkt haben, daß er nun nicht mehr über verläßliche Leute verfügt, die für den nötigen Druck auf den Senat und die Volksversammlung sorgen können!«

»Das hat er natürlich gemerkt. Er hat im Senat eine flammende Rede gehalten und Milo wegen Gewaltanwendung und Mord angeklagt und seine umgehende Verbannung aus der Stadt gefordert. Mit einer Beseitigung Milos hätten dann auch die Optimaten keine Schlägertruppe mehr. Pompeius aber wäre in diesem Fall im Vorteil gewesen, weil er sich im Notfalle immer noch auf seine Veteranen hätte verlassen können.

Die Herren Senatoren haben deshalb die Anklage gegen ihren Mann zuerst verhindern wollen, aber Cato hat wieder eine seiner berühmten Reden gehalten. Du weißt schon, dem Terror gemeinsam Einhalt gebieten und jetzt sei die Zeit, gemeinsam den Staat zu retten und so weiter. Pompeius war beeindruckt, bestand aber auf einer Anklage und Verurteilung Milos als ersten Schritt, mit dem der Senat seinen Verständigungswillen beweisen könne. Er selbst wolle ebenfalls das Seine dazu beitragen, daß Recht und Ordnung in der Stadt wieder hergestellt werden.«

»Und was tat der Senat?«

»Dank Catos Beredsamkeit, der Milo einfach fallen ließ, stimmte er der Anklage gegen ihn zu. Pompeius war sichtlich zufrieden. Das ist aber noch nicht alles. Es geht das Gerücht, daß er danach sich mit Cato verständigt habe. Pompeius verzichtet dem Hörensagen nach auf eine Diktatur und erkennt den Senat als Leiter der römischen Politik an. Zum Ausgleich dafür wird Cato beantragen, wegen der Gefahren, in denen sich der Staat befindet, für dieses Jahr nur einen Konsul, und zwar Pompeius, wählen zu lassen. Wenn die Ruhe und die Eintracht unter den Bürgern wiederhergestellt seien, dürfte sich Pompeius einen zweiten Konsul für den Rest des Jahres selbst auswählen.«

Cäsar war aufgesprungen. Hastig schritt er im Raume auf und ab. Mit deutlich erregter Stimme rief er seinem Gast zu: »Ist dir klar, was das bedeutet? Sie haben Pompeius in der Tasche! Er wird alleiniger Konsul, aber zu welchem Preis! Er wird es erst merken, wenn es zu spät ist, nämlich daß die ganze Aktion sich gegen mich richtet! Nur solange er und ich in einem Boot saßen, waren Cato und seinen Fanatikern die Hände gebunden! Jetzt hat Cato nicht nur Pompeius, sondern auch dessen sieben Legionen in Spanien und seine Veteranen an der langen Leine. Du wirst sehen, wir haben trotz aller Freundschaftsbekundungen Pompeius verloren. Ich habe keinen freien Rücken mehr, wenn mich der Senat angreift oder gar vor Gericht ziehen will!«

»Aber siehst du die Sache nicht ein bißchen zu schwarz? Was können sie gegen dich unternehmen? Gut, sie können dir Steine in den Weg legen und werden es sicher auch tun. Damit aber wirst du fertig. Und anklagen können sie dich nicht. Du hast ein Amt und bist immun, und nach deiner Amtszeit als Statthalter wirst du Konsul und bist wieder immun!«

»Unterschätze Cato nicht! Jetzt bin ich immun, aber wie lange noch? Meine Amtszeit als Statthalter läuft im übernächsten Jahr an den Kalenden des März ab. Danach habe ich eine amtlose Zeit bis zum Januar des Jahres 706 unserer Stadt! Das ist meine Achillesferse, hier können sie mich pakken!«

»Aber es ist doch üblich, daß ein Statthalter so lange im Amt bleibt, bis ihm der Senat einen Nachfolger schickt. Und das kann er doch erst, wenn die dann amtierenden Konsuln ihr Konsulat beendet haben, weil sie zwar vor ihrem Amtsjahr zu Statthaltern bestimmt, aber erst nach ihrem Konsulat zu solchen bestellt werden können. Das bedeutet doch, daß niemand zum Nachfolger ernannt werden kann, bis deine Amtszeit als neuer Konsul beginnt!«

»Theoretisch ist das richtig, aber du kennst den Einfallsreichtum Catos und seine Energie nicht! Ihm wird schon etwas einfallen, mein Lieber. Er könnte zum Beispiel den Wahltermin verhindern, wie das Pompeius ihm vorgemacht hat. Dann wird das folgende Jahr ohne Konsuln, also auch ohne einen immunen Konsul Cäsar, beginnen.

Er könnte auch bewirken, daß mir vorzeitig ein Nachfolger bestellt wird. Es steht nirgends geschrieben, daß nur die Konsuln des laufenden Jahres Statthalter des übernächsten Jahres werden können. Es gibt viele ehemalige Konsulare aus vergangenen Jahren, und wer will den Senat daran hindern, von Cato inspiriert und instruiert, einen anderen Konsularen vorzeitig zu meinem Nachfolger zu ernennen? Dann stehe ich ohne Immunität da und kann angeklagt werden! Denn daß Cato mich vernichten wird, wenn er kann, bezweifelst du wohl nicht!«

Antonius schaute zu Boden und dachte nach. Nach einer Weile hob er den Kopf. »Ich glaube, wir haben uns zu sehr auf die immerwährende Freundschaft mit Pompeius verlassen. Der Mann ist wetterwendisch und hört auf Einflüsterungen und Schmeicheleien. Wollte er nicht immer schon der Erste im Staate sein? Noch steht er, wenigstens nach außen hin, zu uns. Aber wenn es Cato schafft, ihm die Führerschaft der Optimaten und im Senat anzubieten, wird er sicher schwach! So etwas wollte er doch schon immer werden! Zu uns ist er gekommen, weil Cato ihn abgelehnt, bekämpft und mit seinem Rigorismus abgeschreckt hat. Cato ist ein kluger Kopf, und wenn er wirklich über seinen Schatten springen kann und sich Pompeius zuwendet, läßt dieser dich ohne Skrupel im Stich!

Wir müssen daher schon jetzt, obgleich noch nichts passiert ist, Vorsorge treffen, damit deine Befürchtungen nicht eintreffen. Deshalb ist es wichtig, daß wir immer genügend Anhänger im Senat und unter den Amtsträgern haben, die das Schlimmste verhindern können. Vor allem brauchen wir mindestens einen der beiden Konsuln und einen oder mehrere Volkstribunen, die gegnerische Aktionen blockieren können, vor allem die vorzeitige Bestellung eines Nachfolgers für dich.«

»Gut, mein lieber Antonius, das ist auch meine Meinung. Wir wollen aber auch nicht Pompeius aus dem Auge lassen. Ich werde ihm schreiben und seine Aktion gegen Milo gutheißen und ihm hier und für andere Wünsche meine Unterstützung anbieten. Er muß wissen, daß er nicht auf Cato angewiesen ist, wenn er etwas durchsetzen will.

Unabhängig davon brauche ich jemanden, der die führerlose Bande des Clodius sammelt und in meinen Sold nimmt und im Ernstfall für mich bereitsteht. Kannst du mir einen guten Mann empfehlen?«

»Wenn Geld keine Rolle spielt, schlage ich dir Quintus Scribonius Curio vor. Dieser hochverschuldete junge Mann ist zwar bis jetzt dein Gegner, aber er sucht eine lohnende Aufgabe, die seinen Ehrgeiz befriedigt. Ich kenne ihn schon lange. Er ist einer dieser jungen liederlichen Aristokraten, aber er ist umtriebig, von schnellem Denken, ideenreich und zupackend. Skrupel plagen ihn nicht, gut reden kann er. Außerdem ist er leutselig und kann Anhänger mitreißen und begeistern. Er ist der richtige Mann, zumal als Freund des toten Clodius. Ihm werden die verwaisten Leute mit Sicherheit folgen, und er wird, wenn er Volkstribun werden will, auch gewählt werden. Der Haken ist, er hat acht Millionen Sesterzen Schulden. Übernimm sie, und er ist dein Mann!«

»Gut, fahre nach Rom zurück. Sprich mit ihm und biete ihm meine Protektion und die Schuldenübernahme an. Sprich auch mit Vatinius und Fufius Calenus, damit sie seine Wahl zum Volkstribunen für das nächste Jahr durchsetzen. Für das übernächste Jahr sollst du dann Volkstribun werden. Es ist das entscheidende Jahr, in dem meine Statthalterschaft endet!

Und sieh zu«, sagte Cäsar, sich zum Abschied wieder erhebend, »daß du noch weitere Anhänger für uns wirbst. Ich übernehme gerne noch weitere Schulden, wenn der Schuldner es wert ist.«

Kurz nachdem Marcus Antonius gegangen war, meldete ein Eilbote, daß sich in Gallien zahlreiche Stämme unter Vercingetorix gegen die römische Herrschaft erhoben hatten.

»Ein allgemeiner Aufstand? Und unter einheitlicher Führung? Unglaublich! Nach der Vernichtung der Eburonen hatte ich gedacht, den Funken des Aufruhrs endgültig ausgetreten zu haben«, sagte er zu dem Boten.

»Crastinus, mach uns reisefertig! Wir reisen sofort nach Gallien ab!«

6

Nach langen wechselvollen Kämpfen hatte Cäsar seine verstreuten und abgeschnittenen Legionen aus der Umklammerung durch die Aufständischen befreien können. Gleich nach seiner überstürzten Abreise aus Oberitalien hatte er erkennen müssen, daß es sich nicht um lokale Unruhen oder um den Aufstand einzelner unzufriedener Stämme, sondern um eine sorgsam geplante und gut organisierte gleichzeitige Erhebung fast aller gallischer Völker gegen die römische Herrschaft handelte.

Vor allem war neu, daß die gallischen Stammesführer sich unter den Oberbefehl eines einzigen Führers gestellt hatten und seinen Befehlen bedingungslos gehorchten. Dieser Führer war Vercingetorix, ein junger, erst knapp dreißigjähriger Adliger aus dem in den Cevennen siedelnden Volk der Averner. Ihm war es nicht nur gelungen, die verschiedenen Stämme zu einigen, sondern auch aus ihren Kontingenten eine schlagkräftige Armee aufzubauen, die Cäsar und seinen Legionen schwer zu schaffen machte.

Als erstes machte sich bei den Römern der Mangel an Reiterei bemerkbar, denn diese Hilfstruppen, bisher von gallischen Adligen gestellt, dienten nun im Heer des Vercingetorix. Als Ausgleich für den Verlust seiner Kavallerie fand Cäsar allerdings sehr schnell Ersatz, indem er germanische Reiter anwarb, die mit besonderem Eifer gegen ihre alten gallischen Feinde zu Felde zogen und häufig in den zahlreichen Gefechten den Ausschlag für den römischen Waffenerfolg gaben.

Dies und die taktische und strategische Überlegenheit Cäsars hatten trotz mancher Rückschläge und empfindlicher Verluste auf römischer Seite dazu geführt, daß sich das Kriegsglück schließlich trotz aller Tapferkeit und der zahlenmäßigen Überlegenheit der Gallier Cäsar zuwandte.

So hatte Vercingetorix sich nun mit achtzigtausend Kriegern in die uneinnehmbare Bergfestung Alesia zurückgezogen, während seine Unterführer, weit über das ganze Territorium Galliens verteilt, eine riesige Entsatzarmee aufbauten, um ihren in seiner Festung eingeschlossenen Führer aus der römischen Umklammerung zu befreien.

Cäsar, der die Uneinnehmbarkeit Alesias erkannt hatte, hatte fast seine gesamte Armee um den Berg herum versammelt und belagerte die Festung. Er wußte natürlich, daß das Schicksal Vercingetorix' maßgeblich für den Erfolg des Aufstandes sein würde. Ihm war klar, daß der Zusammenhalt der gallischen Völker vor allem der charismatischen Gestalt ihres Anführers zu verdanken war. Nur dieser war in der Lage, die unterschiedlichen Interessen der einzelnen Völker zu bündeln und die Rangstreitigkeiten und Eifersüchteleien ihrer Stammesfürsten in den Hintergrund zu drängen. Nur ihm würde es gelingen können, sie alle auf die gemeinsame Aufgabe einzuschwören und die Befreiung Galliens vom römischen Joch zu erkämpfen.

Daher durfte er Vercingetorix auf keinen Fall aus der belagerten Stadt entkommen lassen. Da eine Einnahme der Stadt im Sturm wegen der Befe stigungen und des steilen Berges nicht möglich war, mußte zunächst verhindert werden, daß von außen Versorgungsgüter in die Stadt gelangten. Nur durch Aushungern, das war Cäsar klar, war die Stadt und damit Vercingetorix zu bezwingen, und mit dem Tod oder der Gefangennahme ihres Anführers der Aufstand Galliens niederzuschlagen.

Cäsar ließ daher seine Soldaten einen festen Belagerungsring um die Stadt ziehen, der nicht nur jede Verbindung Vercingetorix' nach außen unmöglich machen, sondern auch Ausbruchsversuche aus Alesia verhindern sollte.

Seine Soldaten errichteten deshalb um den steilen Berg, auf dem Alesia lag, einen vierzehn Meilen langen Wall. In diesen fünfundzwanzig Fuß hohen Erdwall ließ er dreiundzwanzig viereckige, mit hohen Palisaden und Türmen bewehrte Kastelle für seine Legionäre einbauen, die eine Rundumverteidigung ermöglichten, je nachdem, ob ein Kastell von der Stadt aus bei Ausfällen der Besatzung oder von hinten von der zu erwartenden Entsatzarmee angegriffen werden würde.

Vor diesem Hauptwall in Richtung Alesias gruben die Soldaten eine dreißig Fuß breiten Graben mit senkrechten, von Bohlen abgestützten Wänden. Um auch noch das weitere Vorfeld abzusichern, ließ Cäsar etwa zwei Stadien weiter stadtwärts zwei weitere, je zwanzig Fuß breite und tiefe Gräben ausheben. Den vorderen ließ er mit Wasser aus einem nahen Fluß füllen, den hinteren sicherte er mit spitzen, in den Boden gerammten, im Feuer gehärteten Holzpflöcken. Hinter beiden Gräben errichten seine Pioniere einen weiteren Damm mit einer fünfzehn Fuß hohen Steinmauer mit Laufgängen und Brustwehren.

Vercingetorix, der in der Stadt nur noch Verpflegung für dreißig Tage hatte, versuchte während der Schanzarbeiten durch mehrere vergebliche Ausfälle die totale Einschließung der Stadt zu verhindern oder wenigstens zu verzögern. Ihm war klar, daß das Ersatzheer länger als dreißig Tage brauchen würde, um sich zu formieren und in Richtung Alesias zu ziehen. Deshalb mußte er die Lebensmittelvorräte strecken und die Rationen kürzen, um nicht vor Ankunft des Entsatzes aus Mangel an Nahrung kapitulieren zu müssen.

Aber er erkannte sehr bald, daß eine noch so einschneidende Kürzung der täglichen Lebensmittelzuteilungen nicht ausreichen würde, um die benötigte Zeit bis zum Eintreffen des Entsatzheeres zu gewinnen. Nur eine radikale Lösung würde ihm ein längeres Durchhalten ermöglichen. Daher beschloß er, alle nicht Kampffähigen aus der Stadt zu weisen und sie der Gnade der Römer auszuliefern. So trieb er eines morgens alle Kranken, Alten und die Frauen und Kinder aus der Stadt in der vagen Hoffnung, daß sich die Römer ihrer annehmen und sie mit dem Nötigsten versorgen würden.

Cäsar sah den Elendszug den Berg herab auf sich zukommen. Er gab Befehl, die aus der Stadt Gewiesenen unverzüglich zurückzutreiben, um dort den offensichtlichen Mangel an Nahrungsmitteln zu verschärfen. Aber Vercingetorix hatte die Stadttore hinter den Ausgewiesenen wieder schließen lassen und weigerte sich nun, die unnützen Esser wieder in die Stadt zu lassen. So lagerten sich die verzweifelt um Gnade Flehenden unterhalb der Mauern. Aber schon bald wurde ihr Schreien schwächer. Ohne Wasser und Nahrung verschmachteten sie und kamen sämtlich um.

Inzwischen hatte sich das Entsatzheer Alesia genähert und nur zwölf Stadien vor dem äußeren Befestigungswall der Römer ein befestigtes Lager bezogen. Am nächsten Morgen griff es mit großem Elan die römischen

Befestigungen an. Gleichzeitig stürmten auch Vercingetorix' Truppen den Berg hinab, verfingen sich aber in den dicht gestaffelten Befestigungen der Römer. Auch der Angriff von außen brach nach wechselvollen Kämpfen schließlich unter den Hufen der germanischen Reiterei Cäsars zusammen.

Schon in der nächsten Nacht drangen die Gallier wieder von beiden Seiten gegen die Römer vor. Es entwickelten sich zahlreiche Einzelschlachten an und bei den Befestigungen. Bei Tagesanbruch scheiterte der Angriff der Gallier schließlich mit hohen Verlusten, weil sie die Befestigungen Cäsars trotz ihres Heldenmutes nicht überwinden konnten.

Jetzt änderten sie ihre Taktik. Statt überall zugleich anzugreifen, suchten sich Vercingetorix und die Krieger des Entsatzheeres eine Stelle aus, die sie als einen Schwachpunkt in der römischen Verteidigung erkannt hatten. Hier, im Norden des römischen Befestigungsringes, waren wegen des unebenen und schwierigen Geländes das römische Kastell nicht auf der Kuppe eines Hügels, sondern nur auf halber Höhe angelegt worden. Heimlich hatte Vercingetorix nachts die Kuppe besetzen lassen und griff nun das Kastell von oben an, während gleichzeitig das Entsatzheer mit allen Kräften auch von unten stürmte.

Schon nach kurzer Zeit waren die Römer durch den unerwarteten und übermächtigen Feind in arge Bedrängnis geraten. Der Kampf tobte und die Römer mußten befürchten, daß den vereint angreifenden Galliern der Durchbruch durch die römischen Linien gelingen würde. Cäsar war klar, daß der Erfolg des ganzen Feldzuges auf dem Spiele stand, ja daß die Römer Gefahr liefen, nicht nur eine empfindliche Niederlage zu erleiden, sondern auch Gallien wieder zu verlieren.

Er warf daher seine letzten Reserven in die Schlacht und stürmte selbst an der Spitze seiner Legionäre in den Kampf. Aber auch die Gallier wußten, was auf dem Spiele stand. Sie mußten siegen, um den Kampf um ihre Unabhängigkeit und ihre Freiheit überhaupt fortsetzen zu können. So gaben beide Seite das Letzte her, um den Sieg an ihre Fahnen zu heften. Lange blieb der Kampf unentschieden, dann aber schien sich die Kraft der Römer zu erschöpfen.

In diesem Augenblick ritten die germanische Reiter eine wilde Attacke in den Rücken der von außen angreifenden Gallier. Dieser unerwartete Stoß in ihre ungedeckte rückwärtige Front brach ihren Widerstandswillen. Durch das wilde Geschrei der von hinten heranpreschenden Germanen aus der Fassung und in Panik gebracht, stoben die Gallier, die Waffen wegwerfend, auseinander und flohen in alle Richtungen. Auch Vercingetorix, der das römische Kastell schon fast erobert und den Durchbruch vor Augen hatte, brach daraufhin seinen Angriff ab und zog sich nach Alesia zurück.

Am nächsten Morgen mußte er erkennen, daß sich das Entsatzheer aufgelöst hatte. Die Geschlagenen hatten ihr Lager in der Nacht geräumt und waren abgezogen. Die Kontingente der einzelnen gallischen Stämme hatten das gemeinsame Heer verlassen und waren einfach nach Hause gegangen.

Vercingetorix erkannte, daß er nicht mehr entkommen konnte. Er erklärte seinen Leuten, da Fortuna ihn verlassen habe, müsse er den jetzt aussichtslos gewordenen Kampf aufgeben, und bat sie, ihn zu töten. Als niemand es wagte, gegen ihn Hand anzulegen, sandte er eine Botschaft an Cäsar und bot ihm seine Kapitulation an.

Cäsar forderte ihn und seine Krieger auf, die Festung zu verlassen und die Waffen abzugeben. In langem Zug marschierten die Gedemütigten den Berg hinab und unterwarfen sich vor Cäsar und seinen angetretenen Legionen. Vercingetorix kniete vor Cäsar nieder und übergab ihm seine Waffen. Dann wurde er in Ketten gelegt und abgeführt. Cäsar schenkte jedem seiner Soldaten einen Gefangenen als persönlichen Sklaven. Die restlichen Gefangenen ließ er zu seinen Gunsten auf dem Sklavenmarkt verkaufen.

7

In Rom hatten Cato und sein Anhang derweil mit großem Geschick sich Pompeius genähert, ohne ihn zunächst in ihre Planungen einzuweihen. »Wir müssen vorsichtig sein«, hatte Cato seinen Leuten eingeschärft, »damit er nicht merkt, daß unser Ziel ist, Cäsar mit seiner Hilfe zu Fall zu bringen. Noch hegt er, trotz seiner Eifersucht und seines Neides gegen Cäsar, auch als dessen ehemaliger Schwiegersohn, die alten freundschaftlichen Gefühle für ihn. Die müssen wir erst nach und nach zerstören, bevor wir ihm unsere Vorstellungen, wie wir die Republik vor Cäsars Machtansprüchen retten können, offenbaren.

Zuerst einmal muß er das persönliche Band, das ihn durch seine glückliche Ehe mit Cäsars Tochter noch über Julias Tod hinaus an ihn kettet, kappen. Wie weit, lieber Metellus, sind deine Bemühungen gediehen, unserem Sampsigeramos deine Tochter als neue Ehefrau anzudienen? Der alte Zausel steht doch auf hübsche junge Mädchen! In den Armen deiner Tochter wird er Julia bald vergessen haben! Die emotionale Bindung an Cäsar wird sich erst lockern und schließlich verschwinden, wenn er wieder verheiratet ist.«

Q. Caecilius Metellus Pius war sichtlich unwohl zumute, denn ihm gefiel der Gedanke überhaupt nicht, seine noch nicht einmal zwanzigjährige Tochter dem fast sechsundfünfzigjährigen Pompeius ins Ehebett zu legen. Natürlich war auch er der Meinung, daß die Töchter aristokratischer Familien nicht das Recht hatten, sich selbst einen Ehegatten auszusuchen. Auch er war der Auffassung, daß Töchter bei der Gattenwahl ihre Gefühle den jeweiligen Familieninteressen unterzuordnen hatten. Aber seine Tochter an den alternden Pompeius zu verkuppeln, widerstrebte ihm dennoch.

»Muß es ausgerechnet meine Tochter sein?« fragte er unwillig. »Es gibt doch reichlich andere Töchter aus bester Familie, lieber Cato. Wie wäre es zum Beispiel mit deiner Porcia? Warum bietest du sie ihm nicht an?«

»Das hat zwei Gründe, mein Lieber. Ich habe ihm Porcia vor zehn Jahren, als Pompeius um sie warb, in geradezu beleidigender Form verweigert. Ohne Gesichtsverlust kann sich Pompeius jetzt nicht erneut um meine Tochter bemühen. Und Gesichtsverlust ist das, was Pompeius unter keinen Umständen in Kauf nehmen würde.

Der andere Grund, weshalb meine Tochter nicht für Pompeius in Frage kommt, liegt ebenfalls auf der Hand. Jedermann in Rom weiß, daß ich ein erbitterter Gegner des Pompeius bin, weil ich ihn, wie jeden anderen auch, der nach der Macht im Staate strebt, mit allen Mitteln bekämpfe. Eine eheliche Verbindung mit meiner Tochter würde daher für jedermann, also auch für Cäsar, offenkundig machen, daß Pompeius die Seiten gewechselt hat. Unsere Pläne gegen Cäsar würden vorzeitig bekannt, vor allem Pompeius wüßte dann ebenfalls Bescheid, was wir mit der Heirat bezwecken. Da er aber noch nicht für uns und gegen Cäsar ist, wäre die Konsequenz, daß er eine solche Heirat ablehnen müßte, wenn er seine Verbindungen mit Cäsar nicht gefährden will.

Es bleibt daher nur eine Heirat mit deiner Tochter, lieber Metellus. Danach werden wir Pompeius zum Konsul ohne Kollegen wählen lassen. Dies wird ein Vorschlag der Optimaten sein. Ich werde zunächst dagegen sein, mich aber von euch zu einer Aussprache mit ihm bewegen und mich in diesem Gespräch von der Lauterkeit seiner Absichten überzeugen lassen. Er wird mir in diesem Gespräch sicher Zusicherungen machen, daß er die Kompetenzen des Senats nicht beschneiden wird, denn der Köder, das Land erst als alleiniger Konsul zu regieren und sich dann einen zweiten Konsul selbst zu erwählen, wird ihm eine zu schmackhafte Verlockung sein, um meinem Angebot zu widerstehen. Ich werde ihm übrigens dich, lieber Metellus, seinen neuen Schwiegervater, als seinen späteren Kollegen im Konsulat vorschlagen.«

Metellus lächelte süffisant. »Du meinst also, mein lieber Cato, ein Konsulat auch für mich ist ebenfalls ein zu appetitlicher Köder, um Pompeius meine Tochter verweigern zu können. Nun gut, du hast mich an der Angel, denn leider muß ich einsehen, daß deine Tochter aus den von dir aufgezählten Gründen nicht in Frage kommt.

Dennoch fürchte ich, daß der wenig entschlußfreudige Pompeius alles abblasen läßt, wenn er auf Cäsars Widerstand stößt. Und daß Cäsar den Braten riecht und sich dagegen aussprechen wird, daß Pompeius alleiniger Konsul und damit auch alleiniger Machthaber in Rom wird, ist doch wohl sicher!«

»Aber lieber Metellus, ich hoffe darauf! Was Pompeius dann macht, ist doch gleichgültig! In jedem Fall würde Cäsars Einspruch Sampsigeramos in unsere Arme treiben. Er wird es Cäsar jedenfalls nicht vergessen, daß dieser gegen seinen geheimsten Wunsch, in Rom der Erste zu sein, opponiert hat! Und wenn er kneift und unser Angebot wegen Cäsars Bedenken nicht annimmt, ganz besonders. Auf jeden Fall wird die Sache einen Keil zwischen beide treiben, und das ist doch unser Hauptziel!

Erst wenn die Macht der beiden sich nicht mehr vereint gegen uns, sondern gegeneinander wendet, haben wir überhaupt eine Chance, die Republik von den Machtgelüsten der beiden zu retten.«

»Heißt das nicht«, unterbrach ihn sein Schwager Domitius Ahenobarbus, »daß du in letzter Konsequenz einen Bürgerkrieg zwischen Pompeius und Cäsar anstrebst? Mir graust vor dieser Vorstellung! Nicht nur, weil wieder das Blut der Bürger in Strömen fließen wird, sondern auch, weil am Ende vermutlich einer der beiden aus diesem Krieg als Alleinherrscher hervorgehen wird, der Rom nach seinen Vorstellungen gestalten und regieren wird. Und eins ist sicher, diese Vorstellungen werden dann nicht die unseren sein!«

Cato schüttelte den Kopf. »Lieber Schwager, natürlich strebe ich keinen Bürgerkrieg an, aber ich scheue ihn auch nicht! Wenn es um die Freiheit unserer Republik geht, bin ich bereit, auch diesen Preis zu zahlen. Aber es wird zu keinem Krieg kommen. Pompeius will ihn nicht, denn er will geliebt und geehrt sein und als Bewahrer unserer Ordnung, nicht als deren Zerstörer in die Geschichte eingehen.

Bei Cäsar sieht das wahrscheinlich anders aus. Ihm geht es um die Macht und nicht um seinen Nachruhm in den Geschichtsbüchern. Aber er ist zur Zeit so mit dem gallischen Aufstand beschäftigt, daß er an einen Bürgerkrieg nicht denken kann. Diesen Umstand müssen wir nutzen. Wenn Pompeius erst einmal Konsul ist, müssen wir zielstrebig und mit seiner Hilfe daran arbeiten, Cäsars Macht zu mindern. Wichtig ist deshalb, daß wir während dieser Zeit die Rechtsgrundlagen schaffen, Cäsar aus Gallien abzuberufen, bevor er wieder Konsul wird. Dann ist er nicht nur ohne Amt und könnte für seine Vergehen angeklagt und ausgeschaltet werden, vor allem aber verfügt er nicht mehr über Truppen, die er gegen uns einsetzen kann und die ihm blindlings auch in einem Bürgerkrieg folgen würden.

Sollte er sich seiner Abberufung aus Gallien und damit der gesetzlichen Ordnung entgegenstellen, ist er als Rechtsbrecher öffentlich zu brandmarken. Das wird viele, selbst manche seiner Anhänger, abschrecken, ihm weiterhin zu folgen. Er wird sich als kühl kalkulierender Rechner dann dreimal überlegen, ob sich das Risiko lohnt, gegen die geballte Macht der etablierten Ordnung zu rebellieren und mit Gewalt vorzugehen.

Auf unserer Seite stehen dann nicht nur das Gesetz, sondern Pompeius, der bisher unbesiegte Feldherr Roms, seine spanischen Legionen und die Legionen in unseren anderen Provinzen. Cäsar kann rechnen. Er wird zwei und zwei zusammenzählen und feststellen, daß er nur über zehn durch die Verlusten im gallischen Krieg ausgedünnte Legionen verfügt. Er wird rechnen, und der Friede wird gesichert sein!«

Kurz darauf vermählte sich Pompeius mit der Tochter des Metellus. Es war eine große Hochzeit, das gesellschaftliche Ereignis der Saison. Cäsar, von seinem neuen Freund Curio rechtzeitig und umfassend über alles informiert, hatte, zusammen mit einem herzlichen Glückwunschschreiben, ein vergoldetes Gespann mit sechs prächtigen Rappen aus seiner Kriegsbeute geschickt und ihm seine unverbrüchlichen Freundschaft versichert. Unter der Hand hatte er ihm die Unterstützung der Popularen angeboten, das Gesetz über seine alleinige Konsulschaft durch den Senat und die Volksversammlung zu bringen. »Was ich nicht verhindern kann, muß ich mit auf den Weg bringen«, hatte er zu dem ihn zweifelnd anschauenden Marcus Antonius gesagt. »Ich muß Pompeius bei Laune halten. Cato will ihn in sein Lager ziehen, und ich werde ihm, bei allen Göttern, nicht noch dabei helfen, indem ich zu verhindern suche, was nicht zu verhindern ist! Erst, lieber Antonius, müssen wir mit den Galliern fertig werden, dann sehen wir weiter!«

Einige Monate später nahm Pompeius Metellus Pius zum Mitkonsul an.

8

Das ganze nächste Jahr über war Cäsar mit der endgültigen Befriedung Galliens beschäftigt. Überall mußten lokale Aufstände niedergeschlagen werden und danach für die besiegten Stämme neue Führungskräfte gefunden werden, die ihm die Gewähr boten, nicht nur Rom, sondern vor allem ihm selbst persönlich verbunden zu sein.

In Rom hatte inzwischen Catos Politik der Annäherung an Pompeius Früchte gebracht. Durch ihm verbundene, aber sich unabhängig gebärdende Senatoren war im Senat ein Antrag eingebracht worden, Cäsar für seinen überragenden Sieg über Vercingetorix eine weitere Supplicatio von zwanzig Tagen zuzubilligen. Im Senat wandte sich Cato ostentativ gegen diesen Vorschlag. Er wies darauf hin, daß Cäsar durch seine rigide Steuerpolitik in Gallien selbst den Anlaß für den Aufstand gegeben habe und daher nun nicht noch für seine Rechtsbrüche belohnt und belobigt werden dürfe. Statt ihn zu ehren, müsse man ihn abberufen und vor Gericht stellen und bestrafen.

Pompeius, dem diese Ehrungen seines Rivalen ebenfalls wider den Strich gingen, wagte zwar nicht, sich im Senat oder in der Öffentlichkeit gegen eine Ehrung Cäsars auszusprechen, aber er sah Catos Opposition mit Wohlwollen und unterstützte dessen Bemühungen unter der Hand.

Insgeheim aber sorgte Cato dafür, daß der Senat den für Cäsar beantragten Ehrungen zustimmte. »Der Anfang, liebe Freunde, ist gemacht. Der Neid auf Cäsars Ruhm frißt Pompeius' freundschaftliche Gefühle für seinen ehemaligen Schwiegervater auf. Glaubt mir, der Groll sitzt so tief, daß wir ihn bald ganz in unserem Lager haben werden. Nachdem nun auch noch du, lieber Marcellus, für das nächste Jahr zum Konsul gewählt worden bist, werden wir nun zum Angriff auf Cäsars Macht übergehen können.

Als erstes wirst du ein Gesetz einbringen, nach dem künftig gewesene Konsuln nicht mehr unmittelbar nach ihrer Amtszeit eine Statthalterschaft antreten dürfen.«

»Gut, aber was soll das bewirken?« C. Claudius Marcellus blickte irritiert. »Wir wollen doch Cäsar bekämpfen, nicht uns selbst! Ich werde doch nicht selbst vorschlagen, daß ich nach meinem Konsulat zu Hause sitze und Grillen fange, statt Statthalter in einer unserer Provinzen zu werden!«

»Beruhige dich, mein Lieber! Ich werde dir den Sinn des Gesetzes erklären. Cäsars Amtszeit in Gallien läuft zu den Kalenden des März während deines Konsulates ab. Bei der jetzigen gesetzlichen Regelung könnte einer von euch, du oder dein Kollege Aemilius Paullus, erst nach Ablauf eures Konsulates Ende Dezember Statthalter in Gallien werden. Bis dahin würde also Cäsar geschäftsführender Statthalter bleiben und hätte nicht nur die Verfügungsgewalt über seine zehn Legionen, sondern auch über die beträchtlichen Steuereinnahmen seiner gallischen Provinzen.

Wenn wir aber eine Karenzzeit, sagen wir von fünf Jahren, zwischen dem Ablauf des Konsulatsjahres und dem Beginn der Statthalterschaft einführen, können wir Cäsar gleich nach den Kalenden des März im nächsten Jahr aus den alten Konsularen, deren Amtszeit schon fünf oder mehr Jahre zurückliegt, einen Nachfolger schicken. Wir schlagen damit mehrere Fliegen mit einer Klappe: Cäsar wird seine Provinzen los, er verliert seine Legionen an einen uns genehmen und unserer Sache verpflichteten Nachfolger, und wir können unter den alten Konsularen, denen wir eine Chance auf eine lukrative Statthalterschaft eröffnen, neue Anhänger gewinnen. Du wirst sehen, wie groß der Andrang unter den alten Konsularen sein wird, in unser Lager zu kommen, weil ihnen der amtlose Cäsar nichts mehr zu bieten hat. Und schließlich können wir endgültig Cäsar vor Gericht stellen, weil er ohne Soldaten sich nicht gegen uns wehren kann, zumal wir auch Clodius, seinen Bandenführer in Rom, im vorigen Jahr erledigt haben.«

»Gut, lieber Cato. Aber stelle dir das alles nicht so einfach vor. Cäsar hat in Rom noch genügend Verbündete. Im nächsten Jahr wird nicht nur der andere Konsul Aemilius auf seiner Seite stehen, dem er die Schulden bezahlt hat, sondern, was schlimmer ist, auch der zum Volkstribun gewählte Quintus Scribonius Curio. Besonders letzterer wird uns Knüppel zwischen die Beine werfen. Nicht nur, weil er gegen alles, was Cäsar nicht paßt, sein Veto einlegen wird. Er hat nämlich auch noch die Witwe und Erbin des Clodius geheiratet und die Reste von dessen Banden übernommen, die er mit Cäsars Geld wieder aufbaut.

Und vergiß nicht, dein Plan kann nur gelingen, wenn wir Pompeius ganz in unserem Lager haben. Daß er sich von Cäsar entfernt, weiß ich. Aber wird er auch in unserem Lager ankommen? Seine Trägheit und sein Zaudern sind doch berühmt. Er muß sich immer eine Hintertür offenhalten und entscheidet sich nur, wenn er seinen Vorteil nicht nur sieht, sondern ihn auch für absolut sicher hält. Daher glaube ich nicht, daß er Cäsar ganz fallen lassen wird. Er wird ihn und uns gegeneinander ausspielen und sich erst entscheiden, wenn er sich sicher ist, wo seine Vorteile liegen.«

Cato lächelte überlegen. »Sicherheit? Wer will die nicht? Aber Sicherheit gibt es nicht umsonst. Sie setzt den Mut zum Risiko voraus. Nur wer wagt, gewinnt! Ich weiß, daß wir viel riskieren müssen, wenn wir Cäsar zur Strecke bringen wollen. Der Einsatz wird unsere Freiheit, wahrscheinlich sogar unser Leben sein, aber der Preis ist die gerettete Republik. Und ist diese nicht den Einsatz unseres Lebens wert?

Aber du hast recht, wir brauchen Pompeius. Und wir dürfen Cäsar nicht unterschätzen. Morgen werde ich mit Pompeius sprechen. Ich werde ihn bitten, unsere Führung zu übernehmen. Er ist eitel! Deshalb hoffe ich, daß er anbeißen wird, wenn ich ihm anbiete, sein Imperium, nicht aber das Cäsars, zu verlängern. Er wird dann auch optisch für jedermann erkennbar als alleiniger Besitzer des Imperiums der erste Mann im Staate sein. Das hat er immer gewollt. Er wird sich für diesen Preis in unserem Lager einfinden, glaube mir, lieber Marcellus!«

»Und wenn er die Macht benutzt, um uns und die Gutgesinnten beiseite zu schieben? Wir kämen vom Regen in die Traufe! Wir würden genau dies erreichen, statt die Republik vor der Herrschaft und den Machtgelüsten eines einzelnen zu retten, bekämen wir einen neuen Machthaber!«

»Dieses Risiko kann ich natürlich nicht völlig ausschließen, aber Pompeius ist nicht der Machtmensch, der die Alleinherrschaft anstrebt. Bei Cäsar ist das anders. Der will herrschen, der will letztendlich die Monarchie. Pompeius aber steht auf dem Boden der Verfassung, zumindest jetzt noch. Cäsar ist der Gefährlichere von beiden, daher muß er als erster bekämpft werden. Und dazu brauchen wir Pompeius; nachher sehen wir weiter!«

Es gelang Cato, sich mit Pompeius zu einigen, ohne ihm seine letzten Pläne zu offenbaren. Ohne Schwierigkeiten wurde dessen Imperium verlängert und auch das Gesetz über die Statthalterschaften ging mühelos durch die gesetzgeberischen Instanzen. Zusätzlich hatte der Senat beschlossen, daß an den Kalenden des März die Auswahl eines Nachfolgers für Cäsar auf die Tagesordnung der Senatssitzung gesetzt werden sollte.

9

Genau an den Kalenden des März des Jahres 704 nach Gründung der Stadt trat der Senat zu seiner entscheidenden Sitzung, wie Cato meinte, zusammen, um über die Nachfolge Cäsars als Statthalter der gallischen Provinzen zu beraten und zu beschließen.

»Ehrwürdige Väter und Beigeordnete«, begann der Konsul C. Claudius Marcellus mit seinem Referat, »die Zeit des Lavierens und der

Beschwichtigungen muß endlich ein Ende haben. Wie lange noch wollen wir uns von Cäsar auf der Nase herumtanzen lassen? Immer wieder hat der Senat eingelenkt und seinen guten Willen bewiesen und Cäsars Eigenmächtigkeiten und Rechtsbrüche toleriert. Nun aber muß endlich Schluß mit unserer Langmut sein. Cäsar muß unmißverständlich klargemacht werden, daß auch er den Weisungen des Senates unterliegt und daß wir, die rechtmäßigen Regenten unserer stolzen Republik, die Weiterführung seines Kommandos nicht mehr dulden werden.

Ihr alle wißt, daß der Krieg in Gallien beendet ist. Für die Befriedung dieses neuen Teiles unseres Reiches gebührt Cäsar der Dank des Vaterlandes, aber nun muß er einsehen, daß er nach Ablauf seiner Statthalterschaft wie jeder andere römische Magistrat seine Macht in die Hände des Senats zurückgeben muß. Da das Land befriedet ist, bedarf es auch nicht einer so gewaltigen Streitmacht, wie sie seine zehn Legionen darstellen.

Ich beantrage daher, daß Cäsar abberufen wird, daß er seine Legionen entläßt und daß ihm heute vom Senat ein Nachfolger bestimmt wird, der unverzüglich nach Gallien reist, um das Kommando zu übernehmen.

Ehrwürdige Väter und Beigeordnete, es ist höchste Zeit zu handeln! Ihr alle kennt Cäsars Machtgier und befürchtet, daß er sich unseren Wünschen widersetzen wird. Noch viel mehr aber schreckt euch die Gefahr eines neuen Bürgerkrieges. Deshalb habt ihr bisher Cäsar so milde behandelt, denn eure Furcht vor einem Bürgerkrieg war größer als euer Respekt vor unseren altbewährten Gesetzen.

Dieses feige Zögern hat Cäsar bestärkt und ihn veranlaßt, den Gedanken an eine gewaltsame Machtübernahme überhaupt erst in Erwägung zu ziehen, um endgültig der Herr Roms zu werden. Jetzt, da Pompeius nicht mehr auf Cäsars, sondern auf unserer Seite steht, müssen wir die günstige Gelegenheit ausnutzen und ihn seiner angemaßten und von euch bisher so sträflich geduldeten Macht entkleiden, indem wir ihm seine Machtmittel, nämlich seine Soldaten, nehmen. Auch Cäsar rechnet kühl, er wird wissen, daß er verspielt hat, wenn Pompeius auf unserer Seite steht und wir ihm entschlossen entgegentreten.

Rafft euch also auf, ermannt euch und rettet die Republik vor den unerträglichen Machtansprüchen eines einzelnen! Schickt Cäsar einen Nachfolger und befreit uns und die Stadt von dem Alptraum der Monarchie dieses Machtbesessenen!«

Marcellus setzt sich und blickte in die Runde. Aus dem zustimmenden Nicken vieler Senatoren erkannte er, daß er in der richtigen Tonlage gesprochen hatte. Alle haben sie Angst vor einem blutigen Bürgerkrieg, deshalb haben sie sich bisher nicht getraut, gegen Cäsar vorzugehen, dachte er bei sich. Zehn kriegserfahrene Legionen sind immer schon ein überzeugenderes Argument gewesen als noch so gute verfassungsrechtliche Gründe. Nun aber, da der Senat über die Legionen Pompeius' verfügen kann und in diesem obendrein noch den erfahrensten Feldherrn Roms auf seiner Seite hat, werden sie Cäsar die Stirn bieten. Mit sich zufrieden, nahm Marcellus Platz.

»Ehrwürdige Väter und Beigeordnete, unser guter Konsul hat die Gefahren eines Bürgerkrieges, die angeblich von Cäsar ausgehen sollen, so plastisch und einfühlsam geschildert, daß ich keinen Zweifel daran habe, daß ihr euch in seinem Sinne entscheiden werdet.« Q. Scribonius Curios Stimme hatte einen unüberhörbar sarkastischen Unterton. »In der Tat befinden wir uns in einer kritischen Situation. Pompeius hat die Statthalterschaft in Spanien und sieben Legionen, Cäsar hat zehn Legionen in Gallien. Ihr behauptet, Cäsar strebe nach der Macht und müsse deshalb seine Truppen entlassen. Obwohl es keinerlei Beweise dafür gibt, daß Cäsar irgend etwas gegen die verfassungsmäßige Ordnung im Schilde führt, kann ich natürlich nicht ausschließen, daß er tatsächlich eine Gefahr für den Staat darstellt. Ich bin also deshalb für den Antrag unseres Konsuls.«

Im Senat war eine gewisse Unruhe nicht zu überhören. Aufgeregt scharrten vor allem die Cäsarianer mit den Füßen, denn sie hatten mit einem derartigen Schwenk ihres Sprechers nicht gerechnet. Bei den Optimaten zeichnete sich hingegen eine überraschte Freude in den Gesichtern ab, nur Catos Miene ließ Skepsis erkennen.

»Ich sehe euch alle überrascht, verehrte Kollegen«, fuhr Curio ungerührt fort. »Warum aber seid ihr überrascht? Ich lasse doch nur die Vernunft walten! Der ehrenwerte Konsul Marcellus hat doch überzeugend dargelegt, welche Gefahren aus zuviel Macht eines einzelnen für uns alle entstehen können. Unser Freund Marcellus hat allerdings seinen Gedanken nicht zu Ende gedacht.

Wir kennen zwar nicht die Absichten Cäsars, halten es aber zu unser aller Sicherheit für notwendig, uns sogar schon zu schützen, wenn nur die theoretische Möglichkeit besteht, daß er, gestützt auf seine Truppen, nach der Macht im Staate greift. Wir beugen also jeder Eventualität vor, wenn wir ihm diese Macht nehmen.

Was aber ist dann mit den Truppen des Pompeius? Wozu braucht er sie? Spanien ist doch wie Gallien befriedet! Besteht nicht ebenfalls die theoretische Möglichkeit, daß unser großer Pompeius, nachdem Cäsar seine Soldaten entlassen hat, nun, im Alleinbesitz militärischer Einheiten, nach der

Macht greift? Wer schützt uns vor einem potentiellen Monarchen Pompeius?

Wir alle wollen doch frei, wie es unsere Väter taten, nach den hergebrachten Regeln unseren Staat regieren. Oder will einer von euch statt von Cäsar lieber von Pompeius beherrscht werden? Was also ist die Konsequenz meiner Überlegung? Wir müssen die Gefahren, die von b e i d e n Männern ausgehen könnten, unmöglich machen! Das bedeutet, verehrte Kollegen, daß b e i d e, Pompeius und Cäsar, ihre Truppen sofort entlassen müssen! Nur dann verhindern wir die Machtübernahme durch einen einzelnen und nebenbei auch noch die Gefahr eines Bürgerkrieges. Ich werde daher der Ablösung Cäsars und der Entlassung seiner Soldaten nur dann zustimmen, wenn Pompeius seine Soldaten ebenfalls entläßt! Nur wenn beide Feldherrn keine Soldaten mehr haben, entfällt die Gefahr einer Alleinherrschaft und die eines Bürgerkrieges. Stimmt also mit mir für die Entlassung beider Armeen! Für den anderen Fall kündige ich als amtierender Volkstribun mein Veto an!«

Nach dieser Rede Curios wandte sich die Stimmung der wankelmütigen Senatoren. Eben noch für die Entlassung Cäsars, neigten sie nun Curios Auffassung zu. Mit Mühe konnte Marcellus eine Abstimmung verhindern und die Angelegenheit vertagen. So blieb Cäsar fürs erste Statthalter in Gallien und Herr seiner Legionen.

Das ganze Jahr über versuchten Cato und Marcellus vergeblich, eine Abstimmung über Cäsars Abberufung herbeizuführen. Curio aber unterlief elastisch alle diesbezüglichen Versuche. Er brachte, von Cäsar autorisiert, Kompromißvorschläge ein, in denen Cäsar mal anbot, seine Ämter zusammen mit Pompeius niederzulegen, mal, auf die Statthalterschaft im transalpinen Gallien zu verzichten, aber sie im diesseitigen zu behalten. Pompeius und der Senat lehnten Cäsars Vorschläge rundherum ab, aber eigene Beschlüsse des Senats scheiterten am Veto des Volkstribunen Curio.

Gegen Ende des Jahres, kurz vor Ende seiner Amtszeit, erklärte Marcellus, er habe die Untätigkeit des Senats satt. Er hielt im Senat eine feurige Rede gegen Cäsar und beantragte die Ausrufung des Ausnahmezustandes, damit er alle Vollmachten hätte, von sich aus gegen Cäsar vorzugehen. Der Senat lehnte seinen Vorschlag nicht nur ab, er beschloß nun sogar mit einem überwältigendem Stimmenverhältnis von 370 zu 22 auf erneuten Antrag Curios, daß beide, Cäsar und Pompeius, ihre Truppen zu entlassen hätten. Zu groß war die Furcht der edlen Väter vor einem Bürgerkrieg. Statt zu handeln, jubelten sie Curio als vermeintlichem Retter des Vaterlandes vor der Geißel des Bürgerkrieges zu und gingen dann nach Hause.

Wenn der Senat nicht handeln könne oder wolle und seine Pflichten so beharrlich vernachlässige, müsse er, Marcellus, es auf eigene Faust tun, sagte der Konsul zu Cato. Ohne jede Ermächtigung suchte er Ende Dezember Pompeius auf und beauftragte ihn, den Schutz der Stadt in seine Hände zu nehmen. Gleichzeitig forderte er ihn auf, unverzüglich Aushebungen vorzunehmen und seine Legionen kriegsbereit zu machen.

Nach anfänglichem Zögern sagte Pompeius seine Unterstützung zu und begann mit dem Aufstellen einer Senatsarmee. Der neue Volkstribun M. Antonius hielt eine flammende Rede gegen Pompeius und untersagte allen Rekruten, den Einberufungen zu folgen. Pompeius, hierdurch gereizt und in seiner Ehre verletzt, trat nun endlich und mit großer Entschiedenheit an die Seite des Senats. Er mobilisierte seine Veteranen. Der Zuzug der alten Soldaten, die feurigen Aufrufe Catos und seines Anhangs erzeugten eine gegen Cäsar gerichtete Stimmung, die viele Senatoren über die wahren Stärkeverhältnisse täuschte und wieder schwankend machte. Die Suggestion, die von den zahlreichen Pompeius verpflichteten Veteranen ausging, brachte schließlich einen erneuten Meinungsumschwung. Ohne Debatte übergingen sie einen erneuten Vermittlungsvorschlag Cäsars und erklärten am siebten Tag nach den Iden des Januar den von den neuen Konsuln beantragten Ausnahmezustand. Die Volkstribunen, deren Vetorecht während des Ausnahmezustandes ruhte, erklärten sich und ihr Leben für bedroht und flohen mit Curio aus der Stadt zu Cäsar, der mit einer Legion im diesseitigen Gallien stand. Damit war der Bürgerkrieg unvermeidlich geworden.

10

Cäsar lag mit einer einzigen Legion in seiner Provinz Gallia Cisalpina im Winterquartier, als ihn die aus Rom geflüchteten Volkstribunen erreichten. Er hatte sein Lager an den Ufern eines schlammigen Baches namens Rubicon aufgeschlagen. Dieser bildete, eher einem unscheinbaren Rinnsal gleichend, an der Küste zur Adria die Grenze zwischen dem diesseitigen Gallien und Italien. Seine übrigen Legionen standen noch jenseits der Alpen in Gallien und waren dort über das ganze Land verteilt, um die eben erst befriedete Provinz vor neuen Erhebungen der einheimischen Bevölkerung zu schützen.

Die Volkstribunen schilderten in drastischen Worten die letzten Ereignisse in Rom. Besonders M. Antonius drängte Cäsar zum sofortigen Losschlagen. »Noch sind die Rüstungen Pompeius' nicht abgeschlossen, noch verfügt er in Italien über keine schlagkräftigen Truppen! Noch kannst du mit einer einzigen Legion auf Rom marschieren, ohne auf nennenswerte Gegenwehr zu stoßen. Nutze die Chance! Als Grund für deinen Einmarsch kannst du angeben, daß du nur die Rechte der Volkstribunen wiederherstellen willst! Fordere unsere Wiedereinsetzung und Aufhebung des Ausnahmezustandes, denn nicht du hast das Recht verletzt, sondern die Konsuln.«

»Nun, mein lieber Antonius, an einer triftigen Begründung soll es nicht fehlen. Aber keine noch so gut formulierte Ausrede wird die Tatsache wegwischen, daß ein Einmarsch in Italien nicht nur rechtswidrig ist, sondern auch den Beginn eines langen Bürgerkrieges bedeutet. Gut, ich habe nicht als erster zur Gewalt gegriffen, aber ich bin der erste, der m i l i t ä r i s c h e Gewalt anwendet. Das wird mich in den Augen der Quiriten auf jeden Fall ins Unrecht setzen. Sie werden vergessen, daß der Senat beschlossen hat, daß beide Feldherrn, Pompeius und ich, ihre Soldaten zu entlassen haben und nur i c h diese Bedingung anzunehmen bereit war. Ich habe den Bürgerkrieg gewiß nicht gewollt. Jetzt, da er dank der Starrheit und Unversöhnlichkeit der Oligarchen unvermeidlich geworden ist, fürchte ich ihn auch nicht! Aber einen letzten Versuch zum Einlenken will ich noch machen. Aber wenn der Senat bei seinem Beschluß mit dem Ausnahmezustand bleibt, muß ich schon aus purer Notwehr zur Waffe greifen!«

»Wozu noch einen letzten Versuch? Der Senat würde dir das als Schwäche auslegen und sich in seiner Haltung, dich zu vernichten, nur bestärkt fühlen. Schuld oder Nichtschuld, was soll diese Frage? Wenn du siegst, ist das ein Zeichen der Götter, daß du im Recht warst und das Fossil Cato und sein Anhang die Friedensbrecher gewesen sind! Am Ende schreiben immer die Sieger die Geschichte. Siegst du, bist du im Recht, und zwar von Anfang an! Verlierst du, werden noch so gute Gründe dir die Last deines Unrechts nicht von der Schulter nehmen!

Cato will den Bürgerkrieg, zumindest fürchtet er ihn nicht, genau wie du. Aber die meisten Senatoren und die Quiriten wollen ihn nicht! Darin liegt deine Chance, wenn du marschierst. Merken sie erst, auf was sie sich eingelassen haben, wird ihre Euphorie, die sie zur Verhängung des Ausnahmezustand verführt hat, schnell erlöschen. Sie werden sich dem mutmaßlichen Sieger anschließen, und das bist du! Marcus Caelius, einer der schwankenden Senatoren, hat das sehr richtig erkannt. Ich hörte, wie er neulich zu Cicero sagte, daß man bei inneren Streitigkeiten, solange ohne Waffen gestritten werde, auf der anständigen Seite stehen müsse. Sobald es aber zum Krieg komme, sei der Platz auf der stärkeren Seite der richtige. So denken die meisten nicht nur, so werden sie auch handeln. Ergreife also die Initiative und marschiere! Du bist hier schließlich nicht am Rubicon, um zu angeln!«

Unmittelbar nach diesem Gespräch schickte Cäsar Eilboten nach Gallien mit dem Befehl an seine Legionen, nach Italien zu kommen. Auch nach Rom sandte er die Botschaft, er werde nur mit der Absicht, die Ordnung wiederherzustellen und die verjagten Volkstribunen in ihre Ämter wiedereinzusetzen, die Grenze überschreiten. Um seinen guten Willen zu beweisen, werde er nur mit einer Legion aufbrechen, denn es sei nicht seine Absicht, die ordentlich gewählten Magistrate oder den Senat in der verfassungsgemäßen Ausübung ihrer Amtsgeschäfte zu beeinträchtigen.

Bald darauf wurde ihm die Ankunft seines engsten militärischen Mitarbeiters, Titus Labienus, gemeldet. Erfreut ging Cäsar ihm mit ausgebreiteten Armen entgegen. »Ich freue mich, mein lieber Freund, daß du zu mir gekommen bist! Komm, setz dich, wir haben uns viel zu erzählen.« Labienus indessen blieb stehen. Mit abweisendem Gesicht begann er zu sprechen: »Ich habe gehört, du beabsichtigst, mit deinen Truppen den Rubicon zu überschreiten und auf Rom zu marschieren. Ich kann und will diese Ungeheuerlichkeit nicht glauben, bis du es mir selbst bestätigst!«

»Aber, mein Lieber«, sagte Cäsar mit erstaunter Stimme, »weißt du denn nicht, was in Rom geschehen ist? Sie haben den Ausnahmezustand verhängt! Sie wollen mich vor Gericht stellen, mich, der ihnen und Rom immer gedient hat! Sie wollen mich vernichten, und sie haben die ihnen im Wege stehenden Volkstribunen aus der Stadt getrieben. Ich werde marschieren, um das Recht der Tribunen zu schützen!«

»Das bedeutet Bürgerkrieg! Und es bedeutet die Diktatur, wenn du siegst! Deine Diktatur! Und dabei werde ich dir nicht helfen! Niemals werde ich unsere alten Ziele vergessen oder verleugnen! Wofür haben wir alle die langen Jahre gekämpft? Für die Rechte des Volkes und gegen den Übermut der Aristokraten. Am meisten aber waren wir dagegen, daß Rom von e i n e m Mann regiert wird! Damals war es der Diktator Sulla, und jetzt willst du dich zum Alleinherrscher aufschwingen? Was ist aus meinem Freund nur geworden, daß er alle seine Grundsätze um der Macht willen vergißt, nein, über den Haufen wirft?«

»Ich bin der alte Cäsar geblieben! Ich will immer noch den Staat reformieren, immer noch die alten popularen Grundsätze verwirklichen! Aber man zwingt mich, zur Gewalt zu greifen. Nicht ich breche das Recht! Habe i c h die Volkstribunen vertrieben? Habe i c h mich geweigert, meine Soldaten zu entlassen? Will i c h irgend jemand vor Gericht stellen?

Aber ich muß mich doch wehren dürfen, wenn andere das Recht brechen, wenn andere mich umbringen wollen! Du bist mein letzter Freund, und gerade du willst mich in der Stunde der Not verlassen? Hast du vergessen, wie wir beide dem Wüterich Sulla mit Glück und der Hilfe der Götter entkommen sind? Daß auf unsere Köpfe ein Preis ausgesetzt war? Hast du vergessen, wie wir gemeinsam die unterdrückte und verfolgte Partei der Popularen wiederaufgebaut haben? Welche Opfer hat unser Kampf gekostet! Alle unsere Freunde sind tot! Cotta, Catilina, Clodius, Crassus! Du und ich, wir sind die letzten der alten Garde, und du, mein letzter Freund, willst mich jetzt im Stich lassen?«

»Nicht ich lasse dich im Stich oder die alten Ideale! Du hast dich gewandelt! Erinnerst du dich an den Tag, als Cotta und ich deinen todkranken Vater besuchten? Erinnerst du dich an meine Worte, als dein Vater die Gefahren beschwor, die Rom bedrohten? Er sprach von der Gefahr, daß aus den Auseinandersetzungen zwischen Popularen und Optimaten ein neuer Alleinherrscher hervorgehen könne! Die schreckliche Vision eines Sterbenden scheint sich zu erfüllen! Und es ist zu meinem Entsetzen sein Sohn, der nun die Freiheit der Republik bedroht. Ich habe damals deinem Vater geantwortet, solange ich lebe, werde es keinen neuen Herrscher in Rom geben. Wir Römer hätten nicht die Könige verjagt, um uns jetzt einem neuen Tyrannen zu beugen! Ich würde jeden, der nach der Herrschaft strebt, als meinen Todfeind bekämpfen, und sei es mein Bruder oder mein bester Freund!«

»Ich erinnere mich, mein Labienus! Aber ich bin nicht der Tyrann, den du meinst, und ich strebe auch nicht die Tyrannis an. Ich wehre mich nur gegen meine Feinde, wie ich es immer gemacht habe, und ich hoffe immer noch auf deine Freundschaft und Hilfe. Gewiß, ich habe Anhänger, aber das ist nicht dasselbe wie ein Freund! Und du bist der letzte, der mir geblieben ist. Ich will dich nicht auch noch verlieren!«

»Das mußt du auch nicht. Einige dich mit dem Senat, verzichte auf Gewalt, und du wirst mich immer auf deiner Seite haben!«

»Du weißt, daß das nicht geht. Pompeius hat Truppen gegen mich in Marsch gesetzt. Von ihm und dem Senat geht die Gewalt aus. Nicht i c h habe den Ausnahmezustand ausgerufen! I c h muß mich also nur wehren! Und ich werde mich wehren. Bedenke, wir waren ganz unten. Wie lange hat unser Aufstieg gedauert, und welche Opfer hat er gekostet! Jetzt sind wir oben. Sollen wir das alles wegen des Scharfmachers Cato und dieser Brut bestechlicher und korrupter Senatoren wieder aufgeben? Sollen alle unsere Mühen vergeblich gewesen sein? Hilf mir, den Frieden, den der

Senat gestört und gebrochen hat, wiederherzustellen. Hilf mir, mein Freund, ich brauche dich!«

»W i r sollen oben sein? D u bist oben! Nicht die Popularen stehen auf dem Gipfel, sondern d u ! Das ist ein riesiger Unterschied! Wenn du siegen solltest, werden deine Anhänger – und das sind nicht die alten Popularen – d i r zujubeln und nicht einmal merken, daß du sie am Nasenring führst. Du wirst der Herrscher sein, gütig Belohnungen an deine neuen Gefolgsleute verteilen, aber mitreden oder mitgestalten werden sie nicht dürfen. Das waren nicht unsere ursprünglichen Intentionen, als wir antraten, den Staat zu modernisieren!

Gewiß, die anderen haben sicher auch Fehler gemacht, Cäsar. Aber jetzt ist die Republik, das Prinzip ‚Republik', in Gefahr. Auch wenn die falschen Leute diese Republik zur Zeit repräsentieren, ist es die Institution, die verteidigt werden muß! Sie ist in Gefahr, bedroht von dir und deinen Soldaten. Mein Platz ist daher bei der Republik. Für sie, nicht für Pompeius, Cato oder die anderen werde ich kämpfen, und zwar gegen jedermann, der sie bedroht, wie ich es deinem Vater versprochen habe. Darum flehe ich dich an: Kehre um! Ich weiß, die Macht ist ein süßes Gift, das fast jeden verführt. Denk an unsere alten Ideale und kehre um! Zwinge mich nicht, dieser Ideale wegen gegen dich zu kämpfen!«

»Es ist zu spät, mein Freund! Ich muß mich wehren! Hilf mir dabei, denn ich habe weder unsere Ideale vergessen, noch will ich Herrscher über Rom sein. Ich kämpfe für die Rechte der Volkstribunen, heute wie damals, als Sulla diese Rechte mit den Füßen trat! Was also ist anders als in jenen Tagen?«

»Du willst mich anscheinend nicht verstehen! Sulla hatte sich gegen die legitime Regierung erhoben und seine Herrschaft mit Gewalt, Mord und Verfolgung begründet. Dagegen durften, mußten wir uns erheben! Heute bist du es, der sich gegen die legitime Macht, gegen die gewählten Konsuln erhebt. Die Regierung mag schlecht und korrupt sein, aber sie ist vom Volk gewählt! Solche Regierungen stürzt man durch Wahlen, nicht durch Gewalt und einen Bürgerkrieg! Du bist auf dem falschen Weg, du wirst der neue Sulla sein, selbst dann, wenn du deine Feinde nicht, wie er es getan hat, umbringen läßt! Kehre also um: Noch ist ein Ausgleich mit der Republik möglich!«

»Das ist es eben nicht! Ich habe es versucht, ich habe angeboten, meine Soldaten zu entlassen, ich habe nur verlangt, die Tribunen wiedereinzusetzen und den Ausnahmezustand aufzuheben! Was soll ich denn noch tun? Nein es gibt keinen anderen Weg! Versteh doch bitte, ich m u ß tun, wozu man mich zwingt! Ich will – «

»Du machst mir und vielleicht sogar dir selbst etwas vor, dafür ist mir meine Zeit zu einfach schade«, sagte Labienus, Cäsars Rechtfertigungsversuche unterbrechend. »Du bist nicht mehr der populare Führer vergangener Zeiten, der für Gerechtigkeit und Reformen stand. Wahrscheinlich hast du selbst nicht bemerkt, wie deine Ämter und dein glanzvoller Aufstieg dich gewandelt haben. Offensichtlich verändern Feldherrnruhm und Macht den Charakter. Mir graust vor den Konsequenzen deines Wandels. Denke an meine Worte, wenn du ganz oben bist: Herrschen bedeutet Gewalt, und Gewalt und Unrecht sind nötig, um die Macht zu erhalten. Du wirst dich an das Unrecht gewöhnen. Erst langsam, vielleicht anfangs noch mit Skrupeln behaftet, wirst du die Macht ausüben und die Freiheit der Bürger unterdrücken, wo sie dir lästig oder gefährlich erscheint! Am Ende wird Cäsar der Tyrann stehen!«

Dann zuckte er bedauernd die Schultern und verließ den Raum. Wie verloren schaute Cäsar dem letzten Menschen nach, dem er sich persönlich noch verbunden fühlte.

Drei Tage später überschritt Cäsar mit seiner Legion den Rubicon und marschierte auf Rom. »Die Würfel sind gefallen!« sagte er zu Antonius. Ein langer und blutiger Bürgerkrieg um die Macht hatte begonnen.

ENDE

STICHWORTVERZEICHNIS

Ädil:
Zweitniedrigster römischer Magistrat, in der Hierarchie zwischen dem Prätor und dem Quästor angesiedelt, ohne Imperium. Es gab deren vier, zwei plebejische und zwei curulische. Erstere waren nur Plebejern, letztere auch Patriziern zugänglich. Ädile waren für den Bau und Unterhalt der Straßen und Wasserleitungen, die Aufsicht über Markt und Bordelle, die Spiele und für die Getreideversorgung zuständig.

Aerarium:
Röm. Schatzamt

Africa:
Röm. Provinz, etwa das Staatsgebiet des heutigen Tunesien umfassend

Anas:
Fluß in Spanien, heute Guadiana

Anio:
Nebenfluß des Tibers, entspringt in den Sabiner Bergen in der Nähe des Fuciner Sees, fließt durch Tibur. Heutiger Name: Aniene

Arar:
Fluß in Gallien, heute Saone

Arduinna Silva:
Waldgebirge in Gallien, heute Ardennen

Arkadien:
Landschaft in der Peloponnes, in der antiken Poesie Sinnbild für ein beschauliches Hirtenleben

Arpinum:
Röm. Landgemeinde am Liris, Heimatort des Cicero und des Marius

Auspizium (Mz. Auspizien):
Das Recht und die Wahrnehmung desselben, im Namen der Gemeinde mit

den Göttern zu verhandeln und ihren Willen durch Beobachtung von Himmelszeichen (Vogelflug, Blitze u. a.) zu erkunden und ihre Zustimmung zu best. Hoheitsakten einzuholen. Stand urspr. nur den Patriziern als alleinigen Vollbürger Roms zu, später allen Beamten mit Imperium. Mit Hilfe der Auguren mußten vor bestimmten staatl. Akten (Kriegserklärungen, Wahlen, Dienstantritte der Konsuln u. a.) die Auspizien eingeholt werden. Die Patrizier hatten das Auspizialrecht auch für ihre privaten Angelegenheiten.

Axona:
Fluß im belgischen Teil Galliens, heute Aisne

Baetis:
Fluß im heutigen Andalusien, heute Guadalquivir

Brundisium:
Hafenstadt an der Adria in Apulien, heute Brindisi, Endpunkt der Via Appia

Bundesgenossenkrieg:
Italien, so wurde nur das Land südlich des nördlichen Apennin genannt, bestand zu Beginn des 1. vorchristlichen Jahrh. zu einem Drittel aus röm. Staatsgebiet und zu zwei Dritteln aus den Territorien der Bundesgenossen, einer Vielzahl rechtlich selbständiger Städte und Völker. Diese sog. Bundesgenossen verlangten schon lange das volle röm. Bürgerrecht. Als es ihnen verweigert wurde, erhoben sich die ital. Gemeinden gegen Rom. Im sog. Bundesgenossenkrieg, (90 – 89 v. Chr.), erzwangen sie das röm. Bürgerrecht

Catilinarier:
Teilnehmer an der sog. Catilinarischen Verschwörung. Diese wurde von Cicero 62 v. Chr. aufgedeckt und unterdrückt, ihre Teilnehmer hingerichtet.

Decurio:
Mitglied des Stadtrates einer römischen Landgemeinde (Municipium)

Dubis:
Fluß in Gallien, heutiger Name: Doubs

Durius:
Fluß in Spanien, heute Duero

Fetialen:
Priesterkollegium, das für den sakralen Teil beim Abschluß völkerrechtlicher Verträge und für die Zeremonie der Kriegserklärung zuständig war

Forum:
Zentraler Platz unterhalb des Kapitols mit zahlreichen öffentlichen Bauten und Tempeln. Versammlungsort des Volkes mit der Rednerbühne. Auch das Senatsgebaude, die sog. Curia Hostilia, befand sich dort. Die Heilige Straße (Via sacra) und die Straße Argiletum endeten am Forum.

Gades:
Bedeutende Hafen- und Handelsstadt in Südspanien, ursprünglich etwa 1100 v. Chr. von Phöniziern aus Tyrus gegründet. Seit 206 v. Chr. mit Rom verbündet, erhielt sie von Cäsar das röm. Bürgerrecht. Heutiger Name: Cadiz

Gallaecia:
Antiker Name für die nordwestspanische Landschaft Galicien

Gallien:
In der Zeit des Romans gab es zunächst nur zwei römische Provinzen mit Namen Gallia, das diesseits der Alpen gelegene und das jenseits dieses Gebirges liegende (Gallia Cisalpina und Gallia Transalpina). Das erstere umfaßte die Poebene, das andere das Gebiet beiderseits der Rhonemündung an der Küste des Mittelmeeres bis zu den Pyrenäen. Das eigentliche Gallien (Mittel- und Nordfrankreich, Belgien und das linksrheinische Rheinland) gehörte noch nicht zum röm. Reich und wurde erst von Cäsar 58 – 51 v. Chr. erobert.

Gallier:
Röm. Sammelname für die keltischen Völker und Stämme der Poebene, Frankreichs und Süddeutschlands.

Genava:
Stadt an der Rhone, heute Genf

Haruspex (Mz. Haruspices):
Eingeweidebeschauer, in Rom eine urspr. etruskische Priestervereinigung, die aus Form, Lage und Verteilung der Eingeweide eines Opfertieres den Willen der Götter erkundeten.

Hispalis:
Stadt am Baetis, heute Sevilla

Homo novus:
Bezeichnung für einen Senator, der als erster seiner Familie in den Senat gelangte und bis zum Konsul aufgestiegen war. Homines novi = neue Menschen, wie etwa Cicero, waren in der röm. Republik äußerst selten. Meist saß eine Familie schon mehrere Generationen im Senat, bevor der erste Angehörige das Konsulat erreichte.

Iden:
Die dem Jupiter geweihten Iden eines Monats fielen auf unterschiedliche Tage, sie richteten sich nach den Mondphasen und bezeichneten den Tag des Vollmonds.

Imperium:
Oberste Kommandogewalt eines röm. Beamten. Sie stand ursprünglich nur den Königen zu, nach Einführung der Republik den Konsuln, später auch den Prätoren. Unter dem Imperium im Krieg getroffene Maßnahmen unterlagen weder der Kontrolle durch den Senat noch dem Vetorecht der Volkstribunen. Im übertragenen Sinne bedeutet Imperium auch das Herrschaftsgebiet, über das es sich erstreckte (z. B. Imperium Romanum = Römisches Reich).

Interrex (Mz. Interreges):
Amt, das nur Patriziern zugänglich war und nur eingerichtet wurde, wenn keine Konsuln amtierten. Die Amtszeit betrug nur fünf Tage, dann mußte der Senat einen neuen Interrex wählen, so lange, bis wieder ein Konsul zur Verfügung stand.

Jura Mons:
Gebirge zwischen der heutigen Schweiz und Frankreich, Jura

Kalenden:
Die Kalenden waren der einzige feststehende Tag des römischen Mondjahres. Er fiel immer auf den ersten Tag eines Monats und war der Juno geweiht.

Kallimachos:
Griech. Dichter aus Kyrene, bedeutend als Lyriker und Elegiendichter, geb. um 300 v. Chr., Todesjahr unbekannt, war Bibliothekar an der Bibliothek in Alexandria, Vorbild für Catull und andere röm. Lyriker

Kline:
Liegesitz der Römer, in dem sie aßen oder sich unterhielten.

Komitien:
Versammlung des Volkes zu Wahlen und Abstimmungen. Es gab deren drei:
1. Die Curiatskomitien, in denen die den Patriziern vorbehaltenen Priester (z. B. der Opferkönig) bestellt und familienrechtliche Fragen der Patrizier (z. B. Adoptionen) geregelt wurden.
2. Die Centuriatskomitien, in denen die Heeresversammlung auf dem Marsfeld die Konsuln, Prätoren und Zensoren wählte, über Krieg und Frieden beschloß und über Berufungen zum Tode Verurteilter entschied.
3. Die Tribuskomitien, in denen das Volk auf dem Forum die unteren Beamten wählte und über Gesetzesvorlagen entschied.

Konsul:
Oberster römischer Jahresbeamter. Die beiden Konsuln wurden in den Zenturiatskomitien auf dem Marsfeld gewählt. Sie leiteten die Politik des Staates, waren mit vollem Imperium ausgestattet und mußten bei der Wahl 43 Jahre alt sein und die Ämterlaufbahn durchlaufen haben, also vorher Quästor und Prätor gewesen sein.

Konsular:
Gewesener Konsul; die Konsulare bildeten im Senat die einflußreiche Gruppe der sog. Principes, deren Meinung in der Regel bei Abstimmungen den Ausschlag gab.

Krater:
Mischgefäß für Wein. Im allgem. tranken die Römer Wein mit Wasser verdünnt.

Kubikulum:
Schlafgemach

Kybele:
Vorderasiatische Fruchtbarkeitsgöttin, orgiastisch gefeiert. Ihre Priester hatten sich selbst zu entmannen.

Lacus Lemanus:
Genfer See

Lacus Venetus:
Bodensee

Lararium, Laren:
Ein in jedem röm. Haus befindlicher Schrein mit dem Hausaltar für die Laren, die vergöttlichten Geister verstorbener Ahnen, zu denen täglich gebetet und geopfert wurde.

Legat:
Offiziersrang, gewöhnlich Führer einer Legion

Legion:
Militärische Formation. Sie bestand in der Regel aus 10 Kohorten zu je sechs Centurien, also etwa 6000 Mann.

Liger:
Antiker Name für den Fluß Loire

Lupanar:
Bordell

Lysippos:
Bedeutender griech. Bildhauer (370- 320 v. Chr.)

Meile:
Längenmaß, lat. milia passum = 1000 Doppelschritte, ungefähr 1500 m.

Menander:
Bedeutender griech. Komödiendichter (342 – 293 v. Chr.)

Mosa:
Antiker Name für die Maas

Nobilität:
Nach der Zulassung der Plebejer zu den Ämtern ab dem Jahre 366 v. Chr. bildete sich aus den Patriziern und den plebejischen Familien, die bereits das Konsulat bekleidet hatten, ein neuer Amtsadel, der Nobilität genannt wurde (nobilis = edel).

Norba:
Römische Militärkolonie in der heutigen Estremadura, heute Caceres

Obnuntiation:
Die Beobachtung des Himmels auf göttliche Zeichen. In der späten Republik ein beliebtes Mittel, politisch unerwünschte Maßnahmen der Gegenpartei auszuhebeln, indem man behauptete, Zeichen göttlichen Unwillens beobachtet zu haben. Entgegenstehender Götterwille machte nämlich eine Amtshandlung ungültig.

Optimaten:
Partei der Senatsaristokratie, die sich selbst so nannte (Optimates = die Besten).

Passus:
Längenmaß, Doppelschritt, ein Passus = 5 Pedes (Fuß). 125 Doppelschritte waren ein Stadium (Mz. Stadien) = 184,9 m

Patrizier:
Geburtsadel, ursprünglich allein zur Stadtregierung berechtigte Vollbürger. Auch nach der Beteiligung der Plebejer an der Regierung sozial der erste Stand (patres = Väter) mit noch vielen Vorrechten, besonders bei der Besetzung der Priesterstellen

Plebejer:
Alle nicht patrizischen Bürger Roms. In schweren ständischen Auseinandersetzungen erlangten sie nach und nach die rechtliche und staatsbürgerliche Gleichberechtigung mit den Patriziern und bis auf wenige Ausnahmen Zugang zu den Ämtern.

Primipilus:
Dienstranghöchster Centurio einer Legion als taktischer Kommandant der ersten Kohorte

Pomerium:
Die sakrale Stadtgrenze Roms, nicht identisch mit dem Mauerring. Innerhalb des Pomeriums durften keine Truppen gehalten und keine Bestattungen vorgenommen werden (außer der des Jupiterpriesters und der der Vestalinnen). Außerhalb desselben galt die Gewalt der Volkstribunen nicht.

Popularen:
Die Volkspartei (populus = Volk), die für eine größere Beteiligung der Plebs an der politischen Leitung des Staates eintrat.

Poseidonios:
Griech. Philosoph (135 – 51 v. Chr.), Lehrer Ciceros und Pompeius', auch als Geograph tätig, schrieb eine verlorene Schrift über die Kelten. Erhalten sind Zitate bei Strabo und Diodoros.

Prätor:
Nach dem Konsul zweithöchstes Amt. Er war unter anderem für die Justiz zuständig und besaß im Felde ein dem Konsul nachgeordnetes Imperium. Seit Sulla gab es acht Prätoren.

Prodigium:
Vorzeichen, nach röm. Glauben erstaunliche oder bemerkenswerte Naturereignisse wie Blitze, Wetterleuchten oder Vogelstimmen, in denen die Römer Willenserklärungen der Götter zu erkennen glaubten. Es gab erbetene Zeichen, etwa wenn man die Zustimmung der Himmlischen für eine Handlung erbat, und unerbetene, aus denen man eine göttliche Warnung oder göttlichen Zorn herauslas. Die Deutung solcher Zeichen oblag den Auguren.

Professio:
Persönliche Meldung zur Bewerbung um ein Amt beim Wahlleiter

Prokonsul:
Statthalter einer Provinz mit vollem konsularischem Imperium

Quästor:
Eingangsamt für die senatorische Laufbahn, zuständig für die Finanzen

Quintilis:
Der fünfte Monat nach dem alten röm. Kalender, heute Juli

Quiriten:
Die zivilen Bürger Roms, Anredeform in der Volksversammlung

Repetundenklage:
Repetundarum crimen ist ein Amtsdelikt. Es behandelt die Erpressung, rechtswidrige Beschlagnahmen und Unterschlagungen einer Magistratsperson gegenüber Untertanen oder Bundesgenossen. Anklage erfolgte vor einem Geschworenengericht. Repetundenprozesse dienten oft zur Ausschaltung pol. Gegner.

Sampsigeramos:
Syrischer Kleinfürst, Herrscher über Emesa (heute Homs), diente Cicero als Karikatur Pompeius', weil Pompeius, der mit S. befreundet war, dessen orientalische Kleidung und den an dessen Hof üblichen Pomp schätzte und imitierte. Cicero verspottete in seinen Briefen mit diesem Ausdruck Pompeius' Prunkliebe als unrömisch.

Sequana:
Grenzfluß zwischen dem engeren Gallien (Celtica) und dem Gebiet der Belger, heute Seine.

Sesterze:
Röm. Silbermünze. Vier Sesterzen waren ein Denar, 100 Denare ein Aureus.

Sextilis:
Der sechste Monat des nach dem alten röm. Kalender am 1. März beginnenden Jahres, heute August.

Sorakte:
Berg jenseits des Tiber, nördlich von Rom an der Via Flaminia gelegen, dem Apollon geweiht.

Spanien:
Hispania, seit dem 2. Karthagischen Krieg (218-201 v. Chr.) römische Besitzung auf der Iberischen Halbinsel, zunächst nur die Mittelmeerküste umfassend. Erst unter Augustus wurde das Binnenland endgültig erobert. Zur Zeit Cäsars bestanden zwei römische Provinzen: Hispania Citerior (das diesseitige Sp.) und Hispania Ulterior (das jenseitige Sp.). Erstere reichte von den Pyrenäen bis Cartagena, das letztere umfaßte Andalusien und Südportugal bis zum Tajo. Der mittlere Teil Spaniens (heutiges Kastilien, Estremadura) stand nur nominell unter römischer Oberhoheit, der Nordwesten (heutiges Galicien und Asturien) war noch unabhängig.

Stadium (Mz. Stadien):
Längenmaß. 1 Stadium = 125 Schritte (passus) = 625 Fuß (pedes) = 184,9 m

Supplicatio:
Allgemeines, vom Senat verfügtes Bitt- oder Dankopfer an die Staatsgötter

Subura:
Dichtbesiedelter Stadtteil Roms zwischen den Hügeln Viminal und Esquilin. Stadtteil der armen Leute, der Kneipen und der Bordelle.

Tablinum:
Offenes Durchgangszimmer zwischen Atrium und Garten, meist repräsentativ gestalteter Festraum.

Tagus:
Fluß in Spanien, heute Tajo

Talent:
Rechnungsgewicht für ungemünztes Silber. In Griechenland war ein Talent = 26,196 kg (attischer Münzfuß), in Rom entsprach ein Talent 100 Pfund. Ein römisches Pfund war 327,45 Gramm schwer.

Thukydides:
Bedeutender Historiker aus Athen, lebte ca. 455 v. Chr. – ca. 400 v. Chr. Sein Hauptwerk war der ‚Peloponnesische Krieg', ein Werk über die Kämpfe zwischen Athen und Sparta um die Hegemonie in Griechenland.

Toga picta:
Purpurfarbene Toga mit Goldstickerei (meist Palmen oder Sterne darstellend), Festgewand des Triumphators

Toletum:
Stadt am Tagus im Gebiet der Carpetanen, heute Toledo

Treverer:
Gallo-germanisches Mischvolk an der Mosel, der Nahe um Trier und Luxemburg

Triklinium:
Speisesaal

Tullianum:
Staatsgefängnis am Fuße des Kapitols

Vestalin:
Priesterin der Vesta, der Göttin des Herdes und der Familie. Das Fest der Göttin waren die Vestalien am 9. Juni. Die sechs vestalischen Jungfrauen lebten in klösterlicher Gemeinschaft in ihrem Kloster an der heiligen Straße. Sie waren u. a. Hüterinnen des heiligen Feuers.

Vesontio:
Stadt im Gebiet der Sequaner, heute Besançon

Vosegus Mons:
Gebirge in Gallien, heutiger Name: Vogesen

Vornamen:
Römische Vornamen werden meist abgekürzt geschrieben, aber stets voll ausgelesen. A. = Aulus, App. = Appius, C. = Caius, Cn. = Cnaeus, D. = Decimus, L. = Lucius, M. = Marcus, P. = Publius, Q. = Quintus, S. = Sextus, Ser. = Servius, T. = Titus

PERSONEN:

Die Jahreszahlen sind nach der christlichen Zeitrechnung angegeben. Die Abkürzung cos. bedeutet, daß die betreffende Person in dem angegebenen Jahr das Konsulat bekleidet hat. Die alphabetische Reihenfolge richtet sich nach dem Geschlechtsnamen der aufgeführten Person.

M. Aemilius Lepidus, Anhänger Cäsars, Heerführer, cos. 46, später Triumvir

L. Afranius, Anhänger des Pompeius, cos. 60

Ambiorix, Stammeshäuptling der Eburonen, die in der Eifel ansässig waren, erbitterter Feind der Römer

T. Annius Milo, Volkstribun 57, erbitterter Feind des Clodius

C. Antonius, Onkel des Folgenden, cos. 63

M. Antonius, enger Anhänger und Vertrauter Cäsars, cos. 44, späterer Triumvir

M. Antonius Gnipho, Lehrer Cäsars, später der auch seiner Tochter und seines Großneffen C. Octavius, des späteren Augustus

C. Ateius Capito, Optimat, Volkstribun 54

Aurelia, Mutter Cäsars, gest. 54

L. Aurunculeius Cotta, ältester Freund Cäsars, als Legat in Gallien gefallen

Belliena, Mutter Catilinas und enge Freundin Aurelias

Q. Caecilius Metellus Celer, Optimat, cos. 60

Q. Caecilius Metellus Nepos, Anhänger des Pompeius, cos. 57

Q. Caecilius Metellus Pius, cos. 52, Schwiegervater des Pompeius

M. Calpurnius Bibulus, cos. 59, Optimat, Schwiegersohn Catos

C. Cassius Longinus, Quästor Crassus' 53, später Hauptverschwörer gegen Cäsar

C. Claudius Marcellus, cos. 50, Optimat

P. Clodius Pulcher, Volkstribun 58, Popular, Bruder der Folgenden

Clodia, Schwester des Vorherstehenden, freizügige Gesellschaftsdame, Angebetete Catulls

Cloelia, Patrizierin, geschiedene 3. Frau Sullas, enge Freundin Aurelias und Bellienas

Crastinus, Bediensteter Cäsars

L. Domitius Ahenobarbus, strenger Optimat und Gegner Cäsars, Schwager Catos, cos. 54

Q. Fufius Calenus, Anhänger Cäsars, cos. 47
A. Gabinius, Anhänger des Pompeius, cos. 58
A. Hirtius, Cäsars Anhänger und Sekretär, cos. 43
C. Julius Cäsar, Führer der Popularen und Eroberer Galliens, cos. 59, ab 49 Diktator
Julia, Tochter Cäsars, mit Pompeius verheiratet, gest. 54
D. Junius Silanus, cos. 62, Schwager Catos, Optimat, Gatte von Cäsars Geliebte Servilia
M. Junius Brutus, Sohn Servilias, späterer Verschwörer gegen Cäsar, einer seiner Mörder
T. Labienus, enger Anhänger Cäsars, dessen Vertreter in Gallien, verließ Cäsar bei Beginn des Bürgerkrieges
M. Licinius Crassus, Freund Cäsars, reichster Mann Roms, cos. 70 und 55
Q. Lutatius Catulus, cos. 78, Führer der Optimaten
C. Octavius, Sohn des C. Octavius und der Atia, der Nichte Cäsars, später Cäsars Erbe und Adoptivsohn, unter dem Namen Augustus Herrscher über Rom
Q. Pedius, Vater und Sohn, Schwager und Neffe Cäsars
L. Pinarius Scarpus, Neffe Cäsars
Cn. Pompeius Magnus, Cäsars Verbündeter und Schwiegersohn, später sein Rivale im Kampf um die Macht, cos. 70, 55, und 53
Pompeia, Cäsars 2. Frau, Verwandte des Pompeius und Enkelin Sullas
M. Porcius Cato, erbitterter und unversöhnlicher Gegner Cäsars, inoffizieller Führer der Optimaten, Prätor 54
Q. Scribonius Curio, Volkstribun 50, erst Gegner, dann Anhänger Cäsars
L. Sergius Catilina, Freund Cäsars, Verschwörer, gefallen 62
Servilia, Ehefrau des D. Junius Silanus, Geliebte und Vertraute Cäsars, Mutter des Brutus
M. Tullius Cicero, Politiker, Redner und Philosoph, schlug die Catilinarische Verschwörung nieder, cos. 63
Q. Tullius Cicero, Bruder des Vorigen, Legat Cäsars in Gallien
C. Valerius Catullus, Dichter, Verehrer der Clodia (Lesbia), gest. um 54
P. Vatinius, enger Anhänger Cäsars, sein Sachwalter in Rom, cos. 47
Vercingetorix, Adliger aus dem Stamm der Averner, Anführer des großen Aufstandes gegen die Römer, von Cäsar gefangen, später in Rom hingerichtet.

Zeittafel

Die nachfolgende Tabelle gibt in der ersten Spalte die im Roman verwendeten Jahresdaten nach Livius (ab urbe condita = seit Gründung der Stadt) wieder, in der zweiten die nach der christlichen Zeitrechnung vor Christi Geburt.

1	753	Angebliche Gründung der Stadt durch Romulus
245	509	Vertreibung der Könige, Gründung der Republik
261	493	Lex Icilia, Einführung der Volkstribunen zum Schutze der Plebs vor der Willkür des Patriziats
388	366	Die Plebejer stellen von nun an einen der beiden Konsuln.
639	115	Geburt des M. Licinius Crassus
648	106	Geburt des M. Tullius Cicero und des Cn. Pompeius Magnus
652	102	Geburt Cäsars
653	101	Marius vernichtet bei Vercellae die germanischen Kimbern.
664	90	Die Italiker erkämpfen sich im Bundesgenossenkrieg das röm. Bürgerrecht.
666	88	Sulla Konsul, er vertreibt die Popularen aus der Stadt und ächtet ihren Führer Marius. Beginn des blutigen Bürgerkrieges zwischen Optimaten und Popularen
667	87	Cinna und Marius erobern Rom. Schreckensherrschaft der Popularen
668	86	Cinna und Marius beherrschen Rom, Tod des Marius
669	85	Cäsar Tochter Julia geboren (von seiner 1. Frau Cornelia, Cinnas Tochter)
672	82	Sulla erobert Rom, wird Diktator, Verfolgung der Popularen, Cäsar geächtet
678	78	Tod Sullas, Cäsar kehrt nach Rom zurück
683	71	Crassus besiegt den Aufstand der Sklaven, Pompeius beendet den Bürgerkrieg.
684	70	Crassus und Pompeius Konsuln, sie beseitigen Sullas Gesetze, Popularen erstarken
686	68	Cäsar Quästor, Catilina Prätor, Tod der 1. Frau Cäsars
687	67	Pompeius wird Oberbefehlshaber gegen Mithridates und die Seeräuber.
691	63	Cicero Konsul, er schlägt die Catilinarische Verschwörung nieder.

692	62	Catilina fällt, totaler Sieg der Optimaten, Cäsar rettet sich mit Mühe, Pompeius kehrt aus Asien zurück, scheitert mit seinen Forderungen im Senat. Cäsar Prätor
693	61	Cäsar Statthalter in Spanien, Clodius wird Cäsars Mann fürs Grobe.
694	60	Cäsar verbindet sich mit Pompeius und Crassus, Wahl Cäsars zum Konsul für 59
695	59	Cäsar und Bibulus Konsuln. Pompeius Ackergesetz gebilligt, Clodius wird Plebejer
696	58	Cäsar Statthalter in Gallien, Clodius Volkstribun, Cicero verbannt, Julia heiratet Pompeius, Cato geht nach Zypern.
697	57	Cäsar in Gallien, Cicero aus dem Exil zurück, Parteienstreit, Anarchie in Rom
698	56	Konferenz in Lucca, Erneuerung des Triumvirats
699	55	Pompeius und Crassus zum zweitenmal Konsuln
700	54	Aufstand der Eburonen, Julia und Aurelia gestorben, Crassus Statthalter in Syrien
701	53	Anarchie ohne Konsuln in Rom, Crassus fällt bei Karrhae.
702	52	Pompeius alleiniger Konsul, Cato verbündet sich mit Pompeius, Tod Clodius'
703	51	Cäsar erobert endgültig Gallien, Kampf um seine Abberufung beginnt.
704	50	Marcellus Konsul, Curio verhindert Abberufung Cäsars, Pompeius bricht mit ihm.
705	49	Jan.: Senat erklärt den Ausnahmezustand, die Volkstribunen verlassen Rom, Cäsar überschreitet den Rubicon, Beginn des Bürgerkrieges